Zum Buch:

Hatte es bei flüchtigem Vorbeischauen erst noch so ausgesehen, als wären die Holzbretter nur verschmutzt, entpuppte sich beim Näherkommen, dass dort fein säuberlich etwas an die Scheunenwand geschrieben stand. Jemand hatte in großen, gut lesbaren Buchstaben vier Zeilen geschrieben.

> Er suchet in seinen Gedanken auf
> Die Blicke voll Lust und voll Liebe
> Und drücket die Augen fest zu im Lauf,
> taucht Sonne ins Wasser so trübe

Zur Autorin:

Natalie Hallward lebt im hessischen Langen. Unabhängig von der jeweiligen Epoche, in der ihre Romane spielen, faszinieren sie Frauen, die selbstbewusst ihre Ziele verfolgen und dabei ihr humorvolles und emotionales Wesen nicht verlieren. Natalie Hallward ist ein Pseudonym.

NATALIE HALLWARD

Die Tochter des Roten Hauses

HISTORISCHER ROMAN

HarperCollins

1. Auflage 2024
Originalausgabe
© 2024 by HarperCollins in der
Verlagsgruppe HarperCollins Deutschland GmbH, Hamburg
Umschlaggestaltung von zero Werbeagentur, München
Umschlagabbildungen von Frau: KI Midjourney,
altes Gemälde nähe Coblenz Landschaft mit Fluss und Stadt,
Ansicht der Kurpfälzischen Stadt Bacharach / akg-images
Gesetzt aus der Stempel Garamond
von GGP Media GmbH, Pößneck
Druck und Bindung von GGP Media GmbH, Pößneck
Printed in Germany
ISBN 978-3-365-00771-6
www.harpercollins.de

Für C.
jetzt und immerdar

Historische Personen

Über die in **Fett** gedruckten Namen findet sich im Nachwort noch mehr.

Arnim, Achim von	Deutscher Dichter
Benzel, Karl	Räuber
Brentano, Clemens von	Deutscher Dichter, Enkel von Sophie von La Roche; gemeinsam mit seinem Freund Achim von Arnim bereiste er das Rheinland und brachte die Volksliedersammlung »Des Knaben Wunderhorn« heraus, in dem zahlreiche bekannte Gedichte und Balladen der Romantik zu lesen sind.
de Chaban, Mouchard	Präfekt in Coblenz, zuständig für das Rhein-Mosel-Departement, hatte den Posten von Juni 1803 bis 1805 inne
Hoche, Lazare	Französischer General im besetzten Rheinland
Jacob, Georges	Kunsttischler; verarbeitete Gold und Holz miteinander

La Roche, Sophie von	Geboren am 6.12.1730, verstorben am 18.02.1807, deutsche Schriftstellerin
Mundo, Franz	Räuber
Schinderhannes	Räuber, richtiger Name Johannes Bückler
Schwarzer Peter	Räuber, richtiger Name Johann Peter Petri, nicht belegte Vermutungen sagen, dass das Kartenspiel nach ihm benannt sein soll.
Stibitz, Peter	Räuber
Weber, Mathias	Räuber, genannt »Fetzer«
Wieland, Christoph	Deutscher Dichter und Herausgeber der Zeitschriften »Der Teutsche Merkur« (von 1773 bis 1789) und »Der Neue Teutsche Merkur« (von 1790 bis 1810); Cousin von Sophie von La Roche

Prolog

Das Gasthaus im Wald
Mai 1810

Eine Liebe war mir nie lange vergönnt. Immer entschloss sich der Tod dazwischenzugehen.

Ich war jetzt Anfang vierzig und fühlte mich an manchen Tagen so müde, als wäre ich bereits am Ende eines langen Lebens angekommen. Immer häufiger dachte ich nach, kamen mir Gedanken über die Zeiten, die jetzt gekommen waren, und über die, die längst gegangen sind.

Meine Gefühle erschienen mir manchmal wie Schwäche. Das sollten sie nicht sein, aber waren es nicht häufig meine Gefühle gewesen, die mich viel zu oft an andere denken ließen und zu selten an mich selbst?

Im Grunde ein schöner und liebenswerter Charakterzug, aber in Zeiten wie diesen konnte ich es mir nicht immer leisten, wollte ich nicht unter die Räder geraten.

Es hatte Jahre gebraucht, bis ich mir zugestand, etwas auch mal ruhen zu lassen, gewissermaßen als seelischer Selbstschutz.

Und dann genügte eine Begegnung, um alles zu erschüttern.

Ein zufälliges Aufeinandertreffen, um das Gleichgewicht erneut zu verlieren. Es war mühsam gewesen, wieder zu mir selbst zu finden. Und dann genügte ein Blick auf einen Menschen, der für den Schrecken in meinem Leben verantwortlich war.

Als der Mann mit Einbruch der Dämmerung in mein Gasthaus im Wald trat, wusste ich sofort, dass nur einer von uns beiden den nächsten Morgen erleben würde. Es war unausweichlich, es war das Ende eines langen Weges.

Den ganzen Tag über hatte es wie aus Kübeln geregnet. Für viele war ein Gewitter einfach nur ein Gewitter, aber gegen Abend hin war es zu einem regelrechten Sturm angeschwollen, der Bäume bog und den Fluss übertreten ließ.

Ich hatte meinen Gasthof, das bekannte *Rote Haus*, immer mit Umsicht und auch einem gewissen Geschick geführt, und so hatte ich meinen Mädchen schon recht früh aufgetragen, die Läden vor den Fenstern zu schließen. Bei diesem Wetter würde sich wohl kein Reiter mehr einfinden und sicher auch kein naturtrunkener Wanderer, der sich an den Schönheiten der Landschaften rund um Mayen und den Hainbuchenwäldern entlang der Nette berauschen wollte. Ein Fluss war eben auch nur gemütlich, solange er nicht zu einem reißenden Strom wurde. Selbst die Tagelöhner wagten sich bei dieser Urgewalt an Blitzen und Donner und Wind nicht aus den Scheunen und von den Höfen, an denen sie sich gerade ein paar Taler verdient hatten.

Na, und die Postkutsche würde sicher in irgendeiner schlammigen Fahrrinne feststecken und weder am Tag noch in der kommenden Nacht den Unterstand neben dem Gasthaus erreichen. Das war bitter, nicht nur für die sich im Aufbau befindliche Postlinie, auf die Napoleon gedrungen hatte, sondern auch für meinen Gasthof, denn für gewöhnlich brachten die Fahrgäste ordentlichen Appetit und Durst mit. Meist waren ein paar haltlose Trinker darunter, die alleine schon für einen ertragreichen Tag sorgten.

Zufrieden hatte ich beobachtet, dass die Mädchen reihum die Fensterläden sorgfältig einhakten. Der Sturm warf sich mächtig gegen das Haus und rüttelte daran, doch die Läden hielten stand und klapperten begleitend zum prasselnden Regen.

In einer anderen Nacht hätte ich einfach nur abgewartet, bis alles vorüber war, doch nicht in dieser. In dieser Nacht würde etwas endlich sein Ende finden.

Das *Rote Haus* bedeutete für viele Menschen ein lebendiges Treiben, und das war es auch, aber für mich war es in den vergangenen Jahren noch mehr geworden. Inmitten des täglichen Trubels hatte ich die Möglichkeit, im Hintergrund verschwinden zu können, wenn mir danach war.

Mich vom Leben isolieren.

Denn die perfekte Isolation bedeutete auch perfekten Frieden.

Und das war gut so für eine wie mich, die sich lange schon entschlossen hatte, als Zuschauerin durchs Leben zu gehen. Beobachten und alles vermeiden, was diese Ruhe stören konnte.

Oder gar zerstören.

Der Mann war der letzte Gast, der Einlass gefunden hatte. Er war eingetreten, als die letzten beiden fröhlichen Zecher sich noch beizeiten auf den Heimweg machten, bevor ihre Stiefel in Schlammpfützen versanken wie in einer Sumpflandschaft und sie wegen Unpassierbarkeit der Straßen nicht mehr nach Hause kamen. Querfeldein und durch die Wälder zu laufen grenzte an Dummheit, das war jedem bewusst. Bei einem solchen Sturm forderte man das Schicksal nicht unnötig heraus.

Eins der Mädchen wollte dem eintretenden Mann sagen, dass für heute geschlossen sei, doch ich hatte schnell reagiert, kaum dass ich gesehen hatte, dass ausgerechnet *er* es war, der durch die Tür trat. Nach so vielen Jahren hatte ich ihn dennoch sofort wiedererkannt, und mein Herz bestätigte mir, dass ich mich nicht täuschte.

Mit einer knappen Handbewegung bedeutete ich dem Mädchen, ihn doch noch hereinzulassen.

Und mit einer zweiten, dass sie hinter ihm die Tür mit dem Querbalken verriegeln sollte.

Der Mann bekam es nicht mit.

Ich wies ihm einen Tisch zu. Den, der genau in der Mitte des Gastraums stand. Ein kantiges Teil, an dem ein Bein kürzer war als die anderen. Ein durch das Leben versehrter Tisch, hatte ich ihn mal genannt. Ganz so, wie auch ich mich manchmal fühlte.

In dieser Nacht spürte ich die geschlagenen Wunden ganz deutlich. Es wurde Zeit, dass sie endlich heilen durften.

Der Mann war Franzose. Schwer schnaufend warf er seinen tropfnassen Umhang über eine Sitzbank.

Auf dem Tisch flackerte eine Kerze, die in einem Flaschenhals steckte und ein dämmriges Licht in den ansonsten abgedunkelten und inzwischen auch leeren Raum warf. Nur die Gesichter von uns beiden, die wir uns an diesem Tisch gegenübersaßen, waren erhellt, wenngleich auch nur so, dass die Gesichtshälften jeweils in Licht und Schatten halbiert waren.

Hinten im Raum stand ein kleiner qualmender Ofen und verströmte ein wenig Wärme. Bei dem Gedanken, dass *er* hier vor mir saß, war mir aber schon heiß genug. Hass wärmte manchmal stärker als das größte Feuer.

»Ich spendiere dir einen Krug von unserem besten Wein«, eröffnete ich das Gespräch. »Und als Gegenleistung hörst du dir dafür eine Geschichte an.«

Der Franzose hob überrascht die Augenbrauen. Er war nachlässig gekleidet, im Grunde sogar verwahrlost. Ganz so, als wäre er seit Monaten nicht aus seiner Kleidung gekommen. Früher musste der teure Stoff, aus dem sie geschneidert war, auch einmal als ein solcher zu erkennen gewesen sein, aber nun glich sie mehr einer zerschlissenen Pferdedecke als der Uniform eines französischen Soldaten aus Napoleons Armee, die nun schon seit mehr als fünfzehn Jahren über die linksrheinischen Gebiete herrschte.

»Wein? Einfach so?«, vergewisserte er sich. »Und nur zuhören?«

Es war ein Angebot, das hellhörig und wachsam hätte machen sollen, zumal es von einer Frau in ihren besten Jahren ausgesprochen war.

Wenn ich wollte, dann verstand ich es immer noch hervorragend, mit nur einem Lächeln bei jedem Mann alle nur möglichen Leidenschaften zu wecken und ihn dabei jegliche Vorsicht vergessen zu lassen.

»Ja.« Ich nickte bedächtig. »Nur zuhören.«

Und danach sterben.

Aber das behielt ich für mich.

Der Mann beäugte mich misstrauisch von der Seite. Seine kraftlos gebeugten Schultern schoben sich ein Stück hoch, als wollte er den Kopf einziehen. Kleine Narben am Kinn ließen vermuten, dass er sich mit der zittrigen Hand eines Säufers rasierte. Die tief in den Höhlen liegenden Augen, wässrig vom vielen Alkohol, bestätigten diese Vermutung. Er wirkte wie jemand, der die Hoffnung schon vor langer Zeit begraben hatte.

»Weshalb willst du das machen?«, fragte er.

»Draußen tobt die Sintflut, und du sitzt hier fest.«

Er grinste plötzlich. »Schon, aber das hier ist doch das berühmte *Rote Haus*, n'est-ce pas? Und wenn ich auf die Mädchen schaue, die hier sind, dann kann ich mir auch was anderes vorstellen, als einer Geschichte zuzuhören.«

Ich spreizte die Hände auf der verschrammten Tischplatte und rang mir ein schwaches Lächeln ab. »In diesem Haus wurde von Anfang an nie etwas anderes serviert als Wein und Speisen.«

»Dann stimmt es also, was man sich über das Gasthaus erzählt?« Der Franzose ließ enttäuscht die Mundwinkel hängen. »Wirklich schade. Gerade die dort würde mir gefallen.«

»Was erzählt man sich denn?«

»Dass es hier die hübschesten Mädchen gibt, aber dass man keine von ihnen anrühren darf.«

»Das stimmt, ja.«

»Dich auch nicht?«

»Ich bin eine anständige Frau. Mit gelegentlicher Ausübung schlimmer Dinge.«

Ich schickte meinen Worten mein schönstes Lächeln hinterher. Er sollte sich sicher fühlen.

Im Gefühl, ein Mann und allein dadurch überlegen zu sein, richtete der Franzose sich auf.

»Und wenn ich mich nicht davon abhalten ließe?«, fragte er.

»Ein solcher Versuch ist noch keinem bekommen.«

»Keinem?«

Er sah reihum in die Gesichter der drei Mädchen, die sich im Halbdunkel vor und hinter dem Schanktisch versammelt hatten. Als er seinen Blick wieder auf mich richtete, bemerkte ich, dass er auf meine Fingernägel sah, die lang und spitz wie zehn kleine Dolche waren. Er würde diese Frage nicht mehr stellen.

Das *Rote Haus* war ein reiner Frauenbetrieb. Das machte den Gasthof zu etwas Besonderem. Mitten in der waldreichen Umgebung der vorgelagerten Hocheifel zwischen Mayen und Coblenz gelegen, gab es nichts Vergleichbares wie dieses Gasthaus, das ich seit einiger Zeit mein Eigen nennen durfte. Ein Gasthaus von Frauen betrieben. Kein Hurenhaus, wohlgemerkt. Ein Haus, in dem sich Gäste willkommen fühlten.

Ich sollte noch anmerken, dass wir in der Lage waren, uns zu wehren. Sollte es nötig sein. Das Leben lehrte es einen. Ob man wollte oder nicht.

Der Regen peitschte hart gegen die Fensterläden. Es blitzte und krachte beinahe gleichzeitig.

Ich wandte den Kopf, und auch wenn es schien, als wollte ich mich nur vergewissern, dass kein Laden aus den Haken herausgerissen wurde, schob sich mein Blick für einen Moment in die Weite hinter die dichte Wand des Sturms. Hinaus in die tintenschwarze Nacht zu den sich biegenden Bäumen und windgeschüttelten Sträuchern. Irgendwo in dieser Ferne verlor ich mich für einen kurzen Augenblick in einer vergangenen Zeit.

Vergangen, aber nicht vergessen.

Ich konnte noch ihre Gesichter vor meinem inneren Auge sehen. Konnte mir ihr Lachen in Erinnerung rufen. Laurin, eigentlich ein Tölpel, aber herzensgut. Und Georg ... ja, Georg. Ich hatte Angst, dass die Züge seines Gesichts mehr und mehr verblassten. Es wäre, als verlöre ich dich ein zweites Mal.

Eins der Mädchen, Alma, stellte einen bauchigen Krug in die Mitte des Tisches. Sie schenkte Wein von der Farbe glänzenden Blutes in zwei Becher. Dann entfernte sie sich wieder.

Ungeduldig packte der Franzose den Becher und schüttete den Wein hastig die Kehle hinunter. Er winkte Alma, damit sie ihm nachschenkte, doch das Mädchen rührte sich nicht von seinem Platz. Stattdessen war ich es, die mit einer langsamen Bewegung den Krug hob und seinen Becher erneut füllte. Der Wein hatte eine entspannende Wirkung auf ihn. Das war gut. Es half mir bei dem, was ich vorhatte.

»Also, erzählen willst du mir was? Na schön, wenn mein Becher dabei immer gut gefüllt bleibt?«

»Das wird er. Gefällt dir die Farbe des Weins?«

»Er schmeckt, das reicht. Ist es eine traurige Geschichte?«
Er rieb sich mit einer Hand über das vom Alkohol aufge-
dunsene Gesicht und blinzelte mich an. »Sag mal, kennen
wir uns?«

Ich antwortete darauf nicht.

Er lehnte sich mit dem Ausdruck von gelangweilter Her-
ablassung auf dem Stuhl zurück. Kurz wandte er den Kopf,
um dem Wind hinter den verschlossenen Fenstern zu lauschen. Der Sturm brauste immer stärker.

»Na schön, gute Frau, dann erzähl mal«, sagte er. »Es sieht
nicht so aus, als käme ich hier schnell trockenen Fußes weg.
Ich habe also Zeit.«

»Zeit ist ein guter Anfang«, sagte ich. »Wir, meine Mädchen und ich, waren heute Vormittag auf dem Friedhof. Wir
haben eine Frau beerdigt, die uns allen sehr viel bedeutet hat.
Und sie hat sehr viel Zeit in ihrem Leben aufgebracht, gut
auf andere aufzupassen. Mir war sie wie eine Mutter geworden, auch wenn ich sie erst vor sieben Jahren kennenlernen
durfte. Auf ungewöhnliche Weise. Meine Geschichte be-
ginnt aber noch ein halbes Jahr vorher.«

Teil 1

1803

»Ich würde gerne heimkehren,
doch ich weiß nicht, wo das ist.«

1

Versteh doch, wir passen einfach nicht zusammen.«
Es brach Anne beinahe das Herz, als sie in die
dunklen Augen schaute, die nicht verstehen wollten, was sie sagte. Aber sie konnte nicht anders entscheiden.
Unmöglich, dafür waren die Zeiten zu hart. Ihr fiel der Abschied doch genauso schwer. Soll doch nur niemand glauben,
sie würde sich so eine Entscheidung leicht machen.

»Ich kann nicht für uns beide sorgen«, sagte sie und war
bemüht, es nicht allzu hartherzig klingen zu lassen.

»Es ist einfach nicht möglich, das musst du doch einsehen.
Es ist besser, wenn wir uns jetzt trennen, solange wir uns
noch nicht so gut kennen, dass wir nicht mehr voneinander
lassen könnten. Aber ich bin sicher, du wirst jemanden finden. Jemanden, der gut zu dir ist. Bestimmt sogar besser, als
ich es sein könnte.«

Sie wünschte, sie könnte ihren Worten glauben. Es fiel ihr
nicht leicht, standhaft bei ihrer Entscheidung zu bleiben.
Wer brach schon gerne Herzen? Sie ganz gewiss nicht.

»Mach es uns bitte nicht so schwer. Lass uns einander den
Rücken zudrehen und gehen.«

Ohne eine Reaktion abzuwarten, wandte sie sich um und
lief einige schnelle Schritte die staubige Straße am Waldrand
hinunter. Jetzt bloß nicht umdrehen, sonst konnte es passieren, dass sie es sich doch noch anders überlegte.

Sie erreichte den einspännigen, offenen Karrenwagen, auf
dem ihr Begleiter hockte und wartete. Locker hielt der Mann

in der Mönchskutte die Zügel in den Händen. Er hätte sie auch einfach in seinen Schoß legen können, denn der altersschwache Gaul, der ihn, Anne und ihrer beider weniges Hab und Gut durch die Rhein-Mosel-Landschaft zog, war so temperamentvoll wie ein vom Baumstamm abgebrochenes Stück Rinde.

»Was ist nun, Anne?«, rief der Mönch seitlich gebeugt zurück. »Kommst du endlich? Wir wollen heute noch ein gutes Stück schaffen.«

Seinem geduldigen Wesen entsprechend klang seine Stimme nicht schroff, aber durchaus ein wenig schwungvoller als beim Morgengebet.

»Ich bin ja schon da.«

Anne erreichte den Wagen. Seufzend fuhr sie sich mit einer Hand durch das Haar, das offen auf ihre Schultern herabfiel. Züchtige Häubchen trug sie schon länger nicht mehr, es sei denn, die Not der Umstände erforderte es.

»Mach nicht so ein Gesicht«, sagte er. »Du tust ja gerade so, als würdest du *mich* verlassen.«

»Ich weiß nicht, ob ich dann so leiden würde.«

Sie zwinkerte dem verblüfft schauenden Mönch zu, bevor sie seine Hand ergriff, die er ihr zum Aufsteigen reichte.

»Es ist nur ein Hund«, sagte er. »Ein Straßenköter, der dir vor zwanzig Minuten zugelaufen ist.«

Anne stützte sich mit der linken Hand an der Sitzbrettkante ab, damit sie nicht vom Wagen fiel, als sie sich umdrehte und die Straße zurückblickte.

Dort saß er, der furchtbar schmutzige, furchtbar flohbefallene und furchtbar süße kleine Kerl, dessen Rasse sie zwar nicht kannte, der aber mit seinen schmachtenden dunklen Augen sofort ihr Herz erobert hatte. Sozusagen im Vorbeigehen.

Sie war hin- und hergerissen, doch gerade als sie sagen wollte, dass sie umkehren sollten, da erhob sich der Hund, drehte sich auf der Stelle um und trottete die Straße in der entgegengesetzten Richtung davon.

Anne schnappte nach Luft. »Er hat zum Abschied noch nicht einmal gewinkt«, sagte sie.

Der Mönch lachte lauthals, was immer so klang, als würde ein volles Weinfass eine Treppe hinunterpoltern. »Ich weiß doch, dass ich dir nicht mehr genüge«, sagte er mit einem Augenzwinkern, das durchaus ein gewisses Bedauern durchschimmern ließ. »Aber dass du mich tatsächlich einfach an einer Weggabelung stehen lassen würdest, damit habe ich nun doch nicht gerechnet.«

»Was soll ich sagen?«, seufzte Anne theatralisch. »Er hat nun mal deutlich mehr Haare auf dem Kopf als du.«

»Ich hätte dich damals im Dorf lassen sollen. Aber nein, ich musste dich ja mitnehmen, Gott allein weiß, warum.«

Gemächlich setzte sich der Gaul in Bewegung. Er zog den Wagen in einem solch gemütlichen Tempo, dass es ein Leichtes gewesen wäre, ihn rückwärtsgehend zu überholen.

Die Tage des Frühsommers waren von einer milden Wärme durchdrungen, die schon die heißen Tage der kommenden Monate erahnen ließ. Der Staub der Straße, durch die Wagenräder aufgewallt, flirrte im Licht der Vormittagssonne.

Tags zuvor hatten sie den Laacher See hinter sich gelassen und waren an Feldern mit gelbem Raps vorbeigekommen. Anne war völlig verzückt von diesem Goldmeer gewesen. Immer wieder, jedes Jahr aufs Neue, konnte sie sich kaum sattsehen an dem, was die Natur ihnen bot.

Später waren sie in eine Gegend gekommen, in der Getreide angebaut wurde. Dazu war ein Teil des Waldes geschlagen worden, aber die Strünke der Bäume hatte man im Boden belassen, was bei einer Rottwirtschaft so üblich sei, wie sich Anne von Mönch-ohne-Heimat, wie er sich seit einem knappen Jahr selbst nannte, hatte erklären lassen. In der Dämmerung allerdings sorgte der Anblick der Baumstümpfe bei Anne für eine Gänsehaut, so gruselig hoben sie sich gegen den rötlichen Abendhimmel ab.

Heute fuhren sie unter einem wolkenfreien Himmel gemächlich einen Weg am Rande eines Mischwalds entlang.

Anne rückte auf der Holzbank näher an ihr Mönchlein heran, schmiegte ihren schlanken Körper an seinen rundlichen und legte einen Arm um seine Schultern. In dieser schlichten, beinahe selbstverständlichen Berührung, die so zwischen einem Mann der Kirche und einer gestandenen Frau in ihren Dreißigern gewiss nicht üblich war, lag eine Vertrautheit, die sich beide nur zu zeigen trauten, wenn sie mit ihrem einfachen Karren mit den knirschenden Rädern und der offenen Ladefläche einsam und allein über das Land und durch die Wälder zwischen Koblenz, Mayen und Andernach rumpelten.

»Da vorne kommen Reiter«, sagte der Mönch.

Augenblicklich rückte Anne von ihm ab. Sorgfältig strich sie ihr Dreieckstuch über den Schultern zurecht, schloss die obersten Knöpfe ihrer Leinenbluse und faltete die Hände sittsam im Schoß. Sollte bloß niemand auf dumme Gedanken kommen, der sie sah.

Zusätzlich, um jedem Ärger aus dem Weg zu gehen, setzte sie ein bekümmertes, von Sorgen geplagtes Gesicht auf. Wie bei jeder zufälligen Begegnung auf ihren Wegen hoffte sie, das würde genügen, um Vorbeikommende davon abzuhalten, sie genauer anzuschauen. Eine Frau wie sie auf dem Wagen eines Mönchs. Unwillkürlich fragten sich manche, was sie da zu suchen hatte. Aber das waren nur die harmlosen Leute, die zwielichtigen fragten es sich umgekehrt. Weshalb hatte ein Mönch eine Frau bei sich, die keine Nonnentracht trug ... und schon steckten Anne und ihr Begleiter in

Schwierigkeiten. Nicht selten endeten die mit einer blutigen Nase. Für den Mönch. Die Wegelagerer hingegen mussten schauen, wie sie mit einem gebrochenen Arm oder Bein ins nächste Dorf kamen. Da verstand der Mönch keinen Spaß.

Das Sonnenlicht ließ die Luft über dem sandigen Karrenweg flirren. Die Reiter in der Ferne sahen daher so aus, als würden die Hufe ihrer Pferde durch die Luft wirbeln, ohne den Boden zu berühren. Eine Sinnestäuschung, die den Eindruck heraufziehender Gefahr nur noch unterstrich.

Anne kniff die Augen zusammen. »Kannst du erkennen, wer da kommt?«, fragte sie.

»Noch nicht, aber sie kommen rasch näher.«

»Ist das gut oder schlecht?«

»Räuber und Wegelagerer würden uns nicht entgegenkommen, schätze ich.«

Mag sein, dachte Anne. Nur dass diese Halunken sich selten an Regeln hielten.

Inmitten einer aufwallenden Staubwolke hielt der Reitertrupp vor ihnen an. Es waren acht französische Soldaten. Die weißen Hosen waren nach einem tagelangen Patrouillenritt ebenso von Staub und Sand verdreckt wie die schwarzen kniehohen Stiefel und die blauen Uniformjacken.

Misstrauisch ließ der kommandierende Offizier seinen Blick zwischen Anne und dem Mönch wandern, so als müsste er sich vergewissern, dieses seltsame Pärchen tatsächlich vor sich zu sehen.

»Wo wollt ihr hin?«

»Nach Mayen«, antwortete der Mönch. »Und ihr?«

Anne zuckte zusammen. Konnte ihr Mönchlein nicht einfach mal den Mund halten? Oft genug hatte sie ihm gesagt, dass sein loses Mundwerk sie beide noch mal gehörig in Teufels Küche bringen würde. Aber ihr Mönchlein musste ja immer seine geringe Körpergröße mit spöttischem Geplapper ausgleichen. Irgendwann würde sie ihm seine unbedachte Zunge herausreißen müssen, damit wenigstens eine Gefahrenquelle in diesen Zeiten eliminiert war.

Zum Glück ging der Offizier auf die Bemerkung nicht ein. Fraglich, ob er sie überhaupt gehört hatte, denn sein Interesse galt einzig und allein Anne. Er beäugte sie mit dem unverhohlenen Interesse eines Jägers, dem ein Kaninchen in seine aufgestellte Falle gehoppelt war.

Anne kannte solche Blicke. Viel zu häufig war sie schon der Kaninchenbraten gewesen. Manchmal freiwillig, weil sie sich gerne nahm, was sie wollte, und sich dafür auch kein bisschen schämte, aber zu oft eben auch nicht freiwillig, und dann bedauerte sie es, nicht als Mann auf die Welt gekommen zu sein, um sich besser wehren zu können.

Sie war jetzt vierunddreißig Jahre alt und sah nicht besser oder schlechter aus als andere, aber sie wusste auch, dass ihr Körper immer noch bei vielen Männern Begehrlichkeiten weckte, vielleicht, weil sie bislang noch kein Kind geboren hatte. Doch das Ansehnliche half ja kein bisschen, um sich gegen einen französischen Soldaten, der sie aus Langeweile nehmen wollte, erfolgreich zur Wehr setzen zu können.

Anne hielt beide Hände unter dem Rockaufschlag verborgen. Die Finger ruhten auf einem kleinen Messer, das sie zum Apfelschälen benutzte. Aber Messer waren ja vielseitig einsetzbar.

Angestrengt darauf bedacht, auf die Soldaten nicht kokett zu wirken, verhielt sich Anne ruhig. Sie vermied es, dem Commandant in die Augen zu schauen. Soll der sich bloß nicht ermuntert fühlen. So gern Anne immer als begehrenswerte Frau wahrgenommen werden wollte, jetzt gerade wünschte sie sich, in einen plumpen Mehlsack gekleidet zu sein, anstatt diesen recht leichten Rock zu tragen, der sogar ihre Fußknöchel sehen ließ.

Der Offizier führte sein Pferd dicht an den Sitzbock des Wagens heran. Hinter ihm begannen seine Männer zu feixen und sich auf den Rücken ihrer Pferde vorzubeugen. Sie schienen zu ahnen, welches Schauspiel ihnen gleich geboten werden würde.

Die Hand auf den Griff des Degens, der an der Seite seiner Uniformjacke griffbereit baumelte, gelegt, schob der Commandant die Klinge vor, bis diese den Saum von Annes Rock berührte. Noch ein kleines Stückchen weiter, und die Spitze des Degens fuhr unter den Rock.

Anne erstarrte, als sie die Kühle der Klinge an ihrer linken Wade spürte.

Mit der anderen Hand drückte der Offizier langsam den Griff des Degens an seiner Seite hinunter, sodass sich vorne die Klinge wie bei einer Waage anhob und Annes Rock bis zu den Knien nach oben schob.

Niemand sprach ein Wort, auch die Soldaten nicht, wenn man ihr gut hörbares Atmen nicht mitrechnete. Ein genüsslicher Zug lag um den Mund des Offiziers.

Noch ein Stückchen höher schob sich der Stoff, und dann noch eines. Annes Knie wurden sichtbar. Bevor es noch weiter ging, klatschte der Mönch seine rechte Hand auf Annes Beine und hielt so den Stoff auf ihren Oberschenkeln. Die Klinge drückte sich von unten gegen seine Handfläche.

»Ein hübsches Vergnügen, das Sie uns bieten, und ich bin sicher, ich kann noch etwas lernen, aber leider verfügen wir nicht über so viel Golddukaten, dass wir ihr einen neuen Rock kaufen können.«

»Du bist frech, Mönch.«

»Aus mir spricht der Herr. Und der Herr ist niemals frech, nur wahrhaftig.«

Der Offizier stutzte kurz, dann lachte er schallend auf. Er zog den Degen unter dem Rock hervor. Dazu gönnte er sich ein anzüglich schmatzendes Geräusch, bevor er seinen Männern das Zeichen zum Weiterreiten gab. Langsam entfernte sich die Patrouille.

Anne atmete erleichtert durch. Ihre Halsschlagader pochte weiterhin so stark, dass man fürchten musste, bald würde sie platzen.

»Alles gut?«, fragte Mönch-ohne-Heimat besorgt.

Sie nickte. War es zwar nicht wirklich, aber was sollte sie schon anderes kundtun?

»Du kannst deine Hand jetzt von meinem Bein wieder wegnehmen«, sagte sie. »Und … danke.«

»Du kennst mich doch. Der Beschützer der Schutzlosen, so sehe ich mich gerne.«

Ja, das wusste Anne. Aber wer beschützte ihn?

Vor allem vor sich selbst?

2

eit sie ihr Mönchlein kannte, und das war jetzt immerhin schon fast ein Jahr, hatte sich Anne auf ihn verlassen können. Er würde ihr immer beistehen, egal wobei oder gegen wen, und er würde dabei nicht an sich denken. Ihm passiere schon nichts, sagte er immer, ihn schütze sein Habit vor jedem Ärger. Doch Anne zweifelte daran.

Seit die Franzosen vor nunmehr neun Jahren die linke Rheinseite eingenommen hatten und nicht mehr hergaben, hatte sich viel verändert in deutschen Landen. Neue Gesetze waren eingeführt worden. Einige waren gar nicht mal schlecht, andere dafür blanker Unsinn wie etwa die Einführung einer Zehn-Tage-Woche. Jeder zehnte Tag sollte ein Feiertag sein, so war es angeordnet. Niemand in den Dörfern hielt sich daran. Der siebte Tag war der Sonntag, und der blieb es auch.

Auch die Vorgabe, jedermann unabhängig seines Stands zu duzen, stieß auf wenig Gegenliebe. Die Franzosen mit ihrer Ideologie der Großen Revolution mochten das ja gerne tun, aber die Rheinländer fanden keinen großen Gefallen daran, auch wenn sie sich im offiziellen Behördengespräch daran hielten. Untereinander machten sie gerne, was sie wollten, solange keine französische Patrouille vorbeikam.

Aber es gab auch wirklich fortschrittliche Gedanken, die sich in den besetzten Gebieten von den Franzosen durchgesetzt hatten. Dazu gehörten ganz sicher die moderne

Rechtsprechung und ein Gerichtswesen, das es jedem Angeklagten ermöglichte, sich zu verteidigen. So etwas hatte es zuvor nicht gegeben. Vorher hatten die Fürstentümer über die Menschen beschieden, wie sie selbst es für richtig hielten. In den Dörfern war sogar meist das Gesetz in die eigenen Hände genommen worden. Häufig wurde ein Pferdedieb gar nicht erst dem Landesfürsten vorgeführt, sondern gleich an Ort und Stelle auf dem Dorfplatz von einem Dutzend Männer mit Knüppeln zu Tode geprügelt. Dass eine solche auf die Schnelle durchgeführte Bestrafung nun durch eingeführte Gerichtsbarkeit nicht mehr erlaubt war, war Napoleon zu verdanken. Aber bedauerlicherweise war nicht in jedem Dorf eine Patrouille zugegen, und so war das Knüppeln nicht so schnell totzukriegen, wie manch einer in einem Anflug von zynischem Wortspiel meinte.

Mit den Jahren würden sich die neuen Gesetze durchsetzen, davon war Anne überzeugt. Einfach weil sie die richtigen Akzente setzten und zu mehr Gerechtigkeit führten. Ganz so, wie es von Paris aus in die Welt hinausgetragen wurde.

Gleiches Recht für alle war das Eine. Etwas anderes waren die Anordnungen, die den Adel und die Kirchen und Klöster betrafen. Hierfür gab es nur zwei Worte für ein und denselben Vorgang: Enteignung und Abschaffung.

Die schwarze Kutte mit Kapuze, wie Anne den Habit manchmal etwas abfällig bezeichnete, mochte ihr Mönchlein vielleicht lange Zeit vor der Willkür der französischen Besatzer verschont haben, aber seit der Säkularisation im vergangenen Jahr, als Napoleon im Juni per Gesetz die Klöster faktisch aufgelöst hatte, waren alle Mönche und Nonnen gezwungen, ihr Leben außerhalb von Klostermauern zu meistern. Von einem Tag auf den anderen waren sie alle weltlich geworden und somit auch angreifbarer für jene, die glaubten, den Kirchenmenschen etwas heimzahlen zu müssen.

Manch einem auf diese Weise vertriebenen Mönch war ein wenig Glück beschieden, wenn es ihm gelang, eine Anstellung an einer Schule zum Unterrichten zu ergattern. Den Nonnen, die nicht bei einer Verwandten unterkommen konnten, blieb häufig nur übrig, sich zu einer Wohngemeinschaft zusammenzuschließen und mit Arbeiten aller Art über die Runden zu kommen.

Sicher, Napoleon hatte angeordnet, allen eine kleine Pension zu zahlen, nur üppig fiel diese nicht aus. Und Annes Gefährte war ein sturer Mönch, der in einem Anfall von unangebrachtem Trotz sogar diese geringe Pension ausgeschlagen hatte. Wie hieß es doch so schön: Dummheit und Stolz wachsen auf einem Holz.

Trotz seines ungeschickten Verhaltens verspürte Anne eine tiefe Zuneigung zu ihrem Mönchlein. Er war ein zuverlässiger Gefährte in schwierigen Zeiten. Gemeinsam waren sie aus Annes Heimatdorf Brunnenweiler fortgegangen, nachdem ihr Ehemann sich zu Tode gesoffen hatte. Ein Krug zu viel, und plötzlich war er vom Hocker gefallen und hatte sich nicht mehr gerührt. Zuerst ließ man ihn auf dem Boden liegen, weil es seinem üblichen Erscheinungsbild entsprach, aber dann bemerkte ein Zecher im Wirtshaus, dass er tot war.

Der Mönch war damals nur wenige Tage vorher ins Dorf gekommen. Frisch vertrieben aus dem nahe gelegenen Kloster Laach, hatte er nicht gewusst, wohin er sollte, und war im erstbesten Wirtshaus, das auf seinem Weg lag, versackt, um seinen Kummer zu ertränken. Das war der *Fröhliche Tropfen* in Brunnenweiler gewesen.

»Wenn man mich nicht mehr Mönch sein lässt, wie ich es möchte, dann brauch ich mich auch nicht mehr so zu verhalten, wie man es von mir erwartet«, hatte er gesagt.

Und dann hatte er den Dörflern erklärt, was die von Napoleon ausgerufene Säkularisation für die Klöster auf der linken Rheinseite bedeutete. Nämlich nichts anderes, als dass es sie nicht mehr wirklich gab, da alles Kirchliche aufgelöst wurde und somit auch die Existenzgrundlage der Mönche und Nonnen. Wo sie nichts mehr anbauen und herstellen durften, gab es auch nichts mehr zu verkaufen. Schlimme Sache, aber da auch der Adel mitsamt seinen Fürstenhäusern enteignet worden war, gab es sowieso keine Abnehmer mehr für die klösterlichen Waren.

Aus Protest gegen die Säkularisation nannte er sich fortan Mönch-ohne-Heimat. Nur so wollte er noch angesprochen werden. Jeder sollte erfahren, wie er sich nach dem Rauswurf aus dem Kloster fühlte. Wie alle Mönche und Nonnen des Landes sich fühlten, auch wenn nur wenige es so deutlich kundtaten wie er.

»Du hast mich nach dem Tod meines Mannes aus meinem Dorf herausgeholt und mitgenommen«, hatte Anne häufig zu ihm gesagt. »Ich weiß nicht, wie ich dir das jemals danken kann.«

Und er hatte geantwortet: »Jeder Tag, an dem du dir selbst etwas wert bist, ist mir Lohn genug.«

Anne war in Brunnenweiler eine Außenstehende gewesen. Ihre Eltern waren gestorben, als sie zehn Jahre alt war. Eine benachbarte Familie nahm sie zu sich auf, obwohl dadurch nur ein Mund mehr zu füttern gewesen war. Doch das Kind durfte kein Kind mehr sein. Tüchtig arbeiten musste es auf dem Hof. Im Haus schlafen war nicht gestattet gewesen, sondern ausschließlich in der Scheune. Erst als sie vom Mädchen zur Frau wurde, befand der Hofbesitzer, man könnte sie doch auch im Haus in einem Kastenbett schlafen lassen. Selbstverständlich nur in seinem.

Nach einem Monat, sie war gerade dreizehn geworden,

lief sie davon. Mit mehr blauen Flecken am Körper als Brotkrumen in der Tasche.

In Brunnenweiler, einem kleinen Dorf unweit von Coblenz, lernte sie einen jungen Burschen kennen, der den Beruf des Scherenschleifers von seinem Vater lernte. Sie verliebte sich in ihn, und als sie siebzehn wurde, heirateten sie. Die ersten Jahre waren gar nicht übel, und Anne bekam eine Ahnung davon, was es heißen konnte, glücklich zu sein, aber ihr Mann liebte den Alkohol einfach mehr als sie. Von Jahr zu Jahr wurde sein Verhalten ihr gegenüber gemeiner und unberechenbarer.

Und wieder war eine Zeit gekommen, in der Anne in der Woche mehr blaue Flecke bekam als warme Mahlzeiten.

Während er von morgens bis abends soff und seiner Arbeit kaum noch nachkam, versuchte Anne, sie beide mit ein wenig Aushilfe im Wirtshaus über Wasser zu halten. Dass ihr Mann wie so viele Scherenschleifer zu der Zeit als Hehler für das Diebesgut einiger Räuberbanden fungierte, bekam sie gar nicht mit. Erst als er einmal übel zusammengeschlagen am Boden lag, begriff sie, wie er seinen hohen Alkoholkonsum trotz geringem Arbeitsfleiß finanzierte. In einem letzten Anflug von Zuneigung versuchte sie noch, ihn auf den rechten Weg zurückzuführen. Doch einem wie ihm war nicht zu helfen, also soff er weiter, bis er vom Stuhl fiel.

Der Tag, an dem Anne Witwe geworden war, sollte eigentlich ein trauriger in ihrer Erinnerung sein, doch für sie war es der Tag, an dem ihr das Tor in eine zwar ungewisse, aber dafür selbstbestimmte Freiheit geöffnet wurde.

Da sie und Mönch-ohne-Heimat beide etwas Verlorenes an sich hatten, taten sie sich zusammen. Sie verließen das Dorf, um irgendwo draußen in der Welt ihr Glück zu suchen … und hoffentlich auch zu finden.

Ihr hoffnungsvolles Vorhaben krankte nur an einer Sache. Beide kannten diese Welt da draußen gar nicht.

Wie auch, verbrachte er doch den Großteil seines Lebens im Kloster Laach und sie in einem Dorf, das so weit abseits der Hauptstraßen lag, dass es leichthin als von allen vergessen bezeichnet werden konnte.

»Wir sind beide vom Schicksal gezwungen worden, Einzelgänger zu sein«, hatte Mönch-ohne-Heimat zu ihr gesagt.

Anne hatte daraufhin laut überlegt: »War es wirklich nur das Schicksal? Oder war es nicht irgendwo auch unsere eigene Entscheidung? Vielleicht können wir nicht anders? Vielleicht können wir *das Leben* nicht anders?«

Dass Anne mit dem Mönch zusammen das Dorf verließ, hatte für mächtig Getratsche unter den Leuten gesorgt, doch es war ihr egal gewesen. Verhindern konnte sie es sowieso nicht. Wer sich's Maul zerreißen wollte, tat es mit oder ohne ihre Einwilligung. Meistens waren es eh nur die Frauen im Dorf, die hinter ihr her tratschten. Manche dieser Klatschmäuler hätten sich allerdings nur zu gerne auch mal die Freiheiten herausgenommen, für die Anne sich nicht rechtfertigte. Die Männer im Dorf sprachen zwar nicht mit ihr, gingen ihr aber auch nicht aus dem Weg. In ihren Augen konnte Anne genau lesen, was sie sich alles vorstellten, wenn sie am Dorfbrunnen die Handkurbel drehte.

Ihr Aussehen regte die Fantasie derer an, die sie begehrten, genauso wie die von jenen, die sie dafür hassten, dass sie sie beneideten.

Und wäre das alles nicht schon genug, um zur Außenseiterin zu werden, verliehen ihre Haare im dunklen Kirschfarbton ihr etwas Ungebändigtes. Für manch einen eine verführerische Herausforderung und nicht erteilte Erlaubnis zugleich, Grenzen zu überschreiten. Alles zusammen machte es Anne unmöglich, in diesem Dorf zu bleiben. Erst recht nicht als alleinstehende Frau. Witwe hin oder her.

Dabei verspürte sie doch Träume, die sich gar nicht so sehr von denen der sogenannten redlichen Frauen unterschieden. Noch heute mit vierunddreißig Jahren träumte Anne von dem Mann, der sie so annahm, wie sie war, mit allem, was ihr eigen war. Und von einem, der sie vielleicht sogar aufrichtig liebte. Männer, für die sie nur eine lustvolle Selbstverständlichkeit war, gehörten nicht in diese Träume.

Einmal hatte es in Brunnenweiler einen Mann gegeben, zu dem sie sich hingezogen fühlte. Sein Name war Johann gewesen. Eines Tages war er ins Dorf gekommen und hatte den Posten des Dorfpolizisten übernommen. Johann hatte ihr gefallen. Er hatte nur einen Fehler. Er gefiel fast allen Frauen im Dorf, was wiederum ihm gefiel. Selbstlos kam er allen Anforderungen nach, die ihm abverlangt wurden. Bis er auf Lisbeth traf. Schnell war klar, dass Johann und Lisbeth zusammengehörten. Auch wenn Anne mit Lisbeth nicht immer einer Meinung gewesen war, so hatten sich beide im Laufe der gemeinsamen Jahre in Brunnenweiler schätzen gelernt. Das war immerhin auch etwas, und so hatte sich Anne für Lisbeth und Johann gefreut, dass sie ihr Glück gefunden haben.

Als Mönch-ohne-Heimat ins Dorf kam, hatte er Anne vom ersten Augenblick an behandelt wie jeden anderen auch, und wie es ihr schien, tat er es nicht bloß aufgrund seiner Glaubensgrundsätze, sondern aus seinem guten Wesen heraus. Ihn hatte es nicht geschert, was die anderen in Anne sahen. Ihm war es wichtig gewesen, dass sie ihr Herz nicht gramvoll verschloss.

Und so fuhren sie mit einem Gaul, einem Fuhrkarren und wenig Hab und Gut seit einem Jahr in der Hocheifel umher.

Anne warf ein paar Brotkrumen auf die Straße und amüsierte sich, dass sich die Amseln so heftig darum zankten, als hätten sie nur Spatzenhirne.

Mönch-ohne-Heimat bedachte seine Gefährtin mit einem Schmunzeln. Er mochte es, wenn sie so war. Die Tage konnten noch so beschwerlich sein, Anne fand immer noch einen Moment, in dem sie die Welt um sich herum in einem Sonnenstrahl baden ließ.

Er hatte es ihr noch nie gesagt, aber im Stillen bewunderte er Anne dafür, dass sie in der Lage war, nach allem Beschwerlichem in ihrem Leben immer noch ihr Herz für die kleinen Dinge öffnen zu können. So vielen Menschen war diese Fähigkeit abhandengekommen, und er nahm sich selbst davon nicht aus.

Manchmal fiel es ihm schon morgens beim Aufstehen schwer, zuversichtlich auf den bevorstehenden Tag zu blicken. Lange hatte er es sich nicht eingestehen wollen, aber die Vertreibung aus dem Kloster hatte ihm mehr genommen als nur ein Dach über dem Kopf und seine Arbeit. Er hatte begonnen, den Sinn eines redlichen Lebens infrage zu stellen. Weil er keine Antworten fand, suchte er diese auf dem Grund unzähliger Weinkrüge, die er im Wirtshaus in Brunnenweiler trank. Fündig wurde er natürlich nicht. Nur hilflos hatte er sich gefühlt.

Jeder nahm immer an, ein Mönch wäre nicht allein, und es stimmte ja auch, dass er es in seinem Glauben nie war. Aber genau wie jeder andere auch dürstete er in schweren Zeiten nach Mitgefühl und Fürsprache.

Davon abgehalten, ein Trunkenbold zu werden, hatte ihn Anne. Vielleicht, weil ihr Mann ein elender Säufer gewesen war, vielleicht, weil sie sein jammerndes Selbstmitleid nicht ertrug. Oh, das konnte er gut. Jammern und Klagen war ihm zur zweiten Natur geworden. Was gab es für ihn sonst schon zu tun, wenn kein Gemüsebeet beharkt werden konnte? Was immer Annes Beweggrund gewesen sein mochte, ihm in seiner schwersten Zeit zu helfen, er würde es ihr nie vergessen.

Und nun saßen sie beide hier nebeneinander auf dem Wagen und fuhren in eine ungewisse Zukunft. Na, wenigstens gemeinsam. Er teilte ja gerne.

Gedankenvoll sah er zu ihr; eine der Amseln entdeckte die Krumen und hüpfte darauf zu.

Nach einer Weile, in der beide geschwiegen hatten, fasste sich Anne ein Herz.

»Es wird Zeit, dass du deine Kutte ablegst«, sagte sie entschieden.

Mönch-ohne-Heimat seufzte theatralisch auf. »Nimm mir nicht das Letzte, das mir geblieben ist.«

»Wie lange willst du sie denn noch tragen? Ich finde, es wird langsam Zeit, dass du endlich in deinem neuen Leben ankommst.«

»Meinen Habit ablegen?«, fragte er auf eine Weise, so als würde er diese Worte wie aufsteigende Luftblasen aus dem vulkanischen Laacher See bestaunen.

»Es würde uns helfen, irgendwo sesshaft werden zu können. Wir fahren seit einem Jahr herum, und du findest keine Arbeit. In den Schulen willst du dich nicht als Lehrer vorstellen, auf dem Feld willst du nicht arbeiten. Würde ich nicht ab und zu in einem Wirtshaus aushelfen, wären wir längst verhungert. Finde dich langsam damit ab, dass es keine Klostergärten mehr gibt, in denen du fröhlich pfeifend Gemüse anbauen kannst.«

»Oder den Weinkeller betreue.«

Anne verdrehte die Augen.

»Du magst ja recht haben.« Seine Stimme klang kläglich. »Aber meinen Habit ausziehen? Das kann ich nicht. Er ist doch so etwas wie meine zweite Haut. Meine für alle sichtbare Haut.«

»Jedes Reptil häutet sich. Danach erstrahlt es in neuem Glanz, und du, mein Mönchlein, benötigst dringend einen neuen Glanz, sonst fahren wir über das Land, bis ich als alte Frau tot vom Karren falle. Das willst du doch wohl auch nicht.«

»Nein, Anne, das will ich natürlich nicht. Aber du verlangst viel von mir.«

»Es ist nur eine Kutte und noch nicht mal eine saubere. Hier«, sie zupfte ihn am großzügig fallenden Ärmel, »lauter eingetrocknete Weinflecken. Das sieht nicht gut aus, Mönchlein, und hilft auch nicht dabei, eine ordentliche Anstellung zu bekommen. Was glauben die Leute denn, was du ihren Kindern beibringen willst? Wie man beidhändig aus dem größten Krug trinkt? So wie du aussiehst und dich gehen lässt, glaubt niemand, wie belesen du bist und welch umfangreiches Wissen über die Welt du besitzt.«

»Du bist gemein, Anne.«

»Nein, ich bin einfach nur ehrlich zu dir. Also zieh die Kutte aus. Heute noch. Sonst brauchen wir gar nicht nach Mayen zu fahren.«

»Ich brauche aber die Kutte, um mich in dieser Welt sicher zu fühlen.«

Anne drückte ihm einen Kuss auf die Wange. Dabei schmatzte sie gerne übertrieben, denn das brachte Mönch-ohne-Heimat noch jedes Mal zum Erröten.

»Wofür war der jetzt?«, fragte er traurig.

»Dafür, dass du Kutte gesagt hast. Das erste Mal. Es ist ein Anfang, dich zu lösen.«

»Stimmt, ich habe Kutte gesagt. Mein Gott, ist es schon so weit mit mir gekommen, dass ich meine Sprache deiner angleiche? Sollte es nicht umgekehrt sein?«

»Es ist schon alles richtig so mit uns beiden«, sagte Anne. Vergnügt schlug sie ihm mit der flachen Hand gegen den gewölbten Bauch. »Du weißt, ich bin dir sehr dankbar, dass du mir das Lesen und Schreiben beigebracht hast.«

»Du warst eine gute Schülerin. Wolltest viel wissen, hast viel geübt.«

»Hast ja recht, mein Mönchlein.«

»Ich habe dich doch gebeten, mich nicht so zu nennen. Ich heiße Mönch-ohne-Heimat.«

»Wenn du mir deinen wirklichen Namen verraten würdest, dann könnte ich dich auch so ansprechen, aber du weigerst dich ja standhaft, ihn mir zu sagen.«

Der Mönch grummelte vor sich hin. Nicht wirklich verärgert, sondern mehr, weil sie diese Unterhaltung schon häufiger geführt hatten und er sich tatsächlich bisher eisern weigerte, seinen Namen preiszugeben. Anne hatte ihn schon aufgezogen und behauptet, er hätte ihn selbst wohl schon vergessen während seiner Jahre im Kloster, aber dem war nicht so.

Mit ihrer linken Schulter stieß Anne kameradschaftlich gegen seine rechte.

»Wäre es nicht an der Zeit, deinen Protestnamen abzulegen?«, fragte sie.

»Das ist etwas, von dem du nichts verstehst.«

»Ach, so einfach machst du es dir? Und wieso versteh ich nichts davon? Was gibst denn da überhaupt zu verstehen, außer, dass du dir mit dem Zusatz *ohne-Heimat* ständig deinen Kummer in Erinnerung rufst. Schau mich an, ich hab auch von vorne angefangen. In dem Moment, als wir beide gemeinsam losgefahren sind, gab es die alte Anne nicht mehr, sondern nur noch die, die nach vorne schaut.«

Mönch-ohne-Heimat grinste. »Die alte Anne, hm, das könnte stimmen. Jünger bist du nicht geworden seitdem.«

»He, werd nicht frech«, protestierte sie und fügte nach einer kurzen Pause schelmisch hinzu: »Mönchlein.«

Anne besaß eine dunkle Stimme, die ihre Worte manchmal rau klingen ließen. Das verlieh ihr trotz des schmalen, fast zerbrechlich wirkenden Äußeren etwas Kämpferisches. Vielleicht war es diese Stimme gewesen, die Mönch-ohne-Heimat in ihr an eine verwandte Seele denken ließ. Ihr haftete stets etwas Vertriebenes an, was er ja auch für sich so empfand.

»Vielleicht bist du ja auch unzufrieden, weil du …«

Der Rest von Annes Worten ging in einem unverständlichen Gemurmel unter.

»Wenn du so leise redest, kann ich nichts verstehen.«

»Weil du nichts …«

»Nun sprich doch deutlicher, Anne.«

»Mein Gott«, wurde sie lauter, »weil du nichts arbeitest? Ich denke halt, dass du unzufrieden bist, weil du keine Aufgabe hast.«

Ruckartig wandte er ihr sein Gesicht zu. Mit weit geöffneten Augen sah er sie erschrocken an. Gleichzeitig zog er abrupt am Zügel. Das müde Pferd blieb gehorsam stehen und senkte den Kopf. Wüsste Anne es nicht besser, würde sie vermuten, dass der Gaul sofort eingeschlafen war.

»Ach, Mönchlein, entschuldige bitte, ich will dir nicht wehtun, wenn ich so was sage. Ich weiß genau, was du alles für uns beide machst. Ich dachte halt nur, dass wir bisher doch nur versucht haben, die richtige Balance zwischen Müßiggang und Arbeit zu finden. Etwas Dauerhaftes könnte uns guttun, auch unserem Geldbeutel.«

»Nein, Anne, entschuldige dich nicht. Du hast ja recht. Wir fahren seit einem Jahr übers Land, und was habe ich denn zu einem Verdienst bisher beigetragen, damit wir uns über Wasser halten können? Nein, unterbrich mich jetzt nicht.« Er hob die Hand. »Die Antwort lautet wahrheitsgemäß: nichts. Würdest du nicht ab und zu in einem Gasthaus oder auf einem Tanzbodenfest etwas für die Menschen singen, hätten wir keinen einzigen Taler verdient.«

»Und dabei kann ich gar nicht singen«, schmunzelte sie.

»Ja, du hast viele Talente, Anne, aber Singen gehört ganz sicher nicht dazu. Und dennoch – den Männern gefällt deine Stimme.«

»Wohl nicht nur die.«

Der Mönch feixte ganz und gar unchristlich. »Du bist, ich wage es zu sagen, ein hübsches Beispiel dafür, was die Natur aus einem weiblichen Wesen machen kann.«

»Manchmal wünschte ich mir, einen Buckel zu haben«, sagte sie, und die Bitterkeit in ihren Worten war deutlich herauszuhören. »Männer schauen mich an und glauben zu wissen, wie ich bin.«

Mönch-ohne-Heimat verfügte über das Gespür, wann er ernst zu sein hatte. »Hast du dich mir deshalb angeschlossen? Um diesem Angeschautwerden zu entfliehen?«

Anne überlegte kurz. »Möglich, dass es einer der Gründe war«, sagte sie.

»Und ich dachte, du kamst mit, weil du unsterblich in mich verliebt bist.«

»Das ist der andere Grund, Mönchlein.«

Lachend klopfte sie ihm erneut mit der flachen Hand auf seinen rundlichen Bauch, der sich unter der Kutte sichtbar wölbte. Er tat, als würde er es nicht mögen, in Wahrheit aber liebte er es wie ein Hund, der hinter dem Ohr gekrault wird.

Nach einer Weile sagte er: »Du hast recht, Anne, es muss sich was ändern. Aber was? Ich kann doch nichts anderes als Mönch sein.«

»Wie gesagt, du könntest doch unterrichten. Viele deiner Leidensgenossen haben einen Posten in einer Schule angenommen.«

Mönch-ohne-Heimat seufzte. »Ich kann das nicht.«

»Warum sträubst du dich dagegen? Es gab schon einige Gelegenheiten für dich, eine solche Stellung zu bekommen. Immer sind wir weitergefahren. Dabei bin ich überzeugt, dass du Kindern sehr gut dein Wissen vermitteln kannst. Schau, mir hast du in dem Jahr, seit wir herumfahren, auch lesen und schreiben beigebracht. Und du hast selbst gesagt, dass ich beides sehr gut beherrsche.«

»Ich kann nicht unterrichten.«

»Probier's doch mal. Wir könnten irgendwo sesshaft werden. Das klingt doch nach einer schönen Idee, oder? Ich wünsche mir sehr ein Zuhause, weißt du? Ich hatte noch nie eines, in dem ich glücklich war. Wir beide hätten doch die Chance dazu. Und ich verdiene uns auch etwas dazu. Ich kann in einem Wirtshaus bedienen.«

»Anne, ich kann nicht.«

Enttäuscht verschränkte sie die Arme vor der Brust. »Du willst nicht.«

»Ich kann nicht«, beharrte er.

»Aber wieso denn nicht?«

»Weil ich … weil ich kein Französisch spreche«, stieß er ungehalten hervor. »Was ist? Schau mich nicht so an wie eine kalbende Kuh. Es ist einfach so, dass ich diese Sprache nicht beherrsche, und du weißt, dass die Franzosen verlangen, dass der Unterricht in ihrer Sprache gehalten wird.«

»Ja, auf dieser Seite des Rheins. Dann lass uns auf die rechte Seite gehen.«

»Aber da gehöre ich nicht hin.«

»Und wohin gehörst du jetzt?«

»Hierhin gehöre ich. In diese Gegend. Mein ganzes Leben hab ich hier verbracht. Ich kann nicht einfach woanders hin. Ich hab hier meine Wurzeln.«

»Die man dir herausgerissen hat. Muss ich dich wirklich

daran erinnern, dass wir keine Heimat haben, wir beide? Also lass uns eine finden.«

Mönch-ohne-Heimat ließ die Schultern sinken. Er verzog das Gesicht zu einer Grimasse wie jemand, der sich seiner eigenen Schwäche nur zu bewusst war und selbst daran verzweifelte, nichts dagegen tun zu können. Anne spürte, wie sehr er darunter litt. Behutsam legte sie eine Hand auf seine Schulter. Dankbar für diese Geste lächelte er schwach.

»Wenn du nicht rübergehen willst, dann bleiben wir hier«, sagte sie mit einfühlsamer Stimme.

»Ich meine, die Franzosen sind in *unserem* Land«, sagte er. »Sollen *sie* doch *unsere* Sprache lernen, wenn sie schon hier sind. Warum soll ich jetzt in deren Sprache unterrichten? Erklär mir das. Ich bin ein freier Mensch.«

Ach, Mönchlein, dachte Anne. Deine Freiheit besteht doch nur darin, dich der Vorstellung hinzugeben, du hättest wirklich eine Wahl.

Sie hätte ihm jetzt etwas über die üblichen Mechanismen zwischen Besatzern und Besetzten erzählen können, doch sie ließ es bleiben. Wozu ihr Mönchlein noch mehr aufregen?

»Aber irgendwas müssen wir uns einfallen lassen, das ist dir schon klar, oder?«, sagte sie stattdessen. »Wir können nicht ewig mit diesem Karren durch die Eifel rollen.«

»Ach, warum denn nicht?«

»Weil irgendwann das Pferd stirbt.«

Seit Anne ihren Gefährten kannte, war er noch nie sprachlos gewesen, aber dieses Mal durfte sie das letzte Wort behalten.

3

Nachdem sie ein Eichenwäldchen hinter sich gelassen und eine Lichtung passiert hatten, lenkte Mönch-ohne-Heimat den Wagen über einen Feldweg hin zu einer einsam stehenden Scheune, vor der er anhielt. Hastig und ohne viele Worte zu verlieren, stieg er ab und lief ins Feld, wo er sich hinter einem Gewirr aus Brombeerranken ein ruhiges Plätzchen suchte, um sich im Stehen zu erleichtern.

Anne vertrat sich derweil die Beine. Ihr Kreuz und die Schultern schmerzten von dem harten Sitzbrett, auf dem sie stundenlang ausharrten, während der schwerfällige Gaul den Wagen über das Land mit all seinen Unebenheiten zog.

Ein paar Schritte, die Arme in die Höhe strecken und den Rücken durchbiegen würde ihr guttun. Sie legte sich eine Hand vor den Bauch. Hunger hatte sie. Auf etwas Herzhaftes. Mal wieder gedämpftes Fleisch essen zu können, was würde sie nicht dafür geben. Sie selbst hätte ja gerne mal ein Huhn gestohlen, aber selbst wenn der Spruch »Gott sieht alles« nicht stimmen täte, ihr Mönchlein sah es. Und er verstand in solchen Dingen keinen Spaß. Ihr Magen allerdings auch nicht, und so hatten sie sich geeinigt, dass Anne ab und zu ein gelegtes Ei entwenden durfte.

Sie bückte sich, um ein Gänseblümchen zu pflücken, das sie zwischen Daumen und Mittelfinger wie ein winziges Windrad hin- und herdrehte. Kaum hatte sie ein paar Schritte gemacht, meldete sich auch ihre Blase. Sie sollte die Gelegenheit nutzen und sich ebenfalls ein Plätzchen suchen, wo sie sich unbeobachtet hinhocken konnte. Mönch-ohne-Heimat wurde nicht bei vielen Dingen sauer, aber er konnte ziemlich genervt reagieren, wenn sie, kaum dass sie wieder weitergefahren sind, den Finger hob und sagte, jetzt müsse sie mal. *Hattest du das nicht vorher schon gewusst?*, schimpfte er da schnell, aber er meinte es nicht wirklich böse. Es gab Wichtigeres, um sich aufzuregen. Das hatte sogar er inzwischen eingesehen.

Anne schlenderte auf die Scheune zu. Auf der anderen Seite würde sie sicher gut die Röcke heben können, ohne von einem zufällig auf der Straße vorbeikommenden Tagelöhner gesehen zu werden, der vielleicht glaubte, nur weil er gerade ihren blanken Po sah, könnte er sich auf sie stürzen wie ein Wolf auf ein junges Reh.

Sie winkte Mönch-ohne-Heimat zu, der gerade hinter dem Gesträuch vorkam und zurück zum Wagen stampfte, und bedeutete ihm, dass sie es ihm gleichtun werde. Mönch-ohne-Heimat reckte begeistert den Daumen in die Luft. Anne schmunzelte. Er war ja so leicht zufriedenzustellen. Eine Kleinigkeit wie rechtzeitiges Pinkeln gehörte da schon dazu.

Sie ging um die Scheune herum. Ein Fuchs wich eilig ins Unterholz zurück. Sie war schon fast an die Rückseite gelangt, da hielt sie überrascht inne.

Erst hatte sie es nur aus dem Augenwinkel wahrgenommen, aber dann sah sie genauer zur Scheunenwand hinüber. Tatsächlich, sie hatte sich nicht getäuscht. Hatte es bei flüchtigem Vorbeischauen erst noch so ausgesehen, als wären die Holzbretter nur verschmutzt, entpuppte sich beim Näherkommen, dass dort fein säuberlich etwas an die Scheunenwand geschrieben stand. Jemand hatte in großen, gut lesbaren Buchstaben vier Zeilen geschrieben.

Er suchet in seinen Gedanken auf
Die Blicke voll Lust und voll Liebe
Und drücket die Augen fest zu im Lauf
taucht Sonne ins Wasser so trübe

Anne war hin und weg. Wie schön dieser Vers war.

Berührt von der Poesie dieser Worte vergaß sie ganz den eigentlichen Grund, weshalb sie hinter die Scheune getreten war. Wie verzaubert legte sie ihre rechte Hand auf das Holz und tastete mit den Fingerspitzen vorsichtig über die Schrift. Die Buchstaben waren zuerst in das Holz eingeritzt und dann mit einem schwarzen Kohlestift nachgezogen worden. Da wollte jemand, dass die Zeilen länger zu lesen blieben und vielleicht sogar den nächsten Regen überdauerten.

»Anne?« Mönch-ohne-Heimat rief nach ihr. »Bist du in Brennnesseln gefallen, oder weshalb brauchst du so lange?«

»Komm her, Mönchlein. Ich möchte dir etwas zeigen.«

»Lieber Gott, Anne, ich habe schon mal einen nackten Frauenhintern gesehen. Deswegen brauche ich jetzt nicht zu dir ins Unterholz.«

»Red keinen Unfug und komm lieber her.«

Anne hatte das Gedicht ein zweites Mal gelesen, als Mönch-ohne-Heimat sich neben sie stellte und wie sie überrascht war, es an die Bretterwand geschrieben zu sehen.

»Wer das wohl getan hat?«, fragte Anne.

»Wer es auch war, ihm schien es zu gefallen, andere daran teilhaben zu lassen.«

»An der Seite einer Scheune? Viele Wanderer werden es so aber nicht sehen können.«

»Hm, dann gefiel ihm vielleicht nur die Schönheit der Worte? In den letzten Jahren sind doch immer mehr Poeten den Rhein entlanggereist, um in seiner schöpferischen Kraft ihre Dichtkunst zu beleben. Erinnere dich nur an

Clemens von Brentano, der mit seinem Freund Achim von Arnim in unserem früheren Dorf Brunnenweiler aufkreuzte und sich durch die Felsen am Fluss dort gleich inspiriert fühlte.«

Anne erinnerte sich sehr gut an die beiden jungen, lebensfrohen Dichter. Sturzbetrunken waren sie nach einem Tag in der Gaststätte *Zum Fröhlichen Tropfen* gewesen. Die Adern voller Wein und das Herz voller Poesie.

Sie ging hinter einen Busch und erleichterte sich endlich.

»Warum gehen wir eigentlich davon aus, dass ein Mann dieses Gedicht an die Scheune geschrieben hat?«, rief sie über die Blätter hinweg. »Könnte doch auch eine Frau gewesen sein.«

Sie kam wieder hervor und schaute ihren Begleiter fragend an. Der tat nicht einmal so, als würde er sich ein Grinsen verkneifen.

»Eine Frau? Meine liebe Anne, jetzt wirst du aber tolldreist. Hast du schon mal von einer Frau gehört, die Gedichte verfasst hat? Also, ich noch nicht.«

»Nur weil du jahrelang nicht aus deinen Klostermauern herausgekommen bist, heißt das noch lange nicht, dass sich die Frauen seit den Bauernkriegen nicht weiterentwickelt hätten.«

Beschwichtigend hob er beide Hände. »Schon gut, entschuldige. Aber schau dir die Schrift an. Schreibt so eine zarte Hand?«

Anne hörte ihm zwar zu, blickte aber nach wie vor völlig gebannt auf das Gedicht. Die Poesie dieser Worte auf einer schlichten, teils verwitterten Scheunenwand hatte etwas in ihr ausgelöst. Sie konnte es gar nicht richtig benennen. Diese beinahe widersprüchliche Verbindung verführte nicht nur ihr Auge, sondern brachte auch etwas tief in ihrem Inneren zum Klingen.

So viel Sehnsucht nach Liebe, so viel Schmerz bei aller Hoffnung. Etwas Vergleichbares war Anne noch nicht untergekommen. Bisher war ihr niemand begegnet, der in Worte fassen konnte, was in ihr schlummerte.

Wer mochte wohl dieser Mensch sein, der sich die Mühe gemacht hatte, den Kummer seines Herzens für alle sichtbar zu hinterlassen? Lebte er noch oder war diese Scheunenwand das letzte irdisch Verbliebene von ihm?

Unwillkürlich strich sich Anne über beide Unterarme, als wollte sie sich jedes Wort, jeden Buchstaben, der dort stand, unter die Haut schieben, um sie für immer bei sich zu tragen.

Sie brauchte dieses schmerzhafte Glück, gerade jetzt.

Nicht morgen, und das Gestern gab es schon nicht mehr.

Genau jetzt schien es, als wäre ihr Herz bereit, sich dieser ungekannten Kraft von Worten zu öffnen.

Sie riss sich los, und als sie sich umdrehte, blieb ihr vor Staunen der Mund offen stehen.

Mönch-ohne-Heimat hatte begonnen, sich seine Kutte über die Schultern und den Kopf zu ziehen. Seine untere Körperhälfte präsentierte sich bis auf Unterpantalons nackt und haarig.

Verwundert strich sich Anne mit der Hand durch das Stirnhaar, das ihr ungezügelt vor die Augen fiel.

»Was machst du denn da?«

»Wonach sieht es denn aus?«

Seine Stimme klang gedämpft, da sich sein Gesicht noch in dem Wust an Stoff verbarg, den er umständlich versuchte über den Kopf zu ziehen.

»Lass dir gesagt sein, Mönchlein. Ich hab keine Lust, dir Befriedigung zu verschaffen. Also, beende die Faxen, und schwing dich lieber zurück auf den Wagen. Wir sollten weiterfahren.«

»Nein, erst muss ich das hier machen. Uff, geschafft!«

Endlich war es ihm gelungen, die Kutte vollends über den Kopf zu ziehen; er ließ sie vor sich auf den Boden fallen. Ungeniert stand er in seiner löchrigen Unterwäsche vor Anne, die zum Glück den Anblick seiner haarigen Beine längst gewohnt war. Zudem war sie noch nie schreckhaft aus ihren Schuhen gesprungen, wenn sich ein Mann vor ihr die Hose herunterzog.

»Als ich drüben beim Gestrüpp pinkelte, kam mir eine Art Erleuchtung«, sagte er.

»Ich dachte, so was käme dir für gewöhnlich nur beim Beten?«

»Selbstverständlich auch beim Beten, aber man kann sich den Zeitpunkt ja nicht aussuchen, nicht wahr? Ich habe nachgedacht, Anne. Über das, was du vorhin gesagt hast. Es wird Zeit, dass ich in meinem neuen Leben ankomme und mein altes Ich hinter mir lasse. Und du hast recht, dazu gehört dann auch, dass ich mich von dieser Kleidung trenne, die mich nach außen für alle als jemanden erkennen lässt, der ich so nicht mehr bin. Nicht mehr sein darf und vielleicht auch nicht mehr sein will. Irgendwann wieder, möglich, das weiß der Himmel, aber nun, in diesen Zeiten und mit dir zusammen ...«

Er machte zwei Schritte auf Anne zu, nahm ihre Hände in seine und schaute ihr bedeutungsvoll in die goldbraunen Augen.

»Anne«, sagte er salbungsvoll. »Anne ... ich heiße Laurin.«

Das hätte sie ihrem Mönchlein nicht zugetraut. Kutte ausziehen, Namen verraten, alles auf einmal. Anne wusste, wie sehr er mit sich gerungen haben musste, und eben weil es für ihn keine leichtfertige Handlung war und einiges an Überwindung gekostet haben musste, war sie sehr stolz auf ihn.

Sie fragte nicht, ob er es ihr erlaubte, und umarmte ihn ganz fest umschlungen. Nanu? Was war denn das? Sie rückte ein Stück von ihm ab.

»Mein lieber Laurin«, sagte sie. »Ich küsse dich oben und spüre dich unten? Was soll ich davon halten?«

»Da kannst du mal sehen, wie vielseitig wir Mönche sein können.«

»Laurin ist ein schöner Name. Ich bin froh, dass du dich mir endlich anvertraut hast.«

Schlagartig wurde er ernst. Plötzlich bückte er sich, raffte seine Kutte auf und begann sich in Windeseile wieder anzuziehen.

»Dein Mut war aber nur von kurzer Dauer«, sagte Anne. »Warum ziehst du dich wieder an?«

»Dreh dich um, Anne. Schau nur, die französischen Reiter kommen zurück. Das verheißt nichts Gutes. Was, denkst du, werden die wohl mit mir machen, wenn sie mich halb ausgezogen vor dir sehen?«

Vor Nervosität entglitt der Stoff seinen Fingern und rutschte ihm wieder bis zu den Knöcheln hinunter.

Anne schirmte ihre Augen gegen die Sonne ab. Tatsächlich, Laurin hatte recht. Inmitten einer Wolke aufwirbelnden Straßenstaubs erkannte sie die Reiter in ihren Uniformen.

Wir hätten schneller weiterfahren sollen, dachte sie.

Doch hinterher war man immer schlauer. Hätte sie geahnt, dass ab diesem Moment das Unglück beide Hände nach ihnen ausstreckte, hätte Anne trotzdem noch versucht, mit Laurin zu fliehen.

Gleich darauf waren sie von den Reitern umringt. Die Pferde schüttelten schnaubend ihre Köpfe und tänzelten unruhig auf der Stelle. Der kommandierende Offizier kam direkt vor Laurin zu stehen, der es nicht geschafft hatte, seinen Habit wieder ordentlich anzuziehen. Die feixenden Blicke der Soldaten sprachen Bände. Ihre Gedanken brauchten ihnen nicht auf die Stirn geschrieben zu werden, um zu wissen, was für Bilder gerade durch ihre Köpfe jagten.

»Was geht hier vor?«, fragte der Oberst. »He, ich rede mit dir.«

»Nichts, Monsieur Commandant«, bemühte sich Laurin rasch zu sagen. Seine Stimme zitterte, als hätte er etwas zu verbergen.

Das Flackern in den Augen des Offiziers verhieß nichts Gutes. Seine rechte Hand lag auf dem Griff seines Degens, mit der linken fuhr er sich über den Spitzbart am Kinn. Sein Blick ging von Laurin hinüber zu Anne und wieder zurück, als würde er einem Ballspiel höherer Töchter genüsslich folgen.

Annes Herz klopfte ihr bis zum Hals. Es war ein Fehler gewesen, nahe an der Straße geblieben zu sein. Sie schlang beide Arme um sich, als könnte sie dadurch unsichtbar werden.

Der Oberst lenkte sein Pferd dicht an Laurin heran. »Bist du der, den sie Mönch-ohne-Heimat nennen?«, fragte er.

Überrascht sah Laurin zu Anne hinüber, doch die wagte nicht aufzuschauen, aus Furcht, eine unangebrachte Reaktion der anderen Soldaten zu provozieren.

»Der bin ich.«

»Steigt auf euren Wagen. Ihr kommt mit nach Coblenz.«

»Aber da wollen wir doch gar nicht hin.«

»Wenn ich, Commandant Etienne Renaud, sage, dass euer Weg nach Coblenz führt, dann führt euer Weg nach Coblenz.« Weit beugte sich der Franzose im Sattel vor, sodass er Laurin direkt ins Ohr sprechen konnte. »Es sei denn, du willst schnell und auf direktem Weg zu deinem Gott gelangen.«

Laurin beugte sich der unverhohlenen Drohung. Er ging zum Karrenwagen zurück und stieg auf den Bock. Die

Kordel seiner Kutte baumelte unverknotet herab. Als er Anne die Hand reichte, damit sie neben ihm Platz nehmen konnte, fuhr der Franzose dazwischen.

»Du nicht. Du sitzt bei mir auf dem Pferd. Nach dem, was ich hier gesehen habe, muss ich dich vor dem Mönch schützen.«

»Das ist nicht nötig, Monsieur Commandant.«

»Armes Kind, du verdrängst deine Angst. Mir kannst du nichts vormachen. Ich sehe doch deinen irritierten Blick.«

»Nein, nein, mir geht es gut.«

Der Ton des Franzosen wurde schärfer. »Hoch zu mir.«

Widerwillig ließ sich Anne zu ihm auf das Pferd ziehen. Ihr wurde schlecht, als sie seinen Atem in ihrem Nacken spürte. Dann schlang er auch noch seinen linken Arm um ihre Hüfte und presste sie gegen seinen Körper. Alles in Anne erstarrte.

»Sie sind immer ein Ausbund an Pflichtbewusstsein, Commandant Renaud«, rief einer der Soldaten, und alle stimmten in sein Gelächter mit ein.

Alle außer Anne und Laurin, natürlich.

»Warum wollen Sie, dass wir mitkommen?«, wagte sie vorsichtig zu fragen.

Sie erhielt keine Antwort.

Dafür spürte sie das Blut in ihren Schläfen laut pochen.

Der Weg nach Coblenz war wie ein Ritt in die Hölle, denn von der wusste Anne genauso wenig, was sie dort erwarten würde.

4

Ihre Rückkehr nach Coblenz hatte sich Sophie von La Roche anders vorgestellt.

Gewaltig anders.

Als sie Cousin Wieland mitgeteilt hatte, nach vielen Jahren der Abwesenheit einmal wieder herzukommen, wusste sie natürlich, dass sie nicht in ihrem früheren Haus würde wohnen können. Dazu war in den vergangenen zweieinhalb Jahrzehnten zu viel passiert. Nicht nur, dass sie inzwischen eine alte Dame geworden war.

Coblenz war Sitz einer der französischen Präfekturen, die von Napoleon für die linke Rheinseite bestimmt worden waren. Mit dieser erzwungenen Verwaltungsreform zogen neben neuen Gesetzen auch neue Vorschriften und Regelungen für die Bevölkerung ein. Sogar neue Straßennamen.

Dass die frühere Rheinzollstraße seit einiger Zeit nun in Rue de péage umbenannt worden war, betrübte Sophie beinahe mehr als die Einhaltung verschiedener Reformen, an die sich zu gewöhnen vielleicht irgendwann einmal lohnen könnte. Aber eine lieb gewonnene Straßenbezeichnung in die Sprache des Besatzers zu transferieren war mehr als nur eine neue Bezeichnung ... es war die Entfremdung eines Stückchens Heimat.

Als die Kutsche, die Sophie hergebracht hatte, an der Kornpfortstraße Nummer 17 hielt und sie gebeten wurde auszusteigen, dachte sie zuerst an einen blöden Scherz, den man sich mit einer alten Dame erlaubte. Doch die Kutsche fuhr weiter und ließ sie mit ihren vielen Reisetaschen und Koffern vor dem lang gezogenen zweistöckigen Bau stehen.

Cousin Wieland, dich werde ich noch einmal um etwas bitten.

Komfortabel sah das Haus nicht aus, dafür aber sehr auffällig mit seinem von oben bis unten durchgängig roten Anstrich. Passend und einfallsreich zugleich stand *Zum Roten Haus* in schwungvoll gemalten Buchstaben bogenförmig über der Eingangstür. Davor ragte ein vergoldetes Schild mit der gleichen Aufschrift von der Hausmauer auf die Straße.

Wenigstens ein hübscher Erker prangte auf der Schmalseite zur Kornpfortstraße hin. Heilige Figuren waren sehr sauber in das Holz der Brüstung geschnitzt. Die Heiligen sollten wohl niemanden auf falsche Gedanken bringen, wenn er ein rotes Haus sah.

Ein Pensionsdiener kam herbei und führte Sophie hinein. Um die Reisetaschen kümmerten sich weitere Bedienstete.

»Seit wann ist das alte Stammhaus der Krämerzunft ein Hotel?«, fragte Sophie, als man sie auf die erste Etage brachte, die ihr vollständig zur Verfügung stand.

Solche Dinge interessierten sie. Alles, was mit Wandel zu tun hatte, erweckte ihre Neugier, einfach aus dem Grund, um besser verstehen zu können, was um sie herum geschah.

»Seit vor fünf Jahren der Zunftzwang und der Mehlwiegezwang, der hier ebenfalls über Jahre stattgefunden hatte, abgeschafft wurden, stand das Haus längere Zeit leer«, erhielt sie zur Antwort. »Dann kam einer der Neureichen auf die Idee, eine Pension daraus zu machen.«

Einer der Neureichen? Sophie verzog das Gesicht. So weit war es schon gekommen. Nun konnte man einen höheren Stand also schon erreichen, weil man viel Geld durch fleißige Arbeit besaß und nicht einfach nur durch Geburt oder Einheiraten. Ein wenig verwässerte es die höhere Gesellschaft schon, dachte sie. Allein schon die unterschiedlichen Auffassungen von Benimm und Anstand konnten aufeinanderprallen und für gegenseitiges Unverständnis sorgen.

Sophie von La Roche hatte in ihren über zweiundsiebzig Jahren, die sie nun schon lebte, sämtliche Höhen und Tiefen am eigenen Leib erfahren müssen. Rückwirkend würde sie vielleicht sogar sagen, dass das Schicksal es gut mit ihr gemeint hatte, auch wenn sie es in den Zeiten, in denen es mehr Tränen als Fröhlichkeit gegeben hatte, niemals geglaubt hätte.

Wie könnte man auch, wenn ein Kind vor der Mutter starb? Drei ihrer acht Kinder starben noch als Säugling und zwei als Erwachsene. Es hatte viele Tage der Trauer gegeben.

Aber alles hatte sie genau dahin geführt, wo sie heute stand. Und das redete sie sich nicht einfach nur schön, sondern es war tatsächlich genau so der unbeeinflussbare Lauf der Dinge gewesen. Es konnte kommen, was wollte, sie würde heute nicht die Frau sein, die sie war, wäre auch nur ein Jahr ihres Lebens anders verlaufen.

Es war das Privileg des Alters, das zu erkennen. Wenigstens etwas, das den Sturm und Drang der Jugend in den Schatten stellen konnte.

»Sie waren lange nicht mehr in Coblenz, Madame von La Roche«, sagte der ihr abgestellte Kammerdiener.

Er war sorgfältig gekleidet und bemühte sich um eine Unterhaltung, deren Nutzen lediglich darin bestand, ein nicht vorhandenes Interesse möglichst gekonnt vorzutäuschen.

Sophie kannte diese Konversationsform zur Genüge. Hatte eine solche sie früher hellauf in Rage bringen können, so nahm sie die gedankliche Teilnahmslosigkeit des Kammerdieners an seinen eigenen Worten nun lediglich amüsiert zur Kenntnis. Manche Dinge änderten sich anscheinend nie.

»Vor dreiundzwanzig Jahren war ich das letzte Mal hier«, erwiderte sie, während sie mit kleinen, vorsichtigen Schritten den Wohnraum durchmaß. »Eine lange Zeit. Für manche gar ein ganzes Leben. Wie alt waren Sie vor dreiundzwanzig Jahren?«

Der Kammerdiener runzelte irritiert die Stirn. Gegenfragen auf seine dahingeworfenen Sätze war er nicht gewohnt. Er begann zu rechnen.

»Ich dürfte da wohl acht gewesen sein«, merkte er schließlich an.

Er dürfte …

Sophie kicherte. Wusste er es denn nicht genau? Immerhin auch etwas, das einem das Alter erlaubte. Kichern, wenn einem danach ist. Sicher dürfte der Kammerdiener sie dann für ein wenig absonderlich halten, aber das war ihr egal.

»Wie war das, als die Festung Ehrenbreitstein vor zwei Jahren gesprengt wurde?«, fragte sie. Beinahe versagte ihr die Stimme, weil so viele Erinnerungen sie gleichzeitig überfielen.

Der Kammerdiener bedachte sie mit dem Blick des Genervten. So viele Fragen, deren Wichtigkeit er nicht erfasste.

»Es war vor allem laut«, entgegnete er.

Sein Tonfall war eine Spur zu blasiert geworden. Das durfte Sophie nicht durchgehen lassen, bevor er sich noch mehr herausnahm. Als er zur Tür ging, um das Zimmer zu verlassen, hielt sie ihn mit fester Stimme auf.

»Noch nicht.«

Unverwandt schaute sie ihm in die Augen, bis er ihrem Blick nicht mehr standhalten konnte und zur Seite sah. Unruhig verlagerte er sein Gewicht von einem Fuß auf den anderen.

»Nun dürfen Sie.«

Mit einer flüchtigen Handbewegung gestattete sie ihm zu gehen.

Plötzlich wurde ihr bewusst, den ersten Moment seit Wochen zu erleben, in dem sie alleine war. Bei Tageslicht, es versteht sich von selbst, dass nicht die Schlafenszeit gemeint war. Seit ihrer Abreise aus Offenbach, wo sie nun lebte, waren ständig fremde Menschen um sie herum gewesen. Anfangs amüsierten die Gespräche sie. Später waren sie nur noch ermüdend. Die wenigsten Menschen waren in der Lage, abwechslungsreiche Konversation zu führen.

Sophie betrachtete ihr Antlitz in dem hohen Standspiegel, von dem sie nicht wusste, ob er ihr ins Zimmer gestellt worden war, um sie komfortabel auszustatten oder zu erschrecken. Ihre verblassten Haare trug sie hochgesteckt unter einer weißen Haube. Sie erlaubte sich, die Kinnschlaufen zu lockern.

Der Caraco, den sie trug, hatte auf der langen Reise doch ein wenig an Form verloren. Die Ärmel waren zwar immer noch eng anliegend, aber die vorderen Schöße wiesen am Saum arge Abnutzungen auf. Sophie hätte verärgert sein können, war es aber nicht. Im Augenblick war tadelloses Aussehen nicht erste Priorität. Allerdings wusste sie, dass sich das schon in einer Viertelstunde ändern konnte.

Sophie wandte dem Spiegel ihren Rücken zu. Sie hatte schon erwartet, dass ihr Cousin Christoph Wieland ihr eine bessere Unterkunft besorgen würde als die, in der sie nun stand und aus dem Seufzen kaum noch herauskam.

Sie sah sich im Zimmer um. Zugegeben, die Räume waren großzügig eingerichtet und durchaus geschmackvoll. Selbst die schweren Vorhänge aus feinem bordeauxrotem Stoff zeugten von gutem Geschmack. Der Sekretär und die Schränke stammten vom angesagten und bekannten Kunstschreiner Georges Jacob, der sein Handwerk hervorragend verstand. Er verwendete viel Mahagoni, Ebenholz und auch Zeder für Schränke und Kommoden. Diese waren reichlich verziert mit goldbronzenen Applikationen sowie Samt und Marmor, um damit höchsten Ansprüchen zu genügen.

Sophie öffnete die Tür zum Schlafgemach. Ein Bett enormen Ausmaßes erwartete sie dort verheißungsvoll. Sophie kicherte vor sich hin. In jungen Jahren hätte es seinen Reiz gehabt, aber heute auf ihre alten Tage war es eindeutig zu groß. Wenn sie schlief, rollte sie nicht mehr übermäßig viel herum. Aber der Überzug war hübsch anzuschauen.

Na schön, nachdem sich ihr erster Schreck über die Unterkunft gelegt hatte, konnte sie sich darauf einlassen, die Zeit in Coblenz hier zu verbringen.

Sophie stellte sich ans Fenster, das einen Blick zum Stadtturm Auf der Danne bot. Das hohe Haus gegenüber, nur wenige Meter entfernt, verschluckte einiges an Sonnenlicht.

Nein, so schnell legte sich ihre Verärgerung nun doch nicht. Auch wenn diese Pension zwar bemüht war, etwas darzustellen, haftete ihr dennoch ein wenig der rüde Charme eines Wirtshauses mit angeschlossenem Bordellbetrieb an. Es nagte an ihr, dass Cousin Wieland sich nicht ein wenig mehr Mühe bei der Auswahl der Unterkunft gegeben hatte. Immerhin gehörte sie auch nach dem Verlust des Adelsstandes immer noch zur gehobeneren Gesellschaft. Sie hatte sich zwar nie etwas darauf eingebildet, hatte nie auf andere herabgeblickt, aber sie war immer stolz gewesen auf ihre Bildung, für die sie ja auch immerhin eine Menge getan hatte. Schon mit drei Jahren konnte sie lesen.

Und Wieland, der sich stets auf seine Kontakte etwas einbildete, hätte darauf verweisen können, dass er ein bekannter Dichter war. Und sollte das nicht ausreichen, hätte er immer noch auf Sophie selbst verweisen können. Als die anerkannt erste deutsche Schriftstellerin wäre es noch in der Zeit vor der französischen Herrschaft im Rheinland ein Leichtes gewesen, einen Platz im besten Hotel, Schloss oder Hof am Orte zu erlangen.

Allein die Ankunft am Löhr-Tor war unerträglich gewesen. Ihre Kutsche wurde nur in die Stadt eingelassen, weil sie einen Passierschein vorlegen konnte. Erst dann hatte sich der Schlagbaum vor dem Tor gehoben. War das noch zu fassen? Ein Passierschein. Was waren das für Zeiten geworden, wenn eine Dame wie sie nur aufgrund eines Fetzens Pergamentpapier Einlass erhielt. Genau wie jeder andere auch, jeder Kaufmann, jeder Bauer. Die Franzosen machten wohl ernst, wenn sie von Gleichheit sprachen.

Unwillkürlich fragte sich Sophie, ob man sie überhaupt noch kannte.

Aber ja, natürlich kannte man sie noch. Es konnte doch gar nicht anders sein. Ihr Roman »Die Geschichte des Fräuleins von Sternheim« hatte für so viel Aufsehen gesorgt, gerade auch weil er von einer Frau geschrieben war. Eine Frau, die schreiben konnte. Bis dahin etwas, das in der Welt der Dichter und Denker nicht auch nur ansatzweise in Erwägung gezogen worden war. Dass Frauen über etwas anderes schreiben könnten als darüber, was Männer von ihnen erwarteten, erschien einfach undenkbar, fast schon lachhaft. Die Männerwelt war amüsiert. Und schließlich überrascht, denn Sophie hatte es gewagt und getan, und nicht nur das … sie war auch noch erfolgreich gewesen und wurde damit sozusagen zur ersten finanziell unabhängigen Schriftstellerin.

Sophie von La Roche mäßigte ihren Ärger über ihren Cousin, so gut sie es vermochte. Zugegeben, das war nicht einfach. Sie musste sich ein wenig bremsen. Schließlich hatte sie ja etwas Bestimmtes vor.

Nur gut, dass sie Cousin Wieland nicht vor dreiundfünfzig Jahren geheiratet hatte. Es hatte nicht viel gefehlt, außer vielleicht, dass sie Wieland zwar sehr mochte, aber nicht genug liebte, um seine Frau zu werden.

Ob er ihr den Rückzieher immer noch nicht verziehen hatte und sie deshalb im ehemaligen Krämerzunfthaus einquartierte? Mein Gott, dreiundfünfzig Jahre sollten doch ausreichen, um verzeihen zu können.

Im Kurfürstlichen Schloss zu wohnen hätte sie als angemessen empfunden, aber gut, die Franzosen hatten es zweckentfremdet wie so vieles, seit sie sich hier aufhielten. Das Schloss wurde zurzeit als Lazarett und Kaserne für die stationierten Soldaten genutzt. Da hatte sich der gute Fürst Wenzeslaus von Sachsen gerade noch rechtzeitig aus dem Staub gemacht, bevor er vielleicht auf unangenehme Art hätte überzeugt werden müssen, sein Domizil zur Verfügung zu stellen. Nach der Enteignung des Adels stand schließlich der Adel selbst ganz oben auf der französischen Agenda.

Also, das Kurfürstliche Schloss fiel weg, aber mal im Ernst, das Krämerzunfthaus? Musste es das sein?

Sie setzte sich an den Sekretär, klappte die Schreibplatte vor und inspizierte die vorhandenen Materialien, indem sie alles mit den Fingerspitzen streifte. Tintenfässchen, mehrere Schreibfedern, Löschwaage, Papier, alles zu ihrer Zufriedenheit. Es würde zwar nicht so wie früher sein, aber um sich das Gefühl zumindest in Ansätzen zurückzuholen, würde es wohl genügen. Wichtig war nur, dass ihre Hände mitmachten. Die entzündeten Gelenke ließen es nicht mehr zu, längere Briefe am Stück zu schreiben. Der Kopf wollte eine Menge zu Papier bringen, doch die Finger verweigerten immer häufiger die Gefolgschaft.

Sie hatte von einer neuen Art des Schreibens gehört. Es hieß, man könnte die Schreibfeder gegen einen dünnen Grafitstift austauschen. Keine Tinte würde mehr benötigt werden. Sophie mochte es nicht glauben. Wer kam denn auf eine so unsinnige Idee? Aber sie war neugierig, wie immer. Sie würde sich hier in Coblenz einmal diese Stifte anschauen. Vielleicht lagen sie ja besser zwischen den Fingern als die Schreibfeder. Würde ihren Gelenken sicher gefallen.

Sie lächelte still vor sich hin, wurde aber gleich wieder ernst. Bedrückt an Gemüt und Seele, fühlte sie sich plötzlich schwach.

Na ja, meinem Alter wohl entsprechend.

Aber so wollte sie sich nicht fühlen. So kannte sie sich nicht. Auch nicht, dass ihre Euphorie sich immer häufiger mit Niedergeschlagenheit abwechselte.

Ob es eine so gute Idee gewesen war, nach Coblenz zurückzukehren?

Sophie schob die Zweifel beiseite. Sie war nicht ohne Grund hier. Es ging ihr nicht einfach nur um eine kleine Reise in vergangene Zeiten. Das war nebensächlich, und sollte es eine schöne Zeit werden, umso besser.

Aber der eigentliche Grund ihrer Rückkehr war ein anderer. Und den galt es mit Cousin Wieland zu besprechen.

Sie konnte nur hoffen, dass er bei dem, was sie plante, mitspielte.

5

üchendienst. Allein schon das Wort gruselte Anne so, als müsste sie eine Nacht alleine in einer alten verfallenen Ruine an den Ufern des Rheins verbringen. Dort tummelten sich bestimmt viele Geister von Verstorbenen, die nichts Gutes im Sinn hatten, genauso wenig wie diese Küchenchefin Ernestine, die ihr ständig sagen wollte, was sie tun und lassen sollte. Ein lästiges Weib. Irgendwo zwischen Zecke und Stechmücke. Warum drangsalierte sie sie derart? Immerhin wusste Ernestine doch genau, dass sie nicht freiwillig hier unten in der Küche gelandet war.

Schon zu den Zeiten, als Anne noch verheiratet gewesen war, gehörte alles, was mit Haushalt zu tun hatte, zu den Dingen, die sie bevorzugt vernachlässigt hatte. Nicht unbedingt aus Überzeugung, aber in jedem Fall aus mangelndem Talent für die richtigen Abläufe, die es braucht, um eine Wohnstube ordentlich zu halten. Die dazugehörige Kochnische hatte da keine Ausnahme gemacht.

Ihrem Ehemann damals hatte es sowieso nichts ausgemacht, so betrunken, wie er von morgens bis abends gewesen war. Doch Anne wollte nicht schlecht von ihm denken, denn wenigstens hatte ihn Gott noch aus den Socken gehauen, solange sie viele Jahre ihres Lebens noch vor sich haben durfte.

Hoffentlich aber nicht in dieser Küche. Anne wollte gerne die Kirche aufsuchen, um dafür zu beten, aber in Coblenz gab es ja keine Kirchen mehr, in denen ordentliche Messen abgehalten wurden. Die Franzosen nutzten sie lieber als Quartiere oder sogar Pferdeställe.

Anne rümpfte die Nase. Ihr war schlecht geworden. Erst die ganze Aufregung der letzten Tage mit diesem widerlichen Commandant Renaud, und jetzt noch die Vielzahl an Gerüchen und Aromen, die sich vermischten und durch den beengten Raum waberten.

Der kalte Holzgeruch reizte Annes Atemwege. Der Ofen in der Wand mochte ja praktisch sein, aber sein Abzug war nicht so gut, als dass nicht immer wieder dünne schwarze Rauchschwaden durch die Küche zogen. Dazu das intensive Aroma der vielen verschiedenen Kräuter, die in offenen Schalen zur Verwendung bereitstanden. Knoblauch, Lorbeer und Wacholderbeeren in Steingut standen ebenso herum wie Liebstöckel, dem zwar gerne mal eine potenzstärkende Wirkung nachgesagt wurde, was Anne aber in dem Gefühl des Eingesperrtseins überhaupt nicht interessierte.

Immerhin gab es in dieser Küche einen neumodischen Rumford-Herd, bei dem Kochtöpfe und Kessel in vorgesehene Löcher in der Abdeckplatte gehängt werden konnten. So war es möglich, dass die Feuerhitze gezielt zugeleitet werden konnte und nicht unnötig Wärme verloren ging.

Tolle Sache, dachte Anne. Wenn man Spaß an Küchenarbeit hatte, brachte das bestimmt die Wangen zum Glühen.

Und dann noch diese Köchin Ernestine. Mit ihr kam Anne überhaupt nicht zurecht. Die glaubte wohl, sie wäre etwas Besseres, nur weil sie hier in ihrem Reich den großen Kochlöffel schwingen durfte.

Na warte, so ein Kochlöffel konnte auch leicht mal entzweibrechen. Wirst schon sehen, wenn du so weitermachst.

Als Anne von zwei Soldaten hier hinunter in die Küche der Pension Rotes Haus verschleppt worden war (denn als genau das empfand sie es – eine Verschleppung), hatte sie gleich gemerkt, dass die Köchin sie nicht wollte. Vom ersten Augenblick an hatte diese Ernestine es sie spüren lassen.

Was soll ich mit noch einer hier unten?, hatte sie geschimpft. Hier laufen schon genug kopflose Hühner herum. Da brauche ich nicht noch eine, nur weil der Monsieur Renaud nicht weiß, wohin mit ihr.

Die Köchin drückte Anne einen Besen in die Hand. »Los, fang an.«

»Ich soll fegen?«

»Das macht man mit einem Besen für gewöhnlich.«

»Und wenn ich nicht will?«

Eine solch kräftige Ohrfeige hatte Anne der kleinen Frau nicht zugetraut, aber ihr Schlag war der Punkt unter die kleine Unterhaltung.

»Fang in der Ecke dort an, und arbeite dich bis zur Tür vor.«

Widerwillig begann Anne mit der Arbeit. Die Wange brannte und verfärbte sich rot. Die Mägde hinter dem Arbeitsblock in der Mitte kicherten und flüsterten sich hinter vorgehaltener Hand etwas zu, worauf sie noch mehr prusteten.

Anne drehte den Besenstiel um und drohte, ihnen körpernah vorzuführen, was man mit einem Besen noch so alles anstellen konnte, wenn sie nicht sofort aufhörten, über sie zu lachen. Dieses eigenmächtige Handeln brachte ihr sofort eine zweite Ohrfeige der Köchin ein. Nun brannte auch die andere Wange heiß und heftig.

»Ich sehe schon, mit dir werde ich viel Spaß haben«, sagte Ernestine scharf. »Muss doch mal sehen, ob ich noch genügend Handsalbe vorrätig habe. Schätze, die werde ich brauchen.«

Die Mägde konnten gar nicht mehr aufhören zu giggeln.

»Kannst mir mal im Mondschein begegnen«, raunte Anne.

»Wie war das?«

Die Köchin fuhr herum, eine rot schwellende Zornesfalte auf der Stirn. Anne machte große Augen und stellte sich unwissend.

»Wiederhole das noch einmal, und ich lass dich die Küche die ganze Nacht durchfegen, egal wie sauber sie schon sein mag. Und ihr Putengesichter kümmert euch lieber um das Frühstück für Madame von La Roche.«

Das Gekicher der anderen hörte auf.

6

Er freute sich, wieder einmal in Coblenz zu sein.

Georg Reuber hatte sich sein Quartier für die kommenden Wochen in einem der Wirtshäuser entlang der Rheinstraße gesucht, einem, wie er fand, guten Standort, um seinen Geschäften nachzugehen.

Er war um die Mittagszeit angekommen, also hatte er sich nur kurz erfrischt, bevor er voller Tatendrang seinen klobigen Koffer genommen und sich auf den Weg gemacht hatte. Das letzte Mal war er vor mehr als neun Monaten in Coblenz gewesen, um seine Keramikwaren anzubieten. Es waren gute Zeiten für Händler, wie er einer war. Fayence stand gerade hoch im Kurs.

Er inspizierte noch einmal seine Ware, die in dem eigens für sie angefertigten Koffer transportsicher verstaut war. Zufrieden atmete er durch. Nichts war auf der Kutschfahrt hierher kaputtgegangen. Kein Teller, kein Krug, keine Tasse. Jetzt brauchte es nur noch Abnehmer für sie, und Georg wusste auch schon, wen er dafür zuerst aufsuchen wollte.

Er betrat das frühere Krämerzunfthaus durch den Seiteneingang in der Kornpfortstraße. Seit es in eine Pension umgewandelt worden war, befand sich im Untergeschoss eine großzügig ausgestattete und geräumig angelegte Küche. Die Logiergäste gehörten im Allgemeinen zu den Gutbetuchten und konnten sich nicht nur den Aufenthalt, sondern auch die damit eingeschlossenen Kammerdiener und Dienstmädchen leisten. Und selbstverständlich auch eine ansprechende

Verköstigung. Also im Grunde alles, was Georg und seinesgleichen in den Gasthäusern, in denen er unterkam, verwehrt blieb. Aber das störte ihn nicht, und er strebte auch gar nicht nach einem Leben mit Kammerdiener. Hauptsache, genau jene Pensionen kauften seine Waren, um ihre hochwohlgeborenen Gäste bei Laune zu halten.

Georg stieg die Steintreppe ins Untergeschoss hinunter und betrat die Küche.

Heißer Dampf, der durch die Luft waberte, empfing ihn ebenso wie das Klappern von Töpfen und Geschirr. Sofort bildete sich ein feuchter Film auf seiner Stirn. Mit dem Handrücken wischte er sich darüber. Die lauten Rufe der Chefköchin Ernestine, die ihre Mägde antrieb, als gelte es, einen Wettbewerb zu gewinnen, waren trotz des tumultartigen Lärms gut zu hören. Diese Frau besaß ein so Furcht einflößendes Organ, dass jeder Kettenhund vor ihr gekuscht hätte. Sie schüchterte alle Menschen um sie herum ein, vor allem natürlich ihre Küchenhilfen, die jungen Mädchen, die sich kaum aufzublicken trauten, wenn Ernestine mit stampfenden Schritten zwischen den Arbeitsflächen und dem Herdblock hin- und herlief. Mit Argusaugen wurde jeder Handgriff der Mägde kontrolliert. Nicht dass auch nur eine einzige jemals irgendetwas recht machen konnte.

Georg schmunzelte. Gegen das Gewusel, das hier in der Küche herrschte, war ein Ameisenhaufen nur eine müde Versammlung.

Er schloss die Tür hinter sich. Mit zwei Schritten war er am schmalen Tisch gleich neben dem Eingang. Eine Magd rempelte ihn unbeabsichtigt an. Sie schaute erst erschrocken, aber als sie sah, auf wen sie da gestoßen war, zog sie die Schultern hoch und kicherte hinter vorgehaltener Hand. Selbst in dem vorherrschenden Dunst konnte Georg sehen, dass sie errötete.

Er stellte seinen Koffer auf den Boden. Umsichtig, wie es

seine Art war, achtete er darauf, dass niemand darüber stolperte. Bevor er sich setzte, nahm er die lederne Umhängetasche ab, die er schräg über die Schulter gehängt hatte. Ob er sie an die Wand zu den Kesselhaken und Feuerzangen hängen sollte? Nein, da gehörte sie nicht hin. Ernestine achtete sehr auf Ordnung und Sauberkeit. Er würde sich Prügel von ihr einfangen, wenn er auch nur eine Kleinigkeit durcheinanderbrächte. Das Kochgeschirr aus Gusseisen und Messing war wie immer in dieser Küche sehr gut poliert und alles an seinem Platz, wie es sich gehörte. Auch verzinntes Kupfergeschirr, das neuerdings vermehrt zum Kochen verwendet wurde, konnte er entdecken.

Ordentlich, sehr ordentlich, wie diese Pension *Rotes Haus* versuchte, sich den modernen Zeiten anzupassen. Wäre doch gelacht, würde er nicht auch dieses Mal wieder mit seiner Ware auf Interesse stoßen.

Schließlich legte er seine Ledertasche auf den Stuhl neben sich ab und wartete. Der Duft von gewürztem Kesselfleisch lag in der Luft. Georg bekam sofort Appetit. In seinem Magen rumorte es.

Eine Magd schnippelte gerade Möhren, eine andere schnitt Speck in Streifen. Beides wanderte in eine Suppe mit gesalzenem Rindfleisch. Georg stellte anerkennend fest, dass das *Rote Haus* sich nicht lumpen ließ, wenn es um die Verköstigung ging. Er fragte sich, ob zurzeit viele Gäste im Haus logierten oder nur einer, der aber sehr anspruchsvoll und hungrig war.

Die Chefköchin Ernestine hatte ihn entdeckt. Obwohl sich ihre Stirn in grimmige Falten legte, was sie noch mehr einem beißwütigen Straßenköter ähneln ließ, wusste er, dass er doch willkommen war. Er hob die Hand zum Gruß, und kurz darauf brachte ihm Ernestine einen Teller Suppe und dazu einen Krug mit Bier.

»Mehr gibt es nicht.« So sah eine Begrüßung nach Ernestines Art aus. Eine freundliche, wohlgemerkt.

Georg störte sich nicht daran. Immerhin war er unangemeldet in ihrem Reich aufgetaucht. Er durfte sitzen bleiben, bekam sogar etwas zu essen. Er war zufrieden. Konnte ein guter Tag werden.

»Schön, dich zu wiederzusehen, altes Mädchen«, erlaubte sich Georg, wohl wissend, dass er zu den wenigen Menschen gehörte, denen Ernestine eine solche Anrede nicht übel nahm.

Ernestine arbeitete im *Roten Haus*, seit es als Pension eröffnet hatte. Ihre tadellose Art, ein strenges und gerechtes Kommando zu führen, sowie ihr umfassender Überblick über die täglichen Abläufe prädestinierten sie zur alleinigen Herrscherin über Küche und Mägde. Sie wurde respektiert und gefürchtet. Eine unschlagbare Kombination, um sich nicht von anderen reinreden lassen zu müssen. Mit Stolz erfüllte sie, dass sie den Schlüssel zur gut gefüllten Vorratskammer verwahren durfte. Ein Vertrauensbeweis, den sie noch nie enttäuscht hatte.

»Neun Monate ist es her, dass du das letzte Mal hier warst, Georg, du hässlicher Halunke«, konterte sie.

Georg lachte herzlich. Wie du mir, so ich dir. Das konnte er vertragen, da war er nicht empfindlich.

Er zeigte auf die Suppe. »Was hast du mir da gebracht?«, fragte er.

»Biersuppe.«

»Biersuppe?«

»Ja, grobwürfelig geschnittenes Brot, das dann zusammen mit Bier gekocht wird.«

»Daher wohl der Name.«

»Georg, der Schlaumeier. Willst du mir etwa vorschreiben, was ich meinen Gästen auftischen soll?«

»Ich wäre tot, würde ich es wagen. Und außerdem, Bier zu Biersuppe. Du verstehst, was zusammenpasst.«

»Ein wahres Wort.«

Ernestines grimmige Miene wich nach diesem kurzen Geplänkel einem freundlicheren Ausdruck.

Georg hob den Krug an und trank ihn bis zur Hälfte in einem Zug aus. Dann drehte er ihn in der Hand hin und her. Interessiert begutachtete er seine Verarbeitung, den Glanz der Lasur und die Malerei, mit der er verziert war. Bis auf den schwungvollen Schriftzug *Das rote Haus von Coblenz*, der unterhalb einer Abbildung des Zünftewappens gezogen war, gab es allerdings nichts, das er noch an dem Krug hätte bewundern können. Mit dem kleinen Finger strich er den oberen Rand entlang. Mehrere Unebenheiten ließen ihn den Krug mit konzentriertem Blick genauer inspizieren. Im Grunde war es eine ordentliche Arbeit, mehr aber auch nicht. Georg prüfte den Henkel, der eine Spur zu dicht am Gefäß saß. Für schmale Frauenhände gut geeignet, aber sobald ein Mann zupacken wollte, konnte es eng werden. Je nachdem, wie wurstig die Finger waren.

»Was ist? Schmeckt das Bier nicht?«

Georg hob den Kopf. So versunken war er in seinen Gedanken gewesen, dass er nicht bemerkt hatte, wie er von Ernestine argwöhnisch beobachtet wurde.

»Das Bier ist wie immer süffig und schmackhaft«, sagte er. »Ich bin nur mit dem Krug nicht zufrieden.«

»Ach herrje, das wieder. Kennst du kein anderes Thema als unser Geschirr und Teller und Becher?«

Georg öffnete den Koffer. Er entnahm erst einen Bierkrug und danach ein Sortiment an tiefen Tellern. Beides war im begehrten niederländischen Stil bemalt, nämlich in blauen Farbmustern auf weißem Grund.

»Es wird wirklich Zeit, dass du dein altes Geschirr austauschst«, sagte er.

Die Köchin verdrehte theatralisch die Augen.

»Was verlangst du von mir? Himmel, hat denn niemand auch nur den geringsten Funken Mitleid mit mir und den vielfältigen Aufgaben, die ich tagtäglich bewältigen muss? Auf Kosten meiner Gesundheit.«

Demonstrativ hustete sie in die hohle Hand, doch es klang sehr angestrengt, gerade wie bei jemandem, der noch nicht einmal ein Bonbon verschluckt hatte, sondern einfach nur um Mitleid heischte.

»Wenn du mit deiner Sondervorstellung für mich fertig bist, dann lass dir von mir meine neuesten Anfertigungen zeigen. Du wirst sehen, diese sind genau richtig, um die Gäste in der oberen Etage zufriedenzustellen.«

»Was weißt denn du von meinen Gästen?«

»Du hast recht, Ernestine. Genau genommen sind es nicht *deine* Gäste. Aber was jedem Gast in Erinnerung bleiben wird, sind die leiblichen Genüsse, die er in diesem Haus vorgesetzt bekam. Und wie diese serviert wurden.«

»Du bist so ein Wortklauber. Ich weiß gar nicht, warum ich dir diesen Krug nicht auf dem Kopf zerschmettere.«

»Hab ich nichts dagegen, denn dann hast du einen Grund mehr, meine Ware zu kaufen.«

Georg grinste breit. Zusammen mit diesem entwaffnend offenen Blick konnte Ernestine ihm gar nicht böse sein.

»Zeig mal her, was du hast«, sagte sie, während sie an die Decke schaute, um eine krabbelnde Stubenfliege zu beobachten. Sollte der gute Georg bloß nicht zu sehr glauben, sie wäre interessiert an dem, was er anbot.

Georg reichte ihr den Krug.

»Aktuell beliebtes Fayence-Muster. Auch die Teller sind so bemalt. Ich bin überzeugt, die hochherrschaftlichen Gäste werden es wertschätzen, wenn im Hotel nach der neuesten Mode aufgetischt wird.«

»Na ja, hübsch ist es schon«, gab Ernestine unwillig zu.

Sie begutachtete den Krug und verlangte nach den passenden Tellern. Georg löste die Bänder, die die Teller in ihren hölzernen Schalen hielten. Er nahm zwei heraus und gab sie Ernestine vorsichtig in die Hand.

»Gute Qualität«, murmelte sie.

Georg legte eine Hand hinter das Ohr. »Ich hab dich nicht verstanden. Was sagtest du?«

»Verdammt, du weißt genau, was ich sagte. Na schön, es stimmt ja, dass ein großer Teil unserer Teller und Krüge Sprünge aufweist. Welchen Preis bietest du mir für, sagen wir, drei Dutzend von allem? Und überteuere nicht. Du weißt, ich muss den Betrag vor meinem Hausherrn rechtfertigen können. He, hallo, ich rede mit dir. Georg? Hörst du mir nicht zu?«

Georg war abgelenkt. Im hinteren Teil der Küche stand eine Frau, die so gar nicht in den Küchenbereich zu passen schien.

Sie war älter als die anderen Mägde, schien aber über deutlich weniger Erfahrung zu verfügen.

Gelangweilt schob sie ein benutztes Tablett von links nach rechts, dann wieder von rechts nach links und schien nichts dagegen zu haben, auf diese Weise den ganzen Tag herumzukriegen.

Georg kratzte sich am Hinterkopf und schmunzelte. Wer war sie? Er hatte sie hier noch nie gesehen.

Eigentlich stand sie die ganze Zeit den anderen nur im Weg herum. Das allerdings recht attraktiv. Daran konnte auch die völlig durchnässte Schürze nichts ändern, die sie über ihrer Bluse trug.

Eine Küchenhilfe mit rot gelocktem Haar unter der

Haube fuhr sie zwischendurch unwirsch an, sie solle sich doch gefälligst ordentlich um den Abwasch kümmern, doch sie zuckte nur mit den Schultern und entgegnete etwas, das Georg wegen des Lärms und Klapperns im Raum nicht verstand.

Diese Frau mit ihrem teils verwunderten Gesichtsausdruck, teils amüsierten Lächeln über das Geschehen um sich herum nahm ihn völlig gefangen.

Was hatte eine wie sie hier verloren?

Offensichtlich hatte sie keinen blassen Schimmer, was zu tun war, und ihre Freude an der Arbeit wusste sie herausragend zu verbergen, sollte sie sie denn tatsächlich verspüren.

»Georg?« Ernestine stieß ihn unwirsch mit der Faust an die Schulter. »Ich hab dich was gefragt. Willst du nun ein Geschäft mit mir abschließen oder nicht?«

»Wer ist sie?«

»Wie?«

»Die Frau dort? Wer ist sie? Eine neue Hilfskraft?«

»Ach herrje, sprich mich nicht auf dieses Weib an.« Ernestine schlug die Hände über dem Kopf zusammen. »Die hat mir der Teufel geschickt. Sie heißt Anne. Die Kommandantur hat sie mir aufgezwungen. Keine Ahnung, weshalb. Sie ist furchtbar.«

Nein, widersprach Georg im Geiste. Sie ist wunderbar.

Plötzlich traf ihr Blick auf den seinen.

Und ihre rebellisch funkelnden Augen hatten ihn sofort zu ihrem Gefangenen gemacht.

7

Anne war der Mann, der mit leichtem Schritt in die Küche gekommen war, auch aufgefallen. Zuerst aber nur, weil sie dachte, der Kerl traute sich was, einfach so ins heilige Reich der noch heiligeren Ernestine zu treten, ohne um Erlaubnis zu fragen. Als dann die Mägde um sie herum mit den Händen vor den Mündern zu tuscheln anfingen, gelegentlich von einem Kichern unterbrochen, und feurige Wangen bekamen, deren Röte sich bis hinab zur Drosselgrube ausbreitete, wurde ihr klar, dass dieser Mann hier unten nicht zum ersten Mal auftauchte.

Sie betrachtete ihn genauer. Natürlich nicht, weil er sie interessierte, natürlich nicht, sondern weil sie wissen wollte, welcher Fuchs dazu in der Lage war, aus diesem Hühnerhaufen hier einen völlig *kopflosen* Hühnerhaufen zu machen.

Er war von normaler Statur mit breiten Schultern, die irgendwie nicht auf gleicher Höhe zu sitzen schienen, so als hätte die rechte Seite stets mehr Last zu tragen gehabt als die linke. Sein Gesicht war nur auf den ersten Blick als unauffällig zu beschreiben. Bei genauerer Betrachtung passte alles Kantige an ihm gut zusammen. Seine Augen schauten flink und gutmütig umher. Ein gelegentliches fröhliches Aufflackern inbegriffen.

Es gefiel Anne, dass dieser Mann kein Dauergrinser war, nur weil ein Schwarm gebärfähiger Mädchen um ihn herumschwirrte.

Er schien sich seiner selbst bewusst, ohne sich selbst zu überhöhen. Ob es seinem Alter oder einem harten Leben geschuldet war, vermochte man an seinem Auftreten nicht zu erkennen.

Modisch hätte er sich allerdings noch den einen oder anderen Ratschlag einholen können. Immerhin liefen viele junge Männer in der angesagten Werther-Mode herum, also gelbe Weste, blauer Tuchfrack, Kniehosen aus ebenfalls gelbfarbenem Leder, Stulpenstiefel. Nicht so dieser Mann. Er trug schlichtes Schuhwerk mit solidem Tritt. Im Winter rutschte er bestimmt nicht aus, dachte Anne. Dazu eine graue Wolljacke und eine Hose aus festem Stoff, die zumindest nicht spannte, wenn er saß. Konnte nun ja auch nicht jeder Mann seines Alters vorweisen.

Sein Alter? Schwer zu sagen. Anne neigte den Kopf. Bestimmt älter als sie selbst, vielleicht Ende dreißig? Anfang vierzig? Genau vermochte sie es nicht einzuschätzen. Aber wozu auch? Im Grunde konnte es ihr egal sein.

Immerhin entsprach der graue Filzhut, den er neben sich abgelegt hatte, dem Gängigen. Auch wenn der schon arg ramponiert aussah.

Besser, sie urteilte nicht leichtfertig, mahnte sie sich und blickte an sich herab. Ein bodenlanger Rock aus schwerem Stoff, darüber eine Schürze, die so lang war, dass sie sie gut und gerne bis zum Bauchnabel hochziehen konnte, um nicht darauf zu treten, und eine weiße Haube, unter der sie ihr schönes Haar verstecken musste. Die Küchenkleidung, die man ihr aufgezwungen hatte, war also auch nicht gerade nach der neuesten Mode. Aber wenn man darauf Wert legte, aus hübschen Frauen triste Geschöpfe zu machen, war sie ideal.

Anne sah wieder zu dem Fremden hinüber. Zugegeben, er hatte ein ansprechendes Äußeres.

Als er plötzlich mitten in seinem Gespräch mit Ernestine zu ihr hinübersah, erschrak Anne. Aber sie wandte sich nicht ab. Eine seltsame Wärme ruhte in seinem Blick. Anders als Sonnenstrahlen, auch anders als die ruhige Flamme einer Kerze. Unvergleichlich war er, sein Blick.

Hinter sich nahm sie das Klappern von Töpfen und Pfannen wahr. Klapperten die vorher schon? Wieso hatte sie diese Geräusche in den letzten Sekunden gar nicht gehört? Ernestine hatte gewiss nicht zugelassen, dass die Mägde ihre Arbeit einstellten.

Der Blickkontakt zwischen ihr und dem Fremden blieb weiter aufrecht. Keiner von beiden machte Anstalten, zuerst wegzuschauen.

Plötzlich lächelte er.

Sie lächelte zurück.

Scheuer, als sie es von sich gewohnt war.

Dann trat Ernestine dazwischen und verstellte absichtlich den Blick auf ihn. Sie legte die Teller, die der Fremde ihr zuvor gereicht hatte, auf dem Tisch ab. Er beachtete die Teller nicht. Unbeirrt sah er immer noch zu Anne.

Ernestine stapfte zu ihr hinüber. »Du hast nichts zu tun?«, maulte sie. »Dem kann ich abhelfen.«

»Wer ist das?«, fragte Anne.

»Mach deine Arbeit, und stell keine Fragen.«

Himmel, welche Wespe hatte denn die gestochen? Anne reckte ihr Kinn kampfeslustig vor.

»Schon gut, schon gut«, sagte sie. »Ich könnte aber vor lauter Aufregung über diesen Mann aus Versehen einen Teller fallen lassen, wenn ich es nicht erfahre. Das wäre doch zu dumm.«

Ernestine hob die Hand mit dem langstieligen Kochlöffel und schwang ihn drohend in ihre Richtung. Anne grinste breit und deutete mit dem Kopf zu den drei Mägden am

Kessel, die so dicht beieinanderstanden, als wären sie ein einziges Geflecht aus Armen, Händen und Köpfen.

Ernestine schoss die Zornesröte ins Gesicht. »Diese Puten«, schimpfte sie.

Anne balancierte einen Teller auf dem Handrücken. »Ich glaube, der rutscht gleich«, sagte sie.

Ernestine schwang erneut den Kochlöffel, und Anne lachte vergnügt, wenngleich auch eine Spur biestig, ließ den Teller aber nicht fallen. So gemein wollte sie dann doch nicht sein.

Sie sah noch einmal zu dem Fremden. Er hob die Hand, als sie in seine Richtung schaute.

Er grinste nicht unverschämt.

Er lächelte kaum.

Er sah sie nur interessiert an.

Als würde er einfach nur staunen, dass es sie gab.

8

s klopfte an der Tür. Sophie hatte ihren Besucher schon erwartet. Sie bat ihn herein, und als die Tür sich langsam aufschob und das auf den ersten Blick nur unwesentlich gealterte Gesicht ihres Cousins Christoph Wieland erschien, war das Gefühl, einen Sprung in der Zeit zurückgemacht zu haben, vollends da.

»Cousin, ich freue mich, dass du Zeit gefunden hast, mich zu besuchen.«

»Um nichts in der Welt hätte ich es mir entgehen lassen, dir auf deinem Besuch in Coblenz meine Aufwartung zu machen. Immerhin sind wir einmal miteinander verlobt gewesen.«

Aha, dachte Sophie. Also immer noch nicht so ganz verziehen. Wie nachtragend konnte man eigentlich sein, ohne sich sein eigenes Leben zu vergällen?

Wieland kam mit ausgebreiteten Armen auf sie zu.

»Lass dich anschauen, werte Cousine«, sagte er. »Du weißt, ich war und bin immer ehrlich gewesen, was meine Urteile anging. Ich werde nichts beschönigen, wenn es nichts dergleichen gibt. Aber du, meine liebe Sophie, siehst immer noch so bezaubernd aus wie vor fünfzehn Jahren.«

»Und du, mein Lieber, solltest deine Brille aufsetzen. Ich sehe doch, wie du deine Augen zusammenkneifen musst, um etwas zu erkennen und nicht gegen das Teetischlein zu stoßen.«

Er lachte und zog seine Brille aus der Westentasche hervor. Umständlich setzte er sich das dünne Gestell auf die Nase.

»Nun ja, wir werden alle nicht jünger«, sagte er.

Sophie betrachtete ihren Cousin von oben bis unten. Es war hochinteressant zu sehen, welchen Einfluss das Werk des guten Freundes Goethe auf die heutige Männerwelt ausübte. Ob jung oder alt, sie alle kleideten sich nach der Mode von Goethes Werther. Die Jungen fühlten sich zugehörig, die Älteren holten sich eine vergangene Jugend zurück, von der sie, ohne von Selbstzweifeln geplagt zu sein, annahmen, sie wären noch im Besitz derselben. Auch Wieland störte sich nicht daran, dass die Farbe Gelb seiner Beinkleider nicht wirklich gut mit seinem rotnasigen Gesicht harmonierte.

Sophie schenkte ihnen beiden eine Tasse Tee ein, der kurz zuvor gebracht worden war. Zu ihrer freudigen Überraschung schmeckte er exzellent. Vielleicht würde der Aufenthalt im *Roten Haus* doch angenehmer als anfangs befürchtet. Mal schauen, was sich noch entdecken ließ.

Vorsichtig balancierte sie Tasse und Unterteller auf den niedrigen Tisch zurück. Sie legte ihre Hände in den Schoß und blickte Wieland mit der herzlichen Wärme ihrer kleinen Augen an.

»Cousin, ich möchte dich um deine Hilfe bitten.«

»Sag, was du dir wünschst, und ich werde dafür sorgen, dass du es erhältst.«

»Versprich nicht zu voreilig, bevor du nicht weißt, worum es geht.«

»Und worum geht es?«

Voller Zuversicht fasste sich Sophie ein Herz und sagte: »Ich möchte *Pomona* wiederaufleben lassen. Und dafür benötige ich ein wenig finanzielle Unterstützung, da der Großteil meiner Vermögenswerte gebunden ist. Oder von Napoleon zweckentfremdet. Na, ich will mich nicht grämen. Ich habe gehofft, dass du mich vorübergehend unterstützt.«

Augenblicklich füllte eine unerwartete Stille das Zimmer auf beklemmende Weise aus. Als würde ihm vollständig der Sauerstoff entzogen werden.

Wieland räusperte sich. »*Pomona*? Deine Frauenzeitschrift von früher?«

»Ebendie.«

»Wann, hm, wann war das noch gleich gewesen, als die drei Ausgaben erschienen sind? 1775? 1780?«

»Es war in den ersten drei Monaten des Jahres 1783, um genau zu sein«, sagte Sophie.

Pomona für Teutschlands Frauen hatte Sophie ihre monatlich erscheinende Zeitschrift genannt. Der Titel war mit Bedacht gewählt. Pomona war die Göttin der Baumfrüchte gewesen. Sie hatte keine Männer in ihren Garten eingelassen. Ein Fingerzeig, mit dem Sophie zu verstehen geben wollte, dass ihre Zeitschrift wie dieser Garten war. Kein Zutritt für Männer, Themen nur für Frauen.

Es war zwar nicht die erste Frauenzeitschrift gewesen, wohl aber die erste, die von einer Frau für Frauen herausgegeben wurde. Sophie hatte viele Texte selbst geschrieben. Von ihren Reisen inspiriert, wusste sie alsbald, was Frauen gerne lasen.

»Warum?«, fragte Wieland. »Ich meine, was für einen Sinn siehst du darin, das Heft aufleben zu lassen?«

»Den gleichen Sinn wie damals. Eine Zeitschrift von Frauen für Frauen. Ich bin nach wie vor davon überzeugt, dass viele Frauen gerne mehr darüber lesen wollen, was sie interessiert. Und nicht lesen wollen, wovon Männer glauben, dass es sie zu interessieren hat.«

»Ja, aber …«

»Warum ein Aber?«

»Ich weiß nicht, ob es da wirklich so viele Themen gibt, Sophie.«

»Auf jeden Fall genügend, die für mehr Abwechslung sorgen als die vielen Berichte über Strategien der Militärführung oder die wiederholte Berichterstattung einer Hinrichtung eines gefassten Räubers.«

»Das ist wichtiges Tagesgeschehen«, versuchte Wieland eine Rechtfertigung zu finden. Eine äußerst magere, wie Sophie befand.

»Frauen interessiert mehr als das.«

Zunehmend genervter verdrehte Wieland die Augen. »Es gibt doch bereits Zeitschriften, in denen über Häuslichkeit und Gesellschaften berichtet wird.«

»In immer gleicher Weise, das stimmt. Aber ich kenne kein Blatt, das beschreibt, wie unterschiedlich die Lebensweisen von Frauen in diesem Land sind. Ich habe auf meinen Reisen einiges gesehen, und glaube mir, das Leben einer Landwirtin unterscheidet sich durchaus von dem einer Bürgerlichen.«

Von ehemals Adligen wollte Sophie gar nicht erst anfangen zu sprechen.

»Und wen sollte es interessieren, wie eine Bäuerin lebt?«, gab Wieland zu bedenken.

»Du würdest dich wundern, mein lieber Freund. Nun, wie steht es? Hilfst du mir bei der Wiederaufnahme meiner Zeitschrift?«

Wieland stand auf, indem er mit beiden Händen gegen seine Oberschenkel drückte, als könnte er seinen Körper nur auf diese Weise hochwuchten. Er schnaufte gut hörbar, als hätte es das noch gebraucht, um die Spuren seines Älterwerdens erkennbar zu machen.

»Es tut mir leid, Sophie«, sagte er ohne echtes Bedauern in der Stimme. »Aber auf meine Hilfe kannst du nicht zählen. Und ich fürchte, du wirst auch niemanden sonst für dich gewinnen können. Sieh es ein, Sophie. Die Zeit ist vorbei.«

»Was soll vorbei sein?«

Wieland wand sich, bevor er schließlich rasch und ohne Umschweife sagte: »Du bist alt geworden, Sophie. Zu alt für so etwas.«

»Ich bin dir sehr verbunden für diese Ohrfeige.«

»Du solltest nicht sarkastisch werden, nur weil ich ausspreche, was wir beide wissen.«

»Mir scheint, du hast dich im Alter eingerichtet. Ich aber bin davon weit entfernt. Es gibt noch so viel zu tun und zu erleben. Und all das möchte ich aufschreiben.«

»Und wo willst du das alles finden? Früher bist du viel gereist, aber heute?«

»Du hast mich durchschaut, mein lieber Cousin. Genau das habe ich vor. Ich werde wieder auf Reisen gehen.«

»Aber …«

Flugs streckte Sophie einen Finger in die Höhe. »Und bevor du es noch einmal sagst: Nein, ich bin nicht zu alt dafür.«

Wieder ein Moment des Schweigens der unangenehmeren Sorte. Vielleicht hilft es ja, einen wunden Punkt zu berühren, dachte Sophie. Manchmal war ein wenig Listigkeit gefragt.

»Ach, Cousin, wie weit ist es gekommen?«, fuhr sie fort. »Schenken wir uns keine Unterstützung mehr? Ich kann mich noch erinnern, dass wir verlobt gewesen waren.«

»Die Verlobung wurde gelöst.«

»Aber doch die lebenslange Freundschaft nicht.«

»Du hast schließlich einen anderen geheiratet.«

»Du lenkst ab, mein Guter«, sagte Sophie. »Glaub nur nicht, ich würde es nicht bemerken.«

Wieland schwieg. Er wusste nur zu gut, wie recht sie hatte. Aber er hatte nicht vor, sich auf das Glatteis der Beschwörung einer gemeinsamen schönen Vergangenheit zu begeben.

Sophies Redekunst war nicht zu unterschätzen, und auch wenn er selbst ein bekannter Dichter war, konnte es nur auf einen wortgewandten Selbstmord hinauslaufen, wenn er sich mit ihr auf eine Diskussion einließ. Ihre Literatursalons waren schließlich nicht nur Treffpunkt der anerkanntesten Dichter jener Zeit gewesen, um miteinander ein Tässchen Tee zu trinken, sondern vor allem auch, um sich auszutauschen, wagemutige und fortschrittliche Gedanken zu besprechen, und das alles in Worten, die der gewöhnliche Bürger für eine Sprache von einem anderen Kontinent hielt.

Schon damals war Sophie in der Lage gewesen, einen Mann wie Johann Wolfgang von Goethe zu beeindrucken, dass dieser ihr ein Leben lang treu ergeben blieb.

Nachdem Cousin Wieland sich vielwortig verabschiedet hatte, fühlte sich Sophie mit einem Male genau so, wie er sie bezeichnet hatte. Alt.

Das Gespräch mit Wieland war so unerfreulich verlaufen, dass ihre Magensäfte zu blubbern begonnen hatten. Blass und hohlwangig stand sie am Fenster und sah hinaus, ohne wirklich etwas wahrzunehmen. Sie musste erst verdauen, was geschehen war. Eine unerwartete Situation, mit der sie nicht gerechnet hatte. Nie hatte sie Zweifel gehabt, dass Wieland ihr helfen würde. Seine sofortige Ablehnung, ohne auch nur mit der Wimper zu zucken, geschweige denn auch nur darüber nachzudenken, was sie wünschte, hatte sie sprachlos zurückgelassen.

Aus irgendeinem Grund hatte sie immer angenommen, ihre Leidenschaft für ihr Tun würde andere begeistert mitreißen. Konnte doch auch gar nicht anders sein, als dem Ziel, das sie sich setzte, gemeinsam hinterherzujagen. Sie hatte tatsächlich geglaubt, auch heute noch Wielands Unterstützung zu erhalten.

Wie töricht von ihr.

Gerade wusste sie nicht, über wen sie sich mehr ärgern sollte. Über ihn oder sich selbst.

ine Woche schuftete Anne nun schon in der Küche. Sie führte alle Arbeiten aus, die die Küchenchefin Ernestine ihr auftrug, und verkniff sich jede Bemerkung, auch wenn es noch so schwerfiel.

Warum sollte sie sich eine Ohrfeige nach der anderen einfangen? Außer einer geschwollenen Gesichtshälfte brachte ihr das nichts ein. Irgendwann würde schon die Gelegenheit kommen, dass sie sich bei Ernestine revanchieren konnte.

Geduld war manchmal nur schwer durchzuhalten, aber häufig der einzig richtige Weg, um ans Ziel zu gelangen. Und Annes Ziel war herauszufinden, wohin Laurin gebracht worden war.

Seit sie nach Coblenz verschleppt und gleich nach ihrer Ankunft auf Geheiß von Commandant Renaud voneinander getrennt worden waren, hatte sie nichts mehr von ihrem Mönchlein gehört. Wie konnte sie hier Tag für Tag Teig kneten, wenn sie nicht wusste, was mit Laurin war?

Vor ihren Augen war Laurin abgeführt worden. Hilfe suchend hatte er sich nach ihr umgedreht, doch was hätte sie ausrichten können? Er, der sie ein Jahr auf ihren Wegen durch die Wälder und über die Hügel auf den rumpelnden Straßen voller Selbstbewusstsein beschützt hatte, wirkte mit einem Mal so hilflos wie ein tapsiges Neugeborenes. Die Ungewissheit über seinen Verbleib war eine größere Strafe als die Küchenarbeit, wenngleich sich Anne vor sich selbst schämte, beides in Zusammenhang zu stellen.

Nicht zu wissen, was mit Laurin war, drohte sie in manchen Momenten schier zu zerreißen.

Abends, gleich nach Ende des Küchendienstes, wurde Anne gemeinsam mit den anderen Mägden ins Dachgeschoss gebracht, wo sie auf einem beengten Raum eingepfercht blieben, bis sie am nächsten Morgen wieder zum Dienst abgeholt wurden. Während die anderen Mägde sich nicht daran störten, es sogar als üblich empfanden, wurde Anne beinahe verrückt darüber. Dabei brauchte sie dringend Schlaf. Und eine Mahlzeit, die auch mal satt machte. Eine Decke wünschte sie sich, eine, in die sie sich hätte einwickeln können, weil sie fürchterlich fror. Und dennoch, bei all dem, was ihr fehlte, brauchte sie vor allem nur eines. Die Gewissheit, dass es Laurin gut ging.

Als sie mitbekam, wie Ernestine einer der Mägde auftrug, einen Laib Brot und etwas Wasser zu einem Mönch in die Generalkommandantur der Franzosen zu bringen, da war Anne erleichtert gewesen wie selten zuvor in ihrem Leben.

Er lebte also noch.

Sie hatte schon das Schlimmste befürchtet. Laurin war ja bekannt dafür, dass er einfach nicht wusste, wann es besser war, den Mund zu halten. Und während man das einer hübschen Frau noch für eine gewisse Zeit nachsah, war für viele der Geduldsfaden bei einem Mönch um ein Vielfaches kürzer.

Als die Magd zurückkam, wartete Anne einen günstigen Moment ab, um sie auszufragen.

»Du warst bei einem Mönch?«

»Ja.«

»Und wo?«

»Drüben in der Präfektur. Im Untergeschoss der Kommandantur, also eigentlich ist's eher ein ziemlich verrottetes Kellergewölbe. Brrr, mich fröstelt's, wenn ich nur daran denke.«

»Wie sieht der Mönch aus?«

»Na, wie ein Mönch eben. Sehen doch alle gleich aus. Lange Kutte und ein miesepetriges Gesicht.«

Anne schluckte ihre Verärgerung über diese ungebührliche Bemerkung hinunter. Für sie war Laurin nicht wie alle anderen, weder wie andere Mönche noch wie andere Menschen. Doch gut, woher sollte diese dumme Gans das wissen?

»Und was macht er da?«, bohrte Anne weiter nach.

»Keine Ahnung. Er hockt über aufgeschlagenen Büchern, und um seinen Tisch liegen Pergamentrollen auf dem Boden.«

»Wo geht er hin, wenn seine Tagesarbeit getan ist?«

Die Magd zuckte gelangweilt mit den Schultern.

»Ich weiß nicht. Aber ich habe gehört, dass er seinen kleinen Raum nicht verlassen durfte, seit man ihn dort eingesperrt hat.«

»Man hat ihn eingesperrt?«

Das erklärte, warum Laurin nicht nach ihr gesucht hatte.

Anne holte tief Luft, dann stellte sie die wichtigste Frage. »Sieht er gesund aus?«

»Ich weiß nicht. Ich bringe nur das Brot und Wasser. Auf mehr habe ich nicht geachtet. Der Wärter ist ziemlich unangenehm. Da will ich gerne schnell wieder weg.«

Ernestine knurrte laut wie Zerberus vorm Hades, und die Magd begann eilig, den Teig zu kneten, der glänzend vor ihr lag.

Anne stopfte ihre Hände auch in die Masse, einfach um beschäftigt zu wirken und weiter Fragen stellen zu können.

»Bringst immer du ihm das Brot?«, fragte sie.

»Bislang schon.«

Anne beugte sich vor. Verstohlen blickte sie sich um, bevor sie flüsterte: »Würdest du mich beim nächsten Mal gehen lassen?«

Die Magd kniff die Augen zusammen. Sie mochte nicht die Hellste sein, besaß aber das untrügliche Gespür dafür zu wissen, was jemandem wichtig ist und was sie dabei für sich herausschlagen konnte.

»Was bekomme ich dafür?«, fragte sie.

»Du bekommst keinen Ärger mit mir. Genügt das?«

Die Magd schaute Anne erschrocken an. Es genügte.

10

Am folgenden Tag täuschte die Magd, die dem inhaftierten Mönch das Essen bringen sollte, vor, ihr wäre unwohl. Eine Frauensache. Dagegen konnte selbst Ernestine nichts tun. Rasch meldete sich Anne, die Aufgabe zu übernehmen, und noch bevor sie aufgehalten werden konnte, schnappte sie sich den bereitgestellten Korb und war schon durch die Tür.

»Weißt du denn, wohin du gehen musst?«, rief Ernestine ihr hinterher.

»Ja-ha.«

Ernestine grummelte. »Das kommt mir merkwürdig vor. Hm, und du, du hast wirklich Schmerzen?«, richtete sie sich an die Magd, ein Auge ungläubig zusammengekniffen.

Diese drückte beide Hände vor den Unterleib und stöhnte.

Anne stieg eilig die Treppe hinauf. Oben auf dem Absatz blieb sie kurz stehen und atmete tief durch, bevor sie die schwere Eichenholztür des Seiteneingangs zum *Roten Haus* aufzog und hinaus auf die Kornpfortstraße trat. Sie schaute nach allen Seiten, um sich zu orientieren. Links und rechts an der Hauswand gab es ein Sprossenfenster, darüber einen ovalen Lichtfang. Und als Anne den Blick nach oben richtete, bemerkte sie, dass sie unter einem Rechteckerker stand, der bis zur unteren Dachkante reichte und mit fein ausgearbeiteten Heiligenfiguren verziert war.

Die frische Morgenluft, die sie umfing, kühlte ihre Stirn und das Gesicht. Sie fühlte sich wie befreit, als sie die ersten

Schritte auf die Straße setzte, und in gewisser Weise war es auch so nach all den Tagen und Nächten, die sie ausschließlich in dem Zunfthaus verbringen musste. Kurz kam ihr der Gedanke, dass sie einfach loslaufen und fliehen könnte. Weg von hier, weg aus Coblenz. Wenn sie alleine gewesen wäre, hätte sie es sofort gemacht. Aber sie konnte Laurin nicht einfach zurücklassen. Dazu verband sie beide zu viel und bedeutete er ihr auch zu viel.

Coblenz war die erste wirkliche Stadt, die Anne sah. Zuvor waren sie und Laurin nur durch Dörfer gefahren. Städte hatten sie gemieden.

Sie presste den Flechtkorb dicht an ihren Körper, senkte den Kopf und ging los. Nur wohin? Die Magd hatte ihr zwar das Haus genannt, in dem Laurin war, aber nicht, wo sie das Haus finden konnte.

Sie fragte den Ersten, der an ihr vorbeiging, doch der winkte ab, als wollte er nichts mit der Generalkommandantur zu tun haben. Etwas verloren blieb Anne auf dem Fleck stehen, bis sie von einem betagten Herrn in altmodischer Kleidung angesprochen wurde, ob er ihr behilflich sein könne. Sie sagte, wohin sie wollte. Der Herr gab ihr freundlich und jedes Wort sauber betonend Auskunft. Bevor sie weitergehen konnte, griff er ungebeten nach ihrem Unterarm.

»Du willst wirklich dahin, mein Kind? Du kannst deine Taler auch woanders verdienen.«

Irritiert über den Widerspruch der gepflegten Aussprache und dem unsittlichen Antrag, schüttelte Anne seine Hand ab, als wäre sie ein Insekt, das auf ihr gelandet war, und entfernte sich mit raschen Schritten.

Was hatten die denn alle bloß? Sie lief so schnell über das unebene Pflaster, dass sie mehrmals beinahe über hochstehende Kantsteine stolperte. Einmal rutschte ihr fast der

Korb vom Arm, doch sie konnte gerade noch verhindern, dass der Inhalt zu Boden fiel. Bei der Gelegenheit hob sie das rot-weiß karierte Tuch an, um nachzusehen, was sich eigentlich im Korb befand. Nicht viel. Ein Kanten Brot, so trocken, dass man damit Nüsse hätte knacken können, eine Handvoll Rosinen, vier Trauben, von denen eine sich bald zu den Rosinen gesellen würde, und ein Stückchen Wurst, das vermutlich von einem der Logiergäste im *Roten Haus* übrig geblieben war, denn am Rand schimmerte es schon grünlich. Satt wurde man nicht davon, eher hungriger, weil man etwas zu kauen bekam.

Als sie an einem Haus vorbeikam, in dem ein Arzt seine Praxis hatte, wurde gerade die Tür aufgerissen, und eine Frau schüttete den Inhalt eines Eimers in eine Grube neben dem Eingang. Knochenstücke und Blut miteinander vermengt. Danach legte sie ein Holzbrett über die Grube und verschwand wieder im Haus.

Angewidert lief Anne schnell weiter.

Über die Rheinstraße und die Castorpfaffengasse fand sie Zutritt zum weitläufigen Kastorhof, der von drei Gebäudeteilen umfasst war. Gegenüber des Von-der-Leyenschen Hofs mit der Präfektur Coblenz, die für das gesamte Rhein-Mosel-Departement zuständig war, befand sich in einem ebenso wuchtigen Bau das Generalkommando.

Annes Schritte verlangsamten sich, je näher sie dem Eingang kam. Würde sie da wieder auf diesen furchtbaren Commandant Renaud treffen? Es wäre ihr unangenehm wie dem Teufel ein Spritzer Weihwasser. Das einzig Gute daran, in der Küche des *Roten Hauses* zu arbeiten, war, dass sie den gierigen Fängen dieses Mannes entkommen war. Wenn sie nur an ihn dachte, kehrten die Schmerzen in ihrem Unterleib zurück, die er ihr zugefügt hatte.

Sie schüttelte sich wie ein nasser Hund, um sich nicht ihren üblen Erinnerungen hinzugeben. Es ging um Laurins Schicksal. Und wenn es sein musste, würde sie auch mit Renaud sprechen.

Sie ging auf den Eingang zu und wurde sogleich von einem Wachposten am Eintreten gehindert. Nach ein paar schnell gesprochenen Worten, dem Herzeigen des Korbes und einem flüchtigen Spiel mit den Wimpern wurde sie eingelassen. In der Halle wurde sie an einen weiteren Wächter übergeben, der sie fragte, wo denn die Magd sei, die immer herkam.

»Ich bin die Neue«, sagte Anne. »Ich werde von nun an häufiger kommen.«

Mit einem Achselzucken quittierte der Wächter das Gehörte. Er öffnete die mit schweren Eisenbeschlägen versehene Tür hinter sich. Kalte Steinstufen führten rechtwinklig ins Kellergeschoss. Der Wächter bedeutete Anne, ihm nach unten zu folgen. Gleich auf den ersten Stufen umfing Anne eine feuchte Luft, die ihre Kleidung klamm werden ließ. Sie fror augenblicklich, und ihr war, als würde sie mit jedem Atemzug ihren Lungen etwas Schweres, das in der Luft lag, zuführen. Mit der freien Hand zog sie ihr Schultertuch enger.

Unten angekommen, folgten sie einem Flur mit niedriger Decke. Der Gang roch faulig und war so eng, dass Anne und der Wächter nur hintereinander gehen konnten. Am Ende des schwach beleuchteten Gangs wurde sie von dem einen Wächter an den nächsten übergeben, der, wie sich herausstellte, der Schließer für den einzigen Raum in diesem Untergeschoss war. Ein Kerkermeister, schoss es Anne durch den Kopf. Nichts anderes ist er, und wenn dem so ist, dann ist der einzige Raum nichts anderes als eine Gefängniszelle, auch wenn sie anders umschrieben wurde.

»Gib mir den Korb«, verlangte er.

»Warum?«

»Warum? Na, weil der Mönch ihn doch bekommen soll, oder? Gib her.«

Der Schließer entriegelte die Bodenklappe in der Tür, die eine schmale Luke freigab, durch die der Korb nicht passte, wohl aber sein Inhalt nacheinander durchgeschoben werden konnte.

»Nein, ich darf ihn nicht hergeben. Ich soll den Korb dem Mönch persönlich übergeben«, sagte Anne.

Sie hoffte, glaubwürdig genug zu klingen. Lügen war noch nie ihre Stärke gewesen.

Der Schließer wurde ärgerlich. »Unfug. So was gab es noch nie. Her damit.«

»Ich soll dem Mönch nicht nur den Korb geben«, sagte Anne schnell.

»Nein?«

»Ich soll ihn ... ihn auch erfreuen. Immerhin sitzt er hier ja schon eine Weile, und ich denke, dass Sie gut verstehen können, was es heißt, immer nur mit sich selbst beschäftigt zu sein, oder?«

Der Schließer grinste breit. Ja, das verstand er. »Na schön, fünf Minuten darfst du rein.«

»Eine halbe Stunde ist vereinbart.«

»Nicht mit mir.«

Anne versuchte sich an einer strengen Stimme. »Wollen Sie es darauf ankommen lassen, dass ich zurückgehe und Bescheid sage, dass Sie mir den Zugang verweigerten?«

Ein Atemzug, noch einer, dazu ihr Herzklopfen, das doch in diesem schachtartigen Keller zu hören sein musste. Endlich drehte sich der Schließer um, schob den schweren Schlüssel ins Schloss und sperrte auf.

»Eine halbe Stunde, nicht länger«, sagte er.

Anne deutete mit dem Kinn auf die Tür. Die Klappe vor dem Sichtfenster auf Kopfhöhe war offen.

»Wenn das so bleibt, werde ich gar nichts mit dem Mönch anfangen.«

»Warum so schüchtern?«

Anne verdrehte die Augen. »Himmel, er ist ein Mann der Kirche.«

»Und ich ein Mann des Volkes. Hab gern was fürs Auge.« Ungebührlich leckte er sich über die Lippen, während er Anne ungeniert auf die Brüste starrte.

Wo hatte sie sich da nur wieder hineingeritten? Die spontane Idee, auf diese Weise zu Laurin in seine Zelle zu gelangen, entpuppte sich als willkommene Abwechslung für den Schließer. Ab und zu sollte sie vielleicht auch mal weiterdenken, schalt sie sich. Sie nahm ihren letzten Mut zusammen, drehte sich um und ging zur Treppe zurück.

»Dann muss ich wohl Meldung machen«, sagte sie.

Hinter ihr klackte es. Sie blieb stehen. Das Sichtfenster war geschlossen. Der Schließer blickte unzufrieden. Innerlich atmete Anne auf. Dann trat sie am Schließer vorbei in die Kammer. Hinter ihr wurde die Tür geschlossen, kaum dass sie eingetreten war.

Die Lichtverhältnisse waren gewöhnungsbedürftig für ihre Augen. Eine Laterne, die von der Deckenmitte hing, streute nur wenig Licht. Nach und nach erfasste Anne, wie es in der Kammer aussah, in der Laurin eingesperrt war. Schlicht, um nicht zu sagen äußerst karg eingerichtet, in einer Ecke zwei große Truhen aus Eichenholz und mit Messing beschlagen. An der hinteren Wand sah sie deckenhohe Regale, in denen mehrere Stapel von ledergebundenen Dokumenten nebeneinanderlagen. In der Mitte der Kammer fand sich ein Pult, vor dem Laurin auf einem schon beim Anblick unbequemen Hocker kauerte und gramgebeugt versuchte, die Schriften eines aufgerollten Pergaments zu entziffern.

Eigentlich keine schlechte Kammer für einen Kellerraum. Arg feucht, na gut, und es riecht auch nicht gut, aber immerhin braucht er sie nicht mit anderen zu teilen so wie ich mit den Mägden die Dachkammer im Roten Haus.

Anne wollte sich die Kammer schönreden, weil sie nicht wollte, dass Laurin litt. Aber genauso verhielt es sich. Um das zu erkennen, brauchte sie nur in sein Gesicht zu schauen. Jämmerlicher hatte ihr Mönchlein noch nie ausgesehen. Sie konnte auch riechen, dass Laurin nicht der erste Gefangene hier unten war, den man eingesperrt hatte. Angstschweiß saß in allen Ritzen des Gemäuers.

Als Laurin sie sah, wich erst die Farbe aus seinem Gesicht, und dann schossen ihm Tränen in die Augen. Er sprang, so behände er konnte, von seinem viel zu schmalen Hocker und lief auf Anne zu. Er umarmte sie, und die Vermutung, dass er sie nie wieder loslassen wollte, war nicht die falscheste.

»He, he, mein Mönchlein, du zerdrückst mich ja.«

Anne musste sich bemühen, dass ihr die Stimme nicht wegkippte. Das Wiedersehen ging ihr ebenso ans Gemüt wie ihm.

»Ich bin so froh, dich zu sehen«, sagte sie. »Hab schon gedacht, dich gibt's nicht mehr.«

»Ach, viel hat nicht gefehlt, und mein Kopf würde jetzt in einem solchen Flechtkorb liegen, wie du ihn mir bringst. Drüben, du weißt schon, wo. Ich will gar nicht daran denken.«

»Dann sprich es nicht aus.«

Anne wusste auch so, was er meinte. Die Guillotine in Coblenz hatte über Jahre hinweg ihren festen Standort beibehalten.

Laurin drückte sie noch mal fest an sich. »Anne, ach, Anne, dass du hier bist, das hat der Herrgott gut gemacht.«

»Und ich auch.«

»Ja, du auch. Lass dich anschauen.« Er machte große Augen. »Wie siehst du denn aus?«

»Ich arbeite in der Küche einer Pension. Nicht freiwillig, das kannst du mir glauben.«

»Etwas anderes hätte mich bei dir entsetzt.«

»Aber zum Glück ist es die Küche, die dir dein tägliches Essen liefert. Hier, schau, was ich Feines gebracht habe.«

Anne streckte ihm den Korb entgegen.

Er verzog das Gesicht. »Das meinst du nicht im Ernst, oder?«

»Hat man euch im Kloster nie etwas über Sarkasmus erzählt?«

»Nein, nur über Apfelmus.«

»Ach, Laurin.«

Ihre Hände in seinen, standen sie da und waren trotz dieses Kellerlochs einfach nur froh darüber, wieder beisammen zu sein. Zu wissen, dass der andere noch lebte, bescherte beiden ein tiefes Glücksgefühl, in dem sie erkannten, was sie längst wussten, nämlich wie viel sie sich bedeuteten. Und auch wenn sie im Augenblick nicht wussten, wie es weitergehen konnte, war es einer jener Momente, in denen das schlimme Drumherum aus den Gedanken verbannt werden konnte.

Doch von Dauer war es nicht.

»Was machst du für ein Gesicht?«, fragte Anne.

»Achte nicht darauf. Es ist nur das Gesicht des Trübsals. Arbeit über Arbeit inmitten zerfallender Pergamente, die auch noch stinken, als hätte ein halbes Regiment darüber gepisst.«

Theatralisch hob Laurin beide Hände und streckte sie zur Gewölbedecke.

»Und was soll ich erst sagen?«, sagte sie. »Ich muss in einer Küche arbeiten. Ich soll kochen und spülen. Hast du da noch Worte?«

»Ich habe auch einen Arbeitsauftrag erhalten, den ich zu erfüllen habe.«

»Wer sagt das?«

»Dieser Renaud. Du weißt schon, dieser Commandant, der mit seiner Degenspitze ...«

»Du brauchst es nicht auszusprechen. Ich kann mich nur zu gut an ihn erinnern. Was er von mir wollte, habe ich erlitten, aber was will er von dir?«

»Was er von dir wollte ...?« Laurin wurde blass. »Und er hat ...«

»Also, was will er?«, unterbrach ihn Anne erneut.

»Es ist ein Elend, was hier mit mir gemacht wird. Sieh dir das an. Ich soll diese halb vergammelten Dokumente lesen. Und das hier ...« Er hob eine Pergamentrolle an, die ihm aus Verwitterungsgründen beinahe zwischen den Fingern zerfiel. »Das ist mehr Mäusefutter als Nahrung für das menschliche Gehirn.«

Anne streifte ihre Schuhe von den Füßen und setzte sich auf die schmale Holzbank, die eigentlich dafür gedacht war, dass Laurin sich in den wenigen Pausen, die ihm gestattet waren, ausruhen konnte. Die Bank war allerdings so schmal, dass immer irgendein Körperteil von ihm auf der einen oder anderen Seite herunterhing, egal, wie herum er sich auch drehte. Erholsam war das nicht. Seine nicht enden wollenden Flüche auch nicht und erst recht nicht, dass er sich nach jedem Fluch beim Herrn im Himmel entschuldigte.

Für Anne bot die Bank zum Sitzen allerdings genügend Platz. Mit Daumen und Zeigefinger massierte sie sich die Zehen, während sie die nächste Schimpftirade schweigend an sich vorbeirauschen ließ.

»War gar nicht so leicht, bis zu dir vorzudringen«, sagte sie, als Laurin endlich Luft holte. »Ich musste dem Schließer vor der Tür was vorspielen, damit er mich hereinlässt. Und ihm sagen, dass ich zu deiner Befriedigung hergeschickt wurde.«

Laurin schnappte nach Luft. »Das hat er geglaubt?«

»Natürlich.«

»Unfassbar.«

»Da kennst du aber die Männer schlecht«, meinte Anne. »Und jetzt hör auf zu jammern.«

»Aber wenn ich nicht dir vorjammern kann, wem denn dann? Bei den Franzosen tu ich ganz begeistert, dass ich hier diese Arbeit inmitten feuchter Wände und schlechter Luft verrichten darf.«

»Was sollst du denn für die Präfektur hier unten arbeiten?«

Laurin holte tief Luft und seufzte so stark, dass es das Dokument auf seinem Pult anhob.

»Ich erklär es dir«, sagte er. Langsam beruhigte sich seine Stimme wieder. »Als die Franzosen im Rheinland einfielen, haben sie bei ihren Plünderungen auch nicht vor den Kirchen und Klöstern haltgemacht. Wie du weißt, kann ich ein Lied davon singen. Sie haben aber nicht nur wertvolle Altargegenstände mitgenommen, sondern auch Dokumente, Bücher und Pergamentrollen. Alles wurde in Truhen gepackt und nach Paris geschickt. Danach wurden die Kirchen teilweise abgerissen, und was übrig blieb, nutzen die Franzosen jetzt als Quartiersunterkünfte. Das kannst du jetzt noch sehen, wenn du durch die Stadt gehst.«

Dazu hatte ich noch keine Gelegenheit, dachte Anne.

»Ich habe immer noch nicht verstanden, was du für diesen Renaud finden sollst, was er nicht selber finden kann.«

»Die Aufzeichnungen in den Mappen sind auf Latein verfasst.« Laurin hob entschuldigend die Hände. »Wie wir Mönche nun mal so sind. Weder Renaud noch einer seiner Leute können Latein.«

»Ach, komm schon. Irgendeinen wird es doch wohl geben, den er kennt und der es kann. Warum will er ausgerechnet, dass du diese Arbeit machst?«

Anne schob eine dicke, in Leder gebundene Mappe über die Tischkante. Mit einem satten Platsch fiel sie zu Boden.

Laurin sprang vom Hocker und hob die Mappe eilig auf. Ein paar lose Blätter rutschten heraus und flatterten wie gemächliche Herbstblätter vor seine Füße.

»Schau, was du angerichtet hast, Anne. Wie soll ich jemals fertig werden, wenn du alles durcheinanderbringst?«

Keuchend setzte er sich wieder. Anne bat mit einem zaghaften Lächeln um Entschuldigung.

»Es geht um ein bestimmtes Dokument. Eines, das bei der Ausräumung des Klosters Laach mit dem Rest der Bibliothek und anderen handschriftlichen Übertragungen entwendet wurde.«

»Gestohlen trifft es wohl besser«, korrigierte Anne. Inzwischen spielten ihre Finger mit dem Tuschefläschchen, das auf Laurins beengtem Pult stand.

»Bitte, Anne, wenn das umkippt und die Tinte über das Papier fließt, dann …«

»Was dann?«

Laurin seufzte genervt. »Dann weiß ich auch nicht, was ich tue.«

»Also, du sollst ein Dokument finden. Was für eines? Was ist für Renaud so wichtig, dass er dich hier einsperrt?«

»Es ist ein Dokument mit einem ganz bestimmten Vermerk. Es ist wohl eine Art Lageplan ohne Zeichnung, aber mit der genauen Beschreibung, wo Kirchenglocken der umliegenden Dörfer vergraben wurden, um sie vor einem Raub der ankommenden französischen Soldaten zu bewahren.«

»Warum sollten die Soldaten die Glocke rauben? Die interessierten sich doch mehr für die Frauen und Mädchen in den Dörfern, durch die sie marschierten. Und für die Wirtshäuser natürlich.«

»Der Versorgungsnachschub der Truppen war ziemlich am Ende. Da kam nichts mehr nachgeliefert. Verpflegung, medizinische Versorgung, Munition, alles war Mangelware. Gerade Munition. Und nun denk nach, Anne. Viele Glocken sind aus Blei gegossen. Und aus Blei kannst du Kanonenkugeln gießen. Auch Kugeln für kleinere Waffen. Die Glocken waren also so etwas wie gern gesehene Munitionsdepots, die einfach so auf dem Weg lagen. Das machte die Napoleonische Armee unabhängiger von Nachschub aus den eigenen Reihen.«

»Das erklärt noch nicht, weshalb Renaud die Glocken jetzt noch will. Es finden auf unserem rheinischen Gebiet keine Kämpfe mehr statt. Also wozu noch Glocken einschmelzen?«

Sie wollte die Zusammenhänge begreifen, weshalb Renaud sie beide nach Coblenz gezwungen hatte.

»Ja, jetzt, wo es keine Kämpfe mehr gibt, könnte man meinen, es wäre egal.«

»Ist es aber offensichtlich nicht. Warum nicht?«

Mönch-ohne-Heimat beugte sich auf seinem niedrigen und bedenklich knirschenden Höckerchen verschwörerisch vor. Mit dem gekrümmten Zeigefinger bedeutete er Anne, es ihm gleichzutun.

»Weil eine der Glocken nicht aus Blei besteht«, sagte er.

»Woraus dann?«

»Gold.«

»G…«

»Na ja, eher vergoldet.«

»Und ich nehme mal an, auch diese Glocke wurde noch nicht wieder ausgegraben.«

»Solange die Franzosen im Rheinland sind …«

»Und es gibt tatsächlich eine Auflistung, wo all diese Glocken vergraben sind?«, fragte Anne.

»Es gibt zumindest das Gerücht, es würde eine solche Liste existieren.«

»Und du sollst jetzt die Liste unter all diesen Dokumenten finden?«

»Du kennst ja die menschliche Gier, Anne.«

»Dieser Renaud macht das aber wohl nicht in offiziellem Auftrag, oder?«, stellte Anne nüchtern fest.

»Kluges Kind. Deswegen bin ich ja auch eingesperrt.«

»Ich frage mich, wie es diesem Renaud gelingen kann, derart eigenmächtig zu handeln?«

»Wie gesagt, alle Dokumente und Bücher wurden nach Paris gebracht. Die aus Coblenz wie auch die aus den umliegenden Dörfern und kleineren Ortschaften. Deren Anzahl ist ja gut dokumentiert. Darauf legt Napoleon großen Wert. Man kann ja sagen, was man will, aber der Mann ist nicht dumm. Und in Coblenz war für die Räumung der Kirchen unser Commandant Renaud zuständig.«

Ach, so war das also. Anne versuchte, durch die Zähne zu pfeifen. Es misslang gründlich. Sie brachte nur ein kümmerliches Pusten zustande.

»Du vermutest richtig«, sagte Laurin. »Renaud hat die Dokumente aus dieser Gegend nicht nach Paris schicken lassen.« Laurin machte eine ausholende Armbewegung. »Du siehst alles hier unten.«

Anne schnappte nach Luft. Langsam lehnte sie sich wieder zurück. Sie verschränkte die Arme vor der Brust. Nach einer Weile nickte sie, als hätte sie erst jetzt begriffen, was sie gehört hatte. Doch sie hatte gleich verstanden, wovon Laurin sprach. Ihre Miene verdüsterte sich.

»Wenn das so ist, mein Mönchlein, dann bist du in Gefahr. Das ist dir hoffentlich bewusst?«

Laurin winkte ab. »Ach was, ich muss nur das Dokument hier irgendwo in dem ganzen Gewühl finden, dann kann ich gehen.«

Anne schüttelte sachte den Kopf. Eine Strähne fiel ihr in die Stirn.

»Du hast es nicht begriffen, oder? Der Grund, dass du für ihn suchen sollst und nicht einer von Renauds Männern, ob nun Soldat oder Verwaltungsbeamter, liegt doch klar auf der Hand. Er braucht so wenig Mitwisser wie möglich. Und du, Laurin, du bist am Ende entbehrlich.«

»Was meinst du mit entbehrlich?«

Laurin war blass geworden. Jeder Laib Käse neben ihm hätte dunkel wie ein Kohlebrikett gewirkt.

»Das plötzliche Ableben eines Beamten müsste Renaud ebenso erklären wie das eines Soldaten, der ihm unterstellt ist. Aber von einem Mönch, von dessen Existenz hier im Keller kaum einer weiß …«

Anne ließ den Satz unvollendet.

Laurin rührte sich nicht. Er starrte sie an, als würden vor seinen Augen aus ihrem Rücken Flügel wachsen. Seine Finger umschlossen so fest die Kante des Pults, dass die Knöchel weiß hervorstanden. Auf seinem fast kahlen Schädel glänzte ein dünner Schweißfilm.

Schließlich sagte er mit belegter Stimme: »Hilf mir, Anne.«

Bevor sie etwas sagen konnte, gab es einen Schlag von außen gegen die Tür. Das Zeichen, dass Anne ihren Besuch beenden musste.

Laurin packte verängstigt ihre Hand.

»Ich versuche, dich hier herauszuholen«, flüsterte sie. »Ich weiß nur noch nicht, wie.«

Wieder schlug der Schließer gegen die Tür.

»Kommst du wieder?«, fragte Laurin.

»So Gott will«, sagte Anne. »Aber jetzt müssen wir dem

Wachposten erst noch eine kleine Vorstellung liefern, damit mein Besuch bei dir glaubwürdig bleibt.«

»Vorstellung? Was genau meinst du damit?«

»Du hast mich schon verstanden. Der Kerl draußen erwartet, dass wir uns heftig miteinander vergnügen.«

»Vergnügen?«

»Du musst nicht alles wiederholen, was ich sage. Du weißt doch, was ich meine.«

»Ähm, schon, aber ... ich kann doch nicht ... und du doch auch nicht ...«

Milde lächelnd legte Anne ihm eine Hand auf die Schulter. »Keine Angst. Wir lehnen uns genau vor die Sichtklappe, damit er nichts sehen kann, wenn er sie öffnet, sondern uns nur hört.«

»Hört?«

»Meine Güte, Laurin, stell dich doch nicht so dumm an. Du stöhnst ein bisschen, ich stöhne ein bisschen heftiger, dann gibst du einen gurgelnden Laut von dir, und alles ist gut.«

»Muss das sein? Ich weiß nicht, ob ich das kann.«

»Ja, das muss sein. Immerhin hat er mich nur zu dir gelassen, weil ich ihm gesagt habe, dass ich zu deinem fleischlichen Vergnügen herbeordert wurde.«

»Und das hat er dir geglaubt?«

»Du hast keine Ahnung, was Männer alles glauben möchten. Also, los jetzt.«

Anne schob Laurin rücklings an die Tür. Genau vor die Sichtklappe. Dann begann sie verhalten zu stöhnen, wurde etwas lauter und schließlich atemloser. Mittendrin flüsterte sie Laurin zu, er solle endlich mitmachen. Mit der Faust schlug sie gegen das Holz der Tür, zwei-, dreimal hintereinander.

»Was tust du da?«, flüsterte Laurin erschrocken.

»Das ist beginnende Ekstase. Nun mach schon mit.«

»Oh … oh … oh«, machte Laurin.

»Etwas mehr Temperament, bitte schön.«

»Ah … oh.«

Anne musste sich beherrschen, um nicht laut zu lachen. Schließlich griff sie beherzt zwischen Laurins Beine und packte zu.

Laurin stieß einen überraschten Schrei aus.

»Na also, geht doch«, flüsterte Anne.

Sie ließ einen eigenen, kehligen Laut folgen und rückte von Laurin ab. Dann verwuschelte sie sich die Haare, kniff sich in die Wangen und wartete ein paar Sekunden, bevor sie rief:

»He, Schließer, ich möchte gehen.«

Laurin blieb verwirrt zurück. Für die nächste Stunde war es mit seiner Konzentration auf die Dokumente vorbei.

11

Der Tag brachte alle Anzeichen mit sich, dass er angenehm werden könnte. Milde Luft, klarer Sonnenschein, und wenn Sophie von La Roche aus dem Fenster hinunter auf die Kornpfortstraße schaute, konnte sie nicht ein Wölkchen am Himmel entdecken. Das sah verheißungsvoll aus. Nichts, was aufs Gemüt einer empfindlichen Dichterseele schlagen könnte.

Sophie vergewisserte sich, dass auf der bereitgestellten Étagère ausreichend Gebäck lag. Sie kannte ihren Enkel immerhin schon lange genug, um über seine Vorlieben für kleine Leckereien zwischendurch Bescheid zu wissen. Sie wollte, dass er sich gleich wohlfühlte, sobald er ins Zimmer trat. Deshalb hatte sie sich die zurzeit sehr beliebten *bisquits roses* aus Reims liefern lassen. Nachdem Cousin Wieland sie derart hatte auflaufen lassen, wollte sie nicht riskieren, dass ihr das Gleiche bei ihrem Enkel widerfuhr, nur weil vielleicht nicht ausreichend Gebäck auf der Étagère lag. Ein gutes Gefühl und ein süß gesättigter Bauch machten ihn vielleicht aufgeschlossener für ihre Bitte.

Zur Nachmittagsstunde kam er. Clemens von Brentano, ihr Enkel. Sohn ihrer in jungen Jahren verstorbenen Tochter Maximiliane. Ein Freigeist, ein herumreisender Luftikus. Einer, dessen Brust vor Liebe zur Dichtkunst und zur Natur stets dauergeschwollen war. Wobei er junge Damen zu einem Wunder der Natur erklärte und deshalb auch gleich voller Inbrunst in seine Liebe miteinschloss. Er war einfach wehrlos, sagte er, wenn die Schönheiten dieser Welt ihn blendeten. Nun ja, manch ein junges Mädchen fiel halt auf ihn herein, wohl auch, weil er selbst fest glaubte, was er schwülstig in ihre Öhrchen hauchte.

»Liebste Großmama, ich konnte es kaum glauben, als ich hörte, du seist wieder in Coblenz.«

Clemens ging mit ausgebreiteten Armen auf Sophie zu und drückte sie fest an sich. In ihrem Kreuz knackte es bedenklich. Wie sehr er und Wieland sich doch glichen. Eine beinahe gleiche Begrüßung durfte Sophie vor wenigen Tagen von ihrem Cousin erfahren.

»Nicht so stürmisch.« Sie schob Clemens lachend von sich. »Ich bin etwas zerbrechlicher als deine jungen Liebschaften.«

Mit dem Handrücken strich sie ihm liebevoll über die Wange. Kaum zu glauben, dass er schon vierundzwanzig Jahre alt war. Es kam Sophie vor, als wäre es erst fünf Jahre her, dass sie mit Clemens »hoppe, hoppe, Reiter« auf ihrem Schoß gespielt hatte, und nun war er ihr über den Kopf gewachsen.

Clemens hatte oft gesagt, dass es Sophie gewesen war, die in ihm die Liebe zum Schreiben geweckt hatte. Es hatte sie auf stille Weise sehr stolz gemacht, wenn er das sagte. Und ebenso stolz war sie gewesen, als sie sein Gedicht »*Sprich aus der Ferne*« gelesen hatte. Allerdings hatte er bis auf zwei weitere Gedichte noch nicht viel mehr zu Papier gebracht. Na, immerhin war er mit seinem guten Freund Achim von Arnim im vergangenen Jahr den Rhein hinuntergefahren und hatte überall, wo er hinkam, sich Geschichten und Balladen erzählen lassen. Sophie war gespannt, was er mit dieser Sammlung anstellen mochte.

»Weißt du eigentlich, dass du die erste weibliche Schriftstellerin in Deutschland warst?«, sagte Clemens, als er sich mit jugendlicher Lässigkeit in den großen Sessel fallen ließ. Noch im selben Moment war das Gebäck nicht mehr vor ihm sicher. Mit der Lust eines leidenschaftlichen Menschen griff er zu und nahm gleich zwei der schmackhaften Bisquits in die Hand, die er sich nacheinander in den Mund schob.

Sophie schmunzelte. »Schriftstellerinnen sind zumeist weiblich«, sagte sie, und Clemens lachte lauthals los.

»Da hast du mich wieder erwischt, liebste Großmama. Bekomme ich etwas zu trinken? Ich erinnere mich, dass es bei dir stets den besten Wein gab.«

Sophie füllte zwei fein geschliffene Gläser. »Auf deinen Erfolg als Dichter.«

Clemens geriet ins Schwärmen.

»Es war eine tolle Reise den Rhein hinunter. Du hast sicher gehört, dass gerade sehr viele Menschen den Weg in die Natur suchen. Es dürstet sie, sich dem Schönen hinzugeben, zu träumen, zu faulenzen, den Geist fliegen zu lassen. Wen wundert's nach all den Kriegsjahren?«

»Und kreativ dabei zu sein«, ergänzte Sophie. »Es entstehen wunderbare Werke in diesen Tagen. Es begann schon, als ich noch zu meinem Salon einlud.«

Schöne Zeiten waren das gewesen. Wehmut befiel Sophie, und für einen Moment versank sie in ihren Erinnerungen. Als sie wieder aufblickte, war sie bemüht, einen Tränenschleier vor Clemens zu verbergen.

Liebevoll nahm er ihre beiden Hände in seine und streichelte mit den Daumen über die pergamentartige, fleckige Haut.

»Du hast so viel in Gang gebracht«, sagte er in für ihn ungewohnt ernstem Tonfall. »Wenn ich nur an die Zeitschrift denke, die du herausgebracht hast. Man muss sich das mal vorstellen ... eine Zeitschrift für Frauen. Mit Berichten, die Frauen gerne lesen möchten. Du warst die Erste, die erkannt hat, dass Frauen gerne etwas lesen, das von Frauen geschrieben wurde. Wie hieß dein Heft noch gleich?«

»Pomona«, sagte Sophie. Ihrer Stimme war der Stolz darauf anzuhören. »Sie hieß *Pomona für Teutschlands Frauen*«.

»War eine gute Sache«, meinte Clemens zwischen zwei Bisquits. Ein Krümel blieb ihm im Mundwinkel hängen, den er mit dem kleinen Finger rasch nachschob. »Schade, dass es nach nur drei Heften wieder eingestellt wurde. Hat dir ja auch große Freude bereitet, für das Heft zu schreiben, ich weiß es noch genau.«

»Das ist richtig, Clemens, und weil es so war und ich schon viel zu lange in dieser Richtung untätig war, habe ich beschlossen, mich auf diesem Felde wieder zu betätigen.«

Clemens hob den Kopf. Überrascht von dieser Eröffnung ließ er sein Glas einen Moment über dem Beistelltisch schweben, bevor er es abstellte.

»Du bist bleich geworden, Clemens. Gefällt dir diese Idee nicht ebenso wie mir?«

Er druckste herum, um die richtigen Worte zu finden. Für gewöhnlich sprach er schnell und gerne auch gedankenlos aus, was ihm in den Sinn kam, aber jetzt rang er um die richtige Formulierung, um seine Großmutter nicht zu kränken.

»Diese Idee ist, wie soll ich es sagen – interessant?«

Er betonte es als Frage und weniger als eine Feststellung.

Sophie hob eine Augenbraue. »Interessant? Wie darf ich das verstehen?«

»Ist es denn noch zeitgemäß, eine Frauenzeitschrift herauszubringen?«

Clemens legte seine rechte Hand in den Nacken und vermied es, seine Großmutter anzuschauen.

»Was soll denn daran nicht zeitgemäß sein?«

»Als *Pomona* erschien, war es noch ein anderes Deutschland gewesen, zumindest auf dieser Seite des Rheins. Jetzt ist Napoleon hier und hat so einiges durchgeschüttelt. Ich weiß nicht, ob eine Zeitschrift von Frauen für Frauen wirklich auf Interesse stößt.«

»Nun, bei Napoleon vielleicht nicht, aber er ist ja auch nicht mein Lesepublikum. Immerhin, wenn Napoleon es ernst meint mit seinem Gedanken der Modernisierung auf vielen Gebieten, dann kann er nichts Schlechtes daran finden, wenn Frauen ihren Horizont erweitern.«

»Solange es Napoleons Horizont ist«, gab Clemens zu bedenken.

»Manches verselbstständigt sich von alleine.«

»Großmama, so wie du redest, muss ich ja fürchten, dass du aufwieglerische Schriften planst. Ich möchte dich nicht auf dem Karren zum Richtplatz fahren sehen müssen.«

Sophie winkte kopfschüttelnd ab.

»Wer redet denn von Aufruhr. Ich möchte nur über Themen schreiben, über die Frauen gerne lesen möchten. Dazu ein paar annehmbare Geschichten, die sie träumen lassen, eben ein Heft wie früher.«

»Das *neue Pomona* also.«

»Wie ich es nennen werde, weiß ich noch nicht.«

»Und ich nahm an, du hättest die erste Ausgabe schon fertig«, spottete er.

»Ich bin am Anfang, Clemens. Und ich hatte gehofft, dass ich in dir einen Mitstreiter bekäme.«

»In mir? Ich soll Frauengeschichten schreiben? Gott bewahre, ich schreibe doch weitaus Erbaulicheres.«

Sophie entging der leicht überhebliche Unterton nicht. Es kränkte sie, dass Clemens seine dichterischen Ergüsse so offensichtlich über die ihren stellte. Zu solch einer herablassenden Art hatte sie ihren Enkel nicht erzogen. Und es wäre sicher nicht im Interesse ihrer Tochter Maximiliane gewesen, sollte sich herausstellen, dass sein Charakter daran Gefallen finden könnte.

»Ich kann dich beruhigen«, sagte sie. Mit Mühe konnte sie die Verärgerung in ihrer Stimme verbergen. »Ich hatte nicht an deine Schreibhilfe gedacht.«

»Ach? Nein?« Erstaunt ließ sich Clemens in den Sessel zurückfallen.

»Nein, Clemens, du hast bewiesen, dass du ein talentierter Dichter bist, aber ich denke, du bist zu jung, um dich so einfühlsam in die Seele einer Frau hineinzuversetzen, dass deine Schilderungen sie in ihrem Innersten berühren. Deine Sicht auf die Dinge des Lebens unterscheidet sich noch arg von ihren.«

»Talentiert?«

Clemens schnappte hörbar nach Luft, und Sophie begriff, dass er ihr nicht weiter zugehört hatte, weil er sich an diesem einen Wort aufhängte wie an einem Strick. Und so blutleer, als würde er an einem solchen hängen, war sein Gesicht auch geworden.

Stumm hielt er ihr sein leeres Glas hin, damit sie es erneut füllte.

»Ich wollte dich bitten, mich bei der Entwicklung der neuen Zeitschrift finanziell zu unterstützen«, sagte Sophie nun ohne Umschweife.

Clemens stemmte sich aus dem Sessel hoch. »Mein Geld ist dir also gut genug, aber nicht meine Dichtkunst.«

»Du willst mich jetzt falsch verstehen.«

Clemens stellte das Glas scheppernd auf dem Tisch ab.

»Ich verstehe sehr gut, liebste Großmama, aber ich bedaure, dass ich dir nicht helfen kann. Ich benötige mein Geld zurzeit selbst. Es stehen noch einige Reisen in die Natur an. Und all die Kutscher und Gasthöfe wollen bezahlt werden.

Aber ich wünsche dir viel Erfolg bei deinem Vorhaben. Oder sollte ich besser sagen, viel Glück?«

»Wieso Glück?«

Clemens Mund bekam einen bitteren Zug.

»Du wirst es brauchen, denn vielleicht bin ich nur talentiert, aber ich bin wenigstens jung. Ich weiß, was die Menschen heute gerne lesen möchten. Weißt du das auch? Oder willst du heute noch über die gleichen Themen schreiben wie vor fünfundzwanzig Jahren?«

Clemens verabschiedete sich förmlich.

Die Stille, die er in dem Zimmer hinterließ, schien Sophie zu erdrücken.

War es ein Fehler gewesen, so offen zu ihrem Enkel zu sein? Sophie hatte ja um sein empfindsames Wesen gewusst, das ihn schon seine ganze Kindheit begleitet hatte, doch sie hatte angenommen, dass seine Reisen ihn inzwischen erwachsener hätten werden lassen.

Zu viel erhofft.

Floss nicht auch ihr Blut in seinen Adern? Gerade war nicht viel davon zu erkennen gewesen.

Clemens war noch in dem Alter, in dem sein Lebensmittelpunkt hauptsächlich nur aus ihm selbst bestand und ein paar Weiberröcken, die es zu erobern galt. Es sei ihm gegönnt, doch Sophie hatte sich ein wenig mehr Unterstützung von ihm versprochen, gerade auch, weil er selbst nur zu gut wusste, was alles nötig war, um seinen eigenen künstlerischen Anspruch zu erfüllen.

Sophie nahm die Karaffe. Sie ließ sie nachdenklich über ihrem Glas schweben und stellte sie schließlich wieder ab, ohne nachgeschenkt zu haben.

Etwas kreiste in ihrem Kopf. Etwas, das keine Ruhe gab.

Clemens' letzte Worte hallten ihr noch im Ohr nach, und jedes einzelne begann sie mehr und mehr zu ärgern.

Während Wieland ihr von den Reisen abriet, weil sie angeblich zu alt dafür sei, sprach Clemens ihr die Befähigung ab, mit den Artikeln, die sie schreiben wollte, noch den Nerv ihrer Zeit zu treffen. Sein Urteil über ihr Alter fiel damit weitaus vernichtender aus als das von Wieland, der lediglich auf ihre schwindende Körperkraft angespielt hatte.

Auf ihre geistige Frische war Sophie immer stolz gewesen. Stets hatte sie sich auch darauf verlassen können, zu jeder Zeit einen klaren Gedanken fassen zu können. Und jetzt wurde ihr das, was sie ihr Leben lang ausgezeichnet hatte, von einem Jungspund abgesprochen.

Das tat weh.

nd wenn ihr euch bei dieser Gelegenheit gegenseitig die Köpfe einschlagt, so soll es mir sehr recht sein. Mir egal, wenn nur eine von euch beiden zurückkommt.«

Mit diesen Worten schickte Ernestine Anne und eine weitere Magd namens Berthe mit einer Einkaufsliste zum Marktplatz. Dort sollten alle benötigten Zutaten, Säcke voller Mehl und noch vieles mehr in Auftrag gegeben werden. Die Händler lieferten ihre Waren ins *Rote Haus*, wo Ernestine sie in Empfang nehmen konnte.

Anne spürte Berthes Abneigung ihr gegenüber sehr deutlich. Dass Berthe den ganzen Weg über kein Wort mit ihr sprach, störte sie aber nicht, und so war das Beste an diesem gemeinsamen Ausgang, mal an die frische Luft zu kommen, sofern der Gestank in den Straßen einem nicht das Atmen vermieste.

Kurz überlegte Anne, ob sie Berthe überreden konnte, den Einkauf alleine zu erledigen, damit sie rasch zum Generalkommando laufen konnte, um Laurin aufzusuchen. Sie machte sich jede Minute große Sorgen um ihn. Der arme Kerl fiel von Tag zu Tag seelisch immer mehr in sich zusammen. Lange würde er es nicht mehr durchhalten, in seiner Kammer eingesperrt zu sein. Seine Lage schien so aussichtslos. Wenn er fand, was Commandant Renaud suchte, war es um ihn geschehen. Das war es aber auch, wenn er es nicht fand. Noch hatte Anne keine Idee gehabt, wie sie Laurin helfen konnte. Einzig ihre unregelmäßigen Besuche bei ihm hielten ihn aufrecht. Auch wenn er sich immer vor dem kleinen Schauspiel bei der Verabschiedung fürchtete. Aber mit irgendwas musste der Wächter ja dazu gebracht werden, sie einzulassen. Anne war nur froh, dass der schmierige Kerl diesen besonderen Tribut nicht von ihr einforderte. Zu groß war seine Angst vor einer Bestrafung, seit sie gesagt hatte, dass sie Commandant Renaud kannte. Was leider in einem Maße stimmte, auf das sie gerne verzichtet hätte.

Anne wollte gerade den Rückweg zum *Roten Haus* einschlagen, da hielt Berthe sie überraschend auf.

»Hör mal, ich muss noch dringend wo hin. Und wenn du allein zurückkehrst, dann weiß Ernestine Bescheid, dass ich mich eigenmächtig verkrümelt habe.«

Anne seufzte. »Was willst du von mir?«

»Dass du mitkommst und später den Mund hältst. Hast auch was gut bei mir.«

Hm, etwas guthaben konnte nicht schaden. Wer wusste schon, ob nicht Anne auch mal einen Gefallen von Berthe einfordern musste. Sie willigte ein und begleitete Berthe die Rheinstraße hinunter. Es war der gleiche Weg, der zur Präfektur führte.

»Du willst aber nicht dorthin, oder?«, fragte Anne. »Nicht zu den Gefangenen dort?«

»I wo, ich doch nicht. Reicht doch, wenn du und die andere das karge Essen rüberbringen. Ich will genau … hier hin.«

Berthe blieb vor dem Wirtshaus *Zur Traube* stehen. Schon von außen sah es jämmerlich heruntergekommen aus. Die schwere Eichenholztür am Eingang zierten mehrere ausgefranste Löcher, als wäre mal mit einer Schrotflinte auf sie geschossen worden. Darüber prangte ein Hirschgeweih, an dem etwas hing. Anne reckte den Kopf, um es besser erkennen zu können. Ein Fetzen Stoff mit eingetrocknetem Blut. Hier hatte mal etwas gehangen, und da Tiere selten Hemden tragen ...

Anne schüttelte sich. »Hier willst du rein? Ohne mich.«

»Dann warte vor der Tür auf mich. Ich brauch' nicht lange. Ich kenn da einen, der ist immer gut zu mir, verstehst du?« Berthe langte sich mit einer Hand zwischen die Beine. »Gibt ja schließlich noch was anderes als Teig kneten und Hühnersuppe kochen, stimmt's?«

Sie zog die Tür auf und verschwand im Wirtshaus. Der Lärm, der für einen kurzen Moment nach draußen drang, klang ebenso schmierig, wie die trüben Fensterscheiben aussahen, die keinen Blick ins Lokal gestatteten.

Anne legte beide Arme um sich und trat einen Schritt vom Eingang weg. Sie konnte es nicht glauben, dass Berthe sich ausgerechnet in diesem Brutstall der schlimmsten Krankheiten mit einem Mann vergnügen wollte. Bedürfnis hin oder her. Es gab Grenzen.

In dem Jahr, in dem sie mit Laurin umhergezogen war, hatte es keine Gelegenheit für eine Liebschaft gegeben, nicht einmal für eine ganz kurze. Ein wirkliches Bedürfnis hatte sie nur selten verspürt. Nachdem ihr Ehemann gestorben war, war sie erst einmal froh gewesen, nicht mehr nach seinem Belieben verfügbar sein zu müssen.

Na schön, wenn sie ehrlich war, hatte es schon manche schlaflose Nacht gegeben, in der sie von einer Sehnsucht befallen wurde. Das konnte sie ihrem Mönchlein natürlich nicht anvertrauen, das verstand sich von selbst, aber ihr Pochen verfolgte sie bis weit nach Mitternacht. Die Finger fanden ihren Weg, und die Fantasie sprühte Funken, als wollte sie einen neuen Stern an den Nachthimmel tupfen.

Anne ertappte sich dabei, wie ihr dieser Fremde in den Sinn kam. Der Händler, der in die Küche gekommen war und der sie so unverschämt lange angesehen hatte. Sie lächelte vor sich hin. Sie hatte ihn ja auch angesehen, ebenso lang. Und recht gerne noch dazu.

Sein Blick hatte ihr gefallen. Er war nicht so gierig wie der vieler anderer Männer, nicht so ausschließlich fleischeslustig. Einfach nur in ihre Augen hatte er gesehen, als suchte er nach ihren verstecktesten Gedanken dahinter. Wenn Anne so darüber nachdachte, konnte sie sich an keinen Mann zuvor erinnern, bei dem es ihr so ergangen war. Wie ungewöhnlich. Als junges Mädchen wäre sie vielleicht sogar gekränkt gewesen, wenn ein Mann nicht gleich über ihren Körper geguckt hätte, aber heute fand sie es bedeutend spannender. Musste am fortgeschrittenen Alter liegen.

Ob sie gefühlig wurde? Erst dieses Gedicht, das sie tief beeindruckte, dann dieser Mann ...

Mein Gott, schalt sie sich, nun verwirre dich nicht. Er war doch nur, was er war, nämlich *nur* ein Mann. Nichts weiter, oder ...?

Ein junger Bursche lief eilig an ihr vorbei die Straße entlang. Er trug eine ledergebundene Mappe unter dem Arm, und als er den Kopf drehte, lächelte er ihr zu. Nein, er lächelte *zurück*, denn Anne bemerkte, dass sie die ganze Zeit über, während sie ihren Gedanken nachhing, genau das getan hatte, nämlich versonnen vor sich hin gelächelt.

Als sie sich umdrehte, stieß sie mit einem Mann zusammen, der hinter ihrem Rücken vorbeilief.

»Nur keine Eile«, sagte sie. »Die Mädchen in diesem Etablissement laufen Ihnen schon nicht weg.«

»Wer sagt denn, dass ich zu denen möchte?«, entgegnete der Mann, und als er keine Anstalten machte, zur Seite zu treten, um sie vorbeizulassen, hob sie zornig den Kopf.

Und senkte ihn vor Schreck ganz schnell wieder.

Das war er.

Der aus der Küche.

Der gekommen war, um seine Teller anzubieten, und den alle Mägde und sogar die Chefköchin so gerne mochten.

Und der aber die ganze Zeit nur Augen für sie gehabt hatte.

Was wollte der denn hier? Ausgerechnet in diesem Sündenpfuhl. Wie enttäuschend. War er doch wie alle anderen?

Annes Überraschung legte sich so schnell, wie sie gekommen war. Kampfeslustig reckte sie ihm ihr Kinn entgegen. Ihre Augen stritten ihm die Botschaft entgegen, dass nicht sie ihm, sondern er ihr aus dem Weg gehen sollte.

Er deutete ihren Blick falsch und reagierte mit einem strahlenden Lächeln. Er hatte feine Grübchen in den Wangen, stellte sie fest. Nun gut, das glich schlechte Manieren auch nicht aus. Und auch nicht, dass er in dieses Haus von zweifelhaftem Ruf wollte.

»Also, da Sie aus meiner Augensprache nicht die richtigen Schlüsse ziehen, muss ich es wohl laut aussprechen«, sagte sie.

»Oh, denken Sie nicht falsch von mir. Ich reagiere durchaus auf Ihre Augen. Ich frage mich allerdings, weshalb Sie hier vor der *Traube* stehen, wenn Sie denn nicht hier, ähm, arbeiten?«

Anne errötete. »Geht Sie nichts an.«

»Was soll ich jetzt von dieser Antwort halten?«

»Ach, halten Sie doch, was Sie wollen.«

Er griff nach ihrer Hand.

»He, was soll das?«

»Ich halte, was ich will. Ihre Hand.«

»Ich dachte mehr an Ihre Klappe, die Sie halten sollten.«

Sie sahen sich an. Dann lachten sie gleichzeitig los.

»Nachdem wir uns jetzt miteinander bekannt gemacht haben, möchte ich mich gerne auch namentlich vorstellen. Ich heiße Georg. Georg Reuber.«

»Na schön, dann verrate ich es Ihnen auch. Ich heiße Anne.«

Er trat zur Seite und deutete eine leichte Verbeugung an. »Darf ich Sie ein Stück des Wegs begleiten?«

»Sie wissen doch gar nicht, wohin ich möchte.«

»Nun, im schlimmsten Falle zurück zu Madame Ernestine und in ihre Küchenhölle.«

»Sie wissen …?«

»Wer Sie sind?«, kam er ihr zuvor. »Nein, leider weiß ich das nicht. Zu dumm, ein Manko, das hoffentlich zu beheben sein wird. Aber ich weiß, dass ich Sie bei Ernestine arbeiten gesehen habe. Wobei«, er räusperte sich grinsend, »arbeiten war das nicht zu nennen.«

»Mit dieser Beobachtung haben Sie bewiesen, dass Sie mich tatsächlich dort gesehen haben.«

Wieder lachten sie gemeinsam. Dann wurde er ernst.

»Ich glaube, Sie wissen ganz genau, dass ich dort war. Und ich bin überzeugt, Sie haben nicht vergessen, dass ich Sie angesehen habe.«

»Hab ich nicht?«

»Und wir beide wissen, dass Sie meinen Blick erwidert haben.«

»Hab ich das?«

»Aber ja. Vielleicht aber auch nur, weil Sie gerade nichts Besseres zu tun hatten?«

»So wird es wohl gewesen sein.« Eine kokette Ader begann in Anne zu pochen.

Verlegen sah er an ihr vorbei, so als würden ihm seine Worte dann leichter über die Lippen gehen.

»Ich kenne Sie noch nicht mal eine Stunde und bin schon in Sie verliebt«, sagte er.

»Normalerweise braucht es nicht so lange.«

Sie mochte wirklich sein Lachen, und er hielt es nicht zurück.

»Nun?«, fragte er.

Anne staunte den ihr angebotenen Arm an. Kein Mann war ihr bisher mit dieser Höflichkeit begegnet. Es war sonderbar, was sie fühlte. Zu ihrer Schande musste sie sich eingestehen, dass sie vor allem misstrauisch war. Weshalb geschah das hier gerade? Da musste doch ein Hintergedanke sein.

Ein Blick in seine Augen brachte sie endgültig ins Schleudern. In ihnen leuchtete nur die Freude darüber, in ihrer Nähe zu sein.

Es war der denkbar schlechteste Moment, in dem Berthe zurückkommen konnte.

»Ah, das war überfällig gewesen«, rief sie mit erhitztem Gesicht, bevor sie bemerkte, dass Anne und der fremde Mann (hoppla, sie erkannte ihn, der war ja gar nicht fremd) sich stumm ansahen. Verschwörerisch stieß sie Anne mit dem Ellbogen an.

»Wie ich sehe, warst du auch gut versorgt«, sagte sie.

Anne erwiderte nichts. War besser so. Aber irgendwann würde sie Berthe eine so kräftig scheuern, dass sie danach eine Woche brauchen würde, um die Haare zu richten.

Berthe ging mit leichten Schritten voraus. »Anne, kommst du? Madame Ernestine sieht es nicht gern, wenn nur eine von uns zurückkommt.«

Der verzauberte Moment mit Georg verflüchtigte sich durch Berthes laute Stimme in ungewünschter Windeseile. Anne würde ihm so gerne etwas Liebes sagen, aber ihr fiel gerade nichts ein.

»Ich muss gehen.«

Romantisches Geflüster ging anders.

Sie wagte nicht, sich umzudrehen, als sie zu Berthe aufschloss.

Hätte sie, dann wäre ihr sein sehnsuchtsvoller Blick, der ihr folgte, nicht entgangen.

13

Bereits am nächsten Tag stand Georg vor dem Seiteneingang des *Roten Hauses* und wartete stundenlang, bis sich die Tür des Nebeneingangs öffnete und Anne herauskam, weil sie Abfälle entsorgen sollte.

Sie war abgekämpft von der Arbeit, roch nach Zwiebeln und fühlte sich verschwitzt, als wäre nicht der Kohl, sondern sie im Kessel gekocht worden. Im Erdboden wollte sie versinken, so vor Georg zu treten. Doch es kümmerte ihn offensichtlich nicht. Er machte drei Schritte auf sie zu, wollte ihr die Schüssel mit den ausgekochten Knochen abnehmen, doch sie ließ es nicht zu. Auf der Stelle drehte sie um und hastete zur Tür zurück.

Georg war schneller.

»Wann?«, fragte er nur.

Anne wusste sofort, was er meinte. »In vier Stunden habe ich eine Pause, bevor es am Abend weitergeht«, flüsterte sie.

»Ich werde da sein«, sagte er.

Sie hatte befürchtet, dass Georg die Wartezeit zu lang werden könnte. Oder dass sie ihm in der verschwitzten Kleidung nicht mehr gefallen hatte und er die Zeit als willkommene Gelegenheit ansah, um sang- und klanglos zu verschwinden.

Aber als sie nach vier Stunden vor die Tür trat, sich notdürftig hergerichtet und ein wenig Wasser ins Gesicht gespritzt hatte, stand er tatsächlich da und wartete.

Sein Anblick löste Herzklopfen bei ihr aus. Er deutete eine Verbeugung an und reichte ihr einen Arm.

»Darf ich?«, fragte er. »Darf ich Sie denn heute auf Ihrem Weg begleiten?«

Keck neigte sie den Kopf ein wenig. »Da mir die Straße nicht gehört, kann ich schlecht Nein sagen«, sagte sie.

Er lachte, und Anne stellte fest, dass sie sein Lachen immer noch mochte.

Sie hängte sich bei ihm ein. Anfangs fühlte sie sich unwohl aufgrund dieses völlig neuen Gefühls, auf diese Weise neben einem Mann zu gehen, aber schon nach einem Dutzend gemeinsamer Schritte hatten sie beide es geschafft, im Gleichklang zu gehen.

Sie schwiegen. Das gab Anne die Gelegenheit, ihn unauffällig von der Seite zu betrachten. Sein Gesicht zeigte eine interessante Mischung aus notwendiger Härte, um einen Kaufmannsbetrieb leiten zu können, und lässiger Lebensweisheit, in der sich auch die entsprechende Ruhe fand, die sich ein Mann Mitte vierzig erarbeitet hatte.

Er war gut gekleidet, wenn auch nicht wirklich vornehm. Und es war erkennbar, dass ihm seine Manieren nicht einfach im Blut lagen. Sicher hatte er sie nicht als Kind mitbekommen, sondern sie sich selbst mühsam beibringen müssen. Manches an ihm wirkte ein wenig hölzern. Anne konnte es an Kleinigkeiten erkennen, wie bedacht er redete, manchmal kurz nach dem richtigen Wort suchte, das der Situation und ihr gegenüber angemessen schien. Auch achtete er sehr darauf, wohin er seine Schritte lenkte. Nicht viele Männer hielten höflichen Abstand, wenn sie neben einer Frau gingen.

Er sagte erst nur einen Satz, auf den sie reagierte und selbst etwas erwiderte, bevor beide wieder eine Weile schwiegen. Dann war es umgekehrt, und sie sagte etwas, woraufhin er antwortete. Nach und nach wurden sie mutiger, miteinander zu reden.

»Ich bin Fayence-Händler«, sagte er nicht ohne Stolz in der Stimme.

Auch daran erkannte Anne, dass er sein Leben selbst in die Hand genommen und aufgebaut hatte und nicht ein Erbe weitertrug.

»Fayence? Das heißt also, Sie sind Töpfer und stellen Keramiken mit Verzierung her?«

»Nein, ich stehe nicht am Ofen und brenne die Ware, wenn Sie das vermuten. Aber ich beauftrage die Handwerker, Töpfer und Verzierer, die Ware herzustellen, die ich dann verkaufe. Dazu besorge ich aus den Niederlanden die Materialien. Wer weiß, vielleicht haben Sie schon einmal aus einem Bierhumpen getrunken oder von einem Teller gegessen, den ich verkauft habe?«

»Wer weiß.«

»Ich bin mir sogar sicher«, lächelte er. »Schließlich bezieht die Küche des *Roten Hauses* meine Ware.«

Sie waren angekommen. Vor dem Nebeneingang des ehemaligen Krämerzunfthauses blieben sie stehen.

Als er sich von ihr löste, verspürte Anne einen Stich im Herzen und das Bedauern darüber, dass der Spaziergang zu Ende war.

»Darf ich Sie wiedersehen?«, fragte er.

»Mich wiedersehen?«

»Ich würde sehr gerne bei Madame Ernestine vorsprechen, wenn Sie es …«, er räusperte sich, »… es mir erlauben.«

Noch so ein ungewohntes Benehmen. Gewöhnlich fragte kein Mann danach, ob sie etwas wünschte, sondern erwartete einfach, dass sie zu tun hatte, was er von ihr forderte. Georg Reuber aber schien wirklich wissen zu wollen, was sie mochte. Und offensichtlich hoffte er, dass sie zustimmte.

Seiner angespannten Mimik zufolge hoffte er es sogar sehr drängend.

»Ich weiß nicht recht«, überlegte sie. »Ist es nicht merkwürdig, wenn Sie um Erlaubnis fragen, ob die Küchenmagd Ausgang haben darf?«

»Ich würde jede Merkwürdigkeit begehen, um Sie wiederzusehen.«

Paff, das hatte gesessen. Der Kerl war mit Worten durchtriebener als jeder Winkeladvokat.

Offensichtlich erwischte Anne gerade ein mächtiger Hitzestrom, oder wie sonst konnte sie sich erklären, dass ihre Knie ganz deutlich weich wurden?

»Ich habe ja auch irgendwann einmal Dienstschluss«, wandte sie ein. »Wenn die Laternen entzündet werden, dann werde ich vor dem *Roten Haus* warten. Sollten Sie ganz zufällig zur selben Stunde dort verweilen, werde ich sicher nicht Nein sagen zu einem Spaziergang bei Mondschein.«

»Ich werde da sein«, sagte er.

14

Sophie hatte sich entschlossen, den milden Tag für einen Spaziergang durch die Stadt zu nutzen. Die zurückliegende Woche hatte sie sich nicht dazu durchringen können, weil tief in ihr die Befürchtung schlummerte, sie könnte Coblenz überhaupt nicht mehr wiedererkennen. Ein bisschen sträubte sie sich dagegen, die schönen Erinnerungen der Vergangenheit gegen die neuen Eindrücke der Gegenwart einzutauschen. Doch es half ja nichts, sich gegen den Lauf der Welt zu stemmen. Und neugierig war sie auch, also ging sie einfach los. Entgegen den üblichen Gepflogenheiten verzichtete sie auf eine Begleitdame. Sie war alt genug, um sich nicht zu verirren, und leider auch alt genug, um sich nicht unsittlichen Verfolgungen junger Männer ausgesetzt zu sehen.

Sie flanierte die Rue de péage hinunter, die sie noch als Rheinzollstraße kannte. Von dort konnte sie bis hinüber auf das andere Flussufer schauen. Was sie sah, verursachte ihr einen mächtigen Kloß im Hals.

Dort drüben auf der anderen Seite lag Ehrenbreitstein, das Örtchen und das, was von der namensgebenden Festung übrig geblieben war. Es war lange her, dass sie dort gelebt hatte, und doch nicht so lange, als dass sie nicht dem Lebensgefühl hätte nachspüren können.

Mit eigenen Augen konnte sie nun sehen, wie es auf der gegenüberliegenden Rheinseite aussah. Das ganze Ausmaß der Zerstörung war ihr nicht bewusst gewesen. Sie hatte natürlich davon gehört, aber vorstellen hatte sie es sich nicht können. Die Diskrepanz zwischen Hören und Sehen ließ sich nicht mit einer überbrachten Nachricht beheben.

Der Blick über den Fluss zeigte eine Ruine. Die trümmerhaften Überreste einer völlig zerstörten Festung Ehrenbreitstein, die noch vor zwei Jahren stolz und souverän dort thronte, bis die Franzosen sie in die Luft sprengten, weil sie auf der anderen Seite des Rheins lag und durch den geschlossenen Frieden von Luneville nicht mehr zu Frankreich gehörte. Nicht wie alles links des Rheins, das durch diesen Vertrag völkerrechtlich Frankreich zugesprochen und anerkannt worden war. Die Gesteinsbrocken am Hang ließen erahnen, welch gewaltiger und schöner Bau die Festung gewesen war.

Das Dorf darunter sollte zwar nicht gesprengt werden, war aber natürlich arg in Mitleidenschaft gezogen. Das Schloss Philippsburg sogar so sehr, dass es danach abgerissen werden musste.

Ihr Blick wanderte an der Ruine vorbei, hinunter zu den Straßen, die sich als eigene Dorfgemeinschaft an die Hügel schmiegten. Mit den Augen suchte sie nach der ungefähren Lage der Hofstraße. Wie gern hätte sie noch einmal das Haus mit der Nummer 262 gesehen, in dem sie vor vielen Jahren eine so glückliche Zeit verbracht hatte.

Das Haus La Roche war ein schönes Haus gewesen. Wie auch der kleine Ort selbst war es von Norden und Osten von hohen Hängen umgrenzt. Durch den oberhalb gelegenen Felssporn, auf dessen Plateau die Festung Ehrenbreitstein gethront hatte, vermittelte das Haus das Gefühl, gut beschützt zu sein. Gleichzeitig aber auch einen Hauch von Freiheit, da es mit Blick auf die Stadtmauern von Coblenz und dem Fluss dazwischen so abgegrenzt lag, dass man ausreichend entfernt auf die Geschehnisse blicken konnte und dennoch nah genug am städtischen Leben war, um daran teilhaben zu können, wann immer man wollte.

Ja, es waren schöne Zeiten in diesem Haus gewesen. Wehmut stieg in Sophie auf. Jede Erinnerung entlockte ihr ein Lächeln voll gekosteten Glücks. Alles war so aufregend gewesen, so lebendig.

Und sie hatte so viele interessante Menschen kennenlernen dürfen. Manche hatte sie eingeladen, manche waren aber auch einfach so zu ihr gekommen, weil sie unbedingt Teil ihrer Gesellschaft werden wollten.

Der Literarische Salon, den Sophie ins Leben gerufen hatte, war in kurzer Zeit eine Institution in Coblenz und Umgebung und sogar dem ganzen Land geworden. Damit nicht genug. Mit Fug und Recht konnte Sophie voller Stolz behaupten, dass man um ihre Gesellschaft buhlte. Goethe fand sich bei ihr zu Tee und Gespräch ebenso ein wie sein jüngerer Dichterkollege Schiller, der über sie einmal sagte, sie hätte das Herz einer Neunzehnjährigen. Sophie war jetzt noch gerührt, wenn sie an seine Worte zurückdachte.

Ach, das waren herrliche Zeiten gewesen. So viel schöne Gespräche, die sie miteinander führten, so viel Austausch über Ideen, die jedem im Kopf umherspukten. Jeder wollte zu Sophies Literarischem Salon eingeladen werden.

Und nicht zuletzt war es auch die Zeit gewesen, in der Sophie ihre ersten eigenen Schreibversuche unternommen hatte. Ermuntert durch ihren Cousin Wieland hatte sie an ihrem Roman »Die Geschichte des Fräuleins von Sternheim« geschrieben, der vor allem unter den Frauen eine begeisterte Leserschaft fand. Ja, ausgerechnet Cousin Wieland war es gewesen. Derselbe, der sie seinerzeit bei der Herausgabe ihrer Zeitschrift *Pomona* tatkräftig unterstützt hatte. Derselbe, der sie nun so unerwartet hatte auflaufen lassen.

Es betrübte Sophie immer noch. So leicht konnte sie das unerquickliche Gespräch nicht vergessen.

Menschen enttäuschten Menschen. Sie würde sich nie damit arrangieren können.

Sophie zwang sich weiterzugehen, bevor der Schmerz sich zu tief eingrub. Bislang war sie in ihrem Leben von Magengeschwüren verschont geblieben, und so sollte es bitte schön auch bleiben. Sie musste das Beste aus dem machen, was sich ihr bot. Die Fähigkeit, dies hinzubekommen, war ihr immer schon gegeben. Sie musste sich darauf verlassen, eine Lösung für anstehende Probleme, mochten sie groß oder klein sein, zu finden.

Aber wenn sie es sich aussuchen hätte dürfen, wären ihr kleinere Probleme lieber. Eindeutig.

Sophie setzte ihren Spaziergang langsamen Schrittes fort. Ihrem stets neugierigen Wesen entsprechend schweifte ihr Blick in alle Richtungen, und ihre Augen saugten sich an Gemäuern fest, deren Geschichte sie anhand eingelassener Steintafeln zu erfassen versuchte. Wie spannend es doch immer wieder war, sprichwörtlich hinter die Fassaden zu schauen. So mancher Stein hatte schon mehr preisgegeben als die Bewohner des Hauses, und die Veränderungen in den Gassen und Straßen, die mit den Wechseln von einer Herrschaft zur anderen zusammenhingen, waren beredter als jede Proklamation, die unters Volk gebracht wurde.

An einiges konnte sie sich nach all den Jahren, die sie fort gewesen war, noch erinnern, aber vieles war auch neu hinzugekommen.

Seit die Franzosen Coblenz zur Hauptstadt des Rhein-Mosel-Departements ernannt hatten, schien sich mehr verändert zu haben als nur die Umbenennung mancher Straßen und Plätze. Und was die Kirchen und Stifte in der Stadt betraf – hier hatten die Franzosen bekanntermaßen ganze Arbeit geleistet.

Sie erreichte die Überreste des Florinstifts. Sie erinnerte sich gut, dass sie hier vor vierundzwanzig Jahren häufig eine Kerze angezündet hatte. Heute gab es wahrscheinlich nicht einmal mehr ein Gestell, auf das man die kleinen Lichter platzieren konnte. Auch der Kirchentrakt war zweckentfremdet worden. Ein Pferdestall und ein Heumagazin fanden sich nun dort. Sophie schüttelte verständnislos den Kopf. So weit war es gekommen, dass die Franzosen eine Kirche in einen Pferdestall umwandelten.

Es war schrecklich zu sehen, wie stark die sichtbare Gegenwart von der Erinnerung abwich. Wo waren sie hin, die alten Zeiten? Ob sie gut waren oder schlecht, es war Sophie beinahe gleich. Warum ging mit so vielen Veränderungen auch der Niedergang von Werten einher? Sollten manche Werte nicht Jahrhunderte überdauern? Gehörte dazu nicht auch die Unversehrtheit der Kirchen? Aber was durfte sie schon erwarten in Zeiten, in denen Menschen andere Menschen umbrachten wegen eines Stücks Land.

Das ganze Ausmaß der Veränderungen in Coblenz hatte sie sich dort, wo sie jetzt zu Hause war, in Offenbach, nicht vorstellen können, und sie begann sich zu fragen, ob es eine gute Idee gewesen war, sich auf die Reise zu begeben, wenn dadurch nur ihre Erinnerungen zerstört wurden.

Vor dem Clemensbrunnen blieb sie interessiert stehen. Neun Meter war er hoch, aus rotem Sandstein und mit einem hoch aufragenden Obelisken. Sie hatte schon gehört, dass der Kurfürst es gewesen war, der aus Metternich frisches Quellwasser durch eine Wasserleitung nach Coblenz leiten ließ und in diesem Brunnen der Bevölkerung zugänglich machte. Eine löbliche Tat, dachte sie. Womöglich war auch so etwas einen Bericht in ihrer geplanten neuen Zeitschrift wert. Andere Städte könnten diesem Beispiel folgen.

Eine Weile noch betrachtete sie die halbkreisförmigen Steinschalen am Boden, die den Brunnen wie große Blütenblätter an allen vier Seiten umgaben und in denen sich das Wasser sammelte.

Dann ging sie weiter.

Den Mann in zerschlissener Kleidung, der ihr schon seit zehn Minuten folgte und sie nicht aus den Augen ließ, bemerkte sie nicht.

Ein Hut mit breiter Krempe verdeckte sein Gesicht zu großen Teilen. Er sah sich nach links und rechts um. Niemand in der Nähe, der ihm oder seinem ausgewählten Opfer Aufmerksamkeit schenkte. Er fuhr mit einer Hand unter seine Weste, als wollte er sich am Bauch kratzen, doch als er sie langsam wieder hervorzog, lag ein Messer mit Hirschhorngriff in ihr. Die kurze, flache Klinge war besonders gut geeignet, bei einem Menschen zwischen den Rippen einzudringen.

Der Mann beschleunigte seine Schritte und schloss rasch zu Sophie auf.

Als er neben ihr ging, drängte er seinen massigen Körper dicht an sie heran.

Sophie wich instinktiv zurück, doch er ließ sie weder links noch rechts an sich vorbei. Erst wollte sie den Mann empört zurechtweisen, doch als sie den fiebrigen Glanz in seinen Augen wahrnahm, brachte sie keinen Ton heraus.

Er packte sie hart am Handgelenk.

»Wohlhabend, alt und allein unterwegs«, flüsterte er. »Das sind mir die liebsten Opfer.«

Noch bevor sie begriff, wie ihr geschah, lag Sophie schon am Boden. Den stechenden Schmerz, der durch ihren Unterarm fuhr wie ein Blitz in ein Strohdach, nahm sie vor Schreck nur am Rande wahr.

Dafür umso deutlicher das kurze Messer, das sich ihrem Hals näherte.

15

Anne richtete sich den Rock, band sich die Schürze um und strich sie ordentlich glatt. Achte immer auf deine Arbeitskleidung. Sie hatte schnell gelernt, dass sie sich manchen Ärger ersparen konnte, wenn sie Kleinigkeiten ohne großes Tamtam beherzigte. Die Chefköchin legte nun mal großen Wert darauf, dass alle Mägde in der Küche stets vorzeigbar waren, selbst wenn das Mehl in weißen Wolken durch den Raum stob und man kaum die Hand vor Augen sah.

Die Arbeit selbst bereitete ihr auch nach drei Wochen keine Freude. Sie mochte eigentlich gar nichts daran. Weder das Kochen am Kessel noch das Reinigen des benutzten Geschirrs. Auch auf das Kuchenbacken könnte sie gerne verzichten, wenngleich sie den aromatischen Duft von warmem Biskuit liebte. Aber kosten durfte sie ja nicht. Als sie sich einmal ein Stückchen abzweigte, da kam die Chefköchin Ernestine gleich und klopfte ihr mit dem langstieligen Kochlöffel auf die Finger. Das hatte wehgetan.

»Kuchen ist zum Essen da«, hatte Anne protestiert, woraufhin Ernestine bloß spöttisch entgegnete:

»Nicht für dich. Du darfst die Rosinen in den Teig kneten.«

Zumindest belastete sie die Arbeit nicht mehr so wie in den ersten Tagen. In manchen Momenten fühlte sie sich sogar leicht wie eine Daunenfeder, frisch herausgeflogen aus dem Bürzel einer Schwanendame. Seltsamerweise immer dann, wenn sie wie aus heiterem Himmel an Georg dachte.

Die Erinnerung an ihn wurde nur noch überlagert von der Vorfreude auf die kommenden gemeinsamen Stunden.

Interessant, stellte Anne für sich fest. Es war eine neue Erfahrung, dass man sich sogar auf einen Mann freuen kann. Musste wohl daran liegen, dass er nicht betrunken zu ihr kam.

Oder einfach, weil er ein ganz netter Kerl war.

Na ja, ein bisschen mehr als nur nett.

Ein lediglich netter Kerl würde sie nicht immerzu erröten lassen, wenn er beim Spazierengehen ihren eingehängten Arm ganz dicht an seinen Körper drückte.

Ein atemlos machender Mann aber schon.

Nur am Rande, während sie lächelnd voller Inbrunst Liebstöckel in einem Mörser zerstieß, bekam sie mit, wie sich die Tür zur Küchenstube öffnete und einer der Kammerdiener, die für die oberen Gastzimmer zuständig waren, hereinkam. Ein kurzes Gespräch mit der Chefköchin, und Ernestine winkte mit herrischer Geste nach Anne. Ohne lange Umschweife erteilte sie ihre Anordnung.

»Du gehst mit ihm«, sagte Ernestine und zeigte auf den Kammerdiener.

Misstrauisch kniff Anne die Augen zusammen. »Mit ihm?«

»Ja, mit ihm, oder siehst du noch einen anderen Mann hier unten?«

»Jetzt soll ich schon gehen? Aber ich habe doch heute noch gar nicht angefangen, alles durcheinanderzubringen.«

»So weit wird es zum Glück auch nicht mehr kommen.«

Anne beäugte den Kammerdiener von der Seite und sah, wie sein Blick unangenehm über ihren Körper rutschte wie eine Schnecke, die den Halt an einer Mauer verloren hatte.

»Und was will er von mir?«, fragte sie.

»Das wird er dir schon sagen«, sagte Ernestine. »Los, geh, ich bin froh, wenn du mir hier nicht mehr zwischen den Füßen herumläufst.«

»Na ja, um Ihnen zwischen den Füßen herumlaufen zu können, müsste ich ja eine Zwergin sein.«

Ernestine schlug die Hände über dem Kopf zusammen. »Siehst du, was ich meine?«, wandte sie sich an den Kammerdiener. »Die raubt mir den letzten Nerv.«

Der Kammerdiener hob eine Augenbraue. »Frau von La Roche wird ihr das schon austreiben.«

Anne mochte es nicht, wenn man über sie redete, während sie danebenstand. Aber sie war klug genug, jetzt den Mund zu halten.

Sie legte ihre Schürze ab und faltete sie ordentlich zusammen. Übertrieben höflich verabschiedete sie sich von der Chefköchin und winkte einmal durch die Stube den anderen Mägden zu. Keine winkte zurück. Seit sie alle mitbekommen hatten, dass Anne sich mit Georg traf, mochten sie sie gerade noch weniger. Neidische Lästermäuler, die sie nun mal waren und wohl auf ewig bleiben würden.

Anne folgte dem Kammerdiener. Wohin er sie auch führen mochte, schlimmer als in der Küche konnte es auch nicht werden. Ein Trost, immerhin.

Halt, doch, es konnte schlimmer werden, fiel ihr plötzlich ein. Heiß kroch es ihr die Wirbelsäule hinab. Was war mit Georg? Er würde sie nur hier in der Küche suchen. Und sie jetzt nicht mehr finden.

»Madame Ernestine«, sagte sie mit bittender Stimme. »Würden Sie dem Herrn Reuber bitte mitteilen, dass ich …«

»Nichts werde ich«, schnitt Ernestine ihr das Wort ab. »Ich hab hier genug zu tun, da kann ich mich nicht um irgendwelche Liebschaften kümmern.«

»Aber Sie brauchen doch nur …«

»Verschwinde, oder ich prügel dich raus.«

Die Mägde lachten Anne gemein hinterher, was wiederum Ernestine ein Dorn im Auge war. Bevor Anne durch die Tür war, hielt sie sie auf.

»Also schön, Anne«, sagte sie für alle gut hörbar. »Du warst zwar die schlechteste Hilfe, die ich jemals hier unten hatte, aber ich will nicht nachtragend sein. Wenn Georg Reuber kommt und nach dir fragt, dann werde ich ihm sagen, dass er dich nicht mehr in der Küche findet, sondern im oberen Stockwerk.«

Dankbar leuchteten Annes Augen Ernestine entgegen. Als sie die teils an den Kanten abgebröckelte Steintreppe aus dem Kellergeschoss nach oben geführt wurde, dämmerte ihr plötzlich, was die Chefköchin gerade gesagt hatte. Das obere Stockwerk. Anne hob beide Augenbrauen. Von der Küchenhilfe zur Kammerzofe in wenigen Wochen. Nicht schlecht.

Vielleicht bot diese Umstellung ja die Chance für sie und Laurin, auf irgendeine Weise aus Coblenz zu verschwinden.

16

Die Hand war gebrochen. So viel war sicher.

Der Arzt hatte sie gut versorgt, aber die in Wellen kommenden Schmerzen konnte er ihr nicht nehmen. Einen kurzen Moment schien er zu überlegen, ob ein Aderlass sinnvoll sei, denn der wurde ja bei allem durchgeführt, das es zu behandeln galt. Ob Geschwür oder Schwachsinn – böses Blut abfließen zu lassen konnte nicht schaden. Sophie hatte ihn gerade noch daran hindern können. Sie hatte auf ihren Reisen längst von anderen Heilmethoden gehört, vor allem von solchen, die der Patient auch überlebte.

Sie biss die Zähne zusammen. Die Schmerzen strahlten bis in die Fingerspitzen und die Schulter aus.

Den Sud aus Glaubersalz und abgetrennter Rinde der Bruchweide, den ihr der Arzt dringend empfahl, hatte sie ebenso verweigert wie die schnelle Methode des Handabnehmens, über die kurz nachgedacht worden war. Diesen Arzt konnte Sophie nicht guten Gewissens weiterempfehlen. Zumindest hatte er den Bruch tatsächlich stabilisiert. Sophie hoffte, dass ihr Körper den Rest von alleine übernahm. Und bis dahin musste sie sich schonen. Allein der Gedanke, ruhiggestellt zu sein, ließ sie die Wände hochgehen.

Aber sie wusste um ihr Glück im Unglück. Beim Sturz auf die Straße hätte sie sich auch das Becken brechen können. Das war für viele in ihrem Alter gleichbedeutend mit einem Todesurteil. Praktisch konnte man bis zum nahenden

Begräbnis die Tage zählen. Sophie hatte es schon einige Male miterleben müssen, und es waren keine schönen Anblicke gewesen. Vor allem diese bittenden Augen, dass es doch noch nicht vorbei sein möge, dieses schöne Leben.

Was machte da schon eine gebrochene Hand, die bald verheilt sein würde?

Allerdings bereitete ihr die Ungewissheit, ob sie jemals ihre Finger wieder so gut bewegen konnte wie zuvor, große Sorgen. Was, wenn sie keinen Federkiel mehr halten und somit auch nicht mehr schreiben konnte?

Man sagte ja, dass auch in den schlechtesten Dingen, die einem widerfuhren, sich etwas Nutzvolles herausziehen lassen konnte. Sophie bezweifelte zwar, ob ein Verurteilter beim Anblick des Schafotts sich überlegte, was für ihn Gutes daraus zu lernen war (in diesem dann recht überschaubaren Lebensrest), aber in ihrem Fall musste sie wohl oder übel eingestehen, dass der Überfall sie zum Nachdenken gebracht hatte.

So deutlich vor Augen geführt zu bekommen, dass sie für eine Reise übers Land wohl wirklich zu alt geworden war, hatte sie nicht erwartet.

Hoffentlich kam heute nicht auch noch Cousin Wieland vorbei. Sicher hatte er schon von ihrem Malheur erfahren. Er würde zwar keine Schadenfreude vor sich hertragen, aber seine Genugtuung darüber, mit dem Überfall eine Bestätigung frei Haus erhalten zu haben, mochte Sophie auch nicht über sich ergehen lassen. Besonders überzeugende Gegenargumente hatte sie gerade nicht bei der Hand, um es mal mit ein wenig Selbstironie auszudrücken.

Es klopfte an der Tür. Die eigens für Sophie abgestellte Kammerzofe trat ein. Anne war ihr Name, hatte man Sophie mitgeteilt.

Sophie betrachtete sie mit aufmerksamer Neugier von Kopf bis Fuß. Wie ein Zimmermädchen war sie nicht gerade gekleidet. Ein faltenreicher Rock, der gerade so ihre Knöchel streifte. Eine zerknitterte, aber wenigstens saubere Leinenbluse, dafür jedoch ohne weißes Krägelchen. Grobe Schuhe, die bestäubt aussahen. Sophie sah genauer hin. War das Puder? Nein, Mehl war es. Na, so was! Wie kam das denn auf ihre Schuhe? Bei Gelegenheit würde sie sie wohl fragen.

Wenigstens trug sie ein Häubchen auf dem Kopf, auch wenn unter diesem auf allen Seiten Strähnen ihres dunklen Haars hervorlugten.

Alles in allem sah das Mädchen aus wie ein ungemachtes Bett.

»Nun, walte deiner Aufgabe«, sagte Sophie freundlich. »Ich werde mich in den Sessel zurückziehen und ein wenig lesen. Stör dich nicht an meiner Anwesenheit. Mach nur deine Arbeit, wie du es gewohnt bist.«

Das neue Mädchen zögerte. Richtig schwungvoll kam sie nicht in Bewegung, stellte Sophie erstaunt fest. Dabei hielt sie das nötige Arbeitsgerät, einen federreichen Staubwedel, in der Hand. Sie könnte mit munterer Begeisterung loslegen. Weshalb also tat sie es nicht?

»Verspüre ich da eine gewisse Zurückhaltung?«, fragte Sophie.

Anne hielt den Kopf gesenkt. »Sie müssen verzeihen, aber mir wurde nicht gesagt, dass ich für Sie … hm …«

Sophie hob die Augenbrauen. »Für mich … das Zimmer säubern? Ist es das, was du nicht aussprechen magst?«

Anne nickte bei weiterhin gesenktem Kopf. Das hervorlugende Haar mit dem ihm eigenen kirschdunklen Schimmer verdeckte ihre Stirn wie ein willkommener Vorhang, hinter dem sie ihre Unsicherheit verbergen konnte.

Irgendetwas erweckte Sophies Interesse an diesem Zimmermädchen, das offensichtlich keines war, wenngleich sie vom Alter her bereits genug Erfahrung mit den übertragenen Aufgaben hätte haben können.

Was war es nur, weshalb Sophie ihr gleich eine gewisse Sympathie entgegenbrachte? Schließlich trat sie zwei Schritte auf Anne zu.

»Ich werde nicht vor dir auf die Knie gehen, um dein Gesicht sehen zu können. Einmal bin ich dafür zu alt, wie mir ja von allen Seiten versucht wird einzureden, und zum anderen gebietet mein Stand es auch nicht, so einen Unfug zu vollführen. Es wäre für unser weiteres Gespräch also sehr hilfreich, würdest du deinen Kopf heben, dein schönes Haar zur Seite streichen und mich anschauen.«

Anne strich sich die Haare aus der Stirn. Dabei streifte sie versehentlich ihr Häubchen, das zu Boden fiel, weil sie vergessen hatte, es unter dem Kinn zusammenzubinden. Sofort fielen die Haare ungebändigt über ihre Schultern.

»Entschuldigen Sie, Madame.«

»Du versteckst eine Schönheit«, konstatierte Sophie. »Man könnte neidisch werden. So wie du sah ich nicht aus, als ich jung war. Ich ähnelte mehr einem zu groß geratenen Storchenkind, aber du – herrje … wie viele Männer hast du schon erblinden lassen?«

Anne stutzte. Erblinden …? Wurde sie das wirklich gefragt? Sie brach in ein ungezügeltes Lachen aus. Es war unschicklich, oh ja, und wie, aber sie konnte nicht anders. Die unerschrocken klare Sprache dieser älteren Frau ließ ihr gar keine andere Wahl, als sich von einem Sturm der Heiterkeit mitreißen zu lassen.

»Soviel ich weiß, können alle noch gut sehen«, sagte sie, als sie wieder Luft holte. »Zumindest so gut, dass sie die Straße erkennen konnten, die sie eiligst von mir wegführte, sobald ich ehrbar gemacht werden sollte.«

Sophie wandte sich schmunzelnd zur Seite.

»Auf den Mund gefallen bist du nicht«, sagte sie. »Wir werden uns gut vertragen, wenn du so bleibst, denn ich habe nicht vor, mich jedes Mal mit unvorteilhaften Tiervergleichen zu demütigen, nur damit du mit mir sprichst.«

»Ja, Madame.«

»Wenn du nicht willst, dass ich dich ohrfeige, dann nenn mich nicht Madame. Mein Name ist Sophie von La Roche. Für die meisten Menschen um mich herum Frau von La Roche. Für manche einfach Sophie. Wähle gut, wofür du dich entscheidest.«

Anne forschte in Sophies lauerndem Blick nach der richtigen Antwort, zumindest nach derjenigen, die Sophie zu erwarten schien.

Sie entschied, auf ihr Bauchgefühl zu hören.

»Ich freue mich, Sie kennenzulernen – Sophie.«

17

E s klang so einfach, und doch war es so vielen
Menschen verwehrt, danach leben zu dürfen. Immer gab es jemanden, der über andere bestimmen
wollte. Koste es, was es wolle, und meistens kostete es Menschenleben. Selbstverständlich nur das der anderen.

Das kurze Gespräch mit Anne hatte Laurin die Augen
geöffnet. Er war verloren, wenn er sich nicht etwas einfallen
ließ. Commandant Renaud hatte seinen Tod schon beschlossen. Er wartete nur noch auf die frohe Botschaft, dass Laurin
gefunden hatte, was er suchen sollte.

Laurin suchte verzweifelt nach einer Lösung. Und diese
wurde umso dringlicher, als er plötzlich genau das Dokument gefunden hatte, um das es ging. Der Ort, an dem die
goldene Glocke vergraben war.

Stunde um Stunde saß er über dem Dokument und tat so,
als müsste er es übersetzen. Stattdessen überlegte er fieber-
haft, wie er vorgehen sollte, um heil aus der ganzen Angelegenheit herauszukommen. Er versuchte, sich auf das We-
sentliche zu besinnen. Darauf, was er konnte und kannte.

Freiheit und Wissen. Das kannte er, und beides war ihm
immer die beste Nahrung gewesen. Die Freiheit war ihm
genommen, doch noch besaß er das Wissen. Er musste es
bloß richtig nutzen, um das Verlorene wiederzuerlangen.

Er bat den Wächter, zu Commandant Renaud gebracht zu
werden. Der Wächter lachte nur und sagte, Renaud würde
zu ihm kommen. Nicht umgekehrt.

Einen Tag und eine Nacht wartete Laurin. Dann, am Morgen des nächsten Tages, klackte der Schlüssel im Schloss, und Renaud trat in die Kammer. Laurin war gerade dabei, einen kargen Bissen mit einem Schluck Wasser hinunterzuspülen, als Renaud grußlos um ihn herumging und vor dem Pult stehen blieb. Er blätterte in dem Lederband, der aufgeschlagen vor ihm lag, aber für ihn waren die Schriftzeichen ein Buch mit sieben Siegeln, also klappte er es zu und schaute Laurin unverwandt in die Augen.

»Du wolltest mich sprechen? Meine Zeit ist kostbar. Ich hoffe, du hast einen guten Grund, mich herbeizuholen. Den einen Grund, du weißt, welchen.«

Laurins Stimme war heiser. Vor Aufregung hatte er einen trockenen Mund.

»Bevor ich sage, weshalb ich dich habe rufen lassen, gibt es noch etwas zu regeln, Commandant.«

Renaud riss die Augen auf. »Hör ich richtig? Du willst mit mir verhandeln?«

»Es geht für uns beide um viel, Commandant. Doch glaube ich, augenblicklich in der besseren Verhandlungsposition zu sein.«

»Das heißt, du hast gefunden, was ich wissen will.« Es war keine Frage, sondern eine Feststellung.

Laurin schwankte mit dem Kopf. Kein Ja, kein Nein. »Ich muss sichergehen, dass ich aus diesem Kellerloch herauskomme.«

Renaud erwiderte erst einmal nichts. Er sah Laurin fest in die Augen, so lange, bis dieser es nicht mehr aushielt und zu Boden schaute. Renaud nahm es mit Genugtuung zur Kenntnis.

»Weißt du, worin dein Fehler liegt, Mönch?«

»Nein, weiß ich nicht.«

»Du willst mit mir über deine Freilassung reden. Aber da

gibt es nichts zu reden. Du magst Argumente haben, die für sich genommen auch schön und gut sind. Freiheit des Einzelnen und all die anderen juristischen Errungenschaften, die Napoleon dem kleinen Mann rauf und runter des Rheins bringt. Und auch weit darüber hinaus. Aber hast du dir eigentlich mal Gedanken gemacht, warum Napoleon seine Ideen nun euch in deutschen Landen, hm, sagen wir mal, nahebringt, ohne dass ihr euch dagegen sträuben könnt? Da hat er keine Gespräche mit irgendeinem Bauern geführt. Oder mit euren Klöstern. Etwas anderes gab den Ausschlag. Er kann es, weil er die Macht dazu hat. Und Macht erlangt man mit Stärke. Schwäche ...«, Renaud machte eine Pause, um genüsslich zuzusehen, wie sich Angstschweiß auf Laurins Stirn bildete, »Schwäche liefert dich nur deinen Feinden aus. Und reden ist Schwäche. Deshalb gibt es eure Klöster nicht mehr. Und deshalb sitzt du jetzt hier vor mir.«

»Das Recht des Stärkeren ist primitives Handeln. Den Verstand zu nutzen, um zu reden, das wird einmal die wahre Kunst der Kriegsführung sein.«

Renaud lachte kopfschüttelnd. »Wie herrlich naiv du bist.«

Das sagt Anne zu mir auch immer, dachte Laurin bitter. Womöglich stimmte es sogar?

»Auf jeden klugen Mann, der Leid von seinem Volk fernhalten möchte, werden immer hundert andere kommen, die nichts anderes als Tod und Verderben in die Welt bringen können.«

Laurin nahm seinen ganzen Mut zusammen. Es half nichts, um die Sache herumzuschleichen wie die Katze um eine Schale Milch.

»Wie dem auch sei, Commandant. Ich habe gefunden, wonach du mich gebeten hast zu suchen.«

»Ich wusste es!« Erregt vor Begeisterung schlug Renaud mit der rechten Faust auf den Tisch. »Wo hast du es?«

»Wo habe ich was?«

»Das Buch, den Plan, die Pergamentrolle ... was auch immer. Wo hast du das, worauf es steht?«

»Worauf was steht?«

»Treib es nicht zu bunt, Mönch. Ich kann dir jederzeit ein Bluthemd überziehen lassen, vergiss das nicht. Also gib mir den Plan, wo die goldene Glocke vergraben ist.«

»Ach, den Plan meinst du.«

Jetzt galt es. Jetzt begann das riskante Spiel, zu dem Laurin sich entschlossen hatte. Entweder würde er diese Kammer lebend und als freier Mann verlassen oder er würde die Sonne nie mehr sehen. Beides war möglich.

Schweißperlen bildeten sich auf seiner Stirn und am Nacken. Er konnte spüren, wie ihm einzelne Tropfen langsam den Rücken hinunterflossen.

»Ich wusste nicht, dass du die Buchseite sehen wolltest«, sagte er, so ruhig es seine Stimme vermochte. »Ich dachte, es ging dir nur darum zu erfahren, wo die Glocke vergraben ist.«

»Jaja, natürlich. Das ist das Wichtige. Also, Mönch, wenn du nicht nur ohne-Heimat, sondern auch noch ohne-Leben heißen willst, dann sag endlich, was du gefunden hast.«

Laurin rang sich ein Lächeln ab. Überlegen fühlte er sich wahrlich nicht, aber wenigstens den Anschein musste er erwecken.

»Das ist interessant, dass du das erwähnst«, sagte er. »Denn genau das habe ich mir überlegt. Ich habe mich gefragt, was wohl aus mir werden wird, wenn ich es dir gesagt habe. Immerhin geht es hier um eine goldene Glocke, und wer die Lage kennt, ist ziemlich reich. Und ein solcher Reichtum verträgt selten zu viele Mitwisser, zumal er voraussichtlich auch noch unrechtmäßig erworben würde. Das hast du doch vor, nicht wahr, Commandant? Dir die Glocke unrechtmäßig aneignen. Die paar Strauchdiebe, die dir beim Ausgraben und Verladen auf einen Karren helfen werden, kannst du noch an Ort und Stelle erschießen und vergraben. Ein Loch ist ja praktischerweise schon gebuddelt. Aber dann bin ja immer noch ich am Leben. Und ich weiß natürlich zu viel. Ich hab mich schon gefragt, wie ich meine Haut retten kann. Und da kam mir eine Idee. Willst du hören, welche?«

»Mönch, du riskierst viel.«

»Solange ich noch nicht verraten habe, was ich herausgefunden habe, riskiere ich nur, dich in schlechte Laune zu versetzen. Also, ich habe mir gedacht, wenn ich schon zu viel weiß, wäre es dann nicht klug, wenigstens als Einziger zu viel zu wissen?«

»Was willst du damit sagen?«

»Genau das. Ich bin der Einzige, der weiß, wo du graben musst.«

»Aber das Buch, aus dem du deine Kenntnisse hast, befindet sich hier und in meinem ...«, Renaud räusperte sich, »meinem Besitz. Suche ich mir halt einen anderen, der's findet.«

»Niemand wird es mehr finden können.«

»Und warum nicht?«

»Du erinnerst dich, dass ich noch gekaut habe, als du in die Kammer kamst? Und etwas hinuntergeschluckt habe? Das war die Seite, die ich in den Unterlagen fand. Die Seite, auf der alles geschrieben stand. Sicher, irgendwann wird sie wieder ans Tageslicht gelangen, aber ob sie dann noch lesbar ist?«

Renaud blieb der Mund offen. Fassungslos starrte er Laurin an. Dann lachte er ungläubig auf.

»Das ist nicht dein Ernst, Mönch. Damit hast du dein Todesurteil unterschrieben.«

»Das bezweifle ich.« Laurin tippte sich an die Stirn. »Hier oben ist alles drin. Ich habe mir die Stelle genau gemerkt.

Sterbe ich, stirbt deine Chance, die Glocke zu finden, mit mir.«

»Du bist ein gerissener Hund.«

»Nur ein einfacher Diener Gottes, der sehen muss, wo er bleibt.«

»Welcher Handel schwebt dir vor? Ich nehme an, du hast das Papier nicht einfach aus Hunger gefressen, sondern weil du etwas willst.«

»Raus aus Coblenz. Das will ich. Heute noch. Ohne dass mir jemand folgt. Ich …«

»Auf den Karren kommst du. Auch heute noch!«, fuhr Renaud wütend dazwischen. Sein Gesicht glühte vor Zorn.

Laurin schluckte. Hatte er überreizt? Er wusste, welcher Karren gemeint war. Der, der die Verurteilten zum Richtplatz fuhr, damit sie unter der Guillotine ihren Kopf verloren. Er räusperte sich. Jetzt nur nicht, dass ihm die Stimme versagte und seine Angst hörbar machte.

»Wenn der einzige Kopf, in dem das ist, was du wissen willst, seinen angestammten Platz verlässt, also den auf meinen Schultern, dann hat keiner von uns beiden gewonnen.«

»Hier geht es nicht ums Gewinnen oder Verlieren, Mönch. Hier geht es um eine beträchtliche Summe Gold, sobald ich die Glocke in meinem Besitz habe und einschmelzen kann.«

»Ein Grund mehr, alles so abzuwickeln, wie ich vorgeschlagen habe.«

Renaud starrte Laurin mit einem brennenden Feuer in den Augen an.

»Du hast recht, Mönch. Ich war unbeherrscht, dir gleich mit dem Tod zu drohen. Du hast etwas, das ich will, und dir ist es egal, dass du dieses Wissen in meinem Auftrag erlangt hast. Allein diese Verweigerung einem französischen Offizier gegenüber ist schon eine Bestrafung wert. Ich frage mich, Mönch, ob du wirklich so mutig bist, wie du tust. Was, wenn ich dir zwar deinen Kopf lasse, aber vielleicht nicht deine Hände? Du wirst einwenden, dass du sie zum Beten brauchst, aber mal im Ernst, Mönch ... wen interessiert es, ob du mit Händen oder Füßen betest?«

Es wurde eng für Laurin. Das hier verlief nicht so, wie er es sich gedacht hatte.

»Bei Folter werde ich bockig«, sagte er.

»Und ich laufe bei Folter zur Höchstform auf.«

Das glaube ich sofort. Laurin spürte, wie ihm die Knie weich wurden. Er hatte sich verkalkuliert. Sein Fehler war gewesen, dass er annahm, jeder Mensch würde in etwa so handeln wie er. Deshalb war er, als er zuvor in Gedanken dieses Gespräch ein ums andere Mal durchgespielt hatte, zwangsläufig an den Punkt gelangt, an dem Renaud nichts anderes übrig bliebe, als auf seinen Vorschlag einzugehen. Was Laurin nicht bedacht hatte, war, dass Renaud über die Wesenszüge eines Sadisten verfügte.

»Weißt du, Mönch, ich hatte mal einen Gefangenen, von dem ich auch was erfahren wollte. Der war genauso stur wie du. Und er dachte, er könnte mich austricksen. So von wegen neue Gesetzgebung im Rheinland und so. Die mag es offiziell zwar geben, aber in meinem Verlies herrsche ich. Also, dieser eine Gefangene, der wollte partout nicht verraten, was ich wissen wollte. Da hab ich ihm klargemacht, dass ich ihn übel foltern werde. Wenn er mich ganz lieb bittet, dann lasse ich ihm nur ein Bein amputieren, aaaaber wenn er auf Streit aus ist, dann ...«

Laurin war kurz davor, vom Stuhl zu kippen.

Renaud grinste wölfisch. »Mönch, ich habe dich für klüger gehalten«, sagte er.

Ich mich auch, dachte Laurin. Ich mich auch.

18

Sophie legte ihr Buch in den Schoß und schob mit zwei Fingern ihre Brille auf der Nase zurecht. Mit einem amüsierten Blick verfolgte sie das bemühte Treiben ihrer neuen Kammerzofe nun schon seit beinahe einer Stunde.

Fragte sie sich anfangs noch, wann das Mädchen denn endlich mit seiner Arbeit loslegte, hatte sie bald schon begriffen, dass sie das längst hatte. Nur sah es nicht nach der Arbeit aus, die es zu verrichten galt. Mehr nach einem geheimnisvollen Gesellschaftsspiel, in dem es um geschicktes Vermeiden von sauberen Flächen ging.

Der jungen Frau gelang nicht wirklich viel auf ihrem Betätigungsfeld. Mit dem Staubwedel stand sie eindeutig auf Kriegsfuß. Wenigstens hielt sie ihn am richtigen Ende. Wie sie damit über die Buchreihen im Schrank wischte, sorgte nicht für Sauberkeit, dafür aber bei Sophie für Erheiterung.

Sophie lehnte sich tief in ihrem Sessel zurück und gönnte sich unbemerkt von Anne noch zehn Minuten das Schauspiel, das weitaus amüsantere Kurzweil bot als der Schmöker auf ihrem Schoß. Dann sprach sie ihr neues Dienstmädchen an.

»Liebe Anne, es ist nicht deine Welt, in der du dich gerade mühst, oder?«

Anne erstarrte in der Bewegung. Aber nicht, ohne zuvor das Buch, über das der Wedel gerade fuhr, versehentlich mit Schwung aus dem Regal zu Boden zu befördern, wo es mit einem dumpfen Geräusch auf dem Holzboden aufschlug. Erschrocken ging sie in die Hocke, um es aufzuheben. Als sie den Einriss in der aufgeschlagenen Seite sah, fluchte sie, was sie erneut zusammenzucken ließ, und sie entschuldigte sich sofort für ihr ungeschicktes Verhalten. Bedauernd hielt sie das in Leder eingefasste Buch hoch. Die eingerissene Seite rutschte halb hervor. Der rasche Versuch, die lose Seite wieder hineinzuschieben, scheiterte kläglich.

»Ich kenne den Herrn, der das Buch geschrieben hat«, sagte Sophie. »Eine fehlende Seite wird niemand vermissen. Ich bin sogar der Meinung, dass sein Werk dadurch eine erhebliche Verbesserung erfährt.«

Daraufhin lachte sie herzerfrischend und mit blitzenden Äuglein, die den Schalk in ihrem faltigen Gesicht offenbarten. Sie sah Anne lange an. Sie wusste nicht genau, wonach sie Ausschau hielt, nach welchem verräterischen Blick oder Zug um die Mundwinkel, aber sie war tief in ihrem Inneren überzeugt, dass an dieser zierlichen Person nichts Falsches war. Keine niederträchtigen Gedanken, kein heuchlerisches Gehabe. Anne strahlte etwas Aufrichtiges aus. Etwas, das ihr in den Gesellschaften, in denen sie sich bewegte, nicht immer begegnete, oder um es richtiger auszudrücken: nicht häufig genug.

Aber genügte ein ehrliches Gesicht, um es in ihre Gedanken einzuweihen?

Wer wusste schon, wie Anne damit umging? Immerhin war sie nicht vom gleichen Stand. Doch was hieß das schon? Sowohl Cousin Wieland als auch Enkel Clemens konnten das von sich behaupten, hatten aber aktuell sehr deutlich bewiesen, dass es dadurch nicht zwangsläufig zu einer übereinstimmenden Ansicht kommen musste.

»Also, Anne, machen wir beide uns nichts vor. Die Welt der Haushaltsführung hat dich noch nicht mit offenen Armen aufgenommen. Aber das stört mich nicht. Richtiges Reinigen kann man lernen. Nicht aber diesen Blick, den du auf die verschiedenen Einrichtungsgegenstände wirfst. Da blitzt Interesse auf. Eine Neugier, die im Zaum gehalten werden muss.«

»Ich verstehe nicht, wovon Sie sprechen, Madame.«

»Sophie ist mein Name. Du weißt es nicht? Ist es dir denn nicht bewusst, dass du den Kopf neigst, um die Titel der Buchrücken zu entziffern?«

Anne behagte das Gespräch nicht. Nervös trat sie von einem Fuß auf den anderen. Den Staubwedel drehte sie zwischen den Händen, als wollte sie ihn erwürgen.

»Tu ich das?«, fragte sie verlegen.

»Aber ja. Und du bewegst lautlos, aber erkennbar deine Lippen. Als würdest du dir Titel und Dichter einprägen wollen.«

Sophie von La Roche bedeutete Anne mit einer unaufdringlichen Geste, ihr gegenüber Platz zu nehmen.

Anne zögerte. Bislang hatte sie noch nie die Gelegenheit gehabt, auf einer Chaiselongue zu sitzen. Und auch wenn sie zu gerne der Aufforderung nachgekommen wäre, so erschien sie ihr verdächtig. Erlaubnis hin oder her. Weshalb sollte sie das, was es zu sagen gab, gemütlich sitzend empfangen und nicht wie gewöhnlich im Stehen? Wie zumeist von ihr erwartet möglichst mit gesenktem Kopf.

»Nun setz dich schon«, forderte Sophie ein zweites Mal auf, und ihre Stimme machte deutlich, dass es kein weiteres Mal geben würde.

Anne setzte sich auf die lange Seite der Chaiselongue und auch hier nur auf den vorderen Rand. Sich an das Polster zu lehnen wagte sie nicht. Die Beine angewinkelt beisammen, die Hände sittsam im Schoß gefaltet. Wie eine brave Kammerzofe zu sein hatte. Zumindest hatte sie es so gehört, denn schließlich standen in den Wirtshäusern, in denen sie bislang gearbeitet hatte, selten hübsche Kanapees herum, um im Füßehochlegen eine gewisse Versiertheit zu erlangen.

Sie hielt die Augen vor sich auf das Muster des Teppichs gerichtet. Auch ohne den Blick zu heben, wusste sie, dass Sophie von La Roche sie eindringlich musterte. Eine unangenehm lange Pause entstand, in der sie glaubte, den wenigen Staub im Zimmer knistern hören zu können. War natürlich Unfug, aber was bildete sich der Verstand nicht alles ein, wenn er angespannt auf etwas wartete, das er nicht einzuschätzen vermochte.

Anne zupfte eine Falte in ihren Rock, nur um diese danach sogleich glatt zu streichen. »Habe ich etwas nicht zu Ihrer Zufriedenheit gemacht?«, fragte sie.

»Nein, das ist es nicht. Nun ja, du arbeitest ... lass es mich vorsichtig ausdrücken ... gar nicht so, wie ich es von einer Frau wie dir erwartet hätte.«

Einer Frau wie mir? Anne ließ es sich nicht anmerken, aber innerlich durchfuhr sie ein glühender Blitz. Früher hätte sie dafür sofort eine passende Entgegnung parat gehabt. Aber das war eben früher gewesen. Mit den Jahren war sie klüger geworden und hatte gelernt, den richtigen Zeitpunkt abzuwarten, um sich nicht selbst zu schaden. Und manchmal war es ja auch gut, dass andere solche Äußerungen von sich gaben, ob unbedacht oder gewollt. Sie verhinderten, dass Anne zu schnell und gleich zu viel Zutrauen fasste. Nichts war in diesen Zeiten unangebrachter als Vertrauen in die falschen Personen.

Dumm nur, dass die falschen und die richtigen manchmal so schwer zu unterscheiden waren.

»Ich bat dich aus einem anderen Grund, dich zu setzen.«

Sophie von La Roches Stimme war angenehm und fern jeglicher Arroganz. Nichts deutete darauf hin, dass sie ihren gesellschaftlichen Stand dazu nutzen könnte, sich als etwas Besseres zu fühlen. Anne musste aufpassen, ihren eigenen Grundsätzen nicht untreu zu werden.

»Also, antworte mir aufrichtig und ehrlich. Als du über die Buchrücken, ähm, gewedelt hast, was hast du da gemacht?«

»Ich habe die Bücher von Staub befreit«, wich Anne aus.

»Kannst du lesen?«

Anne nagte auf der Unterlippe. Als sie sich dessen bewusst wurde, hörte sie ruckartig damit auf, als hätte ihr jemand gegen den Hinterkopf geschlagen.

Geduldig wartete Sophie, bis Anne sich zu einer Antwort durchringen konnte. Ihr nervöses Fingerspiel verriet, dass Geduld aber eine endliche Eigenschaft bei ihr war.

»Ja«, antwortete Anne zögerlich.

»Das ist fein. Und wie steht es mit Schreiben? Kannst du auch schreiben?«

»Kann ich auch.«

»Wo hast du es gelernt?«

»Unterwegs«, sagte Anne.

Sie war sich der Merkwürdigkeit ihrer Antwort gar nicht bewusst, erst als sie Sophies verwunderten Gesichtsausdruck sah.

»Ich wollte sagen, ich hab lesen und schreiben gelernt, als wir umhergezogen sind.«

»Wer ist wir?«

Mein Mönchlein und ich, dachte Anne, sagte aber: »Mein Begleiter. Wir besaßen einen Karrenwagen, mit dem wir in die Ortschaften gefahren sind. Um Arbeit zu finden. Hat aber leider nicht geklappt.«

»Weshalb nicht? Dein Begleiter scheint ja offensichtlich ein Mann mit Bildung zu sein, wenn er dir lesen und schreiben beigebracht hat. Er könnte in Schulen unterrichten.«

Anne zuckte mit den Schultern. »Es hat seine Gründe, weshalb es zu keiner Anstellung kam.«

Wir waren viel unterwegs und kamen doch nie ans Ziel.

»Hm«, machte Sophie.

Ihr Blick lag unaufhörlich auf Annes Gesicht, als gelte es, in jedem noch so winzigen Zug ihren Charakter bis ins Kleinste aufzuspüren.

»Und während ihr also von Dorf zu Dorf gefahren seid, hat dein Begleiter dir alles beigebracht?«

»Ja, so war es. Er ist ein guter Lehrer.«

»Und du eine gelehrige Schülerin, wie mir scheint.« Sophie erhob sich verhalten ächzend. Sie umfasste mit der gesunden Hand die gebrochene, ohne sich den pochenden Schmerz anmerken zu lassen. Mit kleinen Schritten ging sie einmal um Anne herum, die unmerklich den Kopf einzog.

»Sag mir doch, weshalb du dich scheust, mir alles zu sagen«, fragte Sophie.

»Ich verstehe nicht …?«

»Mein Kind, schau mich an. Ein wenig Menschenkenntnis habe ich mir im Laufe meines langen Lebens durchaus angeeignet. Das heißt nicht, dass ich jeden Menschen richtig beurteilen könnte, aber ich kann sehen, wenn sich jemand mir gegenüber sehr vorsichtig verhält. Weshalb sagst du mir nicht, wer dein Begleiter wirklich ist?«

Anne hob den Kopf. »Sie wissen es?«

»Natürlich. Glaubst du, ich wurde nicht über dich informiert, bevor du bei mir deine Aufgaben übernommen hast?«

»Wenn Sie es wissen, warum taten Sie dann so, als hätten Sie keine Ahnung?«

»Eine Frage des Vertrauens. Also eine kleine Probe, die ich bei dir offensichtlich nicht bestanden habe.«

»*Sie* bei *mir*?«, fragte Anne erstaunt. »Meinen Sie nicht eher mich?«

»Nein. Ich vertraue dir ja, aber du nicht mir.«

»Sie ... vertrauen mir? Sie kennen mich doch gar nicht.«

»Das ist ein großer Vorteil, glaub mir. So viele Damen der Gesellschaft kenne ich, und keiner einzigen würde ich vertrauen. Gib ihnen ein Messerchen zum Apfelschälen in die Hand, und sie würden auf deinen Rücken eine Zielscheibe malen und das Messerchen werfen. Aber auch ohne Messerchen versuchen sie ständig, einen zu treffen, nur eben dann mit Worten. Du aber hast etwas an dir, das mich neugierig macht. Ich habe mich gestern schon gefragt, was es sein könnte, das mich das glauben lässt. Aber bis eben, als ich dich an den Bücherregalen sah, wusste ich es nicht. Du bist vorsichtig, das gefällt mir. Du wägst ab und bist keine, die dumm daherredet und erst dann nachdenkt. Womit ich nicht gesagt haben will, dass meine Bekannten der feinen Gesellschaft überhaupt nachdenken.«

Anne schmunzelte. Allmählich gefiel ihr Sophie von La Roche.

»Du bist neugierig«, sagte Sophie weiter, »und kannst aber gleichzeitig auch abwarten. Ich sehe vor mir ein Mädchen aus einem Dorf mit dem Stolz einer Adligen aus der Stadt. Jede andere mit deiner Herkunft hätte mir gegenüber als Erstes verlautbaren lassen, dass sie lesen kann. Einfach, weil sie sofort anerkannter sein wollte. Du aber nicht. Du versteckst dein Können. Warum? Willst du nicht auffallen?«

»Wegen meiner Herkunft, meinen Sie?«

Sophie verzog den Mund zu einem bedauernden Lächeln. »Touché. Verzeih, wenn ich dich mit meiner Offenheit gekränkt habe.«

»Schon gut.«

»Mir fiel keine andere Umschreibung ein. Aber das Wort ›Herkunft‹ allein ist ja nichts Schlimmes. Wichtig ist doch, wie man sich verhält, oder?«

»Mag sein«, sagte Anne.

»Aber ich sehe mehr in dir. So, wie du nicht weißt, zu wem du gehörst, weißt du auch nicht, wo dein Platz im Leben ist.«

Manche Sätze besaßen die Heimtücke, einen unvorbereitet, dafür aber umso tiefer zu treffen.

Anne wischte sich mit dem gekrümmten Finger eine Träne aus dem Augenwinkel, bevor diese sich auf den Weg die Wange hinunter machte. Wieso konnte diese Frau sie mit ein paar Worten zum Weinen bringen?

»Wo ist dein Begleiter jetzt?«, fragte Sophie. »Befindet er sich noch in Coblenz?«

»Ja.«

»Aber er wird auch hier keine Anstellung finden, hab ich recht? Ich habe schon davon gehört, dass manche Angst haben, Mönche und Nonnen einzustellen. Als würden sie sich fürchten, es könnten Lehren verbreitet werden, die Napoleons Missfallen erregen, weil die Menschen besser verstehen, was um sie herum passiert. Dabei geht es doch hauptsächlich darum, immer mehr Menschen lesen und schreiben beizubringen.«

»So sehe ich das auch«, pflichtete Anne bei. Tatsächlich hatte sie eine solche Überlegung noch nie angestellt.

»Die Zeiten sind für Mönche und Nonnen nicht gerade die erquicklichsten«, sinnierte Sophie. »Und wo befindet sich dein Begleiter nun?«

Anne überlegte kurz, dann entschied sie, dass sie Sophie von La Roche erzählen konnte, zu welcher Tätigkeit Mönch-ohne-Heimat herangezogen wurde.

Sophie war sichtbar überrascht. »Er durchforstet eine Art Archiv im Gewölbe der Generalkommandantur? Drüben im Kastorhof?«

»Ja.«

»Mir scheint, da wird er so schnell das Tageslicht nicht mehr sehen.«

Anne zögerte, dann wagte sie es: »Können Sie etwas bewirken, dass er da herauskommt? Sie haben doch Beziehungen.«

»Schon, die habe ich, aber ob die etwas nutzen? Die honorigen Leute, die ich kenne, sind schon lange nicht mehr im Staatsdienst tätig. In der Präfektur wird heute kaum noch jemand auf mich hören.«

»Versuchen Sie es bitte. Mein Mönchlein geht da unten vor die Hunde.« Anne schlug sich die Hand vor den Mund. So vertraut wollte sie nun doch nicht reden. »Entschuldigen Sie, Madame, ich sollte so nicht reden.«

»Beruhige dich. Ich möchte sogar sehr gerne, dass du genauso redest, wie du nun mal bist. Hab keine Angst, dass du dich wegen einer solchen Sprache mir gegenüber ungebührlich benehmen würdest. Glaub mir, da erfahre ich durchaus anderes.«

Sophie dachte an den Kammerdiener, der sie bei ihrer Ankunft ins Zimmer geleitet hatte.

»Dann erlauben Sie mir bitte sagen zu dürfen, dass ich eine alte Dame, wie Sie es sind, noch nicht getroffen habe.«

»Hier lege ich aber nun doch Einspruch ein.«

Sophie hob die rechte Hand und streckte den Zeigefinger mit Nachdruck und so gerade die Gelenke es noch zuließen, in die Höhe.

»Ich weiß selbst, dass ich alt bin, bevorzuge aber dennoch, dass man mich nur älter nennt.«

Anne senkte den Kopf. »Verzeihen Sie.«

»So leid es mir tut, Anne, aber ich fürchte, ich kann für deinen Begleiter nicht viel ausrichten. Ich werde mir Gedanken machen, was möglich ist, aber versprechen kann ich nichts.«

»Ich danke Ihnen, Madame. Das ist mehr, als ich erwarten darf.«

»Sophie. Wie oft denn noch?«

»Verzeihen Sie bitte. Ich will es mir merken.«

»Ich sehe dir an der Nasenspitze an, dass dir noch etwas auf dem Herzen liegt.«

»Es ist, hm, also, ich würde gerne, aber nur, wenn Sie es erlauben, dann würde ich gerne ...«

»Bitte, Anne, sag, was du willst.«

»Ich möchte zum Mönch gehen dürfen.«

»Du sagtest, du hast ihm Essen gebracht. Das wird jetzt eine andere ihm bringen.«

»Ich komme trotzdem in seine Kammer. Ich weiß genau, wie.«

»Weshalb glaube ich dir das wohl?«, schmunzelte Sophie. »Du musst wohl was an dir haben, das dem Wächter dort drüben gefällt.«

Anne errötete und fühlte sich, als würde sie in Flammen aufgehen.

»So in etwa«, sagte sie verhalten. »Nur, dass ich mich ausgab als eine für den Mönch.«

Sophie blinzelte zweimal, dann klatschte sie lachend in die Hände.

»Ich wusste ja, dass du nicht auf den Kopf gefallen bist. Schließen wir einen Handel. Ich gebe dir morgen für eine Stunde um Mittag frei, damit du deinen Mönch besuchen kannst. Und dafür lässt du dir von mir heute zeigen, wie man ein Zimmer richtig sauber macht.«

19

Bereits am nächsten Tag war es Anne gestattet, Laurin zu besuchen. Nicht für lange, denn hauptsächlich sollte sie Besorgungen für Sophie von La Roche erledigen, aber es blieb Zeit genug, um Laurin wissen zu lassen, dass er nicht von ihr vergessen war.

Als sie sein geschwollenes Gesicht erblickte, erschrak sie.

»Verprügelt bist du worden? Aber weshalb denn?«

Laurin gestand, dass er versucht hatte, Commandant Renaud hereinzulegen, um aus der Gefangenschaft herauszukommen.

»Das hättest du nicht tun sollen«, tadelte Anne ihn, während sie sein Gesicht abtastete, ob vielleicht ein Wangenknochen gebrochen sein könnte. Zum Glück wenigstens nicht das auch noch.

»Ein Versuch war es wert«, behauptete Laurin. »Au, nicht so fest draufdrücken. Das tut doch weh.«

»Das war es eben nicht wert. Wir kommen hier irgendwo raus, gib mir nur ein wenig mehr Zeit.«

»Dieser Renaud wird ungeduldig.«

»Aber er braucht dich noch. Den Vorteil darfst du nicht leichtfertig aufs Spiel setzen.«

»Ich fürchte, das habe ich schon.«

»Wie bitte?«

»Ich hab ihm gesagt, dass ich das Dokument gefunden habe.«

Dann erzählte er von dem unerfreulichen Gespräch. Bevor Anne ihn wieder verlassen musste, drückte sie ihn ganz fest.

»Halt noch ein Weilchen durch. Und vertrau mir, dass mir etwas einfallen wird.«

»Das tu ich, mein kleines Teufelchen.«

Es hatte etwas Zärtliches an sich, wenn ausgerechnet er Anne so nannte, und sie mochte es gerne. Leider klang es nicht so kämpferisch wie sonst, sondern eher mutlos, als hätte er sich bereits aufgegeben.

Nachdem sowohl Cousin Wieland als auch Clemens Brentano ihr eine finanzielle Unterstützung versagt hatten, musste Sophie andere Wege finden, um ihren Plan für eine neue Zeitschrift nicht vorzeitig aufgeben zu müssen.

Eine Nacht lang stellte sie die unterschiedlichsten Überlegungen an, keine schien geeignet. Als ihre gebrochene Hand schmerzte, kam ihr eine Idee. Eine sehr ungewöhnliche, aber versprachen nicht gerade solche häufig den gewünschten Erfolg?

Um ihr Vorhaben ungestört umzusetzen, beauftragte sie Anne mit Besorgungen und erteilte ihr die Erlaubnis, ihrem Mönch einen kurzen Besuch abzustatten, sofern sie eingelassen wurde. Anne hoffte einfach, dass der Wärter sie aus reiner Gewohnheit zu Laurin ließ.

Sophie hatte bereits am Vortag eine Botschaft zum Polizeikommissar geschickt, in der sie ihre ungewöhnliche Bitte formulierte. Man sicherte ihr zu, ihrem Wunsch in diesem besonderen Fall nachzukommen, gerade auch, weil der unrühmliche Vorfall, der ihr widerfahren war, in Coblenz passierte. Und so erwartete Sophie an diesem Vormittag in höchster Anspannung den Besuch des Mannes, der sie brutal überfallen hatte.

Zur Mittagsstunde klopfte es an ihre Tür. Zwei Soldaten führten den Gefangenen herein. Wachsam blieben sie hinter ihm stehen.

»Danke. Warten Sie bitte vor der Tür, bis ich Sie rufe.«

»Aber, Madame, der Mann ist gefährlich.«

»Sicher, und deshalb warten Sie und gehen nicht weg.«

Nach einem kurzen, unschlüssigen Moment schlossen die Soldaten die Tür von außen.

Sophie ließ sich Zeit mit dem Betrachten des Mannes, der in der Mitte des Zimmers stand. Er war stämmig gebaut und nur einen halben Kopf größer als sie. Kräftige Arme und krumme Beine. Um Hände und Füße schlossen sich Eisenringe, die mit schweren Ketten verbunden waren und ihn weitgehend bewegungsunfähig hielten.

Er stank ungeheuerlich, als hätte er jahrelang in einem Erdloch gehaust. Sophie rümpfte die Nase und war versucht, sich ein zart parfümiertes Tüchlein vor die Nase zu halten, unterließ es aber. Er trug noch dieselben Kleider wie bei seiner Verhaftung, und es schien ihn nicht im Geringsten zu stören, vermutlich weil sein ungewaschener Körper schon seit Jahren darin steckte. Nur der verschwitzte Bauch, der unter dem schlecht geschlossenen Hemd hervorschaute, schien häufiger mit frischer Luft in Kontakt zu kommen.

Sein Gesicht war hohlwangig. Auf der linken Seite prangte eine schlecht verheilte Narbe, die von einem Peitschenhieb stammen konnte. Vielleicht eine Bestrafung bei einer früheren Verhaftung? Das kohlrabenschwarze Haar hing ihm strähnig in die Stirn.

Sophie versuchte aus dem Gesicht den Charakter des Mannes herauszulesen. Die nach unten gezogenen Mundwinkel verliehen ihm etwas Verächtliches. So etwas hatte sie erwartet. Es überraschte sie nicht. Aber was sie wirklich erschreckte, waren seine Augen. In ihnen war alles zu erkennen, was sie im Leben verabscheute.

Kalt und hart hielt der Mann ihrem Blick stand.

Sophie spürte die armselige Aura des Scheiterns an ihm.

Im Gegensatz zu dem Räuber vor ihr, der Adligen und Bürgerlichen bei seinen Raubüberfällen durchaus sehr nah gekommen war, konnte Sophie das im umgekehrten Falle nicht von sich behaupten. So nahe wie jetzt in diesem Zimmer war sie noch nie einem solchen Strauchdieb und Mörder übelster Sorte gekommen. Keine drei Meter stand er von ihr entfernt. Sollte er sich entschließen, sie mit Drohgebärden zu erschrecken, würde es ihm ohne Zweifel auch gelingen.

Sie beäugte den Räuber neugierig von allen Seiten. Als sie bemerkte, dass er das Gleiche mit ihr tat, musste sie ungewollt schmunzeln. Wären sie in freier Wildbahn, würden sie zwei Raubkatzen gleichen, die auf den richtigen Moment zum Sprung lauerten.

Was mochte er von ihr denken? Eine versponnene alte Frau, die sich kaufen konnte, was sie wollte, und sei es der Anblick eines Mörders in den eigenen Gemächern?

Nun ja, ganz unrecht hätte er damit nicht, musste sie zugeben. Denn wenn sie darüber nachdachte, dann kannte sie Räuber sowieso nur aus den schwungvollen Erzählungen, die man in besseren Kreisen bei einem Tässchen Tee zum Besten gab. Solange man nicht selbst betroffen war, verschaffte ein rücksichtsloser Kutschüberfall oder ein mörderischer Raub bei einem Pferdehändler schon so mancher Dame einen wohligen Schauer über den ganzen Körper. In den Erzählungen waren die Räuber auch meist mit einem wohlgestalteten Aussehen beschrieben. Sophie, die immer schon gerne die Menschen um sich herum beobachtet hatte, war dabei mehr als einmal aufgefallen, wie nicht wenige der Zuhörerinnen einen schmachtenden Gesichtsausdruck bekamen. Fehlgeleitete Romantik, dachte sie sich dann nur. Sollte wirklich einmal ein Strolch seine Hände an die Damen legen, wäre das Geschrei groß. Und die Quelle der lustvollen Träume würde so schnell austrocknen wie eine Pfütze in der Sommerdürre.

»Und was?«, blaffte der Mann plötzlich.

Seine donnernde Stimme verfehlte ihre Wirkung nicht. Sophie zuckte zusammen, was ihn zu einem gehässigen Grinsen veranlasste. Sie tat gut daran, nicht zu vergessen, dass er trotz Ketten gefährlich war.

»Und was *was*?«, fragte sie zurück.

»Warum bin ich hier?«

»Ich wollte mal sehen, was das für ein Mann ist, der es nötig hat, eine ältere Frau zu überfallen.«

»Na, gesehen hast du mich ja jetzt.«

»Wie heißen Sie?«

»Was geht's dich an?«

Oha, ein störrischer Kerl. Na schön, er war nicht der erste Mann, dessen Widerborstigkeit Sophie glatt streichen musste.

»Hat man Ihnen gesagt, wer ich bin?«

»Nein, aber mir hätte schon gereicht, wenn man mir gesagt hätte, wie alt du bist. Dann wäre ich nämlich in meiner Zelle geblieben.«

»Charmant sind Sie nicht.«

»Bei jungen Damen kann ich anders.«

»Nun, davon bin ich überzeugt. Leider Gottes können die jungen Damen Ihnen nicht das bieten, was ich kann.«

»Wird das hier jetzt unsittlich?«

»In einem guten Moment, sollte ich mich an diese freche Bemerkung erinnern, werde ich vielleicht sogar geschmeichelt sein bei dem Gedanken, den Sie mir unterstellen.«

Sophie wies mit einer leichten Handbewegung auf den Sessel.

»Setzen Sie sich.« Und um ihm zu zeigen, dass sie genauso bissig sein konnte wie er, fügte sie hinzu: »Stolpern Sie aber nicht über Ihre Fußketten. Wenn Sie stürzen, kann ich Sie nicht auffangen. Sie wissen schon … ich bin zu alt dafür.«

Ein Hauch Sarkasmus im richtigen Moment hatte Sophie immer schon Vergnügen bereitet.

Der Mann setzte sich nicht. Stattdessen straffte er die Kette zwischen den Händen. Sophie nahm es zur Kenntnis. Sie blieb ebenfalls stehen.

»Also, nennen Sie mir nun Ihren Namen?«

»Franz Mundo, aber das hast du doch schon gewusst.«

»Man sagt, Sie seien recht erfolgreich als Räuber.«

»Du schmeichelst mir. Hopp, mach weiter. Als Räuber hört man das selten.«

Mundo hatte eine merkwürdige Art zu sprechen. Er betonte die Sätze anfangs recht klar, um sie zum Ende hin zu vernuscheln.

»Ich habe mich über Sie informiert, Herr Mundo. Bevor Sie die wohl recht einträgliche Karriere eines Tunichtguts eingeschlagen haben …«

»Ich bevorzuge die Bezeichnung ›ehrbarer Räuber‹.«

»Da ich eine andere Auffassung von ehrbar vertrete, kann ich Ihnen da leider nicht entgegenkommen. Also, wo war ich? Ah ja, bevor Sie das wurden, was Sie heute sind, waren Sie ein Fayence-Krämer.«

Mundo brummte etwas Unverständliches, aber Sophie wertete das als Bestätigung.

»Waren Sie ein guter Händler in Sachen Keramik?«

»Möglich. Ich kann mich nicht mehr erinnern.«

»Das sollten Sie aber rasch, denn ich möchte Ihnen einen Handel vorschlagen.«

»Ich habe schon lange keinen Handel mehr betrieben. Ich bevorzuge es, mir zu nehmen, was ich will.«

Sophie lächelte milde. »Das gefällt so lange, wie man nicht erwischt wird, ist es nicht so? Nun stehen Sie hier vor mir. Mir scheint, Sie sind erwischt worden. Und was nun? Kein Gold und keine Dukaten.«

»Vergessen Sie die Weiber nicht.«

»Sie haben nichts mehr. Nicht mal eine Zukunft.«

Mundo schluckte. »Worauf wollen Sie hinaus?«

»Jedermann weiß, dass Sie mit dem Schinderhannes umherzogen. Für einige Taten, die Sie mit ihm gemeinsam begangen haben, werden Sie jetzt wohl verurteilt werden.«

»Drei lächerliche Überfälle.«

»Mit Todesfolge. Da endet die Lächerlichkeit.«

Mundo verlagerte sein Gewicht von einem Bein auf das andere. Die Kette zwischen den Füßen schleifte klirrend über den Boden.

»Und deshalb sitzen Sie jetzt hier bei mir anstatt dort, wo Sie gerne sein möchten«, fuhr Sophie fort.

Er kniff ein Auge zusammen und grinste. »Ich glaube langsam, du hast gar keine Angst vor mir.«

»Warum sollte ich?«

»Ja, warum solltest du wohl?«

Er hob seine Arme bis unter das Kinn. Langsam führte er die Hände zurück, sodass die Kette seinen Hals berührte.

»Ich verstehe, was Sie meinen.«

Sophie gab sich unbeeindruckt. Sie ging zur Kommode hinüber. Dort öffnete sie ein kleines Schmuckkästchen aus Kiefernholz, das mit fein gearbeiteten Stücken aus Hirschgeweih verziert war. Sie nahm einen klobigen Schlüssel heraus.

»Zwei Dinge erleben Sie jetzt«, sagte sie. »Zum einen, dass ich keine Angst vor Ihnen habe. Und zum anderen sehen Sie, dass Sie mich nicht unterschätzen sollten. Denn ich bin diejenige, die in der Lage ist, Ihnen die Ketten abzunehmen.«

»Das machst du nicht.«

Sophie legte den Schlüssel auf die Kommode. Dann trat sie fünf Schritte zurück, wohl wissend, dass ihre fünf kleinen Schritte nur zwei für Mundo waren.

Nach kurzem Zögern schlurfte Mundo hinüber. Aus dem Augenwinkel beobachtete er Sophie, ob es irgendein Trick war, den er nicht durchschaute. Er schloss erst seine Handfesseln auf, dann bückte er sich und öffnete die Fußkette. Der Schlüssel passte für beide Schlösser. Er stieß einen Seufzer der Erleichterung aus, als die Eisenringe scheppernd vor seine Stiefel auf den Boden fielen. Den Schlüssel ließ er danach achtlos aus den Fingern gleiten. Mit geschlossenen Augen rieb er seine Handgelenke, als könnte er so die wund gescheuerte Haut heilen.

»So, ziehen Sie es jetzt vor, mich zu erwürgen, oder können wir nun vernünftig miteinander reden?«, fragte Sophie.

In Mundos Augen blitzte es auf. »Eine interessante Frage. Ich bin kein Mann der großen Worte, und viel reden tu ich auch nicht gerne. Ich bin mehr ein Mann der Tat.«

Er stapfte auf Sophie zu.

Sie wich nicht zurück.

Dicht vor ihr stellte er sich in Positur, sodass sein Brustkorb fast ihr Kinn berührte. Bedrohlich hob er beide Hände in Höhe ihres Halses.

»Hast du gewusst, dass ich mit diesen Händen bisher nur Männer erwürgt habe?«

Also gut, dachte Sophie. Mit meiner Menschenkenntnis ist es nicht weit her.

20

Anne bog in die Rheinstraße ab, die sie nun schon recht gut von ihrem Weg zur Generalkommandantur kannte. Dort lag der Krämerladen, zu dem Sophie von La Roche sie geschickt hatte, um eine wichtige Besorgung zu erledigen. Es handelte sich um diese neumodischen Schreibstifte aus einem Grafitgemisch, denen man nachsagte, sie könnten Tinte, Tusche und Feder ersetzen. Lachhaft, oder? Allein schon die Bezeichnung Bleistift schrie zum Himmel.

Der Krämer suchte das Bestellte für sie zusammen und legte alles in den mitgebrachten Korb. Misstrauisch beäugte er Anne von oben bis unten. Sie zählte die Münzen ab und legte sie auf den Kassenschrank. Der Krämer hob eine Augenbraue, wohl weil er angenommen hatte, sie würde ein Schreiben von Frau von La Roche vorlegen, das ihm als Wechsel genügte. Dass Anne mit Münzen bezahlte, machte sie ihm noch verdächtiger. Wie konnte es sein, dass eine so angesehene Dame der Gesellschaft einer wie ihr so viel Vertrauen entgegenbrachte? Ihr sogar Münzen mitgab.

Anne ignorierte seinen abschätzenden Blick. Früher hätte sie sich geärgert, doch heute war es ihr nicht mehr wichtig. Viel lieber erinnerte sie sich an die Blicke, mit denen Georg sie bedacht hatte.

Wo war er bloß?

Dieses Miststück von Ernestine hatte ihm sicher nicht ausgerichtet, wo sie nun arbeitete.

Anne verabschiedete sich höflich vom Krämer, nahm den Korb auf und trat hinaus vor die Ladentür. Als sie in den Laden getreten war, hatte sie die gegenüberliegende Straßenseite nicht sonderlich beachtet, nun aber, durch die geänderte Blickrichtung, blieb sie wie angewurzelt stehen.

»Gibt's noch was?«, rief der Krämer ihr nach.

Anne schüttelte den Kopf und wechselte die Straßenseite. Vor dem Haus gegenüber blieb sie stehen und las die Gedichtzeilen, die in hastiger Schrift an die Wand geschrieben waren.

O Schicksal, du spielest mit Blumen bunt,
sie will in die Arme mich fassen.

Er war hier gewesen, der geheimnisvolle Dichter. Anne konnte spüren, wie sie von einer kleinen Woge voll freudiger Erregung erfasst wurde. Sie ging noch einmal in den Laden zurück und fragte den Krämer, ob er wüsste, wer die Zeilen dort an die Wand geschrieben hatte. Erbost winkte der Krämer ab.

»Der Schmierfink hat das über Nacht getan. Wenn's nach mir ginge, würde er sein nächstes Gedicht ans Holz der Guillotine schreiben dürfen. Wo kommen wir denn hin, wenn alles beschmiert wird?«

Anne ließ den Krämer zetern und ging wieder auf die Straße, um sich die Worte einzuprägen. Ihr gefiel das Gedicht, aber gut, es war auch nicht ihr Haus, auf das es geschrieben worden war.

Wer ist der Unbekannte wohl?

Eine Frage, die das Schicksal der Welt nicht beeinflusste, Anne aber zum Träumen brachte.

Sie ging zum *Roten Haus* zurück. Bevor sie Sophie von La

Roche die Besorgung brachte, schaute sie in der Küche vorbei. Die Hoffnung, dort vielleicht einen wartenden Georg anzutreffen, erfüllte sich nicht. Zu viel träumen sollte ich vielleicht doch nicht, dachte sie.

»Madame Ernestine«, rief sie, noch in der halb offenen Tür stehend. »Madame Ernestine!«

Die Chefköchin drehte ihren fülligen Körper herum. Als sie Anne erblickte, wurden ihre Augen zu Schlitzen, und um ihre Mundwinkel spielte ein gemeiner Zug.

»Sieh an, wer uns beehrt«, raunte sie. »Was willst du?«

Anne wagte sich näher. »Ich wollte fragen, ob der Herr Reuber inzwischen mal wieder hier gewesen war und ob Sie ihm ausgerichtet haben, worum ich Sie bat?«

»Du hast mich um was gebeten?« Ernestine stemmt beide Fäuste in die Hüften. »Was soll das gewesen sein?«

Anne begann zu zittern, wollte es ihrer Stimme aber um keinen Preis anmerken lassen. Sie räusperte sich.

»Sie haben versprochen, ihm zu sagen, dass ich nun im oberen Stockwerk arbeite. Sie wissen doch, dass ich ihm nicht begegne, weil ich von dort nicht wegkomme, und da haben Sie versprochen, es ihm zu sagen.«

Ernestines Augen blitzten voller Gemeinheit. »Hm, das muss ich wohl tatsächlich vergessen haben.«

Für einen Moment verließ Anne jede Kraft, doch das hämische Gelächter der Mägde ließ sie ihre Schultern straffen. Gemeinheit hin oder her. Ihre Enttäuschung würde sie nicht zeigen.

Ernestine zeigte auf die bereitstehende Kanne. »Wo du schon hier bist, kannst du auch gleich den Tee mitnehmen, den Madame von La Roche bestellt hat.«

Anne nahm das Tablett auf, drehte sich um und verließ die Küche ohne ein weiteres Wort, aber mit einem Wunsch, über den sie niemals mit Laurin sprechen dürfte.

Niemand hätte es mehr verdient, die Zunge herausgerissen zu bekommen, als Madame Ernestine. Sie gebrauchte sie sowieso nicht, wenn es darauf ankam.

21

achdem Franz Mundo die Hände wieder gesenkt hatte, ging er um Sophie herum und stellte sich ans Fenster. Viel zu sehen gab es nicht, aber ihn interessierte auch nicht die Aussicht, sondern vielmehr die Höhe.

»Du alte Krähe weißt genau, dass ich dir nichts tun kann, solange die Soldaten vor der Tür stehen«, sagte er.

»Ich habe gehofft, dass Sie das auch erkennen.«

»Einen Sprung aus dem Fenster runter auf die Straße kann man überleben«, sagte er.

»Ich habe Ihnen einen Vorschlag zu unterbreiten, der Ihnen diese waghalsige Flucht ersparen könnte.«

»Spuckst ja große Töne.«

»Ich sorge dafür, dass Sie freikommen.«

Langsam drehte Mundo sich um. Er glaubte, sich verhört zu haben.

Sophie fuhr fort: »Es widerstrebt mir zwar, einen Mann, wie Sie einer sind, seiner gerechten Strafe zu entziehen, aber Sie besitzen etwas, das ich haben möchte.«

»Jeder will immer das, was andere haben.«

»Vielleicht in Ihren Kreisen.«

Mundo sah sich im Zimmer um. »Was habe ich und Sie nicht?«

»Beutegold.«

»W-was?« Mundo setzte an, laut loszulachen, doch als er Sophies ernste Miene sah, kam kein Laut aus seiner Kehle.

»Ich fasse mich kurz. Auf mein Vermögen habe ich aktuell keinen Zugriff. Für einen bestimmten Zweck benötige ich aber rasch eine überschaubare Summe. Sie brauchen Ihre Freiheit, um am Leben bleiben zu können. Sie geben mir Ihr Diebesgut, und ich sorge dafür, dass Sie noch am selben Tag freikommen.«

Mundo kratzte sich am Hinterkopf. Klang verlockend, aber wo war der Haken?

»Kannst du das garantieren?«

Konnte sie nicht, aber das brauchte er nicht zu wissen. »Ich habe Beziehungen«, wich sie aus. »Aber entscheiden müssen Sie sich hier und jetzt. Wenn die Soldaten Sie aus diesem Zimmer wieder herausführen, gilt mein Angebot nicht mehr.«

»Meine ganze Beute?«

Sophie hob ihre verbundene lädierte Hand. »Strafe muss sein.«

»In Ordnung, alte Krähe. Der Handel gilt.«

»Schön. Dann verraten Sie mir bitte noch, woraus Ihre Beute besteht.«

Mundo grinste schief. »Aus vielen schönen und glitzernden Sachen«, sagte er.

Dann zählte er nicht ohne Stolz einen beachtlichen Umfang an Diebesgut auf.

»Ich kann mich natürlich nicht an alles erinnern, das musst du verstehen. Aber ich weiß mit Bestimmtheit, dass viele silberne Schnallen darunter sind. Auch goldene Ringe, silberne Halsgehänge, goldene und silberne Becher, Ohrringe mit Edelsteinen.«

Sophie winkte ab. »Ich fürchte, lieber Herr Mundo, damit ist unser Geschäft passé. Sie werden verstehen, dass ich mit Ihrer Beute nicht erst zu einem … mir fehlt das richtige Wort … wie nennen Sie solche Kumpane noch gleich?«

Mundo kratzte sich amüsiert am Kinn. »Hehler«, half er aus.

»Richtig, ein Hehler. Nun, Sie werden verstehen, dass ich mit Ihrer Beute nicht zu einem Hehler spazieren kann. Ich benötige Beutegut, das ich ohne Umstände sofort nutzen kann. Da das offensichtlich nicht der Fall ist, darf ich mich für das Gespräch mit Ihnen bedanken, Sie aber gleichzeitig auch bitten, mein Zimmer zu verlassen. Möglichst ohne dass ich die Herren Soldaten hereinbitten muss.«

Sophie wandte sich um und sah nun ihrerseits aus dem Fenster. Einige Krähen, die sich weit in die Stadt hineingewagt hatten, zankten sich um ein paar Käsebrocken, die wohl von einem Händlerwagen gefallen waren, bis ein zerlumpter Junge angelaufen kam und versuchte, ihnen den Käse von den Schnäbeln zu reißen, um ihn selbst zu essen.

»He, du.« Mundo war nicht gegangen.

Seufzend wandte sich Sophie ihm wieder zu. »Sie wollen noch etwas mitteilen?«

»Es gibt noch mehr dort, wo meine Beute liegt.«

»Noch mehr silberne Schnallen und noch mehr goldene Ringe?«

»Ich hab Geld.«

Oho, also doch.

»Das wollten Sie mir doch nicht zuvor verheimlichen?«

Mundo grinste unverschämt. »Hab's versucht.«

»Das sollten Sie besser nicht. Es ist Ihr Kopf, der in einen Korb voller Stroh fallen wird, nicht meiner.«

»He, mal langsam. Du hast gesagt, ich komm frei, wenn ich dir Geld verschaffe.«

»Haben Sie bislang noch nicht.«

»Na schön«, knurrte Mundo. »Bei der Beute finden sich auch dreihundert Gulden Silbergeld und dreißig Louisdor. In Gold.«

»In was auch sonst?«

»Also, was ist nun? Komme ich dafür frei?«

»Viel ist es nicht.«

»Hat gereicht, um verhaftet zu werden.«

»Sie wurden nicht wegen der dreißig Louisdor verhaftet, sondern wegen der grauenvollen Tat, die Sie beim Raub derselben begangen haben.«

»Mag sein. Ich hab's vergessen.«

»Die Familie des Ermordeten sicher nicht.«

Sophie war angewidert. Sollte sie wirklich dabei helfen, einen solchen Mörder freizubekommen? Einer, der sein Gewissen nur entdeckte, wenn es ihm selbst an den Kragen ging?

»Also, wie wollen wir unsere Vereinbarung umsetzen?«, fragte Sophie.

»Hast du'n Vorschlag?«

»Sie könnten einen Freund bitten, die Beute herzubringen. Vorausgesetzt, Sie können diesem Freund trauen, nicht wahr? Vielleicht wird er sich ja auch mit den Taschen voller Gold aus dem Staub machen?«

»Möglich ist alles. Aber derjenige weiß, dass ihn das teuer zu stehen kommen würde. Selbst wenn ich nicht heil aus dem Gefängnis käme, wäre er seines Lebens nicht mehr sicher, wenn bekannt wird, dass er einen Räuber bestiehlt. Aber ich wüsste tatsächlich einen, dem ich fast vertraue.«

»War er einer derer, die bei Ihren Raubzügen mit dabei waren?«

»Andersherum wird ein Schuh daraus. Ich war bei seinen Raubzügen dabei. Der Kerl ist nicht auf den Kopf gefallen. Der kann einen Plan entwickeln, das kann ich dir verraten. Der weiß, wo es was zu holen gibt und wie man drankommt, ohne dabei ein allzu großes Risiko eingehen zu müssen.«

Eine Frage lag Sophie noch auf der Zunge, aber sie wagte

nicht, sie zu stellen. Wüsste sie nämlich, woher die Beute stammte, würde sie diese mit Blut befleckten Taler nicht mehr anrühren wollen. Sie schämte sich für ihre Gedanken, die doch nichts anderes waren als ein schäbiges Ignorieren von erlittenem Leid.

Andererseits war dieses Beutegeld besser verwendet, wenn es in ihr neues Zeitschriftenprojekt investiert als in irgendeinem Hurenhaus verprasst wurde.

»Na schön«, sagte sie schließlich. »Dann machen wir es so. Nennen Sie mir den Namen Ihres Freundes, und ich lasse ihm eine Nachricht zukommen.«

»Manchmal denke ich, du bist durchtriebener, als du dich ausgibst.«

Mundo lachte heiser. Fehlte nicht viel, und er würde sie für seinen nächsten Beutezug gewinnen wollen. Doch schnell verfinsterte sich seine Miene wieder.

»Ich werd' den Teufel tun und dir seinen Namen nennen. Sonst kommt noch die Gendarmerie und verhaftet ihn auch. Nein, wir machen es anders.« Fordernd streckte er den Arm aus. »Stift und Papier.«

Er wähnt sich schon in Freiheit, dachte Sophie angesichts seines herrischen Tons. Welch geringes Maß an Demut doch in seine ärmliche Seele Einzug gehalten hatte.

Sie ging zum Sekretär und legte einen Bogen Papier auf die Schreibplatte. Dann entnahm sie aus dem offenen Fach das Tintenfässchen und stellte es daneben.

»Soll ich für Sie schreiben?«, bot sie an.

Mundo zischte verächtlich. »Ich kann sicher nicht so tolle Geschichten schreiben wie du, aber meinen Namen und ein vereinbartes Zeichen für solche Notfälle krieg ich schon noch hin.«

Die Feder umständlich zwischen die Finger geklemmt, kritzelte er etwas nieder und riss es vom Papier ab.

»Bring das ins Wirtshaus *Zur Traube* in der Rheinstraße oder Rue de Rhine, wie sie ja neuerdings auch heißt. Gib es dort der Wirtin Sidonie. Sie versteckt meine Beute bei sich. Haha, kannst stolz auf dich sein, bisher hat niemand davon gewusst. Gib den Zettel nur ihr, niemand anderem. Sonst bin ich meine Beute los und du deinen Anteil daran.«

Innerlich zuckte Sophie zusammen. Ihr Anteil. Das klang ernüchternd hart. Aber dieser Strolch wusste genau, was er sagte, und er hatte recht. Sobald sie diesen Zettel an sich nahm, war sie seine Komplizin. Wollte sie das wirklich?

»Nun, was ist?« Mundo zog die Oberlippe hoch. »Je eher du's machst, umso schneller komm ich raus aus dem stinkenden Loch.«

Er hielt Sophie den zweimal gefalteten Zettel hin, doch bevor sie ihn mit spitzen Fingern an sich nehmen konnte, zog er ihn zurück.

»Eins noch ... Wieso sollte ich dir vertrauen? Was, wenn du meine Beute hast und mich trotzdem im Kerker verrotten lässt?«

»Sehe ich aus wie jemand, der ein falsches Spiel treibt?«

»Sehe ich aus wie jemand, der einmal mit Keramik Handel getrieben hat?«

»Touché.«

»Sobald Sidonie Bescheid weiß, soll sie eins ihrer Mädchen zu mir in den Kerker schicken. Sobald ich aus dem Kerker raus bin, schicken wir dieses Mädchen zur *Traube* zurück, und die Beute gehört dir. Ich bin dann über alle Berge.«

Sophie überlegte. »Klingt machbar. Tut es Ihnen nicht leid um Ihr ... hm ... Erspartes?«

Mundo lachte. »Keine Sorge, alte Krähe. Ich hab die Summe bald wieder zusammen.«

»Ach, da mach' ich mir wirklich keine Sorgen«, sagte Sophie, und mit einem vergnügten Schmunzeln fügte sie an: »Alter Sack.«

Es klopfte an die Tür. Mundo zuckte zusammen. Sophie gestattete mit lauter Stimme einzutreten.

Anne kam herein. Sie balancierte ein silbernes Tablett, auf dem eine Kanne Tee und eine bunt verzierte Tasse standen. Noch in der offenen Tür verharrte sie. Von dem, was sie sah, ging eine greifbare Bedrohung aus. Ihr war, als würde sie auf einem Schlachtfeld stehen, kurz bevor das Signal zum Angriff kam.

Mundo rückte zwei Schritt von Sophie von La Roche ab. Sein schmieriger Blick glitt unappetitlich über Annes Körper.

»Dieser Käfer soll zur *Traube* gehen«, forderte er.

Käfer? Meint der mich?

Anne musste den Impuls, diesem dreckigen Kerl das Tablett über den Schädel zu ziehen, heftig unterdrücken.

Sophie schüttelte den Kopf.

»Nicht sie. Ich kann sie nicht einfach dorthin schicken, Herr Mundo. Das steht sogar mir nicht zu.«

Mundo wedelte mit der Hand gleichgültig herum. Ohne seine Augen von Anne zu nehmen, sagte er:

»Sie soll gehen. Und wenn sie alles erledigt hat, soll sie in meine Zelle kommen.«

22

Dieser Franz Mundo war einer von den Räubern, die so berüchtigt waren, dass man ihre Namen kannte. Anne verspürte den Drang, die Fenster zu öffnen und frische Luft einzulassen, nachdem Mundo von den Soldaten wieder in seine Zelle zurückgebracht wurde.

Mit einem Räuber in einem Raum gewesen zu sein, verursachte ihr noch im Nachhinein ein beklemmendes Gefühl. Räuber. Allein dieses Wort ließ sie erschauern. Es barg so viel Grausamkeit. Niemand, der es nicht mit eigenen Augen gesehen hat, konnte sich vorstellen, wie gewissenlos und brutal Männer wie Mundo, der Schinderhannes oder auch der Fetzer Mathias Weber bei ihren Überfällen vorgingen. Und sie agierten von Mal zu Mal rücksichtsloser, weil sie wussten, dass es für sie kein Zurück mehr geben konnte. Vor keinem Gericht der Welt, nicht einmal dem der Franzosen, würden sie Gnade finden.

»Darf ich mir erlauben, etwas zu sagen?«, fragte Anne vorsichtig. »Ich weiß aber nicht, ob es mir auch zusteht, mich dazu zu äußern.«

Sophie bedeutete ihr mit einer leichten Handbewegung, dass sie sich nicht zurückzuhalten brauchte. »Ich nehme an, es hat etwas mit diesem Subjekt Franz Mundo zu tun?«

»Dieses Räuberpack ist kein Umgang für Sie, Frau von La Roche. Nehmen Sie sich um Himmels willen vor solchen Strolchen in Acht.«

»Oh, für gewöhnlich pflege ich auch keinen Umgang mit Herren von seinem Gewerbe. Aber in diesem Fall hatte ich eine Überlegung angestellt, in der die Gefangenschaft des Herrn Mundo meinen Interessen weiterhelfen könnte.«

»Ich habe nicht die ganze Unterhaltung zwischen Ihnen beiden mitbekommen, aber es scheint, als wollten Sie mit ihm eine Art Pakt eingehen?«

»Einen Handel ... hm ... vielleicht, ja, vielleicht.«

»Diese Männer handeln nicht ehrenhaft. Sie sehen nur ihren eigenen Vorteil. Sie fürchten nichts und niemanden, und so agieren sie dann auch. Ohne Erbarmen allen gegenüber. Auch denen, mit denen sie einen Handel abgeschlossen haben.«

»Du kennst solche Männer?«, fragte Sophie interessiert nach.

»Leider. Auf meinen Wegen übers Land sind mir mehr begegnet, als mir lieb war.«

Sie stockte kurz.

Sophie blieb die flüchtige Bewegung, mit der Anne eine Hand an ihren Unterleib legte, nicht verborgen.

»Entschuldigen Sie bitte, Frau von La Roche, es steht mir nicht zu, Ihnen Ratschläge zu geben. Ich werde jetzt weiterarbeiten.«

»Siehst du hier noch irgendeinen Staubfussel?«

Anne hob die Schultern. »Ich übersehe diese kleinen Biester sowieso ständig. Aber vielleicht gibt es etwas anderes, das ich für Sie tun kann?«

Sophie nickte bedächtig. Nach der Begegnung mit Mundo verspürte sie das Bedürfnis, nicht alleine zu sein. »Wo schläfst du?«, fragte sie unvermittelt.

Anne fiel der Staubwedel aus der Hand. »Ich, ähm, also ich bin jetzt nicht so eine, ähm, ich finde Sie ausgesprochen nett, aber, nun ja, also das ...«

»Gutes Kind«, schmunzelte Sophie mit gesenktem Blick. »Mach dir keine falschen Hoffnungen. Aber auch nach acht Kindern, die ich zur Welt gebracht habe, würde ich immer noch einen Mann in meiner Bettstatt bevorzugen. Passiert aber eh nicht mehr, also keine Angst, dass ich dich zu etwas bitten möchte, das du nicht willst. Ich habe gefragt, weil du recht müde wirkst und vermutlich nicht viel Schlaf bekommst.«

»Hier im *Roten Haus* gibt es immer was zu tun«, wich Anne aus. Dass sie nachts lange wach lag und an Georg dachte, brauchte Sophie nicht wissen.

»Für gewöhnlich schlafen die Dienstboten in der unbeheizten Dachkammer. Ist das hier im Krämerzunfthaus auch so?«

Anne nickte. »Ziemlich beengt ist es da oben«, sagte sie.

Mit Schaudern dachte sie an die unaufhörlich schnatternden Mägde, die sich nach dem Küchendienst in der Dachkammer einfanden und zu dritt in einem hölzernen Bettkasten schliefen, weil keine von ihnen auf den Boden ausweichen wollte. Nicht, dass der Bettkasten wirklich bequemer gewesen wäre. Er vermittelte nur das Gefühl, ein Privileg nutzen zu können, da die meisten Mägde ansonsten nur eine kalte Nische in einem Mauerwerk kannten.

Anne hatte keinerlei Bedürfnis, einen Frauenkörper neben sich zu spüren, daher überließ sie freiwillig ihren Teil des Bettes einer anderen und suchte sich ein Fleckchen neben dem bullernden Ofen. Wenn sie dann endlich schläfrig wurde und die von der Tagesarbeit kommenden Muskelschmerzen der Müdigkeit wichen, stellte sie sich vor, dass die Ofenwärme von Georgs Körper stammte. Gleich wurde es ihr so behaglich angenehm, dass sie sich ganz ihren Traumbildern überließ.

»Geh hinüber in mein Schlafzimmer und leg dich ins

Bett«, schlug Sophie völlig überraschend vor. »Schlaf dich aus. Hier im Wohnbereich ist es sauber genug. Ich möchte gerne ein Buch lesen und brauche niemanden, der um mich herumwuselt.«

Sophie ließ ihren Worten ein aufmunterndes Zwinkern folgen, aus dem Anne dennoch nicht recht schlau wurde. In einem großen Bett zu schlafen, das wäre natürlich herrlich.

»Was verlangen Sie dafür von mir?«

»Warum so misstrauisch? Vielleicht mag ich dich einfach nur und möchte, dass es dir gut geht? Wenigstens in den Stunden am Tag, die du bei mir bist.«

Anne zögerte. Bisher hatte sie Sophie von La Roche als anständige Person kennengelernt. An ihr war nichts Verschlagenes, nichts Falsches. Ob sie es wagen konnte? Aber was, wenn jemand ins Zimmer kam, um Sophie zu besuchen? Der Pranger wäre noch die mildeste Strafe, die sie erwarten dürfte.

Sophie setzte sich in den Sessel und nahm das umgedreht aufgeschlagene Buch in die Hand.

»Wenn du dich nicht ausruhen möchtest, dann kannst du mir auch vorlesen«, sagte sie. »Die gebrochene Hand lässt es nicht zu, dass ich das Buch lange halten kann.«

Erleichtert über diese Alternative schob sich Anne den kniehohen gepolsterten Schemel vor den Sessel, nahm das Buch entgegen und begann vorzulesen.

Sophie schloss die Augen und überließ sich Annes weicher Stimme.

Und kurz bevor sie einschlief, wusste sie plötzlich, weshalb sie Anne so unverhofft in ihr Herz geschlossen hatte, obwohl sie beide doch Welten voneinander trennten.

Es lag an Maximiliane, ihrer ältesten Tochter. Sie hatte auch etwas Aufmüpfiges gehabt, dabei aber eine gewisse

Grazie, mit der es für sie ein Leichtes war zu betören, wen sie wollte. Goethe hatte sich kaum beherrschen können, wenn er mit Maximiliane in einem Raum war.

Und sie war nur wenig älter als Anne gewesen, als Sophie sie das letzte Mal gesehen hatte.

Kurz bevor sie mit nur siebenunddreißig Jahren verstorben war.

23

er ist das?«

Anne fuchtelte aufgeregt mit dem Buch in der Hand vor Sophies Nase, kaum dass diese aus ihrem Mittagsschlummer aufgewacht war.

»Hm? Wie?«, brummte Sophie verschlafen. »Nicht wer, sondern was. Das ist ein Buch.«

»Donner noch eins, das weiß ich auch. Ich meine, wer ist ... das?«

Anne drehte das Buch, aus dem sie Sophie vorgelesen hatte, herum, und tippte auf die aufgeschlagene Seite.

»Dieses Gedicht hier, das hat ein ... ein ...« Hektisch drehte sie das Buch erneut, um den Dichter, der unter den Zeilen aufgeführt war, nachzulesen.

Sophie hatte nur mit einem Auge hingeschaut, kam ihr aber dennoch zuvor.

»Achim von Arnim«, sagte sie. »Dieses Gedicht stammt von Achim. Er war auch einmal zu Gast in einem meiner Literarischen Salons, aber er war nicht wirklich gesprächig.«

»Sie kennen den Mann?« Anne hatte Mühe, ihre Stimme nicht kippen zu lassen.

»Schon, aber weshalb erregt dich das so?«

Anstelle einer Antwort begann Anne vorzulesen:

>»Geraubet war ihm das Fräulein sein
> Er sucht es in Morgen und Abend
> Er sucht es in Sonn- und Mondenschein

Auf glänzendem Rosse trabend:
›Wohin, wohin, mein wildes Herz?‹
So ruft er, es sausen die Wälder von Schmerz.«

Sophie rieb sich mit dem angewinkelten Mittelfinger den Schlaf aus den Augen.

»Ja, an guten Tagen bringt Achim was zu Papier, das von Dauer sein kann«, murmelte sie. »Wie wäre es jetzt mit einer Tasse frischem Tee?«

»Ja wissen Sie denn nicht über dieses Gedicht Bescheid?«, rief Anne.

»Ich nehme auch ein kleines Likörchen. Das mag schneller gehen, und es hilft mir beim Wachwerden. Mein Kreislauf, du verstehst?«

»Dieses Gedicht ist über die ganze Gegend verstreut.«

»Wovon redest du, mein Kind?«

»An Hausmauern, an Scheunenwänden, überall finden sich ein paar Zeilen aus diesem Gedicht. Ich finde es wunderschön und hab mich schon gefragt, von wem es stammt. Und jetzt stoße ich in diesem kleinen Bändchen darauf.«

»Es gibt zurzeit viele solche poesieverarrten Männer, die ihre Gedichte auch sehr gerne gedruckt und verbreitet sehen. Und es gibt noch mehr Menschen, die deren Ergüsse gerne lesen. Einiges zu Recht, aber wer sollte denn so verrückt sein, ein Gedicht an irgendeine Wand zu schreiben?«

»Na, vielleicht dieser Achim von Arnim selbst?«

Sophie verzog den Mund. »Wohl kaum.«

»Aber warum denn nicht. Es wäre doch wirklich möglich.«

»Dazu müsste er fliegen können. Der gute Achim weilte bis vor Kurzem noch in Paris, also doch ein gutes Stück weit weg von Coblenz. Und von Paris aus ist er direkt nach London weitergereist. Dort ist er immer noch.«

»Wie können Sie das so genau wissen?«

»Achim hat meine Enkelin Bettine geheiratet. Die Tochter meiner Tochter, eine geborene Brentano, wurde zu einer von Arnim.«

»Brentano?« Anne war nun vollends verwirrt.

»Ah ja, zufälligerweise ist mein Enkel Clemens Bettines Bruder und nicht nur das. Er ist auch noch Achims bester Freund. Amüsant, solche Familiengeschichten. Na, jedenfalls weiß ich genau, dass Achim zurzeit nicht hier ist. Er kann es also nicht sein, der sein Gedicht verbreitet.«

»Aber wer ist es dann?«

Sophie schien nicht weiter daran interessiert.

»Ich habe den Wunsch, ein Bad zu nehmen«, sagte sie. »Fühlst du dich imstande, mir eines zu bereiten? Ich weiß, es ist viel verlangt, aber du würdest mir einen großen Dienst erweisen.«

Anne wusste um die Mühen, die ein heißes Bad erforderte. Aber für Sophie von La Roche nahm sie sie gerne auf sich. Wenigstens befand sich im Schlafgemach bereits eine Kupferwanne, sodass sie eine solche nicht noch ins Obergeschoss hochzuschleppen brauchte. Anne ging in die Küche hinunter. Während sie einen Kessel mit fünfzehn Litern Wasser erhitzte, ließ sie das Gerede der anderen stoisch über sich ergehen. Als das Wasser heiß genug war, schleppte sie es die Treppe zu Sophies Gemächern hoch und füllte es in die Wanne ein. Dann ging sie wieder in die Küche, um die nächsten fünfzehn Liter zum Kochen zu bringen. Bis das so weit war und sie auch diesen Kessel nach oben geschleppt hatte, war das Wasser in der Wanne bereits wieder ein wenig abgekühlt. Damit Sophie in einer angenehmen Temperatur baden konnte, musste Anne fünfmal laufen. Kein Wunder, dass die hochherrschaftlichen Menschen so selten baden, dachte sie. Bei diesem Aufwand.

Nach dem Bad bedankte sich Sophie aufrichtig bei ihr. »Es hat so gutgetan«, sagte sie. »Ich weiß es zu schätzen, dass du nicht gemurrt hast.«

Anne winkte ab, obwohl sie sich über die Anerkennung selbstverständlich freute. »Wissen Sie, Sophie, es gibt Menschen, für die ist mir keine Mühe zu viel. Und Sie gehören dazu.«

24

ophie von La Roche hatte Anne noch einmal eindringlich gefragt, ob sie denn diesen heiklen Botengang wirklich für sie erledigen wolle. Ohne Zögern hatte Anne sich bereit erklärt und insgeheim gedacht, dass sie bei der Gelegenheit vielleicht Georg wiedersehen würde. Immerhin waren sie sich schon einmal vor der *Traube* begegnet.

Und noch etwas kam hinzu: Das alte Krämerzunfthaus war ja ein ganz passabler Ort, aber wenn sie schon mal in Coblenz war, dann wollte sie doch gerne auch mal mehr von der Stadt sehen als nur die Straße hinunter, um in einen Laden oder ins Generalkommando zu gelangen. Also trat sie aus dem *Roten Haus* und ging diesmal nicht nach links, sondern schlug die entgegengesetzte Richtung ein. Schon nach wenigen Metern wünschte sie, einen anderen Weg genommen zu haben. Der Gestank in den Gassen ließ sie sich zurück in die Wälder wünschen. Meine Güte, achteten die Städter nicht darauf, auch die Seitenstraßen sauber zu halten? Oder überhaupt irgendeine Straße? Kaum war Anne von der Kornpfortstraße abgebogen, musste sie alle paar Meter einen großzügigen Bogen um einen Haufen Dung machen.

Sie passierte die Florinspfaffengasse und die Mehlgasse, folgte der Münzstraße bis zur Marktstraße und dem Altengraben und ging in einem Bogen wieder zurück, bis sie enge Straßen mit Gasthäusern, vor denen Tische und Bänke standen, erreichte. Ein paar Händler schoben ihre Karren an ihr vorbei. Auf manchen waren Fässer mit dicken Seilen stramm festgebunden, auf anderen wurden Wollballen oder Holz befördert. Ein Händler stieß sie an, weil sie seiner Ansicht nach nicht schnell genug beiseite sprang, wenn er kam. Er schimpfte laut, aber diesmal ließ Anne die Beschimpfung an sich abprallen. Sie war nicht auf Streit aus. Vielmehr wollte sie noch durch viele Straßen laufen, bevor sie zur *Traube* ging.

Immer wieder blieb sie an dieser oder jener Ecke stehen, um sich interessiert umzuschauen. Vor einem Schulhaus konnte sie genau das beobachten, wovon Laurin ihr erzählt hatte, was sie aber bislang gar nicht so recht glauben konnte. Drei Frauen in Nonnengewändern wurden gerade abgewiesen, als sie sich um eine Anstellung bemühten.

Anne schlich näher heran, weil sie neugierig war und der Straßenlärm verhinderte, dass sie alles verstehen konnte. Doch je näher sie den Nonnen kam und ihre verzweifelten Gesichter erkennen konnte, umso mehr schämte sie sich für ihre Neugier.

»Wir sind gute Hauslehrerinnen«, konnte sie noch erlauschen. »Geben Sie uns eine Möglichkeit, wir bitten Sie.«

Die im vornehmen Gewand gekleidete Frau mit beherrscht strengem Gesichtsausdruck, die in der Tür stand, wies die Nonnen kühl ab. »Wir möchten solche wie Sie nicht. Bedenken Sie Ihren Lebenswandel.«

Und krach, war die Tür geschlossen.

Die Gesichter der drei Frauen waren voller Hoffnungslosigkeit. In ihren Augen herrschte eine Leere, die aller Welt sichtbar machte, dass sie sich keinen Ausweg mehr wussten.

»Wir sind doch gute Hauslehrerinnen. Wo sollen wir denn noch hin?«, hörte Anne die eine fragen, doch keine der beiden anderen gab eine Antwort. Weshalb auch, es gab keine.

»Wie kann man uns abweisen, nur weil wir gemeinsam in einem Haus wohnen?«, fragte die jüngste der drei. »Was bleibt uns denn anderes übrig?«

Auch sie stellte die Frage nur dem leichten Wind, der durch die Gassen wehte.

Als dann noch die dritte mit einer zum Erbarmen stockenden Stimme flüsterte, dass sie nicht mehr weiterwisse, beschleunigte Anne ihre Schritte. Sie ertrug das Leid dieser Frauen, die zu diesem erniedrigenden Weg der Bettelei um eine Anstellung gezwungen worden waren, nicht länger.

Am liebsten hätte sie ihnen zugerufen, sie sollten ins Krämerzunfthaus gehen und um eine Anstellung als Küchenhilfe bitten, aber als ihr das einfiel, waren die Nonnen schon aus ihrem Blickfeld die Seitenstraße hinunter verschwunden.

Anne lehnte sich an einen Baum, der am Rand des Münzplatzes stand. Schwindelig war ihr geworden. Sie dachte an ihr Mönchlein. Jetzt verstand sie ihn besser. Mit eigenen Augen hatte sie nun miterlebt, wie sich Laurin fühlen musste. Seit dem Tag, an dem er sein geliebtes Kloster Laach verlassen musste, hing er so verloren im Leben wie diese drei Ordensfrauen, die allesamt nicht mehr wussten, wo ihr Platz im Leben war.

Genau wie sie.

Wo war denn ihr Platz, den sie Zuhause nennen konnte?

Wo gehörte sie eigentlich hin?

Mit Mönch und Karren durchs Rheinland zu fahren überdeckte nur den Umstand, kein Ziel zu haben.

Sie kam zum Moseltor. Es stank nach Kot und fauligem Moder, der aus allen Ritzen der Stadtmauer entströmte.

Aber es war nicht der Soldat mit seinem geschulterten Gewehr, der ihre Aufmerksamkeit erregte. Es war die Plattform aus Holz, die neben dem Tor stand, und das meterhohe

Holzgestell, an dem die leblosen Körper von zwei Männern baumelten.

Der Soldat bemerkte Anne und rief: »Schau nur gut hin! So ergeht es allen Strauchdieben. Und wir machen da keinen Unterschied zwischen Mann und Frau.«

Anne konnte dunkle Flecken auf dem Podest erkennen, die sich unter den Gehängten und auch an deren Hosen befanden. Dann stieg ihr der Kotgeruch in die Nase, und sie lief eilig fort. Vor Hast stürzte sie beinahe vor einem zweirädrigen Pferdekarren auf das Pflaster.

Sie lief weiter. An den Häusern entlang. Mauern schlossen sich an die nächste, Haus an Haus auf beiden Seiten der Straße. Plötzlich hätte Anne schreien können, weil alles sie erdrückte.

Wo waren die Wälder, wo die Bäume?

Eine feine Dame rümpfte die Nase, als Anne an ihr vorbeistolperte. Ihr Überwurfmantel war aus teurem französischem Stoff und durfte keinesfalls mit dieser Dahergelaufenen in Berührung kommen. Hinter ihr folgte eine teilnahmslose Magd mit dem Einkaufskorb, der so schwer war, dass sie ihn mit beiden Händen tragen musste.

Was war bloß los in dieser Stadt? Anne war völlig durcheinander von dem Bild, das sich ihr hier bot. Was lag hier nicht alles so nah beieinander, das so unterschiedlich wie Tag und Nacht war?

Ein Wohlstand, ja sogar fürstlicher Reichtum, den sie sich nicht einmal in den schönsten Träumen hatte vorstellen können, lebte neben armseligen Menschen, die das Gemüse aufsammelten, das von Karren auf die Straße fiel.

Menschen, die Frohsinn und Heiterkeit in einem Gasthaus nach dem anderen auslebten, während an den Stadttoren Galgen und Guillotine ein garstiges Begrüßungsbild boten.

Menschen, die arbeiten wollten, aber nicht unterkamen, so wie die drei Nonnen. Und Menschen, die auf ehrliche Arbeit schissen wie dieser Franz Mundo und stattdessen lieber andere ausraubten und, wenn es gerade passte, auch umbrachten.

Eine Menge neuer Eindrücke hatte Anne sich ja von ihrem Spaziergang durch die Stadt versprochen, aber das war für einen einzigen Tag schon fast zu viel.

Ihr ganzes Leben hatte sich im ländlichen, im dörflichen Teil des Landes abgespielt. Da war auch nicht alles eitel Sonnenschein, Gott bewahre, aber es kam ihr rückbesehen überschaubarer vor.

Nein, das war nicht das richtige Wort.

Es erschien ihr bewältigbarer.

Mit jedem weiteren Schritt durch die Straßen der Stadt verstärkte sich das Gefühl, nicht hierherzugehören.

Es lag nicht nur an den hohen Häusern, deren Außenmauern so dicht an dicht standen, dass kein Sonnenlicht auf den schmalen Pfad zwischen ihnen fiel, und die deutlich höher gebaut waren als alle Häuser in dem Dorf, in dem sie aufgewachsen war.

Es lag vor allem an der rastlosen Geschäftigkeit, die in und um jedes Haus herrschte. Ständig und überall war Bewegung. Annes Augen kamen nicht zur Ruhe, weil von allen Seiten Menschen mit Pferdekarren kamen und sich etwas zuriefen. Türen zu Geschäften öffneten sich, und mit ihnen klingelten Glöckchen, und über den Eingängen prangten vielerorts die Wappen der jeweiligen Zünfte.

Und so viele Wirtschaften reihten sich aneinander. Unter den ausladenden Baumkronen fanden sich schnell Holzbänke und Tische, an denen es sich junge und häufig gut gekleidete Männer bei einem großen Krug Wein oder Bier gemütlich machten und über die Schönheiten der Welt philosophierten, nicht ohne einen hoffenden Blick auf eines der jungen Mädchen zu werfen, die entweder in der Wirtschaft ausschenkten oder die Straße entlangflanierten und die Sehnsüchte mit einem koketten Wimpernschlag befeuerten.

»Aus dem Weg!«

Über das träumerische Gehen hatte Anne die französischen Soldaten übersehen, die durch die Gasse patrouillierten. Mit einem schnellen Schritt zur Seite bewahrte sie sich davor, angestoßen und in den Straßendreck gedrängt zu werden. Dafür stieß sie aus Versehen an einen der Gastwirtschaftstische, der lauschig im Schatten einer großen Buche stand.

»Komm, setz dich zu uns«, rief ihr einer der jungen Burschen zu. Sein Gesicht war von der Sonne stark gerötet. Oder vom Wein, von dem er schon ausgiebig gekostet hatte, wer konnte das schon genau sagen?

Anne erwehrte sich geschickt der Hände, die sich ihr entgegenstreckten, und kümmerte sich nicht weiter um das fröhliche Gelächter der Burschen, als sie sich mit eiligen Schritten entfernte.

Sie hastete um die Ecke des Wirtshauses in die Nebengasse. Keine drei Schritte, und sie blieb überrascht stehen.

Das durfte ja wohl nicht wahr sein. An der Seitenwand des Wirtshauses. Mit leichter Hand geschrieben. Wieder ein Gedicht – oder zumindest ein Teil davon – und wieder an einer Stelle so versteckt, als wollte der Schreiberling lieber, dass die Schönheit der Worte im Schatten vertrocknen, als an der Sonne zu erblühen.

Das ist er wieder. Dieselbe Schrift.

Anne erkannte die Schnörkel sofort. Ob er wohl jetzt gerade in Coblenz weilte?

Wie weit, wie weit bringt Liebesmacht
Zwei liebende Herzen in einer Nacht.

Sie las die Zeilen dreimal, und mit jedem Male erschloss sich deren Schönheit für sie mehr und mehr. Das hieß nicht, dass sie wirklich verstand, worum es ging, aber die Poesie der Worte gefiel ihr.

Sie fühlte sich diesen zwei Zeilen besonders verbunden. *Wie weit bringt Liebesmacht ...*

Was würde wohl passieren, wenn sie und Georg über einen längeren Zeitraum als nur wenige Minuten und kaum mehr Schritte zusammen wären? Anne konnte die aufkommende Wärme in sich kaum ertragen. Und diese Gedanken, die sie beschäftigten. Wo kamen die plötzlich her? Und warum zum Teufel bündelten die sich in ihrer unteren Etage?

Zum Glück hatte Laurin nicht ihren Teufelsfluch gehört. Er würde schön schimpfen, aber er würde sie auch niemals verstehen können, der arme Kerl.

Zwei liebende Herzen in einer Nacht ...

Eigentlich kannte sie Georg kaum.

Eigentlich war es, als kannte sie ihn schon ihr ganzes Leben ...

Nach einer Stunde taten ihr die Füße weh. Die ungleich hohen Pflastersteine waren schuld daran. Im Schatten eines Hauses blieb sie stehen, stützte sich mit einer Hand am Mauerwerk ab und massierte sich mit der anderen erst den einen Fußknöchel, dann den anderen. Dazu schob sie ihren langen Rock einen Fingerbreit hoch und entblößte ein Fitzelchen Wade. Eine Gruppe vorbeikommender junger Männer begrüßte das mit einem ausgelassenen Pfeifen. Sie benahmen sich dabei wie eine Horde aufgescheuchter Spatzen.

Anne, von Natur aus zwar vorsichtig, aber nicht scheu, gönnte sich den Spaß und zog den Rock noch ein Stückchen höher. Gar nicht viel, aber es reichte, dass die jungen Männer sich reihenweise an ihr Herz fassten und sich gegenseitig stützten. Dann lachten sie sich alle herzlich zu und gingen weiter.

Nette Burschen gibt es also auch noch, dachte Anne, und setzte ihren Weg auch fort. Es wurde Zeit, in die *Traube* zu gehen und ihren Auftrag zu erledigen.

25

Anne trat über die Schwelle des Wirtshauses *Zur Traube*. Manches hatte sie gehört über dieses berüchtigte Lokal, doch konnte sie sich kaum vorstellen, dass die schlimmen Geschichten mehr als nur Gerüchte waren. Nun ja, selten hatte sie sich mehr getäuscht. Es war, als würde dieser eine Schritt von draußen nach drinnen genügen, um vom Tag in die Nacht zu treten. Oder vom Himmel in die Hölle.

Sofort legte sich beißender Qualm auf ihre Atemwege, während ihr gleichzeitig der Schweiß ausbrach, als würde ein feuchter Schwamm gegen ihren Körper geklatscht. Abgestandene Luft, dazu mischte sich die Süße schlechten Weins und beißenden Tabaks. Eine Mischung, die gar nichts anderes zuließ, als dass einem rasch übel wurde.

Die ohnehin große Wärme in der Schänke wurde von einem Kaminfeuer im hinteren Teil noch verstärkt, obwohl die von den Männerleibern erzeugte Hitze völlig ausreichend gewesen wäre.

Anne wischte sich mit dem Handrücken über die Stirn und betrachtete schwer atmend die glänzende Schicht auf der Haut. Sie kannte bislang nur das Wirtshaus in ihrem früheren Dorf, in dem sie ab und zu auch mal ausgeholfen hatte. Hatte sie damals noch geglaubt, es wäre ein Ort voll gemütlichen Lasters, so war die *Traube* nicht weniger als eine Bestrafung, die es zu erleiden galt.

Anne musste husten. Die Rauchschwaden aller gequalmten

Zigarren und Pfeifen schienen sich sofort auf sie gestürzt zu haben. Mehrmals räusperte sie sich, doch das beißende Kratzen in ihrem Hals blieb.

Eine Weile verharrte sie an der Eingangstür. Dann gelang es ihr endlich, sich in dem düsteren Schankraum, der lediglich von ein paar funzeligen Öllampen von den Dachbalken her erleuchtet war, zu orientieren. Man hatte ihr zwar den Namen der Wirtin, Sidonie, gegeben, aber keine Beschreibung. Ihr würde wohl nichts anderes übrig bleiben, als sich zwischen den Tischen und Bänken bis zum Schanktisch durchzukämpfen und dort zu fragen.

Augen zu und durch ... das half hier nicht. Wenn sie unachtsam wäre, dann fände sie sich ruckzuck auf dem Schoß irgendeines dieser laut durch die Gegend brüllenden Kerle wieder. Es gab Bekanntschaften, auf die konnte man getrost auch mal verzichten.

Sie arbeitete sich zwischen den grölenden Gästen hindurch und erreichte erschöpft den Tresen. Ein hübsches, sehr junges Mädchen lächelte sie freundlich an. Das erstaunte Anne, sie hatte nicht erwartet, dass sich jemand, der kein Gehänge zwischen den Beinen mit sich schleifte, hier wohlfühlen konnte.

Das Mädchen sagte, es hieße Alma. Anne fragte sie nach der Wirtin. Die Frau, die neben Alma stand und ihr bisher nur den Rücken zugewandt hatte, drehte sich um.

»Ich bin die Sidonie«, sagte sie.

Sidonie war einen halben Kopf kleiner als Anne, aber kräftiger gebaut. Nichts schien sie umhauen zu können, weil sie vermutlich zuerst zuschlagen konnte. Ihre verblassenden blonden Haare sahen aus, als wären sie mit einer Glasscherbe geschnitten worden.

Anne überreichte ihr zwei Zettel. Der eine war von Sophie von La Roche, der andere von Franz Mundo. Mit zusammengekniffenen Augen nahm Sidonie die Zettel entgegen, während sie Anne argwöhnisch musterte. Vertrauen war nicht jedermanns Sache und in dieser Umgebung wohl auch nicht von Frau zu Frau.

Mit einer Ruhe, die Anne schon wieder nervös machte, faltete Sidonie den Zettel wieder zusammen, nachdem sie sie gelesen hatte, und verstaute sie in einer Tasche ihres bodenlangen Rocks, dessen Saum mithalf, Dreck zusammenzukehren.

»Wer, sagtest du, hat dir das gegeben?«, fragte Sidonie.

»Sophie von La Roche.«

»Kenn' ich nicht. Wer ist das?«

»Sie wohnt drüben in der Kornpfortstraße. Im ehemaligen Krämerzunfthaus.«

»Das *Rote Haus*? Hab gehört, dass es jetzt eine Pension geworden ist. Für eine Dame von Rang aber nicht die erste Adresse.«

»Sie ist nicht nur eine Dame der feinen Gesellschaft, sondern auch Schriftstellerin. Sie bevorzugt zu logieren, wo Menschen sind, die sie inspirieren.«

Sidonie verzog ihren Mund zu einem schmalen, halbseitigen Lächeln, und Anne selbst bemerkte, dass sie tatsächlich Sophie von La Roche verteidigte.

»Eine Frau? Und sie schreibt?«, meinte Sidonie unbeeindruckt. »Solche Sachen wie die Jünglinge, die von sich behaupten, Dichter zu sein, aber ihre Tage und Nächte hier bei mir in der *Traube* verbringen?«

»Frau von La Roche schreibt wirklich. Und ich wage zu behaupten, dass sie noch niemals hier bei Ihnen war.«

Sidonie lachte laut. »Irgendwie süß, wie du für deine Dame Partei ergreifst. Na, ich kenn' sie auch deshalb nicht, weil ich wenig Zeit zum Lesen habe. Auch wenn ich's kann, wie du ja gemerkt hast. Ich hatte mal einen Kunden, der nicht mit Dukaten zahlen konnte. Der brachte es mir bei. Von woher kommst du?«

»Von Frau von La ...«

»Nein, ich meine, von woher kommst du ursprünglich?«

»Wenn ich das selbst so genau wüsste.«

»Versuch's für den Anfang doch mal mit deinen letzten Aufenthaltsorten.«

Es widerstrebte Anne zwar, vor einer Fremden die vergangenen Monate ihres Lebens auszubreiten, aber diese Kröte musste sie wohl schlucken, wenn sie den Zweck ihres Besuches erfolgreich erfüllen wollte.

»Wie ich schon sagte, stehe ich zurzeit in Diensten einer vornehmen Dame. Einer ganz netten, wie ich gerne erwähnen möchte. Davor zog ich fast ein Jahr mit einem Mönch übers Land.«

»Mit einem Mönch?« Sidonie hob eine Augenbraue. »Also, entweder war diese Zeit furchtbar öde oder die aufregendste, die du bisher hattest.«

»Warum sagen Sie das so seltsam?«

»Ein guter Freund hat mir von einem Mönch erzählt, der sich ganz und gar unmönchlich verhalten hat, seit er wegen der Säkularisation aus dem Kloster rausmusste. Ich nehme nicht an, dass es dieser Mönch ist, mit dem du unterwegs warst? Er hat keinen Namen, soviel ich weiß.«

Das Blut schoss Anne ins Gesicht, dass ihr ganz heiß wurde. Bei Gelegenheit musste sie Laurin fragen, woher es kam, dass er so bekannt in dieser Gegend war. Sein Ruf war ihm wohl egal gewesen.

»Wer ist dieser gute Freund, der Ihnen das gesagt hat?«, fragte sie.

Sidonie legte den Kopf schief. »Sag mir erst, wo du früher gelebt hast.«

»Brunnenweiler.«

Sidonie lachte laut auf. Es klang, als würde ein Bierfass eine steile Treppe hinunterpoltern.

»Ich hab es mir schon gedacht. Du bist jemand, der ihm gefallen könnte, gäbe es nicht die Kleine, in die er sich völlig verguckt hat.«

Aha, noch einer, dem sein Ruf vorauseilte. Anne wusste gleich, von wem Sidonie sprach.

»Johann«, seufzte sie.

Sidonie streckte den Zeigefinger in die Höhe, als wüsste sie über jede einzelne Schandtat Bescheid, auch über jene, die gar nicht stattgefunden hatten.

»Ich weiß nicht, wie dieser Schlawiner es schafft, dass sich die hübschesten Frauen immer in ihn verlieben.«

»Ich bin nicht in Johann verliebt«, protestierte Anne. »Und bin es selbstverständlich auch nie gewesen.«

Sidonie musterte Anne von Kopf bis Fuß, dann ging sie um sie herum, als würde sie ein Pferd zum Kauf begutachten. Und schließlich geschah etwas völlig Unerwartetes. Sie umarmte Anne und streichelte ihr mit der Zärtlichkeit einer Frau, die für viele junge Mädchen wie eine Mutter war, über den Hinterkopf.

»Ja, du bist eine, die Johann gefallen täte. Ein wenig störrisch, aber hübsch. Und offensichtlich weder auf den Mund noch auf den Kopf gefallen. Komm, setzen wir uns. Du musst mir alles erzählen, was dort in letzter Zeit geschehen ist.«

Anne verspürte wenig Lust, hier länger zu verweilen als nötig.

Sidonie winkte einem ihrer Mädchen. »Alma, bring uns einen Krug Wein. Aber von dem guten, nicht den für die Gäste.«

Na gut. Auf einen Becher zu bleiben, konnte wohl auch nicht schaden.

Sidonie lotste Anne an einen Tisch in einer Nische. Alma brachte einen Korb mit Brot und zwei kleine Becher aus Messing mit Wein, der im Kerzenlicht schimmerte.

Die Tür zum Wirtshaus wurde aufgestoßen, und zwei französische Soldaten traten ein. Die Gewehre geschultert, die Uniform vom Straßenstaub verdreckt, schlurften sie mit behäbigen Schritten durch den Schankraum. An der nächsten freien Bank ließen sie sich nieder. Es war nicht ihr erster Besuch in der *Traube*, so viel konnte selbst Anne als stille Beobachterin feststellen. Beide Soldaten legten ihre hohen Kopfbedeckungen vor sich auf der Tischplatte ab. Einer der beiden bequemte sich im Sitzen zu einer krummen Verbeugung in Sidonies Richtung. Sie wussten also genau, wer die Herrin des Hauses war.

»Eine einfache Kontrolle«, rief er. Er fühlte sich überlegen, weshalb auch immer.

»Mit viel Wein?«, rief Sidonie zurück.

Abwehrend hob der Soldat die Hand. »Wir sind im Dienst«, und mit einem listigen Grinsen schob er hinterher: »Aber wir sind höflich und trinken, was auf den Tisch kommt.«

Unauffällig bedeutete Sidonie einem ihrer Mädchen, dass sie den Tisch bedienen solle. Dann wandte sie sich wieder Anne zu.

»Franzosen sind hier nicht gerne gesehen. Einen ungewollten Schängel braucht hier keine von uns.«

»Ach, aber andere ungewollte Kinder schon?«

Anne konnte spitz sein, das wusste sie wohl.

Sidonie fuhr sich mit der Zunge über die trockenen Lippen. »Ein Blatt nimmst du nicht vor den Mund«, sagte sie mit breitem Grinsen. Ihre Sympathie für Anne schien zuzunehmen. »Und wie gefällt es dir in Coblenz?«

»Nun, ich kenne hier nicht sehr viele Menschen.«

»Ach nein? Und ich kenne zu viele Menschen hier.« Sidonie fuhr sich mit dem Handrücken über die Lippen. »Du hast misstrauische Augen, aber sie schauen schlau in die Welt.«

»Mag sein.«

»Los, erzähl mir, wie es Johann geht.«

Der plötzliche Wechsel brachte Anne ins Schleudern, aber sie fing sich rasch wieder und gab Antwort, ohne sich bedrängt zu fühlen.

»Ich bin seit einem Jahr fort aus Brunnenweiler. Da weiß ich bestimmt nicht mehr als Sie.«

»Hör auf, mich so anzureden, als würde ich über dir stehen. Ich bin die Sidonie.«

»Ich die Anne.«

»So, und nun red schon. Du bist also diejenige, die mit diesem Mönch-ohne-Heimat umherzieht.«

»Die bin ich wohl. Das lässt sich nicht leugnen.«

»Und was führt dich zu mir? Sicher sollst du mir nicht einfach nur die beiden Zettel und Grüße des Herrn im Himmel ausrichten. Willst du bei mir arbeiten?«

»Gott bewahre! In diesem Leben sicher nicht«, entfuhr es Anne so hastig, dass sie sich fast dafür schämte. Andererseits bestätigte es nur, dass sie noch nie ein Blatt vor den Mund genommen hat.

»Das haben einige meiner Mädchen früher auch mal gesagt, dann blieb ihnen nichts anderes übrig.«

Beschämt sah Anne zur Seite. Sie musste besser aufpassen, was sie sagte. »Ich wollte nicht überheblich klingen.«

Sidonie neigte den Kopf und legte eine Hand auf Annes Unterarm. Die Hand fühlte sich schwer und rau an und zeugte von einem Leben, das nicht immer einfach gewesen war.

»Was ist es dann, das dich zu mir führt?«, fragte sie.

»Es ist etwas heikel.«

Sidonie beugte sich vor. »Ich liebe heikle Sachen.«

26

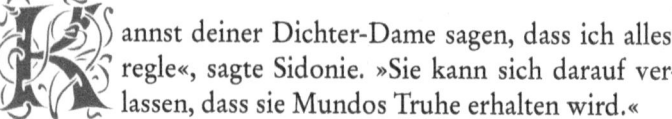annst deiner Dichter-Dame sagen, dass ich alles regle«, sagte Sidonie. »Sie kann sich darauf verlassen, dass sie Mundos Truhe erhalten wird.«

Sidonie hatte sowohl das knapp gehaltene Schriftstück von Madame von La Roche als auch den hingekrakelten Fetzen von Franz Mundo gelesen. Sie kannte Mundos Schrift, hatte also keinen Grund, an der Echtheit der Bitte zu zweifeln. Nachdem Anne ihr erklärt hatte, worauf der ungewöhnliche Handel zwischen einer Dame der Gesellschaft und einem gesuchten Räuber basierte, fand Sidonies Begeisterung darüber keine Grenzen. Bei so etwas wollte sie unbedingt in irgendeiner Form dabei sein, meinte sie. Außerdem führte es vielleicht dazu, dass Mundo sich nach seiner Freilassung nicht mehr so häufig in der *Traube* herumtrieb, wenn er hier keine Beute mehr versteckt hatte.

»Der Kerl ist mir nicht geheuer. Er säuft wie ein Loch und behandelt meine Mädchen schlecht. Eigentlich ist er da, wo er jetzt ist, genau richtig. Vielleicht noch einen Kopf zu hoch. Aber meine Unterstützung hast du, Anne, und deine Dame, die dir offensichtlich am Herzen liegt, auch.«

»Ich danke dir, Sidonie.«

Anne sah sich in der Schankstube um. Sie reckte den Kopf mal hierhin, mal dorthin.

»Macht dich die Umgebung unruhig?«, fragte Sidonie, der es nicht verborgen geblieben war.

Anne schüttelte den Kopf. »Nein, ich kenne solche Gasthäuser.«

»Und du magst sie nicht?«

»Die Gasthäuser schon, nur manche Gäste nicht, von denen sie aufgesucht werden. Männer wie Mundo eben.«

»Der ist nicht hier, und trotzdem schaust du dich um, als suchtest du jemanden.«

Anne strich sich ertappt mit dem angewinkelten Finger über die Nasenspitze. »Du bist eine gute Beobachterin, Sidonie.«

»Bringt es mit sich, wenn man so ein Haus wie die *Traube* führt.«

»Wie lange machst du das schon?«

»Zu lange, aber du lenkst ab. Wen suchst du hier? Einen Mann, ganz klar, aber wen?«

Anne zögerte. Sie spürte, wie ihr Herzschlag sich beschleunigte. »Ich habe gehört, dass sich ein Fayence-Händler einquartiert haben soll. Georg Reuber.«

»Das ist richtig. Er schien sehr enttäuscht. Die Geschäfte, wegen denen er nach Coblenz kam, hatte er abgewickelt, doch er wollte noch bleiben, weil sich für ihn etwas viel Wichtigeres ergeben hat. So zumindest sagte er es mir. Kann es sein, dass du das viel Wichtigere bist?«

Anne senkte den Blick. »Da musst du ihn fragen«, sagte sie.

»Jeden Abend ist er fortgegangen und erst Stunden später zurückgekommen. Jeden Abend war er enttäuscht und doch voller Hoffnung, am nächsten Tag nicht enttäuscht zu werden. Doch auch am folgenden Abend kam er mit traurigem Blick zurück. Das ging zwei Wochen so, dann reiste er ab. Tja, das war dann heute.«

»Heute?«, entfuhr es Anne aufgeregt. Ihre Stimme überschlug sich beinahe. Das durfte doch nicht wahr sein.

Sidonie stand auf, ging hinter den Tresen und kam mit einem ausgebeulten Umschlag an den Tisch zurück. »Das hat er mir gegeben. Für alle Fälle, hat er gemeint. Ich schätze, dieser Fall ist jetzt eingetreten.«

Sie schob den Umschlag Anne über die Tischplatte zu.

Anne vergaß beinahe, Luft zu holen. Sie starrte den Umschlag an, der an sie gerichtet war. Von ihm. Er hatte an sie gedacht, sie nicht vergessen. Aber nun war er weg.

»Mach schon auf«, drängte Sidonie. »Ich möchte endlich wissen, was drin ist.«

Als Anne mit Fingern, die noch nie zuvor derart gezittert hatten, den Umschlag aufriss, fiel ein Stück Baumrinde heraus. Verwundert nahm sie es in die Hand. Sie drehte es um und konnte die Buchstaben A und G in das Holz geritzt sehen. Und darunter das Wort *ewig*.

»Das ist ja lieb«, sagte Sidonie.

Anne erwiderte nichts darauf. Ihr fehlten die Worte, aber selbst wenn sie welche gehabt hätte … es sprach sich so schlecht, wenn man gerade erfolglos versuchte, aufsteigende Tränen runterzuschlucken.

Kurz darauf hatte Anne sich wieder einigermaßen im Griff.

Es wurde Zeit, zurück zu Sophie von La Roche zu gehen. Sicher wartete sie schon ungeduldig. Anne stand auf und bedankte sich für die Gastfreundschaft. Als sie von Sidonie herzlich gedrückt wurde, fehlten ihr schon wieder die Worte. Was war das nur für ein seltsamer Tag? Mit vielem hatte sie gerechnet, als sie in das Gasthaus gekommen war, aber nicht mit einer Frau, die sie gleich in ihr Herz schließen würde. Wie Sophie von La Roche auch.

Das Leben konnte schon merkwürdig sein. Über all die Jahre war Anne für die meisten nur eine Frau mit liederlichem Lebenswandel gewesen, die kein Blatt vor den Mund nahm. Kaum jemand hatte sich die Mühe gemacht, sich mal mit ihr zu unterhalten. Sie kennenzulernen. Laurin war der Erste gewesen.

Sidonie sah Anne ins Gesicht, als überlegte sie, ihr noch etwas anvertrauen zu können.

»Hör zu, Anne. Ich verrate dir etwas. Nächsten Monat verlasse ich die *Traube*. Ich hab das Gasthaus verkauft. Ja, du hast richtig gehört. Die gute, alte Sidonie kehrt der *Traube* den Rücken. Die Zeit ist reif, endlich aus Coblenz rauszukommen. Von dem Geld und dem, was ich mir angespart habe, erfülle ich mir einen Traum. Ich hab das Gasthaus im Wald gekauft. In der Nähe von Mayen beim Fluss Nette, gar nicht so weit von hier also.«

»Vom Gasthaus in der Stadt zum Gasthaus auf dem Land?« Anne hob fragend beide Augenbrauen.

»Sicher, das hört sich seltsam an, aber ich weiß, was ich mache. Ich will ja nur aus der Stadt raus und nicht vom Gastgewerbe weg. Allerdings werde ich auch den ganzen Hurenbetrieb im neuen Haus beenden. So was kann man ja nicht sein ganzes Leben machen, nicht wahr? Es wird herrlich sein, ein ganz gewöhnliches Gasthaus zu betreiben. Und es wird einen Anschluss an die Postkutschenlinie geben, die zurzeit überall im Land aufgebaut wird. Das ist die Chance, auf die ich gewartet habe. Endlich so was wie ein ehrbares Leben. Klingt doch nicht schlecht, oder? Alma, mein Mädchen, sag was.«

Alma stand neben dem Schanktisch. Sie stützte die Unterarme überkreuz auf einem Besenstiel ab und war der Unterhaltung aufmerksam gefolgt. Sie nickte mit leuchtenden Augen. Unverkennbar, sie freute sich. Auf etwas, von dem sie noch keine rechte Vorstellung hatte, das aber aufregend neu klang.

»Was ist mit dir?«, richtete sich Sidonie wieder an Anne. »Hast du Lust mitzukommen? Was hält dich in Coblenz?«

Anne fühlte sich geschmeichelt, dass Sidonie sie fragte, obwohl sie sich doch erst eine knappe Stunde kannten. Und einen flüchtigen Augenblick schien ihr das Angebot sogar recht verlockend. Sie sah zu Alma hinüber, die ihr aufmunternd zunickte.

»So eine wie dich würde ich gerne bei mir haben«, schob Sidonie bekräftigend hinterher.

»Eure Begeisterung ist wirklich ansteckend, aber ich kann nicht. Ich habe noch etwas hier in Coblenz zu erledigen. Hat nichts mit Madame von La Roche zu tun, aber mit einem guten Freund, den ich nicht im Stich lassen möchte.«

»Schau mal einer an, eine loyale Frau. Und dabei möchte ich wetten, dass du genauso ausgenutzt wurdest wie wir alle hier. Aber gut, mir gefällt deine Einstellung.«

»Danke.«

Sidonie begleitete Anne zwischen den Tischen und trinkfreudigen Kerlen bis vor die Tür. Dabei schlug sie mehrere Hände zu Boden, die sich ihnen aufdringlich näherten. Ein gut gekleideter älterer Mann konnte es nicht abwarten, in den Schankraum zu kommen, und zwängte sich ungeduldig an ihnen vorbei.

Sidonie verdrehte die Augen. »Von solchen Kerlen will ich weg«, sagte sie. Sie umarmte Anne noch einmal, bevor sie die Tür öffnete und mit Anne gemeinsam auf die Straße trat.

»Und wenn du mal nicht weißt, wohin du gehen sollst, Anne, dann erinnere dich an mich. Das Gasthaus im Wald wird dir eine gute Heimat sein.«

Plötzlich rutschte Sidonies Blick über Annes Schulter hinweg auf die andere Straßenseite. »Na, schau mal einer an«, sagte sie schelmisch.

Anne drehte sich um. Vor Schreck wäre sie beinahe nach hinten gegen Sidonie getaumelt.

Am Haus gegenüber lehnte Georg mit dem Rücken an der Wand und sah unverwandt zu ihr herüber. Die Arme vor der Brust verschränkt, einen Fuß vor den anderen gestellt. Er lächelte, und obwohl er einige Meter entfernt stand, konnte Anne das Leuchten in seinen Augen sehen.

Anne fühlte sich in einen seltsamen Zustand versetzt, als sie ihn sah. Leicht wie ein Schaumkrönchen auf einem Nachmittagsgebäck.

»Du hast gesagt, er wäre abgereist«, sagte Anne.

»Ich hab geflunkert«, sagte Sidonie. »Dass Georg es ernst mit dir meint, wusste ich ja. Ob du es aber auch ernst mit ihm meinst, das wollte ich auch noch wissen. Und nun geh schon hin zu ihm. Jetzt liegt es an dir, das Richtige daraus zu machen.«

Ein sanfter Schubs in Annes Rücken ließ sie auf Georg zugehen, dem anzumerken war, dass er vor schierer Freude fast platzte.

Sie standen sich gegenüber.

Sie sahen sich in die Augen.

Sie nahmen sich vorsichtig bei den Händen und gingen langsam los, ihre Körper dicht aneinander. Sie hatten sich so viel zu sagen, doch für das meiste brauchten sie keine Worte. Es wurde zu einer der Stunden, von denen sich Anne vorstellen konnte, am Ende ihres Lebens sagen zu können, sie sei eine der schönsten überhaupt gewesen.

»Siehst du, ich habe auf dich gewartet«, sagte Georg. Sie schmiegte sich an ihn und genoss jeden gemeinsamen Schritt, den sie durch die Straßen spazierten.

Georg führte Anne zur Bank eines Wirtshauses mit Gartenlaube. Er bestellte beim Wirt einen Krug Wein. Sie tranken gemeinsam, und Anne schaute über den Rand ihres Glases immer wieder zu ihm. Sie war nervös, unruhig in seiner

Gegenwart, und dennoch fühlte sie sich geborgen und so, als würden sie hier schon seit hundert Jahren gemeinsam sitzen. Sie kannte ihn nicht und glaubte dennoch, ihn zu erkennen. Sein Wesen, seinen Charakter, nichts schien ihr fremd. Es war Unfug, das zu glauben, aber so war es nun mal. Wo hatte er gesteckt in ihrem bisherigen Leben? Weshalb war er ihr nicht zuvor begegnet? Sie lachte innerlich über diese müßigen Fragen, deren Beantwortung sie sich genauso schenkte wie die Zweifel, die ihr kommen sollten bei einem Mann, von dem sie ungefähr so viel wusste wie vom Mann im Mond.

Sie sprachen leise miteinander. Wie zwei Menschen, die Geheimnisse miteinander teilten. Sie hatten sich ihre ganz eigene Welt um sich herum aufgebaut.

Glück konnte greifbar werden, wenn es sich um die Hand eines geliebten Menschen handelte.

Sie tranken langsam, damit das leere Glas nicht zum Zeichen des Aufbruchs wurde.

»Hattest du schon mal das Gefühl, hilflos und verloren zu sein? Nicht zu wissen, wohin man gehören darf?«, fragte Anne.

Kaum ausgesprochen, bereute sie, dass sie Georg diese Frage stellte. Vielleicht empfand er es als übergriffig, dass sie etwas derart Persönliches wissen wollte, und hatte keine Absicht, über sein Innenleben frei heraus zu reden. Doch zu ihrer Überraschung, noch mehr zu ihrer Erleichterung störte er sich nicht daran. Er richtete versonnen den Blick zum Blätterdach der Laube, bevor er mit Bedacht antwortete:

»Ich habe immer viel gearbeitet. Da blieb keine Zeit für solche Gedanken. Aber es gab da diese Zeit nach dem Tod meiner Frau ...«

»Es geht mich nichts an«, sagte Anne rasch. »Du brauchst nichts zu erzählen.«

Georg wandte sich ihr zu.

»Ich weiß, aber … es ist schon seltsam.« Er lachte kurz trocken auf. »Es macht mir nichts aus, es dir zu sagen. Als meine Frau starb, da fragte ich mich eine Zeit lang schon, wofür das Ganze.«

»Und gab es eine Antwort auf deine Frage?«

»Keine befriedigende«, gab er freimütig zu. »Letztlich ging alles weiter. Und bei mir dann eben für meine Söhne. Aber für mich? Mit meiner Frau verließ mich auch das Gefühl der Verortung in meinem Leben, verstehst du?«

Er bezahlte. Schweigend schlenderten sie weiter.

Eine schwer gebeugte Frau mit einem schweren Sack auf dem Rücken kam ihnen entgegen. Sie blieb vor ihnen stehen und riss die Augen schreckensweit auf. Zuerst nahm Anne an, die alte Frau wollte betteln, doch dann hörten sie das schrille Wiehern eines Pferdes und gleich darauf einen lauten Knall.

Sie und Georg wandten sich erschrocken um. Etwas entfernt die Straße hinunter hatte ein Pferd gescheut, es war immer noch kaum zu beruhigen, und dadurch war ein schweres Weinfass vom Wagen, dem es vorgespannt war, gefallen und mit dem lauten Knall eines Kanonenschlages auf dem Pflaster zerborsten.

Das Pferd war gescheut, weil jemand ihm direkt in die Hufe gelaufen war.

»Vielleicht können wir helfen«, rief Georg und lief los.

Anne folgte ihm, doch je näher sie der Unfallstelle kam, umso langsamer wurden ihre Schritte.

Umstehende schrien durcheinander. Keiner verstand ein Wort, alle wollten etwas tun, aber alle wussten auch, dass jede Hilfe zu spät kam.

Eine Frau lag mit eingetretenem Brustkorb leblos am Boden. Georg war vor ihr auf die Knie gegangen. Bedauernd schüttelte er den Kopf. Er nahm seinen Hut vom Kopf und bedeckte das Gesicht der Toten.

»Da ist nichts mehr zu machen«, sagte er im Aufstehen. »Schau nicht hin. Es ist kein schöner Anblick.«

Er stellte sich zwischen Anne und die Tote. Doch Anne hatte sie längst gesehen.

Fassungslos starrte sie auf das schwarze Gewand der jüngsten Nonne, unter dem ein dünnes Rinnsal Blut sichtbar wurde.

Die beiden anderen Schwestern hielten sich fest umklammert aneinander und wimmerten. Das Gebet, das sie sprechen wollten, brachten sie nicht zu Ende.

Ein Mann, der im Gasthof gegenüber alles genau beobachtet hatte, schüttelte pausenlos den Kopf.

»Sie ist direkt auf das Pferd zugelaufen«, sagte er. »Als wollte sie mit Absicht zertrampelt werden.«

Georg führte Anne von dem schrecklichen Geschehen weg. Sie gingen die Straße hinunter, bis sie vor dem *Roten Haus* standen.

»Ich muss hinein«, sagte Anne, als Georg ihren eingehakten Arm nicht gleich freigeben wollte. »Frau von La Roche will mich noch sprechen, bevor mein heutiger Dienst endet.«

»Bald muss ich aus Coblenz fort«, sagte er bedauernd.

»Ich wünschte, ich könnte das auch sagen«, seufzte Anne. »Aber zurzeit sieht es nicht danach aus, dass ich es auch könnte.«

Er zog die Mundwinkel herab. Es berührte Anne zu sehen, dass er aufrichtig enttäuscht war.

»Wäre ich ein wenig mutiger, würde ich dich einfach mitnehmen«, sagte er.

»Und wäre ich ein wenig mutiger, würde ich mich von dir mitnehmen lassen.«

Mein Gott, was redete sie da? Das klang ja, als würde sie sich im wöchentlichen Wechsel jedem Mann an den Hals werfen, der sie in den Gassen von Coblenz ansprach. Sie wollte sich entschuldigen für ihre vorlaute Entgegnung, doch als sie sah, wie seine Augen leuchteten, gefiel ihr die Vorstellung, dass er sich sehnlichst wünschte, sie würde in ihrem Handeln so mutig sein wie in ihren Worten vorschnell.

Er setzte an, etwas zu erwidern, brachte aber außer einem tiefen Durchatmen erst einmal nichts heraus. Stattdessen schweifte sein Blick die Straße hinunter und über die Köpfe der Menschen, die auf den Stufen vor ihren Häusern saßen. Seine Schüchternheit gab Anne die Gelegenheit, ihn einen Moment lang still zu betrachten.

Als er sich ihr wieder zuwandte, ging ein erschreckter Ruck durch sie, da sie annahm, er hätte gemerkt, wie intensiv sie ihn betrachtete. Aber er war so sehr damit beschäftigt, die richtigen Worte zu finden, dass es ihm entgangen war.

»Es mutet seltsam an, dass ich das sage, was ich gleich sagen werde. Und du wirst das wahrscheinlich ständig hören, aber ich sage das nicht ständig und auch nicht einfach so, schon gar nicht zu jeder.«

Anne wartete. Als er nicht weitersprach, hob sie die Hand und bedeutete ihm, er solle weiterreden. Fragend schaute er sie an.

»Du wolltest mir sagen, was du sonst nicht sagst?«

»Ah ja, da siehst du, wie verwirrend du bist. Donnergewitter noch eins, du musst ja glauben, ich gehöre mehr zur Entourage eines Hofnarren, als dass ich ein erfolgreicher Händler bin.«

Anne spitzte vergnügt die Lippen. »Ich glaube, du möchtest mir einfach nur gerne gefallen.«

»Ah, danke, dass du es so leichthin aussprichst. Genau das trifft es. Ich möchte dir gefallen. Und?«

»Und was?«

»Gefalle ich dir?«

»Haha, du verfügst über Charme und hast einen gewissen Unterhaltungswert, das kann ich verraten. Auch ist dein Äußeres ansprechend wie auch deine Manieren. Zumindest ich erlebe etwas Vergleichbares nicht jeden Tag.«

Eigentlich bislang noch nie, ergänzte sie im Sinn.

»Du gefällst mir auch«, sagte er.

Oho, er wird mutiger, dachte Anne. »Was genau wolltest du denn vorhin sagen?«

»Dass du auf mich seltsam vertraut wirkst. Ich spüre, wie ich mich mit dir wohlfühle.«

Anne schluckte. Er mochte ungeübt mit Worten sein, dafür konnte er aber recht genau beschreiben, wie auch sie sich fühlte. Die feinen Härchen an ihren Unterarmen richteten sich auf.

»Es war wirklich ein wahnsinniges Glück, dass wir uns heute noch einmal begegnet sind«, sagte er. »Vielleicht aber auch ein Wink des Schicksals, wer vermag das schon zu sagen?«

»Wir können uns morgen wiedersehen.«

Georg schüttelte bedauernd den Kopf. »Leider nicht. Ich muss morgen weiterreisen. Geschäfte. Furchtbar, wegen so etwas nicht bei dir sein zu können, aber es geht leider nicht anders. Ich muss hinüber nach Frankfurt, um Verträge zu schließen.«

»Dann sehen wir uns nicht wieder?« Ihre Stimme zitterte.

»Mein Gott, um Himmels willen, nein, das will ich damit nicht sagen. Ich werde in drei Wochen wieder in Coblenz sein und hoffe, dass du auf mich wartest. Dass du dich entschließen kannst, mit mir nach Hause zu fahren.«

»Nach Hause?«

»Nun ja, zu meinem Zuhause ... das vielleicht auch deines sein wird, wenn du dir das vorstellen könntest?«

Anne fühlte sich wie betäubt. Zuhause. Wie oft hatte sie von diesem Wort geträumt, ohne zu wissen, was es bedeutete.

»Dann hat Sidonie also beinahe doch recht gehabt, als sie sagte, dass du schon weg bist«, flüsterte Anne.

»Deshalb gab ich ihr den Umschlag. Ich hoffte so sehr, dass du zur *Traube* kommst, um nach mir zu fragen.«

Er schloss seine Arme um Anne, und als sie die Umarmung erwiderte, drückte er sie ganz fest an sich. Er wollte sie niemals mehr loslassen, das konnte sie spüren. Sehr deutlich spüren.

»Morgen früh reise ich ab«, sagte er. »Willst du es dir überlegen, ob du mit mir kommst, wenn ich in drei Wochen zurückkomme?«

Sie nahm sein Gesicht in beide Hände und küsste ihn.

»Bis morgen früh liegt noch eine ganze Nacht vor uns.«

27

Die Franzosen waren ein anderes Völkchen als die Preußen. Nicht, dass das für Sophie eine neue Erkenntnis gewesen wäre, aber manchmal musste sie es sich wieder in Erinnerung rufen. Auch für sie hatten sich in bestimmten Bereichen die Zeiten geändert. Einfach mal so zu einem vertraulichen Gespräch mit der Stadtobrigkeit vorgelassen zu werden, war seit der Übernahme der Verwaltung durch die französischen Beamten nicht mehr möglich.

Einerseits schätzten und achteten die Franzosen die Bürger, die mit Sorgen und Bitten in die Präfektur kamen, andererseits legten sie aber eine skeptische Vorsicht an den Tag, wenn sie jemand sprechen wollte, der in der früheren Zeit zum Adel oder zur höheren Gesellschaft gehörte. Begründet in dem angestrebten gesellschaftlichen und politischen Wandel, der seit Napoleons Eroberung nicht nur im Rheinland umgesetzt wurde, war es aber wohl nur eine Art Reflex, beide Augenbrauen erst hochzuziehen, um sie nur noch enger zusammenzukneifen, wenn eine Dame wie Sophie von La Roche den Präfekten zu sprechen wünschte.

Sophie hatte sich auf eine lange Wartezeit eingestellt, doch sie wurde angenehm überrascht. Bereits nach zwanzig Minuten durfte sie eintreten.

Präfekt Mouchard de Chaban bekleidete dieses Amt in Coblenz seit Juni dieses Jahres. Er nahm es bis ins Detail ernst, wie er auch alle anderen Aufgaben, die er im Sinne der napoleonischen Aneignung der linksrheinischen Gebiete übertragen bekommen hatte, pflichtgemäß erfüllte. Von sich selbst würde er jederzeit behaupten, ein gerechter Mann zu sein. Er war ein Freund von Regeln, die er einhielt, und wenn es für die eine oder andere Sache noch keine gab, stellte er gerne mit Akribie eine auf.

All das trug nicht wirklich dazu bei, dass Sophie von La Roche mit allzu großen Erwartungen in dieses Gespräch ging. Aber sie hatte noch nie in ihrem Leben einen Rückzieher gemacht. Weder vor erschwerenden Umständen noch vor undurchdringlichen Menschen.

Umso größer war ihr Erstaunen, als Mouchard de Chaban sich als Freund der Literatur entpuppte. Er war in Sarre-Libre aufgewachsen und konnte nicht nur einwandfrei Deutsch sprechen, sondern auch ebenso gut lesen. Damit nicht genug, es stellte sich auch noch heraus, dass er Sophies Roman tatsächlich goutiert hatte. Er war stolz, ihr nun höchstpersönlich sagen zu können, wie bewundernswert er ihre Schreibkunst fand. Vor allem aber den Mut, sich als Frau zu behaupten. Ganz dem französischen Gedanken von Gleichheit entsprechend.

Nach dreißig Minuten und einem Tässchen Tee verließ Sophie die Präfektur wieder.

Sie hatte erreicht, was sie wollte.

Sie hatte ihren Teil des Handels mit Franz Mundo eingelöst. Mouchard de Chaban sagte zu, den Räubergesellen aus dem Gefängnis zu entlassen. Sophies Vorschlag, ihn mit einem Bann für das Rhein-Mosel-Departement zu belegen, stieß beim Präfekten auf Zustimmung. Wenn Städte wie Köln das für sich geltend machen konnten, dann würde er als Präfekt das auch für seinen Zuständigkeitsbereich verfügen können. Mundo würde also noch am gleichen Tag freigelassen und vor die Tore der Stadt gebracht, wo er schnellstmöglich das Weite suchen sollte, um nicht doch noch seinen Kopf unter der Guillotine zu verlieren.

Mit diesem Teil ihres Gesprächs war Sophie sehr zufrieden. Schwieriger war das Erreichen ihres zweiten Anliegens gewesen.

Den Mönch aus dem Kellerraum herauszubekommen, stellte sich insofern als Herausforderung dar, weil de Chaban nicht einmal wusste, dass Laurin dort eingesperrt war.

Ruhig trug Sophie vor, dass der Mönch doch völlig verschwendet sei, wenn er zwischen alten Manuskripten schneller verschimmelte als die Dokumente. Zumal diese doch längst nach Paris hätten gebracht werden sollen. Aufmerksam hörte de Chaban zu. Er fragte nach dem Namen des Offiziers, der all das veranlasst hatte.

»Ein gewisser Renaud«, sagte Sophie.

Der Präfekt seufzte. Sein Brustkorb hob und senkte sich, als müsste er sich von einer Last befreien. »Commandant Etienne Renaud, hm, der schon wieder.«

»Sie kennen ihn?« Sophie war sich der Unsinnigkeit ihrer Frage bewusst, aber sie wollte, dass der Präfekt das Gefühl bekam, selbst den weiteren Handlungsverlauf zu bestimmen.

»Ein fähiger Mann, aber auch einer, der immer wieder mit Eigenmächtigkeiten auffällt.«

»Können Sie dem Mönch helfen?«

De Chaban überlegte eine Weile. »Ich kann ihn nicht einfach so durch die Tür spazieren lassen«, meinte er. »Es sei denn, ich erteile ihm eine neue Aufgabe. Es müsste natürlich eine sein, die es ihm ermöglicht, aus Coblenz zu verschwinden, denn sonst würde Renaud alsbald eine Anklage gegen ihn erfinden, damit er ihn sofort wieder in die Kammer sperren lassen kann.«

Sophie war erfreut. Der Präfekt dachte nicht nur mit, sondern auch voraus. Vielleicht saß er nicht ohne Grund auf diesem Posten.

»Gäbe es denn eine solche Aufgabe?«, fragte sie.

»Haben Sie schon einmal von der Kartenaufnahme gehört, Madame von La Roche?«

Hatte sie, aber es war ihr lieber, wenn der Präfekt sie mit seinem Wissensvorsprung beeindrucken durfte. Sie verneinte wissbegierig.

»Vor zwei Jahren wurde mit der *Carte topografique des Départements réunis de la Rive gauche du Rhin* begonnen, also mit der Vermessung und Kartografierung der neuen französischen Gebiete auf der linken Rheinseite. Napoleon selbst hat dieses Projekt angeordnet. Aber ich will Sie nicht mit Details langweilen, Madame. Mir kam nur gerade der Gedanke, dass der Mönch, von dem Sie sprechen, doch ein geeigneter Mann wäre, um bei diesem Projekt mitzuarbeiten. Er könnte, sofern er freikäme, durchs Land ziehen und Karten anlegen. Wenn er dabei auf Nimmerwiedersehen verschwindet, nun, wer hätte es ahnen können?«

Sophie schmunzelte. »Sofern er freikäme, meinen Sie?«

Der Präfekt nickte. »Sofern er freikäme.«

»Ob sich das wohl einrichten ließe?«, überlegte Sophie. »Ich bin überzeugt, dass der Mönch ein guter Kartograf ist.«

Als Sophie die Präfektur verließ, lächelte sie dem Himmel entgegen, auch wenn sich ein paar Regenwolken abzeichneten. Alles geregelt. Und wie es sich für eine Frau gehörte, sogar ohne Blutvergießen. Sophie war sehr zufrieden mit sich.

Der fürchterliche Räubergeselle Franz Mundo konnte seinen Kopf noch mal aus der Schlinge ziehen, Annes Mönchgefährte konnte die Stadt verlassen, und der Präfekt durfte sich auf das freuen, was Sophie ihm versprochen hatte.

Ihre Gegenleistung für des Präfekten Dienste war, ihn einmal zu einem ihrer bekannten Literarischen Salons einzuladen. Mit Cousin Wieland und Enkel Brentano sollte es möglich sein, eine kleine Runde auf die Beine zu stellen, die den poesiebegeisterten Präfekten zufriedenstellte. Und sowohl Wieland als auch Brentano würden es zu schätzen wissen, wenn sie dadurch wichtige Kontakte für ihre Zukunft knüpfen konnten.

Eigentlich verspürte Sophie keine Lust, den beiden zu helfen, nachdem diese ihre Mithilfe ja auf recht rüde Weise verweigert hatten. Aber sie dachte pragmatisch. Es konnte nicht schaden, zu einem späteren Zeitpunkt den einen oder anderen an solche Gefälligkeiten zu erinnern.

Aber all das war ja nur etwas, das so nebenbei abfiel. In erster Linie hatte Sophie das Gespräch mit dem Präfekten geführt, um Anne und ihrem Mönch zu helfen. Sie hatte gesehen, wie sehr das arme Mädchen darunter litt, dass man ihren Gefährten festhielt. Sie teilte Annes Befürchtung, dass es dem Mönch schlecht ergehen würde, sobald er seine Aufgabe erfüllt hatte. Ein Unding, das Sophie nicht zulassen durfte. Für diesen Gerechtigkeitsgedanken hatte es auch gar keine Franzosen im Land gebraucht.

Sophie schmunzelte in sich hinein. Sie tat es gerne für Anne, und von ihr erwartete sie gewiss keine Gegenleistung, wenngleich sie ihr einen interessanten Vorschlag unterbreiten wollte. Sie war gespannt, was Anne zu ihrer Überlegung sagen würde. Sophie hoffte, die gleiche Begeisterung entfachen zu können, die sie selbst verspürte.

Was haftete dieser jungen Frau nur an, dass Sophie warm ums Herz wurde, wenn sie mit ihr sprach? Fast empfand sie es als einen Glücksfall, überfallen worden zu sein. Ohne dieses Malheur wäre Anne wohl nicht zu ihrer Kammerzofe geworden.

Hatte somit alles seine zwei Seiten?

Manchmal schon.

Aber Sophie wusste ganz genau, dass es auch oft genug nur Schwarz und Weiß gab. Und zwar nicht von ein und derselben Münze.

Im Denken und Handeln lag alles.

28

leich am nächsten Morgen bat Sophie Anne, auf der Chaiselongue Platz zu nehmen. Sie selbst ließ sich in ihren bevorzugten Polstersessel nieder. Annes zaghaft vorgetragener Einwand, dass sie fegen müsse, wischte Sophie mit einer gemütlichen Handbewegung beiseite.

»Das kannst du, wenn ich dir gezeigt habe, wie es geht«, sagte Sophie. »Ein wenig fühle ich mich in vergangene Zeiten zurückversetzt, als ich meinen Töchtern und Enkeltöchtern die Haushaltsführung nahebrachte.«

»Wo sind Ihre Töchter?«, fragte Anne. »Ich weiß, ich bin schon wieder neugierig, aber mir fiel auf, dass Sie nie über sie sprechen.«

Sophie zögerte kurz, dann sagte sie:

»Meine Tochter Maximiliane starb mit nur siebenunddreißig Jahren nach der Geburt ihres zwölften Kindes.«

»Zwölften …?«, wiederholte Anne erschrocken, senkte aber sofort den Blick, weil sie wusste, dass es unschicklich war, sich darüber zu erschrecken.

»Ja, viel an Leben außer Gebären blieb ihr nicht«, meinte Sophie. »Ich sage es frei heraus, du bist in etwa ihrem Alter. Nicht, dass ich meine Tochter Maximiliane in dir sehe, beileibe nicht, dafür bist du gänzlich anders im Benehmen, aber …«, und hier setzte Sophie eine bewusste Pause, »aber du bist so unerschrocken, wie meine Tochter es war. Ich frage mich oft, was für ein Mensch meine Maximiliane wohl heute wäre, wäre es ihr vergönnt gewesen, ein längeres Leben zu haben. Frank und frei heraus gesagt: Ich wünschte, sie wäre wie du geworden.«

»Aber Sie kennen mich doch gar nicht.«

»Wenn du mal so alt bist wie ich, dann hast du jede Schattierung menschlichen Verhaltens kennengelernt, und du, meine liebe Anne, du bist eine von den Guten, das kann ich sehen. Und das wünscht sich eine Mutter natürlich auch von ihrer Tochter. Dass sie eine von den Guten sei.«

Anne fühlte sich zugleich unwohl und beschämt. Die ältere Frau sagte Worte, die ihr guttaten, gleichwohl aber auch ungewohnt in ihren Ohren klangen.

»Vielen Dank, Frau von La Roche«, sagte sie mit leiser Stimme.

Sophie winkte ab.

»Du brauchst dich nicht zu bedanken für etwas, das du bist. Ich danke dir, dass du mir das merkwürdige Gefühl verleihst, meiner Tochter nahe zu sein. Es ist seltsam, und ich weiß, kaum jemand wird mich verstehen, du sicher auch nicht, aber es ist mir wichtig zu begreifen, was die Wege des Schicksals mir zu verstehen geben wollen.«

Die Wege des Schicksals. Anne hörte aufmerksam zu, und ihr Herz krampfte sich bei solchen Sätzen zusammen.

War es nicht das, was sie für sich selbst suchte, aber nie finden konnte, geschweige denn begreifen? Und jetzt stand sie vor einer erfahrenen Frau, die den Großteil ihres Lebens hinter sich hatte und die genau das aussprach, was sie selbst nicht in die richtigen Worte fassen konnte.

»Sag mir, Anne, was treibt dich an?«, fragte Sophie unvermittelt.

»Es steht mir nicht zu, ein solches Gespräch mit Ihnen zu führen.«

Sophie lachte ohne einen Funken Humor in der Stimme.

Zu oft hatte sie diese ausweichende Form von Höflichkeit erlebt.

»Wenn du es an mich herangetragen hättest, magst du wohl recht haben. Aber ich bin es, die dich fragt, also bitte ich dich, mir zu antworten.«

Anne konnte spüren, wie ihr der Schweiß ausbrach. Sie fühlte sich überfordert in dieser ungewohnten Situation, frei heraus ihre Meinung sagen zu dürfen. Konsequenzen? Musste sie solche befürchten?

»Ich wünsche mir ein schönes und friedliches Leben«, sagte Anne schließlich.

»Das wünscht sich jeder Dorfdepp. Nein, Anne, sag mir, was du dir vom Leben erhoffst. Von deinem Leben als Frau.«

»Ich habe mich bisher noch nicht getraut, darüber nachzudenken.«

Sophie fuchtelte mit der Hand in der Luft herum. »Unfug«, sagte sie. »Du, gerade eine Frau, wie du es bist, hast dir bestimmt schon Gedanken gemacht, was du vom Leben erwarten möchtest. Willst du eine Magd für irgendeinen Hofherren sein?«

Anne schüttelte sofort den Kopf, dass ihre Haare nur so flogen.

»Willst du dir von Männern sagen lassen, was du denken sollst?«

Wieder flogen die Haare.

»Willst du wissen, was dir zusteht? Auch in dieser von Männern beherrschten Welt?«

Anne nickte heftig.

»Dann setz dich endlich, und höre mir zu.«

Nach einem kurzen Zögern, in dem sie sorgfältig abwägte, ob sie das auch wirklich durfte, legte Anne den Besen beiseite und kam der Aufforderung nach. Immerhin war es ja

Frau von La Roche selbst gewesen, die ihr die angenehme Unterbrechung der doch recht eintönigen Arbeit anbot.

Zuallererst überbrachte Sophie die gute Nachricht. Der Mönch würde noch in diesen Stunden freigelassen. Anne konnte das Glücksgefühl, das sie ergriff, kaum in Worte fassen. Ohne nachzudenken, ob es schicklich war, fiel sie Sophie voller Dankbarkeit um den Hals.

»Schon recht, mein Kind«, winkte diese ab, auch wenn sie sich darüber freute, dass ihre hilfreichen Bemühungen geschätzt wurden. »Aber ich möchte mit dir auch noch über etwas anderes reden. Sag mir, ob du schon mal von *Pomona* gehört hast. Nein? Hm, wie schade. Es sollte mich betrüben, aber wahrscheinlich bist du nicht die Einzige.«

Sophie stand auf, vorsichtig darauf bedacht, die verletzte Hand nicht zu belasten. Dann ging sie zum kleinen runden Tischchen, das mit seinen drei elegant geschwungenen Beinen ebenso Teil der sie umgebenden Anmut war wie ihre ruhigen Bewegungen. Sie nahm die zwei schon bereitstehenden Gläser auf und reichte eines davon Anne.

»Nimm«, forderte Sophie auf. »Wird dir schmecken.« Sie kicherte. »Mal was anderes als Bier und Wein.«

Anne nahm den ersten Schluck mit gespitzten Lippen auf. Eindeutig kein Gift, das ihr gereicht wurde, auch wenn die grüne Farbe es vermuten lassen könnte.

»Was ist das?«, fragte sie.

»Absinth. Zwar nicht auf die französische Art, aber auch so gut genießbar. Also, mein Kind, dir ist sicher nicht entgangen, dass ich dich jetzt schon lieb gewonnen habe. Ich weiß auch nicht so genau, warum eigentlich? Vielleicht, weil du einen eigenen Kopf zu haben scheinst? Ich war auch mal so.«

»Sie können niemals so wie ich gewesen sein«, sagte Anne. »Ich bin in einem Dorf aufgewachsen, das nur unwesentlich größer war als dieses Zimmer hier. Na schön, ich übertreibe ein wenig, aber«, Anne deutete mit Daumen und Zeigefinger einen geringen Abstand an, »aber wirklich nur ein klein wenig.«

»Gerade hast du mir mit deinen Worten bestätigt, was ich gesagt habe.«

»Und das ist?«

»Du bist furchtlos und du redest, wie du bist, nicht wie du es angelernt bekommen hast.«

Anne schwankte mit dem Kopf, als dächte sie nach. »Das mag stimmen«, gab sie zu.

»Und genau aus diesem Grund bist du die richtige Frau für mich.«

»Moment, Sie machen sich da falsche Vorstellungen. Ich mag ausschließlich Männer.«

Sophie ging auf die Bemerkung nicht weiter ein, sondern nahm eins der Zeitungsmagazine vom Ziertisch und reichte es Anne. Es war das erste *Pomona*-Heft.

»Kennst du das hier?«, fragte Sophie.

»Nein.«

»Das ist eine Zeitschrift für Frauen.«

»So was habe ich ja noch nie gesehen.«

»Und davon gehört?«

»Bedaure.«

Da die drei *Pomona*-Hefte in den ersten drei Monaten des Jahres 1783 erschienen waren, hätte es zwar möglich sein können, dass die damals vierzehnjährige Anne sie in die Finger bekommen hätte, aber wenn man die Lebensumstände bedachte, erschien es natürlich ziemlich gewagt, davon auszugehen.

»Ich mache es kurz«, fuhr Sophie fort. »Wie du weißt, bin ich Schriftstellerin. Aber nicht nur, ich bin auch Herausgeberin dieser Zeitschrift, die du in deinen Händen hältst. Ich habe sie gegründet und auch viele Beiträge dafür geschrieben.«

Anne war beeindruckt.

Sophie holte tief Luft, dann fasste sie sich ein Herz und sagte: »Ich gedenke, *Pomona* wieder aufleben zu lassen. Die Zeit ist günstig. Die Menschen wollen mehr darüber erfahren, was in Deutschland vor sich geht. Was dort passiert, wo sie nicht sind. Du hast sicher schon mitbekommen, dass es viele Menschen zu Ausflügen aufs Land hinauszieht. Jung und Alt wollen das schöne Deutschland bereisen und mit all ihren Sinnen erleben. Es sind die Dichter, die ihnen diesen Wunsch erfüllen. Deutschlands Landschaften, seine Wälder, seine Dörfer. Und seine Menschen. Die Poesie dieser Reise findet sich in allen Künsten wieder. Die Malerei, denk nur an Caspar David Friedrich, in Gedichten und Balladen. Mein eigener Enkel, Clemens von Brentano, bereiste den Rhein von oben bis unten und schreibt daraufhin seine Gedichte.«

»Brentano?«, überlegte Anne. »Der Name sagt mir was. Ich glaube, er war einmal in Brunnenweiler gewesen. In dem Dorf, in dem ich früher einmal gelebt habe.«

»Wie klein doch die Welt ist. Aber ja, mit großer Wahrscheinlichkeit ist er auch in deinem Dorf gewesen. Er liebt die verstecktesten Wirtshäuser. Und er ist nicht der Einzige, dessen Brust vor lauter Naturalismus überquillt.«

Ehrfürchtig blätterte Anne in der Zeitschrift auf ihrem Schoß und las die einzelnen Überschriften.

Ein Winter aus Thomson, Der schwermüthige Jüngling … eine moralische Erzählung, Vom Tanzen, Über die Moden, Briefe an Lina.

»Das ist sehr schön«, sagte Anne beeindruckt. »Ich bin sicher, wenn Sie diese Zeitschrift neu aufleben lassen, wird es wieder ein großer Erfolg.«

»Das hoffe ich. Da gibt es nur etwas, das mich an der Verwirklichung hindert.«

»Tatsächlich?«

Sophie hob die verbundene Hand. »Die Finger sind zurzeit fast vollständig unbeweglich.«

»Das tut mir leid, Frau von La Roche.«

»Sophie, du erinnerst dich?«

Anne errötete.

»Es braucht dir nicht leidzutun, mein Kind. Ich habe vor, mich davon nicht abhalten zu lassen. Das neue *Pomona* soll das Licht der Welt erblicken. Mir fehlen nur die Berichte.«

Sophie lächelte auf herausfordernde Weise. »Aber jetzt kenne ich ja dich«, schob sie langsam gesprochen hinterher.

»Ich verstehe nicht. Was habe ich damit zu tun?«

»Nein? Verstehst du es wirklich nicht? Meine liebe Anne, du bist ein instinkthandelnder Mensch. Das gefällt mir. Ich möchte, dass du für mich schreibst.«

Vor Schreck rutschte Anne die Zeitschrift von den Knien. »Ich … verzeihen Sie … hoffentlich ist jetzt nichts zerknickt.«

Sie hob die Zeitschrift auf und legte sie auf den runden Beistelltisch zurück. Ihre Finger zitterten. Das erste Mal seit Beginn dieser Unterhaltung. Sophie beruhigte sie umgehend mit einem sanften Lächeln.

»Noch ein Schlückchen, um die Blässe aus deinem hübschen Gesicht zu vertreiben?«

»Da sage ich nicht Nein.«

»Würdest du dann bitte das Nachschenken übernehmen?«

Sophie verriet Anne, wo sie die Flasche finden konnte. Der große Reisekoffer, den der Kammerdiener bei ihrer Ankunft an das Wandstück zwischen den beiden großen Fenstern abgestellt hatte, war aus robustem Leder verarbeitet und mit kunstvollen Verzierungen aus Messing an den Kanten und dem Verschluss versehen. Er stand hochkant, sodass Anne ihn öffnen konnte, als würde sie zwei Türen auseinanderschieben. Zum Vorschein kam auf der linken Kofferseite ein Durcheinander an Kleidung und auf der rechten neben einer Menge anderer Utensilien auch eine Halterung, in der sich eine gar nicht mal so kleine bauchige Flasche befand. Anne löste sie aus der Halterung.

»Während meiner Fahrt nach Coblenz ist zum Glück kein Tropfen des Inhalts verlustig gegangen«, sagte Sophie.

Die alte Dame wurde Anne immer sympathischer. Da wusste jemand, das Leben entgegen den Konventionen zu nehmen. Dieses feine, leise Lächeln, das die Fältchen um Sophies Mund umspielte, bot einen verschmitzten Gegensatz zu der würdevollen Haltung, auf die sie bedacht war. Es hatte es Anne leicht gemacht, sie ins Herz zu schließen.

»Also, Anne, was denkst du darüber?«

»Ich fürchte, Madame, Sie erwarten zu viel von mir.«

»Fürchte dich doch nicht.«

»So meinte ich es nicht. Ich glaube nur, dass ich nicht so schreiben kann, wie Sie es sich erhoffen.«

»Darüber mach dir keine Gedanken. Du notierst einfach alles genau so, wie du es im Kopf hast und aussprichst. Für den Feinschliff, es druckreif zu fassen, sorge dann schon ich. Aber du hast das, was vielen Schriftstellern abgeht. Du hast eine gute Beobachtungsgabe. Das brauche ich für meine Zeitschrift. Berichte aus dem wahren Leben.«

»Sie schmeicheln mir.«

»Ach was, mein Kind. Ich beschreibe dich nur, wie ich dich sehe. Und wie du dich selbst sehen solltest. Es wird Zeit, dass wir Frauen das napoleonische Versprechen von Gleichberechtigung mal in der Praxis wahrnehmen. Früher bin ich selbst sehr viel gereist. Die vielen Eindrücke, die ich sammeln konnte, ach, es war herrlich. Und über so vieles habe ich dann geschrieben. Es ist lange her.«

»Sie haben einen Roman geschrieben«, merkte Anne ehrfurchtsvoll an. »Als Frau, ich meine, haben Sie überhaupt eine Vorstellung davon, was das bedeutet? Nicht nur für Sie selbst, sondern für ... für uns Frauen?«

»Damals ahnte ich es nicht, aber heute verstehe ich besser, was ich ausgelöst haben könnte.«

»Sie sind Inspiration und Gefahr zugleich, Frau von La Roche.«

»Sophie, bitte.« Und nach einem kurzen Moment des Nachdenkens fügte sie an: »Eine Gefahr bin ich? Aber warum denn?«

Anne räusperte sich. »Weil Sie das machen, was Männer machen. Und das vielleicht sogar besser.«

»Da magst du womöglich recht haben.«

Sophie legte den Zeigefinger der gesunden Hand auf ihre Lippen, als wollte sie etwas zurückhalten, was ihr beinahe vorschnell von der Zunge gerutscht wäre.

»Als sie sich alle noch im Licht meines Salons sonnen konnten, kamen sie gerne«, sagte sie, so ruhig sie konnte. »Liebste Freundin, haben sie mich betitelt. Und jetzt? Nicht einmal der Schatten derer, die sich bei mir wohlfühlten, fällt noch herein.«

»Unter Freundschaft verstehe ich was anderes«, sagte Anne.

»Es sind nicht nur Freunde. Es ist auch Familie.« Sophie sah, wie Anne ihre Augenbrauen hochzog. »Überrascht dich das, mein Kind?«

Anne zuckte mit den Schultern. »Ich habe nie eine Familie gekannt. Nicht einmal, als ich verheiratet gewesen war.«

»Nein?«

»Eine Ehe mit einem Trunkenbold ist kein Vergnügungsritt.«

Sophie bat Anne, die Tassen noch einmal nachzufüllen. Nachdem Anne der Bitte nachgekommen war, setzte sie sich wieder und wartete, bis Sophie einen Schluck genommen hatte.

»Die Zeiten haben sich geändert«, fuhr Sophie fort. »Und somit auch die Themen, über die ich für *Pomona* schreiben möchte. Die Hefte erschienen, elf Jahre bevor dieser Franzose, dieser General Napoleon, sich die deutschen Gebiete links des Rheins aneignete, bis heute übrigens, wie ich anmerken möchte.«

»Ich weiß«, sagte Anne. »Ich lebe mit den französischen Gesetzen in unseren Gebieten. Ist nicht alles schlecht, aber eben aufgezwungen.«

»Siehst du, mein Kind, genau diese kleine Anmerkung von dir zeigt mir, dass du die Richtige bist. Du hast diesen Blick, der übers Land und die Leute streift. Ich schrieb über Geschichten, die mir zugetragen wurden. Auch über manches, das ich während einer längeren Kutschfahrt erlebte oder aufschnappte. Aber das ist nicht das Gleiche. Nicht das, was die Menschen außerhalb der Städte jeden Tag erleben. Aber du kennst diese Menschen. Du sollst für mich über sie schreiben. Das ist es, was die Leserinnen jetzt interessiert. Jetzt, wo die Zeiten so anders geworden sind.«

»Es stimmt schon«, pflichtete Anne bei. »Das Land und die Leute sind anders als vor zehn Jahren.«

»Bleib bei mir, und schreibe alles auf. Für die neue Zeitschrift.«

»Aber ich kann nicht so schreiben wie Sie, Sophie. Ich kann nur schreiben, was ich sehe oder höre.«

»Mehr will ich nicht. Deine Berichte sollen unverstellt sein, ungeschliffen wie die Menschen und rau wie das Land. Die Texte, die du mir lieferst, bereite ich ein wenig auf, sodass sie gedruckt werden können, aber ich werde deine

Sprache nicht verändern. Du wirst deine Erlebnisse lesen können. Klingt das nicht auch in deinen Ohren spannend?«

Sophies Begeisterung war wirklich ansteckend. Allmählich konnte auch Anne dem verführerischen Gedanken nicht widerstehen, eine schreibende Reisende zu sein. Mal was anderes in ihrem Leben, warum nicht? Sie war die Frau eines Scherenschleifers gewesen, der mehr zur Flasche gegriffen hatte als zum Schleifstein, sie hatte sich in einem Wirtshaus etwas dazuverdient, sie hatte ein Leben geführt, das nicht an Morgen dachte. Sie hatte keine wirkliche Aufgabe gehabt. Das könnte sich ändern. Sie brauchte bloß einzuwilligen. Nur im richtigen Moment mit dem Kopf nicken.

Sie könnte ihr Leben neu beginnen.

Aber was wäre mit Laurin? Er würde nicht in Coblenz bleiben, sondern weiterziehen. Allein. Wäre sie ihm gegenüber undankbar? Und noch etwas kam dazu. Was wollte sie für sich selbst? Georg hatte gesagt, er wolle sie mit nach Hause nehmen. Sie brauchte nur daran zu denken und wusste, dass sie ihre Entscheidung längst getroffen hatte. Nicht gegen Sophie, nicht gegen Laurin, aber für sich und Georg.

Sophie hatte inzwischen ihr Glas auf dem kleinen runden Beistelltisch abgestellt. »Haben wir eine Übereinkunft?«, fragte sie.

Anne wagte kaum aufzuschauen, als sie antwortete.

»Es tut mir sehr leid. Aber ich kann nicht, auch wenn ich Ihr Angebot verlockend finde.«

»Was ist es, das dich hindert?«

»Ich beabsichtige, aus Coblenz fortzugehen.«

Anne errötete, und Sophie begriff sofort.

»Ein Mann steckt dahinter, und es ist nicht dein Mönch. Hab ich recht?«

Fast schämte Anne sich, aber dann erinnerte sie sich daran, wie alt sie war und dass sie sich für nichts in der Welt zu schämen brauchte, was gottgewollt war. Sie nickte mit scheuem Lächeln.

»Das heißt dann wohl, dass du mich verlassen wirst«, konstatierte Sophie.

»Bald kommt er, um mich zu holen.«

»Klingt ja, als wäre er der Leibhaftige.«

»Nein, nein«, korrigierte Anne sich rasch selbst. »Er ist mehr der ... der Wahrhaftige. Ja, ich glaube, das ist er für mich.«

»Und du für ihn?«, fragte Sophie. »Na, du brauchst nicht zu antworten. Es geht mich nichts an. Ich bin traurig, Anne. Ich mag dich nicht verlieren, und doch freue ich mich unbändig für dich. Ich wünschte, wir hätten mehr Zeit miteinander verbringen können, nein dürfen, möchte ich in deinem Fall sagen.«

»Sie beschämen mich, Sophie.«

Sophie nahm Annes Hände in die ihrigen. Sanft streichelte sie über ihre Finger. »Nein, das brauchst du nicht zu sein«, sagte sie. »Wann kommt er, dein Liebster?«

»Er sagte, dass er morgen von seiner Reise zurückkommt und mich mit zu sich nach Hause nehmen wird.«

»Morgen schon?«

Hilflos hob Anne die Schultern. Sie wollte der alten Dame nicht wehtun, aber jetzt war die Zeit gekommen, auf sich selbst zu achten. Auf das eigene Herz zu hören.

»Ich bin Ihnen sehr dankbar für alles, Sophie. Wie Sie mich behandelten, was Sie mir beigebracht haben, die Gespräche mit Ihnen. Alles ein kostbarer Schatz für mich. Und am allermeisten dankbar bin ich dafür, was Sie für Laurin getan haben. Ich weiß nicht, wie ich Ihnen das jemals vergelten kann.«

»Das brauchst du nicht, Anne. Ich bin gegen jede Form von Ungerechtigkeit. Ob sie nun uns Frauen in dieser Welt der Männer und Soldaten betrifft oder einen Menschen, der der Willkür eines anderen ausgesetzt ist. Ich habe deinem Mönch gern geholfen. Ich gebe zu, ich habe es auch und vor allem wegen dir getan. Ich mochte es zu sehen, dass du von einer Last befreit warst.«

»Sie sind eine außerordentliche Frau«, sagte Anne.

Sophie lachte. »Das hat der Goethe auch zu mir gesagt.«

29

E s hatte bis zur Mittagsstunde geregnet, dann aber wagte sich die Sonne hinter den Wolken hervor und brachte die Pfützen auf dem Kopfsteinpflaster zum Glitzern. Die Tropfen funkelten mit Annes Augen um die Wette, so schien es, denn mit dem heutigen Tag waren die drei Wochen verstrichen, die Georg auf Reisen war.

Heute würde er zurückkommen und ihre Antwort erwarten.

Sie kannte ihre Antwort.

Sie würde mit ihm gehen.

Dank Sophie von La Roche konnte sie ihrem Herzen folgen. Laurin war freigelassen worden. Wie man hörte, erlitt Commandant Renaud deswegen einen Tobsuchtsanfall. Zwei seiner Gefangenen an einem Tag zu verlieren. Schlimm. Konnte Laurin und Anne aber egal sein. Als sie sich wieder in Freiheit umarmten, schien sich alles zum Guten gewendet zu haben. Auch wenn Anne erschreckte, als sie Laurin erblickte, weil sein Gesicht aufgrund weiterer Schläge arg geschwollen war. Renauds »Abschiedsgruß«.

»Nicht so schlimm, ich bin da nicht zimperlich«, hatte Laurin behauptet, als Anne vorsichtig über die Blutergüsse strich. Kaum ist er frei, schon überschätzt er sich wieder, dachte sie. Aber sollte er nur. Besser als langes Jammern.

Die Verabschiedung von Sophie von La Roche war einer der intensivsten Momente in Annes Leben gewesen. Wer hätte das vor wenigen Wochen gedacht, als sie als unbedarftes

Zimmermädchen der wunderbaren alten Dame vorgestellt worden war?

»Ich danke Ihnen für alles«, hatte Anne mit einem Kloß im Hals gesagt. »Nicht nur wegen mir, vor allem für das, was Sie für Laurin getan haben.«

Sophie bedauerte Annes Fortgehen über alle Maße. Sie schämte sich ihrer Tränen nicht. Immer wieder wischte sie eine weg, mal aus dem linken Augenwinkel, mal aus dem rechten.

»Ich will keinen Dank, liebste Anne. Aber du kannst mir einen Wunsch erfüllen.«

»Um welchen handelt es sich?«

Sophie zwinkerte listig. »Du wirst es wissen, wenn der Moment gekommen ist.«

Es war ein verwirrendes Gefühl, das sich in Annes Brust ausgebreitet hatte. Sie verließ einen Menschen, dessen Zuneigung sie spürte, die ihr guttat.

Wenn sie heute mit Georg fortging, dann war es beinahe so, als würde sie ein Zuhause verlassen, um eine Heimat zu finden.

Während sie nun hier unten vor der Tür des *Roten Hauses* stand und voller angespannter Freude nach Georg Ausschau hielt, befand sich Laurin oben bei Sophie und bedankte sich. Wie Anne ihn kannte, tat er das mit einem umständlichen Wortschwall, sicher auch, weil er seine Abreise ein klein wenig verzögern wollte. Er wusste bereits, dass sich sein und Annes Weg von nun an trennten.

Der Regen hatte die Luft in den Straßen der Stadt gereinigt. Dennoch roch es anders als in den Wäldern. Als sie noch in Brunnenweiler gelebt hatte, war Anne gar nicht bewusst gewesen, wie sehr sie das einfache Leben auf dem Land liebte. Sie musste erst weggehen, um sich selbst zu erfassen. Und jetzt konnte sie es kaum erwarten, wieder den frischen Duft von Gräsern und Wiesen um sich zu haben.

Sie machte ein paar Schritte die Kornpfortstraße hinauf, drehte um und ging wieder zurück. Immer nach Georg Ausschau haltend.

Er holt mich vor dem Roten Haus *ab. Das hat er gesagt. Er kommt und holt mich zu sich.*

Er kam nicht.

Stunde um Stunde verstrich, in der Anne bei erneut einsetzendem Nieselregen vor der Tür des *Roten Hauses* wartete. Sie fror. Das dünne Schaltuch um ihre Schultern war weder wärmend noch tröstend.

Sie sprach sich beruhigende Sätze zu. *Er war aufgehalten worden. Es würde eine Nachricht kommen.*

Die Haare klebten feucht an ihrer Stirn, und in den Schuhen bildeten sich ebenso Pfützen wie auf dem Kopfsteinpflaster.

Sie wartete.

Sie unterdrückte die Tränen. Der Schmerz begann in ihrer Brust zu wühlen. Die wachsende Unruhe wich, und eine große Leere machte sich breit.

Er würde nicht kommen.

Irgendwann trat Laurin neben sie. Wortlos nahm er sie in seine Arme. Er drückte ihr einen Kuss auf die Stirn.

»Leb wohl, Anne. Pass gut auf dich auf.«

Er trug wieder seine Mönchskutte und schlug die Kapuze hoch. So verschwand er im Nieselregen die Straße hoch.

Anne hob den Kopf. Sie hatte die Hoffnung aufgegeben, in der Ferne noch Georg entdecken zu können. Sie drehte sich um und schaute hoch zu den Fenstern im oberen Stockwerk des *Roten Hauses*. Hinter einem konnte sie Sophie von La Roche erkennen, die zu ihr herunterschaute.

Ihre Blicke trafen sich. Bedauernd hob Anne die rechte Schulter leicht an. Sophie nickte ihr mitfühlend zu.

Dann ging Anne durch den Regen dem Mönch hinterher.

30

Mundo umklammerte die Weinflasche wie einen Schatz, den er mit niemandem teilen wollte. Die Flasche in seiner Hand wurde leichter und sein Kopf schwerer. Völlig betrunken wankte er die Straße hinunter.

Nach seiner Entlassung aus dem Gefängnis war er sofort zur *Traube* gelaufen, weil er wissen wollte, ob seine komplette Truhe zu der alten Krähe gebracht worden war. Vielleicht hatte sich die Sidonie, dieses schlaue Biest, ja einen kleinen Anteil abgezweigt. Den wollte er wiederhaben. Einzig, es gab keinen Anteil. Seine Beute war futsch, aber immerhin war er wieder frei. Sidonie schenkte ihm eine Flasche Wein und schickte ihn fort.

Er torkelte durch die Coblenzer Straßen, pöbelte herum und kam irgendwann ans Löhr-Tor, wo er an der Steinmauer stehen blieb und sich abstützte. In seinem Kopf drehte sich alles. Unter dem Gelächter der Wachposten rutschte er die Mauer hinunter und schlief halb angelehnt auf der Stelle ein. Euch mach ich fertig, dachte er und drohte den Wachposten mit der leeren Flasche, die daraufhin nur noch mehr lachten. Einer legte zum Spaß sein Gewehr auf ihn an und tat, als würde er ihn erschießen. Mundo wollte vom Boden aufstehen, doch seine Knie versagten.

Ein leichter Windstoß hob ihm den zerlumpten Hut vom Kopf. Im überhasteten Bemühen, den Hut festzuhalten, entglitt Mundo die Flasche. Sie zersplitterte auf dem Pflaster.

»Heilige …«, fluchte Mundo.

Er rollte sich herum und versuchte, das Versickern der letzten Tropfen irgendwie mit Händen aufzuhalten. Als er merkte, dass es ein unmögliches Unterfangen war, presste er sein Gesicht auf die Straße. Er streckte die Zunge heraus und leckte über die Pflastersteine.

Müde blieb Mundo einfach liegen und schlief ein.

Wie lange er geschlafen hatte, vermochte er nicht zu sagen. War ihm auch egal. Nicht egal war ihm aber, dass jemand kräftig an seiner Schulter rüttelte, bis er endlich wach war. Er hatte schon für weniger anderen die Zähne ausgeschlagen.

»He, wer will was?«, raunte er.

Noch benebelt vom vielen Wein packte er den Mann, der sich über ihn beugte, am Wams und riss ihn zu sich auf den Boden.

Mundo kannte den Mann nicht. Nie zuvor gesehen. Aber der kannte ihn anscheinend, denn er sprach ihn mit seinem Namen an. Angewidert hatte er seinen Namen gesagt, als wäre er was Besseres. Grund genug, ihm das Messer an die Kehle zu setzen. Wenn sich in seinem Kopf nicht immer noch alles drehen würde.

»Hab eine Nachricht für dich«, sagte der Mann. Er stieß Mundo von sich. Dabei riss der Stoff seines Hemds ein.

»Von wem?«

»Soll ich nicht sagen.«

»Dann scher dich zum Teufel.«

»Ich soll nur sagen, dass du zur *Traube* kommen sollst. Jemand will dich dort treffen.«

Mundo lachte heiser, bis er husten musste. Er spuckte einen Klumpen Schleim aus. »Dieser Jemand interessiert mich nicht, sag ihm das.«

»Ich soll auch sagen, dass er einen Haufen Golddukaten für dich hat.«

»Wen soll ich dafür umbringen?«

»Woher soll ich das wissen? Und jetzt lass mich los, du stinkender Bastard.«

Zehn Minuten zögerte Mundo. Doch dann siegte die Neugier über die Auflage, dass er nur aus dem Gefängnis entlassen worden war, wenn er Coblenz unverzüglich verließ. Als er in die *Traube* eintrat, winkte ihn jemand zu sich an den Tisch. Verdächtig abseits der anderen Gäste hockte der Kerl. Er wollte wohl weder gesehen noch gehört werden. Mundo setzte sich ihm gegenüber.

»Ah, du bist's«, sagte er. »Hätte ich nicht erwartet.«

Sein Gegenüber musterte ihn mit einem herablassenden Blick, doch Franz Mundo scherte sich nicht weiter darum. Er hatte solche Blicke häufiger als schöne Tage in seinem Leben erlebt. Anfangs hatte es ihn wütend gemacht, wenn jemand glaubte, er könne auf ihn spucken. Dann hatte er zugeschlagen, bis seine Faust bis zum Handgelenk blutig war. Aber irgendwann hatte er sich in den Griff bekommen, weil er gelernt hatte, dass seine Zeit der Rache kommen würde. Und sie kam auch immer. Noch niemand, der ihn beschimpft hatte, war davongekommen. Erst recht nicht, seit er sich gelegentlich mit dem Johannes Bückler zusammengetan hatte, der immerhin der Schinderhannes war und somit der bekannteste und gefürchtetste Räuber weit und breit. Etwas von Schinderhannes' üblem Ruf hatte auch auf ihn abgefärbt. Das genügte Franz Mundo, um sich in einem Leben aus Raub und Mord einzurichten. Nur erwischen lassen durfte er sich nicht. Den Schinderhannes hatten sie erwischt, die Franzosen, und nun hockte er im Gefängnis und wartete auf sein Gerichtsverfahren, das ihm zwar die neuen Gesetze garantierten, aber wohl nichts daran ändern würden, dass er das Bluthemd übergestreift bekam, um den Gang zur Guillotine anzutreten. Schinderhannes' Kopf wird fallen, das war so sicher wie dieses berühmte Amen in der Kirche, von dem Mundo lediglich gehört, es selbst aber noch nie ausgesprochen hatte. Aber sein Kopf nicht. Das war es, was Mundo sich jeden Tag aufs Neue schwor, bevor er sich auf den Weg zur nächsten Untat machte.

Der Andere winkte eine Bedienung an den Tisch. Die Wirtin Sidonie selbst brachte einen frischen Krug und schenkte zwei Becher randvoll. Mundo griff sofort zu. Der Wein glitt durch seine Kehle, die keinerlei Widerstand in Form von gelegentlichem Schlucken leistete.

»Du fragst nicht, weshalb ich dir einen ausgebe?«, fragte der Andere.

»Du hast die Taler, ich habe den Durst. Das passt zusammen«, sagte Mundo.

Es gefiel ihm zu sehen, wie seine gleichgültige Art den Anderen nur mühsam seine Beherrschung behalten ließ. Aber er wollte es nicht auf die Spitze treiben. Noch war er nicht aus Coblenz verschwunden und somit immer noch der Gefahr einer erneuten Verhaftung ausgesetzt. Einen Grund fanden die Franzosen schnell.

»Werd nicht frech, Mundo. Du bist nichts als ein kleiner Räuber und Dieb. Während man von dem Schinderhannes noch in Jahren, vielleicht Jahrzehnten sprechen wird, haben die Menschen deinen Namen vergessen, noch bevor dein Kopf in den Flechtkorb gefallen ist.«

Mundos Blut begann zu köcheln. Er atmete tief ein, um nicht blitzschnell mit der Faust über den Tisch zu langen. Das Gesicht des Anderen bettelte förmlich um eine Wagenladung Ohrfeigen.

»Ein Grund mehr für mich, nicht zum Fallbeil zu müssen.«

»Und eine Möglichkeit dazu biete ich dir an.«

»Jetzt scheinst du endlich auf den Punkt zu kommen«, sagte Mundo, während er sich im Schankraum nach den

Mädchen umsah, die von Tisch zu Tisch hüpften und den Gästen Wein brachten und manchmal auch ein Lächeln schenkten. Eins der Mädchen gefiel ihm besonders gut. Dieses dort mit der krummen Nase. Seine Nase war auch krumm und eingeschlagen. Sie passten also gut zusammen.

»Hörst du mir noch zu, Franz Mundo?« Die Stimme des Anderen wurde ungehalten.

»Aber ja. Ich plane nur schon für die Nacht.«

»Die wirst du ganz sicher nicht hier in der *Traube* verbringen.«

»Wer will das verhindern? Du etwa?«

Mundo zwinkerte dem Mädchen zu. Sie schaute hastig weg.

»Ich und eine Menge Gold«, sagte der Andere.

Wenig später trank Mundo sein Bier aus und machte sich auf den Weg.

Er mochte es nicht, wenn Dinge lange unerledigt blieben.

31

Der anhaltende Regen der vergangenen Tage hatte den Erdboden aufgeweicht. Bei jedem Schritt schienen sich ihre Schuhe an dem Schlamm festzusaugen. Nur mühsam kamen sie voran.

Anne und Laurin orientierten sich am Verlauf des Flusses. Sie kamen an Mühlen vorbei, die sie meist umgingen, um sich keinen unnötigen Ärger einzuhandeln. Die Müller in dieser Gegend waren aufgrund der vergangenen Jahre, in denen so viele Räuberbanden ihr Unwesen getrieben hatten, argwöhnisch allen Fremden gegenüber geworden. Zu Recht, hatte doch so mancher, der einem Schurken wie dem Schinderhannes gegenüberstand, nicht nur seine Säcke mit Mehl verloren, sondern sich auch verbrannte Füße eingehandelt, wenn einer der Räuber ihm diese in die Glut des Ofens steckte.

Tags darauf hatte es aufgehört zu regnen. Anne und Laurin durchstreiften eine weitläufige, mit Weiden und Erlen dicht bewaldete Landschaft. Der Boden dampfte in der aufkommenden Wärme wie Frühnebel.

Schon seit einer Weile hatten sie ihren Weg schweigend zurückgelegt. Doch in Annes Kopf herrschte ein wildes Durcheinander. Kaum einen Gedanken konnte sie länger fassen, denn alle stürmten gleichzeitig auf sie ein.

Wie soll es jetzt weitergehen? Wohin sollen wir? Werden wir sicher sein können? Wo ist Georg? Warum war er nicht zu ihr zurückgekommen?

Mehr Fragen als Antworten, und die wenigen, die sie glaubte zu haben, waren so unbefriedigend.

Ist deine Zuneigung nach unserer gemeinsamen Nacht bereits verflogen?

Waren Laurin und sie anfangs noch mit eiligen Schritten gelaufen, um möglichst rasch eine große Entfernung zwischen sich und Coblenz zu bringen, verlangsamten sie ihr Tempo, als Laurin zu keuchen begann. Für eine erste Rast des Tages suchten sie sich eine versteckte Stelle im Gehölz abseits der Straße. Sie wollten auf keinen Fall erneut von einer vorbeikommenden Patrouille aufgegriffen werden. Einmal reichte.

»Wo sind wir?«, fragte sie Laurin, der die Blasen an seinen Füßen begutachtete.

»Auf jeden Fall noch zu nahe an Coblenz und diesem Renaud.«

»Na schön, dann frage ich anders. Wohin gehen wir?«

»Ich dachte, wir folgen dem Verlauf der Nette. Irgendwo zwischen Coblenz und Mayen sollten wir auf ein verschlafenes Dorf stoßen, wo wir erst mal unterkommen können. Vielleicht finden wir sogar eine Arbeit. Nur für den Anfang. Wenn wir nicht unnötig auffallen, dann haben wir vielleicht unsere Ruhe.«

»Glaubst du, dieser Renaud schickt uns Soldaten hinterher?«

Laurin presste die Lippen zu einem Strich zusammen. »Er will die goldene Glocke, und ich weiß, wo sie liegt.«

»Dann wäre es besser, du würdest dich wieder einmal von deiner Mönchskutte trennen. Renaud kennt dich nur mit ihr. Wenn du endlich in alltäglicher Kleidung steckst, kann dich niemand erkennen.«

Laurin nickte. Er wusste, dass Anne recht hatte. Das Problem war nur, dass er keine andere Kleidung mehr zum

Wechseln besaß. Alles hatte auf dem Karren gelegen, und der war ihnen samt Hab und Gut und klapprigem Gaul weggenommen worden.

»Wenn wir uns in einem Dorf niederlassen, kann ich mir was besorgen.«

»Wirst du es auch wirklich machen?« Anne war skeptisch.

»Ich versprech's. Ich will ja überleben.«

Laurin betastete sein Gesicht, das allmählich abschwoll. »Und du?«, fragte er unvermittelt. »Wie geht es dir?«

Eine Flamme schoss Anne den Hals hoch. Sie wusste, worauf er anspielte, vielmehr auf wen. Natürlich dachte sie beinahe unentwegt an Georg, und ihr Herz fühlte sich an wie ein Wachsklumpen, der zusammengedrückt wurde. Warum sollte sie leugnen? Warum so tun, als ginge es ihr gut?

Also zuckte sie nur mit der Schulter, um nicht sprechen zu müssen.

Das Leben der Menschen in dieser Gegend von den Städten weit entfernt war beschwerlich. Sie waren harte Arbeit gewohnt und wussten, dass das Wenige, das sie mit ihren kleinen Höfen und auf den Feldern erarbeiteten, kaum zum Leben reichte. Aber niemand beschwerte sich. Sie waren nichts anderes gewohnt.

Anne und Laurin folgten dem Fluss drei Tage. Dann beschlossen sie, ins dicht bewaldete Landesinnere zu gehen.

Nach einem weiteren Tag stießen sie auf eine Ansammlung von einem halben Dutzend allein stehender Häuser und Hütten, die lose verstreut entlang einer Straße lagen. Dazu eine große Scheune, die zu einem Stellmacher gehörte, und ein umzäunter kleiner Hof mit Hühnern, der von einem alten Ehepaar bewirtschaftet wurde. Vielleicht waren sie auch noch nicht so alt, aber die Frau, die ihnen entgegenschaute, hatte ein ausgezehrtes Gesicht mit hervorstehenden

Wangenknochen, einem langen Unterkiefer und einem Blick in den kleinen Augen, der die Ankömmlinge wie eine Mistgabel aufspießte.

Alles wirkte wie von der Sonne über Jahre hinweg verdorrt. Die Menschen ebenso wie das Land, dem sie ihr Leben abtrotzten.

»Dieser Weiler ist nicht groß«, bemerkte Anne.

Laurin klatschte in die Hände. »Das ist genau das, was wir suchen«, sagte er. »Eine gottverlassene Siedlung mitten im vergessenen Land. Mehr als zwei Dutzend hinterwäldlerische Gemüter wird es hier nicht geben.«

Anne musste das erste Mal seit ihrer Flucht aus Coblenz lachen. »Hast du das eben wirklich gesagt? Gottverlassen?«

»Der Herr wird es mir nachsehen. Komm, Anne, hier bleiben wir. Gehen wir zu den netten Leuten und stellen uns vor. Mal sehen, wo wir uns niederlassen dürfen.«

Die *netten Leute* entpuppten sich als äußerst misstrauisch. Eine Frau und ein Mönch. Einzeln war das nichts Besonderes, aber zusammen waren sie den Menschen wie üblich verdächtig. Seit die Franzosen sich durch ihren Ort geplündert hatten, was auch die Mitnahme einiger Söhne für die Armee miteinschloss, traute man niemand Fremden mehr über den Weg.

Immerhin durften sich Anne und Laurin in der Scheune niederlassen.

Der Stellmacher überließ ihnen eine kratzige Decke. Er schaute finster, doch Anne stellte bald fest, dass seine Augen nur durch die ständige Arbeit im Freien zusammengekniffen waren.

Die Frauen, die sie von Weitem neugierig beäugten, trugen lange Oberröcke über den Untergewändern, dazu einfache Hemden. Die Haare lagen zu mehreren Zöpfen geflochten und mit zwei Nadeln festgesteckt als Schnecke um den

Kopf. Darauf trugen sie Hauben, die vorne mit goldener Spitze eingefasst waren. Anne wusste, dass das eigentlich verboten war. Diese Art von Einflechtung war nur höheren Damen vorbehalten, aber offensichtlich scherte sich hier niemand darum. Vielleicht war es eine eigene Form der Aufmüpfigkeit.

Wie im ganzen Land ja auch weiterhin der Sonntag einer Siebentagewoche gefeiert wurde und nicht wie von den Franzosen vorgeschrieben eine sogenannte Dekade, in der nur jeder zehnte Tag als Ruhetag ausgewiesen war. Hier im versteckten Umland der größeren Städte scherte es sowieso niemanden, was man tat oder nicht. Einzig ums Überleben ging es, und dabei halfen einem die Franzosen nur begrenzt.

Am darauffolgenden Tag begannen Anne und Laurin, mal dem einen, mal dem anderen in dieser überschaubaren Anzahl von Dörflern bei allen möglichen Arbeiten zur Hand zu gehen. Es ging nicht nur darum, einen guten Eindruck zu machen, sondern auch zu zeigen, dass sie Teil der Gemeinschaft werden wollten.

Am übernächsten Tag konnte Laurin seine Arbeitskraft gegen eine Hose, ein Wams und ein Paar Schuhe eintauschen, die dem Sohn des Hofbesitzers gehört hatten, der sie nicht mehr brauchen würde, weil er zu denen gehörte, die von Napoleons Soldaten eingezogen worden waren. Bei einem sinnlosen Scharmützel hatte ihn eine Kugel getroffen.

Als Laurin Anne stolz seine neuen Kleider präsentierte, war sie erleichtert. Solange Laurin in dieser Kutte steckte, blieb die Ungewissheit, nicht doch noch von einer Patrouille zurück nach Coblenz gebracht zu werden. Jetzt aber konnte sie wirklich glauben, dass ein neues Leben möglich sei.

Vier Tage später waren die *netten Leute* zwar nicht mehr ganz so misstrauisch, aber auch immer noch nicht sehr gesprächig.

Abends blieben Anne und Laurin unter sich. Die vierzehnjährige Tochter des Stellmachers brachte ihnen eine Suppe. Das Mädchen war in einem schlimmen Alter, bewegte sich kokett und lachte viel zu laut. Ihre Hände waren von der Feldarbeit geschunden, aber ihr Gesicht hatte die Haut einer reifen Frucht. Sie hieß Mildred und versuchte zu Annes Erstaunen doch tatsächlich, Laurin zu beeindrucken. Sie wusste um ihre blütenhafte Schönheit und spielte mit ihr auf vergnügte, aber ganz sicher nicht unschuldige Weise.

Zum Glück verschüchterte Laurin jede Annäherung einer Frau, egal, wie alt sie war. Ansonsten hätte Anne es bereut, dass er seine Mönchskutte eingetauscht hatte. Neuer Ärger war das Letzte, was sie gerade gebrauchen konnten. Und hier auf dem Land, weit weg von der neuen französischen Rechtsprechung, nahmen die Menschen die Dinge noch selbst in die Hand, ganz ohne gerichtliche Verhandlung. Hätte Laurin sich mit dem Mädchen eingelassen, dann wäre er wohl unter den Schlägen von Dutzenden von harten Knüppeln zu Tode geprügelt worden. So, wie Strafen hier immer schon vollstreckt wurden.

Als Mildred aus der Scheune gegangen war, stupste Anne Laurin an.

»Wirst du diesen Verlockungen widerstehen können?«, fragte sie scherzhaft.

Er antwortete vollkommen ernst: »Mein Glaube wird mir helfen.«

Sicher, mein Freund, er wird sich vor allem mit deinen Säften einen harten Kampf liefern.

Ein klein wenig beneidete Anne ihn. Sie hatte noch nie an etwas glauben können. Nicht einmal an sich selbst.

Und seitdem sie in Coblenz vergeblich auf Georg gewartet hatte, würde ihr das vermutlich auch nicht mehr gelingen.

»Wie ist eigentlich dein Nachname?«, fragte Anne plötzlich.

Laurin zog die Mundwinkel herab. »Den habe ich vergessen.«

»Hast du nicht.«

»Irgendwie doch. Jedenfalls mag ich ihn nicht.«

»Hm«, überlegte Anne. »Ich glaube, ich kann dich verstehen. Ich möchte auch nicht mehr wie mein verstorbener
Trinkergatte heißen, und der Name meiner Kindheit ist zu
weit weg. Wie wär's, Laurin, beschenken wir uns mit einem
neuen Nachnamen?«

»Wir beide denselben?«

»Aber ja. Jetzt, wo du deine Kutte ausgezogen hast, wird
sich jeder wundern, dass du nur einen Vornamen hast. Anne
Saint-Yves, das klingt doch schön, oder?«

»Und so französisch.«

»Macht uns eine Spur unverdächtiger.«

»Vor allem, weil ich ja auch so gut diese Sprache spreche«,
gab Laurin sarkastisch zu bedenken.

»Kommst du halt aus dem Grenzgebiet. Da fällt das nicht
wirklich auf. Komm schon, Laurin, mir gefällt der Name,
und wir müssen wirklich was tun. Ich will nicht noch mal so
einem Mistkerl wie diesem Renaud in die Hände fallen.«

Laurin betastete seine Wange. Sie schmerzte immer noch.
Nein, so etwas wollte er auch nicht noch mal erleben müssen.

»Hm, Laurin Saint-Yves ... na ja, klingt irgendwie ...«

»Gut.«

»Ich wollte seltsam sagen.«

»Dann passt er doch gut zu dir.«

Anne klatschte begeistert in die Hände vor Lachen. Ach,
Aufbruchstimmung war schon etwas Herrliches.

Im Lachen verbarg sie ihr Gesicht mit beiden Händen.
Laurin sollte nicht sehen, wie sie sich wirklich fühlte. Sie

konnte nichts dagegen machen. In jeden ihrer Gedanken drängte sich Georgs Gesicht und die Erinnerung an die Berührung seiner Hände auf ihrer Haut.

Sie wollte nicht glauben, dass er sich einfach so aus dem Staub gemacht hatte. Aber wenn sie ehrlich war, dann war es wohl genau so. Oder, und Anne erschrak bis ins Mark bei diesem Gedanken, oder es war ihm etwas zugestoßen. Etwas, das seine Rückkehr verhindert hatte.

Vielleicht sogar … für immer.

»Anne, ich hab mir auch was überlegt«, sagte Laurin. »Wir brauchen doch Geld, nicht wahr? Und ich weiß doch, wo diese Glocke vergraben ist. Was meinst du? Sollten nicht wir beide uns die unter den Nagel reißen?«

Anne verdrehte die Augen.

»Wie stellst du dir das vor? Sollen wir die Glocke mit unseren Händen ausbuddeln und dann zu einem Goldschmied bringen, der sie uns einschmelzt? Oder den Gegenwert auszahlt? Laurin, das ist naiv. Sicher, es ist verlockend zu wissen, wo ein kleines Vermögen zu holen wäre. Aber das brächte uns nur Unglück, glaub mir. Was denkst du wohl, wie lange würden wir von Straßenräubern oder anderem Mördergesindel verschont bleiben, wenn sich herumspricht, dass wir mit einer goldenen Glocke durchs Land fahren? Wir, ein behäbiger Mann und eine Frau. Noch am selben Tage wären wir tot.«

Laurin seufzte. »Du magst recht haben.«

»Das Beste ist, du vergisst diese Glocke.«

»Was meinst du mit *behäbig*?«

Nicht weit entfernt, vielleicht einen halben Tagesmarsch, stieg Franz Mundo die Uferböschung an der Nette hoch. Vor einer halben Stunde war er hier an dieser Stelle vorbeigekommen, die ihm als ein schönes Plätzchen zum Rasten erschienen war. Er hatte sich seine Schuhe ausgezogen und die Füße in das kühle Wasser gehalten. Dann war es Zeit weiterzugehen. Schließlich hatte er noch etwas zu erledigen. Er war zwar keiner, der sich an das Gesetz hielt, aber an sein einmal gegebenes Wort schon. Egal, um was es dabei ging.

32

Zur Mittagsstunde legte sich Laurin in der Scheune schlafen. Jetzt, wo er zur Ruhe kam, merkte er die Anstrengungen der vergangenen Tage. Zudem war seine Gefangenschaft auch strapaziös gewesen für einen freiheitsliebenden Menschen wie ihn.

Anne ließ ihn ruhen. Sie selbst wollte Gertrud Berger bei den Hühnern helfen, doch die alte Frau scheuchte sie genauso weg wie den Hahn, der sich bei den Körnern vordrängeln wollte.

Na schön, wenn man ihre Hilfe nicht wollte.

Anne versuchte, nicht gekränkt zu sein. Auch wenn in der letzten Zeit die Zurückweisungen überhandnahmen. Vielleicht noch ein paar Wochen, dann würden die Dörfler schon erkennen, dass von ihr und Laurin keine Gefahr ausging. Ganz sicher würden sie sie dann beide in ihre Gemeinschaft aufnehmen. Ein wenig Geduld nur brauchte es.

Anne nutzte die Zeit, um sich in der Gegend umzuschauen. Sie spazierte durch das dicht bewaldete Stück am Ende der kleinen Straße, die in den Ort führte. Von dort bog sie auf einen Trampelpfad ab, der links und rechts von hohen Gräsern gesäumt war und hinunter zum Fluss führte, der an dieser Stelle ruhig verlief. Durch hohe Bäume auf der anderen Seite war er ab der Mittagsstunde vor der Sonne geschützt.

An einer sandigen Stelle der Uferböschung setzte sie sich, zog die angewinkelten Beine dicht an ihren Oberkörper und beobachtete, wie das Wasser ruhig an ihr vorbeifloss.

Wenn doch nur alles einer so einfachen Bestimmung folgen könnte. Von der Quelle zur Mündung. Von der Geburt bis zum Tod. Eine Richtung, mehr war es doch nicht, oder?

Sie stützte sich mit den Händen hinter dem Rücken ab und hing ihren Gedanken nach. Sie konnte immer noch nicht verstehen, weshalb Georg sein Versprechen, sie zu holen, nicht wahrgemacht hatte.

Einen Moment lang überkam sie eine derart starke Traurigkeit, dass sie sogar nicht einmal imstande war, zu weinen. Allein, unbeobachtet, es hätte ihr so gutgetan, aber sie konnte nicht, als würde sie es sich selbst nicht gestatten.

Sie nahm einen flachen Kiesel in die Hand und warf ihn in hohem Bogen in den Fluss. Dann stand sie auf und stieg über die vegetationsreiche Böschung zurück zum Weg. Nach ein paar Metern verfing sich ihr langer Rock an einem überhängenden Dornengestrüpp. Sie wollte sich lösen, blieb dabei mit dem Ärmel an einem Brombeerstrauch hängen. Sie zerrte ungeschickt am Stoff, der prompt ein Stück einriss.

Verärgert fluchte sie leise vor sich hin.

»Ich kann helfen«, sagte plötzlich jemand.

Anne hob erschrocken den Kopf. Wer war ihr gefolgt? Durch eine unachtsame Bewegung ritzte sie ihren Unterarm an einem Dornenast.

»Langsam, du tust dir nur weh.«

Anne sah in die Richtung, aus der die Stimme kam. Ein Mann trat zwischen den Bäumen hervor. Wachsam wich sie zurück. Den Mann im Auge behaltend, suchte sie gleichzeitig den Boden nach einem faustgroßen Stein ab, um sich besser wehren zu können. Der Mann lachte und hob beschwichtigend beide Hände, weil er ihre Absicht erkannte.

»Bevor du etwas Unüberlegtes tust, lass dich beruhigen«, sagte er. »Ich bin genauso überrascht, hier auf dich zu treffen, wie du auf mich.«

Er war jung. Sein Gesicht war von keinerlei Mühsal belastet, mit einem spärlichen Bartwuchs versehen, das seiner ansonsten recht kräftigen Statur ein unschuldiges Aussehen verlieh. Seine Hände waren feingliedrig. Zwischen den Fingern drehte er etwas hin und her, das Annes Aufmerksamkeit erregte. Sie konnte nicht erkennen, was es war.

»Was wollen Sie?«, fragte sie.

»Ich hab mich hier nur kurz ausgeruht. Schau, dort an dem Baumstumpf lehnte ich. Ich heiße Curd, und du?«

»Ich heiße nicht Curd.«

Erst verblüfft, dann so herzlich lachend, dass Anne beinahe mitgelacht hätte. Etwas an ihm erinnerte sie an Georg. Er hatte auf ihre schnippische Art zu antworten ebenso reagiert.

Doch Anne wollte wachsam bleiben. Wer wusste schon, auf welches Gesindel man in diesen Wäldern treffen konnte. Es schlichen immer noch einige Räuberbanden durchs Land, die sich nahmen, was sie wollten. Ob Gold, Stoffe, Frauen, es war ihnen einerlei. Da, wo andere Menschen ein Gewissen plagte, waberte bei ihnen nur eine schwarze, zähe Masse. Anne war mehr als nur einem von dieser Sorte bereits begegnet, um zu glauben, dass diese Menschen läuterbar seien.

Curd machte einen Schritt zur Seite und wies mit der ausgestreckten Hand zum Baumstumpf. »Magst du dich zu mir setzen? Das Moos ist weich, das Wetter herrlich und das Leben wunderschön, so wie du.«

Jetzt musste Anne doch wenigstens kopfschüttelnd schmunzeln.

Da erkannte sie, was Curd zwischen den Fingern drehte. Einen Kohlestift.

Ihr Blick ging zum Baumstamm, und am freien Holz, wo ein großes Stück Rinde abgefallen war, entdeckte sie etwas Geschriebenes. Sie ging an Curd vorbei, um es genauer zu betrachten.

Da war es. Das Gedicht. Zwei Zeilen, die sie schon einmal gelesen hatte.

Er suchet in seinen Gedanken auf,
die Blicke voll Lust und voll Liebe

»Gefällt es dir?«, fragte Curd.

Er setzte sich mit dem Rücken an den Baumstamm, nahm Annes linke Hand und zog sie zu sich auf den Waldboden. Anne ließ es geschehen. Dass er sie bei dieser Gelegenheit gleich küssen wollte, erlaubte sie allerdings nicht. Bestimmt hielt sie ihre flache Hand zwischen ihre beiden Gesichter.

»Du bist also derjenige, der überall im Land dieses Gedicht hinterlässt«, sagte sie.

»Der bin ich wohl. Ich freue mich, dass es dir aufgefallen ist.«

»Ja, das ist es. Ich habe es auf einer Scheunenwand entdeckt und auch in Coblenz an mehreren Stellen. Bist du aus Coblenz?«

Curd verneinte. »Gerade komme ich zwar aus Coblenz, aber mein Zuhause liegt woanders. Ich war nur dort, weil ich ein paar Freunde getroffen habe.«

»Und dann hinterlässt du dieses Gedicht an Häuserwänden?«

»Das kann leichthin passieren. Aber du, woher kommst du? Lebst du hier in der Nähe?«

Anne zögerte. Dann, als sie in seine offenen, vergnügt strahlenden Augen blickte, nickte sie.

Er versuchte, seinen Arm um sie zu legen, doch sie schob ihn nachsichtig lächelnd von ihren Schultern. Diese Jugend, sie gab nicht so schnell auf.

»Wer bist du?«, bohrte er weiter.

»Ich bin nur eine nette junge Frau.«

»Ich hoffe sehr, nicht zu nett und nicht zu jung.«

»Warum tust du das? Warum schreibst du überall, wo du hinkommst, heimlich dieses Gedicht an die Wände?«

Curd zuckte mit den Schultern. »Ich mag Gedichte. Und dieses ganz besonders. Ich weiß auch nicht, es gefällt mir eben. Ich wünschte, ich hätte es selbst verfasst.«

»Du bist auch Dichter?«

Curds Gesichtsausdruck veränderte sich. Als verfinsterte eine dunkle Wolke seine Miene.

»Hab's probiert«, antwortete er schließlich mürrisch. »Aber mir will es nicht recht gelingen.«

Fast tat er Anne leid, als sein jugendlicher Überschwang der harten Realität von Wollen und Können wich. Sie konnte sich gerade noch zurückhalten, ihn verständnisvoll an der Schulter zu berühren. Er hätte es sicher anders aufgefasst, als sie es verstanden haben wollte. Aber ihre sanften Augen genügten, um seine Laune sofort wieder zu heben.

»Ich mag es, wenn die Leute sich fragen, wer das Gedicht an die Wände geschrieben hat«, sagte er. »Es verleiht allem etwas Geheimnisvolles, auch mir, wenn ich so unentdeckt bleibe.«

»Nun, ich habe es ja entdeckt«, meinte Anne. »Was willst du jetzt machen, dass ich es nicht weitererzähle?«

»Ich werde dich wohl im Fluss ertränken müssen.«

Das Lachen blieb Anne im Halse stecken. Hatte er das ernst gemeint? Er musste ihren erschreckten Gesichtsausdruck bemerkt haben, denn sofort grinste er breit von einem Ohr zum anderen, um ihr zu zeigen, dass er nur einen Scherz gemacht hatte.

»Ich habe eine Schriftstellerin kennengelernt«, sagte Anne. »In Coblenz. Eine kluge und liebenswerte Dame. Vielleicht kann sie dir bei deiner Dichtkunst helfen?«

»Eine Frau, die schreibt?« Es klang ein wenig abfällig, wie er es sagte.

»Ja, und sie ist sehr bekannt.«

»Ach, das kann ich nicht glauben. Ich kenne nur Männer, die schreiben. Wie sollte eine Frau dazu befähigt sein? Kann ich mir nicht vorstellen. Die Erziehung der Kinder reicht doch vollkommen. Welche Frau sollte schon in der Lage sein, solche Sätze von erhabener Schönheit zu dichten?«

Anne spürte den Stachel in ihrem Herzen, als Curd sich über Sophie lustig machte.

»Diese Frau, von der ich spreche, dichtet wenigstens selbst«, sagte sie abgewandt.

Sofort bereute sie es. In Curds Augen loderte es auf. Abrupt hob er den rechten Arm, und für einen Moment sah es so aus, als wollte er Anne mit der flachen Hand ins Gesicht schlagen. Anne riss vor Schreck die Augen weit auf, und gleich darauf verengte sie sie zu schmalen Schlitzen.

»Wag es nicht«, sagte sie. Jedes einzelne Wort betonend.

Curd ließ die Hand sinken. Er lachte lauthals, als sei nichts gewesen. »Du bist leicht zu erschrecken«, sagte er.

»Das ist nicht lustig.«

»Ach, doch, und außerdem … was könntest du mir denn entgegensetzen, wenn ich es doch täte?«

Anne schwieg. Dieser junge Mann, der vielleicht nicht einmal zwanzig Jahre alt sein mochte, benahm sich sehr unausgewogen. Es fiel ihr schwer, ihn einzuschätzen. Seine offene Art, sein unbekümmertes Lachen, seine fröhlich funkelnden Augen machten ihn zu einem Sonnenschein des Lebens, wären da nicht diese aus dem Nichts auftauchenden dunklen Momente, die ihn umgaben.

»Mutter lebt nicht mehr, und Vater ist sehr beschäftigt. Du weißt schon, die neuen Zeiten und die Möglichkeiten, die sie mit sich bringen. Mein Vater kümmert sich eingehend um das Geschäft. Na, ich drück' ihm mal die Daumen, aber eine helfende Hand bekommt er nicht von mir.«

»Aber wäre es nicht schön, zu Hause zu sein?«

»Unterkunft und Verpflegung ist bei meinem Vater sicher bequem und reichlich«, sagte Curd. »Aber es sind da noch diese Verpflichtungen, die von mir erwartet werden, die mit einem Aufenthalt zu Hause verbunden sind.«

»Du bist also ein fauler junger Mann?«

»Ich bin nicht faul. Müde geboren bin ich. Lediglich geschaffen für die Dinge, die mich erfreuen. Und für all dieses erhalte ich sicher kein Verständnis von meinem Vater.«

Anne hörte die Verbitterung aus Curds Worten. Gleichzeitig erschien ihr die abwertende Haltung seinem Vater gegenüber auch reichlich überzogen. Sie schob es auf seine Jugend und die übermächtige Lust aufs Leben, die Curd ausstrahlte. Was zwischen Vater und Sohn vorgefallen war, ging sie nichts an. Und sie war nicht interessiert, sich auf die eigenen Kümmernisse noch die eines anderen draufzupacken.

Dennoch faszinierte Curd sie. War es seine Stimme, die ihr angenehm war? Als würde sie ihn schon länger kennen als erst ein paar Minuten. Sie wusste natürlich, dass sie ihm noch nie zuvor begegnet war, sondern es nur daher rührte, weil seine Hand das Gedicht an vielen Wänden hinterließ.

»Wieso schreibst du immer dieses eine Gedicht nieder?«, fragte sie. »Weshalb nicht auch mal ein anderes?«

Curd zuckte mit den Schultern. »Vielleicht ist mein Gemüt nicht sehr vielseitig? Vielleicht ist es auch nur das Einzige, das ich mir merken konnte. Ich weiß es nicht, Anne. Es gefällt mir. Reicht das nicht? Du gefällst mir.«

Er zog sie an sich und küsste sie, überfallartig wie ein Sturm, der rücksichtslos über das Land fegt.

Anne stieß ihn von sich fort. Er prallte mit dem Rücken

gegen den Baumstumpf. Mit dem Handrücken wischte sie sich über die Lippen.

»Warum hast du das gemacht?«, fragte sie verärgert.

»Ich habe es nicht allein gemacht. Du hast es genauso getan wie ich. Und du hast es genossen.«

Die Ohrfeige, die seine Wange rötete, hatte er nicht kommen sehen. Mit weit aufgerissenen Augen starrte er sie an. Dann machte er eine wegwerfende Handbewegung. »Die Zeit wird kommen, da du nur noch an mich denken wirst und an die Ekstase, die ich dir hätte bereiten können«, sagte er.

»Darauf kannst du warten, bis das Alter dir deinen Rücken gebeugt hat. Und natürlich auch darüber hinaus.«

»Ich kann auch auf dem Rücken liegen.«

Curd lachte so seltsam. Eine Gänsehaut kroch über Annes Arme.

Er stand auf und klopfte sich feuchten Sand und Blätter von der Kleidung, dann bog er seinen Rücken durch und sah sich um, als überlegte er, was er als Nächstes tun könnte.

»Komm, gehen wir in den Ort«, schlug er so beiläufig vor, als hätte er weder eine Ohrfeige noch eine Abfuhr kassiert. »Will doch mal sehen, was es da für mich zu tun gibt. Außerdem bin ich so noch ein Weilchen in deiner Nähe.«

Er half Anne beim Aufstehen.

»Mach dir keine Hoffnung, junger Freund«, sagte sie. »Ich lebe dort nicht allein.«

»Dann will ich mir deinen Gefährten mal anschauen.«

Sie gingen ein Stück zwischen Hecken und Sträuchern, bevor sie auf den Weg kamen, der direkt zurückführte.

»Dein Vater erwartet sicher einmal, dass du sein Geschäft übernimmst?«, fragte Anne.

»Natürlich erwartet er das«, sagte Curd. »Aber bis es so weit ist, bin ich ein alter Mann. Er ist vital und kräftig. Er wird bestimmt hundert Jahre alt werden.«

»Und so lange kannst du natürlich nicht warten.«

»Mir ist es gleich. Ich mach mir mein Leben schön, während er sich abrackert.«

»Das Leben machst du dir schön? Und wie?« Anne breitete die Arme nach allen Himmelsrichtungen aus. »Ich finde es wirklich schön hier in diesen Wäldern, am Fluss und den hügeligen Wiesen. Die unterschiedlichsten Gerüche zu den Jahreszeiten, die Farben der Pflanzen, selbst die Luft scheint die Farbe zu wechseln, wenn Sommer auf Frühling kommt und Winter auf Herbst. Ich liebe das. Aber du? Für dich ist das nicht das Leben, das du dir wünschst, hast du gerade selbst gesagt. Also, wo findest du dann dein schönes Leben? Gehst du wieder nach Coblenz?«

Curd seufzte amüsiert. Ihm gefiel Annes Fürsprache für das Land, auch wenn ihn keines ihrer Worte wirklich in seinem Inneren berührte.

»In Coblenz bin ich ab und zu, aber was soll ich dort ständig?«

»Vielleicht einen Beruf erlernen?«

»Ach, nein.«

»Dann vielleicht doch Dichter werden?« Anne klopfte mit dem Fingerknöchel gegen den Baumstumpf.

Curd lachte schallend auf. »Dichter? Ha, das wäre eine feine Sache, die mir gefallen könnte. Aber nein, dafür wäre es viel zu früh. Im Kämmerlein sitzen und Gedichte schreiben kann ich auch noch in zehn Jahren.«

»Und wie vergnügst du dich bis dahin?«

»Ich haue einfach ab. Alle paar Wochen kehre ich nach Hause zurück, bleibe eine kurze Zeit, dann haue ich wieder ab. Das mache ich schon seit Jahren so.«

»Alleine oder mit einem Mädchen?«

Curd hob überrascht eine Augenbraue. »Oho, das interessiert dich also? Habe ich doch ein Gefühl in dir geweckt?«

Anne überhörte die Bemerkung, und Curd sprach weiter:
»Weder allein noch mit einem Mädchen. Mit ein paar Kumpanen ziehe ich übers Land. Mein Vater kennt sie nicht, Gott sei Dank, denn würde er sie kennen, würde er sie eigenhändig am nächsten Giebelbalken aufhängen.«

»Wieso das denn?«

»Es sind Männer, die nicht die Werte meines Vaters teilen«, sagte er und ließ einen höhnischen Laut folgen.

Anne zwang sich, ihre Stimme nicht zittern zu lassen. »Aber deine schon?«

»Sei mal lieber froh, sie nicht zu kennen.« Er zwinkerte ihr zu.

»Weshalb treibst du dich mit ihnen herum?«, fragte Anne. Das fiebrige Leuchten, das seine Wangen erhellte, beunruhigte sie.

»Ich erlebe unglaubliche Sachen mit ihnen.« Curd sprach leise, als vertraute er ihr gerade ein gut gehütetes Geheimnis an. »Ich fühle mich … ich … ich kann es nicht genau beschreiben, aber am ehesten noch damit, dass ich mich vollkommen unbeherrschbar fühle.«

»Unbeherrscht?«

»Nein. Unbeherrschbar. Niemand kann mir etwas, wenn ich mit meinen Kumpanen unterwegs bin. Meist laufen wir uns in der Stadt über den Weg. Dann trinken wir gemeinsam und ziehen los. Ohne Ziel, nur mit dem Verlangen, etwas zu erleben.«

Er sprach so begeistert, dass es Anne die Kehle zuschnürte.

33

urd hatte es sich sehr schnell im Dorf bequem ge-macht. Er grüßte freundlich jeden, der seinen Weg kreuzte, und blieb ansonsten im Schatten der großen Eiche, die an der Weggabelung stand, hocken und sah zu, was die anderen arbeiteten.

Anne war in die Scheune gegangen, wo Laurin misstrau-isch zu dem jungen Mann hinausschaute.

»Wer ist das?«

»Er heißt Curd. Ich habe ihn am Fluss getroffen.«

»Was will er?«

Anne legte den Kopf schief, um Laurin so zu zeigen, dass er doch bitte mal ein bisschen weltlicher denken sollte.

»Ich vermute, er will mich. Aber ich habe ihm gleich deut-lich gemacht, dass er das vergessen kann.«

Laurin presste die Lippen aufeinander. Curd hatte sich seit einer Stunde nicht von der Eiche wegbewegt. Er hatte weder um Arbeit gefragt noch sonst etwas getan, das einen Nutzen brachte. Lediglich Mildred, die ihren jungen Körper aufreizend vor seinen Augen spazieren führte, hatte er mit einer Hand-bewegung aufgefordert, sich zu ihm zu setzen, was sie nach kokettem Zögern auch getan hatte. Keine Minute später war Gertrud Berger angelaufen gekommen und hatte ihre Tochter von dem Fremden weggezerrt. Curd hatte lauthals gelacht.

»Das Mädchen spielt mit dem Feuer«, sagte Laurin.

Er hatte recht, und Anne wusste es. Dennoch bat sie Lau-rin, sich nicht als Beschützer hervorzutun.

»Du kannst ein Auge auf Mildred haben«, schlug sie vor, »aber misch dich bitte erst ein, wenn Curd zudringlich wird. Nicht vorher, wir wollten nicht auffallen, solange Renaud sich noch für dich interessiert. Ich hoffe, du hast das nicht vergessen, Laurin.«

Er zögerte kurz, bevor er nickte. Anne wusste, wie schwer es ihm fallen würde, einfach nur zuzuschauen.

Am Abend gesellte sich Curd zu ihnen in die Scheune. Auch er hatte die mürrische Erlaubnis bekommen, die Nacht dort zu verbringen, zumal er versprochen hatte, am nächsten Tag weiterzuziehen.

Laurin sah es nicht gern, dass Curd in Annes Nähe war. Aber jeder Versuch, sich zwischen die beiden zu setzen, endete damit, dass Curd von seinem Platz aufstand, um beide herumging und sich von der anderen Seite her wieder neben Anne setzte. Nach dem dritten Umsetzen gab Laurin es unter Curds amüsiertem Grinsen auf.

Anne legte Laurin die Hand auf den Unterarm. Ein sanftes Drücken sollte ihm vermitteln, dass sie auf sich aufpassen würde.

Diesmal brachte Gertrud die Suppe in die Scheune, nicht ihre Tochter. Sie warf Curd einen warnenden Blick zu, der sich nicht weiter darum kümmerte. Wahrscheinlich hatte er Mildred längst vergessen, vermutete Anne. Einer wie er lebte nicht weiter als bis in den nächsten Augenblick hinein.

Sie löffelten die Suppe schweigend. Ab und zu zwinkerte Curd Anne über den Tellerrand zu. Nein, dachte sie, das ist keiner, den man ernst nehmen konnte. Auch wenn er sicher einen gewissen Charme hatte und seine jugendliche Frische natürlich auch einen Reiz ausübte. Aber Anne stand nicht der Sinn nach einem flüchtigen Abenteuer ohne Herz.

Wehmütig erinnerte sie sich an die Nacht mit Georg,

bevor er Coblenz verlassen hatte. In dieser Nacht hatte sie über sich selbst erfahren, dass sie fähig war zu lieben. Richtig zu lieben. Nicht nur Begierde erleben. Sie war kein junges Mädchen mehr, keine Mildred, sie wollte ihre Gefühle nicht mehr verraten.

Der Abend war mild und für die Jahreszeit vielleicht ein bisschen zu warm.

Anne breitete die Decke neben einem Haufen altem Stroh aus. Sie wollte sich schlafen legen. Als es neben ihr raschelte, wusste sie, auch ohne die Augen aufzuschlagen, dass es Curd und nicht Laurin war, der sich neben sie legte.

»Was willst du?«, fragte sie.

»Ich will einen schönen Abend mit dir verbringen.«

»Deine Vorstellung von einem schönen Abend unterscheidet sich sehr von der meinen.«

Curd seufzte theatralisch, was Anne nun doch ein Lächeln entlockte.

»Du musst dich erbarmen, Anne. Du musst wissen, dass ich es nicht ertragen werde können, dich heute Nacht nicht in meinen Armen zu halten.«

»Auf diese Weise wirst du zum Mann werden.«

Sie richtete sich auf, um Curd auf Abstand halten zu können.

Plötzlich, es geschah ganz schnell, schlossen ihre Brüste Bekanntschaft mit seinen Händen. Sein Gesicht tauchte hinab und presste sich fest gegen ihren Oberkörper, bedeckte ihn mit wilden Küssen und heißem Atem.

Anne stieß ihn von sich, bevor er die Schlaufen ihrer Bluse aufreißen konnte. Curd purzelte nach hinten. Verblüfft starrte er sie an. Offensichtlich begriff er nicht, dass sie ihn nicht wollte. Immer noch nicht.

Anne zupfte ihre Bluse wieder zurecht. Sie schnaubte wütend. »Als ich jünger war, habe ich eine Menge Federn bei solchen Kerlen wie dir gelassen.« Ihre Stimme bebte vor Zorn. »Aber das ist lange her, und ich bin nicht mehr so naiv wie damals.«

»Aber auch nicht mehr so jung. Du solltest nehmen, was sich dir bietet. Ich hab dich und deinen Begleiter den ganzen Abend beobachtet. Und wie ich das sehe, sind hier die richtige Frau und der falsche Mann.«

»Du meinst dich damit?«

Curd lachte trocken. »Du weißt, ich meine deinen Begleiter. Er scheint kein Interesse an dir zu haben.«

»Da täuschst du dich.« Vielleicht nicht so wie du, verkniff sie sich.

Curd warf einen Seitenblick zu Laurin hinüber, der abseits saß, aber bereit schien, jederzeit einzugreifen, wenn er es für nötig hielt. Anne gefiel Curds Blick nicht. Etwas an ihm sagte, dass es nur eine Frage der Zeit wäre, bis er sich mit Laurin befassen würde.

Schließlich wandte Curd sich ihr wieder zu. Sein Mienenspiel war so wechselhaft wie das Wetter im Herbst. Nun strahlte er sie wieder mit seiner jungenhaften Unbekümmertheit an. Bei vielen Mädchen hatte er bestimmt großen Erfolg damit.

Vielleicht sollte sie sich ohne großes Nachdenken auf eine Tändelei mit ihm einlassen? Könnte helfen, Georg zu vergessen.

Nein, könnte es nicht. Ich mache mir nur was vor.

Curd bedachte sie mit einem dahinschmelzenden Blick. Dann beugte er sich vor, bis seine Lippen ihr linkes Ohr zart berührten.

»Irgendwann werde ich dich nehmen«, flüsterte er. »Verlass dich drauf.«

Anne spürte die Gänsehaut, die ihre Unterarme hinaufkroch. Eine ungekannte Kälte ließ sie bis ins Mark frieren.

Das Scheunentor wurde aufgezogen. Gertrud Berger stampfte herein. Sie trug eine dicke Jacke, die sie mit einer Hand fest vor der Brust zugezogen hielt. In der anderen Hand trug sie einen Flechtkorb, dessen Inhalt mit einem rot-weiß karierten Tuch verdeckt war.

»Mildred ist nicht zu finden. Sie hat sich verdrückt, als klar wurde, dass sie mich begleiten muss. Jetzt, da sie nicht da ist, kommst du mit mir mit.«

Sie schaute Anne unmissverständlich an.

»Ich verstehe nicht …«

»Die Heckmann-Frau liegt in den Wehen. Der Mann ist hier. Er braucht uns. Ich bin die Hebamme in der Gegend, und Mildred hilft mir für gewöhnlich. Da sie nicht hier ist, hilfst du mir bei der Geburt. Los, steh auf und komm endlich. Der Mann nimmt uns auf seinem Karren mit.«

»A…aber ich …«

»Ich will nichts hören. Du kommst jetzt, oder willst du die Mutter und vielleicht das Kind auf dem Gewissen haben?«

Völlig überrumpelt stand Anne von ihrer Decke auf. Sie tauschte einen raschen Blick mit Laurin, der ihr mit einem beruhigenden Nicken zu verstehen gab, dass sie ruhig gehen konnte. Er würde mit Curd schon fertigwerden.

»Lass dich auf kein Scharmützel mit Curd ein«, flüsterte sie ihm zu. »Auch nicht wegen Mildred, hörst du? Halt dich einfach mal aus allem raus. Du musst nicht mehr jeden moralisch bekehren.«

Laurin drückte sie kurz an sich. »Ich versprech's dir. Mach dir keine Sorgen um mich.«

Gemeinsam mit Gertrud Berger und einem mulmigen Gefühl im Magen verließ Anne das Dorf auf dem Karren des werdenden Vaters.

Ihre Unruhe wäre in Furcht umgeschlagen, hätte sie gesehen, wie Franz Mundo hinter dem vorbeirollenden Karren zwischen Büschen hervortrat und im Schutz der Dunkelheit langsam auf die Häuser zuging.

In der rechten Hand hielt er sein häufig benutztes Messer. Das mit der besonders breiten Klinge.

34

Es war zwar nicht das erste Mal, dass Anne einer Hebamme bei ihren Aufgaben zur Seite stand, wohl aber das erste Mal, dass sie bei einer Zwillingsgeburt dabei war. Acht Minuten lagen zwischen den beiden Geschöpfen, die von Stund an das Leben der jungen Mutter für alle Zeiten völlig umkrempeln würden. Acht Minuten, die Anne vergessen ließen, dass sie eigentlich nur widerwillig mitgekommen war. Als alle Arbeiten erledigt waren, die Neugeborenen versorgt und die Mutter erschöpft, aber glücklich, als also alles so geworden war, wie es sein sollte, ließ sich Anne auf einem wackeligen Stuhl in der Ecke sinken. Die Hände vor sich auf dem Schoß friedvoll gefaltet, hatte sie seit langer Zeit wieder das Gefühl, etwas Sinnvolles getan zu haben.

»Hast mir gut geholfen«, sagte Gertrud schließlich, als die Mutter schlief.

Bis zum Morgengrauen blieb Anne in der Heckmann-Hütte und war zur Stelle, wenn die Hebamme sie brauchte. Jeden Handgriff erledigte sie mit großer Gewissenhaftigkeit, selbst jene, zu denen sie aus einem kurzen Schlaf vor Erschöpfung herausgerissen wurde.

Als der Morgen kam, schien alles in trockenen Tüchern zu sein, vor allem die beiden kleinen Würmer, die die ersten Stunden auf dieser Welt tüchtig überstanden hatten, wie ihre Mutter auch, die sprachlos vor Glück war.

Der Vater, ein Bär von einem Mann, war nach dem ersten Schrei in der Nacht in die Hütte gelassen worden. Er war völlig aufgelöst, als er seine Kinder erblickte, und sank erschöpft zu Boden, als wäre er es gewesen, der sie geboren hat.

»Immer wieder schön zu sehen, was Männer alles aushalten können«, raunte die Hebamme. Sie warf Anne ein verschwörerisches Zwinkern zu.

Gegen Mittag des neuen Tages entschied die Hebamme, dass Anne genug geleistet hatte und zurück zum Weiler gehen durfte. Anne fragte die junge Mutter um Erlaubnis, den Säuglingen einen Abschiedskuss auf die Stirn geben zu dürfen, dann schlenderte sie mit dem erhabenen Gefühl, der Welt etwas Gutes getan zu haben, durch die Tür und schlug den sandigen Weg über den Hügel ein.

Als sie an Brombeerhecken vorbeikam, pflückte sie sich eine Handvoll. Die Früchte schmeckten so gut, viel besser als noch am Vortag. Überhaupt schien die Sonne heute viel heller zu scheinen und die Blumen auf der Wiese intensiver zu duften. Alles wirkte an diesem Tag so strahlend und so lebendig, ganz anders als in den vergangenen Wochen und Monaten, als jeder Tag sich in seiner Trostlosigkeit ähnelte, die schönen Momente mit Georg und Sophie einmal ausgenommen. Aber die waren ja nun mal vorbei.

Dabei konnte das Leben so schön sein. Sicher, um sich so beseelt zu fühlen, konnte Anne nun nicht jeden Tag helfen, ein Kind zur Welt zu bringen.

Aber vielleicht genügte die vergangene Nacht schon, den eigenen Blick auf die Welt zu verändern.

Ja, das wäre doch ein guter Weg. Anne beschloss, sich mehr auf das Schöne, das um sie herum war (und davon gab es reichlich) zu konzentrieren. Sie wollte doch nichts anderes als glücklich sein, warum fiel ihr das bislang so schwer?

Es schien so leicht zu sein, sich vom Leben verzaubern zu lassen.

Von diesem starken Wunsch, der zwar keine wirklich neue Erkenntnis war, aber ihr so plötzlich in all seiner Klarheit den Atem raubte, fiel Anne mitten auf dem Sandweg auf die Knie und begann vor Glück zu weinen. Nichts Beschwerendes belastete in diesem Moment ihr Herz. Sie vergrub ihr Gesicht in beide Hände, um ganz bei sich zu sein. Als sie sich wieder beruhigt hatte, musste sie lachen. Sie hob den Kopf, schirmte ihre Augen mit einer Hand ab und blinzelte der Sonne entgegen.

»Ab heute mach' ich es anders«, sagte sie.

Sich selbst mutig beschwörend, reckte sie die andere Hand zum Himmel. Sie fühlte sich auf eine neue Art stark. Ein kleines Gebet hätte sie jetzt gerne gesprochen, doch leider kannte sie keines, und Laurin war nicht bei ihr, der es hätte vorsprechen können. Aber sie war überzeugt, dass es auch ein paar ihrer eigenen Worte taten. Einfach nur das Herz sprechen lassen, mehr brauchte es nicht.

In diesem Moment war sie so seelenvergnügt wie noch selten zuvor in ihrem Leben.

Dann setzte sie ihren Weg zurück zum Weiler fort.

Nichts ahnend, dass ihre neu gewonnene Lebenseinstellung noch an diesem Tag auf eine harte Prüfung gestellt werden würde.

Um den Weg abzukürzen, lief sie über den Hügel, dessen Gras durch den Regen der vergangenen Woche eine sattgrüne Farbe angenommen hatte. Sie konnte es kaum erwarten, Laurin zu erzählen, in welcher Aufbruchstimmung sie sich fühlte. Vielleicht konnte sie ihn ein wenig mit ihrer Zuversicht anstecken. Laurin hatte es nötig. Seine Laune war seit Coblenz am treffendsten mit miesepetrig zu bezeichnen. Und das, wo er doch von ihnen beiden immer derjenige gewesen war, der den Lichtstreif am Horizont gesehen hatte, auch wenn er noch so schmal gewesen war. Es wäre so schön, wenn sie ihm etwas von dem zurückgeben könnte, was er sie gelehrt hatte.

Sie erreichte den Weg, der auf die Häuser des Weilers zuführte, und als sie das erste erblicken konnte, ließ ein unbestimmtes Gefühl sie instinktiv vorsichtig werden.

Die Fensterläden waren geschlossen.

Eine sonderbar beklemmende Stille lastete über allem.

Nicht ein einziger Vogel war zu hören.

Anne verlangsamte ihre Schritte. Der breiter werdende Weg lag ebenso menschenleer vor ihr wie die darum liegenden Häuser und kleinen Gehöfte.

Als hätte die Sonne den Dorfplatz verbrannt.

In der Mitte des Platzes blieb Anne stehen. Sie schaute sich nach allen Seiten um. Hinter der Scheibe eines Hauses entdeckte sie ein faltiges Gesicht, das sofort hinter schnell zugezogenen Vorhängen verschwand.

Bei einem anderen Haus waren die hölzernen Läden vor die Fenster geklappt. Alle Anwohner hatten sich in ihren Häusern verkrochen.

Von nirgendwoher drang ein Laut, doch Anne spürte, dass sie beobachtet wurde.

Der Hund schob seinen ausgemergelten Körper durch den Spalt der offen stehenden Scheunentür. Er kläffte, als er Anne sah. Dann verschwand er mit hängendem Kopf wieder in der Scheune.

Der Einzige, der mich begrüßt, dachte Anne. Nicht einmal Laurin war hier. Ob er während ihrer Abwesenheit zu viel Wein getrunken hatte und nun seinen Rausch in der Scheune ausschlief?

Anne überquerte den Platz. Sie schob die schwere Holztür auf. Mit dem erhellenden Sonnenstrahl, der in die dunkle Scheune fiel, trat sie ein. Der Hund stand unter einem der quer verlaufenden Mittelbalken und kläffte etwas an, das von der Zwischendecke hing.

Anne schlug beide Hände vor den Mund. Sie wollte schreien, doch sie konnte nur wie gelähmt den leblos baumelnden Körper von Laurin anstarren.

Um seinen Hals war ein dickes Seil geschlungen, das über den Mittelbalken hinter ihn geworfen war, um ihn hochzuziehen. Dann hatte jemand das Seil am hinteren Stützbalken stramm gezogen und fest verknotet. Laurins Füße schwebten einen Meter über dem Boden. In seinem verfärbten Gesicht staken weit aufgerissene Augen mit dem letzten, angstvollen Ausdruck, der ihnen geblieben war. Aus dem geöffneten Mund quoll seine grotesk angeschwollene Zunge.

Anne lief schreiend aus der Scheune. »Was habt ihr getan?«

Sie lief zum ersten Haus und trommelte halb wahnsinnig vor Schmerz und Schock gegen die Tür.

»Was habt ihr mit Laurin gemacht?«

Sie lief zum nächsten Haus, hämmerte mit den Fäusten gegen die vorgezogenen Fensterläden, doch auch hier bekam sie keine Antwort.

Von Haus zu Haus lief sie und schrie sich die Seele aus dem Leib. Schließlich sank sie in der Mitte der Straße zusammen und verbarg ihr Gesicht in beiden Händen.

»Was habt ihr getan?«, wiederholte sie wieder und wieder, doch mit jedem Mal wurde ihre Stimme schwächer, bis sie kaum mehr als ein Flüstern war und schließlich ihre Tränen nur noch ohne einen begleitenden Laut flossen.

Irgendwann kauerte sie einfach nur regungslos da, den Rücken durchgedrückt und das Kinn hochgereckt, als könnte sie auf diese Weise die Tränen zurückhalten.

Doch Schmerz bahnte sich immer seinen Weg.

35

ach einer vergrabenen Glocke hatte er gesucht, und nun war er selbst vergraben. Anne konnte es nicht glauben, nicht wirklich begreifen, dass sie vor Laurins Grab stand. So unwirklich erschien es ihr.

Irgendwann hatten ein paar Männer ihr geholfen, Laurins Leichnam abzuhängen. Curd war nicht unter ihnen. Er hatte sich längst aus dem Staub gemacht.

»Die beiden kannten sich«, sagte einer der Männer, die ihr halfen, als sie nach Curd fragte. »Dieser Curd und der andere, den er mit Franz Mundo ansprach.«

In Anne klumpte das Blut in den Adern, als sie mit Verzögerung begriff, was er damit meinte.

»Mundo? Curd nannte den Mann, der ins Dorf kam, Mundo? Franz Mundo?« Sie wollte ganz sicher sein.

Er nickte und wich angestrengt ihrem Blick aus. Scham stank ihm aus allen Poren.

»Ja, die beiden begrüßten sich wie gute Freunde, umarmten sich und flüsterten miteinander. Einer warf Mildred begehrliche Blicke zu, doch Laurin schickte das Mädchen fort. Und dann dauerte es nicht lange, und die beiden Männer gingen ohne Umschweife auf Laurin zu.«

Plötzlich setzte sich in Annes Kopf alles neu zusammen. Sie wollte durchatmen, doch es gelang ihr nicht richtig. Als würde ein Eisenring sich über ihre Brust gelegt haben und sich gnadenlos enger und noch enger ziehen. Dunkle Punkte, fliegenden Mücken gleich, tanzten vor ihren Augen.

Sie musste ihre gesamte Kraft aufbieten, um nicht umzukippen.

Alles ergab jetzt ein großes Ganzes. Alles Gehörte bekam einen anderen Sinn.

Anne erinnerte sich, wie Curd ihr verriet, dass er sich gerne mit Kumpanen traf und herumzog. Und sie erinnerte sich an das, was sie in Coblenz im Gespräch zwischen Sophie und Franz Mundo mithörte. Dass Mundo einen Freund in Coblenz hatte, der aber besser nicht die Beute aus der *Traube* holen sollte. Dann das Gedicht, das zur gleichen Zeit an den Hauswänden in Coblenz geschrieben stand …

Dieser Freund war Curd gewesen. Und Mundo selbst der Kumpan, mit dem Curd gerne herumzog.

»Sie waren es gemeinsam«, sagte der Mann, der Anne geholfen hatte. »Sie haben Laurin gemeinsam in der Scheune aufgehängt.«

»A…aber weshalb nur?«

Der Mann zuckte kraftlos mit der Schulter. »Solche Menschen brauchen keinen Grund«, sagte er. »Morden ist für sie nur eine Frage, wer der Stärkere ist. Und Laurin war der Schwächere.«

»Warum kam ihm keiner von euch zu Hilfe?«, fragte sie bitter.

Der Mann sah zur Seite. »Weil wir Landwirte sind und Handwerker. Gegen gewissenlose Bestien, wie dieser Mundo und Curd es sind, kennen wir kein Mittel. Am Ende des Tages sind wir froh, nicht auch am Balken zu hängen.«

Später war das Grab ausgehoben.

Vergeblich versuchte Anne, Laurins Hände über seinem Bauch zu falten, doch immer wieder rutschten sie an ihm herab und blieben neben dem Körper liegen.

Die übrigen Bewohner waren aus ihren Häusern gekommen, um Laurin mit schamvollen Gesichtern die letzte Ehre zu erweisen.

»Sprecht kein Gebet!«, rief Anne, und ihre Stimme war scharf wie ein Schwert. »Wenn ihr euch nicht ein zweites Mal versündigen wollt an ihm, dann sprecht jetzt kein Gebet. Aber von nun an denkt jeden Tag an ihn! Sein Name war Laurin.«

Die Männer und Frauen vermieden es, Anne ins Gesicht zu schauen. Niemand wagte, überhaupt irgendetwas zu sagen.

Anne küsste ihre Hand und drückte die Fingerspitzen an das provisorisch zusammengebundene Holzkreuz. Ihre Lippen bewegten sich, ohne dass ein Laut über sie kam.

Dann verließ sie den Weiler, ohne zurückzuschauen. Sie ließ die paar Häuser hinter sich und mit ihnen die Menschen, mit denen sie niemals mehr hätte zusammenstehen können.

Die Wangen rau von getrockneten Tränen, wusste sie nicht, wohin sie gehen sollte.

Nur weg von hier.

Vier Tage später stand sie weit nach Mitternacht vor der Tür des Gasthauses im Wald. Sie war nicht bewusst dorthin gelaufen, aber plötzlich stand sie vor der Tür und wusste, wo sie angekommen war. Es brannte kein Licht mehr, und keine Stimme war von drinnen zu hören. Sie klopfte an die Tür aus Eichenbohlen.

Sidonie selbst öffnete ihr. Eine Flinte im Anschlag. Man wusste ja nie, wer des Nachts Einlass begehrte. Als sie in Annes Augen sah und den verlorenen Blick, der sie so ungekannt zerbrechlich wirken ließ, senkte sie die Flinte und trat zur Seite.

»Komm rein«, sagte Sidonie. »Ich habe auf dich gewartet.«

Teil 2

1804

»Dein Herz ist frei.
Hab den Mut, ihm zu folgen.«

36

Das Ende des Sommers war beinahe von heute auf morgen in wechselhaftes Herbstwetter übergegangen. Es regnete viel, und wenn es mal nicht regnete, dann sorgten stürmische Winde dafür, dass es ungemütlich blieb.

Inmitten von Schlamm und Gewittern bot das Gasthaus im Wald willkommenen Schutz sowohl für Reisende, die auf ihrer Kutschfahrt durchs Land Station machten, als auch für die Menschen der näheren Umgebung, die im Schankraum zechten, aßen und sich zum gemütlichen Beisammensein trafen.

Früher war das Gasthaus mal eine Mühle gewesen, doch der Müller war von dem gefürchteten Räuber Karl Benzel und seinen Mordgesellen überfallen worden. Er wurde nicht nur seines Ersparten beraubt, sondern auch seines Lebens. Was aus seiner Ehefrau geworden war, wusste bis zum heutigen Tag niemand so genau, und die meisten wollten es auch nicht wissen. Ihnen genügte die Vorstellung, was der armen Seele widerfahren sein mochte.

Das war im Jahr 1799 gewesen.

Der Benzel wurde ein Jahr später geschnappt. Er starb unter der Guillotine. Doch die Mühle stand danach immer noch leer. Es fand sich niemand, der die mühselige Arbeit wieder aufnehmen wollte. Gerade in Zeiten, in denen der Handel mehr Profit versprach, lockte das Mahlen von Korn in dieser Gegend kaum noch einen zur Arbeit. Hinzu kam, dass es jeden Tag passieren konnte, dass entweder die Franzosen die Säcke voller Mehl beschlagnahmten, um sie den Soldaten zuzuführen, oder irgendein noch nicht gefasster Räuber auf die Idee kam, diese Mühle noch einmal zu überfallen. Noch schreckte das neue und gerechtere Justizsystem, das die Franzosen eingeführt hatten, das Gesindel nicht ab. Zwar hatten die Franzosen in den von ihnen verwalteten Gebieten damit begonnen, die Departements von den Räuberbanden zu befreien, doch diese Aufgabe erledigte sich nun mal nicht einfach so im Vorbeigehen.

Drei Jahre verfiel die Mühle. Dann erst fand sich ein Käufer. Es war eine kluge Geschäftsfrau, die beschlossen hatte, ihrem damaligen Gasthof *Zur Traube* in Coblenz »Lebewohl und Adieu« zu sagen. Die Mühle war genau das Richtige für sie, um weit genug von größeren Städten und Ortschaften noch einmal neu anzufangen. Über die Jahre hatte sie mit dem anrüchigen Lokal in Coblenz genügend angespart, um den Kaufpreis auf den Tisch legen zu können und aus der Mühle ein wunderschön im Wald gelegenes Wirtshaus zu machen. Eins von einer anderen Sorte als bisher. Eins mit gutem Essen, Wein und ordentlichen Gästen. Vorbei sollten die Zeiten sein, in denen sich Räuberpack wie der Schinderhannes, der Benzel oder der Schwarze Peter in ihrem Lokal die Klinke in die Hand gaben, die Mädchen belästigten, zu viel soffen und sie mit ihren Beutegeldern zu einer unfreiwilligen Komplizin gemacht hatten, wie es der Franz Mundo getan hatte.

Sidonies Traum erfüllte sich durch weitere harte Arbeit. Und der klugen Voraussicht, dass viele Kutschen über die neu geschaffene Poststrecke fuhren und zwangsläufig bei ihr Halt machten.

Damit auch keine Kutsche mit durstigen Reisenden vorbeifuhr, kam sie auf die Idee, das Gasthaus sichtbarer zu machen. Also strich sie mit den drei Mädchen, die für sie arbeiteten, das Haus mit roter Farbe an, damit es zwischen all dem Grün und Braun des Waldes erkennbar war. Was sie nicht bedachte, war, dass diese Farbe für viele Männer das falsche Signal war. Manche kamen nicht zum Essen, es sei denn, man betrachtete ein junges Mädchen als Appetithappen. Doch genau davon wollte Sidonie ja weg.

Mit der Zeit aber sprach es sich herum, dass das *Rote Haus* im Wald derlei Vergnügen nicht anbot, wohl aber gemütliche Atmosphäre mit gutem Wein. Dass Sidonie einmal einem aufdringlichen Gast das Handgelenk brach, als dieser bei Alma zudringlich wurde, und einem anderen die Flinte an den Kopf hielt und drohte abzudrücken, wenn er nicht sofort die Hand aus Josephines Bluse zog, half sicherlich, den Ruf des Hauses als ordentliches Haus zu festigen.

Sidonie war nicht ohne Grund sehr zufrieden mit sich. Sie hatte es geschafft, sich ihren Wunsch zu erfüllen. Coblenz und die *Traube* mit all seinem Schmutz, zu dem sie auch so manchen Gast zählte, hinter sich gelassen zu haben, erfüllte sie mit Stolz. Und mit dem *Roten Haus*, wie die Mühle schon bald überall hieß, hatte sie einen Ort geschaffen, in dem die Menschen sich sicher und wohl fühlten. Die Mädchen konnten angstfrei an den Tischen bedienen. Nur Essen und Trinken anbieten, nichts sonst. Keine Körper, keine Seelen.

Die Zimmer auf der linken Seite im oberen Stockwerk dienten lediglich als Unterkünfte für Sidonie und ihre zwei Mädchen, Alma und Josephine, die mithalfen, den Schankbetrieb zu bewältigen. Da gab es keinen Platz mehr für Hurerei und Verstecke von Räubern und Mördern.

Die Zimmer auf der rechten Seite, wenn man die Treppe hochstieg, waren für die Reisenden, die über Nacht bleiben mussten, weil das Wetter eine Weiterfahrt vorerst unmöglich machte.

Als Anne unerwartet und verängstigt vor der Tür des *Roten Hauses* aufgetaucht war, war das Gasthaus bereits innerhalb weniger Wochen eine bekannte Größe im Umland geworden.

Dann kam der Winter.

Monate voller Eiseskälte und harter Böden. Die Mädchen um Sidonie losten aus, wer zum Holzhacken in die klirrende Kälte musste. Keine beklagte sich.

Das Feuer im Kamin sorgte für wohlige Wärme und warf anheimelnde Schatten durch den Schankraum. Fast schien es allen, als würden sie in einer Höhle hausen, wenn das Tageslicht diesen besonderen Winternächten wich. Alma sagte einmal scherzhaft, nun würde bei ihnen nur noch ein Bär fehlen, der seinen Winterschlaf hielt. Der hätte sich vermutlich aber gestört gefühlt, denn der Kutschbetrieb lief ja weiter und wehte immer wieder neue Gäste herein.

Anne war nun schon fünf Monate hier.

Sie hatte das *Rote Haus* seit ihrer Ankunft nicht mehr verlassen, es sei denn, sie war mit Holzhacken dran. Dazu brauchte sie aber nicht vor den Eingang zu gehen und anderen Menschen, die mit der Kutsche ankamen, über den Weg zu laufen. Es genügte, über die hintere Kammer hinaus auf die Rückseite zu gehen und sich dort mit dem Beil um Brennholz zu kümmern.

Manchmal, wenn sie sicher war, dass niemand sie hörte, zischte sie etwas, bevor sie fest mit dem Beil auf einen Holzklotz einschlug. Es klang wie ein Name.

Sie holte aus, presste »*Curd*« zwischen den Lippen hervor und schlug zu. Es gab Tage, da verausgabte sie sich so sehr beim Holzhacken, dass sie danach erschöpft in ihrer kleinen Kammer auf den Bettkasten fiel und kaum richtig durchatmen konnte.

Die meiste Zeit des Tages verbrachte Anne jedoch nur auf einem Stuhl auf der Bank am äußersten Ende des länglichen Tisches hinten an der Wand. Den Kopf gesenkt, die Hände regungslos im Schoß, so saß sie da und sprach kaum ein Wort. Oder sah mit leerem Blick aus dem Fenster. Wollte Sidonie sie sanft drängen, sich ihr anzuvertrauen, wirkte Anne nur noch kummervoller.

Sie ging hoch in ihre Kammer, wenn Gäste kamen, und legte sich aufs Bett. Manchmal schlief sie, manchmal lag sie mit offenen Augen da und starrte abwesend auf die frei liegenden Deckenbalken. Sie war kraftlos, ausgebrannt, und es schien, als könnte nichts ihr wieder auf die Beine helfen.

Sidonie brachte Anne jeden Abend eine heiße Brühe aus Hühnerknochen. Sie hüllte sie in eine Decke und wärmte sie zusätzlich mit einer Umarmung. Dann setzte sie sich ans Fußende des Bettes und wartete, dass Anne sich ihr endlich anvertraute.

Sidonie wartete lange Monate vergeblich.

Aber sie gab die Hoffnung nicht auf. Es war ihr von Anfang an nicht verborgen geblieben, dass Anne jedes Mal unmerklich zusammenzuckte, wenn die Tür zum *Roten Haus* aufgestoßen wurde und Gäste polternd eintraten.

Schon an dem Tag, als Anne vor der Tür gestanden war und zitternd auf einer Bank im Schankraum Platz genommen hatte, war Sidonie ihre Schreckhaftigkeit aufgefallen. Anfangs nahm sie an, es wäre Annes Erschöpfung von einem langen Weg geschuldet, doch schon am zweiten Tag spürte sie, dass mehr dahintersteckte. So hatte sie Anne in Coblenz nicht kennengelernt.

Sidonie begriff rasch, dass es besser war, Anne nicht darauf anzusprechen, sie nicht auszuhorchen. Aber sie würde wachsam bleiben und weiter beobachten, was ihr vielleicht Aufschluss geben könnte. War ja nicht normal, dass eine kerngesunde Frau den Kopf einzog, nur weil Männer den Raum betraten. Es sei denn, eine tief sitzende Angst hatte sich ihrer bemächtigt.

Sidonie behielt Anne im Auge, kümmerte sich unaufdringlich, aber mit viel Fürsorge um ihr Wohlbefinden. Alma und Josephine wies sie an, sich ebenso zu verhalten.

Alma, die Anne noch aus Coblenz kannte, kümmerte sich rührend um sie, selbst als Anne auch noch Wochen später keine Anstalten machte, aus ihrer selbst gewählten zurückgezogenen Welt herauszukommen.

»Magst du es erzählen?«, hatte Sidonie nach dem ersten Monat noch einmal vorsichtig gefragt.

Anne hatte nicht mit Worten geantwortet. Stattdessen nahm sie Sidonies Hand, auf der sich erste Altersflecken zeigten, und drückte sie lange und dankbar.

Sidonie begriff, dass Anne selbst den Zeitpunkt bestimmen wollte, wann sie sich erklärte, und fragte nicht mehr. Aus tiefstem Herzen hoffte sie, dass Anne sich selbst die Chance geben würde, wieder am Leben teilzunehmen, ohne zuvor vollends ausgebrannt zu sein. Dazu brauchte sie Hoffnung.

Nur … die Hoffnung schien Anne begraben zu haben.

Im entlegensten Winkel ihrer Seele.

Wie lange wird es brauchen, bis der Druck in meiner Brust nachlässt? Wird er je enden?

Weitere sechs Wochen später änderte sich Annes Verhalten. Ab da kam sie jeden Abend, wenn das Gasthaus zur mitternächtlichen Stunde geschlossen wurde, aus ihrer Kammer die Holzstiege herunter und setzte sich zu Sidonie an den Tisch im Halbschatten unter der Treppe. Gemeinsam saßen sie beisammen, sprachen kein Wort miteinander, wechselten nur von Zeit zu Zeit einen Blick. Alma brachte eine Flasche Wein, selbstverständlich vom besseren.

Mehr brauchte es nicht, um Vertrauen zu festigen.

Irgendwann begann Anne zu reden, wobei es in erster Linie nur Antworten auf belanglose Fragen waren. Aber es war ein Anfang, und Sidonie wusste das.

»Du bist die letzten Wochen recht abgemagert«, sagte sie. »Du musst mehr essen. Ich lasse dir etwas bringen, damit du wieder zunimmst.«

»Das wird nichts nützen«, erwiderte Anne.

»Weshalb nicht?«

»Ein Herz voller Kummer lässt den Körper nicht zunehmen.«

Sidonie ließ ihr dennoch jeden Abend auftischen. Und Anne aß. Erst nur kleine Portionen und die auch nur langsam kauend. Später durfte auch etwas mehr auf ihrem Teller landen. Sidonie lehnte sich zufrieden auf ihrem Platz zurück und sah zu, wie Annes Gesicht wieder ein wenig mehr Farbe bekam. Nur ihre Augen, die blieben glanzlos und traurig, da half das schmackhafteste Hasenragout nicht.

Um es Anne zu erleichtern, die Sprache wiederzufinden, erzählte Sidonie ihr die Anekdote mit dem roten Anstrich des Hauses und der unfreiwillig falschen Wirkung, die dieser in der Anfangszeit hervorgerufen hatte. Anne schmunzelte tatsächlich ein wenig, und Sidonie verspürte so etwas wie Zuversicht, als sie ihre Bemühungen von vorsichtigem Erfolg gekrönt sah.

»Ich denke, ich werde es demnächst mit einer anderen Farbe neu streichen«, sagte sie.

Anne schüttelte den Kopf. »Lass es so, wie es ist«, sagte sie. »Dieses Haus bist du. Du machst die Regeln.«

Sidonie hob eine Braue. »Dieses Haus bin ich? Das gefällt mir, wie du es sagst. Und weißt du, was? Ich habe so ein Gefühl, als würdest du das auch irgendwann über dich sagen können. Wenn dir das *Rote Haus* zur Heimat geworden ist.«

Anne zuckte zusammen. Eine Heimat? Es gab schon einmal ein *Rotes Haus* genanntes Gebäude, von dem sie eine flüchtige Zeitspanne geglaubt hatte, es könnte ihr zur Heimat werden. Wehmütig dachte sie an die Tage und Wochen, die ihr erlaubt gewesen waren, mit Sophie von La Roche zusammen sein zu dürfen. Ernsthaft hatte sie natürlich nicht daran geglaubt, dort sesshaft werden zu können. Irgendwann wäre Sophie wieder abgereist, und das gute Gefühl, das sie Anne vermittelte, wäre mit ihr gegangen. Es war damals schon richtig gewesen, zusammen mit Laurin weiterzuziehen. Er hatte das Vertraute verkörpert, das sie brauchte.

Sidonie legte Anne eine Hand auf die Schulter.

»Ja, irgendwann wirst du das *Rote Haus* sein, davon bin ich überzeugt.«

»Und die Regeln machen?«

»Und die Regeln machen.«

Anne lachte zaghaft. »Das klingt schon besser. Aber bevor es so weit kommt, wenn es denn so weit kommt, wünsche ich dir ein langes Leben, Sidonie.«

»Hahaha, das wünsche ich mir auch, beim kümmerlichen Geschlecht des Präfekten.«

»Ach, war der auch bei euch in der *Traube* gewesen?«

»Frag lieber, wer nicht bei uns war. Dann sind wir vor Mitternacht mit der Aufzählung fertig.«

»Mitternacht ist es in fünf Minuten.«

»Genau. Ich gehe jetzt schlafen, Anne. Wie sieht es aus? Hilfst du den Mädchen noch ein bisschen beim Aufräumen?«

Annes erschrockener Gesichtsausdruck zeigte, dass sie ein wenig überrumpelt schien, und Sidonies listiges Lächeln verriet, dass es genauso beabsichtigt war. Schritt für Schritt zurück ins Leben. Ohne gedrängelt zu werden und aus freien Stücken.

Sidonie stemmte sich von der Bank hoch.

»Und sorg dafür, dass Alma sich nicht wieder heimlich am Holunderschnaps vergreift«, sagte sie zufrieden mit sich und der Welt.

Sie ging zu den Mädchen, um ihnen die letzten Aufgaben für die Nacht zuzuteilen. Wer sich am nächsten Tag um die Gastzimmer kümmern sollte und wer um den Schankraum. Ordentlich sollte es im *Roten Haus* sein.

Alma schnappte sich den Reisigbesen und begann, um und unter den Tischen zu fegen. Staub wölkte auf, und Anne dachte, dass auf diese Weise zwar der Boden nicht dreckfreier würde, die Luft dafür aber staubhaltiger.

»Füße hoch«, bat Alma, als sie an Annes Tisch herangefegt war. Um ihrer Bitte Nachdruck zu verleihen, klopfte sie zweimal mit dem Besen auf den Boden.

Anne wedelte die aufsteigende Wolke von ihrem Gesicht weg. Plötzlich, für alle unerwartet, sprang sie von ihrem Stuhl auf und nahm Alma mit einem verständnislosen Kopfschütteln den Besen aus der Hand. Anne begann, die Fläche unter dem Tisch zu fegen. So wie sie es von Sophie von La Roche gezeigt bekommen hatte.

»So macht man das.«

Alma schaute verschreckt zu Sidonie, die aber nur eine Hand hob und Anne gewähren ließ.

Anne begann, den gesamten Schankraum bis in die letzte Ecke zu fegen. Sie arbeitete sich systematisch von außen bis in die Mitte vor, dann wieder einer Linie bis zur Tür folgend, bevor sie um ein Schäufelchen bat und die zusammengekehrten Häufchen vor die Tür trug.

Dass Sidonie ihr mit einem sehr zufriedenen Lächeln

dabei zusah, bemerkte sie nicht. Auch nicht, dass Sidonie Alma davon abhielt, Anne mit einem zweiten Besen zu helfen.

Schließlich stemmte Anne eine Hand in die Hüfte und ließ ihren Blick durch das Lokal wandern. Als sie feststellte, kein Fleckchen übersehen zu haben, nickte sie sich selbst zu und warf Alma den Besen zu.

»Den Boden einmal feucht wischen wäre jetzt gut.«

Sie ging zu ihrem Tisch zurück, doch noch bevor sie sich wieder setzen konnte, versperrte Sidonie ihr den Weg.

»Komm mit.«

Die ersten Schritte noch widerstrebend, dann aber neugierig geworden, folgte Anne der Herrin des *Roten Hauses* in die schmale Kammer, die hinter der Trennmauer zum Schanktisch, aber noch vor dem schmalen, gewölbeartigen Zugang zur Vorratskammer lag. Sidonie holte einen klobigen Schlüssel aus ihrer Schürze und sperrte die Tür auf. Dann bat sie Anne mit einer stummen Handbewegung hinein.

»Setz dich.«

»Ich steh' lieber«, sagte Anne und verschränkte die Arme vor der Brust. Was sollte das hier werden? Ein Gespräch unter vier Augen voller Geheimniskrämerei? Als gäbe es in diesem Gasthof nicht tausend Ohren an allen Wänden.

»Setz ... dich«, wiederholte Sidonie auf eine Weise, die keinen Widerspruch zuließ.

Nun gut, wenn es unbedingt sein musste. Anne setzte sich. Sie fühlte sich unwohl in der beengten Kammer, und im Sitzen war ihr noch eine Spur hilfloser zumute.

»Was wird das jetzt?«, fragte sie eine Spur zu unwirsch.

Sidonie überhörte ihren Tonfall. »Ich habe dich beobachtet. Zuerst ist dir aufgefallen, dass Alma einfach nicht dazu taugt, einen Raum zu fegen. Gott allein weiß, wie das möglich sein kann. Man sollte doch annehmen, dass jeder Mensch in der Lage ist, mit einem Besen umzugehen.«

Anne verzog ihren Mund zu einem unfreiwilligen Grinsen. Besser, sie gestand jetzt nicht, dass auch sie gezeigt bekommen musste, wie man Räumlichkeiten zur Zufriedenheit sauber hält.

»Und dann hast du kurz entschlossen die Sache in die Hand genommen«, fuhr Sidonie fort. Und bevor Anne einen sowohl überflüssigen als auch voreiligen Kommentar abgeben konnte, hob sie die Hand. »Du magst jetzt glauben, ich sehe da zu viel hinein, aber ich denke nicht. Ich sehe, dass du jemand bist, der Dinge regeln kann. Und so eine wie dich brauche ich hier. Nur …«

Sie zögerte, bevor sie weitersprach.

»Nur?«

»Nur, dass ich einfach genau wissen muss, woran ich bei dir bin.«

»Woran schon? Ich bin Anne. Mehr nicht.«

Sidonie schüttelte den Kopf. Nicht lachend, nicht ernst, eher mit einem Ausdruck des Bedauerns im Gesicht.

»Du bist mehr als nur dein Name. Du kannst etwas.«

Nun musste Anne aber doch herzlich lachen. »Weil ich einen blöden Besen geschwungen habe? Mach dich bitte nicht über mich lustig, Sidonie. Du weißt, ich bin dir sehr, sehr dankbar, dass ich die letzten Monate bei dir sein durfte, aber veralbern lasse ich mich trotzdem nicht von dir.«

Sidonie zog sich einen Stuhl an den Tisch und setzte sich mit den Armen über die Lehne verschränkt darauf.

»Du willst ernst genommen werden? Dann lass mich dich ernst nehmen. Sprich mit mir. Was, zum Teufel, ist geschehen? Du tauchst doch nicht einfach so auf, nur weil wir uns vor Monaten das erste Mal gesprochen haben. Du bist kein Mensch, der Hilfe braucht, glaubst du? Jeder

Mensch braucht Hilfe, jeden Tag. Die einen mehr, die anderen weniger. An manchen Tagen mehr und an anderen weniger. Aber es ist ein Geben und Nehmen, und wenn das in dein Köpfchen geht, dann bist du hier bei mir richtig und kannst jede Unterstützung von mir erhalten, die du dir wünschst.«

»Du kannst mir auch nicht helfen.«

»Madame Oberschlau weiß es besser?«

»Kein Grund, giftig zu werden.«

»Und für dich kein Grund, mir gegenüber feindselig zu sein. Mir oder Alma oder Josephine gegenüber. Wir alle haben uns um dich gesorgt und gekümmert. Ist dir das eigentlich aufgefallen?«

Anne senkte beschämt den Kopf. »Ja«, sagte sie kleinlaut.

»Dann lass dieses Gerede bitte. Also, noch mal zurück zum Anfang unseres Gesprächs. Ich habe dich beobachtet. Und wobei? Dabei, wie du die anderen beobachtet hast. Und ich erkenne, wenn eine Frau etwas im Kopf hat.«

»Ich habe nur den Schankraum gefegt.«

»Unsinn. Du hast Initiative ergriffen. Ich muss Alma und Josephine jeden Handgriff jeden Tag aufs Neue sagen. Verstehst du den Unterschied?«

Allmählich begriff Anne, dass Sidonie ihr nicht böse kommen wollte, aber sie erwiderte nichts auf die Frage, die vielleicht aber auch keine Antwort erwartete.

Sidonie stützte einen Ellbogen auf die Armlehne. »Ich möchte dich anleiten, wie das Gasthaus zu führen ist.«

»Wie bitte?« Anne blieb der Mund offen. Sah nicht schön aus, aber ehrlich überrascht.

»Du hast richtig gehört. Ich denke, du könntest eine gute Nachfolgerin für mich werden.«

»Weshalb das denn? Wenn ich mich nicht täusche, dann hast du dein *Rotes Haus* doch erst vor Kurzem erworben.

Wieso willst du es denn schon weiterreichen? Und warum an mich? Du kennst mich doch nicht.«

»Ich kenn' dich vielleicht besser, als du denkst. Ich habe eine ganz gute Menschenkenntnis, und bei dir bin ich mir in einem ganz sicher. Du kannst mehr, als du glaubst.«

Anne zuckte zusammen. Hatte das Sophie von La Roche nicht auch von ihr gesagt? Was sahen andere Menschen nur in ihr, wozu sie selbst nicht in der Lage war, es zu erkennen?

»Aber wenn ich dir zeige, wie man so einen Gasthof führt, dann erwarte ich bedingungslose Ehrlichkeit von dir. Ich will wissen, was mit dir los ist.«

»Und ich will wissen, weshalb du den Gasthof schon wieder hergeben willst«, konterte Anne.

Sidonie holte tief Luft. Für einen Moment wich sie Annes Blick aus, dann nickte sie bedächtig und sagte: »Du hast recht. Ich kann nicht von dir fordern, was ich dir nicht gebe. An diesem Gasthof hängt mein Herz. Ich habe hart gespart, um ihn mir kaufen zu können. Ich habe alles in meinem Leben für meine Unabhängigkeit geopfert. Wie dir vielleicht aufgefallen ist, habe ich keinen Mann an meiner Seite. Keine Kinder. Ich bin frei. Mehr oder weniger. Und das *Rote Haus* ist das sichtbare Zeichen meiner Freiheit. Ich möchte, dass es die Jahre überdauert. Und damit meine ich, dass es auch mich überdauert. Was also geschieht, wenn ich mal nicht mehr bin? Dann stehen du, Alma und Josephine alleine da, und der Gasthof geht vielleicht zugrunde. Jemand muss also wissen, wie der Hase läuft.«

»Der Hase?«

»Lach nicht. Mir ist es verflucht ernst. Du weißt, was ich meine. Jemand muss alles über den Gasthof wissen. Es geht um mehr als nur Weinfässer liefern lassen. Ich muss wissen, dass das, wofür ich gearbeitet habe, auch nach mir noch in guten Händen ist. In den besten Händen.«

»In meinen?«

»Das wäre mein Wunsch. Und ich könnte beruhigt sein.«

»Ich weiß nicht, ob ich das kann.«

Sidonie winkte lächelnd ab. »Ach, du kannst mehr, als du glaubst.«

Schon wieder diese Worte. Anne schluckte, aber nach einer Weile hellte sich ihre Miene auf. »Na schön. Lerne mich an.«

37

Der Tag, an dem sich Annes Leben ein weiteres Mal von Grund auf ändern sollte, kündigte sich mit einem friedvollen Sonnenaufgang an. Die ersten hellen Strahlen trafen auf den Frühnebel am Boden und verzauberten den Wald vor dem *Roten Haus* in ein Gemälde aus diffusem Licht.

Sidonie hatte auf der schmalen Bank neben dem Eingang Platz genommen. Mit all ihren Sinnen sog sie die morgendliche Stimmung auf, den Geruch der Pflanzen voller Tau, die ersten Grüße der zwitschernden Vögel, die sich in fortwährendem Piepsen abwechselten, als unterhielten sie sich über die beste Stelle, an der es Würmer und Käfer zu finden gab.

Als sie hörte, wie die Tür zum Gasthaus aufgeschoben wurde, wusste sie, dass es Anne war, die ihr gleich Gesellschaft leisten würde. Es war zu einem allmorgendlichen Ritual geworden, in dem beide Frauen – ohne ein Wort zu wechseln – versuchten, sich auf das Schöne im Leben einzustimmen. Möge der kommende Tag bitte einfach nur mitspielen.

Irgendwann begann es aus dem Schankraum heraus zu rumpeln und zu fluchen. Mit der Ruhe war es dann vorbei. Alma und Josephine hatten ihr Tagewerk aufgenommen, was bedeutete, dass sich Anne und Sidonie zunickten, von der Bank aufstanden und ins Haus zurückgingen.

An diesem Tag wurden sie daran gehindert.

Einer der Kaufleute, die regelmäßig bei ihnen einkehrten, fuhr seinen einspännigen Karrenwagen vor den Gasthof. Er winkte Sidonie schon zu, noch bevor das Pferd festen Stand eingenommen hatte. Dann schubste er ein kleines Mädchen vom Wagen. Es mochte nicht älter als zehn oder elf Jahre sein.

»Hier«, sagte der Kaufmann. »Ich habe sie ganz in der Nähe aufgelesen. Geschrien wie am Spieß hat sie, als ich sie mitnahm. Und weil ich nicht weiß, was ich mit ihr machen soll ...«

»... hast du gedacht, bringst du sie zu uns«, vervollständigte Sidonie seinen Satz.

»Ja, und ich muss auch schon wieder weiter.«

Wohl aus Angst, dass ihm das Kind nicht abgenommen würde, trieb der Kaufmann sein Pferd rasch wieder weiter.

Das Mädchen lag am Boden. Zerlumpte Kleider, staubige Haare, verängstigter Blick. Wenigstens schrie es gerade mal nicht. Überhaupt sah es so aus, als könnte es gar nicht sprechen.

Sidonie handelte. Sie hob das Kind hoch und trug es in den Schankraum. Dort hüllte sie es in eine kratzige, aber wärmende Decke, gab ihm zu essen und zu trinken und fragte, wie es hieße.

Keine Antwort. Das Mädchen schaute sich nur scheu nach allen Seiten um.

»Ach herrje, nicht noch so eine«, sagte Sidonie und zwinkerte Anne vielsagend zu.

Das Mädchen verkroch sich tief in die umgeschlagene Decke. Nur die Nasenspitze und die Augen lugten hervor.

»Was sollen wir nur machen?«, fragte Alma. »Wenn sie nicht bald darunter hervorkommt, fürchte ich, dass sie erstickt.«

»Unfug«, sagte Anne weitaus sanfter, als es dieses Wort vermuten ließ. »Wir sind zu viele um sie herum. Sie fürchtet sich vor uns. Geht alle weg. Ich bleibe alleine bei ihr.«

Sidonie tauschte mit Anne einen Blick, der ihr das Vertrauen für ihr Vorhaben schenkte. Sie begriff die Ähnlichkeit zwischen Anne und dem kleinen Mädchen, und wenn der einen geholfen wird, dann gleichzeitig auch der anderen. Einen Versuch war es allemal wert. Sidonie schob Alma und Josephine zurück. Hinter dem Tresen warteten sie. Worauf, wussten sie nicht genau, aber wenn es eintrat, dann würden sie es erkennen.

Anne brachte das Mädchen nach oben in ihre Kammer und verfrachtete es ins Bett. Sie setzte sich daneben. Behutsam legte sie ihre Hand auf die Decke, ungefähr dorthin, wo sie den Rücken des Mädchens vermutete. Es zuckte, wollte unter der Hand ausbrechen. Anne ließ die Hand einfach liegen, ohne zu drücken.

»Ich war wie du«, flüsterte sie.

Sie hätte dem Mädchen gerne etwas Aufmunterndes gesagt, aber ihr, die nie um ein Wort verlegen gewesen war, kam nichts in den Sinn, das auch nur annähernd hätte helfen können. Der Wunsch nach Verkriechen war Anne ja nicht fremd. Wie hätte sie es dem Kind ausreden können, wo sie selbst doch noch irgendwo verkrochen war und etwas sie festhielt, als würden sechs Arme mit klauenbewährten Händen an ihr zerren und ziehen.

Anne ließ ihre Hand weiter auf der Decke ruhen, die sich vom Atmen des Mädchens hob und senkte. Sie spürte, wie sie ihr eigenes Atmen anpasste. Eigentlich sollte es umgekehrt sein. Das angsterfüllte Gesicht des Mädchens mit seinen panisch aufgerissenen Augen war wie eine Spiegelung ihrer eigenen Gefühle. Erinnerungen schoben sich in quälender Beharrlichkeit durch ihren Kopf wie ein zermürbender Albtraum, von dem sie wusste, dass er niemals enden würde.

Ich hätte Laurin nicht allein lassen dürfen. Ich hätte es verhindern können. Er würde heute noch leben, wenn ich bei ihm geblieben wäre.

Vom Kopf her ahnte sie, dass es nichts geändert hätte, wäre sie in der Ortschaft geblieben. Viel wahrscheinlicher war, dass auch sie jetzt nicht mehr leben würde. Was hätte sie denn ausrichten können? Aber damit konnte sie es nicht einfach abtun. Dieser tiefe Schmerz der Machtlosigkeit nagte an ihr und wollte nicht nachlassen.

»Schlaf jetzt«, sagte sie und bemerkte erst jetzt, dass das Mädchen schon eine Weile vor Erschöpfung eingeschlafen war.

Am nächsten Morgen kam Anne mit dem Mädchen an der Hand die Treppe herunter. Sie wurden von den anderen erwartet. Das Mädchen krallte seine Hände in Annes Rock und vergrub sein Gesicht im Stoff.

Eine halbe Stunde später hockten alle am großen Tisch beisammen und schauten zu, wie das Mädchen mit einem Heißhunger die Graupensuppe löffelte und in das Brot biss.

»Sie heißt Charlotte«, sagte Anne. »Und sie hat eine Geschichte. Keine schöne, aber das habt ihr euch sicher schon gedacht. Drüben bei Polch bewirtschafteten die Eltern des Mädchens alleine einen kleinen Hof, auf dem sie Schweine hielten. Die beiden Söhne sind im Krieg gefallen, sodass die Eltern keine zusätzliche Hilfe für den täglichen Broterwerb hatten. Charlotte ist mit ihren zehn Jahren zwar alt genug, um Wasser zu schleppen und im Haus zu helfen, aber für die Schweinemast konnte sie nichts beitragen, außer Bucheckern zu sammeln, die als Futter für die Tiere gebraucht wurden.

Vor zwei Tagen kam Charlotte vom Bucheckernsammeln zum Hof zurück. Es war Mittag, und eigentlich herrschte um diese Zeit immer ein reges Treiben ums Haus, doch diesmal waren gar keine Stimmen ihrer Eltern zu hören. Nur die Schweine im Gatter quiekten. Charlotte wunderte sich noch, dass keines der Ferkel mehr im Gatter war. Sie konnte es sich nicht erklären, denn der Verkauf war doch noch gar nicht vorgesehen gewesen. Dann hatte sie den Karren gesehen, der etwas abseits neben dem Elternhaus stand. Dort quiekten die drei Ferkel angsterfüllt. Charlotte wollte die Eltern fragen. Die Haustür war angelehnt. Charlotte ging hinein und rutschte noch auf der Türschwelle aus. Auf dem Blut ihres Vaters, vor dem sie auf dem Hintern gelandet war und dessen Hals einen breiten Schnitt aufwies, der weit aufklaffte. Charlotte rief nach ihrer Mutter, doch die lag mit dem Rücken tot auf dem Tisch, die Arme ragten seitlich über die Kante. Ein Mann mit heruntergelassener Hose über sie gebeugt. Er starrte das Mädchen überrascht an. Mit einem Kind hatte er nicht gerechnet. Sein Kumpan wohl auch nicht, der sich in der hinteren Kammer gerade über die Vorräte hermachte. Gegenseitig riefen sie sich zu, sich das Kind zu schnappen, und weil sie sich nicht einigten, konnte Charlotte davonlaufen. Ohne nachzudenken, ohne Zeit zum Weinen zu haben. Sie lief und lief und schaute nicht zurück.

Das war vor zwei Tagen. Eine Meile entfernt hat der Kaufmann sie aufgelesen und zu uns gebracht.«

Stille trat ein, als Anne ihren Bericht beendete.

Alma wischte sich verschämt übers Gesicht, konnte die Tränen nicht länger zurückhalten und wandte sich ab.

Sidonie beschloss, das *Rote Haus* für diesen Tag geschlossen zu halten, es sei denn, eine Kutsche würde Station machen. Diese Gäste dürften dann herein. Aber für den Abend blieb geschlossen. Sich um das Mädchen kümmern ging vor.

Ein Tag verging, dann ein weiterer. Charlotte fasste zögernd Vertrauen. Vielleicht weil es Frauen waren, keine Männer.

Sie schwankte zwischen Traurigkeit und überquellender Redseligkeit. Die Worte sprudelten dann nur so aus ihr heraus, und in diesen Momenten konnten Anne und die anderen erahnen, welch fröhliches Kind sie einmal gewesen sein mochte. Plappern, was die Zunge hergab, tat Charlotte gut, auch wenn es die Wunden nicht heilen konnte. Aber es half dem Kind, sich neu zu orientieren unter Menschen, die gut zu ihr waren. Immer mehr öffnete sie sich. Manchmal vergaß sie sogar für eine Weile den Schrecken und lachte, als Alma beim Sauberwischen den Bottich mit ihrem Hintern umstieß und laut fluchte.

»Es waren drei«, erzählte sie. »Die Männer habe ich zuvor noch nie bei uns auf dem Hof gesehen.«

»Kannst du die Männer beschreiben?«, wollte Sidonie wissen. »Vielleicht können wir bei der Präfektur in Coblenz dafür sorgen, dass sie verfolgt werden.«

Die Vehemenz, mit der Charlotte die folgenden Worte ausstieß, erschreckte alle. »Ich will nicht, dass die eingesperrt werden. Ich will, dass sie sterben.«

Dann sprang sie vom Stuhl und lief hinter den Ausschanktresen und kauerte sich dort in eine Ecke.

Sidonie war blass geworden. »Wenn ein Kind so etwas sagt, was stimmt dann nicht in unser aller Leben?«

»Der Wunsch nach Rache ist verständlich, oder?«, sagte Anne.

»Sie ist ein Kind«, gab Sidonie zu bedenken. »Sie sollte solche Gelüste nicht verspüren.«

Anne wandte sich mit gesenktem Kopf ab. Niemand musste sehen, wie aufgewühlt sie im Moment innerlich war. Sie hatte Mühe, ruhig und regelmäßig zu atmen. Nicht einfach, wenn man am liebsten laut schreien wollte. Mit der flachen Hand wischte sie nicht vorhandene Brotkrümel vom Tisch.

»Es ist in uns allen drin. Egal, wie alt wir sind«, sagte sie. »Es ist nur die Frage, ob es bei einem ausbricht oder nicht.

Gesegnet diejenigen, die durch ihr Leben ohne diese Erschütterung gehen können.«

Sidonie erwiderte nichts darauf, dachte sich aber ihren Teil und hoffte, dass durch das Kind auch Anne sich endlich öffnen würde. Über sechs Monate war sie nun schon hier und trug ihr verschlossenes Herz vor sich her wie einen Schutzpanzer. Sidonie hätte ihr so gerne geholfen, ihn abzulegen. Anne musste doch auch erkannt haben, dass sie im *Roten Haus* die Chance erhielt, ihr Gleichgewicht wiederzufinden. Je länger sie ihr Herz zu Stein werden ließ, umso schwieriger wurde es, die Sonne wieder hereinzulassen.

Charlotte hatte sich beruhigt und kam wieder hinter dem Tresen hervor. Anne nahm sie in den Arm und streichelte ihr über den Haarschopf, der allmählich verfilzte. Würde nicht schaden, wenn sie das Mädchen demnächst mal wuschen.

»Die Männer sind böse«, sagte Charlotte plötzlich. »Und mein Vater hat immer gesagt, dass böse Menschen ihre Strafe bekommen müssen.«

»So sollte es sein«, meinte Anne.

Sie dachte an Laurin, der in der Erde verrottete, während seine Mörder vergnügt über Wiesen und Felder sprangen. Gerechtigkeit sah anders aus.

»Einer trug einen ganz wilden Bart«, erzählte Charlotte weiter. »Und auf der Wange hatte er Narben. Und der andere, der hat was geschrieben.«

Anne hörte abrupt mit dem Streicheln des Kopfes auf.

»Geschrieben? Auf ein Stück Papier?«

»Nein, das war seltsam. Er hat etwas an die Zimmerwand geschrieben.«

Sidonie und die anderen Mädchen sahen sich verwundert an.

»Von so einem Räuber hab ich ja noch nie gehört. Ihr etwa?«, fragte Alma die anderen.

Heiß und kalt gleichzeitig. Während Anne auf der Stirn kalter Schweiß ausbrach, heizte ihr restlicher Körper von innen heraus wie ein Ofen, und ihre Stimme klang, als hätte ein Zündholz sie in Brand gesteckt.

»Ich schon«, sagte Anne. »Und ich kenne sogar seinen Namen.«

38

anchmal blieb einem nichts anderes übrig, als davonzulaufen. Nur so schaffte man es, ein schlimmes Ereignis zu überstehen. Zumindest am Anfang. Dann, irgendwann, blieb man stehen. Dachte nach. Traf eine Entscheidung. Und ging den gleichen Weg zurück. Um abzuschließen, was zum Weiterleben nötig war.

Annes Entschluss stand fest. Das Schicksal des Mädchens hatte sie aus ihrer Lethargie gerissen. War sie nach Laurins Tod noch wie gelähmt gewesen und unfähig, einen klaren Gedanken zu fassen, so war das nun mit Charlottes Schilderung wie weggewischt. Endlich hatte sich ihre Starre gelöst.

War Curd noch mit Laurins Ermordung davongekommen, weil sie zu nichts in der Lage gewesen war, so durfte es ihm nicht ein zweites Mal gelingen. Diesmal würde er zur Rechenschaft gezogen. Es hatte das schlimme Schicksal eines zehnjährigen Mädchens gebraucht, damit Anne sich selbst wiederfand.

Die folgende Nacht lag sie wach und überlegte, wie sie vorgehen konnte. Sie schlief erst in den frühen Morgenstunden ein, und als sie gegen Mittag in die Gaststube trat, wo die anderen schon fleißig ihren Aufgaben nachgingen, bat sie Sidonie um ein Gespräch.

»Ich werde Charlottes Wunsch erfüllen«, sagte sie. »Ich werde für sie die Mörder ihrer Eltern aufspüren.«

»Folge mir in die Kammer«, befahl Sidonie.

»Wozu? Ich hab keinen Hunger.« Anne hob fragend die Schultern.

»Du kommst jetzt mit mir, wenn ich dich nicht an den Haaren reinzerren soll. Und ihr anderen stört uns nicht, habt ihr mich verstanden?«

Überrascht von der Vehemenz, mit der Sidonie Anne mit in die Vorratskammer schob und die Tür hinter ihnen schloss, brachten Alma und Josephine außer einem zeitverzögerten Nicken nichts zustande.

Sidonie strich ein Hölzchen an und entzündete die Öllampe, deren Qualm augenblicklich gegen den Balken, unter dem sie hing, verrußte. Das funzelige Licht beleuchtete die Säcke mit Vorräten und gestapelten Bierfässer neben den Weinflaschen, die in Kisten mit Holzwolle aufeinandergestapelt standen.

Anne lehnte sich mit der Hüfte an eins der Fässer und verschränkte die Arme vor der Brust. Die zur Schau getragene Gleichgültigkeit stand in hartem Kontrast zum Ausdruck ihres Gesichts, das steinern war wie die Schieferfelsen, die im Umland abgebaut wurden.

»Ich kann nicht zulassen, dass du gehst«, sagte Sidonie erregt und ohne Umschweife. »Du bist gerade auf dem Weg, wieder zu dir zu finden.«

»Ich werde immer nur auf dem Weg sein, aber nie ankommen, wenn ich nicht jetzt etwas dagegen unternehme. Das Mädchen hat mich wachgerüttelt. Ich werde die Mörder seiner Eltern finden.«

»Das ist es nicht allein, hab ich recht? Seit du hier bei uns bist, seit du vor sechs Monaten hier an meine Tür geklopft hast, hast du nichts gesagt. Kein Wort, was dich so aus der Bahn geworfen hat. Hast du so wenig Vertrauen in mich, dass du mir nicht die Wahrheit sagen kannst?«

»Meine Wahrheit braucht dich nicht zu belasten.«

»Was redest du für einen Unfug, Anne? Du bist eine von uns. Du gehörst zum *Roten Haus* wie wir anderen auch.«

»Ein Grund mehr, euch nicht mit Problemen zur Last zu fallen.«

Sidonie hob verzweifelt beide Hände zur Decke. Sie setzte an, etwas zu erwidern, doch sie fand nicht die Worte, die ihre Brust beschwerten und herausmussten. Stattdessen gab sie einen kurzen Schrei von sich, um nicht zu platzen.

»Fangen wir noch mal von vorne an«, versuchte sie in erzwungener Ruhe das Gespräch fortzuführen. »Du willst aus einem ganz bestimmten Grund die Mörder jagen und finden.«

»Und töten.«

»Diesen Wunsch hast du erst, seit das Mädchen sagte, dass einer der beiden einen Text an die Wand der Kammer geschrieben hat.«

»Ein Gedicht.«

»Meinetwegen also ein Gedicht. Du kennst seinen Namen, nicht nur wegen des Gedichts, sondern weil du ihm einmal begegnet bist. Was hat er dir angetan, dass es dich so verbittert hat?«

Anne musste den Kloß in ihrer Kehle mit einem harten Schlucken verdrängen. »Schlimmes hat er getan«, sagte sie schließlich.

»Und das wird er dir wieder antun, wenn du vor ihm stehst. Ich will nicht, dass dir was geschieht. Deshalb sage ich, du bleibst hier.«

»Ich werde gehen und die Mörder von Charlottes Eltern bestrafen.«

»Donner noch mal, Anne. Jede von uns hat etwas Schlimmes erlitten. Und jede wünscht sich, dass es anders wäre. Aber keine ist so verrückt und setzt sich einer bekannten Gefahr freiwillig ein zweites Mal aus. Du sagst, du willst die Mörder wegen Charlotte finden? Wir beide wissen, dass es das nicht allein ist. Für das Mädchen Gerechtigkeit zu üben, ist nur stellvertretend für deine eigene Rache.«

Sidonie war laut geworden, und als Anne ansetzte, etwas zu erwidern, hob sie drohend den rechten Zeigefinger. Zudem riss sie die Tür auf und ertappte Alma und Josephine, wie sie dahinter gelehnt lauschten.

»Macht, dass ihr verschwindet, sonst verprügel ich euch mit dem Brennholz.«

Die beiden stoben auseinander wie Hühner, die vom Hahn über den Hof gejagt wurden. Alma schnappte sich den Besen und begann zu fegen.

Krachend warf Sidonie die Tür wieder zu, bevor sie sich wieder Anne zuwandte. Kummervoll war ihr Blick. »Sprich mit mir«, bat sie.

»Es ist so schwer«, flüsterte Anne. »So schwer, den eigenen Schmerz zu überwinden.«

»Bitte versuche es. Um deinetwillen.«

Und dann erzählte Anne von Laurin. Wie sie ihm begegnet war, von ihm lernte.

Was er ihr bedeutet hatte.

Wie er starb.

»Verstehst du jetzt, warum ich gehen muss?«, fragte Anne.

»Wie willst du die Kerle finden? Die können überall und nirgends sein.«

»Einer hinterlässt eine Spur aus Worten.«

»Ich verstehe nicht ... was meinst du damit?«

»Einer hinterlässt überall dort, wo er sich aufhält, ein Gedicht an den Wänden.«

Verwirrt, weil sie Anne nicht ganz folgen konnte, griff sich Sidonie mit einer Hand an den Kopf. »Und so willst du ihn aufspüren? Indem du durch die Städte und Dörfer und über das Land gehst und überall schaust, ob irgendwo ein, was sagtest du, ein Gedicht steht?«

»So werde ich ihn finden.«

»Nimm es mir nicht übel, aber du bist verrückt, wenn du das glaubst.«

»Sie sind in diesem Departement, vielleicht auch im angrenzenden, ganz sicher aber auf dieser Seite des Rheins. Ich werde sie finden, weil es ihre Heimat ist. Sicher, sie streunen herum, aber sie werden immer wieder in die Hohe Eifel zurückkehren.«

Ich werde dich finden, Curd. Ich sorge dafür, dass Laurin Gerechtigkeit widerfährt.

»Und wenn er nichts mehr an Wände schreibt?«, gab Sidonie zu bedenken. »Es könnte doch sein, dass er einfach damit aufhört, weil ihm klar ist, dass er dadurch identifizierbar wird?«

»Einer wie er fühlt sich zu sicher, um damit aufzuhören.«

»Ich hoffe, du verrennst dich da nicht in etwas.«

Anne schüttelte den Kopf. Der kalte Glanz ihrer Augen erschreckte Sidonie, doch ihr war längst klar, dass nichts auf dieser Welt Anne noch von ihrem Vorhaben abhalten konnte.

Sie trug Dämonen auf der Schulter, und es gab nur einen Weg, sie abzuschütteln. Ein Messer in des Mörders Brust.

»Allerdings brauche ich dafür Geld«, sagte Anne. »Ich weiß nicht, wie lange es dauern wird, die beiden Männer ihrer gerechten Strafe zuzuführen. Aber ich werde Geld brauchen, wenn ich übers Land gehe, um sie zu finden. Ich will es nicht geschenkt, nur geliehen. Ich zahle dir jeden einzelnen Taler zurück.«

»Du liegst mir am Herzen, Anne, wie allen anderen auch, und ich würde dir mein gesamtes Erspartes geben, aber ich habe nichts mehr. Von dem, was ich über die Jahre gespart hatte, habe ich das *Rote Haus* gekauft.«

»Ich verstehe.«

Resignierend ließ Anne die Schultern hängen. Sie hatte es sich zu einfach vorgestellt.

Warum war es immer leichter, ein Verbrechen zu begehen, als für Gerechtigkeit zu sorgen?

Anne schloss die Augen. Das Gespräch kostete mehr Kraft, als sie erwartet hatte. Sie massierte sich mit zwei Fingern die Nasenwurzel, als könnte sie so die vielen Gedanken beherrschen, die sich in ihrem Schädel tummelten. Sie öffnete die Augen erst, als sie Sidonies Hand an ihrem Oberarm spürte.

»Wir sollten nach Coblenz gehen«, schlug Sidonie vor. »Wir sollten den Fall im Generalkommissariat schildern. Du weißt ja, dass die Franzosen seit zwei Jahren verstärkt und sehr konsequent gegen die Räuberbanden vorgehen. Den Schinderhannes haben sie auch geschnappt. Er wurde vergangenen November unter der Guillotine hingerichtet. Er und elf seiner Spießgesellen. Davor haben sie den Karl Benzel erwischt und noch so einige andere. Ich glaube, es ist besser, wenn wir den Soldaten und Gendarmen diese Aufgabe überlassen.«

»Die wissen doch in diesem Fall gar nicht, nach wem sie suchen sollen. Ich aber weiß es sehr genau«, widersprach Anne.

»Ein Grund mehr, dass nicht du allein die Sache in die Hand nimmst. Du weißt, wie gefährlich diese beiden Mörder sind. Und jetzt sind sie sogar zu dritt, wie Charlotte sagte. Glaubst du, sie drehen dir nicht auch den Hals um?«

»Nicht, wenn ich schneller bin als sie.«

Voller Wut krachte Sidonies Faust auf den Tisch, sodass Anne schon fürchtete, sie hätte sie sich bei diesem vehementen Ausbruch von Zorn gebrochen.

»Menschenskind, Anne, verstehst du denn nicht? Ich will nicht, dass du von hier fortgehst. Du gehörst doch zu uns.

Wir alle haben dich lieb gewonnen. Wir wollen nicht, dass du dich in Gefahr begibst. *Ich* will nicht, dass du dich in Gefahr begibst.«

»Ich muss gehen.«

»Du bist es Charlotte nicht schuldig.«

»Aber Laurin.«

Jetzt war es an Sidonie, resignierend die Schultern hängen zu lassen. Wenn Blicke dazu in der Lage wären, jemanden an sich zu fesseln, dann wäre es in diesem Moment so geschehen. Ihrer eigenen Machtlosigkeit Annes eisernem Willen gegenüber bewusst, drängte sie nicht weiter.

»Warum streiten wir uns eigentlich? Um die Jagd aufzunehmen, brauchst du Geld, und das hast weder du noch habe ich etwas. Es ist also hinfällig, dass wir uns überhaupt darüber unterhalten. Wir kümmern uns erst mal um Charlotte und sehen in ein paar Wochen weiter, was wir mit ihr machen. Vielleicht schicken wir sie auf einen der Höfe, wo sie als Magd arbeiten kann.«

Anne schauderte bei dem Gedanken.

Dort arbeitet sie so lange, bis sie alt genug für den Hofherrn ist, um in sein Bett zu kriechen. Ich kenne das zur Genüge.

»Oder wir geben sie der Postkutsche mit. Irgendwo in Coblenz oder Mainz wird es doch wohl noch ein paar Nonnen geben, die sich ihrer annehmen«, überlegte Sidonie laut weiter.

Solange die sich nicht unter ein Pferd werfen, um ihrem eigenen Leben zu entfliehen.

Das Gespräch schien beendet. Sidonie öffnete die Tür. Als sie sich umdrehte, sah sie, wie Anne plötzlich und unerwartet zufrieden schaute. Beinahe listig blitzte es auf.

»Du hast recht«, sagte Anne. »Ich werde nach Coblenz gehen.«

»Da bin ich aber froh, dass du es einsiehst«, seufzte Sidonie erleichtert auf.

»Nicht so, wie du denkst. Aber wir haben so lange über
Coblenz geredet, dass ich etwas fast übersehen hätte.«

»Etwas?«

»Jemanden«, verbesserte sich Anne. »Vielleicht gibt es
doch noch eine Möglichkeit, wie ich diese Jagd finanzieren
kann.«

39

ch hätte nicht gedacht, dass ich dich noch einmal sehen würde, nachdem du Hals über Kopf gegangen warst. Doch ich freue mich sehr, dass ich mich geirrt habe.«

Sophie von La Roche reichte Anne eine Tasse Tee. Erfreulicherweise schien sie weniger nachtragend zu sein, als ihre Worte es anklingen ließen.

Anne kam nicht umhin, sich im Zimmer genau umzuschauen. Alles stand noch genauso dort, wie sie es in Erinnerung hatte. Geordnet, sauber, selbst die Fenster wiesen kaum Schmutzflecken auf. Offensichtlich schien ihre Nachfolgerin als Kammerzofe geschickter im Saubermachen zu sein als sie.

Auf dem wuchtigen Sekretär stapelten sich mehrere Mappen, die mit unterschiedlich starken Kordeln verschnürt waren. Um sie herum lagen zwei Schreibkästchen aus Eichenholz mit filigranen Verzierungen und ein verschlossenes Tintenfass, neben dem aus einem flachen, aus Marmor gefassten Block griffbereit zwei Schreibfedern ragten. Mehrere Zeitungen aus der Umgebung bereicherten die Ablage.

Anne entdeckte die neumodischen Bleistifte, die sie für Sophie besorgt hatte.

Wie schön es doch war, wieder hier zu sein.

Jetzt, wo sie Sophie von La Roche wieder gegenübersaß, diesmal als Gast und nicht als Kammerzofe, spürte sie, dass die Zeit im alten Krämerzunfthaus, ihrem ersten *Roten Haus*, doch eine besondere gewesen war. Vielleicht hatte sie hier das erste Mal ein Gefühl von Zuhause erahnen können, ohne es überhaupt bemerkt zu haben. Einen Augenblick schlich sich die Vorstellung in ihre Gedanken, wie es wohl hätte sein können, dieses Leben als Zofe von Madame von La Roche. Wenn sie geblieben wäre, anstatt Laurin hinterherzulaufen.

Es hätte schön sein können.

Aber das war nun mal vorbei.

»Auch ich habe nicht geglaubt, noch einmal in diesem Zimmer sein zu dürfen. Ich bin Ihnen sehr dankbar, dass Sie mich zu Ihnen gelassen haben, Frau von La Roche.«

»Immer noch Sophie. Nur weil Monate zwischen unserer letzten Begegnung liegen, kannst du doch nicht meinen Namen vergessen haben, oder?«

Errötend senkte Anne den Blick. Ihre Finger wurschtelten an den Falten ihres Rockes, was diesen für einen guten, vorzeigbaren Eindruck immer weniger geeignet machte. War aber unwichtig, denn das half ihr, die Anspannung zu verlieren. Die Herzlichkeit der alten Dame hatte sie sich erhofft, aber ebenso hatte sie sie nicht einfach erwarten dürfen.

»Ihr habt euch nicht mehr gefunden, oder? Auch später nicht.«

Sophie verschwendete wirklich keine Zeit, um die Dinge ohne Umschweife anzusprechen. Anne war zu überrumpelt, als dass sie so tun hätte können, sie wüsste nicht, dass sie von Georg sprach.

»Nein, haben wir nicht.«

»Hat er dein Herz gebrochen?«

»Ja.«

»Dafür hältst du dich wacker, mein Kind. Männern, die Frauen das Herz brechen, sollte man ihr eigenes aus der Brust reißen. Es gibt überall ein paar Hunde, die es gerne fressen.«

»Aber ... Madame!« Anne erschrak. »Das möchte ich nicht, auf gar keinen Fall!«

Sophie kicherte, und ihre listigen Äuglein blitzten vergnügt auf. »Ich wollte nur mal sehen, wie du darauf reagierst. Hättest du gesagt, du kennst ein paar hungrige Hunde, dann hätte ich auf deine Liebe nichts gegeben.«

Die alte Dame hatte ein Händchen dafür, Anne gleichzeitig zum Lachen und Nachdenken zu bringen. Mit ein und demselben Satz schaffte sie es, sie feststellen zu lassen, dass unter ihrer Bitterkeit noch viel Gefühl für Georg lag. Es änderte nichts an ihrer Wut auf ihn, aber es war interessant zu erkennen, dass beide Gefühle tatsächlich gleichzeitig nebeneinander bestehen konnten.

»Vielleicht wollte Georg ja nur seine Unabhängigkeit behalten?«, führte Anne an. Ein schwaches Argument, sie wusste es.

»Wozu, wenn man liebt?«, entgegnete Sophie mit der Klarheit des Alters.

»Na ja, bei Männern wird so etwas ja als Tugend betrachtet.«

»Und bei Frauen nicht, ich weiß. Ich lebe schon lange auf dieser Welt, aber ich war die meiste Zeit darauf bedacht, meinen Teil dazu beizutragen, dass sich das ändert.«

»Ihre Möglichkeiten waren andere, Sophie.«

Sophie nippte vorsichtig an ihrem Tee. Er war noch zu heiß zum Trinken, also spitzte sie die Lippen und pustete darüber. Anne hatte schon früher bemerkt, dass sie solche Handlungen gerne vorschob, um in Ruhe über ihre nächsten Worte nachdenken zu können. Auch jetzt schien Sophie zu überlegen, was sie ihr auf die zugegebenermaßen forsche Bemerkung kontern konnte. Doch Sophie entschied sich, es dabei bewenden zu lassen. Bis auf ihr vielsagendes Schmunzeln und ein kaum merkbares Nicken über den Tassenrand hinweg.

»Wie geht es Ihrer Hand, Sophie?«, fragte Anne.

Sophie bewegte die fünf Finger, als würde sie in der Luft Klavier spielen. »Es wird werden, aber es braucht Geduld.«

»Sie haben wieder eine Zofe, die Ihnen hilft. Ich kann es an den Möbeln sehen. Sie scheint wohl besser zu sein, als ich es war.«

Sophie verzog die Mundwinkel. »Ich habe kein Vergnügen an den Unterhaltungen mit dieser Zofe. Ein blasses Ding ohne Verstand. *Ja, Madame, nein, Madame, ich weiß nicht, Madame.* Erkennst du, Anne, was mir daran nicht gefällt? Mit dir habe ich in den wenigen Minuten, die du hier sitzt, bereits ein interessanteres Gespräch geführt als in den ganzen vergangenen Monaten.«

»Danke, Sophie.«

»Du hast Glück, dass du mich noch in Coblenz antriffst. Ich habe meine Rückreise nach Offenbach anberaumt. Umso schöner, dass meine Intuition mich auch im Alter nicht im Stich lässt. Ich hatte gehofft, dass du noch einmal zurückkehrst, wenn du deinen Begleiter in Sicherheit weißt.«

Anne wurde bleich. Ihr Mund wurde trocken. Es war ja genau das Gegenteil von Sophies Annahme, weshalb sie hier in ihrem Zimmer saß.

»Noch Tee?«, fragte Sophie und bedeutete, dass Anne doch bitte beiden aus der Kanne nachschenken solle.

Sie kam der Bitte nach, auch wenn sie ja gar nicht die Zofe war, sondern ein Gast, aber zuvorkommende Hilfsbereitschaft war ihr immer schon ein hohes Gut gewesen, erst recht bei einer alten Dame wie Sophie, die stets gut zu ihr gewesen war.

Sophie dankte, als sie die Tasse auf dem verzierten Unterteller entgegennahm. Es war ein Fayence-Muster, was Anne nicht verborgen geblieben war.

»Er war noch einmal hier«, sagte Sophie unvermittelt.

Anne verschüttete ein wenig Tee, weil ihre Hand sofort zu zittern begann und ihre Tasse auf dem Tellerchen den Inhalt gehörig schwappen ließ. Innerhalb weniger Sekunden hatte Sophie sie mit Bemerkungen über die zwei wichtigsten Männer in ihrem Leben ins Schleudern gebracht. Sie wusste sofort, wen Sophie mit Blick auf die Untertasse meinte.

Sie musste aufstehen, um die Unruhe, die sie erfasste, aus ihrem Körper zu bekommen. Am Fenster zur Kornpfortstraße hin stützte sie sich am hölzernen Rahmen ab.

»Er ist gekommen, um dich mitzunehmen«, fuhr Sophie fort. »Genau, wie er es dir versprochen hat. Er kam einen Tag später an, weil die Kutsche, mit der er aus Frankfurt zurückfuhr, einen Radbruch hatte. Aber sein erster Weg in Coblenz führte ihn schnurstracks hierher.«

Annes Schultern bebten. »Woher wissen Sie das?«, fragte sie mit dünner Stimme.

»Er hat es mir selbst erzählt. Es war eine glückliche Fügung, dass ich in dem Moment, als er herkam, am Fenster stand so wie du jetzt. Ich überlegte, ob ich nach meiner Zofe rufen sollte, die ich zu ihm hinunterschicken könnte, aber das hätte zu lange gedauert, und ich wollte nicht, dass er wieder geht, ohne Bescheid zu wissen, dass du auf ihn gewartet hast. Also habe ich kurz entschlossen das Fenster geöffnet und wie eine Marktfrau hinuntergeschrien. Eine interessante Erfahrung, die Stimme so zu erheben. Nun gut, als er hier oben bei mir war und ich ihm erzählte, dass du voller Kummer die Stadt verlassen hast, da sah er aus wie jemand, der gerade gekreuzigt wird.«

»Er war wirklich hier?«

»Er konnte es kaum erwarten, wieder bei dir zu sein, sagte er mir. Es ist ein grausames Spiel des Schicksals, dass ihr euch um einen Tag nur verpasst habt.«

»Wo ist er jetzt?«

»Er wollte dich suchen, wollte dir hinterher, doch weder er noch ich wussten ja, wohin du und dein Mönch gegangen seid. Leider weiß niemand, wo er sein Zuhause hat, dein Georg, sonst könntest jetzt einfach du ihm folgen. Aber auch diese etwas rustikale Küchenchefin Ernestine weiß es nicht. Sie kaufte nur Waren bei ihm ein. Und wie sie mir sagte, wird er wohl in den nächsten Jahren nicht mehr zu kommen brauchen.«

Alles überforderte Anne jetzt. Völlig unpassend begann sie hysterisch zu lachen.

»Ich müsste jetzt glücklich sein, wenn mir nicht so zum Heulen wäre.«

Mit dem Handrücken wischte sie sich über die nassen Wangen. So viel zu weinen hatte es in den vergangenen Wochen gegeben. Fast wunderte sie sich, dass sie überhaupt noch dazu in der Lage war. Sie wischte sich mit dem Ärmelstoff an der Nase entlang. War egal, ob das schicklich war oder nicht.

»Es tut mir sehr leid«, sagte Sophie.

Anne ließ sich kraftlos zurück in den Polstersessel plumpsen.

»So ist das Leben«, sagte sie schniefend, und es klang gleichgültiger, als es klingen sollte. »Oder vielmehr: So ist *mein* Leben. Kurz bevor mich das Glück treffen könnte, bekommt es Schluckauf und macht einen großen Bogen um mich.«

»Du bist ein guter Mensch, Anne. Auch wenn es manchmal schwerfällt zu glauben, aber irgendwann nimmt das Glück dich in seine Arme. Eine Frage der Zeit, die für dich noch keine so große Rolle spielt wie für mich.«

»Glück ist launisch.«

»Ach, es mag manchmal vielleicht etwas träge sein, aber ich bin überzeugt, es kommt zu den Redlichen. Zumindest möchte ich daran glauben. Ha, es geht mir besser damit, weißt du. Und umgekehrt holt der Teufel letztlich ja auch immer jene ein, die es verdient haben. Kannst du dich noch an diesen unguten Herrn erinnern, mit dem ich hier ein Gespräch führte? Fast ein Jahr ist es jetzt her.«

Annes Körper straffte sich. »Sie meinen diesen Franz Mundo?«

»So hieß der hässliche Knopf, genau. Hinter seiner Seele war der Teufel schon lange her, und letzten November hat er sie endlich bekommen.«

»Mundo ist tot?«, rief Anne zu laut, um so zu tun, als wäre es ihr gleich.

Sophie schlug mit der Handkante der einen Hand auf die flache Handfläche der anderen. »Er starb unter der Guillotine. Gemeinsam mit dem berüchtigten Schinderhannes. Die beiden und neun weitere wurden zum Tode verurteilt. Ein Kopf nach dem anderen fiel in den Korb. Es heißt, noch nie waren so viele Schaulustige zugegen gewesen wie bei dieser Vollstreckung.«

»Mundo ist tot ...«

»Sein Leben war von Anfang an ein Verhängnis. Mir schaudern immer noch die Knochen, wenn ich daran denke, mit ihm gesprochen zu haben. Und ich habe ihm noch ermöglicht, aus der Coblenzer Gefangenschaft zu kommen. Nun gut, später haben sie ihn ja wieder erwischt. Da lief der Prozess gegen den Schinderhannes noch, und weil die beiden einige Raubmorde gemeinsam begangen haben, hat man diesen Herrn Mundo gleich mitversorgt. Aber, Anne, du bist ja vollkommen weiß im Gesicht. Hätte ich es dir nicht erzählen sollen?«

Vor Annes Augen drehte sich alles. Gedanken wirbelten in ihrem Kopf, blieben unvollständig, weil sie von dem nächsten überholt wurden.

Mundo ist tot. Gefangen genommen, zwei Monate nach-
dem er aus Coblenz verschwand. Diese zwei Monate hatten
gereicht, um Laurin umzubringen. Hätte Laurin doch nur
noch ein paar Wochen länger in der Kerkerkammer vor sei-
nen Dokumenten gehockt. Durfte das Schicksal so zynisch
sein? Sollte Anne nicht erleichtert über Mundos Tod sein?
Aber wie konnte sie sich jetzt an ihm rächen? Für Laurin
Vergeltung üben? Nur einer ist jetzt noch übrig. Curd.

So gut ihr Rücken es zuließ, beugte sich Sophie vor. Ihre
vom Alter gekrümmten Finger tasteten nach Annes Hand,
legten sich behutsam auf sie und schenkten ihr auf diese
Weise eine beruhigende Atmung, der sich Anne nur zu gerne
überließ.

»Was ist mit dir, mein Kind? Es bedrückt dich etwas, ich
habe es sofort gesehen, als du durch die Tür kamst. Du bist
verändert. Und du bist auch nicht nur zurückgekommen,
um mich zu sehen, habe ich recht?«

Anna versuchte, sich zusammenzureißen. Doch sie war
nicht geübt darin, ihre Gefühle unterzuordnen.

»Ich habe häufig an Sie gedacht, Sophie, das dürfen Sie mir
glauben. Und es war schön, an die Zeit mit Ihnen zu denken.«

»Du weichst mir aus. Was liegt dir auf dem Herzen? Und
du hast mir noch gar nicht gesagt, wie es deinem Begleiter
geht, dem Mönch?«

»Er ist tot. Und sein Name war Laurin.«

Erschrocken wich Sophie zurück. »Was ist geschehen?«

40

Immer wieder war Annes Blick hinüber zur aufgeklappten Schreibplatte des Sekretärs gewandert. Schließlich fasste sie sich ein Herz und fragte: »Haben Sie mit den Arbeiten an Ihrem neuen Heft für Frauen begonnen?«

Sophie spitzte die Lippen, sodass ihre Wangen wie eingefallen wirkten.

»Ich wünschte, ich könnte es bejahen, aber dem ist leider nicht so. Zwar stehen mir, wie du ja selbst miterlebt hast, nun die nötigen finanziellen Mittel zur Verfügung, aber meine Hand hindert mich nach wie vor am Reisen, um interessante Begebenheiten aufzuspüren, über die es sich zu schreiben lohnt. Ebenso fehlt es mir an ein wenig Unterstützung seitens der Verwandtschaft.«

»Wofür benötigen Sie die Verwandtschaft?«

Sophie lächelte fein. »Auch wenn ich erfolgreich bin und einen gewissen Grad an Bekanntheit erlangte, so braucht es manchmal immer noch Fürsprecher, wenn die Dinge auch in Druck gehen sollen. Mein Cousin Wieland hat mir sehr deutlich gemacht, dass er die Druckerei, in der seine aktuelle Zeitschrift erscheint, nicht bitten wird, auch mein neues *Pomona* zu drucken. Er fürchtet wohl, dass seine eigene Zeitschrift *Der Neue Teutsche Merkur* nicht mehr so regelmäßig erscheinen kann, wie er es wünscht.«

»Er fürchtet mehr die Konkurrenz.« Es war eine so simple wie wahre Feststellung.

»Du schmeichelst mir, Anne, und ich gebe gerne zu, dass es mir gefällt. Leider ändert es vorerst nichts daran, dass mein Vorhaben auf Eis liegt.«

»Ich bin hier, um das zu ändern«, sagte Anne.

Es war schön, zur Abwechslung mal Sophie von La Roche zu überraschen. Und in dem Augenblick, als Sophie begriff, was das heißen könnte, sah ihr faltiges Gesicht richtig hübsch vor Freude aus.

Anne nahm all ihren Mut in beide Hände und begann, Sophie ihren Vorschlag zu unterbreiten. Ein Vorschlag, von dem sie beide profitieren könnten, so Gott es gut mit ihnen meint.

Die alte Dame hörte ihr aufmerksam zu. Anfangs noch mit hochgezogenen Schultern, was die Anspannung sichtbar machte, die von ihr Besitz ergriffen hatte, lehnte sich Sophie bald schon tief in den Polstersessel zurück ... fast verschwand das schmächtige Figürchen darin wie in einem mit Blüten überzogenen Sumpfloch ... und lauschte Annes Worten, ohne sie auch nur ein einziges Mal zu unterbrechen.

Als Anne Luft holte und als Zeichen, dass sie fertig war, einmal kräftig nickte, entstand eine längere Pause, in der keine von beiden etwas sagte. Je länger die Stille zwischen ihnen anhielt, umso unsicherer wurde Anne. Am liebsten wäre sie aufgesprungen und aus dem Zimmer gerannt, weil sie sich plötzlich schämte, einer Dame wie Sophie ein solches Ansinnen zu unterbreiten. In ihrem Kopf hatte sich alles so stimmig angehört, doch schon beim laut Aussprechen, fiel Anne selbst auf, wie wenig sie alles zu Ende gedacht hatte.

Sie hält mich für verrückt. Niemals wird sie auf meinen Vorschlag eingehen.

Gerade als Anne aufstehen und sich verabschieden wollte, grinste Sophie von einem Ohr zum anderen.

»So machen wir es«, sagte sie lapidar.

»Wie? Sie finden meinen Vorschlag gut?«

»Naa, was heißt schon gut? Ich finde ihn, sagen wir mal, ungewöhnlich, aber gerade deshalb passt er sehr gut zu uns beiden. Lass mich kurz wiederholen, damit ich auch weiß, dass ich dich richtig verstanden habe. Also, du willst Laurin rächen. Sein Mörder soll seiner gerechten Strafe zugeführt werden, und diese Strafe wird nicht das Gericht sein, sondern du selbst.«

Anne nickte.

»Und du weißt, wer Laurin umgebracht hat.«

»Franz Mundo und ein junger Bursche namens Curd. Er ist derjenige, der überall das Gedicht des Freundes Ihres Neffen hinterlässt.«

»Ich erinnere mich, wie aufgeregt du warst, als du die Zeilen in meinem Buch entdeckt hast. Ja, da bekommt das Gedicht von unserem guten Achim von Arnim eine besondere Bedeutung, wenn auch keine schöne. Diesen Curd also willst du suchen, jagen und nach so langer Zeit auch finden.«

»Die Scheunen und Häuser, an denen das Gedicht steht, werden mir den Weg weisen«, sagte Anne mit vor Überzeugung fester Stimme.

»Etwas gewagt, das zu glauben, aber nun schön. Den zweiten Schurken brauchst du nicht mehr zu jagen, denn Franz Mundo hat bereits seine Strafe erhalten. Es muss dir genügen, dass er nicht durch deine Hand starb.« Sophie schlug beide Hände vor das Gesicht. »Mein Gott, wie wir beide reden. Über Mord und Menschenleben, als stünde es uns zu, Richterin zu spielen.«

»Wir richten nicht. Das haben diese Männer bereits selbst mit ihren Taten erledigt. Ich führe nur aus, was ihr Handeln zwangsläufig zur Folge haben sollte, wenn es noch einen Funken Gerechtigkeit in dieser Welt gibt.«

»Die Franzosen sind ja gerade dabei, diesen Funken zu entfachen.«

»Ich traue den Franzosen nicht. Vielleicht sind sie alle so wie dieser Renaud? Dann ist Curd schneller wieder auf freiem Fuß, als er eingesperrt wurde.«

»Nicht alle sind wie Renaud, aber ich verstehe, dass dir noch das Zutrauen fehlt. Bleiben wir also dabei, dass du dich auf Curds Fersen setzen willst. Der Wunsch allein macht dich nicht satt, also bist du zu mir gekommen, damit ich deine Reise finanziere. Aber du willst die Taler und Louis d'or nicht einfach so. Du bietest mir an, während der Reise durch das Land Berichte zu schreiben. Wo du hinkommst, möchtest du deine Beobachtungen über die Menschen aufschreiben, die ich in meiner neuen Zeitschrift für Frauen verwenden kann. Da ich zurzeit nicht reisen kann, würden wir uns gegenseitig unterstützen. Ist es das, was du mir vorschlägst?«

»Ja, so habe ich es mir gedacht. Ich schicke meine Aufzeichnungen mit der Postkutsche hierher.«

Sophie legte einen Finger vor den Mund und überlegte kurz. »Nicht hierher«, sagte sie. »Ich werde zurück nach Offenbach fahren. Bei der dortigen Druckerei werde ich persönlich erscheinen, um einen guten Auftrag auszuhandeln.«

Sie schrieb ihre Offenbacher Adresse auf eine Karte und reichte sie Anne. »Du kannst mir deine Artikel auch gerne selbst vorbeibringen.«

Dann nahm sie einen Schluck von dem inzwischen erkalteten Tee, verzog das Gesicht und stellte die Tasse auf das Beistelltischchen zurück.

»Die Menschen würden sicher gern mehr über den Mann erfahren, der in der Eifel bei jeder Gelegenheit ein Gedicht an Wänden hinterlässt. Was für ein Mensch er wohl sein mag?«

Kein guter. Da brauchte Anne nicht lange zu überlegen.

»Und viele möchten gerne über das Ländliche lesen. Für die meisten Städter klingt alles sehr poetisch. Vor allem die Frauen haben eine romantische Vorstellung, kommen sie doch kaum aus der Stadt heraus. Doch, ich glaube, deine Artikel werden sich gut im neuen *Pomona* machen. Mir gefällt der Gedanke, dass du für die Frauen auf Reisen gehst, Anne.«

Eine Last fiel von Annes Schultern. »Danke, Sophie. Sie wissen gar nicht, wie erleichtert ich bin.«

Plötzlich hob Sophie eine Hand. Anne wusste gleich, dass diese Geste gleichbedeutend mit dem gezogenen Bremshebel an einer Kutsche war.

»Nicht so voreilig, mein Kind«, sagte Sophie. »Ich sagte nur, dass mir der Gedanke gefällt.«

41

ine Woche blieb Anne noch in Coblenz, bevor sie sich auf den Rückweg zum Gasthaus im Wald machte.

Im Nachhinein musste sie sich eingestehen, dass es unüberlegt von ihr gewesen war, einfach so nach Coblenz zu gehen. Weder hatte sie wissen können, dass Sophie nach so vielen Monaten noch in der Stadt war, noch konnte sie ernsthaft davon ausgehen, dass ihr Vorschlag so einfach mir nichts, dir nichts angenommen würde. Im Grunde ging es ihr vor allem nur um eines: Gerechtigkeit für Laurins Tod. Nein, das klang schon beinahe zu edel. Rache wollte sie. Stinknormale Rache für den Tod des Mannes, der ihr in der kurzen Zeit, die sie gemeinsam über das Land gezogen waren, zu ihrem einzigen wahren Freund im Leben geworden war.

Es war ein Jagdtrieb, dem sie nachgab. Einzig, um einen Rachedurst zu stillen. Ein Gefühl, das ihr bislang fremd gewesen war. Ihr Leben kannte Höhen und Tiefen, vor allem die Tiefen hatte sie ausgekostet, aber noch nie zuvor war sie vor der Frage gestanden, jemanden für seine Tat zur Rechenschaft zu ziehen.

War sie ungerecht behandelt oder sogar missbraucht worden, es hatte niemanden geschert. Und sie selbst wagte nicht, den Finger zu heben und laut zu rufen: Schaut her, Leute, was mir angetan wurde. Übt Gerechtigkeit, bestraft den Missetäter, den Schuft, das Schwein!

Laurin war ein harmloser Mönch gewesen. Geschwätzigkeit war die größte Schuld, die er auf sich geladen hatte. Aber sein Herz war gut gewesen, leichtgläubig. Und groß. Er hatte es nicht verdient, dass zwei Bastarde ihn aus Langeweile ermordeten oder weil er zu verhindern versuchte, dass sie ein junges Mädchen missbrauchten.

Sein Tod steckte Anne in den Knochen. Das würde er immer. Doch nachdem diese Knochen in den vergangenen Monaten sich träge nicht vom Fleck gerührt hatten, prickelte nun eine Unruhe in ihnen, die auf nichts anderes wartete, als sich auf die Jagd nach dem verbliebenen Mörder zu machen.

Die Jagd auf Curd.

Anne wurde immer noch schlecht, wenn sie daran dachte, dass dieser junge Bursche so charmant gewesen war und sie umschmeichelt hatte. In einem anderen Moment, einer anderen Situation, vielleicht auch in einer Zeit, in der sie Georg noch nicht begegnet war ... wer wusste schon, wie erfolgreich Curds neckende Art gewesen wäre.

Speiübel wurde Anne, wenn sie nur an seine Berührungen dachte, waren sie auch nur noch so verspielt gewesen. Aber es waren diese Hände, an denen Laurins Blut klebte.

Und das von wer weiß wie vielen Menschen noch.

Nur von diesem Wunsch nach Rache beseelt, hatte sie auf Sophies Hilfe gehofft. Ein Wunsch, der sie von innen heraus auffraß.

Und Sophie hatte Ja gesagt. *Sie hat Ja gesagt!* Anne wiederholte es immer und immer wieder im Geiste.

Aber Sophie hatte auch weitergedacht als Anne. Einfach nur ein paar Taler, ein paar Dukaten und Goldmünzen mitnehmen reichte natürlich nicht. Tatsächlich wäre die Suche beendet, bevor sie richtig begonnen hätte. Die alte Dame aber war ein strukturiertes Vorgehen gewohnt. Kein Wunder, bei vielen Kindern und häufigen Ortswechseln, die der Beruf und die Stellung ihres Gatten mit sich gebracht hatten.

Zuerst ließ Sophie ein Gastzimmer im *Roten Haus* bereitstellen, in das Anne einziehen konnte. Eine Woche, das sollte genügen, um entsprechende Vorbereitungen zu treffen.

Der nächste Schritt war, dass Anne neu eingekleidet werden musste. In ihren Kleidern, denen der Staub der Straße anhaftete und die teils zerschlissen am Rocksaum um ihre Fußknöchel schlackerten, konnte sie unmöglich auf Reisen gehen. Die Stoffbluse, die, je nachdem wie weit Anne sich vorbeugte, mehr preisgab, als ihr lieb sein sollte, würde ihr vielleicht Tür und Tor bei jedem Zechbruder öffnen, wohl aber nicht bei Menschen, die sie auf ihrer Fahrt sprechen würde, um deren Geschichten aufzuschreiben.

Die Schneiderin, die Sophie schon am nächsten Tag kommen ließ, schlug wiederholt die Hände über dem Kopf zusammen, als sie Anne erblickte. Genau sieben Mal, Anne hatte mitgezählt. Und mit jedem Mal war sie sich kleiner und schmutziger vorgekommen. Sie war auch überzeugt, dass die Schneiderin sie beim Abstecken der Längen absichtlich mit den Nadeln in den Hintern pikste. Wäre Sophie nicht zugegen gewesen, hätte sie der Schneiderin mit Vergnügen wiederholt eine gelangt. Sieben Mal, sie hätte mitgezählt.

Erst fürchtete Anne, sie würde in ein damenhaftes Kostüm gesteckt werden. Ja, sie fürchtete dies tatsächlich, denn ein solch vornehmes Kleidungsstück passte einfach nicht zu ihr, und sie wüsste gar nicht, wie man es tragen müsste, um nicht als Betrügerin entlarvt zu werden. Daher war sie erleichtert, als es sich nur um einen neuen Rock und eine neue Bluse handelte.

»In beide Kleidungsstücke werden versteckte Innentaschen eingenäht«, erklärte Sophie. »Das hat sich bewährt bei Überfällen.«

»Überfälle?«

»Postkutschen sind beliebte Ziele von Räuberbanden.«

Anne erinnerte sich an die Zeit, als sie noch in Brunnenweiler gelebt hatte, dem Dorf, aus dem sie mit Laurin fortgegangen war. Die Hattinger-Bande sorgte für einige Unruhe in der Gegend. Kutschen mit den Wappen von Adligen und Kaufleuten waren begehrte Opfer zum Ausplündern gewesen. Nicht jeder hatte das Glück, sein Leben behalten zu dürfen.

Anne streckte den Arm aus, während die Schneiderin auf Knien um sie herumrutschte, und zeigte auf den Schreibtisch. »Darf ich den Brieföffner mitnehmen?«, fragte sie.

Sophie verstand das Bedürfnis nach wehrhafter Möglichkeit. »Nähen Sie den Brieföffner in den Jackenärmel ein.«

Die Schneiderin hatte längst aufgehört, sich zu wundern, und setzte um, worum sie gebeten wurde. Als Anne die Weste anzog und durch den linken Unterärmel die Klinge ertasten konnte, fühlte sie sich beruhigt.

Am dritten Tag öffnete Sophie eine ihrer Reisetruhen. Was darin lag, ließ Annes Augenbrauen hochschnellen. Unzählige Blankoblätter, teils mit Kordeln gebunden, teils lose eingeklemmt zwischen zwei Deckeln einer Mappe. Daneben stapelten sich schmale längliche Kästchen, auf denen das Symbol der Firma Faber Castell prangte. Sophie nahm ein Kästchen heraus und öffnete es. Dann forderte sie Anne auf, einen der Bleistifte, die darin lagen, in die Hand zu nehmen.

»Wenn du für mich schreiben willst, brauchst du natürlich auch das entsprechende Material. Ich schreibe sehr gerne mit Tinte und Feder, aber nur zu Hause an meinem Schreibtisch. Diese neue Errungenschaft hier scheint mir jedoch hervorragend für unterwegs geeignet zu sein. Wie leicht sich damit Notizen machen lassen. Ich wünschte, ich hätte diese Stifte schon auf meinen früheren Reisen gehabt.«

Anne balancierte den dünnen Stift auf der flachen Innenseite ihrer Hand. Wie leicht dieses Ding war. Und damit soll man schreiben können?

»Ein lustiges Gerät, nicht wahr? Ich habe mir sagen lassen, dass es nichts anderes ist als verfeinerter Grafitstaub. Mit Ton und Wasser vermischt, dann im Ofen gebrannt. Und voilà, schon erhält man ein Schreibgerät für Papier. Die Firma, von der ich diese Stifte beziehe, hat sich darauf spezialisiert. Eigene, handgemachte Herstellung. Darauf lege ich schon auch Wert. Anfangs nannte man diesen Stift einfach Reißblei, aber nun hat sich wohl die Bezeichnung Bleistift durchgesetzt. Wie auch immer, ich bin gespannt, ob sich dieses Material zum Schreiben auf Dauer durchsetzen wird.«

»Hält man den wie eine Feder?«

»Ja, und anstelle eines Tintenfässchens benötigt man dieses lustige Ding, um die Spitze des Stifts immer schreibfähig zu halten.«

Sie reichte Anne ein Kästchen, in das der Stift mit der Spitze voran durch ein passend großes Loch geschoben wurde. Dann ein paar Mal an einer Kurbel gedreht, und die Miene innerhalb des hölzernen Stifts glänzte wieder tatendurstig.

»Ein Bleistift also, aha«, meinte Anne belustigt. »Was es heutzutage alles gibt.«

»Ich werde dir zwei Schreibmappen und drei Kästchen mit jeweils zehn Bleistiften mitgeben. Das sollte für die nächsten Monate reichen.«

Dankbar verstaute Anne alles in der ledernen Umhängetasche, die sie am Tag zuvor von Sophie überreicht bekommen hatte. Sie würde gut schleppen müssen, aber das war die Sache wert.

Dann huschte Sophie zurück zum Schreibtisch und entnahm der obersten Schublade eine kleine Schatulle.

»Zusätzlich erhältst du von mir natürlich auch Geldmittel, damit du auf der Reise essen, trinken und übernachten kannst. Von dem Geld kaufst du dir auch alles andere, was du benötigst. Ich möchte nicht, dass du aufschreibst, wofür du es ausgibst. Ich gehe davon aus, du weißt, was richtig ist.«

Als Anne die unterschiedlich großen, gut gefüllten Dukatenbeutel sah, blieb ihr der Mund offen stehen. Sie hatte ja auf finanzielle Unterstützung gehofft, deswegen war sie ja auch gekommen, aber das, was Sophie ihr hier anbot, sprengte jede Vorstellung, die sie auch in den hoffnungs-vollsten Momenten gehabt hatte. Mit diesen Mengen an Goldtalern, Dukaten und Silbermünzen würde sie bestimmt zwei Jahre versorgt sein.

»Sie vertrauen mir so viel Geld an? Das geht doch nicht.«

»Weshalb denn nicht?«

»Ich könnte auf und davon damit. Mich niemals mehr wieder bei Ihnen melden.«

Sophie drehte mit theatralischer Geste die Handflächen nach außen. »Das könntest du, gewiss. Aber ... würdest du auch?«

Anne errötete. »Nein, natürlich nicht.«

»Das weiß ich. Und nun habe ich gehörig Appetit bekommen. Ich finde, wir sollten uns Essen hochbringen lassen. Würde dir das gefallen, einmal von der Chefköchin persönlich bedient zu werden?«

Ernestine, die mir den Teller auf den Tisch stellt? Und dazu noch höflich sein muss? Guter Gott, das wäre herrlich.

Aber Anne fühlte sich nicht danach, die grantige Chefköchin zu brüskieren. Weshalb sollte sie das tun? Sie brauchte keine Genugtuung gegenüber Ernestine. Die Frau arbeitete jeden Tag hart und tat ihr Bestes, auch wenn ihr Umgangston mehr zu den Schweinehirten passte als in eine Pensionsküche.

Anne bat darum, das Essen so wie immer servieren zu lassen und dass sie erst, wenn es auf dem Tisch stand, aus dem Nebenzimmer dazukommen durfte.

Es sollte der letzte gemeinsame Abend werden.

Am nächsten Morgen verabschiedeten sich Sophie und Anne herzlich voneinander, wobei Sophie auf ihren Stand pfiff und Anne fest an sich drückte, gerade so, als wollte sie sie gar nicht gehen lassen.

»Mir ist, als verlöre ich schon wieder eine Tochter«, sagte sie, und ihre Stimme war brüchiger als sonst.

»Ich komme ja wieder.«

Dann machte sich Anne auf den Weg.

Ihre Jagd begann.

42

Sich auf die Suche zu begeben, ohne auch nur annähernd die Richtung zu kennen, in die man gehen sollte, war ein schweres Unterfangen. Anne hatte sich diesen Umstand bereits im Vorfeld sehr bewusst gemacht, um den Momenten vorzubeugen, wenn ihr alles sinnlos und unmöglich erscheinen würde. Denn dass diese Momente kommen würden, davon war sie überzeugt. Es sei denn, es stellte sich schon in den ersten Tagen ein Erfolg ein, wovon aber nicht auszugehen war.

Es wird eine Angelegenheit des Willens, hatte Sophie ihr mit auf den Weg gegeben. Ein Satz, an den sich Anne genauso klammern würde wie an den wütenden Schmerz, der hochkam, wenn sie an Laurin in seinem kalten Grab dachte.

Doch ihr Wille alleine würde nicht fündig werden, wenn sie nicht wenigstens das hatte, was man für gewöhnlich einen Plan nannte. Fast hätte sie laut gelacht, wenn sie daran dachte, dass ihr einziger Plan darin bestand, einem Gedicht zu folgen, das irgendwo an Wände geschrieben worden war. Großartiger Plan, so richtig strategisch. Sie bräuchte also nur kreuz und quer durch die Hohe Eifel zu reisen, alle Häuser und Scheunen anschauen, und dann würde sie den verhassten Curd schon aufspüren. Das war zu schaffen, sie würde bloß hundert Jahre dafür brauchen.

Nein, auch wenn sie nichts wirklich über Curd wusste und keinen Anhaltspunkt hatte, an dem sie ansetzen konnte, es gab etwas, das ihr in den vergangenen Tagen, die sie bei Sophie verbrachte, aufgefallen war.

Immer wieder hatte sie das Buch zur Hand genommen und Achim von Arnims Gedicht gelesen. Sie wollte es auswendig lernen. Aus dem Schlaf sollte man sie wach rütteln, und sie würde dennoch diese Zeilen fehlerfrei aufsagen können. Dabei war ihr etwas aufgefallen. Curd schrieb die Gedichtzeilen nicht einfach wahllos an Wände. Er hielt sich immer an die Reihenfolge. Auf die Zeilen an dem einen Haus folgten die nächsten an einer Scheune, darauf wiederum bei der nächsten Gelegenheit die daran anschließenden Zeilen. Wenn Anne das zugrunde legte, dann könnte sie erkennen, in welche Himmelsrichtung sich Curd bewegte.

Nicht, dass es ein Grund gewesen wäre, vor Euphorie völlig aus dem Häuschen zu geraten, aber es war genau das bisschen, das Anne gebraucht hatte, um sich daran festzuklammern.

Bevor sie Coblenz mit der Kutsche verließ, hatte sie sich auf dem Gemüsemarkt am Münzplatz umgehört. Die fahrenden Händler dort würden ihr die Richtung vorgeben. Wenigstens einer sollte doch irgendwo auf das Gedicht gestoßen sein. Doch zu ihrem Leidwesen musste sie feststellen, dass sie zu viel erhofft hatte. Die meisten Händler wussten gar nicht, wovon sie sprach. Offensichtlich interessierte Poesie an Wänden nicht jedermann. Die verständnislosen Blicke, die sie erntete, sollten ihr wohl schon einmal einen Vorgeschmack auf das geben, was sie in der nächsten Zeit zu erwarten hatte. Ein Händler bat sie, ihm beim Ausladen zu helfen, was sie wiederum ablehnte. Ein anderer versprach ihr eine Auskunft, wenn sie sich ihm zuvor gefällig zeigte. Sie schenkte ihm eine satte Ohrfeige.

Aber dann, sie fühlte sich schon jetzt ausgebrannt, noch bevor sie die Stadtmauer hinter sich gelassen hatte, sprach sie einer der französischen Soldaten an, die wachsam über den Marktplatz gingen und für Ordnung sorgten.

»Bei meinem letzten Patrouillenritt hab ich das gesehen, wonach du fragst«, sagte er.

»Wo war das?«

»Sag mir erst, weshalb du das wissen möchtest.«

»Ich glaube, es ist mein Bruder, den ich seit Jahren nicht mehr gesehen habe.«

»Dein Bruder?«

»Mais oui.«

Wie leicht ihr das Lügen fiel. Anne war von sich begeistert.

»Drüben bei Weißenthurm waren vor zwei Wochen alle in heller Aufregung. Da hat doch tatsächlich ein tolldreister Schmierfink das Denkmal von unserem General Hoche beschmiert. Ich glaube, es waren vier Sätze. Einer auf jeder Seite des Sockels. Könnte sein, dass das auch Sätze aus einem Gedicht waren, ich weiß es nicht. Aber wenn es dein Bruder war, dann sorg dafür, dass wir ihn nicht erwischen. Du kannst dir vorstellen, dass wir Franzosen nicht erfreut sind, wenn man die Denkmäler unserer Helden beschmiert.«

Weißenthurm? Das war gar nicht so weit weg. Nördlich von Coblenz gelegen, war das Örtchen auch sehr gut mit der Kutsche über die Handelsstraße nach Köln zu erreichen.

Anne bedankte sich bei dem Soldaten, der seine Aufmerksamkeit aber bereits zwei Streithähnen widmete, die lautstark aufeinander einschlugen.

Noch am selben Tag verließ sie Coblenz.

43

Sophie setzte sich an den Sekretär und nahm einen Bogen ihres Briefpapiers aus dem obersten Fach. Sie legte ihn mittig vor sich auf die Schreibablage, nahm die Feder, tupfte sie am Rand des Tintenfässchen mit vorsichtigem Klopfen ab und schrieb das heutige Datum. Achter Juni des Jahres 1804. Fast auf den Tag genau ein Jahr hielt sie sich nun schon in Coblenz auf. Sie hatte angenommen, schneller wieder nach Offenbach zurückreisen zu können, aber wie so oft kamen die Dinge im Leben anders als gedacht.

Sophie spürte eine Freude in sich, die ihr lange abhandengekommen war. Auch wenn nicht sie es selbst sein konnte, die auf Schreibreise ging ... der Tatendrang, ein neues Frauenmagazin zu erstellen, war unbeschreiblich. Worüber Anne wohl als Erstes schreiben würde? Sie bezweifelte nicht, dass gute Berichte auf ihren Schreibtisch flattern werden. Im Gegenteil, sie war überzeugt, dass Anne in einer ungeschliffenen Weise hervorragende Eindrücke schildern würde, aus denen sich lesbare Artikel formen ließen.

Welch ein Segen, dass ihr seinerzeit diese Frau als Kammerzofe geschickt worden war. Ha, war es sogar ein Segen, sich die Hand gebrochen zu haben? Musste sie am Ende sogar diesem Schurken Franz Mundo dankbar sein? Nein, so weit brauchte sie wirklich nicht zu gehen. Zudem hatte sie sich bei dem unsäglichen Herrn ja mit seiner Freilassung revanchiert. Sein Unvermögen und Pech, wenn er mit der Freiheit nichts anfangen konnte und sie nur dazu nutzte, anderen zu schaden.

Wie diesem Mönch, Annes Begleiter.

Sophie wagte nicht, den angebrochenen Gedanken zu Ende zu führen. Sie hätte sich eingestehen müssen, dass der Mönch irgendwie ja auch durch ihr Zutun gestorben war. Wäre Mundo nicht freigekommen …

Die Tinte war inzwischen von der Schreibfeder getropft, ohne dass Sophie auch nur ein Wort geschrieben hatte.

Jede Eventualität des Lebens konnte niemand auf der Welt erahnen, dennoch belastete es Sophie, ihren Anteil an Annes Unglück zu haben. Man war nie zu alt, um dazuzulernen, ebenso wenig, um Fehler zu machen. Erstaunlich war es schon gewesen, dass Anne ihr mit keinem Wort, keinem Blick einen Vorwurf gemacht hatte. Sah die junge Frau die Dinge vielleicht anders? War sie klüger, um zu erkennen, dass man nicht für die Taten eines anderen verantwortlich war?

Sophie seufzte schwer. Ach, von Anne konnte auch sie noch etwas lernen.

Sie adressierte den Brief an die Druckerei Brede in Offenbach. Sie wählte ihre Worte mit Bedacht, aber auch mit einer Klarheit, die ihr Anliegen deutlich erkennen ließ. Es waren nur wenige Zeilen. Die mussten reichen. Was sie nicht auf einer halben Seite erreichen konnte, würden fünf vollgeschriebene Seiten auch nicht schaffen.

Als sie geendet hatte, las sie den Brief noch einmal durch. Schließlich faltete sie ihn zweimal der Länge nach und schob ihn in einen Umschlag, auf den sie die Adresse schrieb. Kurz überlegte sie, ob sie ihn versiegeln sollte, entschied sich aber dagegen. Napoleons Spione waren ja immer noch unterwegs, und ein Brief mit Siegel würde heutzutage vermutlich verdächtig erscheinen.

Stattdessen legte sie ihre Hand flach auf den Umschlag und schloss die Augen. In Gedanken wünschte sie dem Brief eine gute Reise.

Sie legte den Brief auf ein kleines ovales Silbertablett, das die Kammerzofe noch heute zur Briefstation bringen würde. Und dann hieß es nur noch hoffen, dass auch die richtige Antwort zurückkam.

Sie trank eine Tasse Tee. Dann erfasste sie eine Unruhe, die sie von jedem Neubeginn her kannte, und sie rief nach der Zofe, damit diese mit den Vorbereitungen für ihre Rückreise begann.

Ja, Cousin Wieland, ich lasse mich nicht von meinem Vorhaben abbringen. Du wirst schon sehen. Und dir, lieber Enkel Clemens, wenn du glaubst, ich verliere mich in träumerischen Wünschen einer Frau in fortgeschrittenem Alter, dann wirst du erstaunt sein, was ich noch alles bewegen kann.

44

E s war ein sonniger Tag, als Anne in Weißenthurm ankam.

Die eintägige Kutschfahrt hatte sie genutzt, um sich über die Gefühle, die in ihr tobten, klar zu werden. Es konnte ja sein, dass ihre Jagd auf Curd schon mit dem ersten Tag ihr Ende fand. Sollte sie ihn noch in Weißenthurm antreffen, dann ... ja, was dann?

So richtig hatte sie sich noch gar nicht vorgestellt, was eigentlich passieren würde, wenn er ihr gegenüberstand. Würde sie den Mut aufbringen, ihn anzuhören, bevor sie ihn umbrachte? Würde er seine Unschuld beteuern und sie dadurch verunsichern? Einen Unschuldigen töten ... das gehörte zu den schlimmsten Dingen, die ein Mensch ihrer Ansicht nach tun konnte. Für den Rest ihres Lebens würde sie mit einer solchen Schuld herumlaufen müssen. Ohne Aussicht auf Vergebung.

Aber diese Frage stellte sich doch nicht, oder? Curd hatte Laurins Blut an seinen Händen. Kein Zweifel. Mochte er sich auch noch so geschickt herauswinden wollen mit seiner Sprachgewandtheit. Sie würde nicht auf ihn hereinfallen, weder auf seine schmeichelnden Augen noch auf bittende Worte.

Sie suchte ihn nicht, um ihn zu läutern. Sie wollte ihm keine zweite Chance schenken. Laurin hatte sie auch nicht bekommen. Und wer wusste schon, wie viele arme Männer und Frauen zuvor schon Curds mörderischen Launen zum Opfer gefallen waren.

Ja, ihr Vorhaben hatte Anne fest im Blick. Doch es war das eine, es sich in Gedanken fest vorzunehmen. Etwas anderes war es, alles in die Tat umzusetzen. Und während der Kutschfahrt erkannte Anne plötzlich, dass sie gar nicht wusste, wie sie ihr Vorhaben umsetzen wollte, wenn sie auf Curd traf. Sollte sie die Gendarmerie benachrichtigen? Sollte sie mit gezücktem Dolch auf ihn zurennen? Sie hatte noch nie einen Menschen getötet. Würde ihr Hass auf ihn ausreichen, um ihre Hand zu führen? Möglichst zitterfrei. Und was geschah danach mit ihr?

Niemals mehr wäre sie dieselbe Frau wie vorher.

Als die Kutsche durch das Tor von Weißenthurm fuhr, zitterten Annes Beine vor Anspannung. Wer hätte gedacht, dass einem auch im Sitzen die Knie schlottern konnten?

Diese mit dünnem Stoff überzogenen Holzbänke waren aber auch wirklich nicht für ein entspanntes Sitzen geeignet. Mehr als einmal fluchte Anne, als die Kutsche mit einem Hopser über Wurzelgeflecht, das sich quer über die Straße zog, rumpelte. Als sie dabei gegen die Schulter eines Mitreisenden stieß und der Herr sie an den Unterarm fasste, um sie vor dem Herunterfallen zu bewahren, bemerkte sie, dass er sich über diese merkwürdige Einnähung im Ärmelstoff wunderte. Ein Glück, dass die Naht hielt. Sie hätte kaum glaubhaft erklären können, weshalb sie einen Brieföffner mit langer, schmaler Klinge bei sich führte.

Die Kutsche hielt an der Poststation gegenüber dem Marktplatz von Weißenthurm. Anne stieg wie die übrigen Fahrgäste aus, aber im Gegensatz zu diesen, die so rasch, wie es nur ging, das nächstgelegene Wirtshaus aufsuchten, wollte sie so schnell wie möglich zu diesem Denkmal, dem Monument, das für den französischen Heerführer Hoche errichtet worden war.

Sie musste sich erst einmal orientieren, hatte sie doch angenommen, dass das Denkmal ganz in der Nähe war. Doch sie konnte es nicht entdecken. Ob der französische Soldat ihr einfach nur Unfug erzählt hatte? Vielleicht gab es das Denkmal gar nicht?

Plötzlich war es ihr, als hätte sie keine Kraft mehr, um sich auf den Beinen zu halten. Als wäre sie ein Krug mit einem Loch am Boden, aus dem alles herausfloss.

Sie war so unbedarft losgefahren. Sie wusste noch nicht einmal, wessen Denkmal es war. Dafür begriff sie etwas anderes. Hass war kein guter Reiseführer. Weder über das Land noch durch das Leben.

Auf dem Marktplatz herrschte nur mäßiges Treiben. Entweder war der große Trubel für den heutigen Tag bereits vorüber oder die Menschen hatten einfach zu wenig Geld, um einzukaufen. Sie fragte sich durch, bis sie den Weg über eine Anhöhe zum Monument Hoche gewiesen bekam. Es wurde von französischen Soldaten streng bewacht. Offensichtlich war man nicht gewillt, ein weiteres Mal eine unliebsame Überraschung am Denkmal des Helden zu entdecken.

Etwas ungewöhnlich schien es, dass das Denkmal außerhalb des Ortes auf einem aufgeschütteten Hügel errichtet wurde. Weniger ungewöhnlich, dass es in Form eines Obelisken auf einem würfelförmigen Sockel aus Basaltsteinen gestaltet worden war. Das war ja zurzeit sehr beliebt, weshalb auch immer. Aber Anne war es gleich, solange sie nur noch herausfinden konnte, welche Gedichtzeilen auf dem Sockel geschrieben standen.

Die Wachposten verhielten sich wie die meisten Menschen, deren Tagesablauf aus Herumstehen bestand. Sobald ein weibliches Wesen in die Nähe kam, wurde die Aufmerksamkeit auf rundlichere Formen gelenkt. Da konnte kein Obelisk mithalten.

Augen zu und durch, Frechheit siegt. Tu ich einfach mal so, als wenn ich vor mich hin träume.

Anne beachtete den Wachposten, der ihr am nächsten stand, nicht und schlenderte lächelnd an ihm vorbei. Sie verzichtete auf ein keckes Zwinkern, wollte sie doch kein feuriges Mütchen schüren. Ein herzliches Lächeln musste auch genügen.

Tat es leider nicht.

Der Soldat griff schneller nach ihrem Arm, als sie schauen konnte.

»Hier geht's nicht lang«, sagte er. Nicht unfreundlich, aber doch sehr bestimmt.

Mist, der nahm seine Aufgabe sogar ernst. Anne zauberte eine herrlich gespielte Verwunderung auf ihr Gesicht.

»Ach, geht es nicht?«

Hätte sie diese trällernde Unbedarftheit bei einer anderen Frau gehört, würde sie sich für diese schämen. Aber der Zweck heiligte nun mal viele Mittel. Warum sich also nicht der Masche eines dummen Gänschens bedienen?

»Nein, hübsches Kind. Hier geht niemand entlang, der keine Erlaubnis erhalten hat.«

»Eine Erlaubnis? Ja, wo bekomme ich die denn jetzt her?«

»Was willst du hier? Verständlicherweise suchen keine Rheinländer dieses Monument auf.«

»Ach nein?«

Der Soldat lachte kopfschüttelnd. »Du weißt nicht viel, oder?«

Anne schüttelte den Kopf. Die Haare flogen links und rechts und unterstrichen den ungebildeten Eindruck, den sie vermitteln wollte.

»Nein, das tu ich wohl nicht.«

Ihre Zunge brannte vor so viel Selbstverleugnung, aber es ging ausschließlich darum, ihr Ziel nicht aus den Augen zu verlieren. Und dieses Ziel aus Basaltsteinen war zum Greifen nahe.

»Geh zurück in den Ort, wenn du nicht verhaftet werden willst.«

»Verhaftet? Ich? Aber weshalb denn?«

Der Soldat blinzelte ihr zu. »Na, vielleicht hast du ja auch vor, etwas auf den Sockel zu schreiben? Aber was rede ich, du kannst bestimmt nicht schreiben.«

»Jemand hat was an den Sockel geschrieben?« Anne tat entrüstet. »Das ist ja schändlich. So ganz ohne Ehrfurcht, so was, oder?«

»Du sagst es.«

»Und steht es noch da? Ich kann gar nichts erkennen auf diese zehn Schritt Entfernung.«

»Es wurde, so gut es ging, entfernt. Ich stehe hier, damit nichts Neues dazukommt.«

»Eine anständige Aufgabe.«

Der Soldat ließ seinen Blick von Kopf bis Fuß über Anne wandern, wobei sich seine Lippen leicht öffneten, als er halsabwärts rutschte. Ganz klar, diese Frau war so hübsch wie ungefährlich. Hatte er gleich gesehen. Machte ihm niemand was vor. Er lockerte seine Haltung und stützte sich mit überkreuzten Unterarmen auf dem Gewehr auf.

»Und du?«, fragte er, ohne seinen Blick von ihrem Schoß zu nehmen. »Wo bist du sonst zu finden? Gibt's ein Wirtshaus, in dem ich dich besuchen kann?«

»Sie Schlingel. Sie denken, ich bin eine liederliche Person.« Anne tadelte ihn mit erhobenem Zeigefinger. »Ich bin aber eine anständige Frau. Was hat denn dadran gestanden?«

Er blickte flüchtig über seine Schulter. »Irgendein Gedicht.«

»Ich liebe Gedichte. Wissen Sie denn, welches es war?«

»Ich habe keine Ahnung.«

Na, das war nicht wirklich hilfreich. Anne war enttäuscht.

»Ich muss gehen.«

Sie wandte sich um und lief den Hügel hinunter.

Der Soldat rief ihr noch hinterher, dass er sie am Abend suchen werde, doch da war Anne längst auf das Kopfsteinpflaster der Ortsgassen eingebogen.

Sie ging zum Marktplatz zurück. Was hielt sie schon noch in Weißenthurm, wenn sie nicht erfahren hatte, was sie wollte? Nun, zum Beispiel, dass die Kutsche noch Rast hielt und erst in einer knappen Stunde weiterfuhr. Seufzend überlegte Anne, wie sie die Zeit totschlagen sollte. Na ja, sie war dem Städtchen unfair gegenüber gewesen. Es gab schon einige hübsche Häuser hier, und der namensgebende weiße Turm sah vielleicht nicht spektakulär aus, verlieh dem Ortskern aber seine Besonderheit.

Anne brummte vor Aufregung der Schädel. Das Gespräch mit dem Soldaten hatte sie angestrengt. Sich entgegen ihrem Wesen zu verhalten wie ein dummes Straßenmädchen, hatte ein nervtötendes Pochen gegen die Schläfen ausgelöst. Ein gutes Glas Wein sollte das beheben. Sie riskierte es und suchte das Wirtshaus am Marktplatz auf. Schon beim Eintreten entdeckte sie zwei vornehm gekleidete Herren, die mit ihr in der Kutsche angekommen waren. Auch sie wurde von den Männern erkannt und zu ihnen gewunken.

Na gut, bevor ich noch von einem Trunkenbold angesprochen werde und ihn nicht mehr losbekomme, warum nicht?

Bisher kannte Anne lediglich zwei Sorten von Wirtshaus. Die, die schlimm waren, und solche, die noch schlimmer waren. Umso angenehmer überrascht war sie, als sie die ordentliche Atmosphäre registrierte. Sicher, das Lokal war verqualmt, und die Öllampen hingen an durchgebogenen, vom Ruß geschwärzten Deckenbalken, aber es herrschte eine friedliche, fröhliche Stimmung. Sie hatte nicht das Gefühl, sich gegen die schmutzigen Hände ehrloser Kerle erwehren zu müssen, so wie sie es aus der *Traube* in Coblenz

kannte oder sogar aus dem *Fröhlichen Tropfen* in Brunnenweiler.

Ein Klumpen Schmerz beschwerte ihre Brust, wie immer,
wenn sie an Laurin dachte und an die unbeschwerte Zeit, die
sie gemeinsam verbracht hatten.

Die Herren hockten an einem Ecktisch unter einem Bunt-
glasfenster, weshalb das Licht, das einfiel, ihre Gesichter so
rot erscheinen ließ, als hätten sie hier schon die doppelte Zeit
mit Trinken verbracht.

Sie stellten sich als Kaufmann Simon Goldmann und Pferdehändler Ludwig Ehrenberg vor. Zwar hatte Anne gelernt,
dass sie nicht allzu viel auf das Äußere der Gegenüber geben
sollte, aber die beiden Herren hatten schon während der Zeit
in der Kutsche von Coblenz bis hierher ein tadelloses Benehmen gezeigt, also wagte sie es und setzte sich zu ihnen.
Sorgsam darauf bedacht, eine aufrechte Haltung einzunehmen und dass die Knie sich berührten. Ihre beiden Knie,
nicht ihres mit einem der Herren selbstverständlich.

Ein Glas Wein wurde vor ihr auf den Tisch gestellt, ohne
dass sie es bestellt hätte, aber sie hielt den Mund und wollte,
um in der Sprache einer Wirtschaft zu bleiben, kein Fass auf-
machen.

Zudem erwiesen sich die beiden Herren als angenehm.
Keiner versuchte schlüpfrige Spielchen mit ihr. Sie behielten
sogar ihre Hände bei sich. Lediglich die ab und an aufleuch-
tende Sehnsucht in ihren Augen verriet, dass sie trotz ihres
Alters noch nicht jenseits aller Gelüste standen.

Die Herren plauderten über diverse Banalitäten, die sie
auf der bisherigen Fahrt von Frankfurt nach Paris erlebt hatten. Anne verstand nur die Hälfte von dem, was sie erzählten, handelte es sich doch zumeist um politische Ausführun-
gen, die der Wandel zu beiden Seiten des Rheins mit sich
brachte.

Anne lächelte brav dazu und führte ihr Weinglas an die Lippen, ohne freilich davon zu trinken. Sie wollte unbedingt alle Sinne beisammen behalten, außerdem verspürte sie nach der Enttäuschung am Denkmal keine sonderliche Begeisterung, etwas zu trinken. Hinzu kam die bevorstehende Weiterfahrt, und da wäre eine volle Blase nur unangenehm.

»Aber nun erzähl doch mal du, mein Kind, weshalb bist du unterwegs? Noch dazu allein. Hast du keine Angst?«

Angst? Sie hatte noch gar nicht nachgedacht, ob sie denn welche haben sollte. Vermutlich schon. Einer Räuberbande, die ausgerechnet ihre Kutsche ausraubte, wollte sie sicher nicht in die Hände fallen. Es war halt so, dass Angst sie nicht vorankommen ließe bei dem, was sie vorhatte. Unauffällig betastete sie den Stoff ihres linken Ärmels. Der schlanke Dolch war noch da. Beruhigend.

Ehrenberg wollte ihr ein Stück von seinem Käse reichen, doch sie lehnte dankend ab.

»Ich reise in Sachen Bildung«, sagte sie. »Deshalb hat mich mein Weg auch nach Weißenthurm geführt, weil ich von dem Gedicht an dem Monumentsockel gehört habe.«

Anerkennend nickten sich die beiden Herren zu. In einer anderen Situation hätte Anne sich beleidigt gefühlt, aber sie wusste nun mal, in welcher Zeit sie lebte. Da durfte sie keine hohen Ansprüche an Männer haben, egal aus welcher Schicht sie stammten. Ein leiser Anflug von Wehmut streifte sie, als sie an Sophie von La Roche und die Gespräche mit ihr dachte.

»Eine Frau mit Hang zur Poesie?«, sagte Goldmann. »Wo findet man nur ein solches Geschöpf?«

Nun ja, hier am Tisch, dachte sie. »Leider kam ich zu spät, um die Zeilen lesen zu können.«

»Ach, das ist nicht schlimm. Eine Woche nach Weißenthurm ist in Andernach ebenfalls eine Gedichtzeile aufgetaucht. An die Kirchmauer geschrieben.«

Als hätte sie ihre Hand in kochendes Wasser getaucht, schoss Hitze durch Annes Körper. »Eine Woche nach hier? Sind Sie sicher?«

»Aber ja, ich war doch dort. Ich hab's selbst gesehen. Aber wenn du mich fragst, meine Hübsche, dann ist das Geschriebene nicht von einem hohen künstlerischen Gehalt. *Wozu, wozu nun alle der Schmerz?* Also, ich bitte Sie. Jeder Hund heult den Mond besser an.«

Vor Aufregung schoss die Röte über Annes Wangen. »Das stand geschrieben? *Wozu, wozu nun alle der Schmerz?* Nur der Satz?«

»Nur dieser eine. Vermutlich wurde der Schreiberling dann von Kalliope, der Muse der Dichtkunst, erschlagen.«

Anne hörte nur noch halb zu. Vor einer Woche in Andernach. Das war also die Richtung, in die Curd sich bewegte. Von Weißenthurm nach Andernach. Nun würde sie bei jeder entdeckten Zeile anhand der Reihenfolge erkennen können, in welche Richtung er weiterging.

Eine Frage der Zeit, wann sie ihn einholte.

Wann sie ihm gegenüberstand.

Sie beugte sich über den Tisch und drückte beiden Herren einen schmatzenden Kuss auf die Backen. Verwundert, aber hocherfreut ließen beide es über sich ergehen.

»Sie können sich gar nicht vorstellen, wie sehr Sie mir geholfen haben. Nun aber wird es Zeit für mich, Sie zu verlassen. Eine gute Weiterreise wünsche ich Ihnen auf all Ihren Wegen. Möge Gott Sie beschützen.«

Sie hielt mit einer Hand den Lederriemen ihrer Umhängetasche fest, sprang auf und ging mit eiligen Schritten aus dem Wirtshaus. Fürs Bezahlen des Weins fühlte sie sich nicht zuständig.

Auf die Abfahrt der Kutsche zu warten, war hinfällig geworden. Ihr Weg führte in die entgegengesetzte Richtung. Nach Andernach. Es waren nicht mehr als dreieinhalb Meilen, die sie zurücklegen musste. Wenn sie flott voranschritt, könnte sie noch heute Abend dort sein.

45

Andernach wurde zu einer Enttäuschung. Niemand konnte Anne weiterhelfen, wenn sie nachfragte, ob jemand wüsste, wohin derjenige gegangen sei, der diese Gedichtzeile geschrieben hatte. Viele der Andernacher hatten nicht einmal bemerkt, dass neuerdings etwas an der Kirchmauer geschrieben stand. Es gab einfach zu viel zu arbeiten, um sein tägliches Brot zu verdienen. Die Franzosen forderten immer noch ihren Tribut, also gab es keine Minute des Tages zu vergeuden mit irgendwelchem poetischen Unsinn, den sowieso keiner verstand, der wusste, wie man eine Sense schwang. Und die Kaufleute hatten mehr Augen für die Taler, die durch ihre Finger glitten, als für einen Tunichtgut, der heimlich etwas an Mauerwerke schmierte.

Anne stand bestimmt eine halbe Stunde vor der Kirchmauer und starrte auf die Worte, die Curd dort hinterlassen hatte. Irgendwann wurde sie fortgejagt, weil man dachte, sie wäre auf Freiersuche.

Wohin nun? Welchem Anhaltspunkt sollte sie folgen? Im Grunde war sie genauso weit wie zuvor in Weißenthurm. Oder sogar in Coblenz.

Was war sie doch für eine Närrin. Zu glauben, sie bräuchte nur dem Gedicht zu folgen. Curd konnte von der Kirchmauer in jede der vier Himmelsrichtungen gegangen sein. Ihre Chance, die richtige zu wählen, war sehr gering.

Anne schlich die Gasse hinunter. Sie hoffte, in einem der

umliegenden Gasthöfe Schutz für die kommende Nacht zu finden, ohne belästigt zu werden. Sie wollte nur noch schlafen. Möglichst in etwas, das entfernt einem Bett ähnelte. Eine Scheune hätte sie heute Nacht nicht ertragen. Albträume hätten sie heimgesucht, das wusste sie. Und einen am Strick baumelnden Laurin in ihren Träumen zu sehen … davon hatte sie genug.

Das Gasthaus, das sie wählte, wollte den Dukaten für die Übernachtung im Voraus.

»Und das Zimmer ist sauber?«, fragte sie.

Sie erntete ein hysterisches Lachen, aber sie war zu müde, um wieder zu gehen.

Sie stieg die Holzstiege hoch und schloss die Tür hinter der Kammer, die man ihr zuwies. Nun, es hätte schlimmer kommen können. Die Pilze hätten nicht nur an der Wand, sondern auch aus dem Boden wachsen können.

Sie klopfte den Staub aus der Decke, die auf dem Holzkasten, der ein Bett darstellte, lag. Nachdem sie die aufgewirbelten Wolken mit der Hand von sich gewedelt hatte, legte sie sich hin, löschte das Talglicht und schloss die Augen, nur um sie sogleich wieder zu öffnen. War sie noch vor einer Viertelstunde müde gewesen, so fand sie jetzt doch keinen Schlaf. Unruhig wechselte sie die Positionen. Es half alles nichts. Zu aufgewühlt war sie.

Sie setzte sich auf und entzündete mit einem Feuerhölzchen das Talglicht erneut. Die Flamme flackerte ebenso unruhig, wie sie sich fühlte, aber das Licht genügte, um die Hand vor Augen zu sehen. Sie öffnete die Ledertasche und nahm eine der Schreibmappen hervor, dazu einen Bleistift aus dem Kästchen und begann, ihre Eindrücke der bisherigen Reise aufzuschreiben. In einfachen, aber ehrlichen – manche würden sagen: schockierend ehrlichen – Worten beschrieb sie die holprige Kutschfahrt über jede einzelne

Baumwurzel, die sich entlang der Straße nach Weißenthurm in rückenschmerzende Erinnerung gerufen hatte; sie schrieb über Weißenthurm und die Sicht auf die waldreiche Umgebung, die sie von der Anhöhe des Denkmals hatte, erzählte vom Marktplatz und dem fast nachlässigen Treiben unter den Augen der wachhabenden Franzosen. Sie schilderte das Wirtshaus, die Menschen dort und auch die Frauen in den offenen Hauseingängen, die sich mühten, ihrer Arbeit nachzukommen, sei es nun, Gemüse zu putzen oder Schmutzwasser auf die Straße zu schütten, ungeachtet derjenigen, die gerade vorbeigingen. Dann beschrieb Anne ihre Eindrücke von Andernach, und als sie schließlich ihre Mappe zusammenklappte, stellte sie fest, mehr als sieben Seiten eng beschrieben zu haben. Das Leben der Menschen in den Ortschaften. So wie es Tag für Tag sich wiederholte, immer und immer wieder.

Ob das die Frauen in den höheren Kreisen wirklich interessierte? Nun, Sophie war überzeugt davon. Genau das war es, was viele als exotisch und fremd empfanden. Das Geschehen abseits ihrer Tage zwischen Teetrinken und Spaziergängen auf der Promenade um die Stadtmauer herum.

Langsam glaubte Anne daran, dass das, was sie Sophie versprochen hatte, nämlich die Beobachtungen ihrer Reise wortgewandt festzuhalten, vielleicht sogar etwas bewirken konnte. Und wenn es nur ein wenig mehr Verständnis für die einfachen Leute sei. Es wäre schon so viel.

Sie drehte den Bleistift zwischen den Fingern und dachte sich noch, dass das gar keine so schlechte Erfindung sei, da wurden ihre Augen mit einem Mal schwer, und endlich schlief sie erschöpft vom Tage ein. Das Letzte, was sie noch wahrnahm, war, dass sie nach dem Dolch in ihrem Ärmel tastete, um sich sicher zu fühlen.

In den darauffolgenden drei Wochen wechselte Annes Stimmung zwischen hoffnungsfroh und zerknirscht.

In Andernach hatte sie nicht in Erfahrung bringen können, ob sich in einer der nächstgelegenen Ortschaften eine Spur verfolgen ließ, also musste sie auf gut Glück einen Weg einschlagen, in der Hoffnung, vom Schicksal geleitet zu werden. Sie war nach Burgbrohl gegangen, nordwestlich von Andernach, und von dort dem Brohlbach in westlicher Richtung gefolgt. Dabei mied sie die Hauptstraßen, waren diese doch beliebte Aufenthaltsorte von Räubergruppen, die auf einen möglichen Überfall spekulierten. Also durchquerte sie die Wälder und Hügellandschaften. Zudem konnte sie auf diesem Weg auch an Scheunen, Schuppen und Hofwänden vorbeikommen, um zu sehen, ob sie vielleicht irgendwo eine weitere Gedichtzeile entdecken konnte.

Einmal schoss die Aufregung ihr durch die Adern, als sie tatsächlich eine Zeile auf einer verfallenen Scheune entdeckte. Die Scheune war zum Teil niedergebrannt und wurde daher schon lange nicht mehr genutzt, aber auf einem langsam verrottenden Balken sah sie eine Zeile aus dem Gedicht geschrieben. Endlich, dachte sie, endlich geht es weiter.

Die Enttäuschung, als sie die Worte las, ließ sie vor Kraftlosigkeit ins wuchernde Gras sinken.

Sie will in die Arme mich fassen.

Das waren drei Zeilen vor der, die in Andernach geschrieben war. Nach so vielen Tagen und Wochen, die sie schon unterwegs war, war dies ein herber Rückschlag. Sie hatte sich entfernt, statt näher zu gelangen. Nach Andernach hatte sie die verkehrte Richtung eingeschlagen.

Mit vor Wut verzerrtem Gesicht schlug sie mit der Faust auf das Gras, zweimal, dreimal – dann tat ihr die Hand weh, und sie ließ ab.

Aussichtslos, das ist es, was ich vorhabe. Was habe ich mir nur dabei gedacht? Ich bin eine solche Närrin. Und das in meinem Alter.

»Weshalb das denn?«

Anne wirbelte im Sitzen herum. Wer hatte das gefragt? Ein Landarbeiter war unbemerkt näher gekommen. Offensichtlich hatte sie die letzten Sätze nicht nur gedacht, sondern auch leise ausgesprochen.

»Kommen Sie nicht näher«, fauchte sie und begann, an ihrem Ärmel zu reißen. »Ich bin bewaffnet.«

Der Landarbeiter nahm die geschulterte Sense von seinem Rücken. »Ich auch.«

46

Der Landarbeiter war viel zu müde von seiner Feldarbeit, als dass er sich mit einer Frau auf einen in allen Belangen ungleichen Kampf Mann mit Sense gegen Frau mit Dolch (sofern sie ihn aus der Ärmelnaht bekam) einzulassen. Stattdessen bot er Anne seine Hilfe an.

Er hieß Egbert Ohnweil und war auf dem Weg zu seiner kleinen Hütte, nachdem er seit Wochen als Tagelöhner unterwegs gewesen war. Er hatte drüben auf der anderen Seite des Laacher Sees gearbeitet, war dann weiter nach Plaidt gezogen, wo er sich bei einem Kaufmann als Markthelfer verdingt hatte. Von dort sollte es eigentlich nach Mayen weitergehen, doch die Sehnsucht nach seiner Familie hatte ihn gepackt, also hatte er das Verdiente in seinem Leinenbeutel zusammengezählt und entschieden, dass es für die nächsten Wochen reichen musste. Wie Anne mied er die Hauptstraßen, aber nicht wie sie wegen der Räuber, die er sich mit der Sense gut vom Leib hätte halten können, sondern wegen der französischen Patrouillen, bei denen man nie wissen konnte, ob sie ihn nicht einfach verhafteten, um ihn in die napoleonische Armee einzugliedern.

Egbert teilte einen Kanten Brot mit Anne, den letzten, den er hatte, aber er war sowieso bald zu Hause, wie er meinte. Dankbar kaute Anne auf der harten Kruste herum.

»Bald wird es Nacht. Wo willst du schlafen?«, fragte er.

»Weiß nicht«, antwortete sie mit zusammengezogenen Augenbrauen. Solche Fragen hatten sie immer schon vorsichtig werden lassen.

»In einer halben Stunde Fußmarsch bin ich zu Hause. Wenn du magst, kannst du über Nacht bei uns bleiben. Ist doch besser, als auf feuchtem Gras zu schlafen, oder?«

»Ich könnte mir etwas zuziehen«, sagte Anne.

»Wer will das schon?«

Es war, wie er gesagt hatte. Keine halbe Stunde später war in der Ferne eine einfache Steinhütte zu sehen. Egberts Schritte wurden schneller. Die Freude auf seine Familie ließ sein Gesicht glühen.

Anne hatte Mühe, mit ihm Schritt zu halten. Ihre Umhängetasche fühlte sich nun am Ende des Tages so schwer an, als wäre sie mit Bleikugeln gefüllt, und der Riemen schnürte ihr in die Schulter. Sie war froh, als sie sie endlich abnehmen konnte.

Noch bevor Egbert an die Tür seines Heims getreten war, wurde diese aufgerissen, und eine Frau mit sonnenverbranntem Gesicht kam ihm mit ausgebreiteten Armen entgegen.

»Luise!«, rief Egbert und ließ die Sense zu Boden fallen. Er schloss seine Frau in die Arme und musste aufpassen, sie vor Freude nicht zu zerdrücken.

Sie sah gut und gerne zwanzig Jahre älter aus, als sie vermutlich war, doch die Liebe in ihren Augen war für immer jung geblieben.

Der Anblick dieses Paares, das sich nach wochenlanger Trennung mit zärtlich beginnenden, dann ungestüm werdenden Berührungen nacheinander verzehrte, verursachte Anne einen Kloß im Hals. Fast schämte sie sich, weil sie sich fragte, ob ihr irgendwann auch einmal so eine Liebe entgegengebracht werden würde. Ob sich auch mal jemand auf sie so freute, als würde sie für ihn die Welt bedeuten?

Nach minutenlanger Umarmung und wilden Küssen, bei denen das Paar völlig vergaß, dass noch jemand zugegen war, wandte sich Luise Anne zu und hieß sie ebenso herzlich willkommen. Zu Annes Beruhigung verzichtete sie sowohl auf Umarmung als auch die Küsse.

»Komm herein«, sagte Luise. »Wenn mein Egbert sagt, dass er dir vertraut, dann tu ich das auch. Ich habe noch etwas Graupensuppe. Möchtest du?«

Und wie! Anne bedankte sich überschwänglich.

Zwei Jungen, vielleicht sechs und acht Jahre alt, hängten sich an ihre Schürze und beäugten Anne misstrauisch. Luise schickte beide vor die Tür, damit sie sich um die Tiere kümmerten.

»Sehen brav aus, die beiden«, sagte Anne. Sie wusste nicht so recht, wie sie sich verhalten sollte, aber ein Kompliment über die Kinder war nie verkehrt.

»Die beiden können auch nerven«, lachte Luise.

Sie scheuchte zwei Hühner vom Tisch und brachte die Suppe.

»Ich bin gleich wieder da«, sagte sie und verschwand mit Egbert in die mit einem Vorhang abgehängte Nebenkammer.

Während Anne es sich schmecken ließ, blickte sie sich in der Hütte um. Sie war klein, mit vielleicht acht Schritten zu durchmessen. Ein Tisch in der Mitte des Raums, eine Kommode mit vier Schubladen, eine Kochnische mit Feuerstelle. In einer Ecke stand eine selbst gezimmerte Wiege auf dem Boden, in der ein Kleinkind friedlich schlief. Mehr gab es nicht für das Ehepaar und die beiden Kinder, und die Nebenkammer würde auch nicht viel mehr Platz bieten.

Jemand stieß von außen gegen die Hüttentür, und als diese aufgeschoben wurde, trottete eine gefleckte Kuh herein. Mit großen gelangweilten Augen erfasste sie die fremde Person am Tisch, störte sich nicht weiter daran und ging in die linke Hälfte des ohnehin schon beengten Wohnraums, um sich dort gemütlich zu Boden zu lassen. Sofort war eins der Kinder bei der Kuh und streichelte ihr übers Fell.

Der Geruch, den die Kuh mit in die Hütte schleppte, verdarb Anne ein wenig den Appetit, doch sie löffelte unbeirrt weiter und versuchte einfach, sich an den Geschmack der Suppe zu erinnern.

Wieder ging die Tür auf, und das nächste Kind kam herein. Mit einem langen Zweig trieb es drei Gänse vor sich her, die offensichtlich auch ihren angestammten Platz im Heim der Ohnweils hatten.

Allmählich dämmerte es Anne, dass es in ländlichen Gegenden üblich war, in der noch so kleinsten Hütte den Platz mit seinen Tieren zu teilen.

Nun war auch noch das Kleinkind in der Wiege aufgewacht, schrie aber erfreulicherweise nicht. War wohl schon das Gedrängel um sich herum gewohnt.

Anne wagte es nicht, sich umzudrehen. Seit Egbert und Luise in der Nebenkammer verschwunden waren, hatte sie sie nicht mehr gesehen, dafür umso besser gehört.

Sei euch gegönnt. Wenn ich nur nicht dabei an Georg denken müsste.

Wie es Georg wohl ging? Bestimmt hatte er sie längst vergessen.

Der Vorhang wurde aufgezogen, und Egbert kam mit erhitztem Gesicht heraus. Er wuschelte seinen Söhnen über die Haare und setzte sich selig grinsend Anne gegenüber an den Tisch.

Die Nacht über durfte Anne es sich in der einzig noch freien Ecke der Wohnstube auf dem Boden bequem machen. Luise brachte ihr eine Decke, die nicht angenehm roch, aber gut wärmte.

Vor dem Einschlafen wollte Anne sich noch Notizen über das Leben der Familie Ohnweil machen, ließ es aber bleiben, weil sie fürchtete, sie damit zu kränken, wenn sie vor ihren Augen alles aufschrieb. Für Egbert und Luise war ihre kleine Hütte nicht nur ihr ganzer Besitz, sondern bedeutete auch ihre ganze Welt. Und sie waren stolz auf das Wenige, das sie besaßen.

Anne rollte sich auf die Seite, sodass sie mit dem Gesicht zur Wand lag, und zog die Beine an. Noch gar nicht so lange her, als sie auch nicht viel mehr besessen hatte als das, was sie am Leib trug. Erst in Coblenz war ihr etwas mehr Komfort vergönnt gewesen. Sie schämte sich, weil ihre erste Regung beim Betreten der Hütte ein gedankliches Naserümpfen gewesen war, und sie schwor sich, nie wieder zu vergessen, dass Demut zu jeder Zeit im Leben angebracht war.

Dann schlief sie ein und träumte von Georg. Und dem Moment, als sie beide zum ersten Mal zusammen gewesen waren.

Sie lächelte im Schlaf.

Am nächsten Morgen hatte Anne eine Entscheidung getroffen.

Sie hatte darüber nachgedacht, was Egbert ihr am vorherigen Tag gesagt hatte. Auf ihrem gemeinsamen Weg zu Egberts Heim hatte sie ihm von dem Gedicht an Häusern und Scheunen erzählt. Sie wusste nicht, weshalb sie das tat, vielleicht nur, weil sie einfach mal mit jemandem darüber sprechen musste. Anstatt verwundert zu sein, hatte Egbert genickt und gesagt, dass er genau so etwas an den Mauern des Klosters Laach gesehen hatte. Einen Satz, krakelig geschrieben. Was er bedeutete, wusste er nicht, da er nicht lesen konnte, aber dass dieser Satz nicht dort hingehörte und wohl auch nicht von einem der Mönche, als sie dort noch lebten, stammen konnte, hatte er sich gleich gedacht. Da konnte Anne ihm nur beipflichten. Laurin hätte ihr ganz sicher davon erzählt, immerhin war das Kloster Laach einmal seine Heimat gewesen. Und den Mund zu halten, war seine Sache nicht gewesen.

Wenn sie also davon ausging – natürlich nur als reine Vermutung –, dass der Satz an den Klostermauern nach den Sätzen in Andernach geschrieben worden war, dann würde sich Curd in einem Bogen um den Laacher See bewegen. Könnte es sein, dass er nach einer Weile wieder zurück nach Coblenz wollte? Immerhin hatte er gesagt, dass er sich dort immer wieder einmal mit seinen Freunden traf.

Eines war Anne über Nacht klar geworden: Wenn sie tatsächlich Curd zur Rechenschaft ziehen wollte, dann durfte sie ihm nicht nur hinterherlaufen.

Sie musste ihm entgegenkommen.

Sicher, sie konnte sich auch täuschen, und Curd schlingerte durch die Eifel wie ein ruderloses Boot, aber irgendetwas ließ sie glauben, dass ihre Chancen besser standen, wenn sie vor Coblenz auf ihn wartete.

Gleich in den frühen Morgenstunden verabschiedete sie sich von der Familie Ohnweil. Sie drückte Egbert zwei Dukaten, die sie zuvor aus ihrer Reisekasse entnommen hatte, in die Hand und ließ keinen Widerspruch gelten. Sie umarmte Luise, zwinkerte den beiden Jungs zu und schaute der Kuh fest in die Augen, die sich aber gelangweilt abwandte und durch die Tür nach draußen stapfte.

»Danke, Egbert. Du hast mir sehr geholfen. Mehr, als du vielleicht ahnst.«

»Das ist schön.«

Anne sah sich noch einmal um, bevor sie mit unverkennbarer Wehmut in der Stimme sagte: »Ihr habt ein schönes Leben, hier in eurem Zuhause. Bewahrt es euch.«

»Da hast du wohl recht. Wir haben alles, was wir brauchen. Vor allem uns und ein kleines Fleckchen Erde, an dem wir Wurzeln geschlagen haben.«

Anne wandte sich um und tat, als wollte sie sich die Gegend noch einmal einprägen, aber in Wahrheit wollte sie nur verbergen, wie berührt sie von Egberts Äußerung war. Er konnte nicht wissen, dass ihre Sehnsucht nach all dem ungestillt war und es leider auch keine große Hoffnung gab, jemals dort anzukommen, wo er mit seinem Leben bereits war.

Dann ließ sie sich von ihm die Richtung nach Plaidt zeigen. Sie hatte vor, die Strecke zurück nach Coblenz abzukürzen. Noch einmal über Andernach und Weißenthurm brauchte sie nicht zu gehen. Curd würde nicht zweimal am selben Ort sein Zeichen hinterlassen. Von Plaidt aus wollte sie schließlich nach Coblenz gehen in der Hoffnung, früher oder später auf diesen Schurken zu treffen.

Lieber früher als später.

Bevor sie der Mut verließ, ihn zu töten.

47

ie nächsten Tage und Wochen schlug sich Anne durch die dichten Wälder der Eifelausläufer. Immer in einem Bogen um den Laacher See, der ihr als Orientierung diente. Und immer mit dem wachen Blick, ob nicht irgendwo eine Botschaft von Curd zu entdecken war. Tatsächlich war dies auch einmal der Fall. An einer Scheune nahe Kruft, vor der zwei staubige Hunde faul in der Sonne lagen und sich von ihr gestört fühlten, sie erst anbellten, dann aber ihre Mäuler zu einem herzhaften Gähnen aufrissen, um auf den Vorderpfoten weiter zu dösen. Aber die Gedichtzeile passte nicht in die Reihenfolge, die sie nach Weißenthurm und Andernach ausgemacht hatte. Also half es ihr nicht weiter. Oder doch? Vielleicht war ihr Plan, ihm entgegenzugehen, doch der bessere. Vielleicht wünschte sie es sich aber auch nur.

Sie kam über Lichtungen und sanft ansteigende Hügellandschaften, von denen aus sie in der Ferne auf den Rhein sehen konnte. Die Karrenwege nutzte sie nach wie vor nur selten. Es war ihr immer noch zu riskant. Den Räubern, die noch nicht von Schinderhannes' Ableben unter der Guillotine gehört hatten und somit noch nicht ahnten, dass das Räuberwesen allmählich unter der französischen Herrschaft ihr Ende fand, wollte sie unter keinen Umständen in die Hände fallen. Sie hing an ihrem Leben. Irgendwann einmal friedlich in einem Bett einzuschlafen, erschien ihr erstrebenswert. Vorausgesetzt, sie lebte so lange.

Bei aller Fixierung auf Curd und ihre Rache, die sie an ihm für Laurins Tod üben wollte, nahm sie ihr Versprechen Sophie von La Roche gegenüber dennoch sehr ernst.

Immer wieder rastete sie und schrieb auf, was sie von der Landbevölkerung erfahren konnte. Auch in so mancher Dorfschänke flog ihr Bleistift nur so über das Papier, wenn sie etwas beobachtete, was ihr interessant genug erschien, um in einer Zeitschrift für Frauen gedruckt zu werden. Sie hoffte, dass auch Sophie dies so sehen würde, sobald sie die Notizen in die Finger bekam.

In Polch kehrte sie in ein Wirtshaus ein, um sich für den Rest des Weges, den sie an diesem Tag noch zurücklegen wollte, mit einem Braten zu stärken. Die Sonne schien. Alle Bänke und Tische vor dem Wirtshaus waren belegt. Die Menschen ließen es sich zur Mittagsstunde gut gehen. Es war eine kurze Unterbrechung der harten Arbeit, von der sie kamen und zu der sie nach einer Stunde wieder zurückkehren würden. Es war wie mit den Tanzbodenfesten, die gerne gefeiert wurden, als Ausgleich zur täglichen Mühsal, die nie enden wollte.

Anne beobachtete das gemütliche Treiben von einer Bank aus. Unter einer knorrigen Eiche, deren verzweigte Äste einen angenehmen Schatten spendeten, verschlang sie hungrig ein schmackhaftes Bratenstück. Dazu trank sie ein Bier, nicht ohne vorher den anderen Gästen zuzuprosten, die sie mit überschäumenden Krügen dazu aufforderten.

Unentwegt brachten Mägde Krüge mit Wein und Holzbretter, auf denen Brot und Speck lagen, an die Tische. Manche ließen sich anzügliche Bemerkungen nicht gefallen, andere kokettierten damit, wohl auch in der Hoffnung, von einem der Kaufleute in ein besseres Leben mitgenommen zu werden.

An einem Nebentisch prahlte ein junger Mann lautstark mit einer Fülle von Schandtaten, die er in den vergangenen

Jahren begangen hatte. Jüdische Kaufleute hatte er ausgeraubt, mal alleine, mal mit Gefährten, aber immer erfolgreich, wie er betonte. Sogar der berühmte Schinderhannes wäre mit ihm auf Diebstahl gegangen, aber der war ja nun nicht mehr, er aber schon, ihn würden die Franzosen nicht erwischen, rief er so laut wie betrunken den anderen Gästen zu.

Er hieß Peter Stibitz und rühmte sich, sehr geschickt im Stehlen und Entwenden zu sein. Manch einer bemerkte das Fehlen seiner Uhr erst, wenn er seine Weste auszog, behauptete er.

Anne hörte ihm mit einer Mischung aus Abscheu und Amusement zu. Der Kerl wirkte nicht wirklich gefährlich, mehr wie einer, der schon Reißaus nahm, wenn er von vier Hasen auf dem Rübenacker umzingelt würde. Seine angeberische Großspurigkeit belustigte alle, wie das Gelächter der Männer und Frauen an den Tischen bewies.

Ein waschechter Räuber also, dachte Anne, und nahm Bleistift und Papier zur Hand, um sich Notizen zu machen. Das würde einen guten Artikel für die Zeitschrift ergeben. Diebstahl aus erster Hand sozusagen. Peter stibitzte einen Geldbeutel, schrieb sie, und ihr gefiel der mit seinem Namen verbundene Ausdruck für kleinere Taschendiebstähle, die zu beherrschen den guten Peter ja so stolz machten.

Vier Tage danach erfuhr Anne von einem Tuchhändler, der nach Mayen wollte, dass ein gewisser Peter Stibitz von einer französischen Patrouille aufgegriffen worden war und nun seinem Ende auf dem Schafott entgegensah. Ein Pferdediebstahl mit Todesfolge des sich wehrenden Pferdehändlers vor drei Jahren war ihm zum Verhängnis geworden. Der Schinderhannes selbst hatte es ausgeplaudert während der vielen Verhöre, denen er vor seiner Hinrichtung ausgesetzt gewesen war.

Anne ergänzte ihre Notizen.

Der arme Peter Stibitz. Hatte er sich sozusagen aus dem Leben gestohlen. Immerhin war es nicht gelogen, als er mit dem Schinderhannes prahlte.

So manches fühlte sich für Anne seltsam an, seit sie Coblenz verlassen hatte. Es hatte eine Weile gedauert, bis ihr dämmerte, was es sein könnte, dass sie sich orientierungslos fühlte, obwohl sie doch die Gegend um den Laacher See recht gut kannte. Dann aber kam sie darauf. Sie war es nicht gewohnt, alleine zu reisen. Immer war Laurin bei ihr gewesen, egal, wohin sie auch gefahren waren mit ihrem klapprigen Karren und dem treuen Gaul. Und jetzt durchstreifte sie die Eifel alleine. Ohne Begleiter. Nur mit ihren Gedanken, die sie mal vorantrieben, wenn sie voller Energie war, und mal schwächten, wenn ihr jeder Schritt zu viel wurde.

Und noch etwas fühlte sich sonderbar an. Überhaupt wieder in der näheren Umgebung des Klosters Laach zu sein. In den Hangwäldern herumzulaufen, in denen sie früher mal Bärlauch gesammelt hatte. Und – auch da brauchte sie sich gar nichts vorzumachen – so nahe an Brunnenweiler vorbeizukommen. Mein Gott, es schien so lange her, und doch kam es Anne vor, als wäre alles erst vor Kurzem geschehen. Wie sie sich von Johann und Lisbeth verabschiedet hatte, den einzigen beiden in Brunnenweiler, mit denen sie etwas verbunden hatte, wenn auch nicht genügend, dass sie gerne geblieben wäre. Und dann traf sie ausgerechnet in Sidonie jemanden, der auch beide kannte. Was bedeutete das? Dass die Welt klein war? Nun, ihre qualmenden Fußsohlen nach so vielen Kilometern Wegstrecke überzeugten Anne eher vom Gegenteil.

Nein, es musste etwas anderes sein, das ihr damit gesagt werden sollte.

Kein Abschied musste endgültig sein.

Irgendwann führten einen die Füße wieder in alte Gefilde zurück, ob man wollte oder nicht.

Und Anne wollte nicht. Noch nicht. Noch waren die alten Wunden nicht genügend verheilt. Ja, hätte sie damals das Dorf als ihr Zuhause betrachten können, dann wäre es etwas anderes. Aber so?

Wo war denn ihr Zuhause? Manche sagten von sich, überall dort, wo sie mit ihren geliebten Menschen lebten. Für Anne gab es so jemanden nicht. Nicht mehr seit Laurins Tod. Und Georgs Verschwinden. Für sie bedeutete »Zuhause« ein Platz, an dem sie sich sicher und geborgen fühlen konnte. In vielerlei Hinsicht. Wo, zum Teufel, war dieser Platz zu finden?

Anne hockte auf einem Baumstumpf an den Ausläufern des Hangwalds oberhalb des Klosters. Ruhig würde es dort sein, jetzt, wo seit fast zwei Jahren keine Mönchsseele mehr innerhalb der Mauern lebte und arbeitete.

Die sommerlichen Temperaturen hatten ihren Tribut gefordert, und sie musste nach stundenlanger Wanderung unbedingt eine Rast im Schatten einlegen, um nicht durch einen Sonnenstich bewusstlos zu werden. Das konnte schneller geschehen, als man dachte, gerade wenn sie sich den ganzen Tag der brütenden Hitze aussetzte. Sie zupfte an ihrer Kleidung, die feucht an ihr klebte.

Sie lauschte den unermüdlich piepsenden Vögeln, die irgendwo im Geäst der Bäume keine Ruhe gaben, und ließ ihren Blick auf den weitläufigen Wiesenhügel vor ihr ruhen. Sie erstreckten sich bis hinunter zum schilfversteckten Ufer des Laacher Sees. Und nicht weit von dort entfernt lag in einer Senke Brunnenweiler. Einerseits reizte es sie, dort vorbeizugehen, um zu schauen, was sich verändert hatte. Immerhin war sie lange fort gewesen. Aber vielleicht erinnerten sich die Menschen dort gar nicht mehr an sie. Ein, zwei untreue Ehemänner mal ausgenommen. An genau die wollte sie sich aber nicht mehr erinnern. All das gehörte zu einem Leben, das zwar zu ihr gehörte, aber nicht mehr ihres war.

Zu früh, um dort hinzugehen. Aber was, wenn Curd ausgerechnet dort eine Zeile des Gedichts an die Rückseite eines Hauses geschrieben hätte? So nahe war Anne ihm bisher nicht gekommen.

Sie tastete nach dem eingenähten Dolch im Ärmel. War noch da, gut so.

Minutenlang schwankte sie in ihrer Entscheidung. Der Jagdinstinkt wollte, dass sie ins Dorf ging, um keine Spur zu übersehen. Das Bauchgefühl riet ihr, so rasch wie möglich weiterzugehen.

Sie stieß sich mit frischem Schwung vom Baumstumpf hoch. Es wurde Zeit weiterzugehen, wollte sie Plaidt vor Einbruch der Dunkelheit erreichen. Sie lief über die Wiese hinunter, bis sie zu einem sandigen Weg kam, der in einigem Abstand um den See herumführte. Einen Moment verspürte sie Lust zu baden. Sie stapfte durch das Unterholz am Ufer und blieb an einer von Bäumen überschatteten Stelle stehen. Wie schön das Wasser in der Sonne glitzerte.

Anne hob den Arm und roch unter ihrer Achsel. Sie war sich selbst nicht mehr zumutbar. Ein erfrischendes Bad täte ihr bestimmt gut. Damit war es entschieden. So viel Zeit konnte sie schon noch erübrigen. Sie spähte nach allen Richtungen, um sicherzugehen, auch alleine zu sein. Dann begann sie, sich zu entkleiden.

Sie hätte ihre Umgebung aufmerksamer wahrnehmen sollen.

Sie löste die Schlaufen, und gleich darauf rutschte ihr langer Rock bis zu den Fußknöcheln herab. Gerade als sie aus ihm heraussteigen wollte, um sich auch von ihrem Untergewand zu befreien, bemerkte sie ein Rascheln hinter einem der Sträucher in der Nähe.

Anne hielt inne. Sie lauschte. War da jemand? Hoffentlich nur ein Hase. Sollte der sie beobachten, war es ihr recht. Wenn er zudringlich werden sollte, konnte sie ihm ja die Löffel langziehen.

Schon wieder ein Rascheln. Als würde etwas über den Blätterboden geschleift.

Sie bückte sich, um besser in Richtung des Busches spähen zu können. Da lag doch was. Hastig raffte sie ihren Rock wieder auf.

Dann war nichts mehr zu hören. Aber sie war sicher, dass da irgendwas war. So lautlos sie konnte, näherte sie sich dem Gestrüpp, nahm ihren ganzen Mut zusammen und schaute dahinter.

Mit einem Schrei wich sie zurück. Ein Mann lag dahinter. Ein Kaufmann, der Kleidung nach. Er hatte bereits mehrere Stichwunden in der Brust, doch immer noch hieb der zerlumpte Kerl, der auf seinen Beinen kniete, mit einem Messer auf ihn ein. Der Kaufmann lebte noch, obwohl das Blut aus seinen Wunden schubweise quoll. Seine Augen waren entrückt, er durchlitt die letzten Momente vor seinem Sterben.

Anne drehte sich um. Wollte davonlaufen. Da wurde sie auch schon mit brutaler Gewalt nach vorne gerissen. Der Lump war ihr hinterher und hatte sie mit Schwung auf die feuchte Erde am Uferrand geworfen. Er keuchte erregt.

Anne schrie, doch wer sollte sie schon hören? Sie war doch absichtlich weit entfernt der Straßen und Wege gelaufen.

Die grobe Pranke des Mannes schloss sich um ihren Nacken und drückte ihren Kopf mit Gewalt hinunter. Uferschlamm klebte an ihrem Kinn und Wangen. Sie spürte Hände an ihrem Rücken und Gesäß, schwitzend klebrig. Sie hörte den Stoff reißen, das Einzige, das ihren Körper noch von dem des Angreifers trennte. Die säuerliche Ausdünstung des Angreifers raubte ihr den Atem, ließ sie würgen.

Sie bäumte sich auf, da erhielt sie einen festen Schlag gegen den Hinterkopf. Normalerweise hätte der ausgereicht, um sie bewusstlos werden zu lassen, doch sie wehrte sich trotz der tanzenden Sterne um sie herum.

Der Angreifer hockte mit dem Gewicht seines ganzen Körpers auf ihr. Er keuchte immer schneller, als seine beiden Hände ihre Hüfte umfassten und anhoben, damit er sich an ihr vergehen konnte.

Halb weggetreten sah Anne ihre Bluse nur eine Armlänge von sich entfernt im Dreck liegen. Jetzt nutzte ihr der Dolch auch nichts mehr. Trotzdem ließ ihr Überlebenswille ihre Hand nach der Bluse tasten. Sie erhielt einen neuerlichen Schlag gegen den Hinterkopf. Warm fühlte der sich plötzlich an, und Anne wusste, dass es ihr Blut war, das sich in den Haaren verklebte.

Sie erwartete jeden Augenblick, dass der Mann ihr endgültig wehtat, sie endgültig gegen ihren Willen nahm, und in ihrem Kopf hörte sie sich selbst laut schreien.

Ja, sie hörte den Schrei.

Aber sie konnte doch gar nicht den Mund geöffnet haben, so wie sie auf den Erdboden gepresst wurde.

Noch ein Schrei, schrill und schmerzverzerrt, dann ein Wimmern.

Das war nicht sie gewesen.

Ihre Beine und ihr Po fühlten sich plötzlich leichter an. Niemand hockte mehr auf ihr.

Sie wagte nicht, sich umzudrehen. Erst als eine Stimme ihr sagte, dass der widerliche Bastard weg sei.

»Und wenn er Glück hatte, ist er noch nicht verblutet, bis er irgendwo jemanden findet, der ihm die tiefe Stichwunde verarztet, die ich ihm zugefügt habe«, hörte Anne denjenigen sagen, der sie gerettet hatte.

In ihrem Schädel rauschte das Blut, trotzdem gelang es ihr, sich zur Seite zu drehen und den Kopf zu heben.

»Du?«, sagte sie. »Das darf ja wohl nicht wahr sein.«

Dann wurde ihr schwarz vor Augen.

48

Wie lange sie weggetreten war, konnte Anne nicht mit Bestimmtheit sagen, aber ihr Erwachen war wie ein ängstliches Stochern im Nebel gewesen.

Zwischen allen Eindrücken, die sie im Aufwachen heimsuchten, konnte sie nicht unterscheiden, welche real waren oder sie aus der Erinnerung ansprangen. Zusammen mit dem neuerlichen Zittern ihres Körpers vermischte sich alles zu einem Haufen belastender Ängste, die mit gespreizten Fingern nach ihr griffen, um zu beenden, was vor ihrer Ohnmacht begonnen hatte.

Das Gras roch so intensiv, als hätte Anne noch nie zuvor diesen Duft erlebt. Dazu der Geruch von feuchter Erde, der von einer schwachen Brise vom See hochgetragen wurde.

Gras und Erde.

Da war doch was.

Ruckartig richtete sie sich auf, ruderte verwirrt mit den Armen nach allen Seiten, als würde sie in der Luft ertrinken. Sie schrie unkontrolliert aus vollem Hals.

Erneut wurde sie gepackt und festgehalten. Aber anders als zuvor. Nicht wie eingeklemmt zwischen zwei Mühlsteinen. Mehr vorsichtig, als wollte etwas nicht, dass sie sich wehtat.

Nicht *etwas*. Jemand.

Sie kräuselte die Stirn. Ihr Atem blieb beschleunigt, erst recht, als sie in das Gesicht des Mannes sah, der sie vor dem anderen beschützt hatte.

Er hatte sie vom Uferschlamm hochgetragen zu einer Baumgruppe Eichen und Hainbuchen oberhalb einer Lichtung. Dort hatte er ihr Gesicht mit einem feuchten Tuch vom gröbsten Schmutz befreit, danach ihre Kleidung gerichtet und sich anschließend mit dem Rücken an einen Baum gelehnt, um Annes Kopf behutsam auf seinen Schoß zu betten und ihr so ein Gefühl von Sicherheit auch im Schlaf zu vermitteln.

Er hielt seinen Arm um sie geschlungen und drückte sie sanft an seine Brust. Er sagte lange nichts, wiegte sie nur beruhigend vor und zurück, bis sich ihr Puls beruhigte und ihr aufgewühlter Geist sich wieder zurechtfand.

»Du …«, hauchte sie.

Die dunklen Augen funkelten in seinem markanten Gesicht, sichtlich erfreut, dass sie ihn wiedererkannte.

»Ja, ich«, sagte Georg.

Liebevoll strich er ihr mit zwei Fingern eine Haarsträhne aus der Stirn, die ihrem widerspenstigen Wesen gleich wieder zurückfiel, sodass er noch einmal mit seinen Fingern über ihren Kopf fuhr. Zärtlich streichelte er ihre Wange, dann löste er seine Umarmung und gab ihr die Möglichkeit, von ihm abzurücken. Sicher wollte sie nach dem Erlebten niemandem zu nahe sein. Auch ihm nicht.

Anne fühlte sich erschöpft. Nicht durch den Überfall allein. Schon an den Tagen zuvor hatte sie immer wieder festgestellt, dass sie kraftloser wurde. Zu viel zugemutet hatte sie sich in den vergangenen Wochen. Ihren Körper hatte sie nicht gefragt, wie lange er noch mitmachte. Sie war einfach immer weitergegangen. Dass sie sich nun nicht so hatte wehren können, wie sie es von sich erwarten täte, hatte auch damit zu tun, dass sie nicht mehr über die gleiche Energie verfügte wie noch zu Beginn ihres Wegs. Obwohl, so ehrlich musste sie sich selbst gegenüber schon sein: Gegen die brutale Gewalt des Angreifers hätte sie auch in besserem Zustand keine Chance gehabt.

»Ruh dich aus«, sagte Georg leise. »Ich bin bei dir.«

Das war er. Der Satz ihrer Sehnsucht, als sie in Coblenz auf ihn gewartet hatte.

Sie ließ sich zurück auf seinen Schoß sinken. Ihr konnte nichts geschehen, das wusste sie. Er war hier. Bei ihr. Wo immer auch er herkam, sie würde ihn später fragen. Aber jetzt wollte sie nichts anderes, als diesen Moment ihres Beisammenseins so endlos zu strecken, bis sie wüsste, was ewig heißen konnte.

»Schön, dass du lächelst«, hörte sie ihn flüstern.

Er lächelte auch, sie brauchte ihn nicht anzusehen, um das zu wissen. Und doch war sie viel zu unruhig, um jetzt einfach die Augen geschlossen zu halten. Sie wollte sein Gesicht sehen, seine Freude in den Augen, seine Hände, die sie beschützten. Sie öffnete die Augen wieder und genoss die Wärme, in die sein Blick sie einhüllte.

»Dreihundertsechsundsiebzig«, sagte er.

»Was meinst du?« Ihre Stimme war noch etwas heiser, doch unverkennbar voller Gefühl für ihn.

»So viele Tage habe ich gehofft, dich wiederzusehen.«

»Du hast die Tage gezählt?«

»Jeden einzelnen. Möchtest du wissen, wie viele Stunden es sind?«

»Ach nein, wichtig ist nur, dass kein weiterer Tag dazukommt. Aber dass du sie wirklich gezählt hast …«

»Bist du geschmeichelt?«

»Kein bisschen«, entgegnete sie.

Sie prusteten vor Lachen gleichzeitig los.

»Und jede einzelne Nacht«, schob Georg leise hinterher.

»Ich dachte lange, du wolltest nicht zu mir zurück.«

»Ich kam zu spät zur vereinbarten Zeit. Bei Gott, es lag

nicht an mir. Jeden Tag bin ich zur Pension gegangen und habe vor der Tür auf dich gewartet. Niemand sagte mir, dass du nicht mehr dort bist. Und Ernestine, das griesgrämige Miststück, hat es nicht verraten. Ich wusste nicht, wie anders ich zu dir Kontakt aufnehmen hätte können, als warten und warten. Erst als diese liebenswerte alte Dame mich zu sich heraufbringen ließ, erfuhr ich alles. Dass du mit deinem Freund, dem Mönch, fortgegangen bist. Hast du auch an mich gedacht, Anne?«

Sie holte tief Luft, als wollte sie Anlauf nehmen, um ihn fest an sich drücken zu können. Sie schlang ihre Arme um seinen Nacken und küsste ihn.

Als er Luft holte, fragte er: »Heißt das Ja?«

49

omm mit mir in mein Zuhause«, schlug Georg vor.

»Wie? Zuhause?«

»Ich lebe nicht weit von hier. Zwischen Kruft und Plaidt lebe ich in einem kleinen Haus. Nichts Großes, aber es reicht für mich. Ich habe genug Platz, um meinen Handelsgeschäften nachzugehen. Und du musst dich erholen. Wo könntest du das besser als bei mir? Ich könnte ein Auge auf dich haben.«

»Ein Auge?«

»Und Hände.«

»Hände auch noch?«

»Wo wolltest du denn hin, bevor du hier eine Rast einlegtest?«, fragte er.

»Du wirst lachen. Ich wollte nach Plaidt.«

Georg klatschte in die Hände. »Das passt doch hervorragend. Als hätte das Schicksal uns gelenkt. Wir mussten uns begegnen.«

Schicksal, dachte Anne. Bisher hat mir das Schicksal meist eine lange Nase gezeigt.

Einen Moment überlegte sie, ob sie wirklich mit ihm gehen sollte. Ihr Herz trommelte begeistert, aber ihr Gewissen fühlte sich gegenüber Laurin schuldig, wenn sie ihre Suche nach Curd beendete. Oder zumindest unterbrach. Würde sie seine Spur wiederfinden können, wenn sie jetzt einfach so ihr Vorhaben aussetzte?

Andererseits hatte Georg es gleich richtig erkannt. Sie war blass und hohlwangig. Sie hatte zu wenig gegessen und getrunken. Die Strapazen der vergangenen Wochen ließen sich nicht mehr kaschieren. Sie war mit ihren Kräften am Ende. Es zeigte sich auch daran, dass sie seit der Begegnung mit Peter Stibitz kaum noch etwas notiert hatte, das sie Sophie von La Roche schicken konnte. Vielleicht war es wirklich besser, sich erst einmal zu erholen. Mit Georg zu gehen. War ja ohnehin das, was sie gewollt hatte. Und er offensichtlich unverändert auch.

Sie würde ihm in ein paar Tagen sagen, dass sie noch einmal losziehen musste. Sie würde ihm alles erklären, er würde es verstehen.

Und sie würde zurückkehren. Wenn sie Curd getötet hatte. Vorausgesetzt, es gelang ihr, bevor er sie umbrachte.

Im Abendrot hatten sie Georgs Haus erreicht. Es lag ein gutes Stück abseits eines Karrenwegs und vor einer schmalen Lichtung, hinter der sich ein Mischwald anschloss. Kaum mehr als eine Meile entfernt lag Plaidt.

Der Ort, zu dem Anne ursprünglich wollte. Bestimmt ergab sich sogar eine Gelegenheit, von Georgs Haus nach Plaidt zu gehen und sich umzuhören.

»Gefällt es dir?«, fragte Georg vorsichtig, als er Anne die Tür ins Haus öffnete und sie hereinbat.

Es war ein lang gezogenes zweistöckiges Gebäude, an dessen rechter Seite das Dach schräg abfiel und in ein niedrigeres, schmales Gebäude überging, in dem aber kein Vieh stand. Anne hoffte, dass es nicht wie bei der Familie Ohnweil war und Kühe, Hühner, Schweine, Gänse und was es sonst noch alles zu versorgen gab, mit im Wohnhaus unterschlüpften.

»Lebst du allein?«, fragte Anne. Sie zielte auf das Vieh ab, merkte aber schon beim Aussprechen, wie missverständlich die Frage sein konnte. Immerhin war eine lange Zeit vergangen und Georg ein Mann in den besten Jahren.

»Meistens.«

Mehr sagte er nicht, und Anne drängte nicht weiter. Aber ihre Neugier war selbstverständlich geweckt.

Die Wohnstube war schlicht eingerichtet, aber Anne fühlte sich sofort wohl. Sie brauchte keinen Pomp, wichtig war nur, dass alles, was sich darin befand, eine gemütliche Herzlichkeit ausstrahlte. Und so war es.

Neben der Tür stand ein Flechtkorb mit Pilzen, deren erdiger Geruch auf seine Weise den Wald mit ins Haus trug. Die Stube selbst roch nach Wildkräutern, die zum Trocknen ausgebreitet auf einem Tuch auf der Kommode lagen.

An der hinteren Wand befand sich ein einfacher Kamin aus Lehm.

Das mehrstufige Wandregal fiel Anne gleich auf. Dort hatte Georg einige seiner schönsten Fayence-Stücke aufgestellt.

Anne setzte sich an den Tisch, auf dem ein Kerzenständer aus Messing stand und ein Krug aus Kupfer. Sonst nichts. Kein Huhn, wie angenehm.

Georg legte Annes lederne Umhängetasche in einer Ecke ab. Galant, wie er sich selbstverständlich geben wollte, hatte er sie ihr abgenommen und den gesamten Weg über getragen. Dann ging er hinaus, um vom Brunnen hinter dem Haus Wasser zu holen. Derweil versuchte Anne, alle Eindrücke aufzusaugen, die ihr die Stube bot. Vor allem solche, die ihr etwas über Georgs Leben erzählen konnten.

Sie ging von der Kommode zum Regal und von dort hinüber zur Küchenecke mit der modernen Rumford-Herdplatte, wie sie auch in Ernestines Küche im *Roten Haus* in Coblenz vorzufinden war. Über alles ließ sie ihre Finger streifen. Einen Krug mit geschwungenem Schriftzug, einen verzierten Teller oder eine Tasse mit blauem Muster. Alles Dinge, die zu Georg gehörten.

Dann stellte sie sich in die offene Tür und wartete auf ihn. Er kam und stellte den Bottich mit frischem Wasser neben sich ab, nahm sie bei der Hand und führte sie ums Haus herum, um ihr alles zu zeigen. Hinter dem Haus stapelte sich Brennholz. Er hatte für den kommenden Winter vorgesorgt.

Sie gingen auf der anderen Seite weiter um das Haus herum, und als sie wieder auf die Vorderseite kamen, öffnete er die Tür zum niedrigen Nebengebäude. Er entzündete ein Talglicht und leuchtete in den Raum hinein. Es war ein Lager, in dem er Kisten mit gelieferter Keramikware aus den Niederlanden aufbewahrte, die er in Frankfurt, Mainz und Coblenz weiterverkaufte.

»Hast du keine Angst, überfallen zu werden?«, fragte Anne.

»Ich kann mich wehren«, sagte er. »Außerdem ist das nicht die bevorzugte Ware von Dieben und Räubern. Die sind mehr auf Tuchballen, Schmuckkisten und Pferde aus. Für so was haben sie ihre Hehler, aber nicht für Teller und Tassen. Die zerdeppern sie doch nur, bevor sie einen Käufer gefunden hätten.«

Sie gingen ins Haus zurück. Georg holte Wurst aus der Speisekammer und öffnete eine Flasche Wein.

Er war stolz auf sein Haus und das Erreichte in seinem Leben, und Anne konnte sehen, wie gerne er ihr alles präsentierte.

»Ich konnte es vor zwei Jahren kaufen«, sagte er. »Es gehörte einem gut betuchten Bürgerlichen, der es sich für sein Landvergnügen außerhalb der Stadt gekauft hatte, sich aber wenig darum kümmerte. Und als ihm durch die neuen Gesetze seine Besitztümer weggenommen wurden und für jedermann frei zum Erwerb standen, da habe ich alles Geld, das ich durch Handel bis dahin verdient hatte, zusammengekratzt und es gekauft.«

Anne verstand, wovon Georg sprach. Es war schon seltsam. Der gleiche gesetzliche Umstand, der Laurin aus seinem Kloster vertrieben hatte, war Georg zum Vorteil geworden, weil er ihm die Möglichkeit eröffnete, wohlhabend zu werden. Sie hatte schon gehört, dass die *neuen Reichen* im Land den sogenannten Wirtschaftsreichtum besaßen, im Gegensatz zum Reichtum durch Geburt.

Der Wein zeigte bald Wirkung. Anne fühlte, wie sie sich zusehends entspannte. Gleichzeitig befiel sie erwartungsgemäß eine gewisse Unruhe in Georgs Gegenwart.

Sie aßen und tranken, erzählten sich so vieles, was in den vergangenen Monaten geschehen war. Und vor allem beteuerten sie sich, wie glücklich sie waren, wieder beisammen zu sein.

Irgendwann, der Mond schien hell durch das Fenster und tauchte die Stube in gespenstisch fahles Licht, war er gekommen … der Moment, in dem sie sich lange nur ansahen, bis sie beide unnötig verlegen lachten.

»Nun, da ich jetzt gestärkt bin, gehe ich wohl weiter«, sagte Anne. Sie wusste selbst, wie dumm das klang, aber ihr fielen keine anderen Worte ein, um die Stille zwischen ihnen zu beenden.

Georg hob die Brauen. »Wie bitte? Du willst gehen? Mitten in der Nacht? Und überhaupt, ich dachte …«

Anne lächelte fein. »Willst du, dass ich noch ein wenig bei dir bleibe?«

Er nickte. »Ja, will ich.«

»Länger als für eine Nacht?«

»Bedeutend länger. Wärst du mit dem Rest meines Lebens einverstanden?«

Er stand auf, Anne fest im Blick, und ging um den Tisch herum, blieb vor ihr stehen. Er beugte sich zu ihr hinunter. Mit beiden Händen umfasste er ihr Gesicht.

Nicht nötig, ich will dir gar nicht entwischen.

Anne war sich bewusst, wie völlig unpassend ihr Gedanke gerade war, doch er kam ja nur, um ihre Aufregung abzumildern.

»Ich habe so lange auf dich gewartet«, flüsterte Georg, als sich ihre beiden Nasenspitzen vorsichtig betupften.

Anne legte ihre Hände an Georgs Hüften. Ein Kribbeln durchzog ihre Arme, als würden seine ganze Kraft und Energie auf sie übergehen, während sie sich küssten. Sie hielt die Augen geschlossen und gab sich ganz dem aufgewühlten Sturm ihres Inneren hin.

Georg nahm seine Hände von ihren Wangen, legte eine an ihren Hinterkopf, die andere zwischen ihre Schulterblätter.

Ihre Hände wanderten von der Hüfte auf seine Rückseite. Sie zog ihn näher an sich heran, als sein Kuss fordernder wurde, seine Zunge ihren Mund drängte, sich zu öffnen. Mit einem verhaltenen Seufzer kam sie diesem Wunsch nur zu gern nach.

Selbst durch den Stoff seines Hemdes konnte sie fühlen, wie fest und muskulös sein Körper war. Sie erinnerte sich gut an ihn, hatte ihn ja nie vergessen, nur vermisst. So sehr vermisst. Seine starken Arme zogen sie von ihrem Stuhl hoch. Anne fürchtete, nicht mehr auf ihren Beinen stehen zu können.

Es war alles gleichzeitig. Sein Verlangen, ihre Sehnsucht, der Mond als stiller Beobachter, die Welt ohne Geräusche um sie herum. Sie glaubte vor Erregung zerspringen zu müssen wie ein Glas, das zu Boden fiel und zersplitterte. Aber sie fiel nicht. Sie wurde gehalten. Von seinen Armen, die ihr zu verstehen gaben, dass er sie nie mehr loslassen wollte.

Und genau das wünschte sie sich auch.

Mehr als alles andere auf dieser Welt, als er sie hochhob und mit ihr auf den Armen die Holztreppe nach oben in die Schlafkammer stieg.

Die folgenden Wochen verliefen wie ein Traum in einem Traum in einem Traum.

Anne erwachte in Georgs Bett, das nun auch ihres war. Schlaftrunken klopfte sie mit der flachen Hand neben sich. Seine Seite war leer. Georg war aufgestanden, ohne sie zu wecken. Schade, sie hätte gerne noch mit ihm zusammengelegen. Sich von seinem Mund erkunden lassen, während ihre Hände über seinen Körper strichen. Manchmal bedauerte sie seine rücksichtsvolle Art.

Wenn Anne morgens aufwachte und durch das Fenster der Sonne entgegenlachte, dann schien es, als wollte die Welt ihr sagen, dass sie glücklich sein durfte.

Anne und Georg teilten ihre Gedanken miteinander. Es wurde ihnen nie langweilig, sich zuzuhören. Etwas von sich zu erzählen. Was ihnen gerade so einfiel. Sie unterlagen keinerlei traditionellen Gepflogenheiten oder gesellschaftlichen Zwängen. Auch die Enge einer Dorfgemeinschaft brauchte sie nicht zu kümmern, da Georgs Haus sowohl von Kruft als auch von Plaidt weit genug entfernt lag, um einer Beobachtung ausgesetzt zu sein. Es war eine Zeit voller Leichtigkeit und gegenseitigem Interesse.

Georg zeigte ihr die Waren im Nebengebäude und erklärte ihr seine Korrespondenz, die er mit den unterschiedlichsten Händlern und Manufakturen in den Niederlanden führte. Nach und nach verstand Anne, was Georg alles in die Wege leiten musste, bevor er seine Fayencen anbieten konnte. Und hoffentlich Abnehmer wie Ernestine im ehemaligen Coblenzer Krämerzünftehaus fand.

Aber Georg war nicht nur auf seine eigene Tätigkeit fixiert.

»Was schreibst du dir immer auf?«, hatte er gefragt, als ihm aufgefallen war, dass Anne sich gerne auf die Bank vor dem Haus setzte, in den mit weißen Wolken betupften Himmel sah und in eine Mappe schrieb, was ihr aus der Erinnerung zuflog. Es war ein ungewöhnlicher Anblick, den sie ihm bot, und er war begierig darauf zu erfahren, was sie tat.

Anfangs wagte sie nicht, ihm zu sagen, was sie aufschrieb, und wich mit Scherzen aus. Sie wusste weder, wie sie es erklären konnte, noch, ob er nicht darüber lachen täte. Doch schließlich gab sie ihren Widerstand auf und erzählte von der Vereinbarung, die sie mit Sophie von La Roche, die er ja auch kannte, getroffen hatte. Dass sie für Sophie auf Reisen ging, um für eine neue Frauenzeitschrift neue Perspektiven aufzuschreiben.

Georg war von dieser Aufgabe begeistert. Sofort wollte er alle ihre Notizen lesen.

»Du bist keine Frau«, sagte sie.

»Aber ich liebe eine«, sagte er.

Was Anne ihm verschwieg, war der andere Teil der Abmachung mit Sophie. Dass sie gleichzeitig auf der Suche nach einem Mörder war.

Es belastete sie, vor Georg ein Geheimnis zu haben. Sie wusste, irgendwann würde sie ihm sagen müssen, aus welchem Grunde sie noch übers Land gegangen war.

Doch welches war der richtige Moment? Wann war der Zeitpunkt, um ihm zu sagen, dass sie fortgehen würde, um ein Versprechen einzulösen, das sie sich selbst gegeben hatte? Sich und Laurin.

Mit jedem Tag mehr, an dem sie sich mit Georg glücklich fühlte, belastete ein weiterer schwerer Stein ihr schlechtes Gewissen, das ihr vorzuwerfen schien, vom Pfad der Vergeltung abgekommen zu sein.

Sie begann sich zu fragen, ab wann der Wunsch nach Rache ihr mehr schadete als nutzte.

Wollte sie Rache um jeden Preis? Auch auf die Gefahr hin, ihr persönliches Glück zu gefährden?

Oder durfte sie sich selbst aus dem gegebenen Versprechen herauslassen? Ein Teil in ihr mahnte, an ihr eigenes Leben zu denken. Wer wusste schon, wie lange es noch dauerte? Der andere Teil widersprach vehement und forderte ein bedingungsloses Einlösen ihres Schwurs. Curd musste seiner gerechten Strafe zugeführt werden, koste es, was es wolle. Doch durch wessen Hand? Durch ihre? War sie berechtigt, Richterin zu spielen?

Alles, was Anne zuvor so klar erschien, war plötzlich von einem Nebel aus Zweifeln überdeckt.

Sie war hin- und hergerissen, und solange sie keine Antwort fand, verschwieg sie Georg den eigentlichen Grund ihrer Wanderschaft und Reise.

Was zählt denn mehr für mich? Die Treue zu einem Toten oder das Begehren nach einem Lebenden?

50

Im Spätherbst gingen sie gemeinsam für eine Woche nach Coblenz. Georg hatte von einigen ehemals Adligen gehört, die sich mit den Franzosen arrangiert und auf ihre Herabstufung als Bürgerliche eingelassen hatten. Zusätzlich zu dem Schock, nun Abgaben leisten zu müssen, wollten sie aber auch nicht ganz von ihrem früheren Lebensstil lassen und sich nach wie vor gerne mit schönen Dingen umgeben. Ihnen wollte er seine neuesten Fayence-Stücke anbieten.

Er war guter Dinge, ein paar Geschäfte abschließen zu können. Gemeinsam mit Anne bestückte er seinen Koffer mit Tellern und Krügen, die er in den vergangenen Wochen von einem Händler aus Rotterdam geliefert bekommen hatte.

»Würdest du dieses Muster anbieten?«, fragte er Anne und führte ihr jedes Stück vor.

Anne hatte Spaß daran, ihn zu beraten. Und so nickte oder schüttelte sie mit einer Freude den Kopf, gerade so, als wüsste sie über die Vorlieben der ehemaligen Adligen Bescheid. »Ja, nein, nein, ja, unbedingt mitnehmen.« So ging es einen ganzen Tag, und sie und Georg freuten sich über die gemeinsame Zeit. Jede Minute genossen sie. Und als der Koffer zur Hälfte bestückt war und ein kleines Päuschen guttun täte, überfiel beide die Lust aufeinander, und sie schliefen noch auf dem Boden der Wohnstube miteinander.

Dann erledigten sie den Rest der Arbeit. Ohne viele Worte, aber mit einem unentwegten Lächeln.

»Ich werde die Gelegenheit nutzen und meine Notizen zum Coblenzer Postgänger bringen«, sagte Anne. »Eine gute Gelegenheit, der lieben Sophie von La Roche etwas für ihre Zeitschrift zu schicken. Sicher ist sie schon ganz neugierig, und ich will sie nicht länger warten lassen.«

Georg gab zu bedenken, dass die Kaiserliche Post auf der linken Seite keinen Betrieb mehr ausführte. Unter Napoleon war alles neu geregelt worden, und die bisherigen Postbetriebe der Familie Thurn und Taxis mussten sich auf die Gebiete rechts des Rheins beschränken.

»Aber der Coblenzer Postgänger wird deine Briefe und Papiere überbringen«, sagte er zuversichtlich. »Und wer weiß, vielleicht ist Frau von La Roche ja noch in Coblenz anzutreffen?«

»Das glaube ich nicht«, meinte Anne, während sie sich mit einem Stück Brot und etwas Speck stärkte. »Sie wollte nach Offenbach zurück.«

Anne schrieb Sophie einen langen Brief, den sie dazulegte. Über die bisherige Suche nach Curd, wie sie auf Georg stieß, wie glücklich sie gerade war. Dass alles, was ihr gerade widerfuhr, so unfassbar schön war.

Bei ihren Zeilen hüpfte ihr Herz wie ein Hase auf dem Feld, der sich eine Rübe stibitzt hatte.

Sie versprach auch, weiterhin Augen und Ohren offen zu halten, um interessante Begebenheiten und Geschichten aus den linksrheinischen Gebieten aufzuschreiben. Und dass sie im kommenden Jahr nach Offenbach reisen wollte, um ihr die Aufzeichungen persönlich zu überreichen. Doch nun wollte sie gerne die Zeit mit Georg genießen. Sie hoffte auf Sophies Verständnis und war auch sicher, dass die kluge, ältere Frau es ihr beim Lesen dieser Zeilen mit einem

verschmitzten Ausdruck in den kleinen Augen entgegenbrachte.

Als Anne den Brief kuvertierte, hielt sie inne. Ihr Blick fiel
auf das Wort *stibitzt*, das sie geschrieben hatte, und sie setzte
einen kurzen, aber wichtigen Satz noch unter ihre Unter-
schrift.

Ich suche weiter nach dem Mörder.

Sie spürte, wie der Satz ihr Inneres aufwühlte. Ja, es war
noch nicht vorbei. Irgendwann würde sie sich Georg anvertrauen. Er würde ihr sicher helfen wollen, doch genau das
wollte sie auf keinen Fall. Es war ihre Angelegenheit, und
auch wenn Georg aus Liebe zu ihr alles für sie tun würde –
dass er für sie zum Mörder wurde, durfte niemals passieren.

Sie verschloss den Brief und legte ihn oben auf den Stapel
der vollgeschriebenen Hefte, die für den Postträger bestimmt waren. Dann ging sie zu Georg, um ihm zu helfen.

»Ich freue mich, dass du mich begleitest«, sagte er.

»Keinen Tag getrennt voneinander. Das haben wir uns geschworen, nachdem wir schon viel zu viel Zeit nach Coblenz
verloren haben.«

»Das ist wahr.«

»Wo werden wir in Coblenz nächtigen?«

Georg grinste schelmisch. Wie jung er doch aussah, wenn
er sich glücklich fühlte.

»Ich dachte, im *Roten Haus*«, sagte er.

»Wo?«

Anne erschrak. Dann begriff sie, dass er nicht Sidonies
Gasthaus im Wald meinte, von dem sie ihm bislang noch
nichts erzählt hatte, sondern das alte Krämerzunfthaus.

»Wäre doch nett, wenn die gute Ernestine uns bekochen
darf.«

»Ich weiß gar nicht, ob ich ihr jemals wieder gegenüber-
treten will. Ich habe ihre Gemeinheit nicht vergessen.«

»Ach, sei nicht nachtragend. Wichtig ist nur, dass wir jetzt endlich zusammen sind.«

»Nun ja, ich wäre schon gerne früher mit dir zusammen gewesen.«

Vielleicht hätte sich alles anders entwickelt. Vielleicht wäre Laurin allein einen anderen Weg gegangen. Vielleicht nicht getötet worden.

Eine Menge *Vielleichts*, aber die menschlichen Gedanken peinigten sich stets gerne mit diesem Wort und damit, was hätte sein können, anstatt sich damit zu arrangieren, was es gab.

»Was ist mit dir?« Georg sah sie besorgt an. »Du bist bleich wie ein Käse geworden.«

Ein Käse? Das nenne ich mal ein Kompliment.

»Entschuldige. Das Briefeschreiben hat mich mitgenommen. Einiges von früher kam wieder hoch.«

»Ich weiß, wie ich dich entspannen kann.«

Das Vergnügen leitete Georgs Hand über den Stoff ihrer Bluse, bis sie auf ihrer linken Brust liegen blieb.

»Ich glaube, was du vorhast, wühlt mich nur noch mehr auf.«

Er schob seinen Körper dicht an ihren. Anne konnte spüren, wie spannungsgeladen er war. Aufreizend langsam öffnete sie die Knöpfe ihrer Bluse. Ein prickelnder Schauer durchlief sie, sobald seine Finger ihre nackte Haut berührten.

So sollte es sein, und so wollte sie es für immer.

Die Fahrt nach Coblenz wurde für Georg ein großer Erfolg. Er hatte mehrere neue Auftraggeber gewinnen können. Der Fayence-Handel florierte besser, als er sich erhofft hatte, und das machte ihn überglücklich. Mit Anne an seiner Seite schien er einen Platz an der Sonne in allen Belangen zu haben. Oder lag es einfach nur daran, dass er durch sie plötzlich überall nur Schönes sah? Wie auch immer, ihm ging es gut.

Während er seine Geschäfte abwickelte, ging Anne zum Postträger und hatte ihr Anliegen erledigt. Allerdings wurde ihr mitgeteilt, dass der Postträger nicht die Rheinseite wechselte. Also beschloss sie, die gesamte Post von ihm zu Sidonie bringen zu lassen, die sie wiederum einer der Postkutschen mitgeben konnte, von denen sie wusste, dass sie bis ins Umland von Frankfurt fuhren. Klang umständlich, war es auch, aber wie es hieß, erreichte jeder Brief sein Ziel. Darauf vertraute Anne.

Es war ihr sehr recht, dass Georg sie nicht begleitete, denn aus einem Grund, den sie sich selbst nicht genau erklären konnte, wollte sie nicht, dass er erfuhr, wohin die Post nun gebracht werden sollte. Es war besser so. Immer noch hatte sie ihm nicht von Sidonie und ihrem Gasthaus im Wald erzählt. Sie wollte ihre alte Welt nicht mit der neuen vermischen.

An den anderen Tagen, an denen Georg seine zukünftigen Abnehmer aufsuchte, spazierte Anne allein herum. Sie ging hauptsächlich durch kleine Gassen und Nebenstraßen, da sie hoffte, dort auf neue Gedichtzeilen an den Wänden zu stoßen. Seit sie wieder in Coblenz war, hatte sie eine nervöse Unruhe erfasst. Fast wünschte sie sich sogar, plötzlich Curd gegenüberzustehen. In einer dunklen Gasse und einem Moment der Überraschung konnte ihr Vorhaben gelingen, ihn zu töten.

War sie erleichtert, dass Curd ihr in all den Tagen nicht begegnete? Oder verärgert, weil sie nicht zu Ende bringen konnte, was sie sich geschworen hatte? Anne wusste es selbst nicht. Es war wohl eine Mischung aus beiden.

Einmal stieß sie auf eine Gedichtzeile, die an die Außenseite der Löhrtormauer geschrieben stand. Sie geriet sofort in Atemnot, aber nicht vor Erschöpfung, weil sie lange gelaufen war, sondern vor Schreck, weil sie erkannte, dass es die vorletzten Zeilen des Gedichts waren.

Wohin, wohin der schnelle Lauf?
Sie singen es jubelnd einander.

Curd musste also hier gewesen sein. In der Zeit, in der sie mit ihrer Suche nach ihm ausgesetzt hatte. Alle Worte, denen sie gefolgt war, standen im Gedicht vor diesen beiden Zeilen.

Als Anne vor der Mauer stand, wurde ihr bewusst, wie unsinnig es gewesen war, Curd wochenlang oder gar über Monate hinterherzulaufen. Viel besser erschien es doch, an einem Ort zu bleiben und zu warten, bis er zu ihr kam. Denn wie es sich zeigte, kam er immer wieder nach Coblenz zurück. Also auch immer wieder in diese Gegend. Es war eine Frage der Zeit, bis Anne Vergeltung üben konnte.

Als sie neun Tage später zurück in Georgs Haus ankamen, das, wie Anne beseelt feststellte, nun auch ihr Zuhause geworden war, erwartete sie eine Überraschung.

»Liebst du mich?«, fragte Georg.

Etwas überrascht von der plötzlichen Frage schaute Anne ihn mit großen Augen verwundert an. Fragte er das wirklich noch? Hatte er keine Augen im Kopf?

»Ja«, antwortete sie gedehnt. »Ich gehöre zu dir.«

»Nein, du gehörst niemandem«, widersprach er.

»Ich … ich glaube, ich verstehe nicht, was du meinst.«

»Ganz einfach. Dein Herz wird immer frei bleiben. Aber …«

»Aber?«

»Aber hab den Mut, ihm zu folgen.«

Erwartungsvoll wartete er auf eine Reaktion von ihr. Verunsichert hob sie eine Braue. Sie schaute sich in der Wohnstube um. Zu ihrem Bedauern stand kein Krug Wein auf dem Tisch. Zu gern hätte sie sich jetzt einen eingeschenkt. Es war ein wenig unheimlich, so wie Georg sie gerade ansah und wie er zu ihr sprach.

»Was meinst du jetzt genau?«

»Willst du meine Frau werden?«

»Ach herrje, das hat mich ja noch niemand gefragt«, entfuhr es ihr überrascht.

»Zum Glück. Sonst wärst du jetzt nicht hier. Also, was sagst du?«

Anne legte die Stirn in Falten. »Was ist mit deiner verstorbenen Frau?«

Georg senkte den Kopf und atmete tief ein. Als wollte er Luft holen, um genügend Anlauf für die folgenden Worte zu haben.

»Ich habe in manchen stillen Momenten Zwiesprache mit ihr gehalten«, sagte er ernst. »Am Ende aller Gebete war völliger Frieden in mir. Nie habe ich gedacht, mich noch einmal verlieben zu können. Allein die Vorstellung kam mir wie ein Verrat an Maria vor. Als würde meine Liebe zu einer Lebenden meine Liebe zu einer Verstorbenen schmälern. Aber so ist es ja gar nicht. So wird es auch nie sein.«

Bei diesen Worten zuckte Anne unmerklich zusammen. Georg hatte ähnliche Überlegungen über sich und Maria angestellt wie sie selbst über ihn und über ihr Versprechen gegenüber Laurin.

»Ich habe sie gefragt, ob sie mich verstehen kann, wenn ich dich heirate. Ich werde Maria nie vergessen, aber mit dir würde ich wieder glücklich sein können.«

»Du hast sie gefragt?«

»Du weißt, was ich meine. Sie hat mir ein Zeichen gegeben.«

»Ein Zeichen? Welches denn?«

»Seit wir uns in Coblenz aus den Augen verloren haben, habe ich nur an dich gedacht. Es ist ja nicht so, dass ich Gewissensbisse Maria gegenüber gehabt hätte, aber es war so vollkommen unerwartet für mich, jemals wieder so zu fühlen ... wobei, ich fühle für dich anders als für Maria.«

»Weniger?«, hakte Anne zögerlich nach.

Lachend schüttelte Georg den Kopf. »Ach du, was du denkst ... nicht weniger, anders. Ich bin älter geworden. Ich liebe jetzt anders. Ich liebe dich mit einer Tiefe, die ich zuvor nicht kannte.«

»Und was war jetzt das Zeichen?«

»Dass wir uns wiedergefunden haben ... ich bin überzeugt, dass es kein Zufall war.«

Mehr sagte er nicht, sondern nahm Annes rechte Hand in seine beiden und führte sie an seine Lippen.

»Willst du?«, fragte er leise noch einmal.

»Und wie ich will. Verdammt noch eins und Donner dazu, natürlich will ich!«

»Ich liebe es, wenn du fluchst, Anne.«

Damit war es beschlossen. Im kommenden Frühling des Jahres 1805 sollte geheiratet werden.

Der Herbst wich der dunklen, kalten Jahreszeit. Schnee und Frost legten sich über das Land. Anne und Georg kuschelten sich in ihrem Zuhause ein.

Der Winter ging.

Der Frühling kam.

Und mit ihm das Unglück.

Teil 3

1805–1807

»Vergangenes ist nicht vergessen,
aber leben muss ich heute.
Das nimmt mir niemand ab.«

51

Mit den ersten Frühlingsboten auf den Wiesen wuchs die Anspannung. Sowohl Georg als auch Anne wussten, was die Stunde bald geschlagen haben würde. Eine Trauung stand an. Wie schön.

Immerhin hatten sie den Winter über genug Zeit gehabt, darüber nachzudenken, ob die im Taumel der Gefühle gemachten Versprechungen noch Bestand hatten.

Jede Umarmung schien nur noch lauter zu rufen: Ja, ja, ja!

Gemeinsam gingen sie rüber nach Plaidt und suchten den Pfarrer auf.

»Ich möchte diese Frau an meiner Seite gerne bürgerlich anerkennen«, begann Georg etwas umständlich, bevor er schließlich nach den notwendigen Schritten fragte, die es zu erledigen galt, um möglichst bald getraut werden zu können.

Der Pfarrer drehte die Augen himmelwärts und seufzte lautstark. »Also doch noch, dem Herrn sei gedankt. Wir alle fürchteten schon, ihr würdet ewig in Sünde leben wollen. Es ist gut, dass ihr kommt.«

Anne und Georg warfen sich verstohlene Blicke zu. Beide mochten wohl das Gleiche gedacht haben. Als Sünde hatten sie ihre Liebesnächte nie betrachtet. Es sei denn, Freude und Erfüllung fielen seit Neuestem auch in den Bereich des Teufels.

Die Vermählung wurde zwei Wochen nach dem anstehenden Frühlingsfest vereinbart.

Zu Hause wurde Anne mit klopfendem Herzen bewusst,

dass es nicht mehr lange dauerte, bis sie tatsächlich eine verheiratete Frau sein würde. Es hatte Zeiten gegeben, da hatte sie nicht mehr daran geglaubt. Nach dem gescheiterten ersten Versuch mit dem ständig betrunkenen Scherenschleifer erschien es ihr so weit weg wie der Mond, jemals wieder auf den Einen zu treffen. Den Einen, der wie sonst keiner war. Und jetzt nahm sie sogar bald den Namen des Einen an.

Anne Reuber würde sie dann heißen.

Hm, ja…a, klang gut.

»Da wir nach dem 21. März heiraten, gilt für uns schon der Code Civil«, sagte Georg.

»Ich habe schon davon gehört, aber was genau heißt das?«

»Das ist das Zivile Gesetzbuch, das in den von Napoleon regierten Gebieten eingeführt wurde. Da sind alle Regeln zur Eheschließung drin.« Er schmunzelte. »Und auch zur Scheidung. Ganz neue Sitten scheint es jetzt zu geben.«

»Scheidung werden wir ja wohl nicht brauchen, hm?«

»Niemals. Ich habe mir das aber mal durchgelesen. Viele wirklich neue Rechte erhalten die Frauen durch den Code Civil erst einmal nicht. Bringst du eigentlich eine Mitgift in die Ehe?«

Anne lachte aus vollem Hals. »Mein Körper muss dir reichen.«

»Per Gesetz wird mir dadurch die sogenannte väterliche Gewalt übertragen. Das bedeutet, dass mir ausdrücklich die entscheidende Autoritätsmacht meiner Ehefrau, also dir, gegenüber verliehen wird. Ich wiederhole mal das, was der Pfarrer sagte: Der Ehemann ist verpflichtet, seine Ehefrau zu schützen. Die Ehefrau schuldet dem Ehemann Gehorsam.«

»So wie ich das sehe, hat sich nicht allzu viel für die Frau geändert, oder?«

Georg kratzte sich am Hinterkopf. »Bis auf die Scheidungsmöglichkeit.«

»Solange sich in der Gesellschaft der Wirkungskreis von uns Frauen nicht erheblich verändert, kann Napoleon in seine Gesetzbücher hineinschreiben, was er will«, sagte Anne.

»Weißt du, was?« Georg ergriff ihre Hand. »Wir kümmern uns nicht darum. Wir heiraten laut Gesetzgebung und leben unser Leben einfach glücklich.«

Einfach glücklich. Es gefiel Anne, wie leicht diese Worte Georg über die Lippen kamen. Glücklich sein, einen Vorgeschmack von diesem Gefühl hatte sie in den vergangenen Monaten schon erhalten. Wenn es den Rest ihres Lebens so weiterging, bitte gerne.

52

In Plaidt bereitete man sich mit Schwung und großer Freude auf das Frühlingsfest vor. Am Ortseingang wurde ein Tanzboden errichtet, der mit Laternen und kunstvollen Girlanden geschmückt wurde. Auch die angrenzenden Bäume des kleinen Wäldchens wurden mit Lampions behängt, sodass in den Abendstunden und nachts eine heimelige Feststimmung entstand, in der ausgelassen getrunken, getanzt und über alle Generationen hinweg auch geschäkert werden konnte, sofern die Eheleute sich nicht gegenseitig dabei erwischten.

Die Hofbesitzer erlaubten ihren Mägden, nach getaner Arbeit auch zum Tanze zu gehen. Allerdings waren die jungen Mädchen angehalten, sich nicht auf ein Techtelmechtel einzulassen, denn sie sollten nicht ausfallen, nur weil sie sich schwängern ließen. Und auch im Interesse der Magd sollte es nicht zu amourös getrieben werden, so hob der Hausherr den Finger, denn es hatte schon manche Frau gegeben, die unverheiratet mit unehelichem Kind dann ihr Dorf verlassen musste.

Musiker spielten auf, und die jungen Burschen vollführten verrückte Verrenkungen, zu denen sie die Mädchen aufforderten. Sie nannten es Tanz, aber das schwungvolle Umherschleudern, das sie doch sehr vom höfischen Tanz unterschied, diente einzig dazu, unter die wirbelnden Röcke schauen zu können.

Das Schäkern und Kichern war groß und gehörte zum Fest wie das Bechern und Essen an den langen Tischen, die zum großen Sandplatz am Ortseingang getragen wurden und an denen alle fröhlich ihre tägliche Mühsal für zwei Tage vergessen konnten. Um die Tische herum staken hohe Pfosten in der Erde, an denen Laternen mit Talglichtern hingen.

Als Anne und Georg bei Einbruch der Dunkelheit zu Fuß ankamen, war das Fest längst in vollem Gange. Schon von Weitem war die Musik zu hören, die eifrige Musikanten unermüdlich spielten.

Der Duft von zubereiteten Speisen lockte sie und machte ihnen den Mund wässrig.

Georg hatte sich herausgeputzt. Er trug einen neu erworbenen Frack mit hochgestelltem Kragen und Röhrenärmeln. Er brauchte eine Weile, bis er sich in den ungewohnten Kleidern wohlfühlte. Anne hatte neben dem langen Rock und dem feinen Baumwollhemd ein leichtes Caraco angezogen und darüber einen schwarzen Pelerinumhang geworfen, der sie gegen die Nachtkühle schützen würde. Ihr Haar hatte sie mit einer Spange im Nacken zusammengebunden und sorgte damit für Aufsehen unter den anderen Frauen, die ihre Haare unter den traditionellen Hauben verbargen. Die Männer, vor allem die älteren, konnten sich an der Frivolität dieser Aufmachung gar nicht sattsehen. Georg war stolz auf seine Braut und ließ keine Gelegenheit aus, es ihr mit leuchtenden Augen zu zeigen.

Kaum auf dem Fest angekommen, wurden sie auch schon von vielen herzlich begrüßt und zur bevorstehenden Vermählung beglückwünscht. In den vergangenen Monaten hatte Anne Gelegenheit bekommen, die Dörfler aus Plaidt kennenzulernen. Nicht gut genug, um befreundet zu sein, aber immerhin so, dass alle sich freuten, sie zu sehen. Willkommen zu sein, ließ sie Woche für Woche ein bisschen mehr Teil der kleinen Gemeinschaft werden.

Der Pfarrer, einer der Ersten an den Essenstischen, bekräftigte noch einmal seine Erleichterung und prostete Georg mit vollem Weinbecher zu, den der Krug-Josef ihm gerade vor die Nase stellte.

Anne zog Georg auf den Tanzboden, und auch wenn sie nicht so ungestüm tanzten wie die jungen Leute, so hielten auch sie sich nicht an vorgegebene Reigen oder Formationen. Hier war man nicht bei Hofe, hier war man unter sich.

Der Abend war kühl, aber durch die schon steigenden Sonnenstunden am Tag noch nicht kalt. Gerade richtig für eine ausgelassene Stimmung, die jeden mitriss. Selbst die Bäume am Ortsrand, die durch das fahle Mondlicht mit ihren langen, tief hängenden Ästen aussahen, als wollten Knochenarme nach den Tanzenden greifen, schreckten niemanden ab, sich für ein kurzes Techtelmechtel in die Büsche zu schlagen.

An einem Tisch wurde zusammengerückt, damit Anne und Georg sich nach dem Tanz dazusetzen konnten. Der flinke Krug-Josef stellte ihnen sofort einen Krug randvoll mit Bier hin. Der Schaum schwappte über den Rand, als sie lachend tranken.

Es wurde viel geschwatzt und gerufen, und immer wieder kicherte eines der Mädchen, wenn es zu dicht an den Händen der Männer vorbeiging. Anne stellte mit Wohlwollen fest, dass Georg seine Hände bei sich behielt und es ihm auch nicht schwerzufallen schien. Ihr fiel aber auch auf, dass eines der Mädchen immer wieder seinen Blickkontakt suchte und, wenn sie ihn erhaschte, ihm ihr strahlendstes Lächeln zeigte. Von der Auslage ihrer keck geöffneten Bluse beim Ausschenken des Weins ganz zu schweigen. Georg schien die angebotenen Früchte nicht zu bemerken. Anne verflocht ihren rechten Arm mit seinem linken und rückte ganz dicht an ihn heran.

»Geht es dir gut?«, fragte er und küsste sie auf die Stirn.

»Ich fühle mich ... großartig.«

Georg begann zu erzählen. Kleine Geschichten, die er erlebt hatte. Manche hier in Plaidt, manche in den Wäldern darum. Zwischendurch lachte er über seine eigenen Anekdoten. Anne ließ ihn erzählen. Sie hörte ihm so gerne zu, auch wenn sie einige der Menschen, von denen er sprach, nicht kannte. Allein nur, weil sie seine Stimme mochte und wusste, solange er redete, war sie in seiner Nähe.

Als würde seine Stimme sie umarmen.

Es war dunkel geworden. Anne zog den Umhang fester um sich. Die Talglichter auf den Tischen und Lampions um den Tanzboden erhellten den Platz. Ein Musikant hatte sein Instrument beiseitegelegt, weil er schon zu viel getrunken hatte.

Plötzlich verfinsterte sich Georgs Miene. Anne bemerkte es sofort, als sich seine Schulter, auf der ihr Kopf ruhte, verspannte.

»Was ist?«, fragte sie.

Er antwortete nicht, zeigte nur mit dem Kinn zu der Straße. Anne erkannte im Gegenschein der Laternen nicht gleich, was er meinte. Dann sah sie die Gestalt, die langsam aus dem Dunkel heraustrat und am Tanzboden einige junge Männer mit kräftigem Schulterschlag begrüßte. Mit seinem herausfordernden Lachen gehörte er zu jener Sorte von Burschen, die den Mädchen im Vorbeigehen nicht nur das Herz brachen, sondern auch die Zukunft stahlen.

Noch verbarg der Schatten eines Zweigs sein Gesicht, aber da war etwas an der Art, wie er sich bewegte. Dann setzte der junge Kerl einen Schritt zurück und wandte den Kopf. Er sah genau in ihre Richtung. Annes Puls jagte hoch.

Er war es.

Curd.

Obwohl alles in ihr forderte, aufzuspringen und Curd das Messer in den Bauch zu rammen, war sie wie gelähmt vor Schreck. Unfähig, auch nur den kleinen Finger zu rühren, starrte sie zurück. War jetzt der Moment gekommen, in dem sie Georg sagen sollte, weshalb sie wirklich über das Land gezogen war, bevor sie sich wiedertrafen? Es drängte sie danach, ihm in Windeseile alles zu schildern, damit sie Curd noch hier und jetzt für seine Tat bezahlen lassen konnte.

Curd sagte noch etwas beiläufig zu der Gruppe, bei der er stand, hielt seinen Blick aber in Annes Richtung gewandt. Ein Schauder durchlief ihren Körper. Sie presste den Weinkrug gegen ihre Brust wie ein kleines Kind, das sie beschützen wollte.

Curd setzte sich in Bewegung, kam zielgerichtet auf den Tisch zu, an dem sie saß. Anne zuckte zusammen, als wäre sie angeschossen worden, als er vor ihr stehen blieb. Alle Gespräche um sie herum erstarben. Sie hielt den Atem an in Erwartung, was er sagen würde. Doch seltsam, er beachtete sie gar nicht, sondern sah über sie hinweg.

Plötzlich lächelte er, aber es war ein falsches Lächeln, denn seine Oberlippe verzog sich dabei abfällig. Er schaute Georg fest in die Augen.

»Guten Abend, Vater«, sagte er.

53

Ich friere von innen heraus. So ist es also, wenn einen das Unerwartete kalt erwischt.

Als würde Eiswasser durch ihre Adern fließen. Anne wagte anfangs kaum zu atmen. Doch dann war sie von ihrem Platz aufgestanden, als Curd sich neben sie setzte und sich eine sonderbar giftige Begrüßung mit Georg lieferte. Mit Georg, seinem Vater.

Anne konnte es immer noch nicht fassen, was sie gerade gehört hatte. Es musste ein Scherz sein. Eine neuerliche Bösartigkeit von Curd, um sie zu verletzen. Doch der hatte sich gar nicht um sie geschert. Er wechselte Worte wie kleine Stiche mit Georg, als gälte es, zuerst den entscheidenden Punkt am Körper des Gegenübers zu finden, der besonders schmerzte. Nach zwei Minuten wurde Anne bewusst, dass Curd sie gar nicht erkannt hatte.

Niemand führte mehr seine Unterhaltung am Tisch weiter. Alle hörten betreten zu, was sich Vater und Sohn zu sagen hatten. Offensichtlich hielt sich die Wiedersehensfreude bei Georg in Grenzen, was Anne erklärte, weshalb er ihr zuvor nichts von Curd erzählt hatte. Zwar wusste sie, dass Georg mal eine Familie besaß, aber da er außer seiner verstorbenen Frau Maria niemanden erwähnte, hatte sie nicht weiter darüber nachgedacht. So war es nun mal mit Familien. Die einen blieben zusammen und wurden immer größer, die anderen verstreuen sich in alle vier Himmelsrichtungen. Gründe in diesen Zeiten gab es genug, und sei es nur, in Napoleons

Armee einrücken zu müssen oder sein Glück in Übersee zu suchen.

Anne war zum Waldrand hinter dem Tanzboden gegangen. Sie musste durchatmen, und das war ihr eingeklemmt zwischen Vater und Sohn am Tisch sitzend nicht möglich.

Der Mann, den sie zu töten gedachte, war ausgerechnet der Sohn des Mannes, den sie liebte und heiraten wollte. Das Schicksal verteilte mit einer Wonne schallende Ohrfeigen. Wie sollte sie Georg in diesem Fall jemals die Wahrheit sagen können?

So, mein Lieber, nun weißt du Bescheid, und ich gehe dann mal los, deinen Sohn umbringen.

Anne lehnte mit dem Rücken am Stamm einer Eiche und starrte auf die Lampions, die sich in einer sanften Brise wiegten. Der Fiedler spielte ein weiteres Stück, das zu heiteren Tänzen einlud. Vor einer halben Stunde hätte die Melodie Anne wahrscheinlich gefallen, doch nun erschienen ihr sämtliche Töne wie Hohn in den Ohren.

Hatte es sich also bewahrheitet, dass sie nur an einem Ort im Departement zu warten brauchte, bis Curd irgendwann von ganz alleine auftauchte. Plötzlich erfasste sie ein furchtbarer Gedanke. Was, wenn der Apfel nicht weit vom Stamm fiele?

Nein, niemals. Unmöglich, das hätte sie doch längst erkennen müssen. Georg war doch so völlig anders als Curd. Herzensgut und voller Verständnis für seine Mitmenschen. In keiner Weise verschlagen, sondern gutmütig und aufrichtig. So kannte sie Georg. So war er zu ihr. Ein Funken Hoffnung, dass er gar nicht Curds leiblicher Vater sein könnte, glomm wie ein Glühwürmchen auf, verschwand aber so rasch im dunklen Wald, wie er gekommen war.

Anne ging ein paar Schritte in den Wald hinein. Die Musik und das Gelächter der Feiernden wurde von den ersten Bäumen und Sträuchern verschluckt und rückte in den Hintergrund.

Allmählich erlangte sie ihre Fassung zurück.

Dass Curd sie nicht erkannt hatte, hielt sie für einen Vorteil. Sie musste nachdenken. Ihn umbringen hieße, Georg zu verlieren. Ihn am Leben zu lassen, hieße sich selbst zu verlieren. War es so? War es wirklich so einfach? Wobei dieses *einfach* nichts anderes als die schwierigste Entscheidung ihres Lebens darstellte.

Anne blickte zum Festplatz zurück. Sie kniff die Augen zusammen, um besser sehen zu können. Georg saß nicht mehr an seinem Platz. Auch Curd nicht mehr, aber ihn entdeckte sie bei einer Gruppe junger Mädchen. Wie er dort stand, würde niemand glauben, wenn Anne behauptete, er wäre ein gewissenloser Mörder. Sein charmantes Benehmen zog die kichernden Mädchen in seinen Bann, ohne dass diese bemerkten, wie er sie mit der Anmaßung eines Sohnes, der über einen gut situierten Vater verfügte, behandelte. Ja, Curd war beliebt und begehrt, zumindest bei allen, die Röcke trugen. Offensichtlich verfing sein Charme bei den jungen Männern weniger, so wie auch bei den Älteren am Tisch. Sein Erscheinen auf dem Fest war nicht von allgemeinem Hallo begleitet gewesen. Ihre vorübergehende Schockstarre hatte sie das nur nicht sofort erkennen lassen. Und selbst Georg war ja nicht von seinem Platz aufgesprungen und seinem Sohn um den Hals gefallen, wie man es hätte erwarten können.

Manches lag im Argen, das unter der Oberfläche brodelte. *Na ja, wir sind ja nicht umsonst in der Nähe des Laacher Sees, eines vulkanischen Gebiets.* In einem Anflug von Galgenhumor verzog Anne freudlos den Mund.

Aus dem Schutz des dunklen Waldrands beobachtete sie Curd. Es stimmte schon. Wüsste sie nicht über ihn Bescheid, konnte er faszinieren, so wie er auftrat. Doch als das Bild des aufgehängten Laurin vor ihrem inneren Auge auftauchte, wusste sie, dass sie sich trotz der glückseligen Wochen, die hinter ihr lagen, nicht aus der Pflicht nehmen durfte.

In der Ferne hörte sie das Heulen mehrerer Wölfe. Irgendwo tief in den Wäldern, wo die Dunkelheit und die Schatten der Bäume und Felsen ihnen Schutz gaben. Anne drehte sich um und spähte in die Dunkelheit. Nein, kein reißendes Tier mit gelb leuchtenden Augen zu sehen. Sofern sie sich nicht weiter vom Dorf entfernte, sollte ihr auch keines begegnen. Zumindest nicht auf vier Beinen.

Sie zog den Umhang über ihren Schultern enger.

Hinter sich hörte sie Schritte. Sie drehte sich nicht um. Sie wusste auch so, wer sich ihr näherte. Curd hatte nicht lange gezögert, ihr nachzugehen.

Annes Gedanken überschlugen sich, als sie überlegte, was sie tun sollte. Sich ihm zu erkennen geben? Oder die Gunst der Stunde nutzen und ihn hier abseits des Festes erdolchen? Vielleicht war jetzt die Gelegenheit, auf die sie so lange gewartet hatte. Sie könnte ihn blutend im Gestrüpp liegen lassen. Die Wölfe würden ihn sich holen, bevor es jemand richtig mitbekam.

Zu dumm nur, dass sie nicht die Jacke mit dem eingenähten Dolch trug.

Curd trat um sie herum. Im Vorbeigehen legte er seine Hand um ihre Hüfte. Anne entzog sich mit einem Schritt zur Seite.

»Mein Vater zögert nicht lange, sich die schönste Frau des Abends zu angeln.«

Curds Stimme war klar, ganz ohne die bei solchen Festen zu erwartende Schlagseite der Zunge.

»Und wie sieht es mit dem Sohn aus? Angelt er im selben Teich?«

Curd amüsierte die Antwort. »Finde es heraus.«

Ohne sich darum zu scheren, dass sie mit seinem Vater verbandelt war, umfasste er Anne mit seinen kräftigen Händen um die Taille und zog sie an sich. Er beugte sich vor, doch sie drehte ihr Gesicht zur Seite.

»Warum so geziert?«, fragte er. Als würde ihm gerade ein Licht aufgehen, schlug er sich albern mit der Hand gegen die Stirn. »Ah, sicher liegt es daran, dass ich mich nicht richtig vorgestellt habe, bevor sich unsere Lippen treffen. Ich bin Curd.«

Viel zu dicht stand er an Anne. Sie konnte seine Nähe und seinen Geruch kaum ertragen. Jeder Muskel in ihr wurde zu Stein, jeder Atemzug zur Qual. Anne zwang ihren Ekel herunter, um ohne zitternde Stimme zu antworten.

»Dann kenne ich jetzt Ihren Namen. Für den Moment muss das genügen.«

»Kannst mich ruhig duzen. Die Franzosen wollen das von den Bürgern, schon vergessen?«

»Ihrem Vater mag es nicht recht sein, wenn ich die nötige Distanz vermissen lasse.«

»Mein Vater? Ach, er wird nachsichtig sein. Du bist vom Tisch aufgestanden, kaum dass ich mich gesetzt habe. Rücksichtsvoll, aber unnötig. So hast du das Gespräch zwischen uns gar nicht mitbekommen. Du musst wissen, mein Vater und ich sind uns nicht sehr nah. Im Gegensatz zu dir und ihm, wie ich eben hörte. Ihr wollt heiraten? Wie nett. Aber übereile es nicht. Schwimm lieber noch im Teich herum, bis du an der richtigen Angel am Haken hängst.«

»Mein Bestreben ist, an niemandes Haken zu hängen.«

Curd lachte in der Anne nun schon bekannten Weise auf. Offen, verführerisch, täuschend. Und für einen winzigen Moment, nicht länger als ein, zwei Sekunden, geriet Annes Überzeugung ins Straucheln. Vielleicht war er ja gar nicht an

Laurins Tod beteiligt gewesen? Vielleicht hatten die Dörfler die Dinge falsch beobachtet?

Nein! Als stünde sie neben sich und schrie sich selbst an. Sie wusste, was er getan hatte. Es gab keinen Zweifel. Die Dörfler waren ja nicht blind.

Anne blickte hinter sich. Niemand auf dem Fest nahm Notiz von ihr und Curd. Hätte sie doch bloß ihren Dolch dabei. Sie könnte ihn abstechen, während er sie küsste.

»Mir scheint, du bist schon am Schwanken«, grinste Curd. »Schau nur, es ist Festlaune. Vergleiche doch die Küsse meines Vaters mit den meinen.«

Übelkeit stieg in Anne auf. Dennoch rang sie sich ein mageres Lächeln ab.

»Nicht hier«, vertröstete sie, um ihn auf Abstand zu halten.

»Doch, genau hier. Vater kann uns hier nicht sehen.«

»Er sucht bestimmt schon nach mir.«

»Soll er. Er ist sowieso zu alt für dich.«

»Und ich bin zu alt für dich.«

»Nicht heute Nacht.«

»Heute Nacht und alle weiteren in deinem Leben.«

Anne wich zur Seite und wollte an Curd vorbei zurück zum Festplatz gehen. Seine linke Hand zuckte vor, doch im letzten Moment unterließ er es, sie zu packen und daran zu hindern.

Auf einmal bekam sie das beklemmende Gefühl, dass es ganz leicht für Curd wäre, sie hier und jetzt hinter einen der Sträucher zu zerren. Ihr mit einer Hand den Mund zuzuhalten. Ihr grob den Rock hochzuschieben. Und sie danach wie ein Stück Dreck liegen zu lassen.

In dieser einen Sekunde wurde Anne gewahr, wie schwierig es war, sich ihm selbst mit einem Messer in der Hand entgegenzustellen. Er wäre immer der Stärkere, dessen Finger sich ohne zu zögern um ihre Kehle schließen und zudrücken konnten, bis der letzte Funke Leben aus ihr herausgepresst war.

Eine Wolke zog vor den Mond, genau in dem Augenblick, als Anne sich ängstlich umdrehte, um zu sehen, wo Curd hinter ihr stand. Sein Gesicht war in Schatten getaucht, die seine Augen wie stechende Feuer hervorhoben. Als stünde der Leibhaftige vor ihr. Dann zog die Wolke vorüber, und Curds Gesicht offenbarte wieder die jungenhaften Züge voller Übermut und Arroganz, mit denen er bei so vielen Mädchen für weiche Knie sorgte.

Welchen Curd hatte Anne gerade gesehen? Den Mädchenschwarm ... oder den Teufel in Menschengestalt?

Sie ging zum Festplatz zurück. Je näher sie der Beleuchtung kam, umso mehr beruhigte sich ihr Herzschlag wieder, und frischer Mut erfasste sie, als Curd sie einholte und neben ihr lief.

»Schämst du dich nicht? Deinem Vater das Mädchen ausspannen zu wollen?«

»Ich glaube nicht, dass du wegen meines Vaters hier bist.«

Anne stolperte, doch da war keine Wurzel gewesen. Ihre Füße hingen plötzlich wie bleierne Gewichte an ihr.

»Ach, eines interessiert mich noch«, sagte er. »Wie geht es eigentlich deinem Begleiter, diesem Mönch?«

Sie starrte Curd an.

Er weiß es doch! Er weiß, wer ich bin!

Seine Augen flackerten belustigt. Der grausame Zug um seinen Mund ließ keinen Zweifel, welche gemeine Freude er empfand, sich an ihrem Schreck zu weiden.

Anne legte unbewusst eine Hand an ihren Hals. Sie konnte die Ader unter den Fingern pochen spüren. Sie fragte sich, ob es ihn provozierte, wenn sie keine Angst zeigte. Hinter ihr war der fröhliche Lärm der Musikanten und der Tanzenden zu hören und zwischendurch ein alles übertönendes Trinklied von den zechenden Männern an den Tischen.

Curd neigte den Kopf. Amüsiert kniff er die Augen zusammen. »Für wie dumm hältst du mich eigentlich?«

Mit einem kräftigen Ruck zog er Anne noch einmal fest an sich heran. Es ging zu schnell, als dass sie es hätte verhindern können. Er presste einen harten Kuss auf ihren Mund, ehe sie ihn mit beiden Händen von sich stoßen konnte.

»Was erlaubst du dir?«, fauchte sie. Mit dem Handrücken wischte sie sich seinen Speichel von den Lippen.

»Wen stört's? Meinen Vater vielleicht?«

»Ja, und mich vor allem stört es auch.«

»So? Und was willst du dagegen tun?«

Sie holte aus, um ihn zu ohrfeigen. Er war schneller. Zuerst fing er ihr rechtes Handgelenk ab, dann packte er ihr linkes und hielt beide fest umklammert, bevor er sie noch einmal küsste.

Sie biss ihm in die Unterlippe.

Er ließ sie los, fasste sich an den Mund und betrachtete das Blut auf seinen Fingern.

»Es ist ein schlechter Zeitpunkt für dich, sich zu wehren.«

Niemals zuvor hatte jemand Anne etwas Bedrohlicheres gesagt. Verachtung schwang in seinen Worten mit, aber noch mehr die Ankündigung von Gewalt.

Dann stapfte er an ihr vorbei auf den Festplatz zu, und schon nach wenigen Metern breitete er die Arme weit aus und begrüßte seine Freunde, die ihn sofort zu einer mit nervöser Unruhe in den Leibern beieinanderstehenden Gruppe Dienstmägde lotsten.

Aufgewühlt bis in die Haarspitzen sah Anne ihm nach. Sie betrachtete ihre zitternden Hände.

Nein, du Mistkerl. Es ist umgekehrt. Es ist ein schlechter Zeitpunkt, hilflos zu werden.

Sie brauchte mehrere Minuten, bevor sie in der Lage war, zum Fest zurückzugehen.

Aus dem Dunkel zurück ins Licht.

Ein Licht voller Täuschungen.

Georg kam auf sie zugelaufen. In jeder Hand ein Glas und mit einem so strahlenden Ausdruck im Gesicht, der wie dafür geschaffen schien, aller Schlechtigkeit dieser Welt den Boden unter den Füßen wegzuziehen.

»Endlich habe ich dich gefunden«, rief er ihr entgegen.

Nicht »da bist du ja« oder »wo warst du denn?«, sondern diese in Worte gefasste Freude, die direkt aus seinem verliebten Herzen auf sie übersprang.

»Ich bin schon sehr überrascht, dass mein Sohn hier ist«, sagte er, während er Anne ein Glas reichte, »aber jetzt, wo er da ist, freue ich mich, dass er unserer Hochzeit beiwohnen kann.«

»Oh?«

»Ich weiß, Curd und ich waren nicht immer einer Meinung, aber was gibt es für eine schönere Gelegenheit als eine Hochzeit, um sich wieder anzunähern? Vielleicht bleibt er diesmal ja länger hier. Ach, wäre das nicht schön, wenn ihr beide euch auch gut verstehen würdet? Was kann es für mich Schöneres geben?«

Er lachte und schüttelte den Kopf, als könnte er noch gar nicht glauben, dass sein Sohn zurückgekommen war. Dann trank er sein Glas in einem Zug aus. Heute Nacht war ihm zum Feiern zumute.

Anne wusste nicht, wie sie auf seinen überschäumenden Gefühlsausbruch reagieren sollte. Georg hatte keine Ahnung von dem Treiben seines Sohnes, das war so klar wie Quellwasser im Winter. Schlimmer noch, er wusste überhaupt nicht, *wer* sein Sohn war. Welch übler Charakter hinter Curds Fassade steckte.

Sie nippte nur ein wenig am Wein. Er schmeckte ihr gerade nicht mehr.

Georg nahm sie bei der Hand und zog sie auf den Tanzboden zum beginnenden Reigen. Sie tanzte, ohne wirklich bei der Sache zu sein. Immer wieder schweifte ihr Blick zu Curd hinüber, in dessen Miene sich unbemerkt von den anderen ein grausamer Zug geschlichen hatte, den er ausschließlich seinem Vater widmete. Nichts Gutes oder gar Liebevolles war zu erkennen, nur unverstellte Wut, die über kurz oder lang ausbrechen würde.

Plötzlich wusste Anne, dass sie Georg vor seinem eigenen Sohn beschützen musste.

54

Die Nacht belastete Annes Gemüt mit bleierner Schwere.

Georg schlief neben ihr seinen Rausch aus, während sie mit offenen Augen an die Decke starrte. Immer wieder flatterten Bilder der vergangenen Stunden vor ihrem inneren Auge auf und ab. Das Auftauchen von Curd. Sein dämonengleiches Gesicht im Halbschatten des Mondlichts. Sein falsches Lachen, das sie verhöhnte.

Curd umzubringen war ihr Vorhaben, seit sie aus Coblenz fortgegangen war. Und nun schlief er unten in der Wohnstube. Was für ein Irrsinn. Mit ihm unter einem Dach zu sein, war so unvorstellbar verrückt, dass Anne bald schon nicht mehr wusste, ob sie wachte oder träumte.

Die Bedrohung, die von Curd ausging, kroch jede einzelne Stufe von unten bis zu ihr ins Schlafzimmer hoch. Sie konnte ihn fast riechen, auch wenn er nicht im Zimmer stand.

Irgendwann nach Mitternacht hatten sie und Georg sich vom Fest verabschiedet und waren nach Hause gegangen. Georg hatte stark geschwankt und war auf Anne als Stütze angewiesen, sonst wäre er am erstbesten Baumstumpf eingeschlafen. Da sie nach dem Tanz kaum noch getrunken hatte, bestenfalls nur in der Runde noch das Glas hob, wenn einer ihnen zuprostete, war ihr Verstand nicht umnebelt, und sie fand den Weg nach Hause ohne schwere Schritte.

Dort wartete bereits Curd an die Tür gelehnt.

Anne war nicht wirklich überrascht. Ekel erfasste sie, als er sich den freien Arm seines Vaters über die Schulter warf und ihr half, Georg in den oberen Stock und ins Bett zu verfrachten.

»Schön, dass du da bist«, grunzte Georg noch, bevor ihm die Augen endgültig zufielen und er so laut schnarchte, als wollte er die Menschen in Plaidt wissen lassen, dass er gut zu Hause angekommen sei.

Curd blieb im Zimmer stehen und musterte Anne von Kopf bis Fuß. Baumharz konnte nicht klebriger sein als seine Blicke.

»Geh«, sagte Anne.

Er gab einen unterdrückten Laut von sich, der nicht zu deuten war. »Sind wir schon so weit, dass du mir in meinem Haus Befehle erteilst?«

»Es ist nicht dein Haus, sondern das deines Vaters.«

»Also auch nicht deins.«

Ein Anflug von Mut erfasste Anne. »Du weißt ja schon, dass wir heiraten werden. Gewöhn dich also beizeiten daran, dass es bald auch meines sein wird.«

»Willst du dich ins gemachte Nest setzen? Ich hab schon damals gewusst, dass du nicht viel wert bist.«

Anne überhörte die Beleidigung. Nein, natürlich nicht, aber sie versuchte, keine Reaktion darauf zu zeigen.

»Hast du Angst, etwas zu verlieren, das dir nichts bedeutet?«, fragte sie herausfordernd.

Überrascht zuckten Curds Augenbrauen hoch. »Was meinst du?«

»Deinen Vater.«

»Ach, Vater.« Er winkte ab. In seiner typischen Weise wechselte die Stimme von lauernd zu überheblich.

»Dann vielleicht sein Vermögen? Seinen Besitz?«

»Wer sagt, dass ich dich nicht besitzen werde?«

»Das wird nie der Fall sein.«

»Das sagst du heute, aber der Wankelmut einer Frau bewegt sich mit den Aussichten, die sie erwartet.«

»Du kennst mich schlecht«, sagte sie.

»Und du weißt nichts über mich.«

»Ich kann dich hassen, ohne dich zu kennen. Für das, was du Laurin angetan hast, habe ich Grund genug.«

»Ach, immer wieder dieser Mönch. Selbst im Jenseits ist der Kerl noch lästig.«

Anne spürte den Zorn, der über sie hinwegrollte. Wo hatte sie die Jacke mit dem Messer? Wenn sie Curd jetzt tötete, würde Georg es gar nicht mitbekommen. Ein Unfall war schnell geschehen und Curd ihr aus Versehen ins Messer gelaufen. Ein paar Mal.

»Deine Augen glühen«, grinste Curd. »Lass mich prüfen, ob dein Körper es auch tut.«

»Fass mich nicht an.«

»Nun spüre ich Verlust«, höhnte er. »Ach, Anne, du bist wie ein Berg, den man besteigen muss, einfach nur, weil er da ist. Nur ein Berg ist klüger als du. Der wehrt sich nicht dagegen.«

»Verschwinde«, zischte sie. »Nicht nur aus diesem Zimmer. Verschwinde aus diesem Haus. Aus unserem Leben. Noch heute Nacht.«

»Seit wann sagen die Hühner dem Hahn, was er zu tun hat?«

Curd warf einen verächtlichen Blick auf den schlafenden Georg, als wägte er ab, in seiner Gegenwart nach Anne zu greifen oder nicht. Dann zuckte er mit den Schultern und verließ das Zimmer. Sofort drückte Anne die Tür hinter ihm zu und drehte den Schlüssel im Schloss herum. Schwer atmend lehnte sie sich mit dem Rücken dagegen. Erst als sie auf dem Boden hockte, bemerkte sie, dass sie an der Tür hinabgerutscht war.

Das Gespräch hatte sie erschöpft. Ausgelaugt wie trockener Landboden nach Wochen ohne Regen fühlte sie sich.

Als hätten Curds Worte sie endgültig entwurzelt.

55

Der nächste Morgen versprach einen schönen, sonnigen Tag bei milden Temperaturen und blütenreiche Vorboten auf den Wiesen.

Allerdings nur vom Wetter her.

Im Haus schien Finsternis in jeden Winkel gekrochen zu sein. Anne war wie gerädert vor Schlaflosigkeit früh aufgestanden und hatte sich darangemacht, die Wohnstube mit einem Reisigbesen durchzufegen. War es nötig? Sie wusste es nicht. Es war auch egal. Sie konnte nachdenken, während sie den Besen lustlos schwang. Dann kochte sie Wasser auf und braute Tee. Mit einer Tasse aus Georgs frisch angelieferter Kollektion setzte sie sich an den Küchentisch und versuchte, Klarheit in ihre Gedanken zu bringen.

Ich muss es Georg sagen. Muss ihm beichten, dass ich seinen Sohn töten werde.

Was für ein Unfug. Sagte sie es ihm, konnte sie gleich ihre Sachen packen. Georg würde so eine Tat niemals zulassen und sie danach noch heiraten, als wäre nichts geschehen.

Ach, mein Sohn ist tot? Durch deine Hand? Jammerschade, aber sag, was trägst du in der Kirche?

Bitterkeit erfasste Anne. Ihre glückliche Zeit war vorbei. Curds Auftauchen hatte alles beendet, was sie leben und lachen ließ.

Ich könnte auf meine Rache verzichten.

Könnte ich?

Es gab keine befriedigenden Antworten auf ihre Fragen. Aber sie musste eine Entscheidung treffen. Nur wie konnte sie das? Sie warf keine Knochenstückchen in die Luft und las nicht in den Eingeweiden eines gerupften Huhns.

Die Tür zum Nebenzimmer wurde aufgestoßen. Curd trat heraus. Er schien gut geschlafen zu haben. Seine Augen blitzten hellwach. Er wünschte Anne einen Guten Morgen und forderte sie auf, ihm auch einen Tee zu brühen.

»Aber ohne giftige Zutaten«, fügte er lachend hinzu.

Aus dem oberen Stock war ein Rumpeln zu vernehmen. Georg war aufgewacht. Sein Rausch vom Vorabend schien die Koordination seiner Bewegungen noch zu beeinträchtigen.

Anne stellte Curd eine Tasse auf den Tisch.

Er setzte sich und roch daran. Der heiße Dampf legte sich über sein Gesicht. Dann trank er in kleinen Schlucken.

Anne beobachtete ihn mit Abscheu.

»Ehrlich, Anne, ich habe dich für mutiger gehalten«, sagte er. »Ich habe angenommen, dass du versuchen würdest, mich im Schlaf umzubringen. Nicht, dass es dir gelungen wäre.«

»Es kommen andere Nächte«, sagte sie. Ihre Stimme klang gepresst, als bereite ihr jedes Wort Schmerzen wie bei einer Geburt.

»Na sicher, die werden kommen. Und ich werde hervorragend schlafen, das weiß ich jetzt schon. Und weißt *du* auch, warum *ich* das weiß? Weil dir die Hände gebunden sind. Also, nicht wörtlich genommen, natürlich. Aber du hast gestern auf dem Fest meinem Vater nicht gesagt, dass wir uns kennen. Also willst du nicht, dass er es erfährt. Keine Angst, von mir erfährt er es auch nicht. Noch nicht. Aber vielleicht habe ich ja irgendwann Lust, meinem Vater zu sagen, dass wir beide miteinander geschlafen haben. In jedem Heuschober zwischen Andernach und Coblenz.«

Anne schnappte nach Luft. »Wir haben nicht miteinander geschlafen.«

Curd lachte ihr dreist ins Gesicht. »Siehst du, wir haben so etwas wie ein kleines, gemeinsames Geheimnis, auch wenn es nicht wahr ist. Das Entscheidende ist doch nur, was mein Vater bereit ist zu glauben.«

»Dir wird er nicht glauben.«

»Unterschätze nicht das Band einer Familie.«

»Eine Familie, die du mit Füßen trittst.«

»Wen kümmert's? Ach, Anne, du hattest deine Gelegenheit, mir was anzutun. In Zukunft wird es schwieriger für dich. Jeden Tag wirst du schwitzen, dass ich den Mund halte. Ich sehe dir, glaube ich, gerne beim Schwitzen zu. Das wird ein Spaß.«

Anne spreizte die Finger. Sie beugte sich über die Tischplatte, als wollte sie Curd die Augen auszukratzen.

Er wich nicht zurück, sondern kam ihr mit dem Oberkörper ruckartig entgegen. In der Mitte des Tisches waren sie sich Stirn an Stirn gegenüber.

»Glaub nur nicht, dass du jetzt einfach nur ein Problem hast, Anne«, sagte er im Flüsterton, aber laut genug, dass sie ihn verstand. »Ich verspreche dir, deine Leiden in diesem Haus fangen jetzt erst an.«

Die Tür zur Schlafkammer im oberen Stock wurde aufgezogen. Sowohl Curd als auch Anne blickten zur Treppe hinüber, warteten mit angehaltenem Atem darauf, dass Georg erschien.

»Na los, sag's ihm jetzt gleich, wenn er runterkommt«, zischte Curd. »Ich bin gespannt, wie du ihm erklären willst, woher du mich kennst. Und noch mehr auf seine Reaktion, wenn du ihm sagst, was du mit mir vorhast.«

»Was hab ich denn mit dir vor?«

»Tu nicht so. Ich kann es in deinen Augen lesen. Der

Tod deines Mönchs ist es, für den du mich bezahlen lassen willst.«

»Es wäre nur gerecht.«

Curd fuhr mit der Zungenspitze über die Lippen, als schmeckte er der verübten Gewalt nach.

Die Treppenstufen knarrten. Georg kam gähnend herunter, eine Hand in den Nacken gelegt, die Haare kreuz und quer wie bei einem Strohballen, in den jemand hineingeschossen hatte. Seine Miene hellte sich auf, als er Curd und Anne am Tisch sitzen sah.

»Guten Morgen. Ich sehe, ihr lernt euch besser kennen. Das freut mich. Dann lasst uns einen schönen Tag haben. Die Sonne lacht so herrlich. Wir sollten es ihr gleichtun.«

Den Vormittag verbrachte Anne damit, die Vorräte zu verarbeiten und eine Liste zu erstellen von den Dingen, die sie bei ihrem nächsten Besuch in Plaidt einkaufen musste. Da Georg sich ausschließlich auf den Warenhandel verlegt hatte und über keinerlei eigenen Anbau von Obst und Gemüse verfügte oder Viehhaltung betrieb, blieb ihnen nichts anderes übrig, als vieles im kleinen Dorf zu erwerben. In den Wintermonaten hatte Anne gelernt, darauf zu achten, welche Nahrungsmittel wie einzulagern waren, damit sie nicht vorzeitig verdarben. Die Aufgabe fiel ihr nicht schwer. Schon in Sidonies *Rotem Haus* war sie mit dieser Aufgabe betreut worden.

An diesem Morgen aber war es unmöglich, sich zu konzentrieren. Immer wieder schweiften ihre Gedanken zu Curd und seinem unheilvollen Auftauchen ab. Und zu Georg, um den sie sich große Sorgen machte.

Auf dem Fest war ihr aufgefallen, dass nicht nur die anderen Dörfler wenig erfreut über Curds Erscheinen waren – aus welchem Grund auch immer –, sondern auch Georg, der eigene Vater, seinem Sohn gegenüber distanziert begegnet war. Sich nach so langer Zeit wiederzusehen und dann nicht einmal herzlich zu begrüßen? Was mochte zwischen den beiden vorgefallen sein?

Georg hatte nicht viel über seine Familie erzählt. Anne hatte auch nicht wirklich nachgefragt. Einzig ein paar Sätze über seine verstorbene Frau hatte sie ihm entlocken können, auch weil sie wissen wollte, ob sie, Anne, eine neue Liebe für Georg sein konnte. Sie wollte kein Ersatz sein, nur damit er nicht allein zu Hause war. Er hatte liebevoll von seiner Frau gesprochen, ganz so, wie Anne es sich auch wünschen täte, wäre sie die Verstorbene. Seiner früheren Ehefrau gehörte seine Vergangenheit. Anne aber, so machte er ihr unmissverständlich klar, gehörten die Gegenwart und Zukunft.

Anne war innerlich zu unruhig. Sie musste aus dem Haus. Ein paar Schritte gehen. Über die Felder mit den blühenden Gräsern. Atmen, der Sonne entgegen, sonst brach sie noch unter schweren Gedanken zusammen.

Sie zog die Tür hinter sich zu und ging über die Wiese den Hügel hoch. Bei der ersten Baumreihe blieb sie stehen und sah von der Anhöhe über das weitläufige Land. Ein leichter Wind rührte in den Zweigen der Eichen und streifte kühlend ihre erhitzten Wangen.

Was sollte sie tun? Sie war völlig überfordert, eine Entscheidung zu treffen. Noch dazu die richtige. Was war denn die richtige? Na, wüsste sie das, wäre es ja nicht so schwierig gerade. Sie schüttelte über sich selbst den Kopf. Dann setzte sie sich auf das Gras, zupfte ein paar Halme heraus und flocht sie in den Fingern.

Georg lebte es ihr doch vor. Er ließ seine Vergangenheit hinter sich. Auch seine war schmerzvoll, doch er schloss mit ihr ab, um seinen Wunsch nach einem gemeinsamen Leben mit Anne wahr werden zu lassen.

Konnte sie das auch? Konnte sie einfach so ihre Rache beiseiteschieben? Oder würde sie sich ewig Vorwürfe machen, so nah dran gewesen zu sein und dann nichts getan zu haben?

Unterschätz das Blut einer Familie nicht. Das hatte Curd am Küchentisch gesagt. Es war mehr als eine Warnung gewesen. Es war der Blick in Annes Zukunft, wenn sie ihm etwas antäte. Curd hatte sie durchschaut. Er wusste ganz genau, wo er die Daumenschrauben für die Seele ansetzen musste. Zweifel setzten sich fest und ließen Anne da wanken, wo sie unbeirrt ihren Weg gehen wollte.

Unsicherheit breitete sich in ihren Adern aus wie kleine schwarze Spinnen.

Als würde sich ein Windrad unaufhörlich drehen, wurde jeder Gedanke wie Pollen einer Pusteblume fortgewirbelt und durch den nächsten ersetzt, der selbst wiederum kaum Zeit bekam, sich zu festigen, nur um wiederum durch den nächsten heranstürmenden Gedanken verdrängt zu werden.

Eine Sekunde lang bedauerte sie sogar, dass sie Georg liebte. Um wie viel leichter würde ihr eine Entscheidung fallen.

Aber er war der Mann, bei dem sie sein konnte, wie sie war. Er ließ sie lachen und fluchen. Er ließ sie wissen, dass sie auf Augenhöhe waren.

Er vermittelte ihr das Gefühl, endlich den Einen zum Anlehnen in ihrem bisher doch recht rastlosen Leben gefunden zu haben.

Zu der Zeit, als sie in Brunnenweiler gelebt hatte, gab es einen Moment, in dem sie von einer tiefen Traurigkeit befallen war. Als wäre ihr von einer Sekunde zur nächsten plötzlich bewusst geworden, dass sie nicht vollständig war. Sie hatte sogar an sich herabgesehen, ob in ihrem Bauch vielleicht ein faustgroßes Loch zu sehen war. Natürlich nicht, das wusste sie auch so, aber in diesem einen Moment überlagerten alle Gefühle jedes rationale Bewusstsein. Nicht körperlich klaffte ein Loch. Irgendwo in ihr konnte sie nichts fühlen, war aber überzeugt, dass dort etwas sein müsste. Es wäre zu einfach, es nur mit Sehnsucht zu benennen, denn Sehnsucht wonach? Das Unbestimmte, das ihr etwas mitzuteilen versuchte, begann sie zu quälen.

Wo sollte sie suchen, wenn sie nicht wusste, was sie zu finden hoffte?

Damals in Brunnenweiler hatte sie Kinder beim Spielen am Bachlauf beobachtet. Sie hatten sich aus ein paar Zweigen und Schilf ein kleines Wasserrad gebastelt, das sie an einer flachen Stelle in den Bach setzten. Wie sie sich freuten, als das Rad sich drehte. Immer wieder tauchten die Schaufeln aus Schilf ins Wasser ein und wieder auf. Das Wasser hielt alles am Laufen, und das Rad kam nicht zur Ruhe.

Beinahe hätte Anne den Kindern ihr Spielzeug weggenommen und kaputt gemacht. Noch im selben Augenblick erschreckte sie ihr eigener Gedanke. Das wollte sie ja nicht wirklich. Aber weshalb hatte sie es gedacht und diesen Drang verspürt, sodass sie ihre Hände schon ausstreckte?

Das Wasser floss und trieb das Rad an.

Ruhe war so nicht zu finden.

Heute erkannte Anne, weshalb sie das Beobachten der spielenden Kinder damals in Brunnenweiler so verwirrt hatte.

Sie wollte kein Wasserrad mehr sein.

Sie wollte Ruhe finden.

Georg gab sie ihr.

Wollte sie sich das von Curd kaputt machen lassen?

Sie begann sich zu fragen, ab wann der Wunsch nach Rache ihr mehr schadete als nutzte. Wollte sie Rache um jeden Preis, auch auf die Gefahr hin, ihr persönliches Glück zu gefährden? Oder konnte sie sich selbst von dem Versprechen nach Vergeltung für Laurins Tod entbinden?

Nie hatte sie gedacht, sich jemals so zerrissen zu fühlen. Ein Teil in ihr mahnte, dass sie an ihr eigenes Leben denken musste, ein anderer widersprach vehement und forderte ein Einlösen ihres Schwurs. Doch durch wessen Hand? Durch ihre? War sie berechtigt, Richterin zu spielen?

Anne verbarg ihr Gesicht in den Händen. Sie konnte sich noch so viel einreden, es half doch alles nichts. Curd war hier, und er würde alles zerstören, sobald er Gelegenheit dazu fand. Es war so unausweichlich, wie der Tag auf die Nacht folgte.

Das Schicksal konnte gemeine Fallen stellen. Solche, aus denen man keinen Ausweg sah.

56

Als sie nach der Mittagsstunde zurück zum Haus ging, konnte sie schon von Weitem Georg und Curd vor der Tür stehen sehen. Obwohl sie kein Wort verstand, erkannte sie, dass sie sich stritten. Mit klopfendem Herzen kam sie näher. Beide sahen sie mit angespannt verzerrten Gesichtern an. Es war offensichtlich nicht der richtige Zeitpunkt, sich in dieses Gespräch einzumischen. Anne ging an beiden vorbei ins Haus und schloss die Tür hinter sich. Doch sie entfernte sich nicht, sondern setzte sich an das Fenster, um zu lauschen. Sie war neugierig, ja. Warum auch nicht? Sie musste hören, was los war, sonst fraß sie die Ungewissheit auf. Es mussten tief sitzende Differenzen zwischen den beiden sein, wenn sie schon einen halben Tag nach ihrem Wiedersehen wieder aufeinander losgingen wie zwei Hähne, die um die letzte Henne zankten. O Gott, dachte Anne, es geht doch nicht um mich?

Sie brauchte sich nicht einmal anzustrengen, um die beiden zu verstehen. Sie redeten so lautstark aufeinander ein, als hätten sie längst vergessen, nicht alleine zu sein.

»Bist du nur zurückgekommen, um mir neuen Kummer zu bereiten?«, rief Georg.

»Du hast dich noch nie gefreut, wenn ich zurückkam.«

»Gabst du mir Grund dafür?«

»Wohl nicht den, den dir dieses Weib gibt.«

»Ich warne dich, Curd. Vergreif dich nicht im Ton. Mäßige

dich, sofern du nicht vergessen hast, was Anstand bedeutet. Du willst wissen, warum ich Anne zur Frau nehmen will? Ganz einfach, Sohn. Anne macht meinen Herbst zum Frühling und meinen Winter zum Sommer.«

»Wenn dir so viel an Jahreszeiten liegt, dann verziere deine Teller mit den entsprechenden Motiven, das tut's auch«, brüllte Curd zurück.

Anne zuckte zusammen. Die Heftigkeit, mit der sich die beiden ihre Worte um die Köpfe warfen, machte ihr Angst. Die kurze Pause, die folgte, ließ ahnen, wie sehr es in Georg brodelte.

»Wo ist dein Respekt mir gegenüber geblieben?«

»Ich weiß nicht?«, spottete Curd. »Vielleicht sollten wir ihn suchen gehen?«

Georg hob ruckartig die flache Hand, doch in dem Augenblick hatte Anne die Tür geöffnet und war nach draußen getreten. Sie konnte nicht länger in der Stube sitzen und zuhören, wie Georg mehr und mehr die Nerven verlor. Als er sie sah, starrte er seine erhobene Hand an. Über sich selbst entsetzt senkte er sie.

Breitbeinig stellte sich Curd vor seinen Vater. »Schlag doch zu. Ich weiß mich zu wehren.«

»Ich habe dich noch nie geschlagen, und ich werde heute nicht damit anfangen.«

Es war nicht einfach nur jugendlicher Zorn, der in Curds Augen loderte, da glühte blanker Hass.

»Was ist los mit dir, Curd?«, versuchte Georg es in ruhigem Ton, der ihn viel Kraft kostete. »Du hast doch keinen Grund, dich zu beschweren. Mit allem bist du durchgekommen in deinem Leben.«

»Weil ich mir die Probleme selbst vom Hals geschafft hab.«

»Ludwig nennst du also ein Problem?«

Curd verdrehte die Augen himmelwärts. »Kommst du mir mit dieser alten Geschichte?«

»Diese alte Geschichte hat Ludwig das Leben gekostet.«

»Na schön, dann hat es das halt. Wär' es dir lieber gewesen, ich wäre draufgegangen?«

»Das ist die gemeinste Frage, die du mir stellen kannst, und das weißt du.«

Curd grinste. »Deshalb stelle ich sie dir ja.«

»Geh mir aus den Augen.«

»Nichts lieber als das. Und was hast du jetzt vor? Willst du dich unter Annes Röcken verkriechen, jetzt, wo ihr euch so nahesteht?«

Curd warf Anne einen solch bösen Blick zu, dass ihr der Herzschlag aussetzte. Dann tippte er sich mit zwei Fingern übertrieben höflich an die Stirn und ging hinüber zur Bank, die vor dem Nebenbau stand. Er setzte sich, lehnte sich zurück und sonnte sich mit geschlossenen Augen in der Mittagssonne.

Georg sah ihm schweigend nach. Seine Hände zitterten, und die Ader am Hals wollte gar nicht mehr abschwellen.

Anne tastete nach den Fingern seiner rechten Hand und umschloss sie vorsichtig. Behutsam. So, dass er wählen konnte, ob er jetzt berührt werden wollte oder nicht. Als er sie spürte, umschloss er ihre Finger. Sie nahm seine Dankbarkeit über diese Geste wahr.

»Lass uns hineingehen«, sagte sie leise.

Er atmete schwer, als läge ein Mühlstein auf seiner Brust, dann nickte er abgehackt und folgte ihr ins Haus.

Anne kochte Wasser auf. Sie suchte im Küchenschrank nach dem Glas mit getrocknetem Johanniskraut und brühte Georg damit einen Tee auf. In kleinen Schlucken trinken, mahnte sie, doch Georg hielt die Tasse nur fest, ohne sie an die Lippen zu führen.

Von draußen konnten sie Curd ein fröhliches Lied pfeifen hören.

Anne war versucht, hinauszugehen und Curd den Topf mit dem restlichen kochenden Wasser ins Gesicht zu schütten. Manchmal verspürte sie den Impuls, etwas derart Schreckliches zu tun. Es erschreckte sie, dass sie zu solchen Gedanken fähig war.

Nach einer Weile wurde das Pfeifen vom Wind davongetragen, weil Curd von der Bank aufgestanden und weggegangen war. Sofort konnte Anne leichter atmen. Sie setzte sich zu Georg an den Tisch. Mit den Augen lenkte sie seinen Blick zur Teetasse, damit er endlich trank. Sie garnierte ihre Aufforderung mit einem wohlmeinenden Lächeln. Georg blähte seinen Brustkorb auf, dann ließ er die Luft schnaufend entweichen. In der Folge entspannte er sich ein wenig.

»Ich werde dich etwas fragen«, sagte Anne, »aber wenn du nicht antworten willst, verstehe ich das. Wer ist Ludwig?«

Georg rieb sich mit zwei Fingern über die Lider.

»Mein zweiter Sohn«, sagte er. »Curds jüngerer Bruder.«

Anne war überrascht. »Ich wusste nicht, dass du noch einen Sohn hast.«

»Hatte. Er ist tot. Und schuld daran ist Curd.«

»Ein Unfall?«

»Eine Bosheit.«

Ein Moment der Stille breitete sich zwischen ihnen wie ein langsam zu Boden schwebendes Tuch aus. Georg sammelte sich, bevor er weitersprach.

»Die Franzosen haben uns Menschen im Rheinland nicht nur ihre vielgepriesenen Gesetze geschenkt, sondern auch immer wieder Unheilvolles von den Familien gefordert. Weißt du, was Konskription bedeutet?«

Annes Augen wurden schmal. Sie ahnte, worauf das hinauslaufen könnte, und wenn es stimmte, dann war es furchtbar für Georg.

»Ich habe davon gehört, aber genau weiß ich es nicht.«

»Kaum einer weiß, dass Napoleon entlang des Rheins gut und gerne zweihunderttausend Soldaten stationiert hält. Die fehlen ihm natürlich bei seinen weiteren Eroberungsfeldzügen. Also müssen die Menschen in den linksrheinisch besetzten Gebieten nicht nur Spanndienste für die Franzosen hier verrichten, sondern auch Söhne für Napoleons Krieg abstellen. Immerhin sind sie per Gesetz Franzosen geworden. Und wie so häufig betrifft die zwangsweise Rekrutierung den Ältesten der Söhne. Also hätte Curd mitgenommen werden sollen.«

»Wurde er aber nicht.«

Georg nickte. »Als die Soldaten zu uns kamen und einen Sohn einforderten, war ich auf Geschäftsfahrt. Und da gab sich Curd als der Jüngere aus. Er und sein Bruder Ludwig lagen nur ein Jahr auseinander, es schien also durchaus glaubwürdig. Die Franzosen packten Ludwig und schleppten ihn weg.«

»Hat Ludwig sich nicht gewehrt?«

»Er hat überhaupt nicht verstanden, was vor sich ging. Du musst wissen, Ludwig war, wie soll ich es sagen, etwas zurückgeblieben. Als ich von meiner Geschäftsreise zurückkehrte, lag die Konskription schon über eine Woche zurück. Ich ging, so schnell ich konnte, nach Coblenz, um mit dem Zuständigen in der Präfektur zu sprechen, doch dort interessierte es niemanden. Zumal viele Väter versuchten, ihre Söhne vor dem Krieg zu retten, und auch aus diesem Grund hatte mir niemand geglaubt, wenn ich sagte, dass Ludwig sowohl zu jung als auch geistig nicht fähig war, Soldat zu werden. Man hielt es für eine Ausrede und den verzweifelten Versuch eines Vaters, seinen Sohn vor dem Dienst für

Frankreich zu bewahren. Außerdem war Ludwig bereits abkommandiert. Ich weiß bis heute nicht, wohin er gebracht wurde. Er konnte nicht mal schreiben. Ich habe nie wieder etwas von ihm gehört. Bis zu dem Tag, an dem mir sein weniges Hab und Gut vor die Tür gelegt wurde. Es waren nur die Kleider, die er trug, als er mitgenommen wurde. Das war alles, was von ihm zurückkam.«

An jedem seiner Worte konnte Anne die tiefe Qual ausmachen, die Georg in sich vergraben hatte. Nicht da gewesen zu sein, als sein Jüngster ihn gebraucht hatte. Doch was hätte seine Anwesenheit geändert? Ein Sohn hätte gehen müssen. Niemand konnte sich dagegen wehren, es sei denn, er legte es darauf an, schon hier auf rheinischem Boden zu fallen. Die Franzosen schossen auch schon mal vom Pferd aus auf Verweigerer.

»Versteh mich nicht falsch, Anne. Es ist nicht so, dass es mir gleich gewesen wäre, hätte Curd gehen müssen. Ich wollte keinen meiner Söhne für Napoleon opfern. Aber Curd hätte sich zu wehren gewusst. Er hätte die Chance gehabt zu überleben. Ludwig hingegen hatte keine.«

»Und Curd? Hat er sich dir gegenüber erklärt, weshalb er seinen Bruder vorgeschickt hat?«

»Gleich bei meiner Rückkehr erzählte er es mir. Ein Schwachkopf weniger, sagte er. Besser Ludwig, der sowieso kaum was vom Leben hat, als er. Er kam sich so schlau vor in seiner Niedertracht.«

»Er hat nie darüber nachgedacht und vielleicht Bedauern gezeigt?«

Georg schüttelte den Kopf. »Curd ist ein Mensch ohne Gewissen. Ich weiß nicht, wieso er so geworden ist. Als Kind haben wir, also seine Mutter und ich, die Brüder immer gleichbehandelt. Aber schon da war er häufig rücksichtslos. Ihm war sein Bruder immer egal gewesen. Und als meine

Frau dann starb und ich den Fayence-Handel aufbaute, da war ich sicher nicht ein so präsenter Vater, wie ich es hätte sein müssen.«

»Kein Grund für Curd, so zu werden, wie er geworden ist«, warf Anne ein.

Sie versuchte abzuschätzen, wie sehr dieses Gespräch mit ihr Georg belastete, doch mittlerweile schien er gefasster zu sein. Tat es ihm gut, mit ihr darüber zu reden? Sie hoffte es. Vertrauen zeichnete sich in solchen Momenten besonders aus.

»Bist du jemals wütend auf Curd gewesen, dass er seinen jüngeren Bruder ausgeliefert hat?«, fragte sie.

Georg überlegte lange, bevor er antwortete.

»Nein, wütend nicht. Besorgt wegen seiner Ehrlosigkeit. Beunruhigt über sein gemeines Verhalten. Weißt du, Anne, es heißt doch immer, Eltern hätten eines ihrer Kinder immer ein klein wenig mehr lieb als andere, würden es bevorzugen. Ihm mehr durchgehen lassen als den anderen. Ich weiß nicht, ob das für andere Eltern stimmt, aber ich kann von mir behaupten, dass ich nie dachte, es wäre besser gewesen, wenn Curd anstelle von Ludwig gestorben wäre.«

Das wäre es aber, dachte Anne. Viel besser sogar.

»Curd hat sich nie etwas sagen lassen. Schon als Kind wollte er seinen Kopf durchsetzen, und wenn er nicht bekam, was er wollte, dann hat er bei anderen etwas kaputt gemacht. Seine Mutter hat alles versucht. Sie versuchte zu erklären, dass es so einfach nicht ginge. Manchmal fragte sie ihn, weshalb er das getan hat. Es kam keine vernünftige Antwort von Curd. Einmal sagte er, dass es ihm einfach Spaß machte, und als ich fragte, *was* ihm Spaß machte, da antwortete er, dass er es gerne sah, wenn es anderen schlecht ging. Ich erschrak, weil ich so eine Antwort von einem Kind, das gerade mal zehn Jahre alt war, niemals erwartet hätte.«

»Wollte er Aufmerksamkeit?«

»Noch mehr, als er ohnehin schon bekam?« Georg seufzte. »Wie sollte das noch möglich sein?«

Anne kannte das, hatte sie es doch früher in Brunnenweiler mehrfach beobachten können. Manche Kinder, die brav waren, erhielten weniger Beachtung als diejenigen, die ständig dafür sorgten, dass die Eltern in Aufruhr waren. Alles drehte sich um die einen, während die anderen fast vergessen wurden, eben weil sie keine Aufmerksamkeit einforderten. Aber Anne wusste aus eigener Erfahrung, dass auch diese Kinder gesehen werden wollten.

»Ich habe es schon früher bemerkt, dass Curd immer schon gerne das haben wollte, was andere besitzen«, sagte Georg. »Aber er wollte nie etwas dafür tun. Er sagte mir einmal, er will mein Handelsgeschäft übernehmen, aber er war nicht bereit, die Arbeitsabläufe zu lernen. Nicht mit nach den Niederlanden zu kommen, um die Geschäftspartner kennenzulernen.«

Dafür streunte er lieber durch die Gegend, dachte Anne.

»Er will das Geld mit vollen Händen ausgeben, aber nicht dafür arbeiten«, seufzte Georg.

Anne blickte zu Boden. *Er raubt Menschen aus, um es zu bekommen.*

»Er hat wohl ein paar Freunde, die ich nicht kenne, aber er behält sie auch nie für lange. Du hast es ja mitbekommen, Anne. Curd ist nirgends wirklich gern gesehen.«

Weil die Menschen erkennen, dass er schädlich ist.

Georg hob hilflos die Schultern. »Was habe ich bei ihm falsch gemacht, dass er so geworden ist?«

Anne zögerte, bevor sie vorsichtig wagte auszusprechen, was ihr in den Sinn kam.

»Es gibt Menschen, die sind von Natur aus böse«, sagte sie. »Und ich vermute, Curd ist einer von ihnen.«

Sie erwartete eine heftige Reaktion von Georg, doch der ließ sie mit einem kummervollen Blick wissen, dass sie nur das laut ausgesprochen hatte, was er schon lange befürchtete.

Georg entnahm der Vitrine zwei Gläser und stellte sie auf den Tisch. Dann hob er eine Flasche Rotwein aus dem Gestell, entkorkte sie und schenkte ein. Sie tranken. Anne umfasste ihr Glas mit beiden Händen und überlegte, wie sie Georg helfen konnte. War es überhaupt möglich für sie?

»Es ist nicht zu übersehen, dass etwas zwischen Vater und Sohn steht«, sagte sie und schüttelte sogleich entschuldigend den Kopf. »Verzeih mir, es geht mich nichts an. Ich kann mir nicht anmaßen, dir Ratschläge zu geben.«

Er nahm ihr Glas und stellte es neben seinem auf dem Tisch ab. Dann nahm er ihre Hände in seine und küsste ihre Fingerspitzen.

»Doch, das darfst du«, sagte er. »Ich bin schon lange ratlos, und du siehst mehr, als ich es jemals konnte.«

»Und wenn dir nicht gefällt, was ich sehe? Was dann?«

»Ich vertraue deinem Urteil mehr als meinem eigenen.«

Anne holte tief Luft. »Na schön, ich sage es dir. Curd ist ein Egoist. Allen und jedem gegenüber, und er will mehr. Er will über anderen stehen. Er will demütigen. Und es ist ihm egal, um wen es sich dabei handelt. Ob es ein Fremder ist, ein Mädchen für eine Stunde, sein Bruder oder ... sein Vater.«

Georg erschrak. »Mich? Mich will er demütigen? Aber weshalb sollte er das wollen?«

»Du hast viel erreicht und alles aus eigener Kraft.«

»Aber das kann er doch auch.«

»So gut wie du wird er nie werden. Und das weiß er. Obwohl er auf anderen Gebieten begabt ist. Wusstest du, dass er Gedichtzeilen rezitieren kann?«

»Nein«, sagte Georg ehrlich erstaunt. »Aber das ist doch wunderbar. Ich wünschte, ich könnte mehr als Verträge und Rechnungen lesen.«

»Hat er dir nie gesagt, dass ihm Gedichte und schöne Verse gefallen?«

Georg kratzte sich am Hinterkopf. Er reagierte mit einem gequälten Gesichtsausdruck.

»Ich weiß es nicht genau. Möglich, vielleicht hat er es mal erwähnt. Aber ... woher weißt denn du das?«

Anne zuckte zusammen. Sie hatte nicht bedacht, dass sie Georg sagen müsste, Curd schon länger zu kennen, wenn sie von seinen Gedichten sprach.

»Er erwähnte es gestern Nacht, nachdem wir dich ins Bett gebracht haben«, sagte sie und fühlte sich mies, Georg anzulügen. »Es ist ein Gebiet, auf dem er dir über ist. Aber du hast es nicht einmal bemerkt. Das muss ihn noch zorniger gemacht haben.«

»Ich verstehe das nicht. Willst du mir sagen, dass Curd mir etwas beweisen will?«

Anne lachte humorlos auf. »Nein, das will er nicht. Und selbst wenn, rechtfertigte dieser Wunsch nicht, wie er sich anderen Menschen gegenüber verhält. Er hat eine kalte Seele und verspürt weder Mitgefühl noch Reue, aber er ist ein Menschenfänger. Er versteht es, Menschen auf den ersten Blick für sich einzunehmen. Doch der zweite Blick auf ihn zeigt seine Grausamkeit. Er will dir nichts beweisen, Georg, ich fürchte, er will dich irgendwann vernichten.«

»Mein eigener Sohn? Weißt du, was du da redest, Anne?«

Sie senkte den Blick. Nein, sie durfte nicht länger schweigen. Es war nicht zum Aushalten, Georg gegenüberzusitzen und ihn nicht die Wahrheit wissen zu lassen. Anne griff nach Georgs Händen und umschloss sie mit den ihren.

»Du zitterst ja«, registrierte er.

»Ich muss dir etwas erzählen. Ich hatte nie gedacht, dass wir beide, du und ich, vom Schicksal ein Bein gestellt bekämen. Aber du musst etwas wissen. Über mich. Und über deinen Sohn.«

Georg entzog ihr seine Hände nicht. Das machte ihr Mut fortzufahren. Sie nahm einen Schluck Wein, und dann erzählte sie von der kleinen Ortschaft und von Laurin. Von der ersten Begegnung mit Curd. Ihre Stimme wurde brüchig, als sie an die Stelle kam, wie Dörfler ihr bestätigten, dass Curd es war, der gemeinsam mit Mundo Laurin ermordete.

Als sie alles erzählt hatte, versuchte sie, aus Georgs Miene eine Reaktion abzulesen. Er starrte auf sein Weinglas, musste erst einmal verdauen, was ihm gesagt wurde.

»Jetzt wirst du mich hassen«, sagte sie kläglich.

»Nein, niemals. Du hast nichts Falsches getan.«

Noch nicht, noch habe ich Curd nicht umgebracht.

»Aber ich bin diejenige, die dir die schreckliche Wahrheit mitteilt.«

»Es mag seltsam klingen, aber ich zweifle keines deiner Worte an, obwohl es mein Sohn ist, der beschuldigt wird. Es passt zu Curd, auch wenn ich trotzdem nie gedacht hätte, dass er zu diesem letzten Schritt fähig ist, einen Menschen mit eigenen Händen zu töten. Du bist dir wirklich sicher, dass die Dörfler nicht gelogen haben?«

»Ja.«

»Ich verstehe deinen Schmerz wegen deines Freundes, Anne. Und ich bewundere dich, wie du es erträgst, Curd hier zu sehen. Ihn wegen mir zu erdulden. Nein, widersprich nicht, ich sehe es dir an, und ich kann dieses Zeichen deiner Liebe gar nicht hoch genug wertschätzen. Du willst sicher nichts lieber, als dass Curd bestraft wird. Und es wäre nur gerecht.«

Georg schenkte Wein in beide Gläser nach. Er war blass geworden. Mit der flachen Hand wischte er über die Tischplatte, einfach so, ohne Grund, nur um mit der Bewegung der Hände die Gedanken im Kopf nicht explodieren zu lassen.

»Ich hatte mir so sehr gewünscht, dass die Tage vor unserer Hochzeit schöner sein würden«, sagte er unvermittelt.

»Es liegt an uns.«

»Wie kann ich unbeschwert sein mit dem Wissen, dass der eigene Sohn ein Mörder ist? Ich werde Curd nicht der Gendarmerie übergeben. Du weißt, dass ich das nicht kann. Aber ich kann auch nicht von dir verlangen, ihn in unserem Leben zu lassen, als wäre nichts geschehen. Ich selbst weiß ja nicht einmal, ob ich ihm je wieder in die Augen schauen kann.«

»Ich will dir nichts vormachen, Georg. Ich werde nie vergessen können, was Curd getan hat. Aber ich werde nicht dich für seine Taten verantwortlich machen.«

»Früher oder später werden auch wir uns einmal streiten. Wirst du mir dann nicht vorwerfen, dass es kein Wunder sei, wenn Curd so geworden ist?«

Es berührte Anne zutiefst, wie besorgt Georg um ihre Liebe zu ihm war, selbst im Angesicht dessen, was sie ihm gerade berichtet hatte. Tränen stiegen in ihr auf und schnürten ihr die Kehle zu, doch sie drückte sie gerade noch rechtzeitig weg. Sie stand auf und ging um den Tisch herum, schlang ihre Arme um Georg und zog ihn ganz fest an ihre Brust.

»Niemals, mein Liebling.«

Mehr brachte sie nicht heraus, ohne fürchten zu müssen, doch noch zu weinen. Später vielleicht mal, aber nicht jetzt.

Es gab für alles seine Zeit. Zeit für Tränen und die Zeit, sich gegenseitig zu stärken.

Sie ballte die Faust und hob sie drohend in die Luft.

»Und ich will dir noch etwas sagen«, rief sie mit erhobener Stimme. »Ich werde niemals ein Opfer von Resignation werden. Das verspreche ich dir und mir.«

s kam zu keinem weiteren Streitgespräch mehr in den nächsten Tagen, aber das brauchte es auch nicht, um die Atmosphäre im Haus zum Zerreißen angespannt zu halten.

Anne wachte morgens schon mit Magenschmerzen auf. Sie fürchtete sich vor dem Tag. Vor der Ungewissheit, die die aufgehende Sonne mit sich brachte.

Zwar war sie erleichtert, Georg von ihrer ersten Begegnung mit Curd erzählt zu haben, gleichzeitig fürchtete sie sich aber vor jeder Sekunde, die Vater und Sohn aufeinandertrafen. Sie konnte Georg ansehen, wie sehr der Drang, seinen Sohn zur Rede zu stellen, jede Faser seines Körpers zum Zerreißen anspannte.

Tagsüber streunte Curd durch die Wälder, und in ihrer Fantasie malte sich Anne aus, wie er irgendwo dort, wo die Hügel den Laacher See umschlossen, einen Kaufmann ermordete. Für ein paar lausige Louis d'or oder einfach aus einer Laune heraus, weil der arme Schlucker zu vertrauensselig war, sich mit ihm für eine Unterhaltung ans Ufer zu setzen. Mittlerweile traute sie Curd alles zu, was die Verwerflichkeit eines Charakters hergab.

Georg vergrub sich im Nebengebäude zwischen seiner Handelsware, um die Lieferungen zu kontrollieren. Er sortierte Teller und Suppenterrinen in den Kisten mit Holzwolle sowie mit den gewünschten Sonderanfertigungen den Bestellungen nach. Eine Arbeit, bei der Anne ihn zuvor beobachten konnte, mit welcher Freude er sie verrichtete. Nun aber war diese abhandengekommen. Er erledigte sie, und das war's. Es brach Anne das Herz zu sehen, wie betrübt Georg war.

Ich hätte Curd doch in der ersten Nacht umbringen sollen. Dann wäre Georg glücklicher, trotz allem.

Anne versuchte sich abzulenken, indem sie für Sophie von La Roche mehrere Artikel verfasste. Sie beschrieb den Fayence-Handel, so wie Georg ihn ihr erklärt hatte. Beschrieb den beruflichen Wandel, den die napoleonischen Enteignungen des Adels für auch einfachere Leute mit sich gebracht hatte. Sie schrieb nieder, was sie über den neu entstandenen Wirtschaftsreichtum wusste, der immer mehr den Adelsreichtum ablöste, der sich durch Vermögen aus Geburtsrecht ableitete.

Georg und Curd sprachen nur das Nötigste miteinander, und wenn, dann herrschte eine Atmosphäre voll lauernder Bedrohung. Es war nicht mehr auszuhalten, nur noch darauf zu warten, welches Pulverfass zuerst in die Luft flog.

»Lass uns die Tage vor unserer Hochzeit woanders verbringen«, schlug Anne vor.

Sie wusste auch schon genau, wohin sie gehen sollten. Brunnenweiler. Das Dorf, in dem sie früher gelebt hatte und aus dem sie gemeinsam mit Laurin fortgegangen war. Ihre Arbeit im einzigen Wirtshaus im Ort, dem *Zum Fröhlichen Tropfen*, hatte sie einiges erleben lassen. Sie fragte sich vor allem, was wohl aus Lisbeth und Johann geworden war. Mit beiden hatte es eine lose Freundschaft gegeben. Es war genug Zeit verstrichen, dass Anne sich gewappnet genug fühlte, allen wieder zu begegnen. Und für Georg wäre es Balsam für sein Gemüt, fern von seinem Sohn zu sein.

Schon am nächsten Tag machten sie sich auf den Weg. Georg informierte Curd, dass sie für vier bis fünf Tage fort seien. Rechtzeitig zur Hochzeit wären sie natürlich zurück, und wenn Curd es aufrichtig meinte, wäre er willkommen. Die andere Möglichkeit ließ Georg unausgesprochen.

Curd zeigte keinerlei Reaktion.

Von Plaidt nach Brunnenweiler brauchten Anne und Georg nicht einmal einen vollen Tag zu Fuß. Als das Kloster Laach in Sichtweite kam, verspürte Anne ein Kribbeln im Körper. Sie kam zurück an einen Ort, der ihr zwar nie zu einer Heimat geworden war, aber an dem sie immerhin einen nicht geringen Teil ihres Lebens verbracht hatte. Sie war gespannt und neugierig, wie es sich anfühlen mochte, die abfallende, in den Ort hineinführende Straße entlangzugehen. An dem Haus vorbei, in dem sie früher gelebt hatte.

Als sie zur Dämmerstunde die Straße hinuntergingen, an den ersten Häusern vorbei, an der Gendarmerie, die wie früher einen ganzjährigen Winterschlaf zu halten schien – was aber täuschte, immerhin war Johann ein tüchtiger Mann –, fürchtete sie kurz, einen Fehler mit der Rückkehr begangen zu haben. Doch dann, als die ersten Gesichter ihr staunend entgegenblickten und Lisbeth aus ihrem Haus am Ende der Straße vor die Tür trat, um ihnen entgegenzukommen, da fiel ein mittelgroßer Felsen von Anne ab.

Man hatte sie nicht vergessen, wie schön.

Das Hallo war herzlich. Viele kamen aus ihren Häusern gelaufen, unterbrachen ihre Arbeiten und begrüßten sie wie eine verlorene Tochter, die von den Toten auferstanden war.

Johann umarmte sie und küsste sie auf die Wange. Nicht auf den Mund, da achtete seine Lisbeth bei aller Wiedersehensfreude schon sehr genau darauf.

Selbst die alten Männer, die von morgens bis abends auf einer Bank unter der Dorflinde hockten und den Wolken beim gemächlichen Vorbeiziehen zusahen, winkten ihr zu. Vermutlich dachten sie, Anne würde gleich mit einem

Humpen Bier zu ihnen kommen. Eine Erwartung, die sich aus alten Gewohnheiten speiste.

Anne stellte Georg vor, und als sie enthüllte, dass sie beide bald heiraten werden, da brandete Jubel auf. Und bei Lisbeth Erleichterung. Man konnte ja nie wissen, wenn eine frühere Flamme des eigenen Mannes plötzlich wieder auftauchte. Und umgekehrt freute auch Anne sich mit Lisbeth und Johann. Hatten die beiden doch längst selbst geheiratet.

»Ich wusste gleich, dass ihr füreinander bestimmt seid«, gratulierte sie aufrichtig.

»Es gab einige Hürden zu überwinden, auch noch, nachdem du und Laurin fortgegangen seid«, sagte Lisbeth.

»Wie geht es Laurin?«, fragte Johann. »Wo ist er hin?«

Die Frage trübte das Wiedersehen, als Anne eine knapp gehaltene Antwort gab. Georg starrte betreten auf seine Schuhspitzen, obwohl Anne nur berichtete, dass Laurin ermordet worden war, aber nicht verriet, von wem.

Als die Sonne hinter den Baumwipfeln in den Bergen endgültig versunken war, saßen sie alle im Gasthof beisammen und tranken und erzählten und lachten. Erinnerungen und Anekdoten wurden ausgetauscht. Ebenso Bewunderung für das Schreiben, das Anne für Sophie von La Roche tätigte. Georg hatte es voller Stolz ausgeplaudert. Überhaupt Georg ... Erleichtert stellte Anne fest, dass er sich unter den Brunnenweilern wohlfühlte und die Sorgen zumindest für eine Weile hinter sich ließ.

Sie bezogen ein Gästezimmer im Gasthof, und in der Nacht liebten sie sich das erste Mal seit Curds Auftauchen wieder leidenschaftlich und zärtlich.

Sie blieben drei volle Tage in Brunnenweiler, dann machten sie sich auf den Rückweg, nicht ohne das Versprechen abzugeben, bald wiederzukommen. Dann aber als Ehepaar.

»Wilde Ehe ist zwar ganz schön«, flüsterte Lisbeth Anne bei der Verabschiedung ins Ohr. »Ich weiß, wovon ich spreche. Hab's mit Johann lange genug gehabt. Aber verheiratet zu sein, noch dazu mit dem Richtigen, ist ein unvergleichliches Glück. Ich wünsche es dir, Anne. Von ganzem Herzen.«

Der Weg zurück nach Hause führte sie am leer stehenden Kloster Laach vorbei. Als sie Kruft hinter sich gelassen hatten, war es nicht mehr weit bis nach Hause.

Curd hockte gelangweilt am Küchentisch.

Als Anne eintrat, verzog er verächtlich die Mundwinkel, stand auf und ging ins Nebenzimmer. Georg war noch hinüber in den Anbau gegangen. Er wollte nachsehen, weshalb die Tür offen stand.

Als er ins Haus kam, erschrak Anne. Er war kalkweiß im Gesicht und wirkte, als würde er jeden Moment umkippen.

»W…was ist los?«

Georg brauchte zwei Anläufe, bevor er sagte: »Die Ware im Lager. Ich … es ist …«

Anne stürmte an ihm vorbei. Was sie im Lager erblickte, ließ sie sich stocksteif am Türrahmen festklammern.

Sämtliche Kisten waren aufgebrochen. Die Holzwolle war überall verstreut, als hätten sich wilde Tiere daran zu schaffen gemacht. Und überall Scherben. Große und kleine Splitter, teils so fein, als wären sie im Mörser zerrieben worden. Der ganze Boden war übersät davon. Nichts war mehr heil. Kein Teller, keine Schale, kein Bierkrug.

Hier hatte jemand gewütet, der nicht wollte, dass auch nur ein Stein auf dem anderen blieb.

Als Georg seinen Sohn am Abend zur Rede stellte, stritt dieser alles ab. Mit kühler Gleichgültigkeit schob er die Verwüstung auf Waschbären, die wohl wissen wollten, was sich in den Kisten verbarg.

Sprachlosigkeit war alles, was Georg blieb.

Verzweifelt versuchte er herauszufinden, was in Curds Schädel vor sich ging. Zwecklos. Eher wäre es ihm gelungen, mit dem bloßen Kopf ein Loch in eine Steinmauer zu schlagen, als auch nur mit einem einzigen Wort zu Curd durchzudringen.

Während dieses seltsamen, sehr kurzen Gesprächs zwischen Vater und Sohn hielt sich Anne die ganze Zeit über im Hintergrund. Sie beobachtete Curd sehr genau, und alles an ihm bestätigte den Eindruck, den sie zuvor und auch jetzt von ihm gewonnen hatte.

Sein Hass war wie eine geladene Schrotflinte.

58

ur noch wenige Tage bis zur Hochzeit.

Vorfreude stellte sich nicht ein. Weder bei Anne noch bei Georg, auch wenn sie sich unaufhörlich beteuerten, dass sie es kaum erwarten konnten. Beide spürten, dass, solange Curd im Haus war, sie jederzeit mit einem Anschlag auf ihre Liebe rechnen mussten.

Diese allgegenwärtige Furcht vor dem, was noch nicht eingetreten war – vielleicht auch nicht eintreten würde –, war zermürbend. Doch genau das war es, was Curd genoss. Er weidete sich an Georgs Hilflosigkeit ihm gegenüber und an Annes Angst, dass alles noch schlimmer werden könnte.

War es denn nicht schon schlimm genug? Was wollte Curd denn noch? Einen weiteren Toten nach Laurin?

»Ich verschaffe mir einen Überblick über den Schaden«, sagte Georg, bevor er für den Rest des Vormittags im Nebenbau verschwand.

Es brach Anne das Herz, denn was konnte Georg schon aus dem gewaltigen Trümmerberg retten? Es konnte nur noch darum gehen, alles zusammenzukehren und von vorne zu beginnen. Der finanzielle Schaden war immens, aber Georg war ein guter Geschäftsmann, und somit hatte er vorgesorgt für Zeiten, in denen der Handel vielleicht einmal schleppend gehen würde. Doch was würden seine Kunden sagen? Familienstreitigkeiten interessierten die nicht. Georg musste fürchten, dass sich der mühsam aufgebaute Kundenstamm, den er zu beliefern gedachte, anderen Händlern zuwandte.

Anne setzte sich an den großen Tisch und begann, sich Notizen zu machen. Bald würde sie den nächsten Schwung zur Poststation bringen können. Sie hatte viel notiert, auch während der Tage in Brunnenweiler, und sie war hoffnungsfroh, dass Sophie von La Roche ebenso angetan sein würde über das, was sie über die Schilderungen eines ländlichen Dorflebens geschickt bekommt, wie Anne, als sie darüber schrieb.

Sie betrachtete den Bleistift, der bereits bis auf einen Stummel heruntergeschrieben war. Es war der letzte von denen, die sie mit auf ihre Reise genommen hatte. Sie würde in Coblenz neue besorgen müssen.

»Was ist das?«

Anne erschrak. Ihr Kopf ruckte hoch. Gedankenversunken hatte sie nicht bemerkt, dass Curd in die Wohnstube getreten war. Sofort schien sich die Luft im Raum zu verdicken. Ein Zustand, als wäre der ganze Körper in Pech getaucht.

Sie verspürte wenig Lust, mit ihm zu reden, dennoch gab sie ihm Antwort.

»Ein Bleistift?«, wiederholte er. »Was es nicht alles gibt heutzutage.«

Er setzte sich Anne gegenüber und lehnte sich auf dem Stuhl zurück. Betont gelangweilt begann er, mit der Spitze seines Messers die Fingernägel zu säubern. Dabei beobachtete er, wie Anne wiederum ihn beobachtete.

»Ich wusste gar nicht, dass du schreiben kannst«, sagte er. »Mach weiter. Fühle dich durch mich nicht gestört.«

Anne legte den Stift aus der Hand.

»Was ist? Keine Lust mehr?«

»Woran das wohl liegen mag?«

»Vielleicht solltest du dir einen anderen Platz zum Schreiben suchen? Wie wäre es mit einem, der hundert Kilometer entfernt liegt? Oder geh wenigstens nach Coblenz zurück, das ist nicht ganz so weit, aber weit genug.«

Anne verzog den Mund zu einem matten Lächeln, das nicht die Augen erreichte.

»Gib dir keine Mühe, Curd«, sagte sie. »Ich werde deinen Vater heiraten, ob es dir passt oder nicht. Also warum nimmst nicht du deine Sachen und verlässt das Haus? Geh einfach weg und komm nie wieder. Du bist doch sowieso meistens fort. Leb dein kriminelles Leben weiter, aber halte dich fern von uns, bevor noch ein Unglück geschieht.«

»Ein Unglück? Was könnte das denn sein?«

»Ich trage immer noch den Wunsch nach Vergeltung für Laurins Tod in mir.«

Curd stieß das Messer mit Wucht in den Tisch. »Du drohst mir?«

»Es ist deine Vergangenheit, die dir droht. Nicht ich.«

»So gefällst du mir schon besser«, grinste Curd. »Zornig sollst du sein.«

Verständnislos schüttelte Anne den Kopf. »Verrate mir eins, Curd. Ich verstehe immer noch nicht, weshalb du das Gedicht überall an Wände geschrieben hast.«

»Was gibt es da nicht zu verstehen? Es gefällt mir.«

»Du hast doch nur Grausamkeiten im Kopf.«

»Kann nicht auch eine böse Seele empfindsam sein?«

Der Satz verursachte Anne eine Gänsehaut. Wie Curd sich selbst sah, gruselte sie. Er war viel zu kaltblütig, um empfindsam zu sein.

»So bist du nicht«, sagte sie.

Er schnalzte mit der Zunge. »Durchschaut.«

»Das ist ein verwerfliches Geständnis.«

»Ehrlich gesagt, Anne, habe ich von dir mehr erwartet. Ich hatte geglaubt, du wärst eine Frau mit Mumm in den Knochen. Anfangs habe ich befürchtet, du würdest mich im

Schlaf abmurksen, aber dann hab ich schnell begriffen, dass du doch zu feige bist. All dein Geschwätz von Rache für den Mönch ist nur ein Lippenbekenntnis, mit dem du dich selbst beruhigst. Ich wette, du bist sogar froh, dass mein Vater dich nimmt, denn so kommst du aus deiner Rachenummer heraus.«

»Vielleicht hätte ich dich wirklich hinterrücks ermorden sollen, als ich die Gelegenheit gehabt hatte. Aber dein Tod hätte mein Leben nicht bereichert. Du wirst gerichtet werden, Curd. Irgendwann wird eine deiner Sünden für deinen Untergang sorgen. Ich glaube fest daran. Und dann werde ich eine Kerze anzünden und an Laurin denken.«

Als wäre die ganze Unterhaltung nur ein gemütlicher Spaß, grinste Curd breit über das ganze Gesicht. Er taxierte Anne von Kopf bis Fuß. Mit den Augen fuhr er die Wölbungen ihres Körpers nach, langsam und klebrig, als wäre sein Blick ein Speichelfaden, der an ihr herabrann.

»Weißt du, was mir gerade in den Sinn kommt?«, sagte er gedehnt. »Mein Vater wird dich vielleicht gar nicht heiraten, wenn er die Wahrheit über dich erfährt.«

»Und was soll das für eine Wahrheit sein?«

»Ich sage ihm, dass wir miteinander geschlafen haben. Ganz wild warst du und hast mir keine Zeit zum Verschnaufen gelassen.«

Anne schnappte nach Luft. »Fängst du wieder damit an? Es stimmt nicht, egal, wie oft du es sagst.«

»Das weißt du, das weiß ich. Aber mein Vater weiß es nicht. Und du weißt, wie leicht eine böse Saat keimen kann.«

»Ich warne dich, Curd. Verbreite keine Lügen über mich, sonst töte ich dich vielleicht doch noch mit eigener Hand.«

Curd stieß ein zynisches Lachen aus.

»So wie ich die Sache sehe, hübsche Anne, steckst du in einem Dilemma. Tötest du mich, verlierst du meinen Vater, denn der wird die Mörderin seines Sohnes gewiss nicht mehr ehelichen wollen. Tötest du mich nicht, musst du fürchten, ich erzähle Lügen über dich. Allerdings könntest du diese Lügen entkräften, indem du sie zur Wahrheit werden lässt.«

»Du bist ja völlig verrückt geworden.«

»Ganz und gar nicht. Du wirst mit mir schlafen, wann immer ich es will, damit ich meinen Mund halte. Ach, Anne, schon bei unserer ersten Begegnung hat dein sündiger Körper meine Säfte brodeln lassen.«

»Und ich habe dir damals schon gesagt, dass ich keine Hure bin, und das bin ich auch heute nicht.«

Curd packte sie mit einem schnellen Griff über den Tisch hart am Handgelenk. »Dann mach ich dich eben zu einer«, zischte er.

»Lass mich los!«

Er tat ihr weh. Sie wand sich, doch er würde ihr eher den Unterarm brechen, als dass sie sich von ihm befreien könnte. Panik ließ ihren Puls wie wild trommeln. Schweiß schoss ihr auf die Stirn und verstärkte nur das Ausweglose, dem sie sich ausgesetzt sah.

»G…geor…aah.«

Georg! Au, ich schaff' es nicht.

Curd verdrehte ihr Handgelenk noch ein Stückchen weiter und erstickte ihren verzweifelten Ruf bereits im Ansatz.

Sie wollte sich wehren, doch es gelang ihr nicht im Ansatz. Sie lag schon halb über der Tischplatte, weil Curd sie immer mehr dazu zwang, der Drehung ihres Handgelenks zu folgen.

Tränen schossen hoch, nicht weil sie weinte oder bettelte, sondern weil Zorn sich seinen Weg bahnte. Dennoch schämte sie sich dafür, dass ihr Körper mit Tränen auf die Schmerzen reagierte, auch wenn sie es nicht wollte. Ihre Wangen glühten, als wären sie mit Brennnesseln in Berührung gekommen, und der stechende Schmerz schoss vom Handgelenk bis hoch in die Schulter.

Nie hatte sie sich vor Curd eine Blöße geben wollen, und nun zwang er sie mit roher Gewalt, sich schwach zu fühlen.

Plötzlich ließ er sie los. Er stieß sie mit der flachen Hand zurück und sprang von seinem Stuhl auf. Im Gefühl, überlegen zu sein, stolzierte er mit herablassender Miene um den Tisch.

Anne hielt sich das Handgelenk, als er sich zu ihr hinunterbeugte. Sein Gesicht war dicht an ihrer Wange. Sein Atem streifte ihr Ohr.

»Glaubst du wirklich, es wäre Zufall gewesen, dass ich dir damals in diesem elenden kleinen Kaff begegnet bin?«

Anne erstarrte. Hatte sie richtig gehört? Oder hatte der Schmerz sie so weit betäubt, dass ihre Sinne ihr einen Streich spielten?

Sie zog den Kopf zwischen die Schultern, als sie sich langsam und unendlich vorsichtig zu Curd umdrehte.

Was er dann genüsslich von sich gab, ließ sie erstarren und den eben zugefügten Schmerz vergessen. Gab es doch einen größeren, und für den sorgte Curd auf selbstgefällige, grausame Weise.

Wutentbrannt sprang auch Anne auf. Der Stuhl kippte polternd nach hinten. Sie schrie Curd an, trat ihm gegen das Schienbein, trommelte mit den Fäusten gegen seine Brust, ignorierte das lädierte Handgelenk. Der Schmerz in ihrem Kopf übertraf den körperlichen.

Curd lachte über sie und ihre wüsten Beschimpfungen, die ihn nicht grämen konnten. Sein Gesicht wirkte dabei so jugendlich fröhlich, als würde er gerade unbekümmert in vergnügter Runde einen bechern. Er genoss Annes Leid, und sie war nicht imstande, ihm anderes anzubieten.

Plötzlich entschied er, genug gelacht zu haben, und

drückte Annes neuerlichen Schlag zur Seite, um ihr seinerseits eine schallende Ohrfeige zu verpassen, durch deren Wucht sie nach hinten fiel. Mit angewinkelten Beinen blieb sie am Boden liegen.

»Es reicht«, schnaubte er. Seine Miene verdunkelte sich von einer Sekunde zur nächsten.

»Es reicht erst, wenn du für alles bezahlt hast«, presste sie erstickt hervor.

»Du willst, dass ich bezahle? Das kannst du haben.«

Er kramte zwei Goldstücke aus der Hosentasche und warf sie ihr vor die Füße.

»Nimm. Und dann verschwinde, so schnell du kannst, bevor ich es mir anders überlege.«

»Was sonst? Willst du mich auch aufhängen? Vielleicht am Balken im Schlafzimmer deines Vaters?«

Mit einem Satz stand Curd breitbeinig über ihr, die Faust bereit zum Schlag erhoben über seinen Kopf.

Anne zuckte nicht zur Seite. Als hätte sie bereits abgeschlossen, fand sie den Mut, sich ihm wenigstens mit Worten entgegenzustellen.

»Was ist los? Traust du dich nicht, mir den Schädel einzuschlagen? Du hast doch sonst keine Hemmungen, dich an Wehrlosen und Schwächeren zu vergreifen. Schlag doch zu.«

Curd bebte am ganzen Körper vor mühsamer Beherrschung. Warum zeigte sie keine Angst? Langsam ließ er die erhobene Faust sinken und nestelte an der Kordel seiner Hose.

»Ein Schlag tut dir nicht weh. Aber wenn ich dich anpisse, wirst du diese Demütigung dein Lebtag nicht vergessen.«

Schon langte er mit einer Hand in die Hose, um seinen Penis hervorzuholen.

Eine laute Stimme in seinem Rücken ließ ihn abrupt innehalten. Rasch stopfte er sein Gemächt zurück.

»Was ist hier los?«

Mit weit ausgebreiteten Armen drehte sich Curd um. Unschuldig, nichts war geschehen. Sein falsches Lächeln war so breit, als konkurrierte es mit einem schönen Sommertag.

»Vater, du bist es? Ich wollte Anne gerade aufhelfen. Sie ist über den Schemel gestolpert. Kann ja mal passieren.«

Argwöhnisch sah Georg von seinem Sohn zu Anne, die immer noch am Boden lag.

»Du meinst diesen Schemel dort, der drei Meter entfernt steht?«, fragte er.

Curd wandte sich um. »Ach, ich dachte, der wäre es gewesen, aber dann muss Anne wohl über ihre eigenen Füße gefallen sein. Ist es nicht so, Anne?«

Georg ging auf Curd zu. Gesicht an Gesicht standen sich Vater und Sohn gegenüber.

»Hilf ihr auf«, sagte Georg mühsam beherrscht. »Ganz so, wie du es vorgehabt hast.«

Curd schluckte. »Aber sicher, Vater.«

Er wandte sich Anne zu, doch die war längst von alleine auf die Beine gekommen. Sie strich sich mit beiden Händen über den langen Rock und fluchte, als sie einen kleinen Riss knapp oberhalb des Saums entdeckte. An der ihr hingehaltenen Hand ging sie mit kühlem Blick vorbei auf Georg zu.

»Weißt du, worauf ich große Lust habe?«, fragte sie. »Ich würde dir gerne einen Kuchen backen. Gleich heute Abend. Ich kann nämlich *auch* gut backen, weißt du.«

Georgs Augen wanderten langsam von seinem Sohn, der unbewegt dastand, hin zu Annes vor Aufregung fleckigem Gesicht.

»Ich bin überzeugt, dass du auch auf dem Gebiet des Backens eine große Könnerin bist«, sagte er. »Und du, Curd, du wirst bis zum Abend deine Sachen genommen und mein Haus verlassen haben. Hast du das verstanden?«

Curd ballte die Fäuste und stapfte aus dem Raum.

Georg hatte die ganze Nacht wach gelegen. Anne wusste es genau, denn auch sie hatte keinen Schlaf gefunden. Unter der Decke hatte sie sich zärtlich an Georg geschmiegt und war erschrocken. Seine Muskulatur war so verkrampft, er zitterte von Kopf bis Fuß. Als Anne ihm mit der Hand zu Entspannung verhelfen wollte, entzog er sich ihr.

»Sei nicht böse«, flüsterte er in das dunkle Zimmer.

»Bin ich nicht, mein Liebster. Wenn ich dir nur helfen könnte.«

»Es ist einfach so schwer zu verstehen, was gerade passiert. Ich verliere mit Curd einen Teil meines Lebens, während ich gerade mit dir einen neuen dazugewinne.«

Er seufzte schwer. Annes Hand auf seiner Brust hob und senkte sich mit.

»Ich fühle mich so zwiegespalten«, sagte er weiter. »Einerseits sage ich mir, dass es doch nicht sein kann, dieses unwiderrufliche Zerwürfnis zwischen meinem Sohn und mir. Andererseits bin ich sogar erleichtert, dass es so gekommen ist.«

Anne rollte sich auf den Bauch. »Erleichtert? Wie meinst du das?«

»Ich kann Curds Schuld nicht für immer ignorieren. Er ist ein schlechter Mensch. Er hat schlimme Dinge getan. Er hat vor Jahren ein Mädchen aus Plaidt übel zugerichtet. Er hat …« Georg zögerte kurz, dann sprach er es aus: »Er hat deinen Freund getötet, Anne. Ich kann doch nicht so tun, als hätte er all das nicht getan. Was wäre ich für ein Mensch, wenn ich Recht und Gesetz nicht bedenke, nur weil es meinen Sohn betrifft? Wäre ich nicht ein ebensolch verkommener Mann, wenn ich Schuld und Strafe unterschiedlich gewichten täte? Ich müsste meinen Sohn zur Gendarmerie bringen. Doch geht mein Gerechtigkeitssinn so weit, den eigenen Sohn für meine ethische Überzeugung zu opfern?«

»Du musst dich davon befreien, dich für deinen erwachsenen Sohn verantwortlich zu fühlen«, sagte Anne.

Ein schwacher Rat, das wusste sie, aber wenigstens ein Versuch, die schwere Last von Georgs Schultern zu nehmen.

»Ob erwachsen oder nicht, er bleibt mein Sohn. Der einzige, den ich noch habe.«

»Und dennoch fühlst du dich erleichtert, dass er gegangen ist.«

»Weil ich mich nicht mehr entscheiden muss. Lasse ich ihn verhaften oder nicht? So aber liegt es an Curd selbst, wie alt er wird.«

»Früher oder später wird er für seine Taten bestraft werden. Wir wissen beide, dass der Krug so lange zum Brunnen geht, bis er bricht. Die schlimme Frage ist nur, wie viele Menschen dabei noch auf der Strecke bleiben werden.«

»Also lade ich Schuld auf mich, wenn ich ihn nicht verhaften lasse?«, überlegte Georg. »Bin ich mitverantwortlich, wenn jemand zu Schaden kommt, weil ich es hätte verhindern können?«

»Bei der Präfektur in Coblenz interessiert sich niemand für einen toten Mönch. Auch wenn alle in dem Dorf wissen, dass Curd der Täter ist, wird niemandes Aussage vor der neuen Justiz ausreichen, um ihn zu verurteilen, weil sich alle in ihren Häusern verkrochen haben, während in der Scheune ein Mensch aufgehängt wurde. Die neue Rechtsprechung sorgt dafür, dass jeder Angeklagte einwandfrei überführt werden muss.«

Georg nickte. »Im Grunde eine gute neue Gesetzgebung, die die Franzosen eingeführt haben. Nur in Curds Fall verhilft sie nicht der Gerechtigkeit zum Sieg«, sagte Georg. »Es gibt auf dem Land und in den Dörfern nicht wenige, die solche Dinge gerne noch wie früher regeln. Bevor die Franzosen hier waren.«

»Und … wie wurde es früher geregelt?«, fragte Anne. Eine ungute Ahnung beschlich sie.

»Jedes Dorf hat das Gesetz in die eigene Hand genommen. Mit Knüppeln oder Stricken.«

Eine Gänsehaut kroch Annes Rücken hinunter. Es mag wohl häufig den Richtigen getroffen haben, aber wohl auch genauso oft einen Unschuldigen, weil er vielleicht zur falschen Zeit am falschen Ort gewesen war und die Volksseele hochkochte.

»Versuch zu schlafen«, flüsterte sie.

Georg öffnete den linken Arm. Anne kuschelte sich hinein. Ruhe fand in dieser Nacht keiner von beiden mehr.

59

Sie hätte erleichtert aufstehen können, jetzt, wo Curd nicht mehr im Haus war. Doch die Unruhe war geblieben. Vielleicht war er ja nur *ums* Haus? Sie verscheuchte den Gedanken rasch. Curd war fort, nur das zählte. In zwei Tagen wurde geheiratet, vielleicht konnten sie und Georg sich nun endlich darauf freuen.

Der Vormittag war mild und erwärmte sich zur Mittagsstunde zu angenehmen Temperaturen. Der Himmel war wolkenfrei und zeigte sich in einem strahlenden Blau, als wollte er ihr zeigen, dass kein Trübsal mehr zu herrschen brauchte.

Nachdem Georg am Vortag eine Bestandsaufnahme aller Trümmer – anders konnte man es ja nicht nennen – durchgeführt hatte, beschloss er für heute, alles zusammenzukehren und zu vergraben. Er würde bis zum Abend beschäftigt sein, aber auch das half, mit dem Ärger abzuschließen.

Anne beschloss, währenddessen hinüber nach Plaidt zu gehen, um ihre gebündelten Niederschriften dort dem Postläufer zu übergeben, sobald dieser aus Coblenz im Dorf vorbeikam. Bis zu Georgs Haus kam der Postläufer nie. Er hatte seine Route, die er nach Vorgabe in einem knappen zeitlichen Rahmen bewältigen musste. Ihre Post würde Sophie von La Roche bald erreichen, und Anne würde zu gerne das Gesicht der älteren Freundin sehen, wenn sie las, was Anne für ihre neue Zeitschrift geschrieben hatte. Es war darüber hinaus ein aufregendes Gefühl zu wissen, dass bald noch mehr Menschen ihre Texte lasen.

Zur Mittagsstunde ging Anne los. Die Sonnenstrahlen wärmten ihr Gesicht, und aus einer Laune heraus begann sie, leise ein Lied zu summen, das sie einmal gehört hatte und ihr lange nicht mehr in den Sinn gekommen war. Eine beschwingte Melodie, die Herz und Seele öffnete.

Ja, jetzt kann doch alles noch gut werden.

Wenn sie nach Hause zurückkam, würde sie Georg beim Aufräumen helfen. Wie schön das klang. Nach Hause zurückkehren.

Am Weg wucherte eine Brombeerhecke, die sie hoch überragte. Anne blieb stehen und pflückte sich ein paar Beeren. Irgendwie fand sie, dass der süße Geschmack gut zu dem heutigen Tag passte. Sie hob den Rock so leicht an und sammelte in der aufgeworfenen Falte noch ein paar besonders pralle Beeren, die sie auf dem weiteren Weg naschen wollte.

»Heb den Rock ruhig noch ein bisschen höher. Brauchst deine Waden sicher nicht zu verstecken. Und vor mir schon gar nicht.«

Anne ließ vor Schreck den Rock aus den Fingern gleiten. Die Beeren fielen auf den Sandweg und kullerten umher. Eine Amsel hüpfte wagemutig vor ihre Füße und schnappte sich die dickste.

Curd kam hinter der Hecke hervor. Er feixte, als er den Blick auf Annes Fußknöchel erhaschte.

»Muss wohl Schicksal sein, dass du ausgerechnet bei der Hecke stehen bleibst, hinter der ich geschlafen habe«, sagte er.

Anne wich instinktiv vor ihm zurück. Ihr Puls schoss in die Höhe, und im ersten Moment wusste sie nicht, was sie sagen sollte. Der Tag war bisher so schön gewesen, und nun tauchte Curd wie ein böser Geist, der keine Ruhe geben wollte, auf und erinnerte sie an all den Kummer, den er immer mit sich brachte. Hier im Freien mit ihm allein zu stehen, flößte ihr Unbehagen ein.

»Lass mich in Ruhe«, sagte sie und drehte sich um. Schnell weg von ihm.

Curd sprang hinterher und versperrte ihr den Weg. »Was ist mit dir? Kein Guten-Morgen-Gruß für mich?«

»Es ist bereits Mittag.«

Anne hätte sich auf die Zunge beißen können. Weshalb sprach sie überhaupt mit ihm? Sie versuchte, an ihm vorbeizugehen, doch seine Hand schoss blitzschnell vor und hielt sie fest.

»Ob Mittag oder nicht«, sagte er, »ich bin gerade aufgestanden, und du weißt, was Männer nach dem Aufwachen brauchen.«

Curd zwang ihre Hand gegen seinen Schritt.

»Lass mich los!«

»Ich lass dich los, wenn wir fertig sind. Und sei ganz beruhigt. Ich erwarte keine Zuneigung. Dein Gehorsam genügt mir.«

Grob langte er mit der anderen Hand nach Annes Kinn, um ihr Gesicht seinem Mund zuzudrehen. Einem Reflex folgend biss sie ihm in den Handballen. Er schrie auf und ließ sie los.

Noch bevor Anne ausweichen konnte, verpasste Curd ihr einen Faustschlag gegen die linke Wange. Sie taumelte zurück, leicht benommen, aber klar genug bei Verstand, um die Gelegenheit zu ergreifen davonzulaufen.

Curd lachte ihr schallend hinterher.

Sie lief auf die Biegung zu. Dahinter lagen schon die ersten Häuser von Plaidt, und als sie in der Ferne die Kirchturmspitze ausmachen konnte, verlangsamte sie ihre Schritte. Schließlich blieb sie stehen.

Sie sah sich um, lauschte.

Weit hinter ihr folgte Curd, aber er hatte es nicht eilig, sie einzuholen. Zu sicher fühlte er sich. Unantastbar in all seinem verwerflichen Tun. Zu oft mit allem durchgekommen.

Und wie lange soll das noch so bleiben?

In Anne regte sich Widerstand gegen das erneute Davonlaufen. Wieder einmal käme Curd ungeschoren davon. Nein, jetzt musste Schluss damit sein. Für Laurin. Für Georg. Und für alle, deren Namen sie nicht kannte, aber die durch Curd gelitten hatten.

Er hatte ihr die Gelegenheit geliefert, ihn seiner Bestrafung zuzuführen. Dazu brauchte sie keine französische Patrouille, die zufällig vorbeiritt und alles beobachtet hatte. Nein, es waren nur die Dörfler aus Plaidt notwendig. Die Dörfler und ihre eigenen Regeln. Ganz so, wie Georg es erzählt hatte.

Anne zögerte. War es verwerflich, was sie vorhatte? Ja, vermutlich.

Nachdenklich betrachtete sie ihre Hände. Wenn sie sich entschied, das durchzuführen, was ihr durch den Kopf schoss, dann hatte es auch für sie Konsequenzen. Aber für Georg könnte es eine Befreiung darstellen. Er bräuchte sich nicht mehr mit seinem Gewissen herumzuquälen, wenn sie ihm jetzt seine Entscheidung, die er niemals treffen könnte, abnahm.

Ich tu es. Bitte, Georg, verzeih mir. Irgendwann.

Sie schob beide Hände unter den Rock und zerkratzte sich mit den Fingernägeln die Oberschenkel, bis Blut über ihre Finger quoll. Danach zerriss sie den Rock vom Saum bis hoch zu den Knien. Anschließend schlug sie sich zweimal auf jede Wange und zerwühlte ihre Haare. Den Kragen ihrer Bluse riss sie zu guter Letzt ebenfalls tief ein. Ungeschützt bot sich der Ansatz ihres Busens allen Blicken dar.

Sie atmete noch einmal tief durch, dann lief sie los.

Taumelnd erreichte sie die Ortsstraße. Sie schwankte, konnte nur mit Mühe und letzter Kraft einen Schritt vor den anderen setzen.

Sie fiel auf die Knie. Schluchzend hielt sie sich die Hände vors Gesicht.

Durch die Tür des Wirtshauses traten die ersten Männer, die ihre Mittagszeit dort verbrachten. Erschrocken sahen sie zu Anne hinüber. Aufgeregtes Murmeln, ein paar Rufe zu den Nachbarn rüber. Immer mehr Menschen traten aus den Häusern, unterbrachen ihre Arbeit und starrten auf Anne, die im Staub der Straße kauerte und von einem Weinkrampf geschüttelt wurde.

Die kennen wir doch. Das ist doch die Braut von Georg. Was ist denn geschehen?

Anne versuchte, sich aufzurappeln, doch sie konnte nur zwei Meter kriechen, bevor sie entkräftet erneut zu Boden fiel. Zitternd zog sie ihre Beine an sich. Sie krümmte sich unter Schmerzen.

Die ersten Männer kamen herbeigelaufen.

»Guter Gott, was ist mit dir?«, rief einer schon von Weitem.

Anne hob schützend die Arme über ihren Kopf und wich zurück.

»Sie ist völlig verängstigt«, rief ein anderer.

»Ist mit dir alles in Ordnung?«, fragte einer mit einem vollen Bierkrug in der Hand.

»Dummkopf, du siehst doch, dass es das nicht ist.«

Durch den entstandenen Lärm kamen immer mehr Gäste aus dem Wirtshaus. Um Anne herum füllte sich der Platz.

»Seht nur, wie sie aussieht, die Arme. Ihre Kleider sind schmutzig und zerrissen.«

»Und ihr Gesicht. Es ist geschwollen.«

»Jemand muss sie geschlagen haben.«

Eine Frau ging vor Anne in die Hocke und legte beschützend ihre Arme um sie. Mit ihren Arbeitshänden streichelte sie ihr behutsam über den Hinterkopf. »Sag uns, wer dir das angetan hat.«

Anne stammelte. »Nein, ich kann nicht.«

Da kam Curd um die Biegung geschlendert. Er sah den Menschenauflauf. Mit den Händen in den Taschen kam er näher. Als er Anne auf dem Boden kauern sah, hatte er nur ein verächtliches Schnauben für sie übrig.

Anne wich mit eingezogenem Kopf zurück, klammerte sich an die Frau, die bei ihr saß.

»He, Wirt, kann ich bei dir was zu trinken bekommen?«, rief Curd und ging schon auf den Eingang des Wirtshauses zu.

Alle Blicke richteten sich auf ihn. Er war es gewohnt, dass die Leute in Plaidt ihn nicht mochten, aber das kümmerte ihn nicht. Hatte es noch nie. Solange er was zu trinken bekam, wenn er durstig war, konnten sie ihn gerne mit Inbrunst nicht leiden. Umgekehrt ging es ihm mit den Plaidtern nicht anders.

»He, Curd«, rief Friedhelm schließlich stellvertretend für alle. Sein Beruf als Stellmacher hatte ihm über die Jahre hinweg eine kräftige Statur und ordentliche Muskeln beschert. Es gab wenig, vor dem er sich fürchtete.

Curd blieb stehen. »Was willst du, Friedhelm? Wir haben uns doch sonst nichts zu sagen.«

»Hast du sie so zugerichtet?«

Curd blickte zu Anne, gähnte gelangweilt und winkte gleichgültig ab. Sie war es ihm nicht mehr wert, auch nur eine Sekunde seiner Zeit herzugeben.

»Ich hab dich was gefragt, Curd.«

Curd ließ demonstrativ seine Schultern sacken. Begriff der Dummkopf nicht, dass er keine Lust hatte, mit ihm zu reden?

»Friedhelm, willst du nicht lieber ein paar Speichen auf-
ziehen, anstatt mich zu nerven?«

»War er es?«, fragte die Frau.

Anne presste beide Hände gegen ihren Unterleib. »Es war
furchtbar.«

Ein Raunen ging durch die umstehenden Menschen.
Frauen gaben einen unterdrückten Schrei von sich, Männer
ballten die Fäuste.

»Ich wusste immer schon, was für ein Dreckskerl du bist«,
sagte Friedhelm. Sein Gesicht war vor Wut rot angelaufen.

Curd kniff die Augen zusammen. Wovon redete der Kerl?

Ein zweiter Mann stellte sich neben Friedhelm. »Du
glaubst immer, du kannst dir nehmen, was du willst. Ist es
nicht so, Curd? Aber diesmal kommst du nicht damit
durch.«

»Ja, diesmal nicht«, rief eine Frau mit schriller Stimme.
»Wir dulden dich nicht länger.«

Curd begriff überhaupt nicht, wovon die Leute sprachen.
Das laute Geschrei nervte gewaltig. Er stapfte an Friedhelm
vorbei, rempelte ihn an und gab einen spöttischen Laut von
sich.

»Wenn ich hier nichts zu trinken bekomme, dann gehe ich
eben wieder.«

Noch bevor er vorbei war, hatte Friedhelm ihn am Oberarm gepackt. »Du gehst nirgendwo mehr hin, Curd Reuber.
Heute wird endlich das geschehen, worauf wir alle hier
schon lange warten.«

»Lass meinen Arm los.«

»Erinnerst du dich noch an meine Schwester, Curd? Und
an das, was du ihr vor zwei Jahren angetan hast?«

»Ach ja, die kleine Wiehießsienochmal?«

»Sie hieß Karla. Sie war vierzehn, und sie hat sich drei
Wochen nach deiner Schandtat vor Scham das Leben

genommen. Niemand konnte dir was beweisen, aber heute bist du dran. Alle hier können genau sehen, was du wieder getan hast.«

Es wurde mulmig für ihn, so viel erkannte Curd jetzt. Sein Blick erhaschte den von Anne, da dämmerte es ihm.

»Was hat sie euch erzählt?«

»Sie brauchte nichts zu erzählen«, sagte Friedhelm. »Wir haben Augen im Kopf.«

»Aber das ist Unfug. Sie macht euch was vor.«

Noch ehe Curd sich aus Friedhelms Griff losreißen konnte, war er bereits umzingelt und von einem halben Dutzend starker Arme gepackt. Sie zerrten an ihm, an seinen Schultern, seinen Haaren, drückten ihn gewaltsam in die Knie.

Er schrie, sie sollen ihn loslassen.

»Sei wenigstens jetzt ein Mann und gib zu, dass du sie geschlagen hast.«

»Verdammt, das hab ich nicht. Schaut sie doch an. Sie lügt!«

»Die Schwellung in ihrem Gesicht sagt etwas anderes.«

»Mein Gott, eine kleine Ohrfeige«, entrüstete sich Curd. »Darüber regt ihr euch auf?«

»Es war wohl eine sehr harte Ohrfeige. Wollte sie nicht so wie du? Wir kennen deine Methoden, dir ein Mädchen gefügig zu machen, Curd Reuber.«

»Sie hat mich provoziert. Sie ist ein Miststück.«

»Du solltest nicht so über eine anständige Frau reden. Und du solltest sie schon gar nicht schlagen und missbrauchen.«

Inzwischen knieten zwei Männer schwer auf Curd und drückten ihn fest zu Boden.

»Was soll ich getan haben? Ha, das glaubt ihr etwa? Dazu bin ich gar nicht gekommen. Sie macht euch was vor, und ihr fallt drauf rein.«

Die Frau zerrte Anne vor und hob ihren Rock an. Die blutigen Kratzer an den Innenseiten ihrer Schenkel waren nicht zu übersehen, auch nicht, dass sie frisch waren.

»Dein Wort steht gegen die sichtbaren Wunden dieser armen Frau.«

»Die Sache ist eindeutig«, sagte Friedhelm. Er klang beängstigend ruhig.

Zwei Männer hatten ein Dutzend schwere und massive Knüppel herbeigebracht. Sie verteilten sie unter den Männern, die im Kreis um den am Boden liegenden Curd standen.

»Das könnt ihr nicht machen!« Curd kreischte. Seine Stimme überschlug sich hysterisch. »Es gibt Gesetze. Die Franzosen!«

»Du hast recht, Curd. Die Franzosen, was sie von uns wollen und wie sie es wollen. Aber schau dich um. Siehst du hier auf dem Platz auch nur einen einzigen Franzmann? Einen, der dir beistehen könnte? Nein, du Lump. Wir erledigen das hier und heute auf die alte Art. Wie früher, bevor die Franzosen kamen.«

Die Männer schlossen den Ring um Curd enger. Sie beugten sich über ihn.

Curd kam nur zu einem einzigen Schrei.

Die Knüppel prasselten auf ihn nieder, trafen seinen Kopf, seinen Kiefer, brachen ihm die Arme und Beine. Es war nur eine Frage von Minuten, bis die Knüppel den letzten Atemzug aus ihm herausgeprügelt hatten.

Anne hielt sich abseits. Umsorgt von der Frau und einem älteren Mann, der ein Tuchhändler war und ihren zerrissenen Rock mit einem Stück Reststoff seiner Arbeit bedeckte. Unfähig, selbst einen Laut von sich zu geben, schlug ihr Puls schneller als die Flügel einer Libelle. Sie wusste, dass Curd jetzt schon nicht mehr lebte.

Immer noch droschen die Männer auf den regungslos liegenden Körper ein. Lang aufgestauter Hass entlud sich.

Die Frau neben Anne sprach hastig ein Gebet, aber es galt nicht Curds Seele. Es waren Worte des Dankes, die sie zum Himmel schickte.

Die letzten Schläge mit den Knüppeln hörten sich anders an. Sie trafen auf kaum noch festen Widerstand. Das Schmatzen, das Anne vernahm, ließ sie sich übergeben.

»Es ist vorbei«, flüsterte die Frau, als sie ihre Hand Anne beruhigend auf den Rücken legte.

60

Die Angst, einen ungekannten Charakterzug bei einem geliebten Menschen zu entdecken, kann dazu führen, diesem Menschen auszuweichen, obwohl doch gerade seine Nähe es ist, die sehnlichst gebraucht wird.

Anne fürchtete sich davor, Georg unter die Augen zu treten. Sein Sohn war totgeprügelt worden, weil er sich an der Frau, die er heiraten wollte, vergriffen hatte. So hatte es ausgesehen, und so sagte man es überall. Anne kämpfte mit den übermächtigen Zweifeln, wie stark Georgs Liebe zu ihr war. Sein Sohn war wegen ihr tot.

Wie würde er sie in Zukunft ansehen?

Friedhelm holte seinen einspännigen Karrenwagen und fuhr Anne nach Hause. Sie saß gut eingehüllt im Stoff des Tuchhändlers auf der Ladefläche und sprach nur, wenn sie gefragt wurde, wie es ihr ginge. Als sie an Curds Leichnam vorbeikamen, konnte Anne nicht anders. Sie musste hinschauen. Als müsste sie sich vergewissern, dass er auch wirklich tot war.

Als Friedhelm den Wagen anhielt, befiel sie eine starke Wehmut. Sie stand vor Georgs Haus. Es war auch ihr Zuhause geworden. Anne wusste, dass es vorbei war. Sie konnte Georg ihre Anwesenheit nicht länger zumuten. Als er vor die Tür trat, mit fragendem Gesicht und einem Ausdruck von Sorge, da stapfte sie mit gesenktem Kopf wortlos an ihm vorbei, um sofort hoch ins Schlafzimmer zu gehen.

Sie hörte die beiden Männer miteinander reden, und auch wenn sie nicht verstand, was Friedhelm sagte, so konnte sie an Georgs Reaktion heraushören, dass über das Geschehene gesprochen wurde, denn Georgs erste Reaktion war ... Schweigen.

Ein Teil in Anne wollte zu ihm laufen, sehnte sich danach, von ihm umarmt zu werden. Sogar um Verzeihung bitten wollte sie dafür, dass sie Curd überhaupt begegnet war. Als wäre es ihre Schuld, dass sich die Wege gekreuzt hatten.

Der andere Teil in ihr, der härtere, der überzeugtere, ließ sie wissen, dass Gewissensbisse am falschen Platz waren. Was sollte sie sich vorwerfen? Dass sie eine Frau war, von der Curd glaubte, mit ihr alles machen zu können, wie es ihm beliebte? Dass sie sich nicht vorschreiben ließ, wie sie zu denken hatte, und sich dagegen wehrte, von Curd mit Drohungen klein gehalten zu werden?

Nun ja, wie hieß es doch immer so schön? Jeder trifft einmal auf seinen Meister.

Der innere Kampf schwächte Anne dennoch. Sie setzte sich auf die Bettkante, weil ihre Beine sie im Augenblick nicht mehr trugen. Ganz so einfach durfte sie sich das Geschehene ja nicht zurechtbiegen. Sie hatte die Gelegenheit genutzt, Curd zur Hölle zu schicken. Oh ja, und diese Reise ohne Wiederkehr verschaffte ihr eine wahrhaftige Genugtuung. Dafür konnte man sich schämen. Musste man aber auch nicht. Sie jedenfalls tat es nicht. Auch wenn sie genau wusste, dass Curd für etwas bestraft worden war, dass er nicht getan hatte. Für so vieles, dass er begangen hatte, war er aber ungeschoren davongekommen. War das eine Form von Gerechtigkeit?

Wozu hadern, wenn das Ergebnis stimmte?

Annes Kopf fühlte sich bleischwer an.

Immer noch redeten Friedhelm und Georg miteinander. Ruhig, keine der Stimmen erhob sich. Es wirkte ebenso erschreckend auf Anne, als wenn es zu einem lautstarken Gebrüll gekommen wäre.

Sie hielt die Luft an, um lauschen zu können.

So fühlte es sich also an, wenn die eigene kleine Welt zusammenbrach.

Anne legte sich seitlich auf das Bett und zog die Beine dicht an den Körper heran. Sie schloss die Augen. Sie musste eingeschlafen sein, denn als sie sie wieder öffnete, saß Georg neben ihr auf der Bettkante. Er streichelte ihr sanft über die Stirn.

Schlaftrunken tastete sie nach seiner anderen Hand. »Wie lange sitzt du schon hier?«, hauchte sie.

»Eine Stunde vielleicht. Wie fühlst du dich?«

»Nicht gut.« Nach einer Pause fügte sie hinzu: »Und du?«

»Mein Sohn ist tot.«

Mehr brauchte es nicht, um Anne seinen Schmerz spüren zu lassen. Er beugte sich zu ihr hinab, umfasste ihr Gesicht mit beiden Händen und küsste sie.

»Es tut mir so leid, was dir passiert ist«, sagte er kummervoll.

Am liebsten hätte Anne ihm ins Gesicht geschrien, dass er an nichts schuld war. Nicht an seinem missratenen Sohn. Nicht an dem, was sie getan hatte. Doch dazu hätte sie ihm in die Augen sehen müssen, und das konnte sie nicht. Nie wieder würde sie in der Lage sein, ihm ins Gesicht zu schauen.

Sie löste sich aus seiner Umarmung, aus der er sie kaum freigeben wollte. »Ich muss schlafen«, sagte sie leise.

»Natürlich. Ich werde da sein, wenn du aufwachst.«

Als er die Kammer verlassen hatte, brachen bei ihr alle Dämme. Sie weinte so heftig, dass das Kissen rasch nass war, als hätte sie es durchgeschwitzt.

Welche Zukunft konnten Georg und sie denn jetzt noch erhoffen? Curds Tod stünde auf die eine oder andere Weise immer mit ihnen im Raum.

Irgendwann fiel sie in einen unruhigen Schlaf, der sie vollends erschöpfte. Als sie am Morgen aufstand, hatte sie einen Entschluss gefasst.

61

Anne packte gerade ihre Tasche, als es an die Tür klopfte. Sie zuckte zusammen, obwohl sie schon seit Tagesanbruch damit gerechnet hatte, dass Georg nach ihr sah.

Sie zögerte. Der Moment, vor dem sie sich gefürchtet hatte, war gekommen.

»Ja?« Ihre Stimme war heiser.

Georg trat ein. Sein eingefallenes Gesicht war bleich und ohne Regung, der Blick trübe und von Kummer zerfressen. Schwerfällig zog er den Stuhl neben der Tür heran. Er sank mehr, als dass er sich setzte. Hilflos blickte er sich in der Kammer um, als sähe er sie zum ersten Mal und wüsste nicht, was ihn erwartete, wenn er sie betrat.

Es zerriss Anne das Herz, den Mann, den sie liebte, so zerstört zu sehen.

Schließlich, nachdem Georg es eine Weile vermieden hatte, sie direkt anzuschauen, hob er den Kopf.

»Wie geht es dir?«, fragte er.

»Den Umständen entsprechend.«

Das war nicht einmal gelogen. Sie hätte ihm gerne etwas Tröstlicheres gesagt, doch welche Worte konnten jetzt die richtigen sein? Gab es sie überhaupt?

Nun, wo er sie ansah, wandte sie sich ab. Dem, was ihr zuvor so viel Kraft gegeben hatte, sein wärmender Blick, konnte sie nicht standhalten.

»Mein Sohn ist tot«, sagte Georg nach einer schier endlosen Stille, die zwischen ihm und Anne im Raum stand.

»Ja, Georg. Es … es tut mir leid.«

Für dich, nicht für ihn.

»Braucht es nicht«, sagte er. »Ich weiß, dass du keine Schuld trägst. Mein Sohn war kein Heiliger, weiß Gott nicht. Und ich habe mich täglich über ihn ärgern müssen. Er war mir fern, schon lange, bevor ich selbst die Bindung an ihn verloren habe. Was er dir angetan hat, bestätigt nur das, was du mir von ihm erzähltest, als ihr euch das erste Mal begegnet seid. Ich hätte es verhindern müssen. Ich hätte besser hinschauen müssen, was Curd für ein Mensch war.«

»Du musst dich nicht vor mir rechtfertigen, Georg.«

»Doch, Anne, ich muss es. Ich frage mich schon, ob ich auch nur eine einzige seiner Schandtaten verhindern hätte können.«

Dazu hättest du ihn anketten müssen. Wie einen wilden Hund. Der er auch war.

Georgs Anblick war für Anne nicht zu ertragen. Er war dabei, die Scherben seines Lebens zu betrachten. Zum Aufkehren fehlte ihm die Kraft. Und sie konnte sie ihm nicht geben.

»Es ist seltsam, Anne. Ich sollte meinen Sohn betrauern, wie ein Vater es tun sollte, der sein letztes Kind verloren hat. Doch ich fühle Schmerz nur aus einem anderen Grund. Weil ich weiß, dass ich dich mit der Tat meines Sohnes verloren habe.«

Er deutete mit dem Kopf auf die gepackte Tasche auf dem Bett.

»Ich brauche Zeit«, sagte sie.

»Zeit, in der du nicht in … in unserem Haus bleiben wirst?«

Bedauernd schüttelte Anne den Kopf. »Ich muss die Zeit alleine verbringen.«

»Weißt du, wo du hingehst?«

»Nein.«

Das war gelogen, aber sie konnte ihm nicht sagen, dass sie zu Sidonie ins *Rote Haus* zurückkehren würde. Er würde ihr folgen. Sie hatte ihm nie von Sidonie erzählt, als hätte eine Vorahnung sie stets davon abgehalten. Nun war es der einzige Ort, der ihr richtig erschien.

»Keine Chance, dich umzustimmen?«

»Keine.«

»Darf ich dich zum Abschied noch einmal küssen?«

»Besser nicht«, sagte Anne.

Sie ging auf ihn zu, küsste ihren Zeigefinger und legte ihn zärtlich auf seine Lippen.

Wie ein Ertrinkender griff Georg nach dem Finger und umklammerte ihn, als wollte er ihn niemals mehr loslassen.

Anne trat einen Schritt zurück. Sie nahm ihre Tasche vom Bett.

»Leb wohl, Georg.«

Dann ging sie hinaus.

Die Treppe hinunter.

Durch die Haustür auf den Weg.

Lass die Tasche fallen und lauf zurück.

Der schmale Weg verschwamm vor ihren Augen. Aber Anne ging weiter, und sie sah wesentlich gefestigter aus, als sie tatsächlich war.

62

Es war eine alte Binsenweisheit, dass es einem oftmals gar nicht bewusst ist, wie hoch der wahre Wert der Dinge einzuschätzen ist, solange man sie hat. Die Glücklichen unter uns müssen sie nicht erst verlieren, um sich derer bewusst zu werden. Die Unglücklichen erlangen die Erkenntnis und können das Verlorene nicht wieder zurückbekommen.

Immer hatte Anne nach dem Ort gesucht, der ihr eine Heimat werden konnte. Dass sie in der Zeit bei Sidonie im *Roten Haus* im Wald längst eine gefunden hatte, begriff sie spät. Noch nicht einmal, als sie unterwegs auf Reisen war, um Laurins Mörder zu suchen und gleichzeitig für Sophie von La Roche zu schreiben.

Als sie – nachdem sie Georg verlassen hatte – nach langer Zeit wieder einen Fuß auf die Schwelle des Gasthauses setzte und eintrat, wurde etwas in ihr ausgelöst, dass sie zuvor noch nie gehabt hatte.

Ein Gefühl des Nachhausekommens.

Sie war an einem Mittag im Mai 1805 zurückgekommen. Als sie eintrat, herrschte gähnende Leere, was für diese Stunde nicht ungewöhnlich war. Sie setzte sich an einen Tisch, stellte die schwere Reisetasche neben sich auf den Boden und streckte die Beine ganz undamenhaft von sich. Ein junges Mädchen, das hinter dem Schanktisch aufräumte, hob den Kopf und bemerkte sie. Anne fragte sich, wer sie wohl war.

»Anne?«

Offensichtlich weiß sie, wer ich bin.

Das Mädchen kam an den Tisch, und plötzlich erkannte Anne die kleine Charlotte. Nur, dass sie nicht mehr das kleine, tapsige Mädchen war wie zum Zeitpunkt ihres Fortgangs. Groß war sie geworden, und nicht nur das Gesicht hatte ausgeprägtere Konturen bekommen.

»Mein Gott, du bist es wirklich.«

Charlotte umarmte Anne, dann drehte sie den Kopf und rief laut: »Kommt her, ihr glaubt nicht, wer wieder hier ist!« Und wieder an Anne gewandt: »Es ist fast noch alles beim Alten, nur Josephine ist vor ein paar Monaten gegangen.«

Alma tauchte als Erste auf. Sie konnte ihre Freudentränen nicht zurückhalten, als sie auf Anne zulief. Alle drückten sich so herzlich, dass es schwer war, sich vorzustellen, sie würden sich jemals wieder loslassen.

Anne sah über Almas Schulter hinauf zu den Kammern. Oben auf dem Treppenabsatz stand Sidonie. Ruhig, von dort wie immer über alles wachend. Ihre Blicke trafen sich. Mehr brauchte es für Anne nicht, um zu wissen, dass sie zurück in ihrer Familie war.

»Es tut gut, dich wohlbehalten zu sehen«, sagte Sidonie.

Anne lachte auf, überspielte die Rührung, die von ihr Besitz ergriffen hatte. »Na, ein paar Schrammen mehr habe ich hinzubekommen«, sagte sie.

»So ist das Leben.«

Es wurde Wein gebracht, Trauben und das frischeste Brot, das sich im Haus fand. Zu viert saßen sie rund um den Tisch und berichteten sich voller Aufregung, was alles geschehen war. Charlotte war verständlicherweise neugierig, ob der Mörder ihrer Eltern noch lebte, und als Anne von Curd erzählte, huschte eine tiefe Genugtuung über Charlottes Gesicht.

Sidonie, die sofort begriff, welche Konsequenz Curds Tod für Anne mit sich gebracht hatte, legte ihr in mütterlicher Fürsorge und ohne ein Wort die Hand an die Wange.

63

in Jahr war wie im Flug vergangen, und doch konnte Anne nicht bestätigen, dass die Zeit alle Wunden heilte. Das stimmte nämlich nicht, auch wenn sie in der Lage war, Schmerz zu lindern oder hinter den Tätigkeiten eines ausgefüllten Tages zu verstecken. Doch mehr als ein Verdrängen des Erlittenen schien zumindest für Anne und ihre Erinnerung nicht möglich zu sein.

»Lass das Vergangene ruhen«, riet Sidonie mehr als nur einmal. Leichter gesagt als getan. Vor allem für diejenigen, die nicht unmittelbar betroffen waren. Aber Anne wollte nicht ungerecht sein. Sie wusste natürlich, dass alles, was sie betraf, auch Sidonie beschäftigte. Tränen machten nichts ungeschehen, aber den Moment leichter zu ertragen.

Anne wuchs immer mehr in die Rolle hinein, die Sidonie ihr zugedacht hatte, nämlich ihre Nachfolgerin im *Roten Haus* zu werden. Mit Verständnis und Geduld wurde sie von Sidonie an eine Vielzahl von Aufgaben herangeführt. Zuerst sollte sie nur dabei sein, wenn Sidonie Dinge abwickelte. Ob nun mit Lieferanten oder Kaufleuten, mit dem Erfassen des Warenlagers oder geschickten Verhandlungen mit der französischen Obrigkeit. Die Kenntnisse, die Anne durch Georgs Erklärungen über sein Handelsgeschäft erworben hatte, kamen ihr dabei zugute. Sie lernte rasch, sehr zu Sidonies Zufriedenheit.

Waren die Tage daher gut geeignet, Anne von ihren kummervollen Gedanken abzulenken, so ließen die Nächte sie ihre Einsamkeit deutlich spüren. Und immer wieder sprangen Zweifel sie an. Hatte sie die richtige Entscheidung getroffen?

Irgendwann begann sie, in den ruhelosen Nächten ihre Erinnerungen an die Zeit mit Georg und den Menschen in Plaidt aufzuschreiben. So lange, bis die Kerze heruntergebrannt war und sie mitten im Satz mit dem Schreiben aufhören musste. Sie schrieb ihre Gedanken in Briefform auf, ganz so, wie es viele Dichter zurzeit gerne taten, um ihr Innerstes sichtbar werden zu lassen. Das Aufschreiben ließ Anne sich Georg wieder nahe fühlen. Manchmal glaubte sie, seine Finger auf ihrem Unterarm oder im Nacken zu spüren. Manchmal hatte sie seine Stimme so klar im Ohr, als stünde er mitten in ihrer Kammer.

Sie begann, ihre Notizen von damals zu überarbeiten, und schließlich schickte sie eine versiegelte Truhe mit allen Artikeln nach Offenbach zu der Adresse, die Sophie von La Roche ihr gegeben hatte. Sie hatte einen Brief dazugelegt, in dem sie ihre tiefe Dankbarkeit zum Ausdruck brachte und hoffte, Sophie mit diesen Berichten ein wenig von dem zurückgeben zu können, was sie von ihr an Hilfe erhalten hatte.

Was Anne nicht bedacht hatte, war, dass mit dem Beenden ihrer Schreibtätigkeit die Ablenkung von ihrer Sehnsucht wegfiel. Liebe ließ sich eben nicht täuschen. Auch nicht von sich selbst.

Im Sommer 1806 hielt Anne es dann nicht mehr länger aus.

»Ich werde für ein paar Wochen fortgehen«, sagte sie.

Sidonie brauchte keine Erklärung. Ihr konnte man nichts vormachen. »Kommst du wieder zurück?«

»Ja. Verlass dich auf mich. Ich halte mein Versprechen und werde alles lernen, was es über das *Rote Haus* zu wissen gibt.

Aber jetzt muss ich erst einmal zu Georg zurück. Ich muss diesen einen Fehler, den ich begangen habe, korrigieren.«

»Fehler? Welchen meinst du?«

»Ich bin fortgegangen, als Georg mich gebraucht hatte. Das kann ich mir nicht verzeihen.«

»Ich denke, du hast richtig gehandelt«, sagte Sidonie. »Es war notwendig, erst einmal zu dir selbst zu kommen.«

»Wozu? Ich quäle mich seit der ersten Sekunde, die ich von Georg fort bin.«

»Was erhoffst du dir, wenn du nach Plaidt zurückgehst?«, fragte Sidonie. »Immerhin ist ein Jahr vergangen. Da können einmal getroffene Entscheidungen sich verändert haben.«

Es war ja nicht so, dass Anne sich genau diese Frage nicht schon selbst gestellt hätte. Nur eine befriedigende Antwort darauf konnte sie sich bislang nicht geben. Also schwieg sie. Aber genau deshalb musste sie nach Plaidt zurück. Um festzustellen, ob Georg heute noch so für sie empfand wie vor einem Jahr. Sicher, er konnte auch eine neue Frau an seiner Seite haben. Dann wüsste Anne wenigstens Bescheid.

Alle drückten Anne zum Abschied, es war sozusagen die Wegzehrung für die kommenden Tage. Alma fielen Abschiede immer schwer. Charlotte musste lachen, weil es einfach zu lustig aussah, wie Anne sie umklammerte und einfach keine Anstalten machte, sie wieder loszulassen.

»Diesmal wisst ihr ja, dass ich in zwei, drei Wochen zurückkomme«, beruhigte Anne ihre Freundinnen. »Es gibt ja nur zwei Möglichkeiten: Entweder ich komme mit Georg hierher zurück oder ohne ihn. Hängt von seiner Entscheidung ab.«

Dass es noch eine dritte Möglichkeit gab, war Anne nicht bewusst, als sie sich mit der nächsten Kutsche auf den Weg machte.

Es war herrliches Sommerwetter, das Anne das letzte Stück ihrer Rückkehr begleitete. Als sie den Mischwald hinter sich ließ, konnte sie in der Ferne schon Georgs Haus erkennen. Jetzt war sie so nahe, aber plötzlich erschien es ihr noch unsäglich weit entfernt zu sein. Herzklopfen breitete sich in ihrer Brust aus. Wie würde Georg reagieren, wenn sie so plötzlich vor ihm auftauchte? Würde er sich freuen?

Ihre Ungeduld ließ sich nicht mehr bändigen. Als Anne die Lichtung erreichte, die das Einzige war, was noch zwischen ihr und Georg lag, beschleunigte sie ihre Schritte. Schließlich raffte sie ihre Röcke und lief los.

Wenige Meter vor der Eingangstür verlangsamte sie ihr Tempo. Seltsam, alles wirkte so still. Aus dem Inneren des Hauses waren gar keine Geräusche zu vernehmen. Allerdings waren die Fensterläden auch geschlossen. Als Anne sich umblickte, die leblose Stille um sich herum wahrnahm, bemächtigte sich ihrer ein banges Gefühl.

Sie klopfte an die Tür, die sich in den Scharnieren knirschend langsam aufschob. Mit einem Kloß im Hals betrat sie die Wohnstube. Innen war es dunkel. Nur ein Lichtstreif fiel durch die offene Tür. Langsam setzte Anne einen Fuß vor den anderen. Am großen Tisch blieb sie stehen. Es war derselbe wie der, an dem sie immer gesessen hatten. Von dem aus sie sich von Georg hatte hochheben und ins Schlafzimmer tragen lassen. Und doch wirkte er in diesem Moment anklagend. Abgeräumt, beinahe wie leer gefegt und befreit von allem Zierrat, der einmal darauf gestanden hatte, war er zu dem geworden, was er für Anne die letzten Monate gewesen war. Nur noch ein Stück Erinnerung.

Anne schwankte. Mit einer Hand stützte sie sich an der Tischkante ab. Auch wenn in den Regalen noch die schönen Keramiken standen und in den Kommoden die Dinge des alltäglichen Lebens unberührt lagen, war es offensichtlich.

Das Haus war verlassen.

Nicht nur für den Augenblick, sondern für immer.

Was hatte sie denn erwartet? Nach über einem Jahr? Sicher, sie hatte allemal gehofft, Georg anzutreffen. Ihn in die Arme zu schließen, von ihm umarmt zu werden. Gewaltige Küsse voller Leidenschaft. Was man sich halt so in seinen Träumen ausmalte. Ja, sie hatte auch damit gerechnet, dass eine fremde Frau ihr die Tür öffnen könnte und mitteilte, dass ihr Mann Georg unterwegs sei, seine neue Keramikware anzubieten. Das wäre schwer zu ertragen gewesen, doch einen Vorwurf hätte sie ihm nicht machen können.

Dass sie aber vor einem verlassenen Haus, an dessen Außenwände sich Efeu rankte, stehen würde, das hatte sie nicht erwartet. Keine Sekunde war ihr der Gedanke gekommen, Georg hier nicht mehr anzutreffen. War sie in den vergangenen Tagen während der Kutschfahrten immer wieder die Sätze durchgegangen, die sie Georg beim Wiedersehen sagen wollte und die ihr so bedeutsam erschienen, so fühlten sich die gedachten Worte nun nur noch wie ein zersprungener Spiegel ihrer selbst an.

»Anne?«

Sie erstarrte, aber nur kurz, weil sie über die Stimme in ihrem Rücken erschrak. Dass es nicht Georgs Stimme war, hatte sie gleich erkannt. Sie drehte sich um.

»Friedhelm«, sagte sie.

»Du bist es wirklich.« Er kam mit ausgebreiteten Armen auf sie zu. »Wenn das der Georg gewusst hätte. Dass du doch noch mal zurückkommst.«

Er umarmte Anne, sie ließ es geschehen. Kopfschüttelnd betrachtete er sie von oben bis unten. »Gut schaust du aus«, sagte er.

Wo hatte er nur seine Augen? Sah er nicht, wie elend sie sich fühlte?

Sie setzten sich an den Tisch, auf dem eine dicke Staubschicht lag. Friedhelm schien sich wirklich zu freuen, sie zu sehen. Er plapperte munter drauflos und fragte, wie es ihr ginge, wartete aber gar keine Antwort ab, weil er so begeistert war, Anne vor sich zu haben.

»Was ist geschehen?«, wagte sie schließlich zu fragen.

Friedhelms Redeschwall versiegte. Von einer Sekunde zur nächsten sah er zerknirscht aus. »Was meinst du?«, fragte er zurück.

»Du brauchst keine Zeit zu schinden, Friedhelm. Sag einfach, was hier los ist. Was ist mit Georg? Ist er …?«

Friedhelm lehnte sich auf dem Stuhl zurück. Lautstark seufzte er. »Tot? Nein, das ist er nicht. Zumindest nicht, dass ich wüsste.«

Das war nicht wirklich beruhigend. In Anne verkrampfte sich alles bis zu den kleinen Zehen hinunter. »Willst du es endlich sagen?«

»Georg war verzweifelt, als du damals gegangen bist. Nicht einmal so sehr über Curds Tod. Das hat er alles verstanden. Es musste einmal so kommen. Dass es ausgerechnet hier passierte, hm, war einerseits tragisch, andererseits hat er seinen Sohn wenigstens begraben können. Wäre Curd irgendwo zu Tode gekommen, wäre sein Leichnam einfach verschwunden.«

»Du weichst mir aus. Was ist mit Georg?«

»Es war sein gebrochenes Herz, das ihm keine Ruhe ließ. Und so bat er meine Frau und mich, auf sein Haus zu achten, solange er unterwegs ist.«

»Unterwegs?«, fragte Anne.

»Er hat sich auf die Suche nach dir gemacht, Anne. Ohne dich hielt er keinen Tag mehr aus. Keine Stunde. So kann es doch nicht enden, sagte er immer. Er wickelte die letzten Geschäfte ab und machte sich auf den Weg. Ein Jahr ist er nun schon fort. Er kam kein einziges Mal zwischendurch vorbei. Niemand weiß, wo er ist.«

»Niemand weiß, wo er ist ...«, echote Anne. Sie fühlte sich am ganzen Körper wie taub. Man hätte sie mit einer Nadel stechen können, und sie hätte nichts gespürt.

»Wir alle in Plaidt sind überzeugt, dass er erst zurückkommt, wenn er dich gefunden hat.«

So hatte sich ihr Fortgehen damals nun also gegen sie selbst gerichtet. Anne ließ Kopf und Schultern hängen.

»Glück lässt sich nicht aufschieben«, sagte Friedhelm.

Da mochte er wohl recht haben, aber es war für Anne gerade der falsche Zeitpunkt, um sich solch banale Weisheiten anzuhören. Schmerzhaft wurde ihr bewusst, dass sie Georg vermutlich nie wiedersehen würde. Hoffnung konnte also doch ein begrenztes Gut sein.

»Ich sehe schon, du möchtest jetzt gerne alleine sein.« Friedhelm stand auf. »Wenn du magst, komm zu uns zum Abendbrot. Du weißt ja, wo wir wohnen. Ansonsten bleib einfach hier. Du kannst so lange in Georgs Haus wohnen, wie du magst. Ich bin sicher, er hätte nichts dagegen.«

Anne dankte ihm.

Seiner Einladung zum Abendbrot kam sie nicht nach. Sie wusste nicht einmal, ob sie die Nacht über hierbleiben wollte oder nicht. Schließlich übermannte sie die Müdigkeit, und sie legte sich ins Bett. Sie schlief wie ein Stein, und als sie in den frühen Morgenstunden die Rückreise antrat, hatte sie mit Plaidt und Umgebung abgeschlossen.

Ein weiteres Kapitel in ihrem Leben, das anders als erhofft verlaufen war.

64

Im Verlauf des folgenden Jahres widmete sich Anne voll und ganz zwei Aufgaben. Sie schrieb weiter Artikel für Sophie von La Roche, und weil Sidonie gesundheitlich angeschlagen war und sich nicht mehr richtig erholte, übernahm Anne mit ihrer Zustimmung die Verantwortung für das *Rote Haus*. Die ihr übertragenen Aufgaben erledigte sie mit Bravour und einem Elan, der ihr nicht nur guttat, sondern sie auch mit Freude erfüllte und jeden Tag mit zufriedenen Gesichtern aller belohnte. Das, was Sidonie sich immer gewünscht hatte, war bald schon eingetreten. Das *Rote Haus* war im nahen Umland zu einem beliebten und gesitteten Gasthaus geworden, in dem kein Mädchen neben Getränken auch noch ihren Körper zu verkaufen brauchte, damit die Gäste sich wohlfühlten.

»Bin ich doch noch eine anständige Frau geworden«, scherzte Sidonie. Drückten ihre Worte schon ihre Dankbarkeit gegenüber Annes Tatkraft aus, so waren es aber vor allem ihre Blicke, mit denen sie Anne bedachte, wenn diese sich unbeobachtet fühlte. Manchmal gestattete Sidonie sich sogar, ein verstohlenes Tränchen aus dem Augenwinkel zu streichen. Sollte nur ja niemand glauben, sie wäre auf ihre fortgeschrittenen Tage sentimental oder gar verweichlicht geworden. Aber Anne zuzusehen, erfüllte ihr Herz mit Stolz. Hatte sie letzten Endes doch alles richtig gemacht?

»Schau dich um«, sagte Anne und machte eine weit ausholende Armbewegung durch die Gaststube. »Schau in die glücklichen Gesichter von Alma und Charlotte. Dann hast du deine Antwort.«

»Und du? Bist du auch glücklich, Anne?«

Anne ließ den Arm sinken, schnappte sich einen Besen und begann zu fegen. »Ich gebe mir Mühe«, sagte sie.

Im Juni 1807 erhielt Anne Post. Sie freute sich darauf, das erste Exemplar von Sophie von La Roches neuer Zeitschrift in den Händen zu halten, doch was ihr geschickt worden war, erschütterte sie. In einer massiven Truhe, die vor das *Rote Haus* geliefert wurde, befanden sich alle Briefe, Artikel und Berichte, die Anne jemals an Sophie geschickt hatte. Alles kam zurück. Mit einem Begleitbrief, der von Clemens von Brentano unterzeichnet war.

Sophie von La Roche war am 18. Februar dieses Jahres verstorben. Leider konnte sie ihren Wunsch von einem neuerlichen *Pomona*-Heft nicht mehr rechtzeitig umsetzen.

Viel mehr teilte Brentano nicht mit. Lediglich, dass es im Sinne seiner Großmutter sei, wenn Anne alles zurückerhielt.

In dieser Nacht betrank sich Anne. Sie hatte Sophie so viel zu verdanken. Hatte sie es ihr jemals deutlich genug gesagt? Brauchte manches im Leben überhaupt untereinander ausgesprochen zu werden? Sie erhob ihr Glas hoch zum Sternenhimmel und prostete dem Hellsten zu. Dann schlief sie ein und erwachte am nächsten Morgen mit einer Idee.

Monate später hielt sie das Ergebnis dieser Idee in den Händen. Sie hatte selbst eine Zeitschrift herausgebracht, in der sie all ihre Artikel und Berichte, die sie auf ihrer Reise geschrieben hatte, veröffentlichte. Eine Druckerei zu finden, die neben den stark aufkommenden politischen Blättern noch Kapazitäten für Annes Zeitschrift frei hatte, war nicht so einfach gewesen. Doch ihre Beharrlichkeit zahlte sich aus, und nun konnte Anne am Tisch sitzen und in einem neuen Heft für Frauen blättern.

Sie hatte der Zeitschrift den Namen »Sophie« gegeben.

Epilog

1810
Das Gasthaus im Wald

Ich war am Ende meiner Geschichte angekommen. Die Kerze auf dem Tisch war fast heruntergebrannt. Abgeflossenes Wachs sammelte sich um den Sockel. Ich hob meinen Becher an die Lippen und nahm einen Schluck, um den trocken geredeten Gaumen zu befeuchten. Dann stellte ich den Becher auf die Tischplatte, ohne auch nur eine Sekunde den wachsamen Blick von meinem Gegenüber zu nehmen.

»Ist das nicht eine interessante Geschichte?«, fragte ich.

Der Säufer rutschte unruhig auf seinem Stuhl umher. Seine Hände kratzten schon seit Minuten nervös über sein Gesicht. Man könnte annehmen, er hätte sich in einen Ameisenhaufen gesetzt.

»Mir gefällt sie nicht wirklich«, sagte er mit heiserer Stimme.

Ich beugte mich vor. »Woran mag das liegen? Vielleicht weil du ein Teil dieser Geschichte bist, Etienne Renaud?«

Er zuckte zusammen. »Du hast die ganze Zeit über gewusst, wer ich bin?«

»Schon als der Sturm dich ins Gasthaus geweht hat. Ich habe dich sofort erkannt, auch wenn du in den vergangenen Jahren wohl sehr dem Alkohol zugesprochen haben musst. Du bist rasch gealtert, Franzose, aber nicht auf die gute Art.

Deine Wangen hängen schlaff herunter, deine Augen sind so wässrig, wie der Inhalt deiner Gläser es wohl lange nicht mehr war. Es muss schlimm für dich gewesen sein, als sie dich aus der Armee entlassen haben. Nein, rausgeschmissen trifft es wohl besser. Wie hieß es doch noch? Wegen anmaßender Überschreitung der Befugnisse. Tja, du hättest eben nicht versuchen sollen, dich eigenmächtig zu bereichern. Ich habe mir sagen lassen, dass Napoleon ganz und gar nicht erfreut gewesen war, als er erfuhr, dass du wertvolle Dokumente zurückgehalten und nicht nach Paris geschickt hast. So schnell wie du ist noch niemand unehrenhaft aus der Armee entlassen worden.«

»Was weißt du schon?«, presste Renaud zwischen den Zähnen hervor.

»Ich weiß, dass du am Ende bist, Renaud, und ich kann nicht sagen, dass du mir leidtust.«

Renaud kniff die Augen zusammen. Allmählich dämmerte es ihm, dass wir uns schon mal begegnet waren. Ich ließ ihm ein paar Sekunden zum Überlegen. Vielleicht kam er ja von alleine darauf.

»Wer bist du?«

Nein, kam er nicht. Zu viel Alkohol hatte sich an seinem Erinnerungsvermögen zu schaffen gemacht. Trotzdem enttäuschte er mich.

»Dass du mich nicht erkannt hast, habe ich gleich bemerkt. Denn hättest du es, dann wärst du auf dem Stiefelabsatz umgekehrt und hättest das *Rote Haus* so schnell verlassen, wie du nur konntest.«

»Ich frage dich noch einmal, wer bist du?«

»Ich dachte, du hättest zugehört. Vor allem, als es um dich, die goldene Glocke und Franz Mundo ging. Und um Laurin natürlich. Meinen lieben, gutherzigen Gefährten, der niemandem ein Leid zugefügt hat.«

Ich löste das Stirnband. Offen fiel mein Haar mit dem immer noch dunklen Kirschton über die Schultern. Nur ein paar graue Strähnen hatten sich inzwischen an den Seiten hineingemogelt.

Renaud keuchte.

Ah, endlich erkannte er mich.

»*Du* bist es. Du warst die Frau beim Mönch.«

Ich neigte den Kopf ein wenig und zwinkerte Renaud zu. »Ich fürchtete schon, du kommst nie darauf.«

Schlagartig wich die Farbe aus Renauds gerötetem Gesicht. Seine Wangen schienen noch schlaffer zu hängen als ohnehin schon.

»Was willst du von mir? Was deinem Freund, dem Mönch, zugestoßen ist, war sicher keine schöne Sache, aber was hab ich damit zu tun?«

»Ach, Renaud. So einfach herausreden? Schäm dich. Meine Geschichte ist noch nicht zu Ende. Zwei Dinge gibt es noch, die ich dir erzählen möchte, damit du verstehst, weshalb ich sehr froh bin, dir noch einmal zu begegnen. Man könnte meinen, der tosende Sturm möchte auch, dass mit dem heutigen Tag ein Schlusspunkt hinter meine Geschichte gesetzt wird. Zwei Dinge sind es, die ich bislang bei meiner Erzählung ausgelassen habe, aber das werde ich nun nachholen. Beide zusammen werden dir die Augen öffnen, Renaud. Und dir zeigen, dass manche Handlungen, die man begeht, sogar noch in diesem Leben bestraft werden.«

»Wieso redest du von Bestrafung? Du hast durch mich keinen Schaden erlitten. Schließlich konntet du und dein Mönch unbehelligt aus Coblenz heraus. Du hast es selbst erzählt.«

Keinen Schaden erlitten? Eine sehr eigenwillige Auslegung, wenn ich an die Schmerzen im Unterleib dachte, die er mir zugefügt hatte. Vom Seelenheil ganz zu schweigen.

»Zuerst einmal möchte ich, dass du den Mönch bei seinem

Namen nennst. Es ist das Mindeste, ihm nachträglich das richtige Maß an Respekt entgegenzubringen. Er hieß Laurin, und er war ein Mensch mit Fehlern wie wir alle, aber er setzte sich mit seinen Fehlern auseinander. Er wollte immer ein besserer Mensch werden. Willst du ein besserer Mensch werden, Renaud?«

»Ich bin so, wie ich es für mich immer gebraucht habe. Das reicht schon.«

»Es reicht, um ein Leben ohne erkennbares Gewissen zu führen.«

»Ich sag es dir noch mal. Ich habe mit dem Tod deines Mö... von diesem Laurin nichts zu tun. Ich wollte, dass er mir die Lage der verbuddelten Glocke herausfindet, das stimmt. Aber das ist nicht verwerflich. Ich habe gehandelt, wie jeder an meiner Stelle gehandelt hätte.«

»Dann hör dir den kleinen Nachschlag zu meiner Geschichte an, Renaud.«

»Meinetwegen, aber dann will ich auch noch mehr trinken.«

»Das geht in Ordnung.«

Ich winkte dem jüngsten der Mädchen hinter dem Schanktisch. Als sie mit einem weiteren, gut gefüllten Krug an den Tisch kam, zögerte sie mit dem Nachschenken. Ich sah, wie ihre Hände zitterten. Sie hatte wie alle anderen ebenfalls der Geschichte gelauscht.

Als sie den Krug neigte, hielt Renaud sie ab, seinen Becher zu füllen. Der unerwartete Verlauf des Abends hatte ihn misstrauisch werden lassen. Er zeigte auf meinen Becher.

»Schenk ihr zuerst ein. Ich will, dass sie den gleichen Wein trinkt wie ich. Man kann ja nie wissen.«

Das Mädchen zögerte. Ich nahm ihr den Krug aus den Händen, füllte meinen Becher und trank ihn langsam aus. »Nun beruhigt?«

Mein Lächeln musste ihm beängstigend selbstsicher erscheinen. Und obwohl ich mir diese Situation tausendmal zuvor in meiner Fantasie vorgestellt habe, war ich selbst erstaunt, wie ruhig ich die ganze Zeit geblieben war.

»Man kann nie vorsichtig genug sein.«

»Vielleicht achtest du einfach auf die falschen Dinge?«, gab ich zu bedenken.

Renaud überhörte es. Der Durst war stärker als die Wachsamkeit.

»Also meinetwegen, dann erzähl mir noch den Schluss deiner Geschichte, und danach werde ich gehen. Der Sturm hat sich gelegt.«

»Es ist nicht wirklich der Schluss der Geschichte«, korrigierte ich. »Mehr eine Begebenheit aus der Mitte, die aber von Bedeutung ist. Du wirst sehen, Renaud, es ist erhellend, die komplette Geschichte zu kennen. Ich gehe noch mal zurück zu der Stelle, als Curd und ich im Haus seines Vaters gestritten haben, kurz bevor er mich zu Boden warf, um mich zu demütigen. Du erinnerst dich ... Curd sagte ...«

... und ich erzählte weiter.

»Glaubst du wirklich, es wäre Zufall gewesen, dass ich dir damals in diesem elenden kleinen Kaff begegnet bin?«

Anne erstarrte. Hatte sie richtig gehört? Oder hatte der Schmerz sie so weit betäubt, dass ihre Sinne ihr einen Streich spielten?

Sie zog den Kopf zwischen die Schultern, als sie sich langsam und unendlich vorsichtig zu Curd umdrehte.

Was er dann genüsslich von sich gab, ließ sie erstarren. »Ihr habt Laurin gar nicht wegen des Mädchens getötet? Ich nahm an, weil er sich für die kleine Mildred eingesetzt hat.«

Curd winkte ab. »Das Mädchen war uns doch völlig gleich. Wir haben den Mönch nicht aufgeknüpft, weil er das

Mädchen beschützen wollte. Nein, wir sind ja nicht zufällig ausgerechnet in diesem kleinen Kaff gelandet. Der Franz Mundo und ich, wir wurden deinem Mönch hinterhergeschickt. Wir haben ihn aufgehängt, weil er einfach nicht reden wollte.«

»Reden? Worüber?«

»Kannst du's dir immer noch nicht denken? Über das, was Mundos Auftraggeber wissen wollte. Mundo sagte mir noch in Coblenz Bescheid. Zusammen folgten wir dem Mönch. Als wir eure Spur hatten, schlug ich Mundo vor, dass ich vorausgehe. Vielleicht hätte ich ja alles auch einfach so erfahren können, aber dein Mönch war ein sturer Kerl.«

Anne keuchte. »Die Glocke. Ihr habt ihn wegen der goldenen Glocke getötet?«

»Aufgeknüpft haben wir ihn, umbringen war gar nicht vorgesehen. Aber er wollte einfach nicht reden. Selbst als er die Blase nicht mehr halten konnte. Na, und dann war es eben zu spät.«

Ich machte eine kurze Pause, damit meine Worte auf Renaud wirken konnten. Offensichtlich taten sie das, denn nun atmete er doch schneller, als ihm lieb war.

»Siehst du, Renaud. Ich weiß Bescheid.«

»Unsinn. Jeder könnte Mundo beauftragt haben.«

Ich stoppte ihn mit einer rasch erhobenen Hand. »Ich weiß, dass du es warst. Du erinnerst dich, dass ich sagte, heute hätten meine Mädchen und ich jemanden begraben? Es war Sidonie, die Begründerin unseres *Roten Hauses*. Doch zuvor gehörte ihr die *Traube* in Coblenz, und dort hat sie alles gesehen und gehört. Dich und Mundo. Du hast nach ihm schicken lassen, und als er in die *Traube* kam und sich zu dir an den Tisch setzte, da hast du ihm von der Glocke erzählt und dass Laurin weiß, wo sie vergraben liegt. Er sollte es aus Laurin herausbekommen. Und damit er nicht auf die Idee kommt, die Glocke selbst auszugraben, ohne dich, hast du Mundo gedroht, ihn mit deinen Patrouillen jederzeit im Land aufspüren zu können. Noch stand die Guillotine in Coblenz auf ihrem angestammten Platz. Du siehst also, Renaud, die eigentliche Ursache für Laurins Tod bist du.«

Ein greller Blitz leuchtete zwischen den Fugen der Fensterläden auf, gefolgt von einem Donner, der über dem Dach des Wirtshauses grollte wie die Strafe Gottes.

»Doch noch nicht vorbei, das Unwetter«, sagte ich.

»Ja, es stimmt. Ich habe Mundo hinterhergeschickt. Aber dennoch war nicht ich es, der ihn getötet hat.«

»Das ist richtig«, gab ich zu.

»Na also, dann sind wir uns ja darin einig. Was hast du jetzt mit mir vor?«, fragte Renaud.

Ich senkte den Kopf. Ja, was hatte ich jetzt vor?

»Mundo ist tot«, sagte ich. »Curd ebenso. Die beiden, die Hand an Laurin gelegt haben. Du warst nicht dabei, das stimmt.«

Renaud atmete hörbar erleichtert auf. »Also lässt du mich gehen?«, fragte er.

Ich nickte ihm zu. »Ich lasse dich gehen, ja.«

Das ließ sich Renaud nicht zweimal sagen. Trotz der gehörigen Menge Alkohol in seinem Blut wankte er kaum, als er ruckartig von seinem Stuhl aufsprang.

»Ich schon«, hielt ich ihn zurück. »Aber sie nicht.«

Renaud erstarrte auf der Stelle.

Das junge Mädchen, welches zuvor mit dem Krug an den Tisch gekommen war, trat näher.

»Nun, Renaud, erinnerst du dich, dass ich von drei Männern erzählt habe, die die Eltern des kleinen Mädchens ermordeten? Sicher erinnerst du dich. Du warst ja mit Mundo und Curd zusammen, nachdem du aus der Armee entlassen wurdest. Mit den beiden Strolchen bist du übers Land gezogen, immer in der Hoffnung, doch noch auf die goldene Glocke zu stoßen. Und ihr seid immer gewalttätiger und grausamer geworden. Auch in der Hütte der Eltern des kleinen Mädchens. Nun wissen wir ja, dass Mundo und Curd nicht mehr leben. Fehlt noch der Dritte.«

Renaud wurde schlagartig nüchtern. Er hob die Hand und zeigte auf das Mädchen am Tisch. »Du bist die Charlotte aus der Geschichte?«

»Ja, das ist sie«, bestätigte ich. »Sie ist älter geworden, wie du siehst. Aber sie hat dich nicht vergessen und immer noch einiges mit dir zu besprechen, Renaud. Und sie kann inzwischen sehr gut mit Messern umgehen.«

Charlottes Gesicht zeigte keine Regung, als sie unter ihrer Schürze ein Handbeil hervorzog. Es glänzte frisch vom Schleifstein gekommen. Nur die pochende Halsschlagader brachte ihr aufgewühltes Inneres zum Ausdruck. Wie für mich fand auch ihr Warten in dieser Nacht sein Ende. Nach so vielen Jahren stand sie einem der Mörder ihrer Eltern gegenüber. Jedem im *Roten Haus* war klar, was das für sie, aber auch Renaud bedeutete.

»Besser, du wehrst dich nicht«, gab ich Renaud einen letzten Rat.

Hinter dem Schanktisch stand Alma. Sie hielt die Hausflinte auf Renaud gerichtet. Nur für den Fall, dass er einen zwecklosen Fluchtversuch unternehmen wollte.

Renaud ließ die Schultern sacken. Langsam erhob er sich von seinem Stuhl. Im Stehen nahm er einen letzten Schluck aus seinem Becher. Er wischte sich mit dem Ärmel über die feuchten Lippen. Wenigstens wusste er, wann er verloren hatte. Er kannte das ja schon. Mal verlor er ein paar Taler beim Würfeln, mal seine Uniform bei der Armee. Und heute war sein Leben dran.

Ohne Widerstand zu leisten, folgte er Charlotte ins Obergeschoss. Ich sah, wie sie mit dem Fuß die Tür hinter sich zuschob.

»Wird es gut gehen?«, fragte mich Alma.

»Sie weiß, was sie tut«, entgegnete ich.

Als wir Renauds schauerlichen Schrei hörten, war es vorbei.

Ich setzte den Becher an die Lippen, trank aber nicht. Mir war nicht danach. Es gab keinen Grund zu feiern. Nicht für etwas, das sich auf dem Tod geliebter Menschen begründete.

Ich dachte an Laurin. Mir war, als hörte ich ihn flüstern. *Danke, Anne.* Aber sicher bildete ich mir das nur ein.

Ich hatte es mir leichter vorgestellt, meine und seine Geschichte zu erzählen. Aber alles erneut zu durchleben, hatte mein Herz schwer gemacht, auch wenn nun sämtlicher Ballast abfiel.

So viele Jahre waren vergangen.

Nichts war je vergessen.

Alma legte mir ihre Hand auf die Schulter. »Charlotte ist aus dem Zimmer«, sagte sie. »Es ist vorbei.«

»Ja, das ist es wohl.«

»Ich werde ihr helfen, Renauds Leiche verschwinden zu lassen.«

»Geh nur«, sagte ich. »Ich bleibe noch eine Weile hier sitzen. Es gibt noch manches, an das ich jetzt denken will.«

Alma nickte verständnisvoll. Sie ging die Treppe hoch. Ich hörte, wie sie die Tür hinter sich schloss.

Ich blieb allein im Gastraum des *Roten Hauses*. Der Sturm hatte von einer Sekunde zur anderen aufgehört, seine Urgewalten an uns auszulassen. Regen prasselte gegen die Fensterläden, aber gemäßigt, nicht mehr peitschend.

Ich betrachtete die fast heruntergebrannte Kerze. Nach und nach tauchte der Raum um mich herum in endgültige

Dunkelheit. Der ruhigen Flamme schenkte ich die letzten Gedanken und Gefühle, die mit der erzählten Geschichte zusammenhingen.

Auf dass sie sich in Rauch auflösten.

Die eingetretene Stille hatte etwas Unwirkliches an sich. Fast fürchtete ich, aus den Schatten der Ecken würde mein früheres Ich auftauchen. Na, wenn schon, sollte es nur kommen. Dann würde ich mich auch von ihm verabschieden.

Während ich noch in den dunklen Jahren der Vergangenheit verweilte, hätte ich fast das Klopfen an der Eingangstür überhört.

Ich atmete tief durch und rief: »Es ist geschlossen.«

Erneut klopfte es, und als ich nicht sofort reagierte, noch ein weiteres, drängenderes Mal.

Mein Gott, konnten Männer denn nie einsehen, dass eine verschlossene Tür seinen Grund haben könnte?

Wieder klopfte es. Dieses Mal schien es die Faust zu sein, die gegen das Holz der Tür schlug.

Verärgert über die Sturheit des Besuchers stand ich auf, ging hinüber und rief durch die geschlossene Tür.

»Haben Sie mich nicht verstanden? Heute gibt es kein Vergnügen mehr in unserem Haus. Heute ist ein Tag der Trauer. Unsere Sidonie wurde beerdigt. Also bitte, gehen Sie.«

Unbeirrt klopfte es wieder.

Jetzt riss mir aber der Geduldsfaden. Ich hob den Riegel aus der Halterung, drehte den Schlüssel im schweren Eisenschloss herum und öffnete zornig die Tür, um dem nervtötenden Besucher ins Gesicht zu sagen, wie unmöglich er sich benahm.

»Auch auf die Gefahr hin, Sie als Gast unseres Hauses zu verlieren, bitte ich ein letztes Mal darum, unsere Trauer zu respektieren und uns für heute Nacht in Ruhe lassen.«

»Hallo, Anne.«

Ein Herz konnte sogar weiterschlagen, wenn es eine schier unendlich gefühlte Zeit ausgesetzt zu haben schien.

Mir versagten die Beine, und ich sank zu Boden. Unendlich langsam, wie mir schien, aber vielleicht verstrich die Zeit auch plötzlich nur anders. Starke Hände fassten nach mir, hoben mich hoch und trugen mich zum Stuhl.

Der Mann, zu dem die Stimme gehörte, die aus einem dichten Nebel durch das rauschende Blut in den Schläfen zu mir drang, setzte sich neben mich und hielt meine Hand.

Sein Haar war grau geworden und in der Stirn auch etwas zurückgegangen, auch hatte sein Gesicht kantigere Züge angenommen, als hätte er eine schwere Krankheit überstanden. Aber seine Augen leuchteten noch so liebevoll wie damals.

»Georg.«

Es war so lange her, dass ich seinen Namen laut ausgesprochen hatte. Es hörte sich gut an.

»Freust du dich, mich zu sehen?«

Ich schmiegte mich an seinen Oberkörper, schlang die Arme um ihn und presste mein Gesicht an seine Schulter. Georg fragte kein zweites Mal.

»Wie hast du mich gefunden?«

»Leicht war es nicht, als ich mich auf die Suche nach dir gemacht habe. Ich konnte nicht länger ohne dich sein, wollte es ja nie, und so bin ich einfach losgegangen. War in jeder Stadt, in jedem Ort. Auch in den anderen Departements war ich gewesen, sogar auf der anderen Rheinseite habe ich nach dir gesucht. Du warst nirgends zu finden. Niemand hatte je von dir gehört. Die Jahre vergingen, und ich verlor jeden Mut. Aber dann hörte ich von einer Frau, die eine Zeitschrift herausbringt und die Anne Reuber heißt. Du hast meinen Nachnamen angenommen, Anne, das freut mich.«

Ich schmunzelte. »Mir fiel kein anderer Künstlername ein.«

»Vielleicht, weil du wolltest, dass ich dich eines Tages finde?«

»Soll ich dich jetzt in diesem Glauben lassen oder dir etwas vorlügen?«, lachte ich scherzhaft.

»Küss mich lieber.« Georg zog mich fest an sich.

Ja, dachte ich, das ist besser.

Und ich erhielt den schönsten Kuss meines Lebens.

War das ein Moment, von dem man sagt, dass er alles bedeutete?

Eine Ewigkeit Glück?

Ja, so musste es sein.

Ich war glücklich.

Endlich.

ENDE

Annes Weg durch ihre Geschichte

Nachbemerkungen zum Roman »Die Tochter des Roten Hauses«

Manchmal möchte ich mich bei meinen Figuren dafür entschuldigen, dass ich sie auf einen steinigen Weg durch ihr (fiktives) Leben schicke. In den Momenten, in denen ich sie leiden lasse, hilft es ihnen nicht, wenn ich im Hinterkopf schon eine besonders schöne Szene für sie bereit habe. Zumindest in meinen historischen Romanen kann ich meinen Figuren etwas schenken, was den meisten ihrer Zeitgenossen verwehrt bleibt, nämlich realen Personen zu begegnen. In *Die Tochter des Roten Hauses* kommt meine Heldin Anne mit so einigen in Kontakt. Folgen wir doch noch einmal Annes Weg vom Anfang ihrer Geschichte bis zum Ende.

Von Commandant Etienne Renaud regelrecht nach Coblenz entführt, sozusagen als Beifang zum eigentlichen Objekt der Begierde des französischen Soldaten, wird sie in die Küche des ehemaligen **Krämerzunfthauses** gesteckt. Das alte Haus mit seinem markanten roten Anstrich steht heute noch in der Kornpfortstraße und hat eine bewegte Geschichte hinter sich. Tatsächlich fungierte es einst als städtische Mehlwaage, bevor 1798 der Zunft- und Mehlhandelszwang aufgehoben wurde. Danach waren die verschiedensten Einrichtungen im Gebäude untergebracht. Eine Gewerbeschule, ein Stadtarchiv, eine Stadtbibliothek und noch manches mehr. Interessanterweise stieß ich bei meinen

Recherchen nicht darauf, was es gerade zum Zeitpunkt meiner Geschichte gewesen war. Also erlaubte ich mir, aus dem Roten Haus kurzzeitig eine Pension zu machen.

Dort lernt Anne **Sophie von La Roche** kennen. Über sie habe ich ja schon im Roman geschrieben, wie beliebt sie in den Dichterkreisen war. Goethe, der vor allem von ihrer früh verstorbenen Tochter **Maximiliane** sehr angetan war, schrieb sogar in seinem 13. Buch von *Aus meinem Leben. Dichtung und Wahrheit* über Sophie von La Roche: »Sie war die wunderbarste Frau, und ich wüsste keine andre zu vergleichen.« Sophie verband in ihren Literarischen Salons ihre Natürlichkeit und Empathie mit einer besonderen Gabe für Konversation und Geselligkeit, die für ihre Besucher in hohem Maße gemeinschaftsbildend gewesen waren. Ihre Anerkennung in der Dichterwelt erreichte sie auch durch ihren Briefroman »Die Geschichte des Fräuleins von Sternheim«, der ein unglaublicher Erfolg seiner Zeit wurde. In mehrere Sprachen übersetzt, sprengte er sogar Landesgrenzen. Noch im Erscheinungsjahr kommt es zu vier Auflagen, denen noch weitere folgen sollten. Anfangs wurde der Roman noch anonym veröffentlicht (mit einem Vorwort von Cousin **Christoph Wieland** versehen), doch bald hatte es sich herumgesprochen, dass Sophie die Autorin ist. Lasen Frauen zuvor überwiegend in der Bibel und Gesangbüchern, konnten sie hier erstmals eine Geschichte über eine Frau lesen, der sie mit Herz zugetan sein konnten. Eine Identifikationsfigur also. Mit *Pomona für Teutschlands Töchter* brachte Sophie von La Roche zudem noch die erste Frauenzeitschrift heraus, die auch von einer Frau verfasst wurde. Auch in dieser Hinsicht war Sophie eine emanzipatorische Vorreiterin.

Anne begegnet allerdings nicht nur einer prägenden Gestalt, wie Sophie von La Roche es war, sondern auch destruktiven Charakteren wie **Franz Mundo**. Ja, auch der

Schurke hat gelebt. In Aspisheim geboren, war er achtunddreißig Jahre alt, als er gemeinsam mit dem **Schinderhannes** am Nachmittag des 21. November 1803 hingerichtet wurde. Mundo war tatsächlich ein Fayence-Händler (wie auch Annes Georg), vor allem aber war er kein guter Mensch.

Mundo ist nicht der einzige Räuber und Mörder, dem Anne begegnet. Bei ihrer Suche nach Curd trifft sie auf **Peter Stibitz**. Auch er gehörte zu dem Tross derjenigen, die gemeinsam mit dem Schinderhannes hingerichtet wurden. Peter Stibitz war als Mörder überführt, und sicher wäre er gänzlich in Vergessenheit geraten, wäre sein Name nicht zu einem kriminellen Tätigkeitsmerkmal (»stibitzen«) geworden, da er neben Mord eben auch einige Diebstähle verübt hatte.

Die geraubte Geliebte
(Achim von Arnim, 1781–1831)

Geraubet war ihm das Fräulein sein
er sucht es in Morgen und Abend,
er sucht es in Sonn- und Mondenschein
auf glänzendem Rosse trabend.

»Wohin, wohin, mein wildes Herz?«
so ruft er, es sausen die Wälder von Schmerz.

Es suchet in seinen Gedanken auf
die Blicke voll Lust und voll Liebe
und drücket die Augen fest zu im Lauf,
taucht Sonne ins Wasser so trübe;

wie weit, wie weit bringt Frühlingstag
das weite Land, wie's keiner vermag.

Er lernet der Sprachen mannigfalt,
zu fragen nach ihr in allen,
er lernet auch eine, die keinem schallt,
der stummen Blumen Gefallen:

Woher, woher der deutende Strauß?
Er fiel zum Fenster des Turmes hinaus!

»O Schicksal, du spielest mit Blumen bunt,
sie will in die Arme mich fassen!«

Da drückt er die Blumen an seinen Mund
und kann sich selber kaum fassen:

Wozu, wozu nun alle der Schmerz,
sie sinket im Mondenschein an sein Herz!

Und als der Mond den Bogen hell
spannt über dem Turme und zielet
und schießend die silbernen Pfeile schnell
in Augen, die brennend gefühlet:

Wie weit, wie weit bringt Liebesmacht
zwei liebende Herzen in einer Nacht.

Er spannet die Arme zum Turme aus:
»O fülle die Arme, du Liebe,
wie du mir versprochen im bunten Strauß.«
Sie hört es und folget dem Triebe:

Woher, woher? Vom Turme herab
sie stürzt in die Arme ihm – beider Grab!

Am Morgen, da fliegen zwei Lerchen auf,
die überfliegen einander,
wohin, wohin der schnelle Lauf?
Sie singen es jubelnd einander:

Warum, warum viel liebe Not?
Aus Armen der Nacht steigt Morgenrot

Glossar

Bisquit rose	Löffelbisquit aus Reims, ursprünglich in den Jahren um 1690 von Bäckern »erfunden«, um die Resthitze des Ofens noch zu nutzen, in früheren Zeiten traditionell gerne mit Champagner serviert
Caraco	ausgeschnittenes Überjäckchen
Code Civil	französisches Zivilrecht/ Bürgerliches Gesetzbuch, 1804 eingeführt und auch für die besetzten linksrheinischen Gebiete angewandt, regelt u. a. Gleichheit vor dem Gesetz, Trennung von Kirche und Staat, Eigentum usw.
Fayence	Feinkeramik, häufig mit bunteren Mustern als übliches Porzellan
Konskription	Rekrutierung wehrfähiger junger Männer für die Armee

Krämerzunfthaus	in der Kornpfortstrasse 17 in Coblenz (heute: Koblenz), auffällig roter Anstrich mit reichem Schmuckerker, wurde Anfang des 18. Jahrhunderts erbaut, war städtische Mehlwaage und gleichzeitig auch das Zunfthaus der Krämer/ Händler
Pomona	Göttin des Herbstes und der Baumfrüchte. Ließ in ihren Garten keine Männer ein. Vielleicht wählte Sophie deshalb sie als Namensgeberin für ihre Zeitschrift, die Sophie von La Roche mit drei Ausgaben im Frühjahr 1783 herausbrachte.
Präfekt	oberster Verwaltungsbeamter
RheinMosel-Departement	gegründet 1798 mit Coblenz als Hauptstadt
Säkularisation	staatliche Beschlagnahmung und Nutzung von kirchlichem Eigentum, also auch Klöstern und Kirchen
Sarre-Libre	das heutige Saarlouis
Schängel	früher: vom französischen Vornamen Jean ins mundsprachliche Schang abgewandelter Begriff für un-

Spanndienste   erzwungene Dienstleistungen und Abgaben, die die
Bevölkerung den französi-
schen Truppen leistet, wie
z. B. Handwerkzeug, Pfer-
defutter, Dienstleistungen
usw.

Stellmacher   Holzhandwerker, baut u. a.
landwirtschaftliche Geräte
und Räder für Kutschen

eheliche Kinder, die aus
einer deutsch-französischen
Beziehung hervorgingen

Danksagung

Ich sorge dafür, dass meinen Figuren in der Geschichte viele Steine in den Weg gelegt werden. Zum Glück habe ich selbst einige helfende Hände, die mir meine Steine aus dem Weg räumen, damit dieser Roman rundherum gelingen wird.

Ich möchte mich ganz herzlich bei meiner Agentin **Beate Riess** bedanken, die sich nicht nur um alles im Hintergrund kümmert, sondern mir schon bei der Grundidee der Geschichte manch entscheidenden Hinweis gegeben hat.

Ebenso bedanke ich mich bei **Ann-Kathrin Path** von HarperCollins für das Vertrauen in meinen Roman und ihre ansteckende Begeisterung, wenn wir uns darüber austauschen.

Bei **Ingola Lammers** bedanke ich mich für das hervorragende Lektorat. Unaufgeregt und aufmerksam schafft sie es, aus meinem Manuskript einen fertigen Roman zu machen.

Wenn man wie ich über einen sehr langen Zeitraum an einem Roman schreibt (diesmal wieder über ein Jahr), bleibt es nicht aus, dass manche Schritte durch tiefe Täler führen. Ein ganz besonders großer Dank geht daher auch diesmal wieder an **Cornelia**. Deine Hilfe, dein Zuspruch und der kreative Austausch mit dir haben dafür gesorgt, dass ich jedes Tal hinter mir lassen konnte.